Anna Jansson
Leichenschilf

ANNA JANSSON

Leichenschilf

Ein Kommissar-Bark-Krimi

Deutsch von
Susanne Dahmann

blanvalet

Die Originalausgabe erschien 2019 unter dem Titel »Dotter saknad«
bei Norstedts, Stockholm.

MIX
Papier aus verantwortungsvollen Quellen
FSC® C014496
FSC www.fsc.org

Klimaneutral*
Druckprodukt
ClimatePartner.com/14044-1912-1001

Penguin Random House Verlagsgruppe FSC® N001967

4. Auflage 2022

Redaktion: Julie Hübner
Umschlaggestaltung: © Johannes Wiebel | punchdesign,
unter Verwendung von Motiven von stock.adobe.com (Palsur),
Shutterstock.com (Artiste2d3d) und photocase.de (derProjektor)
BL · Herstellung: sam
Satz: KompetenzCenter, Mönchengladbach
Druck und Einband: GGP Media GmbH, Pößneck
Printed in Germany
ISBN 978-3-7341-1110-5

www.blanvalet.de

I

Es war Karfreitag. Der Frühling kam dieses Jahr spät. Das Eis trieb immer noch in zerbrochenen Schollen auf dem dunklen Wasser. Kriminalinspektor Kristoffer Bark hatte den Toyota Camry am Campingplatz in Hampetorp geparkt und wanderte jetzt in Richtung Naturreservat. Die Fähre zur Insel Vinö näherte sich dem Anleger. Er hob eine Hand gegen die Sonne und merkte, wie seine Augen zu tränen begannen.

Fünf Jahre lang war er immer wieder am Ufer des Hjälmaren entlanggewandert. Kilometer um Kilometer auf der Suche nach etwas, das ihm helfen könnte zu begreifen, was seiner Tochter zugestoßen war. Die polizeiliche Ermittlung war eingestellt worden, obwohl Kristoffer alles in seiner Macht Stehende getan hatte, um sie am Laufen zu halten. Unabhängig davon war er von Tür zu Tür gegangen, bis er in dem Gebiet, in dem sie schlüssigerweise hätte gesehen werden können, mit jedem Anwohner gesprochen hatte. Er hatte versucht, die Bootsbesitzer ausfindig zu machen, die in jener Nacht am Karfreitag vor fünf Jahren draußen auf dem See gewesen waren, und mit allen gesprochen, die sich in der Umgebung aufgehalten hatten.

Die Polizei hatte die Windrichtung berechnet und mit Schleppnetzen und Spürhunden im Boot den See abgesucht. Ohne Ergebnis. Der See war trübe, aber flach. Sogar über den inneren Teil des Hjälmaren waren sie mit dem Schleppnetz gefahren. Freiwillige hatten geholfen. Die Kollegen vom Heimatschutz hatten getan, was sie konnten. Als sie die Suche schließlich einstellten, wandte sich Kristoffer an die Vereinigung Missing People.

Inzwischen hatten alle außer ihm selbst und Börje Hansson aufgegeben. Der nunmehr pensionierte Kollege, der die Ermittlung zu Veras Verschwinden geleitet hatte, wohnte selbst in Hampetorp, dem knapp dreißig Kilometer von Örebro entfernt gelegenen Fischerort. Ab und zu begleitete Börje seinen alten Kollegen auf seinen Wanderungen entlang des Sees. Doch nicht heute, am fünften Karfreitag nach Veras Verschwinden.

Die Ermittlung war nach zwei Jahren, zeitgleich mit Börjes Pensionierung, eingestellt worden. Die meisten waren wohl der Ansicht, dass Vera so wie Matilda, die im selben Boot gesessen hatte, ertrunken war. Ohne Beweis konnte Kristoffer diesen Gedanken nicht akzeptieren. Wenn man sein ganzes Leben lang mit Gewaltverbrechen zu tun hatte, dann gab es noch andere Szenarien. Kristoffer wollte für alle Möglichkeiten offenbleiben – außer für eine. Börje hatte ihn im Verlauf der Ermittlung gefragt, ob es Selbstmord sein könnte. Auf diese Frage hatte er, ohne zu zögern, mit Nein geantwortet. Vera hatte alle Gründe gehabt zu leben, möglicherweise erwartete sie sogar ein Wunschkind. Erst wenn Kristoffer ihren leblosen Körper mit eigenen Augen sah, würde er ihren Tod als eine Tatsache akzeptieren. Aber nicht, solange es noch eine mikroskopisch kleine Chance gab, dass sie am Leben war. Seine Tochter war eine Kämpferin. Sie war zwei Monate zu früh geboren, hatte eine Lungenentzündung mit Komplikationen ebenso überstanden wie einen Blinddarmdurchbruch. Vera liebte das Leben. Nichts deutete darauf hin, dass sie freiwillig entschieden haben könnte, es aufzugeben. Nicht auf ihrem eigenen Junggesellinnenabschied am Gründonnerstag, auf den am Ostersamstag ein aufwändiges Hochzeitsfest folgen sollte. Es sprach viel dafür, dass es ein Bootsunglück gewesen war. Aber wo war dann die Leiche?

Natürlich hatte er auch in andere Richtungen gedacht. Wenn Rasmus und sie Streit gehabt hätten, dann könnte Vera selbst beschlossen haben, zu verschwinden und vor ihrer Hochzeit zu fliehen. Doch Rasmus hatte das verneint. Sie könnte auch von einer bekannten oder unbekannten Person oder Gruppe entführt worden sein. Doch kein Entführer hatte von sich hören lassen, und niemand hatte Lösegeld verlangt. Kristoffer hatte Veras Kontakte aus dem Handy, ihrem Computer und dem alten Adressbuch, das er ganz unten in ihrer Schreibtischschublade gefunden hatte, herausgesucht und mit allen gesprochen, die sie kannte. Er hatte ehemalige Klassenkameraden, Lehrer und die Mädchen aus ihrer Fußballmannschaft angesprochen. Doch sämtliche Spuren endeten in der Nacht von Gründonnerstag auf Karfreitag vor fünf Jahren.

In all der Zeit war Kristoffer zwischen der Vorstellung, dass sie ertrunken war, und dem Gedanken, dass jemand sie gerettet und entführt haben könnte, hin- und hergerissen worden. Als er jetzt das fünfte Jahr in Folge wieder einmal durch die Gegend lief und die Anwohner des Sees behelligte, merkte er, wie unwirsch sie reagierten. Aber er musste fragen, ob jemand etwas Neues entdeckt hatte. Natürlich hielten sie ihn für verrückt. Er hatte schon gehört, dass sie ihn den durchgeknallten Polizisten nannten, und vielleicht war es auch so: Er war verrückt vor Trauer. Während seiner Wanderungen am Ufer entlang ließ er die Kontrolle fahren und seine Miene entgleisen. Sie hatten ihn vor Wut schreien hören und nach einem unbekannten Feind treten und schlagen sehen, bis er zu Boden gefallen war und geweint hatte. Das war das Ventil, was er brauchte, um nicht selbst unterzugehen.

Eisige Windböen vom See her bissen in seine Wangen und kniffen in den Ohren. Kristoffer fühlte, wie die Kälte unter seinen Mantel kroch, durch die Kleider und unter die nackte Haut. Er ging schneller und fing an, locker zu joggen, um warm zu bleiben. Ein Seevogel kreischte über seinem Kopf und beschrieb einen weiten Bogen über das Schilfröhricht, ehe er auf den See hinaus verschwand. Der Wind nahm zu.

Wenn er die Augen schloss, konnte er Vera immer noch vor sich sehen. Die lebendigen graublauen Augen mit den dunklen Wimpern und Augenbrauen. Der breite, fröhliche Mund. Die blonden, schulterlangen Haare, die sie meist zu einem hohen Pferdeschwanz gebunden trug. Ihre ganze Jugend über hatte sie Fußball gespielt, und er hatte die Mädchen oft zu Spielen gefahren und dann verfolgt, wie der Haarschopf hin und her über das Spielfeld gewippt war. Er hatte die Mädchen auf dem Rücksitz Geheimnisse flüstern und sie kichern hören, hatte gesehen, wie sie vor Freude jubelten oder sauer waren, wenn sie gestritten hatten.

Zwanzig Jahre alt war Vera gewesen, als sie verschwand. Viel zu jung, um zu heiraten. Das war das Thema ihres letzten Streits gewesen. *In einem Alter, in dem man hormongesteuert und unerfahren ist und sich nichts sehnlicher wünscht, als von zu Hause wegzukommen, einen Lebenspartner zu wählen, ist die reine Idiotie.* Er hatte sie und Rasmus, der sieben Jahre älter war, ausgeschimpft. Hatte gesagt, dass sie zur Vernunft kommen und die Sache noch einmal überdenken sollten. Rasmus war vor unterdrücktem Ärger hochrot im Gesicht gewesen, hatte Vera aber für sie beide sprechen lassen.

Und was ist mit dir, Papa? Du hast auch jung geheiratet und warst 25, als ich geboren wurde.

Und er hatte ihr geantwortet: *Und du siehst ja, wie das gewesen ist! Ich war viel zu jung, um Vater zu werden. Du bist doch wohl nicht schwanger?!*

Man muss nicht heiraten, weil man schwanger ist, hatte sie mit einem kleinen Lächeln geantwortet und seine direkte Frage damit umgangen. Vielleicht würde er die Antwort nie erfahren. Rasmus wusste es auch nicht. Sie hatte ihm nicht gesagt, dass sie schwanger war. Sie hatte keinen Termin bei einer Hebamme gehabt. Ungefähr ein Jahr nach Veras Verschwinden hatte Rasmus eine neue Frau kennengelernt. Er hatte einen Job in London bei einer Personalvermittlung gefunden, und es schien ihm dort zu gefallen.

Kristoffer blieb stehen und wärmte sich das Gesicht mit den Handflächen. Die Tränen brannten hinter den Augenlidern. Es war schwer zu sagen, ob der Druck im Magen vom Joggen kam oder ob es der wohlbekannte Schmerz im oberen Bauchraum war, den er immer verspürte, wenn er an Vera dachte. Zum mehr als tausendsten Mal ging Kristoffer alles durch, was in jener Gründonnerstagnacht vor fünf Jahren geschehen war.

Der schicksalhafte Junggesellinnenabschied hatte am Abend des Gründonnerstags begonnen und am Karfreitag in der Katastrophe geendet. Veras beste Freundin Matilda hatte arrangiert, dass sie das kleine Haus ihrer Großeltern in Hampetorp benutzen konnten. Sven und Rita hatten sich solange woanders einquartiert. Kristoffer kannte die beiden schon viele Jahre, da er Vera immer zu Matilda gebracht hatte, wenn diese in den Ferien bei ihren Großeltern gewesen war. Das Ganze hatte als ein Junggesellinnenabschied, ausschließlich mit Mädchen, in der Stadt begonnen. Dann waren sie nach Hampetorp rausgefahren, und später hatten sich Rasmus und seine Freunde angeschlossen. Die Partyteilnehmer waren den ganzen Abend und die Nacht zusammen in der Hütte gewesen. Die Stimmung sei, so sagten die Freunde, fröhlich und ausgelassen gewesen.

Vera und Rasmus hatten gerade noch getanzt, als seine Tochter plötzlich rausgerannt und zum Hafen gelaufen war, wo sie sich ein Kunststoffboot mit Außenborder genommen hatte. Matilda hatte versucht, sie daran zu hindern, und als sie Vera nicht aufhalten konnte, war sie mit ins Boot gesprungen. Rasmus und ein paar der Jungs hatten sie noch gesehen und versucht, ihnen ein Stück zu folgen, waren aber zu betrunken gewesen, um hinterherzukommen. Am Freitagmorgen war Sven, der nicht wusste, was auf der Party geschehen war, mit seinem Boot rausgefahren. Börje und er hatten vorher zusammen Netze ausgelegt, doch Börje hatte es nicht geschafft, mit rauszufahren und sie einzuholen. Deshalb war Sven allein gewesen, als er das gekenterte Boot und den leblosen Körper seiner Enkelin Matilda im Wasser fand. Wie ein schlafender Engel mit wallenden rostroten Haaren war sie aus dem Wasser gehoben worden.

Äußerlich war Matilda unverletzt gewesen, auch wenn es erst so ausgesehen hatte, als hätte sie aus einer Kopfwunde geblutet. Im Bericht der Gerichtsmedizin jedoch stand, dass sie einen Alkoholgehalt von 2,1 Promille im Blut hatte und die Todesursache Ertrinken gewesen sei. Die Wassertemperatur lag bei fünf Grad plus. Die Freunde berichteten, dass Vera genauso betrunken gewesen sei wie Matilda. Wer die Mischung aus der Hexenküche überlebt hatte, konnte bezeugen, dass sie Grog aus Halländischem Flieder mit billigem Wodka, Jägermeister und dem Rest aus einer verstaubten Flasche Birnenlikör gekocht hatten. Sonst waren keine Drogen nachweisbar gewesen.

Kristoffer holte Luft, ehe er weiter den Weg hinauf zu dem Haus ging, wo vor fünf Jahren der Junggesellinnenabschied stattgefunden hatte. Er war danach bei zwei Gelegenheiten bei Sven und Rita gewesen. Das erste Mal an dem Morgen, als er die Nachricht erhalten hatte, dass Vera und Matilda vermisst wurden. Das zweite Mal, als er zusammen mit Börje ein paar Jahre später einmal zum Kaffee dort eingeladen gewesen war.

Das Haus, in dem Sven und Rita wohnten, war rot mit einer weißen Veranda, der Garten gepflegt mit Ziergehölzen, angelegten Wegen und einem kleinen Teich. Über der Einfahrt befand sich ein Portal, wo nur noch kahle stachelige Äste an die prunkvollen Kletterrosen des Herbstes erinnerten. Kristoffer ahnte eine Bewegung hinter der dünnen Gardine. Vielleicht waren sie zu Hause. Die Male, an denen Rita im Garten gewesen war, hatte sie so getan, als würde sie ihn nicht bemerken, sondern war ins Haus geeilt, um nicht reden zu müssen. Im Laufe der Jahre hatte er zunehmend diese Wirkung auf seine Umgebung gehabt.

Die Leute mieden ihn und seine Trauer, als handele es sich um eine gefährliche ansteckende Krankheit. Sven und Rita hatten ihre eigene Trauer um die Enkelin Matilda. Sie waren wahrscheinlich ebenso wie Matildas Eltern davon überzeugt, dass Vera ihren Tod selbst verschuldet hatte, aber sie verhielten sich dennoch korrekt und grüßten, wenn er die Initiative ergriff.

Kristoffer ging weiter auf dem geschotterten Weg. Im Haus neben Sven und Rita hatte bis vor ein paar Jahren Hedda, eine pensionierte Lehrerin, gewohnt. Es war eine hübsche kleine Hütte mit weißer Veranda und unverbautem Seeblick. Als Vera verschwand, war Hedda gerade nach einem Oberschenkelhalsbruch aus dem Krankenhaus nach Hause gekommen. Ihre Enkelin Denise war dort gewesen, um ihr im Alltag zu helfen, und sie hatte dann später, als Hedda gestorben war, das Häuschen geerbt.

Kristoffer blieb stehen und ließ auf sich wirken, was er sah. In der Auffahrt stand ein beigefarbener Golf älteren Modells. Die Treppe müsste repariert und die Hütte auf der Seeseite gestrichen werden. Entlang der Hauswand sah er ein gelbes Kanu. Auf der Treppe lag eine Leine, und auf der untersten Stufe stand ein Fressnapf. Entweder hatte Denise einen Hund, oder dies war eine preiswerte Investition in Requisiten, um sich vor Einbrechern zu schützen. Die Kollegen im Außendienst sagten, es gäbe Einbrecher, die eine Liste darüber führten, wo es Hunde gäbe, weil die abschreckender seien als Alarmanlagen.

Die Vinö-Fähre hatte jetzt angelegt, und ungefähr zehn Autos verließen das Schiff. Kristoffer ging weiter zum Fähranleger, dann über den asphaltierten Platz, an den öffentlichen Toiletten vorbei, um dann hinter der aufgelassenen Eisbude zum Strand abzubiegen und ein Stück Richtung Naturreservat zu gehen. Der Boden war aufgeweicht, seit er das letzte Mal hier gewesen war. Er wünschte, er hätte Gummistiefel angezogen, denn er spürte, wie die Strümpfe in seinen flachen Schuhen feucht wurden. Es war ein kleiner privater Sandstrand, umgeben von Schilf und ein paar hundert Meter von dem Steg entfernt, an dem Vera in das Kunststoffboot gestiegen war. Hinter ihm lagen eine verfallene Hütte und ein paar Vorratsschuppen in noch schlechterem Zustand. Er ging noch ein Stück weiter und blieb dann stehen. Halb hinter einer Vogelfeder verborgen, blinkte etwas im Sand. Es fing das Sonnenlicht ein und glänzte matt. Er ging in die Hocke und berührte den Gegenstand. Die Hände zitterten vor Kälte und Eifer. Er sah die zu einem Vogel geformte Haarspange aus abgeblättertem silberähnlichem Metall mit matten Plastikperlen. Seine Hände bebten, als er die Spange aufhob, sie in die Tasche steckte und die Umgebung mit dem Blick absuchte. Vera hatte eine solche Haarklemme gehabt. Kristoffer grub mit bloßen Händen in dem harten, eiskalten Sand, um noch mehr zu finden. Hatte sie die Haarspange getragen, als sie verschwunden war? Er war sich nicht sicher. Die Mädchen hatten sie mit Schleier und Tunika verkleidet. Und womit befestigte man einen Schleier? Mit einer Haarklemme.

Kristoffer hatte eine Facebook-Gruppe für diejenigen von Veras Freunden angelegt, die noch Lust hatten, auf seine Fragen zu antworten. Er musste herausfinden, was es mit dieser Spange auf sich hatte. Gleichzeitig war ihm bewusst, wie verrückt er sich verhielt. Keiner seiner Kollegen würde ihn ernst nehmen, wenn er von dem Fund erzählte.

Im Laufe seiner Wanderungen hatte er Unmengen von Gegenständen gesammelt. Sachen, die von entscheidender Bedeutung sein konnten oder einfach nur Müll waren, wie verlorene Schuhe, ein Lippenstift, ein Spiegel, ein zerrissener BH und das Unterteil eines Bikinis, dessen Synthetikstoff von Wetter und Wind verwittert war, sowie eine kaputte Plastikflasche, in der eine Sorte Orangensaft gewesen war, die Vera gerne mochte.

Kristoffer grub weiter, bis ihm die Hände vor Kälte fast abstarben und er nichts mehr spürte. Der Wind hatte weiter zugenommen. Wie so oft auf dem Hjälmaren hatte er schnell aufgefrischt, und die Wellen kamen immer höher den Strand hinauf, wo er in der Hocke saß. Die Schilfstängel beugten mitleidig ihre Köpfe, raschelten und flüsterten. Wieder drohte die Ohnmacht, die er darüber empfand, nicht zu wissen, was Vera zugestoßen war, ihn zu ersticken. Er erhob sich und schrie Sturm und Wellen entgegen.

»Ich werde dich finden, Vera!«

2

Denise Groth war am Karfreitagmorgen mit dem Hund unterwegs. Der Wind blies kräftig, und die Wellen auf dem Hjälmaren schlugen hoch. Sie blieb stehen und horchte. Im Wind konnte sie einen menschlichen Laut hören. War da vielleicht jemand in Not? Kein deutlicher Ruf um Hilfe, sondern mehr ein zorniges Brüllen, eine kräftige Männerstimme. Sie war keine mutige Person, doch in Gesellschaft des Hundes wagte sie sich näher heran. Sie folgte dem Pfad zum Strand hinunter und horchte ängstlich auf das Rufen, das weniger wurde und dann erstarb. Plötzlich raschelte es im Schilf am Ufer. Der Hund knurrte gedämpft und schlug an, als ein kräftig gebauter Mann in den Fünfzigern auf sie zukam. Er musste ein bisschen über einen Meter neunzig groß sein und starrte sie an, als hätte er ein Gespenst gesehen. Der Wind blies sein dunkelblond gelocktes Haar nach vorn, so dass es sein Gesicht teilweise bedeckte. Der Blick aus den graublauen Augen war wild und traurig zugleich, Ohren und Wangen rot von der Kälte. Sie erkannte ihn. Er musste sie auch erkannt haben, denn sie war dabei gewesen, als sie nach seiner Tochter gesucht hatten. Doch anstatt zu grüßen, bog er abrupt nach rechts ab, als er den Hund sah. Aggressive Schritte. Er war aufgewühlt, das konnte sie erkennen.

»Ist etwas passiert? Braucht jemand Hilfe?«, rief sie ihm

nach, aber ihre helle Stimme wurde vom Wind und den ans Land donnernden Wellen verschluckt. Er antwortete nicht, drehte sich nicht einmal um. Kristoffer Bark suchte immer noch nach seiner verschwundenen Tochter. Vera hieß sie. Er war der Polizist, der seine Suche niemals aufgegeben, der niemals aufgehört hatte zu fragen. Schon mehrere Male war er zur Hütte ihrer Großmutter gekommen, auch vor zwei Jahren, als die alte Dame noch lebte. Da hatte er Fragen gestellt, hatte gefasst und ruhig gewirkt, und dennoch hatten die Fragen ihr am Ende Kopfschmerzen bereitet. Nun wirkte er wie ein rasendes, wildes Tier.

»Zum Glück habe ich dich, Saba.« Denise schob die Finger in das helle rotblonde Fell ihres Labradors und kehrte wieder um zur Hütte, die sie von ihrer Großmutter geerbt hatte und in der sie als Kind jeden Sommer verbracht hatte. Vor knapp zwei Jahren hatte es einen Erbstreit mit ihrer Schwester Isabell gegeben, nach dessen Ende Denise in das kleine Haus gezogen war. Es hatte kein Testament gegeben, und Großmutter Heddas Sohn, der nicht mehr lebte, war nur der Vater von Denise gewesen und der ihrer Zwillingsschwester, die aber bereits im Alter von fünf Jahren gestorben war. Isabell dagegen hatte einen anderen Vater. Hedda hatte keinen Unterschied zwischen den Schwestern gemacht und war vielleicht davon ausgegangen, dass sie nach ihrem Tod alles gleichmäßig aufteilen würden. Doch rein juristisch fiel alles Denise zu, weil es ja kein Testament gab. Manchmal hatte sie deshalb ein schlechtes Gewissen, und die Beziehung zu Isabell war immer noch unterkühlt. Sie fühlte sich ein wenig einsam, aber über Ostern würde Albert kommen. Drei Tage lang würden sie zusammen sein können. Sie sehnte sich nach ihm – so sehr. Vielleicht war das tatsächlich das Geheimnis einer leidenschaftlichen Beziehung, dass sie sich so selten sahen und sich so immer noch nach einander sehnten. Albert arbeitete unter der Woche als Logistiker bei einer Firma in Finnland und hatte eine Einzimmerwohnung im Zentrum von Örebro, die er aber aufgeben wollte, wenn sie einmal zusammen in ihr Haus zogen. Börje, sein alter Vater, ein pensionierter Polizist, wohnte auch in Hampetorp. Ihre Beziehung zu Albert war aber noch so frisch, dass sie seinem Vater noch nichts davon erzählt hatten.

Denise blieb stehen und brach einen verwelkten Samenstängel neben dem Weg ab. Sie hielt die vertrocknete Pflanze gegen den grauen Himmel und betrachtete sie. In ihrer Einfachheit war sie schön, sofern man die verwelkten Blätter wegnahm und nur die Samenkapseln behielt. Als Textildesignerin konnte sie überall arbeiten, wenn sie nur die Skizzen zu ihren Mustern hervorholte. Ihre Einzimmerwohnung in Stockholm zu verlassen und in den wärmeren Jahreszeiten in der Hütte zu leben brachte die fantastische Möglichkeit mit sich, Material zu sammeln. Wenn sie das Haus ein wenig aufrüstete, würde sie vielleicht sogar die Wohnung in Stockholm ganz aufgeben und hierherziehen können.

Denise hatte Albert vor drei Monaten auf einem Dreikönigsball im Schloss von Örebro getroffen. Damals hatte ein Schneesturm getobt, und der Zugverkehr war im Chaos versunken, doch es war ihr gelungen, von Stockholm nach Örebro zu kommen, um eine ehemalige Klassenkameradin zu besuchen, zu der sie über Facebook wieder Kontakt aufgenommen hatte. Sie waren gemeinsam auf den Ball gegangen. Es war ein magischer Dreikönigsabend gewesen. Der Weg zum Burghof war mit Öllampen erleuchtet, die sich im schwarzen Wasser des Wallgrabens spiegelten. Drinnen im Hof standen Feuerkörbe und Fackeln, und sie stiegen auf den blankgetretenen Steintreppen aus der Engelbrecht'schen Zeit zum Festsaal hinauf. Denise hatte eben ihren Mantel aufgehängt, als Albert sie schon zum Tanzen aufforderte. Er hatte sich wirklich verändert, seit sie sich an Mittsommer vor zwei Jahren getroffen hatten, und sah in seinem perfekt sitzenden Smoking richtig stilvoll aus. Das glatte dunkle Haar war kurz geschnitten, und er hatte sich einen Bart zugelegt. Sein leichter Silberblick, an den sie sich noch aus Kindertagen erinnerte, wirkte charmant. Die Nase war gerade, das Kinn markant geschnitten, und der Mund zeigte ein breites Lächeln. Und was sie schon immer an ihm gemocht hatte: sein zurückhaltender, manchmal etwas schwarzer Humor.

Albert hatte sie den ganzen Abend nicht aus den Augen gelassen, und sein Kuss auf der Tanzfläche hatte echtes Potenzial gehabt. Sie bekam Komplimente für ihr rotes Kleid, die elegante Frisur und später im Hotelzimmer, das sie sich spontan nahmen, für ihre schöne Unterwäsche aus kornblumenblauer Seide. Als sie erzählte, dass sie die selbst genäht hatte, wollte er sie mit einem süffisanten Lächeln besonders gründlich untersuchen, drehte und wendete den Stoff und bat darum, die Nähte auf der Innenseite ansehen zu dürfen, um zu prüfen, ob sie auch ordentlich versäubert waren. Dann geschah alles, worüber sie in den Stunden, in denen sie getanzt hatten, fantasiert hatte. Sie war angenehm angeschickert, und er war ein fantastischer Liebhaber.

Jennie war natürlich sauer gewesen, weil Denise während des Ballabends nicht mit ihr zusammen war und auch nicht, wie verabredet, mit ihr nach Hause ging. Aber das Schlimmste war der Hund. Denise ließ Saba bei Jennie zurück, ohne von sich hören zu lassen. Natürlich hatte sie ein schlechtes Gewissen, aber was hätte sie denn tun sollen? Sie war einfach schlagartig verliebt gewesen und hatte Zeit und Raum vollkommen vergessen.

Zwei Tage verbrachten sie in einem Doppelbett im Stora Hotellet, zwei ganze Tage, an denen sie das Zimmer nur verließen, um rauszugehen und zu Abend zu essen. Das Hotel war elegant und traditionsreich mit vielen Geheimnissen. Angeblich gab es einen unterirdischen Gang aus dem Schloss hinaus, einen dunklen Tunnel unter dem Wasser des Svartån hindurch. Albert machte ihr Angst mit der Legende von der Weißen Frau.

Wer war das?

Eine unglückliche Frau, die gegen ihren Willen verheiratet worden ist. Als das Hochzeitsfest sich seinem Ende zuneigte, ging sie schon voraus ins Hotelzimmer. Die Gäste meinten, sie würde sich für die Nacht zurechtmachen, aber sie hatte einen anderen Plan. Um sich die Hochzeitsnacht zu ersparen und nicht die Ehe mit einem Mann, den sie verachtete, vollziehen zu müssen, brachte sie sich um. Als der betrunkene Ehemann ins Zimmer kam, sah er, dass sie tot am Gitter des Kachelofens hing.

Hör auf! Denise konnte nicht anders, als an Vera zu denken, die niemals eine Braut werden konnte. Sie sah ihr Gesicht vor sich, als Albert die Geschichte erzählte.

Wenn du im Dunkeln einen kalten Luftzug wahrnimmst, dann ist das ihr Atem. Wenn du einen Druck auf der Brust verspürst und vor Schreck aufwachst, dann ist sie das, die dich vor Zorn, dass der Tod ihr einziger Ausweg war, in die Matratze gedrückt hat. Sieh dich am Morgen im Spiegel an, vielleicht hast du blaue Flecken am Hals.

Hör auf, du machst mir Angst.

Ich beschütze dich vor allen bösen Geistern und Schurken, wenn du versprichst, für immer mein zu sein.

Sie lachte, aber er meinte es ernst. *Ich meine es. Ich habe schon einmal die verloren, die ich geliebt habe. Das möchte ich nie wieder erleben müssen. Das würde ich nicht verkraften.*

Warum hat sie dich verlassen?

Ich will nicht darüber reden. Aber ich muss wissen, ob das hier ernst ist. Ob wir jetzt zusammengehören.

Das tun wir.

Sie hatte das wirklich so gemeint, als sie es sagte, aber später war dann, wie immer, wenn sie sich für etwas Wichtiges entschieden hatte, der Zweifel gekommen. Warum ich? Was sieht er in mir? Wie lange wird das hier halten?

Als Denise ins Haus zurückkam, ließ sie sich in der alten Badewanne, die auf abgenutzten Löwentatzen balancierte, ein heißes Bad ein. Die Goldfarbe blätterte schon ein bisschen ab, und darunter machten sich braune Rostflecken bemerkbar. Das Badezimmer stammte aus den Siebzigerjahren, mit einem Mosaikfußboden in blauen Farbtönen und einer orangefarbenen Nassraum-Tapete mit braunen Medaillons. Das müsste alles mal renoviert werden, aber dafür war ein Kredit erforderlich. Sie lebte jetzt schon am Rande ihrer Möglichkeiten, und ein weiterer Kredit war riskant, falls die Zinsen in die Höhe schossen. Die Miete in

Stockholm musste bezahlt werden, und die Grundsteuer für die Hütte lag bei fast 8.000 Kronen im Jahr. Dass sie so hoch angesetzt worden war, lag ausschließlich am Seeblick. Das Haus selbst war hoffnungslos unmodern, aber es war ihres. Albert wollte sie nicht um Geld bitten, denn dann würde er sich womöglich als Miteigentümer fühlen. Das durfte alles nicht zu schnell gehen. Sie brauchte Zeit, um sich an den Gedanken zu gewöhnen, dass sie zusammenleben würden.

Vielleicht sollte sie mal ihren Nachbarn Sven fragen, was er so meinte, wie viel es wohl kosten würde, das Nötigste im Badezimmer machen zu lassen. Rita hatte gesagt, ihr Mann sei praktisch veranlagt. Er war pensionierter Handwerker, und wenn er nicht mit dem Boot draußen war, wirkte er ruhelos, als hätte er zu wenig Beschäftigung. Mit Schaudern dachte Denise an das Schreckliche, was mit seiner Enkelin Matilda passiert war. Seit sie auf Veras Junggesellinnenabschied ertrunken war, waren Sven und Rita nie wieder sie selbst geworden. Früher feierten sie fröhliche Feste, jetzt hatten sie sich zurückgezogen.

Denise ging ins Schlafzimmer, zog sich aus und warf den Bademantel über. Saba wollte spielen und rannte mit ihrem einen Strumpf im Maul davon. So also verschwanden die einzelnen Strümpfe. Doch gerade hatte sie keine Lust, mit dem Hund zu toben. Sie ging ins Badezimmer, hängte den Bademantel auf und ließ sich in das heiße Wasser sinken. Der Gedanke an den verrückten Kristoffer Bark, der ihr am Strand begegnet war, beunruhigte sie. Es war jetzt mehrere Jahre her, dass seine Tochter Vera wahrscheinlich ebenfalls ertrunken war, und er hatte dagestanden und in den Sturm hinein geschrien, als wäre es gerade erst passiert. Ging das nie vorbei? Gab es eine Trauer, die einen nie losließ? Wahrscheinlich war es so. Der Gedanke an ihre Zwillingsschwester konnte sie immer noch lähmen, obwohl seitdem so viel Zeit vergangen war.

Denise schob die Gedanken an Kristoffer Bark beiseite und dachte stattdessen über das kommende Abendessen nach. Was aß man an einem Karfreitag? Wenn sie diese Frage Großmutter Hedda gestellt hätte, dann wäre die Antwort gewesen: gekochten Lachs. Am Karfreitag aß man traditionell kein Fleisch, und am Ostersamstag gab es wie an Weihnachten und Mittsommer Hering und Kartoffeln – was auch immer daran festlich sein sollte – und dann Lammbraten oder Schinken. Weihnachtsschinken, Mittsommerschinken und Osterschinken. Denise verspürte ein leichtes Unwohlsein, wenn sie an Essen dachte. Die letzten Wochen war sie erschöpfter gewesen als sonst, und es war ihr schwergefallen zu frühstücken. Vor drei Monaten hatte sie wieder angefangen, ihre Minipille zu nehmen, und seither hatte sie keine Periode gehabt. Ein Verdacht hatte sich in ihrem Hirn eingenistet und war gewachsen, so dass sie gestern aus der Stadt einen Schwangerschaftstest mitgenommen hatte.

Während sie in der Badewanne lag, fing sie an nachzurechnen. Nur am Dreikönigstag hatten sie ungeschützten Sex gehabt. Es gab Menschen, die jahrelang darum kämpften, ein Kind zu bekommen, wie wahrscheinlich sollte es da sein, dass gerade sie schwanger geworden war? Sie ließ die Hand über den Bauch gleiten. Das schlechte Gewissen quälte sie. Sie hatte Alkohol getrunken, und zwar nicht nur ein paar einzelne Gläser, sondern manchmal auch eine halbe Flasche oder mehr. Vielleicht hatte das Kind Schaden genommen. Und wie sollte sie es schaffen, ein Kind zu versorgen? Die Verantwortung, die auf frischgebackenen Eltern lastete, wenn sie mit einem kleinen Bündel ohne Gebrauchsanweisung aus dem Krankenhaus nach Hause geschickt wurden, war doch ungeheuer groß. Man musste nachts wach sein und Windeln wechseln und … sie versorgen, bis sie erwachsen waren. Es war nicht sicher, ob sie ihren Job als Textildesignerin in Stockholm behalten konnte. Was sollte dann werden, wenn sie arbeitslos war? Ihr Arbeitsplatz war gefährdet, seit die Textilfirma mit einem anderen Betrieb in Småland zusammengelegt worden war, das wusste sie. Qualität spielte keine Rolle mehr. Jetzt ging es um Ertrag, Gespür für den Markt und die Produktion von gut verkäuflichen Produkten. Schnell und ideenreich musste man sein. Die Stoffmuster, die sie entwarf, mussten ein Verkaufsschlager werden.

Denise schäumte das lange blonde Haar ein und spülte es rasch mit der Handdusche aus. Sie hatte keine Ruhe, weiter in der Badewanne zu liegen. Jetzt musste es passieren, sie wollte den Test machen, um Sicherheit zu haben. Ehe sie Albert heute Abend am Bahnhof abholte, musste sie eine Antwort darauf haben, ob sie schwanger war oder nicht.

Sie waren erst drei Monate zusammen, aber sie hatte das Gefühl, ihn schon in- und auswendig zu kennen, weil sie schließlich als Kinder Spielkameraden gewesen waren. Und natürlich gab es vieles, was sie nicht wusste, über seine Teenagerjahre und über Maria, die Frau, die ihm später das Herz gebrochen hatte. Denise war verliebt in ihn und interpretierte alles zu seinem Vorteil. Albert arbeitete viel, um stabile wirtschaftliche Verhältnisse zu schaffen. Er rief oft an und wollte wissen, was sie machte und mit wem sie sich traf. War das ein Zeichen der Fürsorge oder ein Kontrollbedürfnis? Nein, jetzt war sie aber dumm. Er liebte sie und plante eine gemeinsame Zukunft für sie beide. Sie war 29 Jahre alt. Höchste Zeit, Kinder zu bekommen. Albert war ein wunderbarer Mann. Er würde ein guter Vater werden. Ob er wohl Kinder wollte? Sie glaubte schon. Wenn er Kinder sah, lächelte er sie an und sprach mit ihnen, machte Witze. Das war schon mehrmals vorgekommen. Aber sie hatten bisher nicht darüber geredet.

Denise stieg aus der Wanne, zog ihren Bademantel über, holte den Schwangerschaftstest aus dem Badezimmerschrank, packte ihn aus und studierte gründlich die Gebrauchsanweisung. Dann setzte sie sich auf den Toilettensitz und ließ den Strahl auf das Teststäbchen laufen.

3

Die Einkaufsgalerie im Zentrum von Tybble war an einem Karfreitag natürlich auch nicht gerade ein belebter Ort. Kristoffer Bark parkte vor der Ziegelsteinfassade des ehemaligen kleinen Supermarkts. Das Geschäft hatte eine klare ökologische Ausrichtung gehabt, und Kristoffer war bis zum letzten Tag, an dem der Inhaber den Kampf gegen einen neuen XXL-Supermarkt hatte aufgeben müssen, ein treuer Kunde gewesen.

Doch Tybble Centrum, ein paar Kilometer vom Stadtkern von Örebro entfernt, kämpfte tapfer weiter. Zwischen den Reihen von dreistöckigen Häusern gab es Spielplätze, Müllcontainer und viel zu wenige Parkplätze. Jeden Abend war es, als würde man »Die Reise nach Jerusalem« spielen, wenn sich alle um die Plätze schlugen und immer jemand übrig blieb. Zwei Friseure gab es, ein gutes Restaurant sowie eine charmante Bäckerei und Konditorei, die von einer jungen Frau betrieben wurde. Ihre Backwaren und Torten waren Kunstwerke, und das Brot gehörte zum Besten, was Kristoffer je gegessen hatte.

Ein Nieselregen hatte eingesetzt. Er schloss den Wagen ab und ging in Richtung seiner Wohnung in der Drakenbergsgatan. Eine heruntergekommene Dreizimmerwohnung im dritten Stock ohne Fahrstuhl. Er war den Kollegen immer noch dankbar, die ihm nach der Scheidung von

Ella geholfen hatten, die Möbel hochzutragen, als er mit der damals zwölfjährigen Vera hier eingezogen war. Ursprünglich als Übergangslösung geplant wohnte er dreizehn Jahre später immer noch hier. Auch wenn man alles plant, entwickeln die Dinge sich doch nie so, wie man denkt. Man verfolgt den Weg des geringsten Widerstands, weil man es nicht schafft, eine neue Richtung einzuschlagen, wenn die Arbeit als Polizist alles von einem fordert.

Er hob den Blick und ließ sein Gesicht vom feinen Regen kühlen. Dann sah er sich um. Die Fußgängerbrücke, die völlig unmotiviert über die Rudbecksgatan führte, erstaunte ihn jeden Tag aufs Neue. Sie stand da wie ein Monument für das, was er eben festgestellt hatte: dass die Dinge sich nicht so entwickelten, wie man sie plante. In all den Jahren, in denen er jetzt hier wohnte, hatte er nicht eine einzige Person die 72 Treppenstufen erklimmen sehen, um auf die andere Straßenseite zu kommen – wenn man doch die Straße direkt überqueren konnte. Er hatte keine Ahnung, wie man sich vorgestellt hatte, dass Menschen mit Kinderwagen, Fahrrädern oder Rollatoren die Brücke benutzen sollten. Vielleicht sollte die Konstruktion als Outdoor-Fitness-Element für Leute dienen, die Step-ups liebten.

Im Treppenhaus roch es nach Kaffee und Zigarettenrauch. Jemand hatte einen Zettel von der Nachbarschaftsgruppe »Gemeinsam gegen Misshandlung« aufgehängt. *Trau dich zu fragen, trau dich, aufmerksam zu sein.* Nachdem Kristoffer sich an zwei Kinderwagen vorbeigequetscht hatte, die den Weg blockierten, lief er schnell die Treppen hinauf und schloss seine Tür auf.

Die Stille schlug ihm wie anklagend entgegen. *Du bist*

allein, weil es keiner mehr mit dir aushält. Ohne die nassen Schuhe auszuziehen, ging er ins Wohnzimmer, griff nach der Fernbedienung und schaltete den Fernseher ein. Es lief eine Sendung über ein Pflegeheim, offenbar in Solna, was ihm klar wurde, als er die Friends Arena im Hintergrund erkannte. Ein Reporter kommentierte den Bericht.

Der Unbekannte, dem es gelungen ist, in die geschlossene psychiatrische Pflegeabteilung einzudringen, trug einen weißen Kittel und hatte eine gestohlene Passierkarte bei sich. Er wurde von einer Putzfrau im Archiv ertappt, wo die Krankenakten aufbewahrt werden. Eine Akte wurde gestohlen. Es gelang dem Mann, aus dem Gebäude zu verschwinden, ehe die Polizei vor Ort war.

Danach folgte eine unzusammenhängende Studiodebatte, bei der alle einander hektisch ins Wort fielen und niemand ausreden durfte. Ansonsten konnte das Programmangebot für diesen Karfreitag jeden noch so lebenslustigen Menschen in den Selbstmord treiben. Eine philosophische Sendung über den Tod, dann Christi Passionsweg nach Golgatha und danach »Der Gerichtsvollzieher kommt«. Völlig unbegreiflich, dass es Leute gab, die Sendungen über Zwangspfändungen produzierten, in denen das Leiden und die Scham der betroffenen Menschen ausgewalzt wurden, um andere damit zu unterhalten. Kristoffer schaltete den Fernseher aus und fuhr den Computer hoch, um Musik zu hören. Veras Lieblingstitel, eine Liste, die sie, im Jahr, bevor sie verschwand, als Weihnachtsgeschenk für ihn zusammengestellt hatte. »Blurred lines«, »When I was your man«, »Wake me up«.

Kristoffer ging in Veras Zimmer, in dem sich nichts verändert hatte, seit sie angefangen hatte zu packen, um mit

Rasmus zusammenzuziehen. Weitere randvolle Umzugskisten standen noch auf dem Dachboden. In dem Moment war einfach alles angehalten worden.

Das breite Bett mit der weißen Tagesdecke und einem Berg von Kissen in allen Farben und Formen stand noch da. Der Schreibtisch am Fenster war unberührt, seit sie zuletzt dort gesessen und auf der Tastatur des Computers getippt hatte, und die Gitarre stand in die Ecke gelehnt. Ein Kumpel von Rasmus, ein Musiker aus Hampetorp, hatte Vera ein paar Akkorde beigebracht. Sonny hieß er. Er hatte ihr auch ein Plakat von einem Auftritt im Brunnsparken in Örebro geschenkt. Selbst war er nicht mit auf dem Bild, sein Name stand ganz unten bei den Vorgruppen, die die Wartezeit überbrücken sollten, bis das echte Zugpferd des Abends kam: Kent. Das Plakat klebte immer noch auf der Innenseite der Schranktür. Vera hatte den Traum gehabt, Singer-Songwriterin zu werden. Während der Schulzeit hatte sie Gesangsstunden genommen und durfte zum Schulabschluss in der Neunten ein Solo singen. Da war sogar Ella zu Tränen gerührt gewesen.

Kristoffer verließ Veras Zimmer. Er hatte die Kerze im Messingleuchter auf dem Küchentisch angezündet, wie er es jeden Abend tat, um seine Gedanken zu sammeln und die Erinnerung an seine Tochter zu ehren. Fünf verdammte Jahre waren seit der schicksalhaften Nacht vergangen, in der sie verschwunden war, und er vermisste sie in jedem wachen Moment.

Es regnete. Trotzdem öffnete er das Fenster einen Spalt, sank auf den Stuhl am Tisch und starrte in die Kerzenflamme. Er hatte sie oft still angefleht, ihm doch auf eine magische Weise ein Zeichen zu geben, ob sie noch lebte oder auf der anderen Seite war. Und manchmal hatte sie das auch getan. Die Aktentasche, die er in der Diele abgestellt hatte, konnte auf unerklärliche Weise plötzlich auf dem Küchentisch liegen. Einer seiner Schuhe war im Papierkorb im Badezimmer gelandet, und einmal hatte Vera sich einen Scherz mit ihm erlaubt und einen Knoten in die dünne dunkelgraue Gardine im Wohnzimmer gemacht. Natürlich hatte er niemandem davon erzählt. Die Leute würden ihn ja für verrückt halten.

Puste die Kerze aus, damit ich weiß, dass es dich gibt, sagte er in Gedanken zu Vera. Doch nichts geschah, und Kristoffer erhob sich, zog die durchnässten Kleider aus und ließ sich ein Bad ein. Als er wieder in die Küche ging, um die Kerze auszublasen … da war sie gelöscht. Ein eiskalter Luftzug vom Fenster könnte das getan haben, aber er war nicht sicher. Es fühlte sich so seltsam an, als würde jemand vorsichtig eine warme Hand auf seinen Kopf legen und ihm tröstend übers Haar streichen. In dem Augenblick war er sicher, dass sie da war.

Er suchte in der Vergangenheit nach der Erinnerung an ihre Stimme. Er konnte immer noch ihr Lachen hören, ihre empörten Verteidigungsreden, wenn sie behauptete, sie habe das Recht, ihre eigenen Entscheidungen zu treffen, und die flüsternde, ängstliche Stimme, wenn sie bat, bei ihm im großen Bett schlafen zu dürfen, weil im Schrank ein Affengespenst säße. Wie alt mochte sie da gewesen sein? Vier Jahre vielleicht? Ansonsten war sie furchtlos gewesen, hatte mit allen geredet und war einmal mit einem anderen Mädchen nach Hause gegangen, ohne Bescheid zu sagen. Er hatte immer so eine Sorge in sich getragen, dass ihr etwas zustoßen könnte – schon damals war das

Gefühl stark gewesen. Dem eigenen Kind durfte nichts passieren. Wenn sie in größeren Menschenansammlungen unterwegs waren, hatte er immer seine Handynummer mit Kugelschreiber auf ihren Arm geschrieben und ihr Anweisungen gegeben. *Wenn ich dich verliere, dann gehst du zu einer Mutter mit Kinderwagen und bittest um Hilfe. Du darfst nicht einfach jeden ansprechen. Versprich mir das.*

Kristoffer trat an die große Karte von der Umgebung um den Hjälmaren, die er nach dem Verschwinden seiner Tochter aufgehängt hatte. Sie bedeckte die ganze lange Wand im Wohnzimmer. Andere Bilder oder Dekoobjekte hatte er sich nicht angeschafft. Er und Vera hatten ja eigentlich nur übergangsweise hier leben und sich dann irgendwo eine Wohnung kaufen wollen. Aber die Preise waren so sehr in die Höhe gestiegen, dass es schließlich unmöglich wurde.

Kristoffer steckte die Nadeln um, markierte die Strecke, die er heute gegangen war, und machte eine Notiz dazu in dem Buch, das er führte. Die Haarspange, die er in Hampetorp gefunden hatte, fotografierte er und steckte sie dann wieder in seine Jackentasche. Er würde in der Facebook-Gruppe und auch bei Veras Mutter nachfragen, ob sich jemand erinnern konnte, dass Vera auf dem Junggesellinnenabschied eine solche Spange getragen hatte. Dann fiel ihm das Familienalbum ein, und er holte den letzten Ordner mit den Fotos von 2013 hervor. Nach Veras Verschwinden hatte er aufgehört zu fotografieren. Und da – er entdeckte sie fast sofort. Vera hatte das sonnengebleichte Haar seitlich gescheitelt und trug genau solch eine Spange. Auch die Kette, die sie bei ihrem Verschwinden um den Hals gehabt hatte, trug sie auf diesem Foto, ein Bergkristall in Tropfenform und in Gold eingefasst. Das Foto war an dem Mittwoch, bevor sie verschwand, gemacht worden. Die Haarspange war die erste Spur, die er von ihr am See gefunden hatte. Morgen würde er, sowie es hell war, mit einem Spaten hinfahren und weiter graben. Er postete das Bild in der Facebook-Gruppe, dann rief er Börje an.

»Solche Spangen muss es ziemlich viele geben«, wandte der immer vorsichtige alte Kommissar ein.

»Oder es ist ein Durchbruch.«

»Das reicht nicht aus, um die Ermittlungen wieder aufzunehmen, und das weißt du auch, Kristoffer«, erwiderte Börje resigniert.

Kristoffer beherrschte sich. »Wie geht es deiner Frau?« Das hätte er natürlich zuerst fragen sollen und nicht sofort von seinem Fund reden. Börjes Frau hatte vor knapp fünf Jahren die Diagnose Alzheimer bekommen. Ehe es einen Platz im Pflegeheim für sie gegeben hatte, war es furchtbar gewesen. Börje hatte nachts kein Auge mehr zugemacht, weil sie herumgelaufen war, die Möbel verrückt hatte, sich nach draußen verirrt und nicht mehr nach Hause gefunden hatte. Kristoffer hatte unter der Hand die Ermittlung über Veras Verschwinden übernommen, obwohl er ein Angehöriger war und zudem Polizist im Dienst. Über die unkonventionelle Arbeitsteilung zwischen ihnen damals hatten sie hinterher niemals wieder miteinander gesprochen.

»Nicht so gut. Alice zu füttern wird immer schwerer. Sie kneift den Mund zusammen und schließt die Augen. Ich denke, ich werde sie morgen ein Weilchen nach Hause holen. Albert kommt mit seiner neuen Freundin, Denise.

Die in Heddas Haus wohnt, weißt du? Aber heute Abend sitze ich allein hier.«

Kristoffer nickte vor sich hin. Am Morgen war er Denise begegnet. Wie schön, dass Albert jemand Neues kennengelernt hatte. Seine Frau war vor drei Jahren tragischerweise und viel zu jung an einem Schlaganfall gestorben.

»Bist du sicher, dass du allein rumsitzen willst? Sonst könnten wir zusammen ein Bier trinken gehen.«

»Nein, nicht am Karfreitag. Das tut man nicht.«

Kristoffer erwog zu fragen warum, ließ es aber. Sie beendeten das Gespräch, und er zog sich aus und wollte eben in die Badewanne steigen, als das Handy klingelte. Er hatte es in der Hosentasche im Schlafzimmer zurückgelassen.

»Bark.« Er merkte selbst, wie barsch er klang.

»Hallo Kristoffer, hier ist Ingrid.«

Er stöhnte leise. »Frohe Ostern! Oder was sagt man da?« Ingrid war ein wenig älter als er, so um die 55, meinte er sich zu erinnern, und Zivilangestellte. Sie gehörte also zu denen, die keine richtigen Polizisten waren, sondern einen anderen Hintergrund als Soziologen, Wirtschaftswissenschaftler oder wie Ingrid als IT-Techniker hatten. Kristoffer fand, dass sie ausgezeichnete Arbeit machte, wenn sie auch manchmal ein wenig übergründlich und widerspenstig war und der Polizeileitung schon die eine oder andere unbequeme Wahrheit um die Ohren gehauen hatte. Ihre Fürsorge kannte offensichtlich keine Grenzen, nicht einmal in der Freizeit. Er befürchtete das Schlimmste, womöglich plante sie, mit Essen vorbeizukommen und ihn in seiner Einsamkeit zu trösten. Das letzte Mal, als sie das getan hatte, war sie eine Runde durch seine Wohnung gegangen und dann mit einer To-do-Liste angekommen und hatte gesagt, dass er die Fenster putzen und den Filter der Dunstabzugshaube auswechseln müsse. Er hatte nicht einmal im Entferntesten daran gedacht, dass der Dunstabzug einen Filter besaß, ehe das Fett anfing zu tropfen, und nicht einmal da hatte er es als besonders wichtig erachtet.

»Möchtest du morgen Abend zum Osteressen zu uns kommen? Wir werden ein paar Gäste von Öland dahaben, das würde gut passen.«

»Danke, aber ich hab schon was vor.« Eine Notlüge.

»Ah so, und was machst du heute Abend?«

»Das ist eine Information, die der Geheimhaltung unterliegt.« Er grinste garstig vor sich hin.

»Sitz nicht zu Hause rum, Kristoffer, das tut dir nicht gut.«

Jetzt war es aber genug. »Vielleicht ist es nicht an dir, das zu entscheiden!«, entgegnete er kurz angebunden. Diese Frau war einfach so ärgerlich distanzlos, dass er sie am liebsten angeschrien hätte. Das hier war sein schwacher Punkt.

»Ich komme heute Abend mit ein bisschen Lachs bei dir vorbei. Ich fahre zu meiner Schwester nach Sköllersta, das liegt also sowieso auf dem Weg.«

»Danke, sehr freundlich, aber ich werde nicht zu Hause sein, und morgen früh, sobald es hell wird, gehe ich zum Hjälmaren.« Kristoffer war zurück ins Badezimmer gegangen und hatte sich den Bademantel über die Schultern gelegt, um sich während des Gesprächs nicht so nackt zu fühlen.

»Und du bist sicher, dass du nicht ein bisschen von unserem leckeren Janssons frestelse haben willst?«

»Todsicher.«

Um sich Ingrids Mitleid zu ersparen, war er gleich nach dem Bad aus seiner Wohnung geflüchtet und hatte den Bus in die Stadt genommen, um in der sogenannten Freimaurerloge etwas zu essen. Das Gebäude war seit dem Ende des 19. Jahrhunderts ein Ordenshaus der Freimaurer und stand mitten in Örebro auf der Insel Blekholmen im Svartån. Abgesehen von den Räumen für die Zusammenkünfte der Freimaurer gab es ein Tanzlokal, eine Festetage und im Sommer auch einen Biergarten.

Die Fahrt mit dem Bus dauerte zwölf Minuten. Es hatte aufgehört zu regnen, und ein sanftes Licht beleuchtete die Stadt. Kristoffer stieg am Schloss aus, blieb sofort stehen und wollte sich nicht vom Fleck bewegen. Auf der Brücke über den Svartån stand ein Mann in zerschlissenem Anzug und spielte so schön Kornett, dass er ganz hingerissen war. Sicherlich war er in seinem eigenen Land ein angesehener Musiker, ein Berufsmusiker der Weltklasse, der sich und seine Familie aber nicht damit ernähren konnte. Die schönen und gefühlvollen Klänge machten Kristoffer froh und gleichzeitig traurig, und in diesem Moment konnte er plötzlich das Großartige um sich herum erkennen. Die glühende Abendsonne in Rosa, Violett und Gold, die sich im Svartån spiegelte, der sich auf beiden Seiten des Schlosses durch den Stadtkern schlängelte.

Hinter dem Schloss leuchteten die gelben Gebäude des Strömparterren, des alten Restaurants im Schlosspark, im Volksmund »Strömpis« genannt. Bald würde unter seinen Bäumen das Gartenlokal wieder öffnen. Vor sich hatte er das Alte Theater, das an eine mehrstöckige Zitronentorte erinnerte, und weiter hinten das Hotel Borgen mit seinen Zinnen und Türmen und in Bogen geschwungenen Fenstern. Das Gebäude war einem Märchenschloss ähnlicher als das rustikale Schloss selbst. Früher einmal war es eine Bank gewesen, dann hatte eine Zeitung ihre Redaktion dort gehabt, und jetzt war es ein Hotel. Örebro war seine Stadt, und sie war so verdammt schön!

Kristoffer stand atemlos still und hörte, wie das Musikstück verklang. Dann ging er zu dem Mann, drückte ihm einen Fünfhundertkronenschein in die Hand und dankte für das umwerfende Musikerlebnis. Das war ein angemessener Ticketpreis für eine außerordentliche Aufführung. Musik vermochte über alle Worte hinaus direkt in die Seele vorzudringen, und Kristoffer fühlte sich so leicht ums Herz wie lange nicht. Vielleicht war das der Grund für das Unfassbare, was dann geschah. Er war überhaupt nicht auf die Begegnung vorbereitet, die noch am selben Abend auf ihn wartete.

Die Straßenlaternen spiegelten sich in dem dunklen Wasser, als er über die schwankende Holzbrücke zur Freimaurerloge ging. Er gab seinen Mantel an der Garderobe ab und bekam einen Fensterplatz zugewiesen. Auf der Bühne spielte ein Ensemble leise Trad-Jazz-Klassiker. Er ließ den Blick durch das Lokal schweifen, wie es Polizisten tun, um mögliche Störfaktoren zu entdecken. Eine Berufskrankheit, die zu einem Reflex geworden war. Dabei ging es ums Überleben, darum, rechtzeitig zu bemerken, wenn jemand unangenehm zu werden drohte. Doch die meisten, die da im Restaurant saßen, wirkten anständig. Keine alten Bekannten, die er im Blick behalten musste.

Obwohl es noch nicht einmal neunzehn Uhr am Karfreitag war, gab es kaum einen freien Platz. Ob das Fernsehprogramm die Menschen aus ihren Häusern getrieben hatte? Kristoffer überflog das Menü, und es fiel ihm schwer, sich zu entscheiden, doch dann wählte er ein klassisches Steak und ein Easy Rider, das alkoholfreie Bier, das er am liebsten trank.

Erst beim Dessert bemerkte er sie, und dann konnte er den Blick nicht mehr von ihr wenden. Eine schöne dunkelhaarige Frau an einem Tisch für zwei. Wartete sie auf jemanden? Nein, es war nur für eine Person gedeckt. Sie war eigentlich nicht umwerfend schön, sondern von einer Schönheit, die man erst entdecken musste. Ihre Haare waren kurz, dunkelbraun und lockig. Die Augen groß, braun und halbmondförmig, der Mund von einem warmen und verlockenden Farbton. Wenn sie noch ein anderes Make-up benutzte außer dem Lippenstift, dann war es sehr diskret. Sie trug ein schwarzes Kleid, dazu hochhackige schwarze Schuhe, in denen sie beeindruckend entspannt lief, wie er feststellte, als sie kurz zur Toilette ging. Auf dem Weg zurück warf sie ihm einen interessierten Blick zu, und er lächelte sie an. Sie lächelte kurz zurück und wandte eilig den Blick ab. Ihr Lächeln war fantastisch. Das lag möglicherweise an der Musik, die seine Sinne besänftigt hatte, doch nicht nur. Es war lange, sehr lange her, seit er sich von einer Frau angezogen gefühlt hatte. Wahrscheinlich hatte das mit diesem Maslow und seiner berühmten Bedürfnispyramide zu tun. Jemanden attraktiv zu finden steht nicht gerade ganz oben auf der Liste, wenn man mit den Dämonen der Hölle ringt.

Jetzt sah sie ihn wieder wie zufällig mit ihren freundlichen braunen Augen an, und Wärme breitete sich in seinem ganzen Körper aus. Sollte er es wagen, sie zu bitten, an seinen Tisch zu kommen, so dass sie zusammen eine

Tasse Kaffee trinken könnten? Sie war inzwischen auch beim Dessert angekommen. Ihm wurde fast schwindelig, als er merkte, wie gern er das täte. Was war das Schlimmste, das passieren konnte, wenn er fragte? Dass sie Nein sagte. Dass sie ihn aufdringlich fand. Er konnte schließlich nicht wissen, welche Erfahrungen sie mit Männern gemacht hatte, die sie zu etwas einladen wollten.

Kristoffer hatte sich gerade ein Herz gefasst und war im Begriff, sich zu erheben, als sein Handy klingelte. Er kannte die Nummer nicht, nahm den Anruf aber trotzdem an und hatte plötzlich eine heisere und betrunkene Frauenstimme im Ohr, die Ellas Freundin Peggy gehörte.

»Jetzt werd nicht sauer, Bark. Es geht um deine Frau, also deine Ex. Sie reagiert nicht, wenn man mit ihr redet. Sie ist komplett weg.«

Kristoffer wurde eiskalt. »Atmet sie? Hat sie einen Puls?«

»Ich weiß nicht. Sie sieht tot aus.«

Er fiel in seinen Berufsmodus, sprach ruhig und deutlich. »Hast du einen Notarzt gerufen?«

»Verdammt, nicht daran gedacht.«

Nun schlug die Angst allmählich in Wut um, doch er beherrschte sich. »Okay, ich mach das. Wo ist Ella? Kannst du sie beatmen? Herzmassage? Du musst versuchen, sie am Leben zu halten. Ist sonst noch jemand da? Ruf um Hilfe.«

»Ihr Typ, Bengan, ist hier, aber der ist zu besoffen, um was zu schnallen. Sie liegt in einem Busch im Stadtpark. Bei der großen Bühne.«

4

Zum Glück hatte er Bargeld dabei. Kristoffer legte einen Fünfhunderter auf den Tisch und verließ das Lokal, ohne seinen Mantel abzuholen. Er konnte schon nicht mehr zählen, wie viele solcher Einsätze er in den letzten Jahren übernommen hatte. Er eilte aus der Freimaurerloge über die schaukelnden Planken der Holzbrücke und dann in gleichbleibendem Tempo am Svartån entlang, am Schloss vorbei, über die Straße am Harrys vorbei zum Stadtpark und kam noch vor dem Notarzt an.

Drei verzweifelte Menschen beugten sich über Ella. Kristoffer schob sie beiseite. Sie stanken nach Suff und altem Zigarettenrauch. Im schwachen Licht einer entfernten Laterne sah er, dass Ellas Augen geschlossen und die Lippen bleich waren. Er kontrollierte Puls und Atmung, konnte aber keine Lebenszeichen wahrnehmen. Er fuhr ihr mit dem Zeigefinger in den Mund und holte Reste von Erbrochenem heraus. Kristoffer sammelte Kräfte, holte tief Luft und blies seinen Atem in sie hinein, bis sich ihr Brustkorb hob. Einmal, zweimal, dann dreißig Herzkompressionen.

Beim nächsten Atemstoß begann Ella zu husten und übergab sich im hohen Bogen. Kotzte auf sein weißes Hemd. Es war ihm egal. Jetzt konnte er das vorsichtige Pochen des Pulses an ihrem Hals spüren und sah, wie ihr

Gesicht langsam eine normale Farbe annahm. Sie rang nach Luft. Er drehte sic in die stabile Seitenlage. Aus der Ferne war das Martinshorn der Ambulanz zu hören. Es kam immer näher. Die Scheinwerfer blendeten ihn, er streckte eine Hand hoch, um zu zeigen, dass sie hier richtig waren, und bat die anderen, die sich versammelt hatten, beiseitezutreten, damit die Sanitäter durchkommen konnten.

Kristoffer strich ihr über das zerzauste Haar. *Tu das nicht, Ella, tu dir das hier nicht an!*

Es war eine große Erleichterung, als die Sanitäter sie übernahmen. Er erklärte, dass er ihr Ex-Mann und nächster Angehöriger war und hinterließ seine Kontaktdaten, wie er es jedes Mal getan hatte, wenn sie sich um den Verstand gesoffen und das Bewusstsein verloren hatte. Aber er fuhr nicht mit ins Krankenhaus. Ella war jetzt in guten Händen, und er musste bei den Freimaurern noch seinen Mantel abholen. Wenn sie entlassen würde und die Angst wieder zuschlug, dann würde er für sie da sein. Was konnte er sonst schon tun? Sie war schließlich Veras Mutter.

Die Wut trieb ihn an, als er zurückeilte. Doch er war nicht auf Ella wütend, sondern auf den verdammten Quacksalber von einem Arzt, der sie mit Beruhigungsmitteln und Schmerzmitteln auf Morphiumbasis versorgte, ohne jedoch zu fragen, mit welcher Art Flüssigkeit sie die Tabletten herunterzuspülen gedachte. Seit sie dorthin ging, war es nicht mehr nur der Alkohol. Ella weigerte sich, seinen Namen zu nennen, aber Kristoffer war fest entschlossen, ihn herauszufinden. Wer ein unter das Betäubungsmittelgesetz fallendes Arzneimittel ausgab, sollte auch einen Plan haben, wie man es wieder ausschleichen konnte. Einen Zustand der Angst gegen einen tödlichen Drogenmissbrauch auszutauschen war jedenfalls keine gute ärztliche Versorgung, vor allem nicht, wenn man sich dafür schwarz bezahlen ließ und das Geld in die eigene Tasche steckte, wie es dieser Arzt angeblich tat.

Erst als Kristoffer vom Türsteher des Freimaurerlokals aufgehalten wurde, begriff er, wie er aussah. Das Hemd bespuckt, die helle Hose hatte Grasflecken auf den Knien. Und als wäre das nicht genug: In diesem Moment der Erniedrigung tauchte *sie* auf, die schöne Frau, die ihm zuvor aufgefallen war. Sie kam zur Garderobe, um ihren Mantel abzuholen, und starrte ihn entsetzt an. »Hallo, alles in Ordnung?«, fragte sie vorsichtig.

Er nickte kurz. Aus dem Restaurant drangen Wellen von Lachsalven, schwarze Nebelschwaden waberten durch sein Blickfeld, kamen und verschwanden im Verlauf von wenigen Sekunden. Das furchterregende Gefühl, sich nicht im eigenen Körper zu befinden, erfüllte ihn.

Sie stand wie versteinert da und nahm nur mit halb geöffnetem Mund wahr, was geschah, so als wollte sie etwas sagen, fände aber keine rechten Worte für ihre Bestürzung.

Kristoffer wandte sich an den Türsteher. »Ich habe ja nicht gesagt, dass ich reinwill. Ich will nur meinen Mantel holen«, knurrte er gedämpft und wedelte mit dem Garderobenzettel.

Der Türsteher sah skeptisch aus. »Ich hab Sie schon mal gesehen. Sie sind Polizist, oder?«

Kristoffer spürte, wie der Zorn rot durch sein ganzes Bewusstsein rauschte und in einen Ausbruch mündete, den er nicht mehr beherrschen konnte. Er ergriff den Wachmann am Kragen, hob ihn auf seine eigene Augenhöhe, drückte ihn an die Wand und atmete ihn an. »Ich bin nüchtern.« Dann ließ er ihn wieder auf den Boden sinken und marschierte hinein, um seinen Mantel zu holen.

»Was ist denn passiert?«, fragte die dunkelhaarige Frau, als er auf dem Weg hinaus an ihr vorbeiging.

Er antwortete nicht. Bekam kein einziges Wort heraus. Die Wangen brannten ihm vor Scham, aber er konnte jetzt kein Mitleid ertragen. Er wollte nur noch weg und ging, ohne sich umzudrehen. Die Gedanken betäubt und mit steifen Gliedern. So wie er stank, wollte er nicht mit dem Bus nach Hause fahren, sondern beschloss, zu Fuß nach Tybble zu gehen. Das waren ein paar Kilometer, wenn er die Trädgårdsgatan zur Rudbecksgatan nahm. Es war kalt, und er fror, aber er trug den Mantel trotzdem unterm Arm, um ihn nicht schmutzig zu machen. Wenn er nur schnell ging, würde er schon genug Wärme entwickeln. Er war immer noch wütend. So rasend wütend, dass ihm hoffentlich niemand in die Quere kam. Wenn er erst zu Hause war, würde der Zorn abklingen und der großen, lähmenden Erschöpfung Raum geben. Das Muster kannte er schon.

Als er zum Strömpis kam, hatte das Restaurant offensichtlich schon für die Saison geöffnet, und die Schlange draußen war lang.

»Der da drängelt sich vor!«, kreischte eine Frau mit rosafarbenen und hellllila Strähnchen im Haar. Sie hatte einen Ring in der Nase, trug ein dünnes geblümtes Kleid und zeigte auf einen jungen Mann mit rabenschwarzem Haar und langem Mantel. »Der da!«

Kristoffer erkannte Alex Molin, den Frischling wieder, der kürzlich bei ihnen in der Mordkommission angefangen hatte. Ein Möchtegern-Gunvald, der noch einiges zu lernen hatte, bevor man ihn von der Leine lassen könnte. Kristoffer hatte empfohlen, man solle den neuen Kollegen in den Fahrradkeller des Polizeireviers verbannen, bis er von seinem hohen Ross herunterkäme, aber keiner hatte auf ihn gehört.

»Ich bin Polizist. Ich muss rein!«, sagte Alex von oben herab.

»Können Sie sich ausweisen?«, fragte der Türsteher.

»Etwas Respekt für die Ordnungsmacht, wenn ich bitten darf!« Alex Molin wühlte in seiner Manteltasche, zog seine Brieftasche heraus und wedelte mit der Marke. »Ich muss einen Verdächtigen verhören, und es ist verdammt eilig!«

Kristoffers Geduld war am Ende. Die schwarzen Nebel kehrten zurück, und das Adrenalin schoss ihm bis in die Fingerspitzen. Das schreckliche Gefühl, keine volle Kontrolle über das zu haben, was er dachte und tat, überwältigte ihn.

»Du bist nicht im Dienst!«, knurrte Kristoffer Bark, trat auf Molin zu und packte ihn. Er zog den Grünschnabel aus der Schlange und beschimpfte ihn mit allem Zorn, der sich angesichts all des Elends dieses Abends in ihm angestaut hatte. »Außerdem bist du kein Polizist, sondern Polizeianwärter, und es ist noch die große Frage, ob du je einen anderen Rang schaffen wirst!«

»Ist das da auf deinem Hemd Kotze?«, stammelte Alex, als er sich wieder gefasst hatte.

»Ja, das sind die Medaillen, die man für Tapferkeit im Dienst der Ordnungsmacht erhält. Wenn du je ein richtiger Polizist bist, wirst du vielleicht auch mal eine bekommen.

Die Leute werden dich ankotzen, ihr Blut über dich spritzen und dich bespucken. Wirst du das aushalten? Sonst hast du nämlich den falschen Beruf gewählt.«

»Wirst du das hier melden?«, fragte Alex, immer noch erschüttert.

»Kommt drauf an. Es wäre unverantwortlich, einen Frischling mit durchzuziehen, der nicht mal wie normale Leute in der Schlange stehen und die leichteste aller Regeln befolgen kann, nämlich zu warten, bis er dran ist.« Kristoffer lockerte den Griff und machte eine Kopfbewegung zu der Menge von Leuten hin. »Und jetzt gehst du hin und entschuldigst dich.«

Alex starrte ihn an, als wäre er der Leibhaftige. »Du bist doch nicht ganz sauber, verdammt noch mal! Nie im Leben.«

Da platzte Kristoffer der Kragen. Er packte den Rotzlöffel am Nacken und trieb ihn vor sich her zu dem Türsteher, den er schon lange kannte. »Dieser junge Mann hier möchte, dass Sie sich an ihn erinnern. Er wird nicht reingelassen werden, und er möchte sich für sein schlechtes Benehmen entschuldigen, nicht wahr?«

»Au, ja, verdammt.«

Kristoffer ließ Alex so abrupt los, dass dieser das Gleichgewicht verlor und zur allgemeinen Erheiterung der in der Schlange Stehenden auf seinem Hintern landete.

Kristoffer setzte seine kalte Wanderung nach Hause fort. Das Gefühl, sich nicht in seinem Körper zu befinden, verfolgte ihn.

»Ich werde dich wegen Misshandlung anzeigen!«, echoten die Worte des Polizeianwärters hinter ihm her.

Kristoffer Bark drehte sich nicht um. Später konnte er

sich nicht mehr daran erinnern, wie er nach Hause gekommen war. Alles war schwarz.

Als Kristoffer aus seinem Zustand der Lähmung erwachte, saß er in Tybble auf dem Sofa, und es war Nacht. Obwohl er sich vor Erschöpfung wie erschlagen fühlte, ging er duschen, machte sich einen Kaffee und rief das Krankenhaus an. Ellas Zustand war ernst, aber stabil. Er machte mit der Krankenschwester aus, dass er sie am kommenden Tag nachmittags abholen würde, wenn nicht noch etwas dazukäme, das weiterer Pflege bedürfte. Insgeheim hoffte er, dass Ella in der sicheren Umgebung bleiben musste, damit er das ganze Osterwochenende der Suche nach Vera widmen konnte.

Dann machte er Anstalten, ins Bett zu gehen. Er stellte den Handywecker auf Viertel vor sechs, um bei Sonnenaufgang draußen am Hjälmaren sein zu können. Es war Ostersamstag. Er musste den Strandabschnitt, an dem er die Haarspange gefunden hatte, weiter untersuchen. Bevor er unter die Bettdecke kroch, las er noch die jüngsten Nachrichten im Videotext. Dann lag er lange mit demselben bekannten Gefühl der Unwirklichkeit im Bett und starrte an die Decke. Er war völlig erschöpft, und gleichzeitig war es ihm unmöglich runterzukommen. Ein Glas Wein würde seine Nerven sicher beruhigen, aber für den Fall, dass das Krankenhaus anrief, weil es Ella schlechter ging, wollte er nüchtern bleiben.

Ihr übermäßiger Alkoholkonsum hatte ihn fast zum Abstinenzler gemacht. Zwar waren sie nicht mehr verheiratet, und er war nicht verpflichtet, sich um sie zu kümmern, aber wer sollte es sonst tun? *Das Schutznetz der Gesell-*

schaft hat größere Maschen, als man denkt, und viele rutschen da durch und sinken auf den Grund. So drückte er es für sich selbst aus. Ella entfloh der Wirklichkeit wegen der Ungewissheit, was mit ihrer Tochter passiert sein könnte. Sie hielt die Angst und die Albträume nicht aus. Wenn er nur das Rätsel von Veras Verschwinden lösen könnte, dann würde sie sich vielleicht wieder erholen und am Leben teilnehmen können. Das gemeinsame Unglück verband sie ebenso eng miteinander, als wären sie noch verheiratet, und er würde erst frei sein, wenn sie allein klarkam.

Er stand auf und holte sich ein Glas Wasser, das er, am Küchenfenster stehend, trank, von wo aus er in die Nacht hinaus zu den Mietskasernen und dem leeren Spielplatz starrte. Die schöne Frau im Freimaurerlokal wäre eine angenehme Erinnerung zum Einschlafen gewesen, der prickelnde Gedanke, was hätte geschehen können, wenn er gefragt hätte, ob sie an seinen Tisch kommen wollte. Aber so hatte alles nur in Peinlichkeit geendet, und er schob jeden Gedanken an sie, ihre tolle Figur und das verlockende Lächeln von sich.

Er konnte sich kaum erinnern, wann er das letzte Mal Sex gehabt hatte. Mal abgesehen von dem katastrophalen Fehler, den er mit Gaby Wide vor einem knappen Monat begangen hatte. Aus reiner Erschöpfung von der Suche nach Vera war er im Bett der Staatsanwältin gelandet. Sie hatte sich wohl an ihrem Ex-Mann rächen wollen, während sein Motiv eher unklar gewesen war. Er hatte geweint, und als der Akt vorüber war, hatte sie ihn getröstet. Diesen linkischen Sexversuch wollte er am liebsten auf immer vergessen. Und die Jahre davor, zwischen der Scheidung und der Nacht, in der Vera verschwand, waren verblasste Fantasien. Er hatte niemanden kennengelernt, mit dem er eine echte Beziehung hätte aufbauen können, und das war seine eigene Schuld. Er hatte zu viel gearbeitet und sich zu wenig um Vera und Ella gekümmert.

Mit Vera war es niemals leicht gewesen, das musste er sich eingestehen. Eine Zeitlang hatte sie das Essen verweigert. Das war direkt vor der Scheidung gewesen, und der Rat, den Schulpsychologen und Kinderpsychiater den Eltern gegeben hatten, war, während der Mahlzeiten nicht zu streiten. Vera hatte sich später entschieden, bei ihm zu leben, hatte sich aber furchtbar Sorgen gemacht, wie es Ella wohl damit gehen würde. Ihm gegenüber hatte Vera sich getraut, über die Stränge zu schlagen und zu provozieren. Die ganze Teenagerzeit über hatte sie ihre Grenzen ausgetestet. Wenn er sagte, dass es gefährlich sei, um zwei Uhr nachts allein aus der Stadt nach Hause zu gehen, dann tat sie genau das, damit er sich Sorgen machen und sie abholen würde. Viel zu spät hatte er begriffen, wie die eigentliche Frage hinter dem Trotz lautete: *Liebst du mich, Papa? Hast du Zeit für mich, oder ist deine Arbeit wichtiger als ich?*

Kristoffer ging ins Schlafzimmer zurück und kroch wieder unter die Decke. Die Augen gewöhnten sich ans Dunkel. Das Licht der Straßenlaternen drang durch die Lamellen und kleinen Löcher in der Jalousie, und es wurde nie richtig dunkel. Er konnte keine Schlafposition finden. Das Laken hatte sich verdreht. Die Wut war nicht mehr da, aber die dunklen Wolken vor seinem Blick wanderten weiter, und das Gefühl, nicht in seinem eigenen Körper zu sein, kehrte zurück. Es fühlte sich an, als würde er außerhalb schweben und oben unter der Zimmerdecke hängen. In diesem Zustand war es ihm unmöglich, auch nur einen kleinen Finger zu bewegen oder zu blinzeln, er war wie gelähmt. Ein Zustand, der ihn bis tief in seine Seele hinein erschreckte. Von diesen Episoden hatte er noch niemals jemandem erzählt. Er wusste nur, dass sie immer von einem unkontrollierten Ärger eingeleitet wurden, der dann in blanken Zorn überging. Der Gedanke, dass er im Begriff sein könnte, den Verstand zu verlieren, erschreckte ihn mehr als alles andere. Aber dann, irgendwann weit nach Mitternacht, musste es ihm doch gelungen sein einzuschlafen.

Als er am Morgen des Ostersamstags vom Klingeln des Weckers erwachte, verspürte er ein diffuses Verlustgefühl. Im Traum war er an einem anderen Ort als in seiner staubigen Dreizimmerwohnung gewesen, auf einer Wiese, wo er mit dem Kopf auf dem Schoß der schönen Frau aus der Freimaurerloge auf einer Decke gelegen hatte, und sie hatte ihm übers Haar gestrichen und versprochen, dass alles gut werden würde. Sie hatte ihn bei der Hand genommen und ihm den Weg durch einen Wald von Seegras gezeigt, das sich vor ihren Schritten neigte, während sie auf dem Grund eines Sees gingen. Er hatte Wasser eingeatmet, und das war kühl und schön gewesen. Als sie wieder an Land waren, erkannte er die Stelle. Sie standen, von Schilf umschlossen, auf dem kleinen Sandstrand, auf dem er die Haarspange gefunden hatte. Im Sand waren Fußspuren, und ohne sie näher zu untersuchen, wusste er doch, dass sie von Vera stammten. Im Traum konnte er sich selbst wie durch ein dünnes Tuch sehen. Er sah, wie seine Lippen sich bewegten und der Mund lautlos aufgerissen war, als er, so wie er es gestern getan hatte, gegen den Sturm anbrüllte. Er sah sein eigenes verzerrtes Gesicht, und weiter hinten erkannte er Denise mit dem Hund. In diesem Augenblick war sie Vera so ähnlich, dass er, als sie sich begegneten, völlig fassungslos war. Das helle Haar, die aufrechte Haltung und die Augen, die Form des Gesichts und dann noch etwas, woran er sich nicht erinnern konnte. Damals, als Vera verschwunden war, hatte er schon einmal mit Denise gesprochen, und auch da hatte er das Gefühl gehabt, dass sie einander sehr ähnlich sahen, aber doch nicht so stark wie am Tag zuvor.

Die dunkelhaarige Frau vom Freimaurerlokal, die im Traum immer noch seine Hand hielt, hatte nicht losgelassen. Nicht einmal, als sie sah, wie er sich in ein Monster verwandelte, das gegen den Sturm anbrüllte. Sie hatte ihn gebeten nachzudenken. *Siehst du die Spuren? Erkennst du das Muster?*

Doch er konnte nichts erkennen, wie sehr er es auch versuchte.

Kristoffer schüttelte den Traum ab. Er war verwirrend, wie Träume nun mal sind.

5

Denise war mit dem Hund an der Leine auf dem Weg ins Naturschutzgebiet. Es war früh am Ostersamstag, und Albert schlief noch. Schneeglöckchen, Winterlinge und Krokusse leuchteten auf dem graubraunen Boden, und die Sonne wärmte bereits schön im Gesicht. Sven und Rita hatten in zwei großen Tonkrügen an ihrer Treppe Ostersträuße aufgestellt. Die bunten Federn flatterten im Wind, und sie dachte, dass sie zu Ostern auch hätte schmücken sollen. Sie hatte es nicht geschafft, aber sie hatte für Albert ein Osterei mit feinen Schokoladenpralinen gekauft, das er bekommen würde, wenn er aufwachte, und sie hatte einen Strauß mit Osterglocken aus dem Garten in einer blauen Vase auf den Tisch gestellt.

Denise musste an Alberts Eltern denken, denen sie heute zum traditionellen Ostermittagessen einen Besuch abstatten würden. Sie hatte zwar schon das eine oder andere höfliche Wort mit Börje gewechselt, war aber nicht sicher, was Albert über ihre Beziehung erzählt hatte.

Jetzt konnte sie Börjes Haus aus der Entfernung sehen, ging aber nicht hin. Der Bus vom Fahrdienst hatte offenbar gerade seine Frau gebracht. Alberts Mutter war für einen kurzen Besuch aus dem Heim Skebäcksgården nach Hause gekommen. Klein und mager saß sie im Rollstuhl, in eine gestreifte Decke gewickelt und mit einer viel zu großen Mütze, die bis auf die Augenbrauen heruntergezogen war. Albert hatte erzählt, dass sie an Alzheimer litt. Börje wollte versuchen, sie ein letztes Mal nach Hause zu holen, um zu sehen, ob die Gerüche und die vertraute Umgebung sie wieder in die Wirklichkeit zurückführen würden – wenigstens ein bisschen. Große Hoffnungen hegte er nicht. Nur ein Lebenszeichen, ein einziger Augenblick des Wiedererkennens vielleicht. Denise hoffte, dass er den kleinen Funken finden würde, den er suchte. Manchmal war es doch ein Glück, dass man nicht in die Zukunft schauen konnte.

War Alzheimer nicht erblich? Denise ließ den Gedanken kreisen. Würde sie sich entscheiden, mit Albert zusammenzubleiben, wenn sie vorher wüsste, dass er dement werden würde? Glück und Liebe jetzt – gegen Unglück und Trauer später. Ein Leben ohne Gefahren, das so dahinfließt, oder eine Berg-und-Tal-Bahn mit fantastischen Höhen und tiefen Tälern. Aber wenn man es niemals wagte, sich hinzugeben und einen Menschen zu lieben, dann hatte man nicht gelebt.

Gestern Abend, als Albert aus Finnland zurückgekommen war, war sie fest entschlossen gewesen, ihm zu erzählen, dass sie schwanger war. Bei dem Gedanken schwindelte es sie immer noch. Unter ihrem Herzen gab es ein kleines Wesen, jemand, für den sie den Rest ihres Lebens die allerstärksten Gefühle haben würden. Jemand, für den sie, wenn nötig, bereit sein würde zu sterben. Und dennoch kannten sie einander noch nicht, das Kind und sie.

Sie hatte wirklich vorgehabt, es ihm sofort zu erzählen. Aber als Albert ins Auto gestiegen war und sie sein bekümmertes Gesicht gesehen und gehört hatte, wie sehr sein Job ihn stresste, war nichts daraus geworden. Er hatte ihren Trost, ihr Verständnis und ihre ganze Aufmerksamkeit gebraucht, denn er war von seinem Chef kritisiert worden und hatte den Verdacht, dass ein Kollege hinter seinem Rücken schlecht über ihn redete. Und ein anderer Kollege hatte seine Idee zur Lagerhaltung mit kürzeren Lieferzeiten geklaut und als seine eigene präsentiert. Das war alles so ungerecht. Aber das Schlimmste war, dass der Betrieb in Bälde wegen rückläufiger Umsätze einer Reihe von Mitarbeitern würde kündigen müssen. Albert hatte Angst, dass er dazugehören würde, wenn er sich nicht als absolut unersetzlich erweisen würde. Sie hatte zugehört, und dann, als sie ins Haus gekommen waren, hatten sie Sex gehabt, und dann war er eingeschlafen, noch ehe sie irgendeine Freude an seiner Umarmung hatte haben können. Natürlich war er erschöpft, aber sie war trotzdem enttäuscht. So hatte sie sich den Abend nicht vorgestellt.

Damit das Jaulen und Kläffen des Hundes Albert nicht störte, falls er sich ausschlafen wollte, hatte sie den Mantel über ihr Nachthemd gezogen, war in die Gummistiefel gestiegen und losgegangen. Sie hatte keinen Zettel geschrieben, denn wahrscheinlich würde sie zurück sein, ehe er aufwachte.

Als sie zum Hafengelände kam, erkannte sie den tannengrünen Toyota Camry. Sie wusste, wem er gehörte. Tags zuvor hatte Kristoffer Bark sie erschreckt, als er so plötzlich aus dem Gebüsch gestürzt war. Ein dumpfer Kopfschmerz schlich sich an, während sie das Auto betrachtete. Sie hatte schlecht geschlafen, wach gelegen und darüber nachgedacht, welche Worte sie am besten für Albert wählen sollte, um ihm zu sagen, dass er Vater werden würde.

Doch es war nicht nur das. Sie hatte Sorge, nicht gut genug zu sein. Wenn man ein Kind bekommt, ist es nicht gut, sich zu sorgen. Bestimmt spürte das Kind den höheren Puls. Das Adrenalin, das durch das Blut pulsierte, bekam es über die Nabelschnur mit, das nahm sie mal an. Sie wollte eine entspannte Mutter sein, die Geborgenheit ausstrahlte.

Der Hund zerrte und zog Richtung Naturschutzgebiet. Denise tappte müde hinterher, und plötzlich stand Kristoffer Bark wieder in seiner ganzen Länge vor ihr. Sie musste den Kopf in den Nacken legen, um ihm ins Gesicht sehen zu können.

»Ich muss mich für gestern entschuldigen.« Er lächelte. Die blaugrauen Augen, die weit auseinanderstanden, verliehen ihm ein argloses und fast sanftes Aussehen. Mit Daumen und Zeigefinger strich er über den etwas struppigen Schnauzbart und holte etwas aus seiner Jackentasche. Eine Haarspange in Form eines Vogels mit vergilbten Plastikperlen. »Haben Sie die vielleicht schon mal gesehen? Haben Sie jemanden gesehen, der sie getragen hat?« Seine Stimme klang flehend.

»Tut mir leid. Ich habe niemanden gesehen, der so eine getragen hat, aber die kann man bestimmt bei H&M oder Lindex kaufen oder in so einem Laden mit Modeschmuck. Gehörte die ihr? Ihrer Tochter?«, fragte sie vorsichtig.

Saba spürte Denises Unbehagen und knurrte gedämpft.

»Ich weiß es nicht. Ich weiß nichts mehr. Aber es könnte ihre gewesen sein.« Kristoffer rieb sich die Augen und kehrte mit einem Spaten in der Hand ins Schilf zurück.

Denise fiel nichts ein, was sie noch hätte sagen können. Sie zog Saba mit sich und ging weiter auf ihrer üblichen

Runde. Jetzt hatte sie richtige Kopfschmerzen. Das unvermeidliche Gespräch mit Albert hing schwer über ihr, und auf dem letzten Stück Weg nach Hause konnte sie die sorgenvollen Gedanken nicht mehr unterdrücken. *Was mache ich, wenn Albert kein Kind will? Oder wenn er nicht glaubt, dass es von ihm ist? Was soll ich machen, wenn er will, dass ich es abtreibe? Dann will ich ihn nie mehr sehen.*

Als Denise nur noch wenige hundert Meter vom Haus entfernt war, klingelte ihr Handy. Es war Albert.

»Wo bist du?«

»Gleich zu Hause. Hast du mich vermisst?«

»Du hättest doch sagen können, dass du einen Spaziergang machst, dann wäre ich mitgekommen.« Seine Stimme klang ungewohnt hart.

»Tut mir leid. Ich wollte dich nicht wecken.«

Auf dem restlichen Weg überlegte sie, ob er wohl aus irgendeinem Grund sauer auf sie war, aber als er sie gleich in den Arm nahm, waren alle Befürchtungen wie weggeblasen. Er hatte Tee gemacht, Brot geröstet und Eier gekocht. Sie ließen sich am Küchentisch mit Blick über den See nieder. Er hatte die gelben Servietten hingelegt. Die Osterglocken, die sie gepflückt und auf den Tisch gestellt hatte, waren aufgegangen. Es war wirklich ein schöner Morgen.

»Bist du bereit, meine Eltern kennenzulernen?«, fragte er.

»Erzähl mir von ihnen. Manchmal sehe ich deinen Vater, und wir nicken uns freundlich zu, aber ich weiß bis heute nicht viel über ihn und deine Mutter. Wenn man ein Kind ist, denkt man nicht viel über die Eltern von anderen nach. Die stellen irgendwie nur so den Hintergrund dar.«

»Viel gibt es nicht zu erzählen. Mein Vater sagt, dass er dich immer trifft, wenn du mit dem Hund draußen bist.«

»Ja, aber dann reden wir nur übers Wetter und was so los ist.« Denise lächelte. »Für mich ist es ein bisschen ungewohnt, dass jeder jeden kennt. Hier ist es unhöflich, mit Leuten, die man trifft, nicht ein paar Worte zu wechseln. In Stockholm würden sie einen diesbezüglich für aufdringlich und komisch halten.«

Albert schenkte ihr ein seltenes Lächeln. »Als ich klein war, habe ich nicht viel von meinem Vater zu sehen gekriegt. Er war Polizist und hat immer gearbeitet. Meine Mutter war zu Hause, bis ich mit der Schule anfing. Aber auch sie war kaum anwesend. Bei ihr stand das Künstlerdasein im Mittelpunkt. Nicht ich. Später dann hat sie einen Job in der Bank in Odensviken angenommen. Aber eigentlich wollte sie nur Künstlerin sein. Sie hat wundervolle Bilder gemalt, ich werde sie dir zeigen. Besonders faszinierend ist, dass sie weiter gemalt hat, auch als sie schon keine Worte mehr finden konnte. Im Blick und in den Händen war alles noch vorhanden. Sie wollte wirklich malen.«

»Dann bekommt dieses kleine Herz vielleicht die künstlerische Ader von zwei Seiten«, sagte sie und strich sich über den Bauch, wachsam und ängstlich gleichermaßen, wie er es aufnehmen würde.

Er sah sie mit einer ungewohnten Intensität in seinen braunen Augen an. »Meinst du, was ich denke, was du meinst?«

»Ja. Ich bin schwanger!«, sagte sie und spürte, wie ihr der Angstschweiß ausbrach. Sie beobachtete seine Miene, nahm starr vor Schreck jedes Zucken wahr. Doch über sein Gesicht breitete sich ein noch größeres Lächeln aus.

»Ich fasse es nicht. Kann das wahr sein? Wie herrlich und schön. Wann werde ich Papa?« Er erhob sich und strich vorsichtig mit der Hand über ihren Bauch. »Tritt er?«

»Nein, nein, noch nicht, es ist zu früh, um Tritte zu spüren. Und woher willst du wissen, dass es ein Er ist? Es könnte doch auch ein kleines Mädchen sein.«

»Warst du schon bei der Hebamme?«

»Nein, ich hab gerade erst einen Schwangerschaftstest gemacht. Aus Logistikkreisen, und da bist du ja Experte, ist zu vernehmen, dass die Lieferung ungefähr Mitte Oktober ankommen wird.«

»Das ist ja wundervoll. Und wenn wir das heute meinem Vater erzählen ... Er wird Opa!«

»Ist es nicht ein bisschen zu früh, um das zu verraten?«

»Eine frohe Nachricht kann nie zu früh überbracht werden.«

»Und wenn ich meinen Job verliere, und du verlierst deinen, was machen wir dann? Wie sollen wir ein Kind versorgen können?«

»Dann haben wir alle Zeit der Welt, weitere Kinder zu machen, während wir auf die großzügigen Angebote des Arbeitsamtes warten.«

Sie lachte laut, und als sie einmal angefangen hatte zu lachen, konnte sie nicht wieder aufhören, weil sie sich, als die Anspannung weg war, so leicht ums Herz und voller überbordender Freude fühlte.

»Wie viele Kinder braucht man, um eine eigene Tagesstätte aufmachen zu dürfen?«, überlegte er. »Es ist doch sicher viel einfacher, eine eigene Tagesstätte zu haben, damit man mit den Kindern nicht aus dem Haus gehen muss.

Ist doch viel entspannter für alle Beteiligten, wenn sie so lange schlafen können, wie sie wollen.«

»Ich finde, wir probieren es erst mal mit diesem Butzelchen hier aus und sehen, ob überhaupt irgendjemand von uns zum Schlafen kommt, ehe wir weitere Beschlüsse fassen.«

Als sie ein paar Stunden später Hand in Hand zu Alberts Eltern gingen, analysierte Denise sich selbst. Warum hatte sie sich Sorgen gemacht? Warum sah sie in jeder Veränderung eine Gefahr und glaubte, die Menschen würden sie nicht mögen? Dabei bewies die Wirklichkeit doch die ganze Zeit das Gegenteil. War das ein Instinkt? Aber was war Instinkt schon anderes als Verletzlichkeit?

»Du bist so schön«, murmelte er und drückte seine Lippen auf ihr Haar. Dann umfasste er ihre Brüste mit seinen Händen. »Hab ich dir nicht gesagt, dass sie ein bisschen größer wirken?«

»Hör auf, denk an die Lcute!«

6

Es roch nach Sommerhütte, so wie es in Häusern ist, in denen die Luft nicht zirkulieren kann, ein feuchter, leicht säuerlicher Geruch, dachte Denise, als sie in die Diele von Alberts Eltern trat. Börje war groß und mager wie sein Sohn, die Haare waren dick, kurz geschnitten und weiß wie Schnee. Dem Ostersamstag zu Ehren trug er einen braunkarierten Anzug mit zitronengelbem Schlips zum weißen Hemd.

»Das hier ist Denise«, stellte Albert sie völlig unnötigerweise vor und legte den Arm um sie.

Denise reckte sich vor und gab Börje die Hand. »Wir haben uns ja schon manchmal gegrüßt, wenn ich mit dem Hund unterwegs war.« Sie lächelte ihn an und wandte sich Alberts Mutter Alice zu, die jetzt ohne die gestreifte Decke im Rollstuhl saß. Man konnte erkennen, dass jemand, vielleicht Börje, sich bemüht hatte, sie schön zu machen. Die Haare waren ordentlich zum Seitenscheitel gekämmt, sie trug eine Halskette und hatte etwas roten Lippenstift aufgelegt. Das Kleid, das einmal auf Figur geschnitten gewesen war, hing lose um ihren Körper, aber die blaue Farbe passte gut zu ihren blauen, unergründlichen Augen. Bestimmt hatte sie es sich ursprünglich mal selbst ausgesucht.

Eine mindestens fünf Jahre alte Erinnerung tauchte in

Denises Kopf auf. Sie war in Hampetorp gewesen, um ihre Großmutter zu besuchen. Alice hatte sich im Dorf verirrt und nicht nach Hause gefunden. Ängstlich und verloren wie ein Kind hatte sie gewirkt. Aber als Börje sie dann gefunden hatte und eigentlich alles wieder gut gewesen war, da hatte sie geschrien und sich gewehrt, weil sie ihn nicht erkannt hatte. Sie dachte, er wäre ein Fremder, der sie überfallen wollte. Denise hatte nicht vor, Albert von diesem Ereignis zu erzählen, fragte sich aber, ob er wusste, was sein Vater alles durchgemacht hatte, ehe Alice ins Heim gekommen war. Schließlich hatte Albert die letzten Jahre mehr oder weniger in Finnland gelebt.

Denise war unsicher, ob sie Alice direkt ansprechen oder sich lieber an Börje wenden sollte, sagte dann aber: »Albert sagt, Sie würden Bilder malen, Alice.«

Börje lächelte und antwortete anstelle seiner Frau. »Dieses Frühjahr werden ihre Bilder in einer neueröffneten Galerie auf Vinö ausgestellt werden. Das ist eine große Ehre. Natürlich sind es nicht nur Alices Bilder, sondern die von mehreren Künstlern aus der Gegend, aber es ist doch schön, dass man auf sie und ihre Arbeit aufmerksam geworden ist, nicht wahr, mein Liebes?«

»Denise ist Textildesignerin und neugierig auf Mamas Bilder«, flocht Albert ein.

Denise bestätigte das mit einem Lächeln. »Malst du eigentlich auch, so wie deine Mutter?«, fragte sie und wandte sich an Albert, als ihr plötzlich klar wurde, dass sie das tatsächlich nicht wusste.

»Hab schon ab und zu mit dem Pinsel in der Hand dagesessen«, gestand er schüchtern.

Als es zu still wurde, schlug Börje die Hände zusammen.

»Aber jetzt lasst uns mal essen. Es gibt ganz einfach Hering mit Kartoffeln.«

»Das ist lecker«, sagte Albert und führte Denise zum Tisch.

Sie mochte Hering sowieso nicht so gern, und als ihr jetzt der Geruch aus den Töpfen entgegenschlug, kam sofort die Übelkeit. Eilig stand sie auf, entschuldigte sich und rannte in den Garten hinaus, um sich frische Luft zu verschaffen. Was für ein Benehmen! Bestimmt schämte sich Albert für sie. So hatte sie sich das nicht vorgestellt, jetzt hatte sie sich danebenbenommen. Wie peinlich. Sie würgte und wischte sich mit dem Handrücken Rotz und Tränen ab. Nicht einmal ein Taschentuch hatte sie. Die Schwangerschaftsübelkeit war nicht zu leugnen.

Als sie zurückkam, hatte Albert seinem Vater die Situation erklärt, und Börje gratulierte ihr. »Was für eine wunderbare Neuigkeit. Möchtest du etwas anderes essen, Denise? Ich kann ein wenig Fleischwurst braten …«

»Danke, es ist schon gut«, beeilte sie sich zu sagen. »Ich ruhe mich ein wenig aus. Ist es in Ordnung, wenn ich mich aufs Sofa lege?« Sie wagte nicht, sich dem Tisch noch einmal zu nähern.

Alice sah sie mit ihrem wässrigen Blick an oder besser gesagt durch sie hindurch. Blinzelte sie niemals? Börje versuchte, sie mit einem weichen Ei zu füttern, und es fehlte nicht viel, und Denise hätte wieder nach draußen stürzen müssen. Um den Anblick des Eigelbs, das über Alices flaumiges Kinn rann, nicht ertragen zu müssen, schloss sie die Augen, ließ sich aufs Sofa sinken und versuchte, sich auf ihren Atem zu konzentrieren, während sie dem Gespräch zwischen Vater und Sohn lauschte.

»Kristoffer Bark war heute Morgen hier. Und gestern auch«, sagte Albert und hustete. Denise hatte es ihm beim Frühstück erzählt.

»Er gibt niemals auf.« Börje gab ein Schmatzen von sich, und wahrscheinlich schüttelte er den Kopf. Es war schon seltsam, dass man erst schwanger und von Übelkeit geplagt sein musste, um all die ekligen kleinen Laute wahrzunehmen, die das Essen begleiteten. Stöhnen und Schniefen. Börjes Alte-Männer-Geräusche schlugen heute jeden Weltrekord. Denise drehte sich mit dem Gesicht zur Wand. Am liebsten hätte sie sich die bestickten Sofakissen auf die Ohren gedrückt, wagte es aber nicht, für den Fall, dass es sich um Kostbarkeiten handelte, die Alice genäht hatte.

»Und die Sache mit Camilla? Weißt du was Neues darüber?«, flüsterte Albert, um Denise nicht zu stören.

Denise wusste, was er meinte, und sie konnte das alles nicht mehr hören. Man fürchtete, dass Camilla Hörlin am Mittsommerabend vor zwei Jahren ertrunken war. Konnten sie nicht mal aufhören, von all den schrecklichen Dingen zu reden, die in Hampetorp geschehen waren? Es genügte schon, dass Kristoffer Bark sie wie ein Gespenst heimsuchte.

Börje unterdrückte ein Rülpsen. »Camilla, ja. Die Leiche ist immer noch nicht gefunden worden. Ich habe die Ermittlung ja nicht geleitet, also weiß ich auch nicht viel über die ganzen Umstände. Jedenfalls nicht mehr, als das, was in der Zeitung stand, und das war mager. Es ist wirklich tragisch. Auch Veras Leiche ist ja nicht gefunden worden. Für Kristoffer ist das schwer. Aber darüber wollen wir jetzt nicht reden, am Ostersamstag, wenn die Sonne scheint und das Leben schön ist. Ich setz mal Kaffee auf.«

»Aber muss Kristoffer Bark nicht denken, dass es eine Verbindung gibt zwischen Veras Verschwinden und dem von Camilla drei Jahre später?«, fragte Albert mit gedämpfter Stimme.

Börje räusperte sich. »Natürlich denkt er das. Aber auch Kristoffer war ja nicht an der Ermittlung von Camillas Verschwinden beteiligt. Er wollte, dass Veras Fall wieder aufgerollt wird. Deshalb hat er sich an Ulf Gunnarsved gewandt, den Kollegen, der in Camillas Fall ermittelte, und wollte alles bis ins Detail wissen. Bark hat ihn manchmal abends und am Wochenende angerufen. Es ging so weit, dass Ulf sich bei seinem Chef beschwerte. Das war noch der, den sie vor der Umstrukturierung hatten. Jetzt haben sie eine Polizeichefin namens Zimmermann. Es hätte nicht viel gefehlt, und Kristoffer wäre versetzt worden. Aber Ingrid Johansson hat ihn gerettet.«

»Ingrid Johansson? Die Ziviltante, die alle jungen Hüpfer mit ihren IT-Kenntnissen aufs Kreuz legt?«, sagte Albert lächelnd. Er hatte seinen Vater schon mehr als einmal von ihr reden hören.

Börje lachte herzlich. »Was kann die eigentlich nicht? Sie kennt jeden und weiß alles. Aber ihre beste Eigenschaft ist, dass sie sich traut, anderen zu widersprechen. Die hat vor nichts und niemandem Angst.«

»So klingt es jedenfalls.«

»Ja. Eine Naturgewalt, der niemand widerstehen kann. Sie hat ihre eigene Auffassung von richtig und falsch, aber niemand muss raten, was sie denkt. Der frühere Chef ist also in die Knie gegangen, als der Widerstand zu heftig wurde, er wollte ja sowieso in Rente, und so durfte Kristoffer bleiben. Das war eine Erleichterung, schließlich hatte er gerade erst wieder angefangen zu arbeiten, nachdem er lange krankgeschrieben und dann freigestellt war, um weiter nach seiner Tochter zu suchen.«

Die Männer redeten weiter, und Denise schlummerte ein, bis sie das Scharren von Stühlen und sich nähernde Schritte hörte. Albert legte seine Hand auf ihre Schulter und schüttelte sie leicht. »Wie geht es dir, Liebling?«

Sie setzte sich auf und lächelte vorsichtig. »Ganz gut, aber ich komme mir so blöd vor.«

»Das musst du nicht. Gibt es irgendwas, das dir helfen könnte?« Albert erwiderte ihr Lächeln und zwinkerte fast unmerklich.

Sie konnte nicht umhin, über das zu kichern, was er wahrscheinlich meinte. »Ja, aber nichts, was hier zu Hause bei deinen Eltern angebracht wäre.« Sie stand auf und holte ein paarmal zögerlich Luft. »Es ist anstrengend mit der Übelkeit. Ich kann keinen physiologischen Nutzen darin erkennen. Was hat das für eine Funktion? Man fühlt sich einfach nur behindert.«

»Vielleicht ist das ja der Sinn«, sagte er mit plötzlichem Ernst. »Dass man Zeit bekommt, sich daran zu gewöhnen, dass es nicht so leicht werden wird. Man ist schließlich zu zweit, wenn man ein Kind bekommt. Es ist wichtig, dass beide früh begreifen, dass man einander helfen muss.«

Sie sah ihn forschend an, erwiderte aber nichts. Ob jetzt wohl der richtige Zeitpunkt war, ihn zu fragen, was mit Maria passiert war?

In dem Moment kam Börje mit dem Kaffeekessel herein. »Nun, wie sieht es hier aus?«, fragte er. »Kannst du einen Kaffee trinken?«

»Ich hole mir schnell selbst ein Glas Wasser in der

Küche.« Denise schlüpfte hinaus, ehe jemand sie daran hindern konnte. Der Kaffeegeruch war wirklich belastend.

Die Küche war blau gestrichen und die Gardinen dünn und blau-weiß. Doch alles, was aus der Entfernung frisch aussah, wirkte bei näherem Hinsehen sehr schmuddelig. Wahrscheinlich hatte, seit Alice krank geworden war, niemand mehr die Gardinen gewechselt oder die Fenster geputzt. An einem Nagel hing ein fünf Jahre alter Kalender – aufgeschlagen war der April 2013. In jenem Jahr fiel der Ostersamstag auf den Zwanzigsten. Da war Vera verschwunden und Matilda ertrunken, und im selben Monat hatte Börje seine Frau in ein Heim geben müssen.

Denise öffnete den Küchenschrank und holte ein Glas heraus, das sie gründlich betrachtete, um es dann noch einmal auszuspülen. Es gab keine Spülmaschine, und Börje spülte wohl mit mäßigem Erfolg von Hand.

Durch das Fenster über der Spüle konnte sie über den Hjälmaren schauen und im leichten Nebel die Inseln erahnen. Sie nahm einen Schluck Wasser und schloss die Augen. Das Wasser war so kalt, dass sich ihr Magen zusammenkrampfte. Als sie sich umdrehte, um zu den anderen zurückzukehren, sah sie ein groteskes Gesicht an der Küchenwand. Es starrte sie an. Das Glas rutschte ihr aus der Hand und fiel zu Boden. Das Gesicht war einfach in ihrem Blickfeld aufgetaucht und war so aufdringlich, dass sie kaum zu atmen vermochte. Denise sah ihr eigenes erschrockenes Gesicht mit den zurückgekämmten Haaren. Als sie sich seitwärtsbewegte, veränderte sich das Bild, und die Gesichtszüge wurden grotesk. Die Augen auf dem Bild folgten jeder ihrer Bewegungen, ohne dabei den Kopf zu drehen.

Albert kam angelaufen. Er blieb stehen, sah sie an und beugte sich dann hinunter, um das Glas aufzuheben. Es war heil geblieben. »Das ist frech, oder? Jeder sieht in dem Bild sein eigenes Gesicht. Auf dem Hintergrund des Bildes ist Spiegelglas, das dein Gesicht einfängt, aber die Gesichtszüge werden zum Zerrbild. Mama liebte Illusionen.«

7

Kristoffer Bark stützte sich schwer auf den Spaten und schaute über das Wasser des Hjälmaren, das in der Sonne glitzerte. Es war Zeit, in die Stadt zu fahren und Ella aus dem Krankenhaus abzuholen. So, wie wenn man ein Kind aus dem Kindergarten abholte. Ella war von Beruf Krankenschwester, und es war traurig, dass ihre Kollegen in der Notfallambulanz sie in dem Zustand sehen mussten, in dem sie sich jetzt befand. Doch auch die traurigsten Situationen können zur Routine werden.

Schon vor Veras Verschwinden hatte Ella einen hohen Alkoholkonsum gehabt. Das war in den Jahren ihrer Ehe schleichend gekommen. Damals hatte sie getrunken, um nach der Arbeit in der Notaufnahme entspannen zu können. Hatte eine halbe Flasche Wein getrunken, um schlafen zu können, nachdem sie bis zehn Uhr abends gearbeitet hatte und am nächsten Morgen um sieben Uhr wieder antreten musste. Wenn man Verantwortung für das Leben von anderen Menschen hat, braucht man ein paar Stunden Schlaf am Tag. An freien Tagen hatte sie noch mehr getrunken, um den Wochenenddienst zu verarbeiten. Das war eine Entschuldigung von vielen gewesen. Es gab immer Erklärungen dafür, ein oder zwei Glas Wein zu trinken, und meist wurden es dann noch mehr. Nach Veras Verschwinden war das Ganze schnell aus dem Ruder gelaufen. Ihr

Arbeitgeber war gezwungen, ihr ein Ultimatum zu stellen: Begib dich in Behandlung, oder du verlierst deinen Job. Ella hatte Letzteres gewählt, und in dem Zusammenhang war herausgekommen, dass sie auch Medikamente für den eigenen Gebrauch gestohlen hatte.

Kristoffer ging zum Parkplatz. Nun war also Ostersamstag. Was würde er heute tun, wenn Vera noch da wäre? Wenn er jemanden hätte, mit dem er zusammen sein könnte, dann wären sie vielleicht für ein paar Tage nach Rom oder Paris gereist, um den Frühling zu begrüßen. Hätten ein Fest für die Familie und enge Freunde gegeben. So fühlte sich alles sinnlos an. Der Gedanke an die Frau aus dem Freimaurerlokal blitzte in seinem Bewusstsein auf. Das charmante gelockte Haar und der unwiderstehliche Nacken. Sie hatte allein an ihrem Tisch gesessen, aber das musste nicht heißen, dass sie allein oder auch nur Single war. Selbstverständlich hatte er ihre Hände betrachtet. Sie hatte einen Ring am rechten kleinen Finger getragen, aber keinen am linken Ringfinger. Was egal war, weil sie sich sowieso nie wiedersehen würden, dachte er. Wahrscheinlich war sie nur auf der Durchreise gewesen, denn er hatte sie noch nie zuvor in Örebro gesehen. Sie würden sich nicht wiedersehen.

Kristoffer schob die Hand in die Jackentasche, um zu fühlen, ob die Haarspange noch da war. Er musste an Vera denken. Eine knappe Woche vor ihrem Verschwinden hatte sie angefangen, ihre Sachen zusammenzupacken, um zu Rasmus zu ziehen. Ihre Kartons standen noch auf dem Dachboden, deutlich gekennzeichnet mit nichtssagenden Rubriken wie »Diverses«, »Übriges« und »Von allem etwas«, weil sie einfach keine Lust gehabt hatte, die Sachen vor dem Einpacken zu sortieren. Manchmal musste er darüber grinsen. Typisch Vera. Immer in Eile. *Du hast keinen Zeitdruck*, hatte er immer zu ihr gesagt, *du machst ihn dir nur, und das ist was ganz anderes. Wenn man früh genug aufsteht, muss man nicht zur Schule rennen.* Es ist die Pflicht der Eltern, zu meckern und vernünftig zu sein, denn sonst dürfen Kinder in der kurzen Zeit, ehe sie erwachsen werden und selbst meckern, nicht verantwortungslos sein. Die Rolle des Meckerers anzunehmen ist vielleicht der größte Liebesbeweis, den man ihnen geben kann.

Sehr gründlich war er alles durchgegangen, was sich in den Umzugskartons befand, um eine Erklärung zu finden, die über das Wahrscheinlichste hinausging, nämlich dass sie zusammen mit Matilda ertrunken war. Dass es ein Unglück war. Er nahm an, dass die beiden sich gestritten, ja vielleicht sogar geprügelt hatten, weil Matilda nicht wollte, dass Vera das Boot nahm, obwohl sie getrunken hatte. Oder war es bei dem Streit um etwas anderes gegangen? Warum hatte Vera das Fest verlassen? Die Frage konnte niemand beantworten, nicht einmal Rasmus, der bis zuletzt mit ihr getanzt hatte.

Kristoffer schloss den Wagen auf und verstaute den Spaten. Er hatte den Bus vom Fahrdienst gesehen, der Börjes Frau Alice brachte. Bestimmt saßen sie jetzt beisammen und aßen ihr Ostermittagessen gemeinsam mit Alberts Freundin Denise, der er am Morgen begegnet war, als sie mit dem Hund unterwegs war. In seiner momentanen Stimmung hatte ihm ihre Ähnlichkeit mit Vera fast den Boden unter den Füßen weggezogen. Er konnte es nicht abschütteln, und vielleicht war es an der Zeit, sich Hilfe zu suchen, wenn er nun schon anfing, am helllichten Tag

Gespenster zu sehen. Erscheinungen, die ihn heimsuchten, wenn er die Gedanken frei kreisen ließ und Fragmente aus seinen Träumen auffing. Immer öfter ließ er seine Gedanken unkontrolliert wandern.

Erkennst du das Muster? hatte die Frau aus dem Freimaurerlokal ihn im Traum gefragt. Und vielleicht tat er das nach und nach. Sowohl Denise als auch Camilla Hörlin, die Frau, die vor knapp zwei Jahren zu Mittsommer verschwunden war, sahen seiner eigenen Tochter auffällig ähnlich. Platinblond mit dunklen Wimpern und großen gesprenkelten Augen. Sie hatten dieselbe schlanke Figur und gerade Haltung. Doch der entscheidende Unterschied war, dass Denise lebte. Sollte er ihr sagen, dass sie in Gefahr war, weil sie den beiden anderen Frauen glich, die am Hjälmaren verschwunden waren? Nein, das wirkte ja total durchgeknallt. Man stand nicht am Strand und warnte Leute, weil sie anderen, die verschwunden waren, ähnlich sahen. Man verschwindet nicht, weil man blond ist. Und doch war das die einzig sinnvolle Schlussfolgerung, die ihm jetzt gerade einfallen wollte. Etwas, was er keiner lebendigen Seele gegenüber jemals aussprechen würde, weil er begriff, dass es nicht nachvollziehbar war, so zu denken.

Während Kristoffer das letzte Stück nach Örebro fuhr, dachte er an Ella. Als sie sich kennenlernten, waren sie so jung gewesen. Am meisten hatte ihn ihr sonniger Humor verlockt, und sie war so süß und anziehend gewesen. Sie hatte sich ihn ausgesucht, obwohl sie zwei Jahre älter war. Hatte mit einer Selbstverständlichkeit, die ihm geschmeichelt hatte, gezeigt, dass sie ihn haben wollte. Und er hatte es geschehen lassen, obwohl er nicht ganz sicher gewesen war, was er wollte. Und noch ehe einer von ihnen weiter darüber hatte nachdenken können, war sie schwanger gewesen. Man bereut niemals, seine Kinder bekommen zu haben, aber wann und wie und mit wem kann man im Nachhinein schon mal bedauern. Ella hatte wirklich versucht, eine gute Mutter zu sein, zumindest in den ersten Jahren. Deshalb fühlte er sich immer noch verantwortlich für sie. Und so war es mehr als richtig, wenn er sich jetzt um sie kümmerte. So gut es ging. Er hatte ihr versprochen, Vera zu finden, und er hatte Vera versprochen, sich um ihre Mutter zu kümmern. Das waren heilige Versprechen. Wenn Ella es nur schaffen würde zu überleben, bis sie wussten, was geschehen war, dann würde ihr das sicher einen neuen Anfang in ihrem Leben ermöglichen.

Jetzt näherte er sich der Stadt. Es fühlte sich nicht gut an, Ella einfach nach Hause zu bringen, wie er es sonst immer tat. Sie hatte eine Freundin, die gewöhnlich mit einer Flasche zu ihr rüberkam, und dann ging es wieder los. Die Alternative war, sie mit in seine Wohnung nach Tybble zu nehmen. Aber die Vorstellung, dass sie da am Ostersamstagabend sitzen und einander anstarren würden, war auch traurig und öde. Überdies war das Wetter viel zu schön, um drinnen sein zu wollen. Deshalb entschied er, sie mit einem Picknick am Naturfreundehaus zu überraschen. Bestimmt ging es ihr schlecht, und sicher würde sie protestieren, aber davon, dass sie auf seinem Sofa lag und sich unter einer Decke versteckte, wurde auch nichts besser. Er hielt am Stortorget an und kaufte bei Willys, was sie brauchten. Eine Käse-Quiche, Cocktailtomaten, Brot, Oliven, Käse und eine Flasche alkoholfreien Chapel Hill, ein Rosé, der ganz in Ordnung war. Decke, Servietten und Pappbecher hatte er noch im Auto.

Er fuhr zum Krankenhaus, stellte das Auto auf dem Parkplatz vom Landgericht ab und ging zur Psychiatriestation.

Als er nach Ella Bark fragte, ließ man ihn in ihr Zimmer. Kristoffer war nicht sicher, ob sie ihn dort überhaupt haben wollte, aber sie schien ihn gar nicht zu bemerken. Er hätte ihr frische Kleider mitbringen sollen, dachte er, als er sah, wie zerlumpt sie aussah. Schließlich hatte er ja einen Schlüssel zu ihrer Wohnung. Die Haare sahen gut aus, hell und wuschelig. Sie musste geduscht haben. Weiter kam er nicht mit seinen Überlegungen, denn sie wurden zum Entlassungsgespräch abgeholt.

»Wie ich Ihnen vorhin schon gesagt habe«, sagte der diensthabende Arzt müde zu Ella, »sind Ihre Leberwerte erhöht. Wenn Sie leben wollen, dann dürfen Sie so nicht weitermachen!«

»Ich bin gar nicht sicher, ob ich das will«, entgegnete sie trotzig. »Warum sollte ich das wollen?«

Dem Arzt fehlte die Energie für eine Vertiefung dieser existenziellen Frage. »Haben Sie einen Therapeuten?«

»Ja, weiß nicht.« Ella wand sich. »Ich brauche was Beruhigendes.«

Der Arzt sah auf die Uhr und war schon dabei, sich zu erheben, setzte sich dann aber wieder. »Der Grund, dass Sie hier eingeliefert wurden, war, dass Sie auf eine gefährliche Weise Alkohol und Tabletten kombiniert haben. Sie sind Krankenschwester und sollten wissen, dass dies Atembeschwerden hervorruft. Soweit ich sehen kann, sind Ihnen kürzlich erst Beruhigungsmittel und Morphium ähnliche Schmerzmittel verschrieben worden, ich werde Ihnen also nicht noch mehr verschreiben.«

»Sehr gut«, sagte Kristoffer. »Ich habe den Verdacht, dass es einen Arzt in der Stadt gibt, der mit seinem Rezeptblock allzu großzügig ist.«

Der Arzt sah erleichtert aus. Wahrscheinlich hatte er mit einem Ausbruch von Ella gerechnet, aber ihr schien die Kraft dazu zu fehlen. »Soll ich Ihnen einen Therapeuten vermitteln?«, fragte er.

»Was ist das nur für ein verdammtes Gelaber! Nein! Ich will nach Hause.« Sie packte die Tischkante und zog sich auf die Füße. Als Kristoffer ihr in den Mantel half, sah er die blauen Flecken auf ihren Armen und auf der Wange. Sie spürte seinen Blick.

»Ich bin hingefallen, verdammt noch mal, was glotzt du so?«

Ella hatte oft hässliche Blutergüsse unterschiedlichen Alters in den Farben rot und blau bis gelb. Der Mantel war lang genug, um die schmutzigen und zerrissenen Kleider zu verbergen. Er erzählte von seinen Plänen für den Tag, und erstaunlicherweise akzeptierte sie ohne Proteste die Idee eines Picknicks am Naturfreundehaus.

Das Naturschutzgebiet Oset lag nur drei Kilometer vom Stadtzentrum entfernt und war ein schöner Beweis dafür, wie gute Ideen und Ambitionen in der Stadtplanung zu fantastischen Ergebnissen führen können. Ende des 19. Jahrhunderts war der Wasserspiegel des Hjälmaren künstlich gesenkt worden, um mehr Ackerboden zu schaffen. Doch der trockengelegte Boden erbrachte überhaupt nicht den gewünschten Erfolg, und so veränderte sich die Landschaft sukzessive. Erst wurde ein Industriegebiet errichtet, und dann folgte ein Ölhafen. Auf dem Gelände ringsum wurden Aushub und Müll abgeladen, so dass schon bald eine echte Müllkippe entstand. Doch ein starker Wille und die unverbrüchliche Energie, das wieder zu beleben, was verlorengegangen war, verwandelte die Gegend in den Siebzigerjahren in blühende Uferwiesen, ein Vogelreservat und einen Wasserpark.

Kristoffer half Ella aus dem Auto. In der Sonne war es warm, im Schatten noch kalt. Kristoffer hatte vorgehabt, mit ihr zum Rastplatz an der Rävgångs-Hütte zu laufen, doch Ella war zu erschöpft. Deshalb breitete er die Decke auf einer Bank aus und holte heraus, was er eingekauft hatte.

»Ist das alles, was es zu trinken gibt?«, fragte sie und drehte ärgerlich die Flasche mit dem alkoholfreien Wein. Ihr Arm war voller blauer Flecken, und die Wange sah auch noch übel aus. Bestimmt war sie am Freitag mehr als einmal hingefallen.

Er antwortete ihr mit einem resignierten Blick. »Wie geht es dir?«

»So wie ich es verdient hab. Und dir?«

»Gar nicht schlecht, jetzt, wo wir hier in der Sonne sitzen.«

»Als Vera klein war, haben wir oft gepicknickt. Sie mochte das«, sagt Ella gedehnt.

Er suchte in seiner Jackentasche. »Ich habe gestern eine Haarspange gefunden. Beim Naturschutzgebiet in Hampetorp.« Er zeigte ihr die Spange auf seiner Handfläche. »Ich dachte, dass sie die vielleicht getragen hat …«

»Kristoffer, hör auf. Ich kann nicht mehr. Nicht heute.« Ella sah aus, als würde sie über etwas nachdenken, und dann sagte sie: »Rasmus war gestern Morgen bei mir.«

»Veras Freund? Hier in Örebro? Ich dachte, der wäre in London. Ist er nicht da hingezogen?«

»Ja. Wir haben uns unterhalten. Es gibt eine Sache, die Rasmus sich bisher nicht getraut hat zu sagen, weil er sich sicher war, du würdest dann vor Wut ausrasten. Du machst den Leuten mit deinen Ausbrüchen Angst, Kristoffer. Man geht dir aus dem Weg.«

»Was hat er denn gesagt?«

»Das soll er dir selbst sagen.«

8

Denise trug immer noch ihren Schlafanzug. Die morgendliche Übelkeit war noch nicht richtig weg. Sobald es ihr besser ging, wollte sie zum Strand spazieren und zur Inspiration für neue Musterideen Samenkapseln sammeln und fotografieren. Es war noch ein ganzer Tag vom Osterwochenende übrig, und Albert war schon wieder nach Finnland gefahren. Eigentlich hatte sie gedacht, sie würde ihn auch noch den ganzen Ostermontag bei sich haben, aber gestern Morgen hatte er einen Telefonanruf bekommen und war abgereist. Nachdem am Ostersonntag um den See herum viel Trubel und Leben geherrscht hatte, war jetzt Stille eingekehrt, denn die Leute verließen ihre Sommerhütten und fuhren in die Stadt zurück. Übrig blieben die Dauerbewohner. Hinten an den Postkästen hatte sie eben noch Rita gesehen. Aber am Feiertag kam doch keine Post. Jetzt klopfte es an der Haustür. Sven und Rita hatten kürzlich ihren gemeinsamen 150sten gefeiert, als sie 74 wurde und er 76. Sie hatten zur Feier des Tages auf ihrer Veranda süße Teilchen gegessen. Das hatte Börje ihr erzählt.

Der Hund knurrte leise, und Denise bat Saba, still zu sein. Es klopfte erneut, und sie erhob sich, um die Tür zu öffnen. Und sehr richtig, es war Rita.

»Wie geht es dir? Ich habe von Börje gehört, dass du

dich nicht so gut fühlst. Aber dabei habe ich auch die wunderbare Neuigkeit gehört. Herzlichen Glückwunsch!« Rita trat in die Diele und zog sich die Holzschuhe aus. Ihre Augen waren pfefferkuchenbraun und neugierig, und das graue Haar mit dunklen Strähnen war zu einer Igelfrisur gesprayt, die schon einige Zeit nicht mehr modern war. Sie war untersetzt, ein wenig mollig, und hatte eine lustige kleine Himmelfahrtsnase und eine leicht geschürzte Oberlippe. »Glückwunsch, Glückwunsch«, wiederholte sie, nahm Denise in den Arm und schüttelte sie leicht. Der Hund verfolgte aufmerksam jede Bewegung.

»Danke«, erwiderte Denise und wusste nicht richtig, was sie dann sagen sollte. Rita war ihr unangenehm und hatte auch schon bei ein paar Gelegenheiten unpassende Fragen zu heiklen Dingen gestellt, wie zum Beispiel über das Erbe von Großmutter Hedda und über ihre Mutter, die in einem psychogeriatrischen Pflegeheim lebte. Lauter Dinge, die sie überhaupt nichts angingen.

»Ich habe dir eine kleine Dose Tee mitgebracht. Das Rezept ist von meiner Urgroßmutter. Er ist gegen Übelkeit und wirkt einfach ausgezeichnet.« Sie öffnete den Deckel der Dose und schnüffelte. »Da ist Süßholz drin und Ingwer und Zitronenmelisse, und natürlich noch ein paar geheime Zutaten.« Sie hielt Denise die Dose unter die Nase, die instinktiv zurückfuhr.

»Vielleicht probiere ich ihn mal heute Abend.«

»Ja, aber jetzt am Vormittag nutzt er dir am meisten. Warte, ich helfe dir. Der Wasserkessel steht ja schon da.« Ohne eine Antwort abzuwarten, marschierte Rita in die Küche und nahm, als würde sie sich gut auskennen, eine Tasse aus dem Schrank. Routiniert holte sie ein Sieb aus der richtigen Schublade und bereitete den Tee zu, ehe Denise noch protestieren konnte. »So, jetzt trink mal, dann wird es dir gleich besser gehen.«

»Ist ein bisschen zu heiß«, meinte Denise. Es fühlte sich nicht gerade gesund an, eine Kräutermischung mit geheimen Zutaten zu trinken, und schon gar nicht jetzt, da sie schwanger war.

»Puste ein bisschen, dann kühlt er ab. Ich dachte, wir könnten danach einen kleinen Spaziergang zusammen unternehmen. Frische Luft ist so gut für das Kleine.«

Das war ein ganz simpler Vorschlag, der eine ebenso einfache Antwort verlangte. Doch irgendetwas in ihr verschloss sich, und Denise blieb stumm. Wenn man ein Kind erwartet, ist man vielleicht besonders empfindlich, aber sie wollte nicht gelenkt und umsorgt werden.

»Was meinst du?«, Rita sah sie mit aufforderndem Blick an. »Es wäre doch sicher schön, mal ein bisschen rauszukommen. Trink mal deinen Tee, und dann gehen wir.« Resolut setzte sie die Tasse an Denises Mund, die nicht anders konnte, als einen Schluck von dem bitteren Gebräu zu nehmen.

»Danke für deine Fürsorge, aber ich muss arbeiten. Ich entwerfe Textilmuster und brauche etwas Zeit für mich, um das zu finden, was ich suche.«

Rita schnaubte bei der Erklärung. »Du musst wissen, ich habe deine Großmutter Hedda gekannt. Aus der ist man auch nicht schlau geworden. Nach dem Oberschenkelhalsbruch war sie eine Gefangene dieses Hauses, weil sie keine Treppen mehr laufen konnte. Aber wegziehen wollte sie nicht, und jemand vom Sozialdienst kam ihr auch nicht ins Haus. Was glaubst du, wer für sie eingekauft hat, wenn du nicht hier warst? Ja genau, das war ich. Aber wollte sie mit einem reden? Nein. Wir sind Nachbarn, und Nachbarn kümmern sich umeinander und helfen sich gegenseitig.« Rita warf ihr einen schneidenden Blick zu und verließ dann das Zimmer. Denise brachte sie nicht bis in die Diele, hörte aber die Haustür zuschlagen.

Was für ein seltsamer Mensch. Sie hatte den Gedanken kaum zu Ende gedacht, als ihr Magen sich zusammenkrampfte, die Übelkeit wie eine Welle anrollte und sie zur Toilette rennen musste. Was war bloß in dieser Teemischung? Sie erbrach sich wieder, und danach fühlte sie sich so erschöpft, dass sie sich erst mal auf das Doppelbett legen und die Augen schließen musste. Doch als sie da lag, fiel ihr ein, dass sie die Haustür nicht abgeschlossen hatte. Was wohl in die Nachbarin gefahren war? Manche Menschen vertrugen es einfach nicht, abgewiesen zu werden. Rita gehörte dazu, aber auch Denises große Schwester Isabell. Die konnte ewig am Telefon reden und wurde immer sauer, wenn man irgendwann versuchte, das Gespräch zu beenden. Aber selbst brach sie einen gnadenlos ab, wenn sie die Unterhaltung langweilig fand. Soll heißen, wenn es nicht um sie selbst ging. Nein, jetzt war Denise ungerecht. Isabell wollte ja nur ihr Bestes. Sie sollte ihr erzählen, dass sie schwanger war, beschloss dann aber, damit zu warten, bis es ihr ein wenig besser ging und sie sagen konnte, dass alles wunderbar war.

Woge um Woge der Übelkeit kam, ehe sie langsam abklang. Hatten ihre Großmutter und Rita sich nicht gemocht? Bei näherem Nachdenken fiel ihr ein, dass Hedda anfangs Rita gegenüber freundlich und tröstend gewesen war, als diese ihre Enkelin verloren hatte, doch in der letzten Zeit vor ihrem Tod hatte die Großmutter versucht, ihrer Nachbarin aus dem Weg zu gehen. Sie war keine Person gewesen, die über andere tratschte, dafür war sie sich zu gut. Aber irgendetwas war gewesen, und da sie nicht mehr lebte, konnte Denise sie nicht fragen. Sie vermisste Hedda sehr.

Denise machte sich fertig, um mit dem Hund rauszugehen. Eigentlich sollte sie der Höflichkeit halber Rita fragen, ob sie mitkommen wollte, hatte aber keine Lust dazu. Nur weil Denise schwanger war, gab das der Nachbarstante doch nicht das Recht, sie mit Ratschlägen und Anweisungen zu traktieren, wie sie ihr Leben zu leben hatte, geradeso, als wäre sie plötzlich unfähig zu wissen, was das Beste für sie war. Ein bisschen Geplauder über den Gartenzaun wäre ja in Ordnung, aber mit unbekannten Kräutern zwangsbehandelt und zu gemeinsamen Spaziergängen genötigt zu werden, das ging gar nicht.

Der Hund spürte ihren Ärger und knurrte leise, als sie in den starken Wind hinausgingen und Denise die Tür abschloss. Draußen hüpfte die Vinö-Fähre auf den hohen Wellen des Sees auf und ab. Wenn man genau hinhorchte, konnte man Stimmen im Wind vernehmen. Als Kind hatte sie die hören können, aber als sie erwachsen wurde, war viel von der Magie verloren gegangen. Trotz des Sturms ging sie dicht am Seeufer entlang. Die Gummistiefel wurden bis zum Schaft hinauf von den ans Ufer rollenden Wogen nass. Ab und zu beugte sie sich hinunter, brach einen Stängel ab und versuchte ihn dann in die Plastiktüte zu stecken, die widerspenstig im starken Wind flatterte. Da hinten am Ufer stand jemand und schaute mit einem Fernglas über den See, um dann in Richtung Fähranleger zu gehen. Diesmal war es nicht der verrückte Polizist, sondern jemand anders, den sie seit fast zwei Jahren nicht gesehen hatte und damals auch nur ganz kurz während eines Mittsommerfests. Sie erkannte ihn an den geschmeidigen Bewegungen – er hatte sich schon immer wie ein Tänzer bewegt. Dann zog er die Kapuze ab und entblößte einen Kopf mit dunklen Locken, und da war sie ganz sicher.

»Rasmus, bist du das wirklich?« Denise erinnerte sich, dass er sich schon immer für Vögel interessiert hatte. Sie musste noch einmal rufen, ehe er sie hörte und das Fernglas sinken ließ, sich umdrehte und sie erstaunt aus seinen großen dunkelblauen Augen ansah. Wie immer ging sein Blick ihr durch und durch. Seit ihrer Jugendzeit gab es ein intimes Band zwischen ihnen.

»Denise.«

Er war drei Jahre älter, und wenn Denise als Kind den Sommer bei Hedda verbrachte, hatten sie miteinander gespielt. Doch seit Vera, die er hatte heiraten wollen, verschwunden war, hatten sie kein einziges Mal mehr miteinander gesprochen.

»Wie geht es dir?«, fragte sie, obwohl sie sich nicht sicher war, ob sie die Antwort ertragen würde.

Er legte ihr den Arm um die Schultern, um sie vor dem Wind zu schützen, und beugte sich über sie, damit sie ihn hören konnte. »Mir geht's okay. Ich bin von London wieder hierhergezogen und habe jetzt das Sommerhaus meiner Eltern übernommen. Ich denke, ich werde es mit Svens Hilfe renovieren und dann vielleicht zum Höchstgebot verkaufen. Die Lage ist schön. Wenn du auf einen Kaffee mitkommst, dann erzähle ich dir ein bisschen mehr.«

Denise sah sich um. Was, wenn man sie zusammen sah,

was würden die Leute sagen? Wenn nun Alberts Vater sie hier beobachtete? Sie schlängelte sich vorsichtig aus seinem Arm. Aber die Neugier siegte. »Eine Tasse Tee wäre nett.«

Sie gingen mit Rückenwind den Hügel hinauf. »Und du hast das Haus von deiner Großmutter geerbt, hab ich gehört. Was hat denn die große Schwester dazu gesagt?«

»Wir haben nicht denselben Vater. Hedda war eigentlich nur meine Großmutter, denn sie war die Mutter meines Vaters. Und weil mein Vater so früh gestorben ist, habe ich geerbt. Es gab kein Testament«, erklärte Denise und versuchte, sich nicht anmerken zu lassen, wie kurzatmig sie war. Der Gedanke, dass Rasmus vielleicht hierher ziehen würde, ließ sie nicht los. »Wie fühlt es sich an, die Hütte zu übernehmen?«

Rasmus schüttelte nur lächelnd den Kopf. »Sie ist, wie du gleich sehen wirst, ziemlich heruntergekommen, und es wird teuer werden, alles wieder schick zu machen. Ich habe keinen Kredit dafür bekommen, aber Sonny hat mir Geld geliehen.«

Sonny Hörlin – diesem Troubadour mittleren Alters war Denise auch schon ein paarmal unten am Steg begegnet. »Bist du immer noch im Personalbereich?«

»Ich habe für ein Unternehmen in London gearbeitet und denen geholfen, Leute aus Skandinavien zu rekrutieren, und jetzt habe ich eine eigene Firma aufgemacht. Ich sage ja immer, als Recruiter zu arbeiten ist die beste Methode, eine Freundin zu finden. Schließlich kann man die Leute, die man interviewt, einfach alles fragen und so die perfekt passende Frau für sich selbst finden. Leider funktioniert es in der Wirklichkeit nicht immer so, das habe ich mittlerweile auch gemerkt. In London habe ich eine Frau kennengelernt und auch eine Weile mit ihr zusammengewohnt, aber weil wir beide so viel gearbeitet haben, hat es nicht funktioniert. Jetzt bin ich wieder Single, und da hatte ich das Gefühl, es ist an der Zeit, wieder nach Hause zu ziehen«, sagte er mit einem kleinen Lächeln.

Denise betrachtete ihn, um an seinem Gesicht ablesen zu können, ob sie das Thema lieber sein lassen sollte. Er sah aber nicht traurig aus, und deshalb fragte sie weiter in der Hoffnung, dass er noch mehr erzählen würde. »Du hast also jemand Neues gefunden?«

»Ja, aber wie gesagt, es hat nicht funktioniert«, schnitt er weitere Fragen ab. Sie standen jetzt vor einer Hütte mit weißen Eternitplatten, und Rasmus holte einen Schlüssel aus der Jackentasche. Das Haus sah wirklich ziemlich nach Bruchbude aus. »Ich werde versuchen, die Hütte neu zu isolieren und diesen Sommer hier zu wohnen«, sagte er.

Als er die Tür öffnete, schlug ihnen ein modriger Geruch entgegen. Sie sah den Eimer mit toten Mäusen in Glyzerin und musste sofort wieder rausrennen und tief durchatmen, um sich nicht wieder übergeben zu müssen.

»Was ist denn los?«, fragte er besorgt und studierte ihr bleiches Gesicht.

»Ich bin schwanger und möglicherweise von Rita vergiftet worden. Sie hat mir eine Kräutermischung verabreicht.« Denise sagte das im Scherz, aber für den Fall, dass sie richtig krank werden würde und niemand wüsste, was sie getrunken hatte, fühlte es sich doch gut an, es jemandem erzählt zu haben.

»Ja, herzlichen Glückwunsch! Wer ist denn der glückliche Vater?«

»Das rätst du in zehn Jahren nicht.«

»Dann wirst du es wohl gleich sagen müssen«, erwiderte er und ließ die Augenbrauen hochwandern, während sich ein breites, erwartungsfrohes Grinsen in seinem Gesicht ausbreitete.

»Albert.«

»Du machst Witze. Albert Hansson?«

»Ja. Er hat sich total verändert.«

»Das muss er wohl.« Rasmus warf ihr einen spöttischen Blick zu.

»Er ist jetzt gutaussehend, durchtrainiert und selbstsicher.«

»Das würde man nicht erwarten von dem kleinen Kerl mit Augenklappe, der sich eingepinkelt hat, weil er sich nicht traute zu fragen, ob er bei uns zu Hause aufs Klo gehen durfte. Was siehst du denn in dem?«

»Er hat Humor und andere versteckte Talente, die du niemals wirst beurteilen können«, erwiderte sie lächelnd. »Und er kann tanzen.«

»Andere versteckte Talente. Pfui Teufel. Er ist also ein guter Liebhaber, meinst du das?«

»Ich finde nicht, dass du dein kleines Hirn damit belasten musst, Rasmus.«

Als er den Eimer mit den toten Mäusen rausgetragen hatte, unternahm sie einen neuen Versuch, die Hütte zu betreten, und stieg dabei über einen großen Topf mit weißem Pulver.

»Ist das Rattengift? Hast du das hier so offen rumstehen? Was, wenn ein Hund oder eine Katze davon fressen?«

»Hier kriechen die Mäuse rein«, sagte er, ohne auf die

Frage zu antworten und zeigte auf einen schmalen Spalt an der Fußleiste. »Das werde ich abdichten, sowie ich dazu komme.« Rasmus bat um Entschuldigung, weil die Reste der Mäuse, die sich im Lauf des Winters in den Eimer hatten locken lassen, noch nicht beseitigt waren. Dann setzte er Teewasser auf. Das Küchenfenster beschlug. Der Wasserdampf bildete Muster, und es war, als würde mit dem Zug durch das leicht geöffnete Fenster ein Gesicht erscheinen und wieder verschwinden. Tiefe Augenhöhlen, eine schmale Nase und ein breiter Mund. Das war natürlich Einbildung, doch das gruselige Erlebnis, das sie am Samstag beim Anblick von Alices Bild gehabt hatte, war ihr noch sehr präsent. Davon konnte jeder Albträume bekommen, und sie hatte tatsächlich so schlimm geträumt, dass sie Albert wecken musste.

»Ich mache jetzt in Örebro eine eigene Firma auf. Über die habe ich ein Büro beim Schloss gemietet, und dann wohne ich hier. Ich will selbst über meine Zeit bestimmen und bin sicher, dass es die richtige Entscheidung ist. Was ich anfasse, gelingt meistens«, sagte er lachend.

»Wie schön. Hast du schon Leute von früher getroffen?«, fragte sie und zog die Jacke enger um sich. Hier drinnen war es wirklich eiskalt.

»Gestern Abend war ich auf ein paar Bier bei Sonny, und vorige Woche bin ich am Hauptbahnhof in Stockholm zufällig ganz kurz Isabell begegnet.« Er verstummte, und seine Miene wurde plötzlich ernst. »Am Freitag habe ich Veras Mutter getroffen.«

»Und wie war es?« Denise wollte eigentlich nicht über Vera und ihre Familie reden, aber es wäre unhöflich gewesen, nicht zu fragen.

Jetzt sah Rasmus traurig aus. »Ella ist Alkoholikerin und echt runtergekommen.«

»Wo hast du sie getroffen?«

»Ich bin zu ihr gegangen, um zu reden.«

9

Kristoffer Bark war im knapp zehn Kilometer westlich von Örebro gelegenen Garphyttan aufgewachsen, am Fuß des Höhenzuges Kilsbergen, den man »Die blauen Berge« nannte. Sein Vater Robert wohnte immer noch in dem Ort, in dem er sein ganzes Leben verbracht und in der Fabrik Stahlseile, Ketten und Stahlfedern hergestellt hatte. »Stahlopa« hatte Vera ihn genannt. Nun war der Alte seit zehn Jahren in Rente und wohnte am Rand der Gemeinde in einem Haus mit drei Zimmern. Kristoffers Mutter war, als er noch ein Teenager gewesen war, an Krebs gestorben. Seine jüngere Schwester Kristina wohnte in Kumla, und der kleine Bruder Jan arbeitete derzeit in Südafrika.

Den Ostersonntag hatte Kristoffer mit einer weiteren Wanderung um den Hjälmaren verbracht. Heute am Ostermontag war er bei seinem Vater zum Abendessen eingeladen. Es gab im Backofen gegarten Hasen, den sein Vater selbst geschossen hatte. Also saß Kristoffer neben den anderen Gästen und spuckte diskret Schrotkörner in seine Serviette. Beim Rest der Gästeschar handelte es sich um eine ziemlich neu gegründete Rentnervereinigung des Ortes. Sie nannten sich »Veteranenservice«, und die Geschäftsidee lautete, sich selbst und sein Wissen zu vermieten: Das konnte jeder tun, der Lust und Energie hatte, und zwar an jeden, der dafür bezahlen wollte. Ein pensionierter Buchhalter kümmerte sich um Buchhaltung und Finanzen des Vereins. Sie schienen Spaß miteinander zu haben, und Kristoffer ließ sich von der fröhlichen Stimmung anstecken.

Als er sich schließlich verabschieden und in die Stadt zurückfahren wollte, nahm der Alte ihn mit in den Garten und brach einen Ast von einer der grünen Lianen, die sich über die Südwand schlängelten, und reichte sie ihm.

»Was ist das?«

»Die ›Blaue Bergslagen‹, nach der Gegend hier benannt, aus der sie stammt. Eine sehr widerstandsfähige Weinrebe, die Kälte und widrige Umstände aushält und die, wenn man sich darum kümmert, eine reiche Ernte an kleinen blauen Trauben bringt.« Er machte eine Pause und sah seinen Sohn eindringlich an. »Ich möchte, dass du dich darum kümmerst und um dich selbst, dass du sie ins Wasser stellst, bis sie Wurzeln treibt. Dann ist es an der Zeit, dass ihr beide, die Pflanze und du, woanders hinzieht, wo ihr Wurzeln schlagen könnt.«

»Wie soll ich das verstehen?«, fragte sein Sohn.

»Du hast nur ein Leben, Kristoffer. Mach etwas daraus. Ich meine… das heißt ja nicht, dass du Vera vergessen sollst, sondern nur dass du dir Freude in deinem Leben gönnen musst.«

»Wir wissen nicht, was ihr zugestoßen ist.«

»Nein, und wir werden es vielleicht nie erfahren. Ella und du, ihr lebt auf eine Weise, die Vera zur Verzweiflung getrieben hätte. Also stell die Weinranke ins Wasser und denk mal über alles nach.«

»Die Blaue Bergslagen. Ist das die Traube, von der du voriges Jahr Sangria gemacht hast, die dann nach Wacholder schmeckte?« Kristoffer nahm die Pflanze und umarmte seinen Vater, der einen Kopf kleiner war als er selbst.

»Ja. Die ist hart im Nehmen, herb und voller Kraft, so wie du. Und das Blau steht für die Polizei.«

Kristoffer umarmte seinen Vater noch einmal, und sie verabschiedeten sich voneinander.

Auf dem Weg nach Hause fuhr er in Solhaga vorbei, wo Ella wohnte, um nach ihr zu sehen. Aber nicht nur deshalb, wenn er ehrlich war. Er wollte wissen, was Rasmus auf dem Herzen gehabt haben könnte, als er sie am Karfreitag besucht hatte. An Ostern hatte Ella es ihm nicht erzählen wollen, aber er kannte sie und wusste, dass es ihr schwerfiel, ein Geheimnis zu bewahren.

Er parkte am Einkaufszentrum Haga, überquerte die Straße nach Solhaga, wo er den gelben Häuserreihen folgte, um dann abzubiegen. Ella wohnte in einer Einzimmerwohnung im Erdgeschoss. Als sie sich trennten, hatte sie zunächst eine Dreizimmerwohnung gehabt, aber dann hatte sie nicht weiter als Krankenschwester arbeiten können, war krankgeschrieben und schließlich frühverrentet worden. Kristoffer half ihr mit der monatlichen Rate für die Wohnung und mit Geld für den Unterhalt aus. Ungefähr 7.000 Kronen im Monat waren das. Es war heftig, aber es ging. Um Sozialhilfe zu bekommen, hätte sie erst die Wohnung verkaufen und das Geld verbrauchen müssen, aber er konnte nicht zulassen, dass sie den letzten festen Punkt in ihrem Leben mit Nachbarn, die sich doch um sie kümmerten und ein Auge auf sie hatten, verlor. Die Nachbarn, die noch wussten, dass sie, bevor ihr Leben in Stücke ging, einmal eine tüchtige Krankenschwester und gute Freundin gewesen war. Im besten Fall würden sie jetzt nach ihr sehen und um Hilfe rufen, wenn es mal richtig schlimm wurde, und das entlastete auch ihn in gewisser Weise.

Zwischen den Häusern hing die Dämmerung. Der Spielplatz war menschenleer, eine Schaukel schwang im Wind. In Ellas Küche war das Rollo heruntergezogen. Kein gutes Zeichen. Er klingelte. Als niemand öffnete, nahm er den Schlüssel und ging hinein. Es war dunkel. Er schaltete das Licht im Flur ein und sah, dass sie mit angezogenen Beinen und dem Gesicht zur Wand auf dem Bett lag. Sie hatte sich erbrochen. Der Gestank schlug ihm entgegen, und als er versuchte, sie zu sich zu drehen, bekam er klebrige Hände. Er schaltete die Nachttischlampe ein und sah die leere Weinflasche neben dem Bett. Ella war sehr bleich, die Atmung besorgniserregend langsam und der Puls kaum fühlbar. Neben ihr lagen eine leere Schachtel, in der Citodon gewesen war, und eine andere mit Tramadol, in der sich noch ein paar gelbgrüne Kapseln befanden. Kristoffer Bark holte sein Handy heraus und rief 112 an.

Nachdem Ella abgeholt worden war, war er fest entschlossen, diesen Arzt, der ihr Rezepte ausstellte, ausfindig zu machen. Die Weinflasche hatte sie bestimmt noch zu Hause gehabt, oder vielleicht war auch Peggy da gewesen. Der konnte er das nicht richtig übelnehmen, denn Peggy war selbst Alkoholikerin. Aber auf den Arzt war er wütend. In der Szene ging schon lange das Gerücht, dass ein pensionierter Arzt, der noch privat praktizierte, den Unglückskindern der Gesellschaft Rezepte und Krankschreibungen verkaufte, um seinem Ruhestand einen Goldrand zu verleihen. »Doktor Tod«, wie sie ihn nannten, nahm unter der

Hand Bargeld entgegen. Kristoffer brauchte nur einen Namen, dann würde er dem Teufel das Handwerk legen. Er nahm die Schachtel, in der das Citodon gewesen war, und inspizierte sie. Ella sorgte sich um ihren Lieferanten und hatte den Namen mit schwarzem Filzstift übermalt. In einem Küchenschrank stand Sterillium. Trotz ihres Zustands hielt Ella doch Ordnung, alles hatte seinen Platz. Er nahm einen Wattebausch und wischte die schwarze Farbe vorsichtig ab. Im Dunkeln war es schwer zu erkennen, also stellte er sich unter die Neonröhre über der Spüle und hielt die Schachtel hoch. Jetzt war der Name des Arztes zu erkennen, und Kristoffer spürte, wie die rotglühende Wut ihn mit einer solchen Macht überkam, dass er seinen Impuls nicht länger kontrollieren konnte. Er beschloss, dem Arzt einen Überraschungsbesuch abzustatten.

Der Mann wohnte an einer schicken Adresse mitten in der Stadt. Um ins Haus zu kommen, ohne sich über die Gegensprechanlage anmelden zu müssen, brauchte Kristoffer einen Türcode. Es wäre ja schon verlockend gewesen, einfach zu behaupten, dass er von der Polizei sei, aber doch zu riskant, da er ja nicht im Dienst war. Hier handelte es sich um eine private Vendetta. Er konnte nicht auf die langsam mahlenden Mühlen des Rechtswesens warten. Das hier war akut, es ging darum, das Leben von Abhängigen zu retten, die selbst nicht mehr imstande waren, das Spiel mit dem Tod aufzugeben.

Deshalb wartete er, bis eine Dame in heller Trachtenjacke und mit einem kleinen Hund unter dem Arm die Tür aufschloss, und ging mit ihr hinein. Ohne einander anzusehen, fuhren sie gemeinsam in dem quietschenden, mit einem verschnörkelten Eisengitter versehenen Fahrstuhl nach oben. Die Frau und der Mops stiegen im zweiten Stock aus, und er fuhr noch eine Etage weiter.

Kristoffer schloss die Augen und ballte die Hände in den Jackentaschen zu Fäusten. Immer noch außer sich vor Wut, musste er seinen Drang, den Arzt sofort totzuschlagen, dämpfen.

Er sog Luft ein und entließ sie langsam in einem bebenden Atemzug wieder, ehe er den Zeigefinger auf die Klingel legte und einmal lang und aggressiv klingelte. War Doktor Tod womöglich gar nicht zu Hause? Doch dann hörte er schlurfende Schritte, die Sicherheitskette rasselte auf der anderen Seite, und die Tür ging einen Spalt auf. Im Dunkel hinter der Tür konnte er ein paar erschrockene Augen und ordentlich zum Seitenscheitel gekämmtes graues Haar erahnen.

Kristoffer stellte einen Fuß in die Tür und drückte sie dann mit solcher Gewalt auf, dass die Sicherheitskette sich löste. Er trat ein und schloss die Tür hinter sich. »Ich nehme mal an, Sie wissen, warum ich hier bin.«

»Ganz und gar nicht«, erwiderte der Arzt, und sein Blick flackerte unruhig hin und her.

»Jedenfalls nicht, um Ihnen eine Weihnachtszeitung zu verkaufen. Geht Ihnen jetzt ein Licht auf?«

»Nein, nein ... ich weiß nicht, was Sie wollen.«

»Dann werde ich es Ihnen erzählen. Sie werden jetzt schön aufhören, meiner Frau und anderen Menschen, die drogenabhängig sind, tödliche und gefährliche Medikamente zu verkaufen. Und jetzt kommen Sie mal mit mir zur Toilette, ich glaube nämlich, dass Sie sich mal übergeben müssen, damit Sie eine Idee davon kriegen, wie es sich anfühlt, wenn einem der Magen ausgepumpt wird.

Das könnte Ihnen ein besseres Verständnis für das Leiden Ihrer Patienten schenken.«

»Wer ist Ihre Frau?«

»Meine Ex-Frau ist eine von denen, denen Sie Drogen und Beruhigungsmittel verkaufen. Ich habe sie allein an diesem Wochenende zweimal halbtot aufgefunden.« Mit gewaltsamem Zorn zwang Kristoffer den zu Tode erschrockenen Mann ins Badezimmer, legte eine Hand auf seine Schulter, drückte ihn vor dem Klo auf die Knie und klappte den Deckel hoch. »So, jetzt stecken Sie sich mal die Finger in den Hals und kotzen, sonst ertränke ich Sie in der Schüssel.« Er packte den Kopf des Arztes und presste ihn so weit runter, bis die Nase die Wasseroberfläche berührte. »Das können Sie aber besser. Ich höre nicht auf, bis Sie wie blöd kotzen!« Kristoffers Stimme hallte zwischen den gekachelten Wänden wider. »Los jetzt!«

Der Arzt würgte, und das Platschen im Klo ließ nicht länger auf sich warten. »Sie können nichts beweisen«, presste er heraus.

Kristoffer sah die schwarzen Wolken vor seinen Augen und merkte, dass er im Begriff war, die Kontrolle zu verlieren. »Noch nicht. Aber ich arbeite daran, und wenn Sie schlau sind, stellen Sie Ihre Tätigkeit von selbst ein. Sofort. Das nächste Mal dürfen Sie nicht selbst kotzen, dann nehmen wir den Gartenschlauch und machen eine richtige Magenspülung. Ich war einmal im Krankenhaus und habe gesehen, wie man das macht, ich glaube, ich würde das einigermaßen hinkriegen.« In dem Moment spürte er, dass er den Arzt ertränken wollte. Dann wurde alles schwarz um ihn.

Kristoffer erwachte auf seinem eigenen Sofa. Er setzte sich auf und griff nach dem Handy, das auf dem Boden lag. Die Uhr zeigte 02:24. Er konnte sich nicht erinnern, was genau passiert war. Hatte er etwas Strafbares getan? Er hatte bei dem Arzt geklingelt und war eingelassen worden. Er hatte keine Gewalt gebraucht, sondern nur den Arzt in die Toilette gebracht und eine schwere Hand auf seine Schulter gelegt. Der Arzt hatte nicht die Geistesgegenwart besessen, ihn zum Gehen aufzufordern. Möglicherweise hatte er es als Drohung aufgefasst, dass ihm eine zukünftige Magenspülung in Aussicht gestellt worden war. Aber das war das Einzige. Dann erinnerte sich Kristoffer vage, dass er gedroht hatte, den Arzt im Klo zu ertränken, dass er ihn ins Wasser gedrückt hatte. Was war dann passiert? Wie war er wieder nach Hause in seine Wohnung gekommen? Warum konnte er sich nicht erinnern? War der Arzt zu Schaden gekommen? Hatte er ihn gar getötet? Bei dem Gedanken wurde ihm übel vor Sorge. Er musste erfahren, ob der Arzt noch lebte.

Nach einer längeren Suche im Telefonbuch fand er die Nummer. Er rief an. Der Arzt nahm nach zweimaligem Klingeln ab.

»Hallo?«, sagte eine ängstliche Stimme.

Kristoffer drückte das Gespräch weg. Jetzt wusste er, dass der Arzt überlebt hatte. Das war eine Erleichterung, allerdings besaß der Mann jetzt seine Handynummer und konnte herausfinden, wer er war.

Kristoffer stand auf und bemerkte, dass die Gardinen im Wohnzimmer zugezogen waren, dass seine Aktentasche auf dem Sofa lag und der Laptop fehlte. Er war sich ganz sicher, dass das Gerät in der Tasche gewesen war und dass er die Gardinen nicht zugezogen hatte. Im Flur stellte er fest, dass die Tür abgeschlossen war. Keine Hinweise auf einen Einbruch. Da gab es nur zwei Möglichkeiten. Entweder konnte Vera Dinge umräumen, oder es hatte jemand, während er weggedämmert war, die Wohnung mit einem Schlüssel betreten. Er ging in die Küche. Auf dem Küchentisch stand der Laptop. Der Bildschirm war schwarz, doch als er die Maus berührte, leuchtete er auf. Eine Nachrichtenseite war offen und eine kurze Nachricht herangezoomt. Da ging es um den Einbruch in dieser psychogeriatrischen Klinik in Solna, über den er schon vorher etwas im Fernsehen gesehen hatte. Jemand hatte eine Akte gestohlen. Kristoffer war vollkommen sicher, dass er nicht mit dem Computer am Küchentisch gesessen hatte, und ebenso sicher war er, dass er selbst diese Nachricht nicht aufgerufen hatte. Sein ganzes Leben lang war er paranormalen Phänomenen gegenüber sehr skeptisch gewesen. Bis Vera verschwand, hatte er immer gesagt, dass es sich bei Sehern, Gedankenlesern und den Stimmen der Toten bestenfalls um Wunschdenken handelte und im schlimmsten Fall um reine Betrügerei, wenn Scharlatane aus dem Unglück anderer Geld machen wollten. Jetzt wusste er nicht mehr, was er noch glauben sollte, und das machte ihm Angst.

Er setzte sich an den Küchentisch und zündete die Kerze im Messingständer an. Er hoffte, dass ihm das Ruhe schenken würde. Dass er Veras Gegenwart spüren könnte, sei es auch nur für einen Augenblick. »Ich bin nicht so gut darin, mich um deine Mutter zu kümmern, Vera. Am liebsten würde ich sie einsperren, bis ich dich gefunden habe. Das kann ich nicht, aber ich kann sie auch nicht jeden Moment bewachen. Ich hoffe und ich glaube, du siehst, dass ich mich wenigstens bemühe.«

Er spürte den Windzug vom Fenster und begriff, warum die Flamme der Kerze flackerte. Trotzdem nahm er die vorsichtige Bewegung im perfekten Oval der Flamme als eine Antwort.

10

Denise hatte den ganzen Vormittag über fleißig gearbeitet, und gegen Abend war sie mit einigen ihrer Skizzen dann auch zufrieden. Sie schaltete den Fernseher ein, doch auf den wenigen Kanälen, die sie reinbekam, gab es nichts außer der Wiederholung einer Sendung über Frühlingsvögel. Da klingelte ihr Handy. Jemand von der Station in Solna, auf der ihre Mutter untergebracht war, rief an. Der Stationsarzt wollte mit ihr sprechen.

»Spreche ich mit Vanjas Tochter?«

»Ja, ist etwas passiert?« Die Furcht fuhr Denise wie ein Krampf in den Magen. Ging es ihrer Mutter schlechter? Warum hatten sie nicht Isabell angerufen? Die war Krankenschwester und sollte als Erste benachrichtigt werden, wenn etwas passierte.

»Wir haben Isabell nicht erreichen können. Es ist etwas geschehen, wovon ich meine, dass Sie als Angehörige davon in Kenntnis gesetzt werden sollten.«

»Ja?« Warum redete der denn so geschwollen? Es war, als würde er sich distanzieren, um eine schlechte Nachricht überbringen zu können. »Was ist denn passiert?«

»Haben Sie vielleicht am Karfreitag die Nachrichten im Fernsehen gesehen?«

»Ich versuche, das zu vermeiden«, erwiderte Denise wahrheitsgemäß, während sie weiterhin in Gedanken nach

Gründen für diesen Anruf suchte. Durfte ihre Mutter nicht länger dortbleiben und sollte entlassen werden? Denise konnte sich nicht um sie kümmern. Warum hatten sie bloß Isabell nicht erreicht?

Die Stimme des Stationsarztes unterbrach ihre Überlegungen. »Um gleich zur Sache zu kommen: Jemand hat sich als Arzt ausgegeben und ist in die geschlossene Abteilung und das Archiv eingedrungen. Wir waren nachlässig in unseren Sicherheitsroutinen, und das wird natürlich verfolgt werden. Die Polizei ist gerufen worden, man hat den Mann jedoch nicht ergreifen können.«

»Ich verstehe nicht recht. Ist meine Mutter verletzt? Oder warum erzählen Sie mir das?«

»Die Krankenakte Ihrer Mutter ist aus dem Archiv gestohlen worden. Wir werden es selbst der Sozialverwaltung melden.«

»Okay. Wie furchtbar. Was könnte der Mann damit anfangen wollen?«

»Ich habe keine Ahnung. Könnten Sie mit Ihrer Schwester darüber sprechen? Wenn Sie Fragen haben, dürfen Sie sich selbstverständlich bei uns melden oder auch bei der Polizei hier in Solna.«

Der Arzt beendete das Gespräch.

Denise schickte eine Nachricht an Isabell, um herauszubekommen, ob sie den Bericht gesehen und erkannt hatte, dass es sich um die Station handelte, auf der ihre Mutter sich befand.

Mamas Krankenakte ist aus dem Archiv im Krankenhaus gestohlen worden; kannst du dir vorstellen, warum?

Denise wollte nicht weiter darüber nachdenken. Sie holte das Fotoalbum von Großmutter Hedda und machte es sich damit auf dem Sofa gemütlich, um zu sehen, ob sie irgendwelche Fotos von Albert als Kind finden könnte. Er war in Hampetorp geboren und aufgewachsen. Denise und ihre Schwestern waren in ihrer Kindheit immer wieder bei ihrer Großmutter gewesen, und dann hatten sie miteinander gespielt. Als sie sechs, sieben Jahre alt gewesen waren, war Albert ein schweigsamer kleiner Junge, dessen eines Brillenglas schwarz zugeklebt worden war, weil er schielte. Sie erinnerte sich, dass er eine hellblaue Jacke trug, die zwar wie Adidas aussehen sollte, aber nur zwei Streifen hatte. Er hatte sich oft damit verteidigt, dass sein Vater Börje Polizist war. Das war alles, was sie noch wusste.

An Rasmus erinnerte sie sich umso deutlicher. Er war der geborene Anführer gewesen. Er bestimmte, was gespielt wurde, wer dabei sein durfte, und wer nicht. Voller Leben und Energie war er gewesen. Er sprang im Winter auf die äußersten Eisschollen, wagte es, nachts draußen zu sein und im Sommer bei Dunkelheit Boot zu fahren.

Im Album gab es Fotos von lang vergangenen Mittsommerabenden. Tanz um den Baum. Picknick auf bunten Decken. Kinder in einer Schlange vor dem Tuch zum Angelspiel, sie selbst mit einem Angelstock ganz vorn. *Ein erwartungsvolles Mädchen, das bald fünf Jahre alt werden wird*, hatte Hedda mit ihrer schönen Handschrift dazugeschrieben. Auf dem nächsten Bild hatte sie einen Stiftetroll mit grünem Haar bekommen, konnte sich aber nicht daran erinnern. Das war, bevor das Schreckliche geschehen war – damals waren sie drei Schwestern gewesen. Die große Schwester Isabell und die Zwillinge Denise und Fredrika. Sie konnte sich nur vage an Fredrika erinnern, wie an einen Schatten von sich selbst.

Fredrika war verschwunden, als sie fünf Jahre alt gewesen waren. Ein paar Stunden später war sie erdrosselt in einem Gebüsch im Hagaparken in Solna, wo sie damals gewohnt hatten, gefunden worden. Im Zusammenhang mit der Tat war ein Mann festgenommen worden. Isabell hatte ihn identifiziert, und sein Fingerabdruck war auf dem Springseil gewesen, das für die Tat benutzt worden war. Manche Dinge sind so schrecklich, dass das Gehirn einfach abschaltet. Es fiel Denise schwer, sich an das Ereignis zu erinnern. Mit einem eineiigen Zwilling verlor man sich selbst. Sie waren sich so ähnlich gewesen, dass die Leute sie nicht auseinanderhalten konnten. Fredrika wurde rosa angezogen und Denise blau. Wenn sie dann einmal die Kleidung tauschten, verwechselten die Leute sie. Sie hatten eine eigene Sprache, Worte waren nicht vonnöten, wenn sie sich verständigen wollten. Eine Seele in zwei Körpern. *Bist du gestorben oder ich?*

Auf der Seite fehlte ein Foto. Es stammte aus der Zeit, als Fredrika und Denise drei Jahre alt gewesen waren. Man konnte sehen, wo es seinen Platz gehabt hatte. Warum war es rausgenommen worden? Hatte Großmutter es vielleicht an Papa geschickt? Das musste dann kurz vor seinem Tod gewesen sein. An ihn konnte sich Denise auch nicht erinnern. Sie klappte das Album zu und stand auf.

Saba stand an der Haustür und jaulte leise. Denise zog ihre Jacke an und stieg in die Stiefel. Die Sonne ging allmählich unter, und sie blieb andächtig auf der Treppe stehen und nahm all die Schönheit auf, die sie rund um sich herum sah. Der See war zur Ruhe gekommen und lag ganz still, schwarz und spiegelblank da, während die Farben am Himmel ihr fast den Atem raubten. Dunkellila, starkes

Rosa und Knallgelb – Farben, die man sich für ein Graffiti aussuchen würde. Das Land ringsum war immer noch wintergrau gesprenkelt. Diese Farbkombinationen musste sie festhalten, und so nahm sie die Kamera zur Hand. Sie sah die Stoffe schon vor sich. Das würde etwas ganz anderes werden als die früher von ihr entworfenen in Meeresblau und sanften Brauntönen.

Saba war ungeduldig und zerrte an der Leine, um den üblichen Weg einzuschlagen. Aber Denise wollte das nicht, denn dann würde sie wieder an der Hütte von Rasmus vorbeigehen müssen. Ihre Begegnung hatte sie mehr aufgeregt, als sie sich selbst eingestehen wollte. Es gab Dinge, an die sie sich nicht erinnern wollte, und dazu gehörten vor allem die Spiele, die sie gespielt hatten, als sie in der Mittelstufe waren. Damit man sich traute, Grenzen zu überschreiten, musste man versprechen zu gehorchen, wie in dem schwedischen Film »Ich hätte Nein sagen können«. Sie hasste die Spiele, hatte aber schreckliche Angst gehabt, nicht dabei sein zu dürfen. Rasmus hatte die Regeln bestimmt. Dass sie sich nackt ausziehen sollte, immer sie, er niemals und nur selten jemand anders. Er hatte bestimmt, wer wen küssen musste. Es hatte schon früh eine erotische Anziehung zwischen ihnen gegeben, aber immer nach seinen Regeln. Als Teenager waren sie im Sommer in derselben Gang gewesen. Da war es schon mal vorgekommen, dass er sie geküsst hatte und dass sie auf eine eher experimentelle Art rumgemacht hatten. Was nicht bedeutete, dass sie zusammen waren. Es zog sie einfach zueinander hin, und deshalb war es auch irgendwie enttäuschend gewesen, als er die sieben Jahre jüngere Vera kennenlernte und plötzlich heiraten wollte.

Die Straßenlaternen am Fährhafen gingen langsam an, und im selben Takt schien der Weg dunkler zu werden. Sie schaltete die Taschenlampe ein. Saba blieb wie angewurzelt stehen und schien auf etwas zu lauschen. Gibt es Schritte, die so leicht sind, dass nur ein Hund sie hören kann? Das Geräusch, wenn die Seelen der Toten auf der Erde wandeln? *Fredrika. Fredrika, meine Schwester, wo bist du jetzt?* Nein, so etwas durfte sie nicht denken, das machte ihr nur Angst. Das seltsame Licht und die Farben am Himmel hatten sowieso schon diese Wirkung auf sie. Als sie zum See hinunterkam, spiegelten sie sich im Wasser und leuchteten überall um sie herum. Verschluckten sie und gaben ihr das Gefühl, dass alles so viel größer war und sie selbst und ihre eigene Welt nur ein kleiner Punkt im Universum. So wie damals, als sie mit Isabell und ihrer Mutter auf einer Fjälltour in Norwegen gewesen war und sie auf der Landschaft unter sich den Schatten der Wolken hatte sehen können. Da hatte sie sich wie ein Punkt im Universum gefühlt, und es hatte ihr gefallen, nur ein einziger kleiner Pixel im Drama des Lebens zu sein. Isabell hingegen war missmutig geworden und hatte das alles öde gefunden. Sie hatte eben dieses ganz andere Bedürfnis, immer im Mittelpunkt stehen zu müssen.

»Nein, Saba! Dahin gehen wir nicht. Heute gehen wir hier entlang.« Denise zog an der Leine, und der Hund drehte sich um und schaute sie fragend an. Sie waren immer dieselbe Route gegangen, und jetzt sollte es plötzlich auf einem anderen Weg weitergehen. Davon ließ sich das Tier nicht so leicht überzeugen. Isabell hatte ihr die Hündin zum 25. Geburtstag geschenkt. Ihr Name stammte von der Königin von Saba, die laut Bibel, Koran und der äthiopischen Urschrift Kebra Nagast König Salomo besuchte, um seine berüchtigte Klugheit mit raffinierten Fragen auf die Probe zu stellen. Das Kebra Nagast sagt, sie sei schwanger geworden und habe daraufhin einen Sohn geboren, der zum Stammvater des Volkes der Äthiopier geworden sei, das hatte Denise im Internet herausgefunden.

Saba leistete mehr aus Prinzip Widerstand und folgte dann gehorsam auf dem neuen Weg. Eine wahrhaft königinnengleiche Haltung.

Da klingelte ihr Handy. Denise hatte es in der Jackentasche und musste erst die Handschuhe ausziehen, um den Reißverschluss herunterziehen zu können.

»Warum gehst du denn nicht ran?« Alberts Stimme klang erbost. Im Hintergrund konnte sie Stimmengemurmel hören und etwas, das an Fahrstuhlmusik erinnerte.

»Draußen mit Saba. Und du?«, konterte sie eilig.

»Im Hotel, und ich wünschte, du wärst hier. Ich sag dir, ich habe eine Sauna im Zimmer. Das hier ist Finnland vom Feinsten, und das Essen ist fantastisch.«

»Eine eigene Sauna? Das ist ja krass. Dann komm doch und hol mich!«

Sein Lachen klang etwas hohl. »Papa hat mir grade erzählt, Rasmus würde das Sommerhaus seiner Eltern renovieren.« Die nachfolgende Stille glich einer Aufforderung. »Hast du ihn schon getroffen?«

Das fühlte sich nach einer Fangfrage an. Offensichtlich wusste er schon, dass sie Rasmus getroffen hatte. »Ich bin ihm zufällig begegnet, als ich mit dem Hund draußen war.« Börje musste sie gesehen haben, dachte sie. Es wäre besser gewesen, wenn sie selbst es zuerst hätte erzählen können, aber nun war Albert schneller gewesen.

»Von wegen zufällig begegnet, ihr habt wohl eher was zusammen unternommen. Was habt ihr denn so lange in seiner Hütte gemacht?«

»Also zuerst einmal hätte ich fast gespuckt, weil er einen Eimer mit toten Mäusen in Glyzerin da stehen hatte, und dann haben wir Tee getrunken. Was dachtest du denn?«

Wieder lachte Albert trocken und vielleicht misstrauisch auf. »Eine Stunde und fünfunddreißig Minuten lang?«

»Woher weißt du, dass es genau eine Stunde und fünfunddreißig Minuten waren?«

»Weil ich dich den ganzen Tag lang beobachtet habe. Nach all dem, was in der Umgebung passiert ist, finde ich die Vorstellung ein bisschen gruselig, dass du allein im Haus bist. Deshalb habe ich, als du geschlafen hast, die GPS-Funktion auf deinem Handy eingeschaltet, damit ich sehen kann, wo du bist. Gut, oder?«

»Das mag gut sein, aber ich hätte es doch gern gewusst und mitentschieden. Ich mag es nicht, überwacht zu werden. Woher kennst du die PIN zu meinem Handy?«

»Es geht jetzt aber nicht mehr bloß um dich, sondern in deinem Bauch ist noch ein kleines Baby, das beschützt werden muss. Ich würde es nicht überleben, wenn euch was passieren würde, verstehst du das nicht? Ich liebe dich, Denise. Ihr sollt in Sicherheit sein, das Kleine und du.«

»Warum sollte ich bei Rasmus nicht in Sicherheit sein?«

»Das kannst du ja wohl selbst am besten beantworten.« Albert wurde für einen Moment still und sagte dann so leise, dass sie kaum sicher sein konnte, ob sie richtig gehört hatte: »Ihr dürft nicht verschwinden.«

»Geht es hier um Maria, und dass sie dich verlassen

hat? Ich muss jetzt mal erfahren, was da eigentlich passiert ist. Deine Sorge beeinträchtigt unsere Beziehung.« Denise hatte das Gerücht gehört, Maria sei tot, aber manche sagten auch, sie habe ihn einfach verlassen.

Albert seufzte tief. »Ich würde gern dein Gesicht sehen, es ist nicht so leicht, das alles am Telefon zu erzählen.«

»Versuch es.« Sie war sauer und hatte nicht vor, ihm zu erlauben auszuweichen.

»Maria war im Wald, um Pilze zu sammeln. Ich hatte gerade erfahren, dass wir ein Kind erwarteten. Sie erlitt einen Schlaganfall und hatte kein Handy dabei. Ein Blutgefäß im Gehirn ist geplatzt. Womöglich hätten sie und das Kind überlebt, wenn sie nur einen Notruf hätte absetzen können. So wurde sie 17 Stunden später von der Hundestaffel der Polizei gefunden.«

»Es tut mir leid, Albert. Das wusste ich nicht.«

»Nein, aber jetzt verstehst du meine Sorge vielleicht besser. In Hampetorp sind zwei Frauen verschwunden. Deshalb will ich, dass du die GPS-Funktion einschaltest, damit ich sehen kann, wo du bist.«

»Ich muss darüber nachdenken.« Denise merkte, dass sie fror, und ging langsam zurück Richtung Haus.

»Du musst mir versprechen, das Handy immer dabeizuhaben.«

»Ich habe gesagt, dass ich über die Sache nachdenken werde, okay?«

»Tu mir das nicht an. Du kapierst nicht, was ich mir für Sorgen mache.«

»Weswegen denn?«

»Ich will dir keine Angst machen, aber du musst ja auch schon mal darüber nachgedacht haben, wie ähnlich du

Vera und Camilla siehst. Und jetzt ist Rasmus zurückgekommen, und du musst dich vor ihm in Acht nehmen.«

»Jetzt übertreibst du aber!«

»Nein. Du kennst Rasmus nicht so wie ich. Er war Vera gegenüber absolut rücksichtslos.«

»Vera gegenüber? Was hat er denn getan?«

»Das erzähle ich nicht am Telefon.«

11

Als Kristoffer am ersten Arbeitstag nach den Feiertagen die Räume der Mordkommission betrat, begegnete er als erstes Ingrid Johansson, die mit einem Putzlappen aus seinem Zimmer kam. Ihre grimmige Miene gab Anlass zu den schlimmsten Befürchtungen.

»Du räumst gefälligst die Stapel von deinem Schreibtisch, damit die Putzfrau staubwischen kann.« Der Ton war nicht scherzhaft, und in ihrem sonst so fröhlichen Gesicht war kein Funke eines Lächelns zu erkennen. »Das Geschirr gehört in die Küche, und die leeren Dosen bringst du bitte selbst zur Rückgabe. Ich kümmere mich nicht um mitgebrachte Topfpflanzen, und wenn du weiterhin die Vögel vorm Fenster fütterst, dann setze ich mich auf deinen Schreibtisch und steige nicht eher wieder runter, bis du die Scheibe mit deinem Schlips geputzt hast. Die Putztruppe kommt gleich, und die brauchen aufgeräumte Oberflächen, um putzen zu können. Es ist zum Schämen.«

Ingrid Johansson war in den rund dreißig Jahren, die er schon arbeitete, immer da gewesen. Und sah immer gleich aus. Das lange graue Haar im Pferdeschwanz und große Ringe in den Ohren, eine 70er-Jahre-Tunika und dazu eine schwarze Hose. Er sah sie freundlich an und lächelte. »Guten Morgen, Ingrid. Hattest du schöne Feiertage? Der Buchladen läuft gut, wie ich höre.«

Es war kein Zufall, dass er den Buchladen erwähnte, den sie in ihrer Freizeit betrieb. Wenn man wollte, dass Ingrid das Thema wechselte, dann war dies ein sicheres Mittel. Mit einigen Bibliothekarinnen in der Region, die eine von der Schließung bedrohte Bücherei komplett leergeklaut und die Bücher in einem geheimen Keller versteckt hatten, war sie auf die Protestwelle aufgesprungen und hatte gegen alle Widerstände eine eigene Buchhandlung eröffnet.

»Angeblich macht jede Woche eine Buchhandlung zu. Das kann man nicht akzeptieren. Ich werde jedenfalls nicht aufgeben. Morgen haben wir einen Lyrikabend – oder ›Poetry Slam‹, wie das heutzutage heißt. Das ist ein Wettbewerb. Meist ziemlich gut besucht. Du bist herzlich nach Vintrosa eingeladen, Kristoffer, wenn du ein paar eigene Gedichte vortragen möchtest. Oder wenn du einfach nur lebendige Lyrik hören möchtest.« Jetzt war ihre Miene wie verwandelt und zu einem großen Lächeln geworden.

»Das wäre dann einer der Verse, die ich mir ausgedacht habe, als wir Kinder genötigt wurden, am Osterabend Reime auf die Eier zu erfinden.

Das Ei nimmt Fahrt
auf Papas Bart,
das Gelbe rinnt träge,
das Weiße ist heller
und schlängelt sich schneller
hin unter das Kinn.«

»Wie alt warst du, als du das gedichtet hast?«, fragte sie neugierig.

»Dreiundvierzig. Nein, das war ein Witz. Ich weiß es nicht mehr.«

Den diebischen Bibliothekarinnen war ein Theaterstück gewidmet worden, und man verehrte ihnen für ihren zivilen Ungehorsam im Dienst der Kultur das Kulturstipendium der örtlichen Zeitung. Welchen Aufruhr Ingrid in ihrem kleinen Buchhandel, der unter dem Dach des Folkets Hus von Vintrosa untergebracht war, eigentlich starten wollte, war noch unklar. Aber sie war ein Stützpfeiler der Kultur, eine echte »Kulturtante« vom alten sozialdemokratischen Schlag, die Lesungen und Konzerte besuchte und dafür sorgte, dass Gelder gesammelt und Stipendien verdientermaßen an aufstrebende Talente vergeben wurden. Außerdem hatte sie einen guten Draht zum Regierungschef der Provinzialregierung, denn die beiden waren vor Urzeiten zusammen in der Grundschule gewesen, und deshalb fungierte sie oft als informelle Behördeninstanz in wichtigen Gesellschaftsfragen.

Ingrid berührte seinen Arm. »Hörst du mir zu, Kristoffer? Die Chefin will dich sprechen. Sie hat gefragt, ob ich dich gesehen hätte.«

»Ich weiß, dass ich spät dran bin. Sie haben die komplette Rudbecksgatan aufgegraben, und ich bin heute Morgen mit dem Auto los und hab dann im Stau gestanden. Was wollte sie?«

»Ich habe versucht, das rauszukriegen, aber du weißt ja, wie sie ist. Sie will es direkt mit dir besprechen.«

»Wenn sie es gleich mit dir besprochen hätte, dann könnte man das auch getrost Tratsch nennen«, erwiderte er und machte sich mit einem gewissen Unbehagen auf den Weg durch den verglasten Gang in den Neubau des Polizeigebäudes, zum Büro von Regina Zimmermann. Die grüne Lampe leuchtete. Er öffnete die Tür und trat ein.

»Da bist du ja. Mach die Tür hinter dir zu, Kristoffer, und setz dich. Das hier wird ein bisschen dauern«, sagte Regina Zimmermann mit ihrem leichten deutschen Akzent, hob eine wohlgeformte Augenbraue und wies auf einen Stuhl. Sie war um die sechzig, eine Frau mit gerader Haltung, Haaren auf den Zähnen und einer Bronzemedaille von den schwedischen Meisterschaften im Kampfsport. Obwohl er fast zehn Jahre jünger war, konnte Kristoffer nicht sicher sein, aus einem Nahkampf mit ihr als Sieger hervorzugehen. Zimmermann war immer feminin gekleidet, mit hochhackigen Schuhen und rotlackierten Fingernägeln. Meist trug sie das aschblonde Haar in einem kunstvollen Dutt, heute aber war es offen, und das ließ sie jünger aussehen. Wenn er es nicht besser wüsste, hätte er fast gedacht, sie seien gleichaltrig. Sie sah grimmig aus und trommelte mit den Fingernägeln auf die Tischplatte.

»Da fragt man sich, worum es wohl gehen mag«, sagte er vorsichtig und ließ sich auf den Besucherstuhl ihr gegenüber sinken.

»Willst du damit sagen, du hast keine Ahnung?«

So langsam dämmerte ihm, dass er diesmal wirklich übel dran war. Sie hatten früher schon über seine Schwierigkeiten als Ermittlungsleiter in der Teamarbeit gesprochen. Dass er oft aufbrausend war und zu viel von seinen Mitarbeitern verlangte. Nur weil er selbst gern an Wochenenden und bis spät in den Abend hinein arbeitete, war das doch nicht die Norm. Es musste möglich sein, sowohl Polizist als auch Eltern von kleinen Kindern zu sein, hatte sie ihm eingeschärft, nachdem sich der Kollege Henrik das letzte Mal bei ihr beschwert hatte, weil er seine Kinder nicht rechtzeitig aus der Tagesstätte hatte abholen können. »Hat Henke sich mal wieder beklagt?«

»Henrik hat mehr als einmal auf eure Schwierigkeiten in der Zusammenarbeit hingewiesen. Aber jetzt müssen wir über das reden, was über die Feiertage passiert ist.«

»Über die Feiertage?«, fragte er etwas dämlich, bis ihm Ella einfiel und alles, was um sie herum passiert war.

»Also, erstens: Wir haben einen Polizeianwärter namens Alex Molin, der vorhat, dich wegen Misshandlung anzuzeigen. Du hast ihn, als er vor dem Strömparterren in der Schlange stand, zu Boden gestoßen.«

»Falsch! Er hat sich zu Boden geworfen, als ich ihn losgelassen habe, nachdem ich ihn aus der Schlange gehoben hatte. Er hat versucht, sich an den anderen, die schon lange warteten, vorbeizuschummeln. Ich habe den Streit nicht angefangen, sondern der ging los, als er versucht hat, sich vorzudrängeln.«

»Eure Aussagen gehen da in unterschiedliche Richtungen, und ich werde sicher noch Grund haben, darauf zurückzukommen. Dann haben wir einen Türsteher bei der Freimaurerloge, der sagt, du hättest ihn gegen eine Wand gedrückt und festgehalten.«

»Anstatt mich runterzubeugen und ihn anzuhauchen, habe ich ihn auf Augenhöhe gehoben, und ja, ich habe ihn festgehalten, damit es ihm am Ende nicht so geht wie dem Polizeianwärter. Ich war nüchtern, und mir wurde das Recht verweigert, reinzugehen und meinen Mantel abzuholen.«

»Du warst vollgekotzt.«

»Es war nicht meine Kotze, aber es war mein Mantel,

und ich hatte auch den Garderobenzettel noch, konnte es also beweisen. Sonst noch was?«

»Das Letzte ist vielleicht am ernstesten. Du bist in die Wohnung eines pensionierten Arztes in der Stadt eingedrungen. Er will es nicht anzeigen, aber er möchte, dass ich davon weiß. Er will anonym bleiben.«

»Ich kann gut verstehen, dass er anonym bleiben will. Aber das wird nicht lange möglich sein, denn ich habe vor, unsere Freunde von der Steuer auf ihn anzusetzen. Er verkauft Rezepte. Ich denke, es wäre interessant, mal zu sehen, wie es um sein Privatvermögen bestellt ist, und das mit dem Gehalt zu vergleichen, das er sich auszahlt.«

»Kannst du deine Behauptung beweisen?«

»Noch nicht, aber das ist nur eine Frage der Zeit. Ich habe das Gerücht von den Nebeneinkünften dieses Arztes gehört, aber niemand wollte mir den Namen sagen.«

»Und wie hast du ihn dann bekommen?«

»Er stand auf einer Schachtel mit rezeptpflichtigen Tabletten.«

Regina sah ihn eindringlich an, und er konnte ihrem Blick nicht ausweichen. »Das ist unhaltbar, Kristoffer.« Sie stand auf und begann, auf und ab zu wandern, so dass die Absätze auf dem Parkett knallten, während ihr eine leichte Röte in die Wangen stieg.

»Wie meinst du das?«

»Unterbrich mich nicht. Nach allem, was mit deiner Tochter passiert ist, haben wir vonseiten der Polizeileitung Verständnis gezeigt und deine Mitarbeiter gebeten, Rücksicht zu nehmen. Doch es gibt eine Grenze, und die ist erreicht. Ich traue mich nicht, dich länger hier in der Mordkommission zu haben, wenn du deine Impulse nicht kontrollieren kannst. Wenn du weiter als Polizist arbeiten willst, dann musst du in Therapie gehen. Das ist kein Vorschlag, sondern eine absolute Bedingung dafür, dass ich das alles hier nicht an die Interne Ermittlung gebe. Von Tag eins an musst du eine Krankschreibung vorweisen können, wenn du nicht zu den Sitzungen mit dem Therapeuten gehst. Du gehst dreimal die Woche eine Stunde lang. Und heute ziehst du mit deinen Sachen in ein anderes Büro.«

»In die Räume, die wir vom Finanzamt leihen?« Bei der Polizei war es zu eng geworden, und man hatte sich bei der Behörde auf der anderen Straßenseite eingemietet. Das war auch eine Methode, ihn loszuwerden. »Und was soll ich in der Schamecke machen?«

»Nein, nicht ins Finanzamt. Ich dachte, du könntest das Turmzimmer über der Kantine nehmen. Das steht gerade leer. Deine Kompetenz wird Verwendung finden. Ich dachte, du könntest mit Cold Cases arbeiten und in einem etwas ruhigeren Tempo.«

»Allein?« Es fühlte sich trotzdem nach Schamecke an.

»Nein, du wirst mit Kriminalinspektorin Sara Bredow arbeiten.«

»Ist sie denn wieder da?«, Sara hatte einen Zusammenbruch gehabt und war krankgeschrieben. Mehr wusste er nicht.

»Sie wird nach und nach auf 25 Prozent gehen, und dann müssen wir mal sehen, wie es funktioniert. Und dann bekommst du Henrik Larsson, mit dem du ja schon gearbeitet hast.«

»Ja, wir haben uns flüchtig gesehen in den kurzen Zeiten, wenn mal keines seiner Kinder krank war. Darf ich da auch mit 25 Prozent rechnen? Er hat fünf Kinder und lebt in Todesangst, dass seine Frau wieder schwanger werden könnte. Außerdem ist er ein Hypochonder.«

»Das habe ich jetzt einfach nicht gehört. Henrik ist ein ausgezeichneter Kriminalinspektor und Ermittler.«

»Wenn er zur Arbeit kommt, ja.«

»Und genau das musst du lernen zu akzeptieren. Arbeit mit vorhandenen Ressourcen. Man muss den Beruf des Polizisten mit einem Familienleben kombinieren können, sonst verlieren wir wichtige Mitarbeiter.«

»Und warum schiebst du ihn dann mir zu?« Jetzt war es Kristoffer, der seine Chefin eindringlich ansah.

Sie zuckte mit keiner Wimper, sah ihn an und antwortete dann. »Er soll befördert werden, aber …«

»Aber dann muss er Vollzeit arbeiten. Ich verstehe. Sind das alle?«

»Fast. Alex Molin kriegst du auch.«

»Verdammt noch mal, soll ich mich jetzt auch noch um den Frischling kümmern?« Kristoffer konnte seine Bestürzung nicht verbergen. »Das muss ich als echte Strafe betrachten. Was soll ich denn mit dem?«

»Bring ihm bei, was eine Harke ist, damit wir einen anständigen Polizisten aus ihm machen können«, sagte Regina mit einem feinen Lächeln, das ihn noch mehr reizte.

Ihr war ja wohl klar, was für ein hoffnungsloser Fall das war, oder musste er es ihr erst erklären? »Kann man einem Mitarbeiter verbieten, Kommissar Beck zu gucken? Er glaubt, er wäre Gunvald, und läuft im langen Mantel rum, tritt Türen ein und versucht, mit tiefer Stimme zu sprechen. Kann sich nicht jemand anders um den Grünschnabel kümmern? Gibt es denn keinen Platz im Keller mit den geklauten Fahrrädern?«

»Nein!«

»Darf man von zu Hause arbeiten?«

»Auch auf diese Frage lautet die Antwort Nein. Das hier ist deine einzige und letzte Chance, Kristoffer Bark.«

»Darf ein zum Tode Verurteilter einen letzten Wunsch äußern?«

»Ja, der Wunsch ist frei.«

»Ich brauche Hilfe von Ingrid Johansson, wenn sie damit einverstanden ist. Sie kennt alle Systeme und Routinen. Ohne sie bin ich mit allem Administrativen verloren, und wenn ich es richtig verstehe, ist man der Meinung, dass sie gewisse Schwierigkeiten in der Teamarbeit hat, weshalb sie sich in unserer Gruppe von Verdammten im Turm bestimmt gut machen würde.«

12

Im Laufe des Tages packte Kristoffer seine Sachen in Kartons und trug sie ins neuere Polizeigebäude hinüber, das räumlich eng mit dem Amtsgericht verbunden war. Die Außenwände der beiden Häuser waren farblich voneinander abgesetzt, um symbolisch darauf hinzuweisen, dass Polizei und Gerichtsbarkeit getrennte Einheiten waren. Als Ersatz für die toten Topfpflanzen auf seinem Fensterbrett hatten die Kollegen für einen großen Kaktus gesammelt, den er in das Fenster zum Hauptbahnhof stellen könnte. Ingrid, die sich mit sowas auskannte, hatte darauf hingewiesen, dass es sich keineswegs um ein Symbol für seine stachelige Art handelte, sondern um eine Heilpflanze. In eine Vase daneben stellte er die Weinranke, die er von seinem Vater bekommen hatte. An den Namen erinnerte er sich noch: die Blaue Bergslagen.

Das Turmzimmer erreichte man per Fahrstuhl oder über eine wackelige Eisenkonstruktion, die nur noch entfernt Ähnlichkeit mit einer Treppe hatte. Das Zimmer war dreißig Quadratmeter groß und hatte auf drei Seiten ausladende Fenster, eine weitere Reihe Fenster auf der vierten Seite wies auf einen Flur. Draußen auf dem Flur befand sich die Tür zu einer kleinen Abseite, in der Ingrid ihren Arbeitsplatz einrichten würde, ferner eine knallgelbe Arbeitsfläche mit Kaffeeautomat und Spülmaschine. Eine

Toilette befand sich einen Stock tiefer im Anschluss an die Kantine.

Als Kristoffer gerade die Karte von Örebro an die Glaswand zum Flur kleben wollte und jemanden benötigte, der auf der anderen Seite festhielt, kam Henrik angeschlappt. Er hatte eine platte Nase, so als wären ihm zu viele Türen direkt vor dem Gesicht zugeschlagen worden, trug sackartige Jeans und ein Cordjackett. Das Hemd hatte Flecken, und sein Bart war ebenso wild und ungekämmt wie das leicht grau gesprenkelte, selbstgeschnittene Haar. Er hatte ein halb gegessenes Butterbrot und eine Dose Red Bull dabei. Seine Augen waren winzig klein, und er gähnte lang anhaltend.

»Hier sollen wir also hocken?« Er sank auf den Stuhl, den Kristoffer aus der Abseite geholt hatte, und drehte sich probehalber eine halbe Runde um sich selbst. »Eine Studie nach der anderen zeigt, dass Großraumbüros gar nicht gut sind. Es geht den Leuten schlecht, weil sie die ganze Zeit gestört werden. Was meinst du, wie wir das Problem lösen sollen?«

»Was hältst du von einem Schreibtisch in jeder Ecke, so dass man mit dem Rücken zueinander sitzt und aus dem Fenster schauen kann? Vier Schreibtische müssten Platz haben, und dann können wir in die Mitte noch einen runden Tisch stellen, für den Fall, dass wir das Gefühl kriegen, uns mal sehen zu müssen«, schlug Kristoffer vor.

»Okay für mich, wenn ich Kopfhörer aufhaben darf. Reden, Husten oder Stühlescharren stören mich, du weißt schon, Geräusche halt. Ein Mensch kann nur eine bestimmte Menge Geräusche ertragen, und meine Quote ist schon erfüllt, wenn ich morgens zur Arbeit komme. Vielleicht kennst du ja jemanden auf der Materialstelle, der uns ein paar Stellwände aufbauen kann, damit wir eigene Bereiche bekommen. Wann kommt Sara?«

»Keine Ahnung. Es ist sehr unsicher, ob sie überhaupt kommt. Kannst du hier mal festhalten?«, bat Kristoffer und zeigte auf eine Ecke der Karte. Die andere Ecke presste er mit dem Oberkörper fest, um sie dann mit der Heftpistole am Fensterrahmen festzutackern.

»Wieso?«

»Weil mir das die Arbeit erleichtern würde. Die Karte soll da hin.«

»Sollten wir nicht gemeinsam entscheiden, was hier an die Wände kommt?«

»Sich mit unbedeutenden Details zu beschäftigen dauert zu lange. Du darfst selbst entscheiden, was an dein eigenes Pinnbrett kommt. Kannst du jetzt bitte mal halten?«

Mit einer Miene unendlichen Leidens erhob sich Henrik von seinem Stuhl. »Könnte sein, dass ich gegen den allergisch bin«, sagte er und zeigte auf den Kaktus. »Als ich klein war, hab ich mal an einem Kaktus geleckt und musste dann ins Krankenhaus, weil ich Blasen im Mund bekommen hab und kaum mehr atmen konnte.«

»Dann leck doch einfach nicht an ihm, und wir müssen nicht den Sicherheitsdienst rufen.«

Henrik warf ihm einen finsteren Blick zu. »Ich werde regelmäßig zum Debriefing mit Zimmermann gehen. Das war meine Bedingung, wenn ich noch mal mit dir zusammenarbeiten soll. Ich habe ein Privatleben. Das musst du respektieren.«

»Sieh mal einer an. Vielleicht hättest du, anstatt rumzujaulen, um eine Gehaltserhöhung bitten sollen, wenn du es noch länger mit mir aushalten musst.« Kristoffer sah verdrießlich auf Henriks krumme Gestalt, während der mit einem Zeigefinger seine Seite der Karte hochhielt. »Kannst du ein bisschen höher halten, bitte?«

»Woran sollen wir in dieser Gruppe denn arbeiten?«

»Das erkläre ich morgen, wenn alle versammelt sind und ich Zeit hatte, alles durchzusehen und eine Prioritätenliste aufzustellen.«

»Wahrscheinlich hast du das eh schon ohne uns entschieden.«

»Auch möglich. Etwas höher bitte.«

»Warum sollen wir diese Karte überhaupt aufhängen?«

Kristoffer fühlte sich bereit, zur Chefin zu gehen und um ein geringeres Gehalt zu bitten, wenn er die bevorstehende Ermittlung nur allein durchführen könnte. »Weil Verbrechen an einem Ort begangen werden und solche Orte auf Karten verzeichnet sind.«

»Wir sollten ein Whiteboard haben«, sagte Alex, der in der Türöffnung erschienen war. »In den Fernsehserien versammeln sich immer alle vor den Boards, und da klebt man dann die Fotos von den Verdächtigen hin und malt mit Filzstift die Verbindungen zwischen ihnen auf.«

»Das hier ist die Wirklichkeit. Malen kannst du im Kindergarten.«

»Kann ich jetzt loslassen?«, fragte Henrik.

»Gleich. Ich muss es nur noch festtackern.«

»Pass bloß auf, dass er dich nicht kreuzigt«, gab Alex mit einem nervös gackernden Lachen von sich. »Die Heftpistole ist geladen, und er hat ein bisschen Probleme mit seiner Impulskontrolle und muss in Therapie.«

Kristoffer lag ein bissiger Kommentar auf der Zunge,

doch er schluckte ihn für dieses Mal hinunter. Er war gezwungen, dem Jungen eine Chance zu geben. »Könntet ihr bitte zusammen die Schreibtische reintragen, wenn das hier fertig ist?«

»Das kann ich nicht. Ich habe die ganze Nacht Kinder herumgetragen, und meine Schultern tun mir weh.« Henrik ließ los, um sich die schmerzende Schulter zu massieren, und die Karte kam mit einem wischenden Laut die Wand heruntergesaust und rollte sich dann wie eine zischende Schlange vor Kristoffers Füßen zusammen.

»Oh nein, was war das?« Henrik massierte weiter seine Schultern und gähnte wieder.

»Du hast losgelassen, das war kein Zufall.« Kristoffer verschluckte auch die Flüche, die seinem Mund zu entschlüpfen drohten. Machte sich der Kerl über ihn lustig?

Auf dem Weg nach Hause rief er Ella an, um sich zu erkundigen, wie es ihr ging. Wie er schon erwartet hatte, war das hier ein Tag, an dem sie mit ihrem dicken Kopf am liebsten sterben wollte.

»Ella, du brauchst Hilfe, begreifst du das nicht? Ich begleite dich zur Ambulanz auf der Slottsgatan. Die ist nur für Frauen. Wenn du willst, kannst du anonym bleiben. Ich glaube, es wäre gut, wenn du mit jemandem reden könntest, der Erfahrung hat und einen Plan, wie du aus allem wieder rausfindest.«

»Ich halte es einfach nicht aus, immer ein schlechtes Gewissen zu haben, weil ich dich belaste. Kannst du mich nicht einfach in Ruhe lassen?«

»Und dann deine Todesanzeige in der Zeitung lesen?«, gab er mit grimmiger Ironie zurück.

»Wer sollte die denn schon schreiben?«

»Ich, wenn es mal so weit ist. Aber jetzt mache ich erst mal einen Termin für dich aus und begleite dich dann.«

»Was ist mit deinem Job? Du musst ja wohl auch mal arbeiten.«

»Ich habe Zeit, die ich abfeiern kann.«

»Dann fang was Vernünftiges mit der Zeit an.«

»Ich mache mir Sorgen um dich, Ella.«

»Du machst dir Sorgen um dein Selbstbild. Das ist was ganz anderes. Du möchtest gerne der sein, der sich kümmert. Der Polizist, der sich sogar noch um seine Ex kümmert, die Alkoholikerin ist, und der deshalb das Recht hat, an seinem Arbeitsplatz auszuflippen.«

»Ich mache mir Sorgen um dich, weil du Veras Mutter bist. Sie würde nicht wollen, dass du untergehst.«

»Vera ist tot. Kapierst du das nicht, Kristoffer? Tot! Sie kommt nicht zurück. Keine Chance. Nicht nach fünf Jahren. Das muss dir doch klar sein. Hör auf, mich und dich selbst zu quälen, dann besteht vielleicht die Chance, dass einer von uns das hier überlebt.«

»Ich werde eine Therapie machen.«

Es wurde still im Telefon.

»Was sagst du da?« Ellas Tonfall war schwer einzuschätzen. Entweder würde sie gleich in Tränen ausbrechen, oder der gepresste Laut war ein unterdrücktes Lachen.

»Sie zwingen mich. Aber ich habe nicht vor, irgendeinen Verhaltensjunkie von der Behörde für Arbeits- und Gesundheitsschutz zu nehmen.«

»Und da womöglich auf Kollegen zu stoßen. Nein, das verstehe ich.«

»Genau. Ich möchte jemand Privaten, der diskret und

manipulierbar ist. Sollte mit zwei-, dreimal genügen, dann ist man geheilt.«

»Oder du ergreifst die Chance, lässt jemanden rein und wagst den Sprung ins Unterbewusstsein.«

»Geradewegs ins Unbekannte. Die Chefin sagt, es gehe um Selbsterkenntnis. Ich hab meine Kollegin Ingrid gefragt, ob sie einen Therapeuten kennt, und sie hat mir für nächsten Montag einen Termin bei einem ausgemacht, der Berger heißt. Hat offenbar kürzlich eine eigene Praxis aufgemacht und braucht jetzt neue Patienten. Dabei kann ich ihm natürlich helfen, aber ich habe echt nicht vor, lange auf dem Psychosofa rumzuliegen.«

13

Der Dienstag neigte sich dem Ende zu. Denise saß am Küchentisch und studierte die Einstellungen auf ihrem Handy. Da war tatsächlich eine GPS-Funktion aktiviert. Im Moment konnte also Albert sehen, dass sie zu Hause war. Oder zumindest das Handy. Wenn sie rausging und das Telefon auf dem Nachttisch liegen ließ, dann würde er immer noch denken, dass sie zu Hause sei. Ein verlockender Gedanke. Aber wenn er dann anrief und sie nicht ranging, dann würde er sich wirklich Sorgen machen.

Dann gab es etwas, das sie tatsächlich beunruhigte: ein Brief, der im Kasten gelegen hatte, als sie am Nachmittag die Post holte. Es war ein Glückwunsch zum Ester-Tag von Isabell. Ihre Schwester ließ zu jedem Namenstag von sich hören, auch wenn es nur ihr zweiter Vorname war, das war also nichts Aufregendes. Aber es störte Denise, dass der Brief bereits geöffnet gewesen war. Schon Hedda hatte ein Schloss an dem Briefkasten gehabt, aber Denise hatte keine Ahnung, wohin der Schlüssel verschwunden sein könnte, deshalb ließ sie den Kasten immer unverschlossen.

Unwillkürlich musste sie daran denken, wie Rita am Tag zuvor bei den Briefkästen, die an der Straße aufgereiht standen, gewesen war, obwohl am Feiertag doch keine Post kam. Hatte sie dasselbe vielleicht heute getan und den Brief geöffnet?

Denise faltete das weiße Papier auseinander und las.

Geliebte kleine Schwester. Herzlichen Glückwunsch zum Namenstag! Ich hoffe, es geht dir gut. Ich habe versucht, dich anzurufen, aber vergeblich. Stimmt irgendwas mit deinem Handy nicht? Ruf mich doch mal an, dann können wir reden. Es ist lange her, und ich würde auch gern mal wieder in Großmutters Haus vorbeikommen und in alten Erinnerungen schwelgen. Ich hoffe, du änderst nicht zu viel an der Einrichtung, damit man sich noch zurechtfindet. Wirf nichts weg, ohne mich vorher zu fragen! Falls du die blau-weißen Krüge und das Silber loswerden willst, wäre ich eine Kandidatin.

Denise seufzte laut. Sie hatte wohl gesehen, dass Isabell mehrmals angerufen hatte, fühlte sich aber nicht imstande ranzugehen. Es war so typisch für Isabell, dass sie Sachen an sich raffen und einen Vorteil für sich daraus ziehen wollte. Sie las weiter.

Du passt doch hoffentlich auf dich auf, oder? Ich finde die Idee ja nicht so gut, dass du allein da draußen wohnst. Du brauchst Menschen um dich, und das weißt du. Ich komme gern bald mal vorbei und besuche dich. Wann würde es dir passen?
Sei fest umarmt!
Isabell

Denise seufzte erneut. Sie brauchte wirklich ihre Ruhe, um zu arbeiten. Wenn Isabell zu Besuch kam, dann wollte sie die ganze Zeit Dinge unternehmen, auf Auktionen fahren, in Ausstellungen gehen und bis spät in die Nacht Wein trinken und Bekenntnisse ablegen und über Gefühle sprechen, und dazu hatte Denise einfach keine Lust. Nicht jetzt. Sie schickte eine SMS. Auf die vorangegangene Nachricht über den Mann, der in die Pflegeabteilung ihrer Mutter eingedrungen war, hatte die Schwester gar nicht geantwortet.

Danke für die Glückwünsche. Mir geht es gut. Mach dir keine Sorgen. Im Moment ertrinke ich in Arbeit, aber lass uns mal für den Frühling was planen.
LG Denise.

Nachdem sie die Nachricht abgeschickt hatte, grübelte sie noch mal über den Brief. Ob wohl der Briefträger ihn verloren, jemand anders ihn gefunden und noch einmal aufgegeben hatte? Das Rätsel konnte sie jetzt gerade nicht lösen.

Denise verlagerte den Stapel mit Badezimmerprospekten vom Küchentisch auf den Tisch vorm Fernseher im Wohnzimmer. Die Nassraumtapeten im Badezimmer würde man komplett runterreißen müssen, und dann müsste alles neu verputzt und danach gekachelt werden. Der Abfluss war dermaßen veraltet, dass die Versicherung bei einem Wasserschaden wahrscheinlich gar nicht mehr zahlen würde. Am Vormittag hatte Denise Angebote zusammengerechnet und war bei über zweihunderttausend Kronen gelandet. Dreihundert, wenn sie die Gästetoilette auch gleich machen ließ. Albert war handwerklich nicht gerade geschickt. Aber Alberts Vater hatte erzählt, dass ihr Nachbar Sven Klempner gewesen sei und auch Fliesen legen könne. Rita hatte gesagt, dass sie Sven fragen könnte. Wenn Rasmus ihn beschäftigte, dann war er sicher gut.

Denise zog Jacke und Stiefel an, schob das Handy in die Tasche und holte Sabas Leine. Bei dem Geräusch kam der Hund sofort in die Diele gerannt. Sie schloss die Haustür hinter sich ab und trat in die frische Frühlingsluft hinaus. Die Dämmerung fiel schon. Schwarze Wellen mit weißen Kämmen verzischten am Ufer. Als sie am Haus der Nachbarn vorbeikam, ging die Tür auf, und, als hätte sie auf Denise gewartet, trat Rita in einer lila Daunenjacke und passenden Stiefeln auf die Veranda hinaus.

»So ein Zufall. Ich wollte gerade einen Abendspaziergang unternehmen. Vielleicht können wir zusammen gehen?«

»Ja, natürlich.« Das konnte sie jetzt nicht vermeiden, ohne richtig unhöflich zu wirken. Und wenn sie schon gemeinsam gingen, dann konnte sie Rita wenigstens fragen, ob sie meinte, dass Sven Zeit haben würde, ihr mit dem Badezimmer zu helfen. Eigentlich war Rita schon in Ordnung, sie meinte es ja nur gut. Wenn es auch manchmal etwas zu viel war.

Die Nachbarin kam auf ihren kurzen Beinen herbeigeeilt, machte einen großen Bogen um Saba und stellte sich auf Denises andere Seite. »Ich habe da eine Runde, die ich jeden Tag gehe«, erklärte sie.

»Dann nehmen wir doch die«, erwiderte Denise mit einem Lächeln.

»Solange es noch so dunkel ist, trifft man nur selten Leute, das ist ein bisschen einsam. Natürlich sehen wir Börje manchmal. Aber um diese Jahreszeit ist es hier unten am See meist menschenleer. Ich habe auch das Gefühl, als würden die Leute uns meiden, seit unsere Enkelin Matilda ertrunken ist. Dabei habe ich gar nicht vor, sie mit meiner Trauer zu überfallen, wenn die alle davor Angst haben sollten.« Sie sah Denise ins Gesicht, und die braunen Pfefferkuchenaugen wurden feucht.

»Nein, in unserer Kultur ist Trauer tabu.«

Rita nickte zustimmend. »Ja, du weißt das ja nur zu gut. Schließlich hast du als kleines Kind deine Schwester verloren. Was ist da eigentlich passiert?«

Denise spürte, wie sich jeder Muskel in Verteidigungshaltung anspannte. »Ich möchte nicht darüber sprechen.«

»Aber erinnerst du dich denn daran? Ihr wart doch im Park, deine Schwestern und du, und habt gespielt …«

»Ich möchte wirklich nicht darüber sprechen.« Denise versuchte, ihren rasch aufflammenden Ärger zu unterdrücken. Sie verstand sehr gut, warum ihre Großmutter die Nachbarsfrau nicht ertragen hatte, die immer in ihrer Familientragödie rumstochern wollte. Isabell hatte auch schon erzählt, dass Rita versucht hatte, sie auszufragen.

Rita fuhr unbeschwert fort: »Wie es wohl Camillas Mann Sonny geht? Ich habe ja den Eindruck, dass es ihn nicht gerade vom Gleis geworfen hat, dass sie verschwunden ist. Er wohnt noch hier, hat sich aber eine neue Frau zugelegt. Kennst du sie? Kommt aus Thailand. Das ging flott, muss ich schon sagen. Ich frage mich, ob Sven genauso schnell jemand Neues finden würde, wenn ich sterben würde. Aber es wird ja immer schwieriger, je älter man wird, meinst du nicht? Man hat so seine Gewohnheiten und Eigenheiten und wird bequem.«

»Was macht denn Sven so tagsüber?«

»Er rennt rein und raus und geht mir mit seiner Rastlosigkeit auf die Nerven. Ein Mann, der stillsitzt und gern fernsieht, so dass man ein bisschen Gesellschaft hat, wäre mir lieber.«

»Ich will doch mein Badezimmer renovieren. Glaubst du, er könnte es sich bald mal ansehen? Was gemacht werden muss und was er meint, dass es kosten würde?«

»Ich rede mit ihm.« Ritas kleine Nase wurde ganz rot vor Kälte, und sie musste sich schnäuzen. »Ja, da oben auf dem Hügel wohnt er, der Sonny. Camilla war nämlich Krankenschwester. Warum sie wohl ins Wasser gegangen ist? Das kann man sich fragen. Es heißt, es wäre Selbstmord gewesen, aber die Leiche hat man nie gefunden. Genau wie bei Vera, die Tochter von diesem Polizisten, die ja auch verschwunden ist. Sie ist schuld daran, dass Matilda ertrunken ist. Matilda hat versucht, sie zu retten.«

Denise fand das Gespräch unangenehm. »Können wir nicht über etwas anderes reden?«

»Ja klar, aber natürlich fragt man sich das alles. Früher hat man sowas immer dem Wassergeist zugeschrieben. Obwohl es den natürlich nur in Wasserfällen und Flüssen gibt. Die Älteren hier draußen haben immer vom Flusskerl gesprochen. Der saß immer auf einer kleinen Schäre und hat so schön Geige gespielt, dass die Frauen nicht anders konnten, als hinzuschwimmen, um zuzuhören. Dann hat er sie ertränkt, weil er wollte, dass sie bei ihm blieben. Auch wenn sie starben, wollte er sie behalten.«

»Heutzutage ist das Angebot an musikalischer Unterhaltung etwas größer«, sagte Denise lächelnd. »Wahrscheinlich konnte er gegen die Konkurrenz von Spotify nicht bestehen.«

»Meine Großmutter hat ihn gesehen«, sagte Rita ernst.

»Sie hat ihn nie vergessen, so ein schöner Mann sei er gewesen. Noch auf ihrem Totenbett hat sie von dem Flusskerl gesprochen. Von seinen schönen weißen Händen und wie er die Saiten liebkoste. Der Wassergeist hat sich in die Frauen, die ihn bewunderten, verliebt. Er wollte immer noch mehr, bekam nie genug von ihrer Bewunderung und konnte sich nicht von ihnen trennen.«

»Klingt wie ein krankhaftes Bedürfnis nach Bestätigung.«

»Natürlich glaube ich nicht wirklich, dass der Wassergeist meine Matilda oder die anderen blonden Frauen geholt hat. Versteh mich nicht falsch. Aber man sollte Mythen und Sagen nicht als bloße Hirngespinste abtun, denn sie enthalten immer ein Körnchen Wahrheit. Sonst hätten sie nicht bis heute überlebt. Die Geschichte vom Wassergeist ist über Jahrhunderte von Mund zu Mund gegangen, weil sie wichtig ist und zu allen Zeiten den Menschen etwas zu sagen hatte.«

»Und was wäre das? Dass es schöne Männer gibt, vor denen man sich hüten muss?« Denise versuchte zu lachen und ließ es in einen Hustenanfall übergehen, als sie hörte, wie hohl das Lachen klang. Denn wenn sie sich den Wassergeist vorstellte, dann musste sie an Rasmus denken.

14

Es war Freitag, und die Arbeitswoche neigte sich ihrem Ende zu. Kristoffer Bark sammelte die Papiere, die vor ihm lagen, in eine Mappe und überspielte, was er brauchte, auf seinen Computer, um übers Wochenende zu Hause arbeiten zu können. Henrik hatte schon recht gehabt mit seiner Annahme, dass Kristoffer gemeinsam mit ihrer Chefin bereits beschlossen hatte, welchen Fall die Gruppe in Angriff nehmen sollte. Für ihn war selbstverständlich gewesen, dass sie sich um den Fall von Camilla Hörlin kümmern würden, der Frau, die am Mittsommerabend vor zwei Jahren nach einem Fest in Hampetorp verschwunden war. Vielleicht würde er im Zuge dieser Ermittlung auch herausfinden können, was Vera zugestoßen war.

Nachdem der Ehemann, Sonny Hörlin, während einer Vernehmung erzählt hatte, dass Camilla depressiv gewesen war, hatte man ihr Verschwinden als mutmaßlichen Selbstmord eingeordnet. Doch die Leiche war nie gefunden worden. In wenigen Monaten würden zwei Jahre vergangen sein, und der Ehemann würde beantragen können, dass sie für tot erklärt wurde.

Seit Ulf Gunnarsved, der die Ermittlung damals geleitet hatte, vor einem halben Jahr nach Skåne gezogen war, hatte Kristoffer den Fall übernehmen wollen. Doch die Entscheidung darüber war auf unbestimmte Zeit verschoben worden, und in den allgemeinen Turbulenzen nach dem Wechsel auf dem Chefsessel war die Ermittlung zu den Akten gelegt worden. Kristoffer hatte schon befürchtet, dass die neue Polizeileitung nicht genehmigen würde, dass er sich des Falles annahm, weil seine eigene Tochter am selben Ort verschwunden war. Doch Regina Zimmermann war neu in dem Job und hatte zur Zeit von Veras Verschwinden im Ausland gearbeitet, weshalb ihr die Verbindung nicht aufgefallen war.

Als Kristoffer nachmittags in ihr Büro kam, um eine Entscheidung zu erwirken, wurde ihm schnell klar, dass seine Sorge unbegründet gewesen war. Regina hatte vergessen, dass sie verabredet waren. Sie war nervös und hatte es eilig, zu einem Interview zu kommen, zu dem der lokale Fernsehsender *Tvärsnytt* sie gebeten hatte, um einen Kommentar zu den Autobränden zu bekommen, von denen die westlichen Teile von Örebro heimgesucht wurden. Ohne zu zögern, genehmigte sie Kristoffers Vorschlag, die Ermittlung im Fall Camilla Hörlin zu übernehmen.

Gleich nach dem Gespräch hatte Kristoffer das Ermittlungsmaterial zu dem Fall, zu dem er bisher keinen Zugang gehabt hatte, gesammelt und verspürte jetzt zum ersten Mal seit langem so etwas wie Arbeitslust. Er würde das ganze Wochenende ungestört arbeiten können, was wollte er mehr? Er zog seinen Mantel an, fuhr mit dem Fahrstuhl nach unten und verließ das Haus, um Lebensmittel fürs Wochenende einzukaufen. Ein Grillhähnchen, frische Nudeln und Pesto. Roastbeef und Kartoffelsalat und ein paar Fertiggerichte. Er würde keine Zeit auf die Zubereitung von Essen verschwenden.

Während er auf der Suche nach Fleischbällchen in der

Gefriertruhe wühlte, dachte er an Ella. Wie dieses Wochenende wohl ablaufen würde? Sollte er nicht lieber zu ihr fahren, um nach ihr zu sehen? Doch das würde nichts anderes bewirken als Ärger von ihrer Seite und einen ruinierten Abend für ihn.

Er wollte gerade die Tüte mit den Fleischbällchen in den Einkaufswagen legen, als er erstarrte. Am Delikatessentresen stand die Frau aus der Freimaurerloge. Obwohl sie mit dem Rücken zu ihm stand, erkannte er sie am lockigen Haar und der geraden Haltung. Und an dem grünen Mantel. Und den sanften Bewegungen der schönen Hände, als sie das in braunes Papier eingeschlagene Paket entgegennahm. Er wurde nervös wie ein Teenager. Das Herz schlug bis in den Hals hinauf. Da drehte sie sich um und schenkte ihm ein Lächeln des Wiedererkennens.

Kristoffer erwiderte es. Konnte sich nicht vom Fleck rühren. Konnte nicht atmen. In der letzten Zeit war sie, immer wenn er einschlafen wollte, in seinem Kopf aufgetaucht, und er hatte lange Gespräche mit ihr über das Leben, den Tod und alles dazwischen geführt. Doch ihre Ausstrahlung war noch stärker, als er es in Erinnerung gehabt hatte.

»Hallo«, sagte er.

»Hallo. Sie versorgen sich also auch fürs Wochenende?« Sie nahm ihren Korb auf, legte das Paket hinein und lächelte ihn wieder an.

»Ja«, erwiderte er dämlich.

»Dann ein schönes Wochenende.« Sie fuhr sich mit der Hand durch die zerzausten braunen Locken, zögerte kurz, als wolle sie noch etwas sagen, und ging dann Richtung Kasse.

»Schönes Wochenende!«, rief er viel zu spät und wusste nicht, ob sie das gehört hatte. Er folgte ein paar Schritte hinter ihr. Sie ließ eine ältere Dame vor, die nur ein Paket Kaffee kaufen wollte. Selbst hatte sie den Korb voller gesunder Lebensmittel. Obst, Gemüse, Linsen und Bulgur. Ob sie Vegetarierin war? Was hatte sie denn in der Freimaurerloge gegessen? Mit einem Mal wollte er alles über sie wissen.

Die Kassenschlange füllte sich rasch, und er stellte sich hinten an. Er sah, wie sie bezahlte und verschwand, und verfluchte seine Dummheit. Irgendetwas hätte ihm doch wohl einfallen können! Er hätte fragen können, ob sie zu Besuch in der Stadt war oder wie ihr das Essen in der Loge gefiel oder weiß der Teufel was. Die Kundin vor ihm suchte in ihrer Handtasche mit unglaublich vielen Fächern nach einem Rabattcoupon, und er hatte nicht übel Lust, ihr das Ding aus der Hand zu reißen, es umzustülpen und den kleinen Zettel rauszuschütteln, der fünf Prozent Rabatt auf ein Paket Mehl und eine Schachtel Halsbonbons bringen würde.

Als er in die Abendluft hinaustrat, sah er gerade noch den grünen Mantel der Freimaurerfrau. Ohne zu rennen, beeilte er sich, in ihre Richtung zu kommen, und sah, wie sie die beiden Tüten auf ein Damenfahrrad älteren Modells mit Korb lud und dann am Fluss entlang, am Schloss vorbei die Engelbrektsgatan hinunterfuhr. Sie war zur wichtigsten Gesprächspartnerin in seinen Gedanken geworden, und er wusste nicht einmal, wie sie hieß.

Kristoffer ging die Storgatan hoch, um die Linie 6 nach Tybble zu nehmen. Er fühlte sich, als würde er innerlich zittern. Das war doch nicht normal. Er benahm sich, als wäre er verliebt, obwohl er sie nicht einmal kannte. War er das? Verliebt? Der Bus rollte an die Bordsteinkante. Er stieg ein und setzte sich auf einen Fensterplatz, nicht ohne zu kontrollieren, dass er in seinem verwirrten Geisteszustand auch den Laptop und die Mappe mit den wichtigsten Unterlagen der Ermittlung dabei hatte. Eine junge Frau brauchte Hilfe mit dem Kinderwagen. Er stand auf und packte mit einer Hand an, um das Gefährt in den Bus zu heben, mit der anderen hielt er krampfhaft die Aktentasche mit dem Ermittlungsmaterial. Die junge Mutter bat ihn, auf den Wagen aufzupassen, während sie zum Fahrer ging und ein Ticket löste. Er betrachtete das Baby, das mit über den Kopf gestreckten Armen und Schnuller im Mund in seinem grauen Schlafsack lag und schlief. Als würde eine Hand sein Herz umfassen, dachte er an Vera und daran, dass er jetzt schon Großvater hätte sein können.

Nachdem Kristoffer am Tybble Centrum aus dem Bus gestiegen war, ging er geradewegs in die Konditorei und kaufte eine Tüte Muffins. Wenn das hier ein normaler Freitag wäre, würde er sich aufs Sofa fallen lassen und Musik hören. Aber heute hatte er dafür keine Zeit. Er warf die Kaffeemaschine an und räumte die Post der letzten Tage vom Küchentisch, um Platz für den Laptop und die Mappe mit den Unterlagen zu haben, und legte los. Da hatte sich eine Menge Material angesammelt, doch mit der eigentlichen Ermittlung bekam er jetzt zum ersten Mal zu tun.

Er klappte die Mappe auf und überflog erst einmal sein eigenes Material. Camilla Hörlin war 27 Jahre alt gewesen, als sie verschwand. Auf dem Führerscheinfoto blickte sie ernst, aber es gab auch andere Bilder, auf denen sie lächelte. Sie hatte glattes platinblondes Haar und melierte Augen, und Kristoffer fühlte einen Stich bei dem Gedanken, dass Vera so hätte aussehen können, wenn sie genauso alt geworden wäre. Zum Zeitpunkt ihres Verschwindens war Camilla Hörlin mit Sonny verheiratet gewesen, der zehn Jahre älter war und ein reisender Musikant und Marktbeschicker. Vera hatte ihn gern gemocht. Das Haus in Hampetorp gehörte beiden Eheleuten zu gleichen Teilen und war also gemeinsam gekauft worden. Camilla war Krankenschwester gewesen. Sie hatte ein Praktikum in der Notaufnahme gemacht, daher kannte Ella sie, die sehr betroffen gewesen war, als sie von dem Ereignis hörte.

Kristoffer stand auf und ging ins Wohnzimmer, wo die hintere lange Wand von einer Landkarte bedeckt war. Er suchte eine rote Stecknadel aus und steckte sie an die Stelle, wo das Haus der Hörlins stand. Veras Stecknadeln waren blau. Dann kehrte er in die Küche zurück, goss sich einen Kaffee ein und ließ sich am Tisch nieder.

Erst nach dem Mittsommerwochenende, am Dienstag, dem 28. Juni 2016, hatte der Ehemann Camilla als verschwunden gemeldet. Warum hatte er so lange gewartet, wenn sie doch in der Nacht zum Samstag, dem Mittsommertag, verschwunden war? Kristoffer machte sich eine Notiz dazu und dachte darüber nach, aus welchem Grund man ihr Verschwinden als Selbstmord eingeordnet hatte. Gab es Vorerkrankungen? Eine diagnostizierte Depression, eine bipolare Störung oder Drogenprobleme? Ein Trauma?

Er überflog den knapp gehaltenen Text in den Ermittlungsunterlagen. Camillas Handtasche, in der sie normalerweise Handy und Portemonnaie mit Kreditkarte aufbewahrte, fehlte. Die Kreditkarte war seit dem Freitag, dem

Mittsommerabend, nicht mehr benutzt worden. Kristoffer sah die beigefügten Einzelverbindungsnachweise durch. Keine ausgehenden Gespräche nach dem Mittsommerabend. Der letzte Anruf war an Camillas Mutter gegangen. Danach war das Handy ausgeschaltet gewesen.

Warum hatten die Ermittler angenommen, dass Camilla Hörlin Selbstmord begangen hatte? Es blieb unklar, ob Ulf, der Kollege, der die Ermittlung geleitet hatte, lediglich durch die Vernehmung mit Sonny zu diesem Schluss gekommen war oder ob er noch tiefer gegraben hatte. Es gab keine ärztlichen Aussagen, keine Informationen über eine Krankschreibung wegen Depression.

Während die Ermittlung lief, hatte Ulf eine Frau in Malmö kennengelernt und sich dorthin versetzen lassen. Seitdem hatte Kristoffer ihn nicht gesehen. Wahrscheinlich lebte er mit der Frau seiner Träume glücklich in Schonen. Durfte man überhaupt eine Ermittlung leiten, wenn man frisch verliebt war? War man überhaupt zurechnungsfähig, wenn man doch total auf den einzigen perfekten Menschen im ganzen Universum fokussiert war und sich alles nur darum drehte, sich wiederzusehen und Sex zu haben? Es müsste einen Test geben, wie einen Alkoholmesser für Verliebtheit, um zu kontrollieren, dass ein Ermittlungsleiter auch arbeitsfähig war.

Kristoffer las weiter und fand noch mehr Lücken in der Ermittlung. Camilla Hörlins Chefin im Pflegeheim in Odensbacken war nicht vernommen worden, weil sie zu der Zeit im Ausland gewesen war. Und dann war auch noch die ermittelnde Beamtin krankgeschrieben worden. Lediglich der Ehemann Sonny und die Freunde, die bei dem privaten Mittsommerfest dabei gewesen waren, hatte man befragt. Diejenigen von Camillas Arbeitskollegen, mit denen man gesprochen hatte, konnten nicht viel beitragen. Hatte man ihnen erklärt, dass sie von ihrer Schweigepflicht entbunden werden konnten, so dass sie erzählen durften, was sie wussten? Durch Ella hatte Kristoffer Einblick in die Arbeitssituation auf einer solchen Station und wusste, wie leicht ein folgenschwerer Fehler begangen werden konnte, der Gesundheit und Leben anderer gefährdete. Könnte Camilla so etwas bei der Arbeit geschehen sein und sie so verzweifelt werden lassen, dass sie nicht länger leben wollte? Hatte sie etwas Ungesetzliches getan und war dabei erwischt worden? Was, wenn es kein Selbstmord war, sondern jemand sie ermordet hatte? Wem könnte ihr Tod genutzt haben? Dem Ehemann – wenn er vorgehabt hätte, sich scheiden zu lassen, sie aber nicht für das gemeinsame Haus auszahlen wollte. Hatte Camilla eine Lebensversicherung gehabt, deren Begünstigter der Ehemann war? Fieberhaft suchte Kristoffer nach Informationen darüber in den vereinzelten Notizen, konnte aber nichts finden. Ulf Gunnarsved war ein verdammter Pfuscher!

15

Nachdem Kristoffer das Ermittlungsmaterial zu Camilla Hörlins Verschwinden durchgelesen hatte, schaute er auf die Uhr. Es war Freitagabend, zwanzig nach elf. Er beschloss, trotzdem Ulf Gunnarsved in Malmö anzurufen, um die dringendsten Fragen gleich zu stellen.

Im Internet fand er schnell die private Handynummer des Kollegen.

»Ja, hier Ulf.«

Im Hintergrund war eine Frauenstimme in schnarrendem schonischem Dialekt zu vernehmen: »Nää, Ulf, geh nich ran. Was für ein Idiot ruft denn mitten in der Nacht an?«

»Kristoffer Bark hier. Ich habe die Ermittlung des Falles Camilla Hörlin übernommen.«

»Verdammt noch mal, Bark! Und du rufst an einem Freitagabend um halb zwölf an, um mir das zu sagen? Habt ihr sie gefunden, oder was ist los?«

»Genau gesagt ist es 23 Uhr 22, und ich bin gerade dabei, mich in das Ermittlungsmaterial einzulesen. Da sind einige Lücken.«

»Was ist eigentlich los mit dir, Bark?«

»Ich will nur Antworten auf ein paar kurze Fragen, dann könnt ihr weiter euren Freitagabend genießen. Erstens: Hast du Camillas Chefin verhört? Ich kann kein Protokoll darüber finden.«

»Okay, fünf Minuten kriegst du, keine Sekunde mehr, und rechne nicht mit irgendwelchen scharfsinnigen Überlegungen, denn ich bin nicht im Dienst. Wir sind gerade von einer Feier nach Hause gekommen. Zu deiner Frage: Sara Bredow sollte die Chefin vernehmen, aber Sara ist dann ja krankgeschrieben worden. Ich habe ein paarmal versucht, Camillas Chefin zu erreichen, aber die befand sich retreatmäßig in einem Kloster in Frankreich, wo das Grundprinzip ja ist, die Welt draußen zu halten.«

»Warum hast du den Vorfall als Selbstmord eingeordnet? Mal abgesehen von Sonnys Äußerungen, gibt es kein Material, das diese Annahme bekräftigen würde. Nichts, was in den Vernehmungen gesagt worden wäre, und auch keine Aktennotiz. Ich habe alles gelesen.«

»Ich kann mich nicht genau erinnern. Das ist ja bald zwei Jahre her.«

»Denk nach!« Kristoffer wurde immer ärgerlicher.

»Ich bin nicht sicher. Aber ich glaube, es ist, wie du sagst, dass nämlich ihr Mann mich in diese Richtung denken ließ. Was sollte es sonst gewesen sein?«

»Kann ich zu dir kommen, so dass wir das Material zusammen noch mal durchgehen?«

Ulf seufzte schwer. »Ich bin nicht mehr bei der Polizei.«

»Was machst du dann?«

Es wurde für einen Moment still. »Arbeite mit Schlössern und Sicherheit in einem Unternehmen.«

»Warum denn das? Ist was passiert?«

»Frag das doch fucking Sara. Frag sie das. Ich hab jedenfalls keine Lust, darüber zu reden.«

Wieder die Stimme der Schonen-Frau, jetzt aggressiver. »Leg auf, sonst lasse ich mich scheiden!«

»Okay, Ulf. Ich verstehe den Wink und melde mich später noch mal.«

»Tu das nicht! Lass mich in Ruhe.«

»Kann ich nicht versprechen.«

Das Gespräch wurde weggedrückt. Kristoffer stellte enttäuscht fest, dass die Tüte mit den Muffins leer war. Er ging zum Kühlschrank, der mit all den Zetteln, die er mit Magneten daran befestigt hatte, wie eine Litfaßsäule aussah. Ein Zettel mit Terminen für Wohnungsbesichtigungen, ein anderer mit einem Zahnarzttermin, die Telefonnummer vom Pizzaservice und andere wichtige Informationen. Alles an einem Ort gesammelt. Er öffnete eine Flasche alkoholfreies Bier und nahm einen Schluck, dann holte er ein gegrilltes Hühnerbein heraus und biss gedankenverloren hinein, während er am Küchenfenster stand und die schmale Mondsichel betrachtete – ein kleiner Streifen Hoffnung an einem dunklen Himmel.

Eigentlich hätte er schlafen gehen sollen, aber die Sorge um Ella war zu groß. Auf seine SMS hatte sie nicht geantwortet. Ihm war schon klar, dass es unmöglich war, ihr Leben in jedem Moment zu schützen. Da sie eine Gefahr für ihr eigenes Leben darstellte, sollte sie gegen ihren Willen eingewiesen werden. Aber wenn sie auf die direkte Frage des Arztes, ob sie vorhabe, sich die Pulsadern aufzuschneiden, Tabletten zu nehmen oder von einer Brücke zu springen, mit Nein antwortete, gab es offenbar andere Patienten, die dringender einen der wenigen Notaufnahmeplätze benötigten als sie.

Kristoffer setzte sich wieder an den Küchentisch und zündete die Kerze im Messingleuchter an. Er dachte an Vera, an Dinge, die sie gesagt und getan hatte, als sie klein gewesen war. Meist konzentrierte er sich dabei auf Erinnerungen, die ihn froh machten. Doch manchmal dachte er auch an Situationen, in denen sie sich gestritten hatten, und jetzt im Nachhinein konnte er seinen eigenen Anteil an den Konflikten erkennen, aber dennoch seinen Frieden damit finden. So wie damals, als er mit ihr schimpfte, weil ihr Rock viel zu kurz und das Hemd viel zu weit ausgeschnitten war, anstatt ihr zu versprechen, dass er sie mit dem Auto abholen würde.

Diese Nacht fand er keine Ruhe. Sein Herz schlug viel zu heftig. Da war nichts von Veras Nähe oder ihrer leichten Hand, die über seinen Kopf und seine Schultern strich, zu spüren, sondern er fühlte sich gejagt. Die Gedanken an Ella ließen ihn nicht los. Er versuchte es auf dem Handy, doch sie ging nicht ran. Mit einem resignierten Seufzen verließ er die Wohnung, ging zum Auto und fuhr nach Solhaga raus. Die Sorge lastete schwer auf seiner Brust, und der Fuß auf dem Gas wurde wie Blei, doch er konnte sich kaum auf den Verkehr konzentrieren, denn ebenso besorgt, wie er um Ella war, so wütend war er auch, weil sie ihn zu ständiger Bereitschaft nötigte. Am schlimmsten war es an den Wochenenden, obwohl sie sich auch unter der Woche manchmal besinnungslos trank.

Kristoffer parkte am Haga Centrum, schloss den Wagen ab und rannte jetzt, getrieben von den Bildern, die er im Kopf hatte. Ellas Blutergüsse. Im Krankenhaus hatte er die blauen Flecken auf Armen und Wangen gesehen und angenommen, dass sie im Stadsparken gefallen war, bevor man sie bewusstlos fand. Arme, Wange, Hals … das hätte er sehen müssen. Aber in dem Moment kam es ja darauf an, ihr Leben zu retten. Der Notarzt war gekommen. Die Verantwortung hatte nicht länger bei ihm gelegen.

Noch im Laufen tastete Kristoffer nach ihrem Schlüsselbund in seiner Jackentasche. Schon von Weitem sah er, dass in Ellas Küche Licht brannte. Dann war sie wohl zu Hause. Vielleicht hatte er sich nur hineingesteigert und war umsonst hergefahren. Er ging langsamer, schöpfte Atem. Und da hörte er Ella schreien. Erst nur leise, aber er rannte sofort wieder los.

Jetzt hörte er den Schrei klarer. Er lief schneller und blieb erst vor der Haustür stehen. Sie war verschlossen. Eilig tippte er den Türcode ein und holte den Schlüsselbund aus der Tasche. Das Geräusch von harten Schlägen und eine wütende Männerstimme machten ihm klar, was hier vor sich ging. Seine Hände zitterten vor unterdrücktem Zorn, als er das begriff. Er kämpfte mit dem Schloss, und als es ihm endlich gelang, den Schlüssel herumzudrehen, riss er die Tür auf.

»Hilf mir!« Ellas Stimme war nur noch ein leises Quieken.

»Halt die Schnauze, Alte, sonst schlage ich dich tot!« Bengan, der Gorilla, mit dem sie immer mal wieder zusammen war, ebenso groß wie er selbst, holte gerade zu einem Faustschlag gegen Ella aus, die mit den Händen über dem Gesicht auf dem Boden lag. Er stand über sie gebeugt und schwang die Arme.

Kristoffer rauschte herein und gab ihm ein hartes Tackling in die Seite. In seiner Jugend hatte er Hockey gespielt, und es gab immer noch diesen Reflex im Rückenmark, der an keinem bewussten Gedanken vorbeimusste. Der Mann stürzte, und Kristoffer setzte sich auf ihn, zwang ihn auf den Bauch, drehte seine Arme auf den Rücken und bog seinen kleinen Finger zurück, bis er jaulte. »Du verdammtes, elendes Ungeziefer!«

»Wer zum Teufel bist du?« Bengan kämpfte, um sich aus dem Griff zu befreien. Er stank nach Alkohol, Rauch, Urin und billigem Rasierwasser. Das Gesicht war von alten Aknenarben durchfurcht.

»Ich bin Polizist.« Erst jetzt ließ der Tunnelblick nach, und er konnte wahrnehmen, was im Rest des Raumes los war. Peggy saß auf dem Sofa und schlief mit dem Kopf im Nacken und einem grotesk aussehenden offenen Mund. Ella bewegte sich mit einem Jammern.

»Wie geht's dir?« Kristoffer zog sein Handy hervor und wählte 112.

»Kristoffer.« Sie setzte sich vorsichtig auf, sah ihn flehend an und weinte wie ein kleines Mädchen.

»Ich bin hier. Es ist jetzt vorbei, Ella.« Als er sah, welche Schmerzen sie hatte und wie blau geschlagen und blutig sie im Gesicht war, hatte er nicht übel Lust, dem verdammten Kerl, den er eben zu Fall gebracht hatte, das Nasenbein zu brechen. Kristoffer bebte vor Wut. Er sog die Luft durch die Nase ein und atmete sie durch den Mund aus, um seine Atemzüge zu beruhigen, doch er spürte, wie der wohlbekannte Zustand anrollte. Es wurde schwarz.

»Mein Kopf tut so weh«, klagte Ella.

»Hast du einen Schlag auf den Kopf bekommen, oder bist du hingefallen und hast dich gestoßen?«

»Weiß nicht, ich weiß nicht. Mir ist übel. Bengan war sauer, weil ... ich weiß nicht mehr, warum. Verlass mich nicht! Geh nicht weg von mir, Kristoffer.«

»Ich bin hier.« Kristoffer hätte eigentlich nachsehen

müssen, was für Verletzungen sie hatte, ehe er mit den Leuten beim Notruf sprach, aber er konnte den Verrückten auf dem Boden, der die ganze Zeit versuchte, sich zu befreien, nicht loslassen.

»Lieg still, sonst müssen sie dich gleich auch mit dem Krankenwagen wegfahren.« Kristoffer packte die Arme fester, bis Bengan begriff, dass er keine Chance hatte aufzustehen, und aufgab. Nun konnte Kristoffer seinen Zorn nicht länger zügeln.

»Ich ersticke, verdammt noch mal! Du bist Polizist, du kannst mich doch nicht töten!«

Kristoffers Hände schlossen sich von hinten um den Hals des Mannes, während er mit den Knien dessen Arme zu Boden drückte. Die Wut verdüsterte seine Wahrnehmung. Er befand sich außerhalb seines Körpers, sah die Farbe in Bengans Gesicht kräftiger werden und dann verblassen. Sah seine eigenen Hände, die immer fester den Hals des anderen umschlossen.

Notrufzentrale. Was ist passiert?

Vage nahm er wahr, wie Ella nach seinem Handy griff und antwortete. Stotternd erklärte sie die Situation. Im Ernst der Lage wurde sie zur berichtenden Krankenschwester. Die Zentrale versprach, eine Ambulanz und die Polizei zu schicken.

»Kristoffer, hör auf! Du bringst ihn um!« Flehend und außer sich vor Angst, sah Ella ihn an, während sie die Finger auf ihren Nasenrücken drückte, um die Blutung zu stoppen. Mit der anderen Hand boxte sie ihn. Dann ließ sie ihre Nase los und versuchte, seine Hände, die Bengan immer noch im Würgegriff hielten, loszumachen. Er sah die ganze Situation von außen, nicht imstande, seinen eigenen Körper zu steuern. Er sah, wie Peggy die Tischlampe mit dem Fuß aus Onyx anhob, sah sie das Teil durch die Luft schwingen. Dann spürte er einen kräftigen Schlag gegen den Kopf, und alles wurde schwarz.

Als er wieder zu Bewusstsein kam, waren Polizei und Ambulanz draußen vorm Haus. Bengan lag ungefähr einen Meter entfernt von ihm immer noch in derselben Stellung wie vorher. War er tot? Hatte Kristoffer ihn getötet? Hatte er in reiner Wut einen Menschen getötet? Er konnte sich nicht erinnern. Er dachte an den Arzt und wie nahe er daran gewesen war, ihn zu ertränken. Und nun war es wieder passiert. Die Erschöpfung lähmte ihn, aber er musste herausfinden, was passiert war.

Ella und Peggy saßen auf dem Sofa und umarmten einander. Kristoffer kroch zu Bengan, als der Mann sich gerade hochrappelte.

»Ich werde dich anzeigen, du verdammter Idiot«, schniefte er.

Kristoffer antwortete nicht, sondern war einfach nur wahnsinnig erleichtert.

»Meine Nachbarn, die dürfen nicht sehen … Ich will nicht, dass die Polizei mit Blaulicht kommt und alle es sehen. Kannst du ihnen nicht einfach sagen, dass wir keine Hilfe brauchen?«, stammelte Ella.

»Nie im Leben, Ella. Du fährst mit ins Krankenhaus, und dieser Kerl hier kommt mir nicht davon.«

»Kristoffer.«

»Ja?«

»Verzeih mir. Einfach alles«, sagte sie und begann wieder zu weinen.

In der Morgendämmerung war Kristoffer wieder in seiner Wohnung und sank, ohne auch nur die Schuhe auszuziehen, auf das Wohnzimmersofa. Nach fünf Stunden in der Notaufnahme war Ella zur Beobachtung in die Chirurgie gebracht worden, weil man eine Gehirnerschütterung und eine gebrochene Rippe festgestellt hatte.

Es war kurz, unfassbar kurz davor gewesen, dass Kristoffer den Kerl erwürgt hätte. In seinem Innern wusste er, dass er nicht aus eigener Kraft hatte aufhören können, und dieses Wissen machte ihm schreckliche Angst. Er hätte ihn töten können. Würde Bengan ihn anzeigen? Das wäre die reinste Katastrophe, jetzt, wo er endlich die Möglichkeit hatte, an einem Fall zu arbeiten, der dem von Vera so ähnlich war, dass jedes Verhör ihn näher zu dem führen konnte, was seiner eigenen Tochter zugestoßen war.

Er schloss die Augen, und da fiel ihm wieder ein, was Ella über Rasmus gesagt hatte. Dass er wieder in Schweden war und sie aufgesucht hatte, um ihr etwas zu erzählen. Als sie zum Picknick am Naturfreundehaus gewesen waren, hatte er versucht, es aus ihr herauszulocken, aber Ella hatte sich geweigert. *Das würde dich bloß wütend machen.* Und dann hatte sie mit einem ihrer seltenen Lachen gesagt: *Aber im Moment macht dich ja alles wütend, nur so überlebst du.* Kristoffer beschloss, die Sache direkt mit Rasmus zu besprechen.

16

Denise schlang sich den meerblauen Morgenmantel dichter um den Leib, dann ließ sie Sven herein. Sie hatte nicht im Entferntesten damit gerechnet, dass er einfach rüberkommen würde, sondern angenommen, dass sie telefonieren und dann eine passende Zeit vereinbaren würden. Und jetzt stand er um acht Uhr früh an einem Samstagmorgen einfach da und klopfte an die Tür.

»Ah so«, sagte er und schaute sich neugierig um. Sein Haar war grau und üppig, und der große Walrossschnurrbart hing nach dem kurzen Spaziergang durch den Regen herunter. Er trug einen zerschlissenen Blaumann, und unter dem umfangreichen Bauch war der Werkzeuggürtel gespannt. »Ah so«, sagte er wieder und musterte sie auf eine aufdringliche Weise von oben bis unten.

Denise war gestresst. Ihr war übel, und sie brauchte erst mal eine Tasse Tee und einen Zwieback, damit es ihr besser ging. »Hat Rita mit dir über das Badezimmer gesprochen? Ich brauche jemanden, der mir einen Rat gibt, wie es fachgerecht ausgeführt werden kann, ohne dass die Kosten durch die Decke gehen. Ich dachte, wir könnten uns das vielleicht heute Nachmittag mal zusammen anschauen.«

»Ist Albert da?«

»Nein, dieses Wochenende nicht.« Mit einem Mal wurde ihr klar, dass Sven mit Albert über die Renovierung sprechen wollte, weil er glaubte, der hätte Ahnung von Baustellen und Klempnerangelegenheiten. Das war wirklich lächerlich, denn Albert hatte zwei linke Hände. Selbst wenn es um eine Glühbirne ging, überließ er ihr das mit einer Hilflosigkeit, die immer nerviger wurde. »Du musst mit mir reden. Es ist mein Haus.«

Sven schien zu zögern, aber da es nun mal keinen Mann gab, mit dem er sprechen konnte, gab er sich mit ihr zufrieden. »Kann ich das Badezimmer jetzt mal sehen?«

»Oder kannst du vielleicht heute Nachmittag wiederkommen?«, schlug sie leise vor.

»Nein, heute Nachmittag habe ich einen Auftrag in Odensbacken.«

»Okay. Dann machen wir es jetzt.« Sie zeigte ihm den Weg und öffnete die Badezimmertür. Als er an ihr vorbeiging, musste sie ein Würgen unterdrücken – er roch nach altem Schweiß, einem starken, süßen Herrenparfüm und Essensdämpfen. Sie wandte sich ab und atmete tief durch. »Ich bin schwanger, und es geht mir nicht so gut. Ich glaube, ich muss mich mal setzen.« Denise eilte in die Küche und hielt den Kopf über das Waschbecken, bis die Übelkeitsattacke verging. Sie setzte Teewasser auf und hoffte, dass Sven keinen Kaffee erwartete. Dann stellte sie die Zwiebackdose auf den Tisch, holte Butter und Käse heraus und eine Auswahl an Teebeuteln.

»Hast'n Braten im Ofen, sieh mal einer an. Hat Albert am Ende doch noch einen Schuss in die Muschi gelandet. Nein, das war ein Witz, er ist ein guter Junge«, grölte Sven aus dem Badezimmer.

»Was redest du da?«, antwortete Denise. Der Typ war

wirklich ungehobelt. In dem Moment klingelte das Handy. Es war Albert.

»Was machst du?«

»Sven ist hier. Er schaut sich das Badezimmer an.«

»Und was machst du dann?« Albert klang gestresst. Bestimmt war im Büro viel zu tun. Er musste ja auch nicht alle Viertelstunde anrufen.

»Weiß nicht. Wahrscheinlich mal mit dem Hund rausgehen und nachsehen, ob ich noch mehr Samenkapseln für die Stoffmuster finde, ein bisschen fotografieren. Es wäre natürlich viel schöner, wenn du hier wärst, aber ich verstehe, dass du arbeiten musst.«

»Ich wollte dich nur daran erinnern, einen Termin bei der Hebamme auszumachen. Das geht online. Du wirst da registriert, und dann müssen sie einen Ultraschall machen, damit wir wissen, wann der Geburtstermin sein wird. Es ist wichtig für mich, das ganz genau planen zu können.«

»Ich habe gestern ein paarmal da angerufen, bin aber nicht durchgekommen. Dann habe ich eine Mail geschickt und habe jetzt einen Nachrückertermin am Montag bekommen.«

»Wenn es geht, wäre ich bei dem Ultraschall gern dabei.«

»Ich werde fragen, wann der gemacht wird.« Irgendwie klang Albert seltsam. Wollte er bei der Untersuchung dabei sein, weil das ein schönes Erlebnis war, oder wollte er sehen, ob mit der berechneten Zeit alles stimmte, so dass es auch wirklich sein Kind sein konnte? Nein, sie musste aufhören, immer so negativ zu denken. Albert liebte sie, das Kind war seines, und alles war gut.

Sven kam in die Küche und verlangte nach ihrer Aufmerksamkeit. »Kann ich die Badezimmertapete abreißen, damit man sehen kann, wie es da drunter aussieht?«, fragte er.

Denise beendete das Gespräch mit Albert, obwohl sie an seinem Tonfall hörte, dass er sich vernachlässigt fühlte. »Wir reden später weiter.« Sie wandte sich an Sven. »Mach, was du für notwendig hältst. Möchtest du eine Tasse Tee?« Es wäre unhöflich gewesen, nicht zu fragen, wenn sie selbst doch jetzt frühstücken würde.

Er kratzte sich am Kopf und strich mit Daumen und Zeigefinger über seinen Schnurrbart. »Tee? Tja, warum nicht?« Er ließ sich nieder, legte die kräftigen Unterarme auf die Tischplatte, lehnte sich vor und sah aus dem Fenster. »Der Wind nimmt zu.«

»Willst du mit dem Boot raus?«, fragte sie und ignorierte, dass er wahrscheinlich lieber etwas Stärkeres gehabt hätte.

»Ne, heute nicht. Ist Sturmwarnung. Börje und ich wollen nur ein bisschen was reparieren, Netze flicken und das Angelzeug durchsehen.«

»Was meinst du zu dem Badezimmer?«

»Zu früh, um was zu sagen. Aber wenn du willst, kann ich es für dich machen. Du kriegst ein Angebot. Ich hab die Firma noch, und weil ich Rentner bin, muss ich nicht so viel Steuern zahlen. Das gibt dann einen günstigeren Preis. Nur für dich. Die jüngeren Kollegen finden, dass ich die Preise ruiniere, also müssen wir es vielleicht nicht unbedingt laut rumposaunen, okay? Ich kann direkt anfangen, aber erst muss ich kontrollieren, ob die Feuchtigkeit in die Wand gegangen ist, und danach muss ich die Kosten berechnen. Aber dann brauche ich natürlich einen Schlüssel.«

Der Gedanke, dass Sven jederzeit auftauchen könnte,

war Denise unbehaglich. Sie brauchte Ruhe für ihre Arbeit. »Ich bin die ganze Zeit zu Hause, das ist sicher kein Problem.«

»Ich brauche trotzdem einen Schlüssel. Das ist ein Job, den ich in meinen freien Stunden mache. Um diese Jahreszeit ist unten in der Marina viel zu tun, dann muss ich Rasmus helfen, und außerdem hab ich ja noch was in Odensbacken am Laufen.« Er grinste breit und zeigte dabei eine schiefe Zahnreihe, die aussah, als wäre der Kiefer zu klein, und die Zähne würden nicht alle Platz finden. Dann wechselte er das Thema. »Du, sag mal, dieser durchgeknallte Polizist, Kristoffer, der nach seiner Tochter sucht, bist du dem schon mal begegnet?«

Denise schauderte es vor Unbehagen, wenn sie an den Morgen dachte, an dem sie ihn zufällig am See getroffen hatte. »Ja, ein paarmal.«

»Das gefällt mir nicht, dass der in Sachen rumwühlt, die man hinter sich lassen muss. Er stellt Fragen. Dabei ist ganz klar, dass seine Vera ertrunken ist, genau wie unsere Matilda. Die waren schließlich im selben Boot. Er muss das akzeptieren.«

Denise wollte nicht daran denken und spürte, wie Panik in ihr aufstieg. Sie musste einfach ihre Ruhe haben und die negativen Gedanken loswerden. Das war nicht gut fürs Kind. »Was glaubst du, was es kosten wird? Das Badezimmer?«

Sven zog am Schnurrbart und zwirbelte ihn, während er nachdachte. »Sagen wir mal so. Wenn du eine Firma beauftragst und die das Badezimmer und Toilette neu verputzen, kacheln und neue Sanitärsachen und so kaufen lässt, und wenn dann vielleicht auch noch Feuchtigkeit in der

Wand ist, dann würde ich dir echt eher raten, das Haus zu verkaufen. Wir wissen ja nicht, ob es so schlimm ist, aber wenn … Aber ich muss auf jeden Fall zusätzlich zu dem, was ich ausgerechnet habe, den Fußboden aufstemmen und einen neuen Abfluss legen. Sagen wir mal so: Wenn ich den Job in meinen freien Stunden machen kann, dann könnte ich es gratis machen, und du müsstest nur fürs Material bezahlen.«

»Aber das wäre ja wahnsinnig großzügig. Du wirst aber doch was für die Arbeitszeit haben wollen, oder?« Einen Moment lang kriegte sie es mit der Angst, dass er vielleicht mit einem anzüglichen Vorschlag kommen könnte. Aber sie hätte sich keine Sorgen zu machen brauchen.

»Nachbarn helfen einander. Nächstes Mal bin ich es vielleicht, der mit irgendwas Hilfe braucht. Wenn die Feuchtigkeit nicht in die Wände vom Haus eingedrungen ist, dann würd ich mal schätzen, so zirka 100.000 Kronen, je nachdem, was für Kacheln und Waschbecken und so du aussuchst.«

»Für Toilette und Badezimmer? Das ist ja einfach großartig.« Denise war sehr erleichtert. Dann würde sie sich auch noch ein neues Waschbecken in der Küche leisten können und die Schränke selbst neu streichen, ehe das Kind kam. »Vielen Dank!«

»Nachbarn helfen einander. Hast du einen zusätzlichen Schlüssel, den ich gleich mitnehmen kann?«

»Ja klar!« Alle Skepsis war wie weggeblasen. Sie konnte es sich nicht leisten, dieses Angebot abzulehnen.

Erst am Abend, als sie am Küchentisch saß und über den aufgewühlten See und in den Regen hinausschaute, der nicht nachlassen wollte, merkte sie, wie das ungute Gefühl wiederkehrte. Sie war allein hier. Was, wenn der Alte sich irgendwas vorgestellt hatte und die Bezahlung wenigstens in Naturalien forderte.

Nein, jetzt musste sie sich echt zusammenreißen. Sven hatte, abgesehen von seinen geschmacklosen Kommentaren, keinerlei derartigen Tendenzen gezeigt. Er war ein guter Nachbar, der ihr Bestes wollte. Und außerdem hatte sie Saba.

Denise zog sich Trainingskleidung an und absolvierte ihre Sporteinheit im Schlafzimmer, dann nahm sie eine Dusche und kroch ins Bett. Im Fernsehen gab es einen Film, den sie eigentlich hatte sehen wollen, aber jetzt war sie zu müde. Wenn Albert da wäre, hätte sie sich vielleicht um seinetwillen wachgehalten. Sie rief ihn an, um gute Nacht zu sagen.

Er fragte, wie der Tag gewesen war, und sie berichtete die fantastische Neuigkeit mit dem Badezimmer.

»Willst du nicht fragen, wie mein Tag war?«

»Wie war dein Tag?«, fragte sie und unterdrückte ein Gähnen in der Hoffnung, dass Albert es nicht hörte.

»Ohne dich schrecklich langweilig. Sag, dass du dich auch langweilst ohne mich.«

»Ich hatte einen ganz ordentlichen Tag, aber er wäre schöner gewesen, wenn du hier gewesen wärst.«

»Genau das wollte ich hören. Ich liebe dich, gute Nacht.«

»Ich liebe dich auch.«

Denise schaltete die Nachttischlampe aus und drehte sich auf die Seite. Es war schwer, eine gute Schlafstellung zu finden, und ihr Nachthemd verdrehte sich, also zog sie es aus, um nur im Slip zu schlafen. Draußen lärmte der Sturm, und in den Bäumen vor dem Haus knackte und krachte es. Da kam die wohlbekannte Unruhe angeschlichen. Sie versuchte, lange und tiefe Atemzüge zu machen. Bewusst einen Körperteil nach dem anderen zu entspannen.

Doch ein plötzlicher Laut ließ sie kerzengerade im Bett hochschießen. Sie hatte es gehört, und es war keine Täuschung, denn jetzt war deutlich zu vernehmen, dass jemand einen Schlüssel ins Schloss steckte und ihn herumdrehte.

17

Am Sonntagmorgen spazierte Kristoffer Bark langsam am Ufer des Hjälmaren entlang. Ebenso schnell, wie der Wind sich gestern zu einem Sturm gesteigert hatte, war der See schon in der Morgendämmerung wieder zu einer glatten Fläche geworden. Nach einem Sturm könnte etwas an Land gespült worden sein. Die Haarspange, die er gefunden hatte, gehörte wahrscheinlich Vera – ein Zeichen, das ihm neue Kraft bei seiner Suche verlieh. Seit seine Tochter verschwunden war, wanderte er die ungefähr 120 Kilometer um den See, inzwischen in seiner fünften Runde.

Das erste Jahr nach Veras Verschwinden war Kristoffer krankgeschrieben gewesen, dann hatte er unbezahlten Urlaub genommen, um ununterbrochen nach ihr suchen zu können. Als seine Ersparnisse zur Neige gingen und er notgedrungen wieder arbeiten musste, war er an den Wochenenden gewandert, und während der hellen Jahreszeit waren auch ein paar Abende unter der Woche dabei gewesen.

An seiner tiefsten Stelle maß der See 22 Meter, das Mittel lag ungefähr bei 6,5 Metern. Über einen Monat lang hatten sie mit Schleppnetzen nach Vera gesucht. Es gab keine bodenlosen Löcher, in denen eine Leiche verschwinden konnte. Er hatte die größten Inseln im Hjälmaren, Vinö, Björkö, Valen und Assö, ebenso oft besucht, wie er den See umrundet hatte, und er hatte alle, denen er begegnete, nach Beobachtungen in der Nacht zum Karfreitag 2013 gefragt.

Als er jetzt zum Wasser hinunterging, überkamen ihn die Erinnerungen an früher. Als Vera zwölf Jahre alt geworden war, waren sie einmal über den Hjälmaren-Kanal zum Mälaren und dann nach Stockholm gesegelt. Womöglich waren es die neun Schleusen gewesen, die der Beziehung mit Ella den Todesstoß versetzt hatten. Jedenfalls war kurz darauf die Trennung unvermeidlich gewesen. Keiner von ihnen beiden besaß besondere Segelkenntnisse, geschweige denn Erfahrung, wie man schleust. Ella war die ganze Zeit angetrunken gewesen. Beide wussten alles besser und wollten der Kapitän sein, und sie hatten sich die ganzen Ferien über angeschrien. Damals war er überzeugt gewesen, in diesen Tagen wohl die schlimmste Version von Ella gesehen zu haben. Wie er sich getäuscht hatte.

Die Etappe für heute begann in Hampetorp. Gerade hatte er Börje angerufen und gefragt, ob er nicht mitkommen wollte, aber der alte Kollege hatte mit Sven und ein paar anderen am Samstagabend Poker gespielt und ein bisschen zu tief ins Glas geschaut, um früh genug aufstehen zu können. Vielleicht würde er sich etwas später noch per Fahrrad anschließen.

Der Weg heute führte Kristoffer durch das Naturschutzgebiet, eine alte Kulturlandschaft mit Laubbäumen und Wiesen, zum Dimbobaden, einer Badebucht, die ein paar Kilometer Richtung Osten lag. Kristoffer holte sein Handy hervor. Es war schon nach neun Uhr. Das konnte man doch wohl als eine akzeptable Zeit für einen Anruf am Sonntagmorgen betrachten. Er selbst war schon seit fünf Uhr wach. Nach einem kurzen Zögern rief er Sara Bredow an, die vor ihrer Krankschreibung mit dem Fall Camilla befasst gewesen war. Ulf hatte am Freitagabend gesagt, er würde nicht mehr als Polizist, sondern im Security-Bereich arbeiten, und dabei angedeutet, das läge an Sara. War er wegen etwas, was mit Sara zu tun hatte, rausgeschmissen worden? Kristoffer musste sie danach fragen, ehe sie Teil des Teams wurde.

Eine Frauenstimme war in der Leitung zu hören. Er verstand den Namen nicht.

»Kristoffer Bark, Polizei, Region Bergslagen. Spreche ich mit Sara?«

»Nein, ich bin Saras Mutter. Was wollen Sie von ihr?«

»Über einen früheren Fall sprechen und sie in der Gruppe, die ich leite und in die sie soeben versetzt worden ist, willkommen heißen.«

»Es ist nicht sicher, ob Sara jemals wieder als Polizistin arbeiten wird. Sie ist schwer krank. Ich muss Sie bitten, nicht wieder Kontakt zu uns aufzunehmen. Ich hoffe, Sie respektieren das.«

»Könnte sie vielleicht zwei Minuten mit mir sprechen? Es ist wichtig.«

»Nein, lassen Sie uns in Ruhe.«

»Meine besten Genesungs …« Kristoffer schaffte es nicht, seine Wünsche zu Ende zu bringen, bevor das Gespräch unterbrochen wurde. Er musste Zimmermann fragen, was da passiert war, wenn die es überhaupt wusste. Als sie Chefin des Bezirks wurde, war Sara schon weg. Er hatte schon Ingrid gefragt, aber die weigerte sich, etwas rauszulassen, obwohl er vermutete, dass sie es wusste. So haben wir alle unsere Geheimnisse. Er selbst tat ja auch alles, um Ellas Zustand vor den Kollegen zu verbergen, und trotzdem wurde sicher getratscht. Schließlich hatten die Kollegen vom Streifendienst schon mehr als einmal den Krankenwagen rufen müssen.

Ella befand sich noch im Universitätskrankenhaus und würde zumindest übers Wochenende dortbleiben. Das beruhigte ihn. Am Montag wollte er noch einmal mit ihr reden, denn er plante, mit oder ohne ihr Einverständnis Anzeige beim Sozialamt zu erstatten, in der Hoffnung auf eine Zwangseinweisung nach dem Gesetz für die Rehabilitation von Drogenabhängigen. Ella musste entgiftet werden und dann in eine Klinik kommen, wo sie ihre Situation überdenken konnte. Wenn nicht, dann fürchtete er um ihr Leben. Natürlich hatte er auch ein schlechtes Gewissen, das war ein Grund, warum er sie nicht loslassen konnte.

Über mehrere Jahre hinweg hatte er gemerkt, dass sie zu viel trank, doch so lange sie arbeiten konnte und Vera anscheinend keinen Schaden nahm, hatte er den Konflikt gescheut. Die Arbeit als Ermittler bei der Mordkommission hatte ihn verschlungen. Erst als Vera mit neun Jahren von zu Hause ausriss, wurde die Situation brenzlig. Was hatte er für eine Angst gehabt, bis er sie auf dem Boden im Spielhäuschen fand, wo sie mit vier Weinflaschen in einer Tasche eingeschlafen war. Die Flaschen hatte sie Ella weggenommen, damit die das Gift nicht trank und sich wieder in eine Hexe verwandelte. Danach hatte er alles getan, was in seiner Macht stand, um Ella aus ihrer Abhängigkeit zu befreien. Drei Jahre lang hatte er gekämpft, um die kleine Familie zusammenzuhalten. Nicht einmal an einem einzigen Wochenende hatte er gewagt, Vera alleine bei Ella zu lassen. Für ihn war klar, dass er das Sorgerecht bekommen musste, wenn sie sich trennten. Die Situation wurde unhaltbar. Der Streit wurde immer schlimmer, und als Vera zwölf Jahre alt war, gab es nur noch ein Ultimatum. Eine Entzugsklinik oder die Scheidung. Ella hatte die Scheidung gewählt.

Die Sonne warf einen glitzernden Schimmer über den See. Verspielte Sonnenfleckchen tanzten über die grauen Steine am Ufer. Als Kristoffer halbwegs nach Notboda gekommen war, rief Börje an. Er saß auf dem Fahrrad und war schon in der Nähe.

Sie gingen gemeinsam durch das Viertel mit Sommerhütten und folgten dann weiter der Wasserlinie.

»Ich habe die Ermittlung in der Sache von Camilla Hörlins Verschwinden übernommen.« Kristoffer sah seinen Kollegen aufmerksam an, um seine Reaktion abzulesen.

»Ist das so eine gute Idee?« Börje sah noch nicht gerade frisch aus nach seinem Zechabend.

Kristoffer antwortete nicht auf seine Misstrauenserklärung. »Erzähl mir, was du weißt. Wiederhole es einfach noch mal. Tut mir leid, wenn ich nerve, aber du hast schließlich fast neben ihnen gewohnt.«

»Du kennst inzwischen doch sicher Ulfs Ermittlung in- und auswendig und weißt, was ich in den Vernehmungen gesagt habe. Was willst du noch wissen?«

»Alles. Würdest du sagen, dass Camilla suizidal war?«

Börje blieb stehen und dachte nach. »Ich glaube, dass sie in ihrer Ehe mit Sonny unglücklich war. Aber das ist nur geraten. Er war ihr wohl mehr als einmal untreu. Am Mittsommerabend, als sie verschwand, waren wir auf dem Fest unten beim Campingplatz. Camilla saß für sich allein. Sonny tanzte und verschwand dann mit einer leicht bekleideten Schönheit aus Stockholm. Aber Camilla schien sich nicht groß darum zu scheren. Ich dachte damals, es ist, als hätte sie sich schon entschieden, ihn zu verlassen. Aber das habe ich damals ja schon erzählt.«

Kristoffer biss sich auf die Zunge, um nicht laut zu sagen, was er von der lückenhaften Ermittlung des Kollegen Ulf hielt. Was Börje hier berichtete, war nirgends dokumentiert.

»Mal abgesehen von Sonnys möglicher Untreue, hast du den Eindruck gehabt, dass Camilla deprimiert war? Oder hat sie auch mal etwas gern gemacht?«

»Durchaus. Sie interessierte sich sehr für Gartenarbeit und war oft bei Sven und Rita, die diese Begeisterung teilten. Sie sind gemeinsam auf Gartenmessen gefahren, und im Frühling vor zwei Jahren hat sie mir einmal eine Bärlauchsuppe vorbeigebracht. Alice war damals zu Hause und durfte auch probieren, und ich hatte das Gefühl, sie würde lächeln. Vielleicht erkannte sie den Geschmack.«

»Würdest du sagen, dass Camilla Humor hatte?«

»Warum fragst du das?«, erkundigte sich Börje erstaunt.

»Weil eine Depression meist die Fähigkeit dämpft, das Komische in den Dingen zu sehen. Es ist alles nur schwarz und leer. Ja, du musst nicht danach fragen, ich spreche aus eigener Erfahrung.«

»Ich versuche, mich zu erinnern. Doch, ich glaube, es war sogar an dem Mittsommerabend. Die Schwestern Groth und Camilla diskutierten über Schönheitsoperationen, und Isabell legte eine fantastische Imitation von Sven hin, zwirbelte den gedachten Schnurrbart hoch und sagte: ›Die Damen liften sich, bis sie einen Spitzbart haben.‹ Denise kapierte den Witz nicht, und Isabell musste ihr erklären, dass es hier um das untere Dreieck ging. Und ich weiß, dass Camilla lachte, sie lachte so, dass sie versehentlich eine Tasse Kaffee über ihr schönes Kleid verschüttete. Es war später am Abend, und sie musste nach Hause gehen und sich umziehen. Frag mich nicht nach genauen Uhrzeiten, denn daran erinnere ich mich nicht.«

»Würdest du sagen, dass Camilla und die Schwestern Groth mehr miteinander zu tun hatten? Waren sie enge Freundinnen?«

»Das glaube ich nicht. Aber an jenem Mittsommerabend landeten sie zufällig am selben Tisch.«

Die Sonne wärmte ihnen angenehm das Gesicht, obwohl es noch nicht einmal neun Uhr war. Während sie über das Mittsommerwochenende vor knapp zwei Jahren, an dem Camilla Hörlin verschwand, gesprochen hatten, waren sie am Sjöbacken vorbeigewandert und an eine langgezogene Halbinsel direkt vor dem Dimbobaden gekommen. Hier verlief nur wenige Meter neben dem Ufer die Landstraße 52. Und wieder überkam Kristoffer der alte Gedanke. An dem Tag, als seine eigene Tochter verschwand, könnten Strömung und Wind sie dahin getrieben haben, wo sie jetzt standen, östlich von Hampetorp. Die Straße direkt daneben. Könnte Vera hierhin geschwommen und von einem Autofahrer mitgenommen worden sein? Oder unglücklich überfahren und dann verscharrt worden sein? Seine Fantasie kannte keine Grenzen. Am wahrscheinlichsten war aber wohl, dass ihr lebloser Körper eines Tages von den Wellen an Land gespült würde.

Sie folgten der Halbinsel auf den See hinaus. Hier draußen wehte es, und in der Ferne konnten sie vor dem blauen Himmel die Vinö-Fähre und ein paar Boote mit fröhlichen weißen Segeln erkennen. Der See lag noch relativ ruhig da, und dennoch empfand Kristoffer starken Widerwillen und wachsende Unruhe. Vielleicht lag das an all dem Schönen im Kontrast zu den Widrigkeiten des Lebens. Wenn er dem Gefühl nachgäbe, dann würde sich die Unruhe ins Unerträgliche steigern. Genauso hatte er sich gefühlt, als er am Morgen des Karfreitags vor fünf Jahren nach Hampetorp gefahren war, um seine Tochter abzuholen. Niemand hatte angerufen, aber schon im Auto hatte es sich angefühlt, als würde er ersticken, und vom Druck auf der Brust war ihm der kalte Schweiß ausgebrochen.

Börje sah es zuerst. Das Bündel, das ganz am Ende der Landzunge im flachen Wasser nahe dem Ufer lag. »Was ist das da? Ein Netz, das an Land getrieben worden ist, oder ist das eine Persenning?«

Kristoffer wusste es, ohne hinzusehen. Und es war, als würde etwas in ihm auseinanderbrechen.

18

Das Sonnenlicht war scharf und blendend und fing das helle Haar ein, das keinen Glanz mehr hatte und wie ein Büschel zerzausten Strohs mit Strähnchen aus Seegras aussah. Der Frauenkörper war teilweise von einem fast verwitterten Jutesack und von Stofflumpen bedeckt und war grotesk aufgequollen, die Haut gelblich weiß und wie Seife. Die Augen waren geschlossen. Kristoffer eilte hin, als befürchtete er, dass die nächste Welle sie wieder davontragen würde, kniete sich in das eiskalte Wasser und suchte nach Erkennungszeichen, die darauf hindeuten könnten, dass es sich um Vera handelte. Die Frau trug keine Halskette. Er packte ihre Handgelenke, die Hand löste sich vom Körper, und die Leiche schaukelte ein Stück weit auf das Wasser hinaus. Er konnte kaum atmen. Und sprechen erst recht nicht. Das Herz schlug laut, das Pochen wurde in die Gehörgänge gepresst und dort zu einem Echo. Es war, als würde sein Brustkorb gesprengt. Das Blut rauschte in seinen Ohren, und durch das Rauschen war ein abgrundtiefes Brüllen zu hören. Als Börje die Hand auf seine Schulter legte, wurde ihm klar, dass es seine eigene Stimme war.

»Ich habe die Kollegen gerufen. Fass sie nicht mehr an. Das müssen die Techniker machen. Es ist nicht sicher, dass es Vera ist. Hör mir zu, Kristoffer! Es kann genauso gut Camilla sein oder jemand Unbekanntes. Komm jetzt mit!

Du musst dich zusammenreißen, wenn du die Ermittlung behalten willst. Atmen, du musst atmen.«

Widerwillig stolperte Kristoffer aus dem Wasser. Fünf Jahre lang hatte er den See abgesucht, und trotzdem war er nicht darauf gefasst gewesen. War dies Vera? Er konnte es nicht erkennen. Der Körper war so verunstaltet. Sein Inneres befand sich im Chaos, und er konnte keinen zusammenhängenden Gedanken fassen. Kälte und Schock ließen ihn zittern. Doch er musste sich zusammenreißen. Die Kollegen würden gleich hier sein. Er hatte schon einen unverzeihlichen Fehler begangen, als er sie an Land gezogen hatte, um zu sehen, ob sie eine Halskette trug. Anstelle des Schmuckstücks mit einem tropfenförmigen Bergkristall, den er Vera zum Examen geschenkt hatte, war nur ein blauschwarzer Abdruck um den Hals zu sehen. Doch sie hatte den Schmuck mit dem Bergkristall und wahrscheinlich auch die Haarspange, die er gefunden hatte, auf dem Junggesellinnenabschied getragen, das hatten die Freunde gesagt.

»Die Frau im Wasser ist tot, Kristoffer. Wir können nichts mehr für sie tun, außer die Wahrheit herauszufinden. Zieh die nasse Hose und die Schuhe aus!«, befahl Börje und reichte ihm seine Jacke, damit er sich die um die Hüften binden konnte. »Das Wasser hat mal grade fünf Grad plus. Du musst in die Wärme!«

Zwei Streifenwagenbesatzungen näherten sich. Das Gelände wurde abgesperrt, und die Kriminaltechniker kamen mit ihrem schwarzen Bus und übernahmen. Kristoffer und Börje wurden nach Hampetorp gefahren, wo Kristoffer sich Schuhe und eine Hose von Börje ausleihen könnte. Wie Ameisen krabbelte die Ruhelosigkeit unter der Haut.

Er konnte nicht still sitzen, atmete viel zu schnell, so dass ihm schwindelig wurde. Nach all den Jahren des Wartens müsste er es doch wohl aushalten, sich noch ein paar Tage zu gedulden, bis er erfuhr, ob es Vera war, die sie gefunden hatten.

Sie stiegen aus dem Streifenwagen und gingen das kurze Stück zu Börje nach Hause zu Fuß. Kristoffer kam sich lächerlich vor, mit Börjes Jacke um die Beine, und gab sie ihm zurück, als er aus der Entfernung Sven erkannte. Da ging er lieber in Hemd und Unterhose, als in etwas, das wie ein Rock aussah. Um sich nicht unterhalten zu müssen, lief er schneller.

Es fühlt sich unwirklich an. So wie in einem Film, als würde es jemand anders passieren, und ich bin nur der Zuschauer. Wie oft hatte Kristoffer nicht schon andere dieses Gefühl formulieren hören. Jetzt war es seine eigene Erkenntnis.

Sie betraten Börjes Haus.

»Du brauchst etwas Heißes zu trinken.« Börje wartete keine Antwort ab, sondern setzte, sowie sie durch die Tür waren, Kaffee auf und holte Hose, Strümpfe und Schuhe für ihn. »Wenn du so weit bist, fahre ich dich in deinem Auto nach Hause. Du fährst nicht selbst, das ist dir klar, oder? Hier draußen am Fundort bist du keine Hilfe. Nach Hause zu fahren und dich auszuruhen ist das Beste, was du tun kannst, dann bist du morgen, wenn wir mehr wissen, imstande weiterzumachen.«

»Nein, du täuschst dich. Ich habe vor, Sonny Hörlin zu vernehmen, und zwar bevor sich das Gerücht von der Frau im Wasser verbreitet. Das wird wie ein Lauffeuer gehen, wenn die Leute die Polizeiautos sehen.«

»Ist das denn so eine gute Idee? Wir wissen schließlich nicht … Es kann Vera sein oder Camilla oder eine andere Frau, die wir nicht kennen«, wiederholte Börje. Er sah Kristoffer ängstlich an und kniff die Lippen in Erwartung einer Reaktion zu einem schmalen Strich zusammen.

Kristoffer schloss die Augen und versuchte, seine chaotischen Gedanken zu zügeln und sich zu konzentrieren. »Nein. Das wissen wir nicht. Aber wenn er schuldig ist und erfährt, dass eine Leiche angespült worden ist, dann besteht die Gefahr, dass er abhaut. Was denkst du?«

»Ich begleite dich, Kristoffer«, erwiderte der Ältere und schenkte ihnen Kaffee ein. Er holte die Whiskeyflasche aus der Speisekammer.

»Danke, aber kein Whiskey für mich.«

»Hab vergessen, dass du nie trinkst. Aber ich glaube trotzdem, dass es gut ist, wenn du dich hinsetzen und ein paar Minuten sammeln kannst. In Ulfs Ermittlung gab es nichts, was dafür sprach, dass Sonny sich wegen Mordes oder Totschlags an seiner Frau schuldig gemacht haben könnte. Das weißt du. Also sei vernünftig und atme tief durch.«

Sonny Hörlin wohnte ein Stück den Hügel hinauf in einer Hütte mit Fassadenverkleidung aus Eternitplatten, die man »Armeleutekacheln« nannte. Im Garten standen zwei durchgerostete Autos, ein Saab und ein VW-Bus anno Feuerstein, der ganz offensichtlich als Tourneevehikel auf Sonnys Irrfahrten durch die Volksparks gedient hatte, denn auf der Karosserie prangte ein gemaltes Jugendporträt des Troubadours selbst. Das Kennzeichen hing nur noch an einer Schraube, stellte Kristoffer fest, als er näher kam.

Zwischen Hausecke und einem knorrigen Apfelbaum verlief eine Wäscheleine mit Kleidung in der Farbskala grauschwarz. Börje öffnete das auseinanderfallende Törchen, und sie schritten über einen zugewucherten Plattenweg. Schräg hinter dem Haus stand ein stark verwitterter Wohnwagen ohne Tür, der scheinbar als eine Art Rumpelkammer genutzt wurde.

»Bist du sicher, dass du das hier schaffst, Bark?«

»Ja, komm, jetzt legen wir los!« Kristoffer war nicht so überzeugt, wie es klang.

Sie gingen die Treppe hoch und klingelten, die Klingel schien jedoch außer Funktion. Börje donnerte an die Tür. Als auch das nichts brachte, betraten sie das Haus.

Sonny saß, lediglich mit einer minikleinen Unterhose bekleidet, am Küchentisch und trank Starkbier. Nach der vor ihm auf dem Tisch aufgetürmten Pyramide zu schließen, war dies Bier Nummer vier, und die Uhr zeigte noch nicht einmal elf Uhr vormittags. Er war unrasiert, und das leicht graue Haar hing ihm in fettigen Strähnen über die Schultern. »Worum geht's?«

»Wir möchten mit Ihnen reden.« Noch ehe er den auf einer gesprungenen Untertasse glühenden Joint sah, nahm Kristoffer den süßlichen Geruch von Cannabis wahr. »Wie geht es?«

»Beschissen. Chan ist gestern Abend einfach abgehauen. Hat Geld aus meiner Brieftasche geklaut und den Bus in die Stadt genommen. Hat dann aus Örebro angerufen. Gesagt, sie hätte sich ihren Lohn genommen, und dass Schluss ist, aus, finito.« Er sah Kristoffer mit rot umrandeten Augen an und erklärte dann übertrieben deutlich: »Das ist meine Freundin. Sie ist aus Thailand. Ich hab sie kennengelernt, als ich geschäftlich da war. Ich hab kein Glück mit Frauen. Noch nie gehabt. Warum verlassen sie mich?«

»Was denken Sie denn selbst?«, fragte Kristoffer und hoffte, dass ihm eine allzu ausführliche Antwort auf diese Frage erspart bleiben würde. Er ließ sich am Tisch nieder und schob Sonnys Laptop beiseite, auf dem ungeniert ein Pornofilm lief. »Erzählen Sie mir, warum die Frauen in Ihrem Leben verschwinden.« Erinnerungen an die Frauenleiche zogen vorüber, und Kristoffer atmete ein und spannte in unbewusster Abwehr seine Muskeln an.

»Camilla hat sich umgebracht.«

»Woher wissen Sie das?«

»Ich war scharf auf eine andere. Wir hatten ewig keinen Sex gehabt. Sie war deprimiert und wollte nicht. Mittsommerabend haben wir gestritten. Ich hab Sachen gesagt, die mir leidtun.«

»Was haben Sie gesagt?«

»Weiß grad nicht. Sie ist einfach verschwunden. Hat sich das Leben genommen, weil sie unglücklich war, wenn Sie mich fragen.«

»Also war sie richtig depressiv? War sie denn bei einem Arzt, der diese Diagnose gestellt hat?« Kristoffer konzentrierte sich auf die Antwort – das war wichtig.

Sonny schien völlig in seiner eigenen Welt und antwortete nicht auf die Frage. »Sie ist nicht zurückgekommen, und Chan ist hier eingezogen. Chan bedeutet Silbermond. Das ist schön, und sie ist schön, und jetzt ist sie auch weg. Ist zu einer Freundin in Örebro gezogen.« Sonny griff nach seinem Joint und nahm einen Zug. Seine Augen wurden zu schmalen Strichen. »Camilla hat die Diamantohrringe meiner Mutter bekommen. Die hatte sie an, als sie sich ertränkt hat. Hat sie immer getragen. Die sind echt was wert, aber die Versicherung hört mir nicht mal zu, wenn ich sie ersetzt haben will. Dabei hab ich ein Foto davon, verdammt noch mal, auf jedem Bild, was ich von Camilla gemacht habe, hat sie die Ohrringe an.«

Börje, der, ohne um Erlaubnis zu fragen, eine Runde durchs Haus gedreht hatte, kam mit nachdenklicher Miene zurück. »Du hast hier eine Cannabiszucht. Die größte und fruchtbarste, die ich je gesehen habe. Mir ist schon aufgefallen, dass bei dir nachts das Licht brennt. Aber ich hätte natürlich nicht vermutet, dass …«

»Verdammt, das ist für medizinische Zwecke. Und bald wird es sowieso legalisiert werden. Ich brauche Cannabis, um leben zu können.«

»Nach derzeitigem Recht ist es aber illegal. Du verstehst schon, was das bedeutet, oder?«, fuhr Börje fort.

»Dass ich mit dem Schutzmann Streife fahren darf. Verdammt, es ist ja wohl keiner von euch an einem Sonntag im Dienst. Ihr müsst das hier gar nicht gesehen haben.« Sonny nahm einen weiteren Zug, aschte und kratzte sich ungeniert im Schritt. Er sah aus, als wäre er kurz davor einzuschlafen.

Kristoffer fand es nicht lohnend, noch weiterzumachen. »Wenn Sie morgen früh in der Arrestzelle wieder nüchtern sind, dann möchte ich eine anständige Vernehmung mit Ihnen durchführen. Wir werden in Zukunft noch einiges miteinander zu klären haben.« Kristoffer stand auf und ging in die Richtung, in die Börje zeigte. Ein blauer Schein führte ihn ins Wohnzimmer und dann weiter hinaus in ein angebautes Gewächshaus, das sicherlich Camilla mit ihrem Garteninteresse hatte errichten lassen, wenn auch zu einem anderen Zweck. Es war, wie Börje gesagt hatte. Die größte Cannabiszucht, die er je gesehen hatte. Im Hinblick auf die tote Frau im Wasser war es ein Vorteil, Sonny für kommende Verhöre in der Zelle zu haben. Kristoffer rief die Kollegen an.

19

Denise war immer noch erschüttert, als sie am Sonntagmorgen erwachte. Sie war außer sich vor Angst gewesen, als sie am Abend zuvor im Bett lag und hören musste, wie ein Schlüssel ins Schloss der Haustür gesteckt wurde. In wilder Panik hatte sie nach einer Waffe gesucht, mit der sie sich verteidigen könnte, war in die Küche gerannt und hatte nach dem Vorlegemesser gegriffen und sich dann nach einem Fluchtweg umgeschaut. Doch sie hatte es nicht mehr geschafft, ein Fenster zu öffnen, sondern sich hinter der Küchentür versteckt, bereit, sich mit dem Messer zu verteidigen. Hatte Todesangst ausgestanden, als sie die sich nähernden Schritte vernahm. Sie war nicht sicher, ob sie überhaupt imstande war, Sven zu überwältigen, nicht einmal mit einer Waffe, aber sie würde leicht vor ihm wegrennen können. Was wollte er? Was hatte er vor?

Denise kehrte ins Jetzt zurück und betrachtete Albert, der ruhig neben ihr im Bett lag und schlief. Eine fast unwiderstehliche Lust, ihn mit etwas Hartem zu schlagen, überkam sie. Dieser Idiot, er hatte sie überraschen wollen. Hatte gedacht, sie würde sich freuen, wenn er heimlich kam. Deshalb hatte er Denise die ganze Zeit vorgegaukelt, dass er immer noch im Ausland wäre und dieses Wochenende auch dortbleiben würde. Albert war vollkommen bestürzt gewesen, als er das Messer in ihrer Hand gesehen hatte, und sie war völlig außer sich auf dem Boden zusammengesunken, hatte gezittert und geweint. Bis spät nach Mitternacht hatte er sie trösten müssen, und dann hatte sie in der Nacht auch nur wenige kurze Momente schlafen können. Sie hatte ihm schon mal erzählt, dass sie sehr ängstlich war, aber davon hatte er offensichtlich überhaupt nichts begriffen. Sowas war wirklich das Letzte, was sie gebrauchen konnte, wenn sie hier draußen wohnte, alleine war und Angst hatte, vor allem jetzt, da die Hormone auch noch mit reinspielten.

Saba hatte nicht geknurrt, sondern nur aufgehorcht. Hätte Denise die Reaktion des Hundes bemerkt, dann hätte sie sich nicht so gefürchtet. Saba spürte die Stimmung ihrer Herrin und hatte die ganze Nacht neben ihrem Bett auf dem Boden gelegen, um sie zu trösten und zu beschützen. Als sie nun merkte, dass Denise wach war, stupste sie ihr die Nase ans nackte Bein, und Denise stand auf und ging in die Küche. Der gestrige Sturm hatte einen dicken Ast von der Birke vorm Haus abgebrochen, und vom Zaun der Nachbarn war zwischen zwei Pfählen ein Stück herausgerissen und vom Wind mehrere Meter davongetragen worden. Zum Glück war Sven ein praktisch veranlagter Mann und würde sich um beides kümmern können. Albert hatte kritisiert, dass sie ihm einen Schlüssel gegeben hatte. Aber was hätte sie denn tun sollen? Sie war einfach nur so dankbar, dass Sven zu einem so niedrigen Preis die Renovierung übernehmen würde.

Albert schlief immer noch mit tiefen, regelmäßigen Atemzügen. Denise zog sich an, schrieb einen Zettel für ihn, den sie auf den Küchentisch legte, und nahm gehorsam das Handy mit. Gestern hatte er gesagt, dass sie wohl die Haustür besser absichern müssten. Es gab eine Alarmfunktion, bei der er auf seinem Handy informiert würde, wenn die Haustür geöffnet wurde oder wenn die Heizung ausfiel. Allmählich fühlte sich Denise immer mehr von seiner Fürsorge eingeengt.

Glitzerndes Sonnenlicht lag auf dem See. Die einzige Wellenbewegung, die sie ahnen konnte, waren die Bugwellen der Vinö-Fähre, die gleich anlegen würde. Saba zerrte an der Leine und wollte weiter. Vielleicht hatte sie die Spur von irgendetwas Interessantem wie einem Hasen oder einem Eichhörnchen aufgenommen.

Als Denise am Hafengelände vorbei war, klingelte das Handy. Die Nummer war unbekannt. Erst wollte sie nicht rangehen, weil es wahrscheinlich irgendjemand war, der ihr was verkaufen wollte, aber dann siegte doch die Neugier. Es war Rasmus. Sie war erstaunt. Was wollte er?

»Wie geht's?«, fragte er.

»Ich bin mit dem Hund unterwegs.« Es wirkte, als hätte er etwas Wichtiges zu erzählen, und sie hätte ihn am liebsten gebeten, gleich zur Sache zu kommen.

»Die Polizei hat Sonny abgeholt, und als ich heute Morgen am Dimbobaden vorbeigefahren bin, habe ich gesehen, dass die draußen auf der Landzunge was abgesperrt haben.«

»Sonny abgeholt?«, echote sie. Warum rief Rasmus an und erzählte ihr das? Dachte er, sie wüsste vielleicht etwas?

»Er züchtet jetzt schon mehrere Jahre Gras, aber bisher hat sich niemand darum geschert. Warum also jetzt und genau dann, wenn die Polizei ein paar Kilometer weiter den Strand absperrt? Ich glaube, da geht es nicht um seine zusätzlichen Einkünfte, sondern um das, was sie im Wasser gefunden haben.«

»Was haben sie denn gefunden?«, fragte Denise und verspürte eine nagende Unruhe in der Brust.

Nach dieser schlaflosen Nacht konnte sie einfach nicht mehr.

»Camilla oder Vera. Vielleicht holen sie mich bald wieder zum Verhör. Ich kann das nicht. Ich will keine Leiche anschauen müssen, die mehrere Jahre im See gelegen hat und eingefroren und aufgetaut …«

»Hör auf. Ich will das nicht hören!«, schrie Denise.

»Jetzt schrei mich nicht an. Ich habe angerufen, weil ich dachte, dass du es wissen willst.«

»Tut mir leid. Ich bin einfach zurzeit besonders empfindlich. Ich verstehe, dass das alles schlimm für dich ist. Wirklich.«

»Kannst du herkommen? Ich könnte es gebrauchen.«

Denise wollte Ja sagen, beherrschte sich aber. »Albert ist da. Aber ich kann ihn fragen, ob wir beide zusammen zu dir kommen können.«

»Vergiss es. Ich kann ihn jetzt grade nicht ertragen, und sein Vater war schließlich Polizist. Gestern habe ich Börje zusammen mit Kristoffer bei der Absperrung gesehen. Ich bin jetzt nicht in der Lage, mit Albert zu reden. Ich will mit dir reden.«

»Ich kann nicht, das geht nicht.«

»Wieso denn? Ist er eifersüchtig? Du musst ja nicht erzählen, dass du bei mir warst. Du bist doch mit dem Hund draußen.«

»Er hat eine GPS-Funktion auf meinem Handy installiert. Er weiß ganz genau, wo ich bin.«

»Mal ehrlich, Denise, das kannst du nicht zulassen. Verdammt, das ist doch nicht ganz gesund.«

»Er tut das aus Fürsorge.«

»Das glaubst du doch wohl selbst nicht. Soll ich dir helfen, die GPS-Funktion wieder zu deinstallieren?«

»Das kann ich selbst, aber er würde es merken. Also mache ich es nicht.«

»Überleg mal, was du da sagst, Denise. Es tut mir wirklich leid für dich. Wenn du Hilfe und Unterstützung brauchst, bin ich jederzeit für dich da. Ein Telefongespräch entfernt.«

»Du musst dir keine Sorgen machen. Er schlägt mich nicht.«

»Nein, weil du ihm ja auch so gehorchst. Willst du so leben, Denise?«

Sie antwortete ihm nicht. Aber als das Gespräch beendet war, speicherte sie die Nummer von Rasmus in ihrer Kontaktliste. Aber als Namen schrieb sie Jenny und nicht Rasmus. Warum tat sie das? Weil sie Alberts Ablehnung spürte und wusste, dass ihm nicht gefallen würde, wenn sie mit Rasmus telefonierte. Und die Wahrscheinlichkeit, dass er ihre Anruflisten durchsah, war groß.

Albert war schon wach und hatte zum Frühstück gedeckt, als Denise nach Hause kam. Nachdem sie ihre Jacke aufgehängt hatte, küsste er sie, zog den Stuhl für sie heraus und bediente sie am Tisch. »Ich möchte, dass du dich wie eine Königin fühlst, und ich will dich heiraten.«

Sie lachte sanft, erwiderte aber nichts.

»Muss man also auf die Knie fallen?« Er packte den Strauß Tulpen, den sie zum Wochenende für die blau geblümte Kanne gekauft hatte, und fiel vor ihr auf die Knie. »Willst du, Denise Ester Karolina Groth, mich heiraten?«

»Ja.« Sie sah ihm in die Augen und lächelte. Das kleinste Zögern wäre vernichtend und würde zu einer stundenlangen Analyse der Beziehung führen. Sie brauchte Zeit, um das alles zu überdenken. Isabell hatte schon, als es um Heddas Erbe gegangen war, gesagt, dass sie, für den Fall, dass sie mit jemandem zusammenzog, eine schriftliche Vereinbarung formulieren müsse und definitiv einen Ehevertrag, wenn sie mal plane zu heiraten. Das Haus war mindestens drei Millionen Kronen wert, leicht verdientes Geld für ihn, falls sie sich später einmal trennten. Wie sollte sie den Mut zusammennehmen, um das mit Albert anzusprechen? Sicher wäre er verletzt, wenn sie der Beziehung nicht mehr vertraute. Und jetzt würden sie ja zudem noch ein Kind zusammen haben, das war größer und wichtiger als die Frage, wem das Haus gehörte.

»Woran denkst du?«, fragte er plötzlich ernst.

»Dass ich so glücklich bin, dich zu haben.« Sie küsste ihn, um seinem kontrollierenden Blick zu entkommen. Doch die Erleichterung währte nur einen kleinen Augenblick.

»Richtige Antwort.« Er schob sie auf Armeslänge von sich und betrachtete sie wieder. Da war nichts mehr von seinem feinsinnigen Humor und dem Lächeln, das er sonst schon mal zeigte, wenn er sie ansah. »Sag, dass du mich liebst.«

»Ich liebe dich«, antwortete sie mechanisch.

»Sag, dass wir auf immer zusammenbleiben, dass du mich niemals verlassen wirst.« Sein Blick war hart, und er sprach die Worte so aus, dass es fast zornig klang.

»Ich werde dich nie verlassen. Warum fragst du mich das?«

»Weil ich nicht zu glauben wage, dass es wahr ist.« Er wurde wieder sanft und strich ihr fürsorglich über die Wange.

20

Kristoffer Bark verließ Hampetorp in seinem eigenen Wagen und in Börjes zu kurzer Hose, die er auch nicht hatte zuknöpfen können, weil sie zu eng war. Sonny Hörlin war zum Verhör abgeholt worden und würde bis zur Entscheidung über eine Untersuchungshaft in der Zelle bleiben. Im Moment war der Grund noch seine Produktion und der Vertrieb von Cannabis. Wenn sie mehr über die Leiche wussten, die mit dem Sturm an Land getrieben worden war, dann würde die Vernehmung eventuell eine andere Richtung einschlagen.

Möglicherweise war es Vera, die sie gefunden hatten. Kristoffer merkte, wie es ihn bei dem Gedanken immer noch schauderte. Wenn sie seine eigene Tochter dort im Wasser gefunden hatten, dann würde er sofort aus der Ermittlung ausgeschlossen werden. Und das würde ihn unglaublich wütend machen. Jeden Moment konnte das Telefon klingeln. Es war nur eine Frage der Zeit, bis die Medien herausfanden, dass er zuerst vor Ort gewesen war. Nach Veras Verschwinden hatte er zweimal die Handynummer gewechselt, um nicht gestört zu werden, doch sie hatten ihn immer wieder gefunden. Die Medien um Hilfe zu bitten, um die Allgemeinheit zu erreichen und um Hinweise zu bitten, glich dem Ritt auf einem Tiger. Schnell und gefährlich. Ella hatte das hartnäckige Interesse der Abendgazetten an dem Familiendrama übel zugesetzt.

Während er die knapp dreißig Kilometer bis Örebro nach Westen fuhr, strahlte die Nachmittagssonne. Kristoffer überlegte, was er in den kommenden Stunden zuerst machen musste. Zunächst einmal musste er Ella von der Toten am Strand des Hjälmaren berichten, ehe sie es von woandersher hörte. Er würde weiterhin Informationen von den Vernehmungen mit Sonny Hörlin bekommen und von den Technikern vor Ort beim abgesperrten Gelände. Börje war dorthin zurückgekehrt, als sie sich getrennt hatten.

Mit einem Mal tauchte eine Gestalt vor dem Auto auf. Eine blonde Frau, die Vera ähnlich sah, überquerte mit gleitenden Schritten die Straße. Sie sah ihn an und lächelte, als würde sie ihn erkennen, hob die Hand und winkte. Kristoffer trat auf die Bremse, aber nichts geschah. Er war nicht in seinem Körper, und er konnte ihn nicht lenken. Er schrie, doch kein Laut kam über seine Lippen. Als die Reifen in die Rinne neben der Straße fuhren, ruckelte das Auto, und er kam zur Besinnung. Keuchend sah er, dass er allein auf der Straße und die Sicht in alle Richtungen frei war. Die Frau war verschwunden. Es hatte sie nie gegeben. Endlich griffen die Bremsen.

Als er wieder ganz bei sich war, erkannte Kristoffer, dass er am Steuer eingeschlafen sein musste. Übernächtigt und aufgeregt, wie er nach dem Fund der Leiche, die Vera sein konnte, war, hätte er nicht Auto fahren sollen. Er hätte sich ausruhen sollen, aber stattdessen war er zu Sonny gegangen. Danach war er vollkommen erschöpft gewesen. Börje hatte ihm eindringlich davon abgeraten, selbst zu fahren, und doch hatte Kristoffer es getan.

Er rieb sich das Gesicht und kurbelte die Scheibe herunter. Sein Körper schmerzte vor Müdigkeit. Er stieg aus dem Auto und machte einen raschen Spaziergang von ein paar hundert Metern hin und zurück, ehe er wieder einstieg und zum Krankenhaus fuhr. Dort parkte er vor dem Eingang, ging ins nächstliegende Gebäude und fuhr mit dem Fahrstuhl in den siebten Stock. Ella war zur Beobachtung auf Station 37.

Kristoffer klingelte und wurde eingelassen. Ellas Zimmer war leer und das Bett gemacht. Eine Krankenschwester berichtete ihm, dass sie sich selbst entlassen hatte. Das hätte er sich ja denken können. »Wir haben keine Möglichkeit, jemanden hier zu behalten, der wegwill, und wir hätten auch nur noch einen Platz auf dem Flur gehabt.«

»Ich weiß, es ist nicht Ihre Schuld. Es ist nur so verdammt falsch. Sie haben die körperlichen Wunden gesehen, aber nicht die seelischen. Sie hätte auf die psychiatrische Station gehört, sie ist dabei, sich umzubringen!« Er versuchte, nicht so wütend zu klingen, wie er war. Die Krankenschwester traf hier wirklich keine Schuld. Aber er war empört. Er hatte keine andere Wahl, er musste losgehen und nach ihr suchen.

»Es fehlt an Pflegepersonal, deshalb werden die Stationen wegen Mangels an Krankenschwestern geschlossen. Viele hören ganz auf und suchen sich einen anderen Job, weil sie die ständige Unterbesetzung nicht aushalten. Wir befinden uns in einer Krisensituation.«

Nachdem Kristoffer die Station verlassen hatte, rief er Ella an. Keine Antwort. Damit hatte er auch nicht gerechnet. Sie ging nur ungern ans Telefon, wenn sie vorhatte, sich volllaufen zu lassen. Also eilte er zum Auto und fuhr nach Solhaga, um zu sehen, ob sie zu Hause war. Das war sie nicht. Er fand keinen Alkohol, den er hätte ausleeren, und keine Tabletten, die er hätte konfiszieren können. Ella hatte sich geweigert, ihm die Telefonnummer ihrer Freundin Peggy zu geben, aber er hatte sie gespeichert, nachdem sie ihn aus dem Stadtpark angerufen hatte. Peggy war guter Dinge:

»Ja, Ella ist hier. Komm her, verdammt noch mal, wir feiern grade.«

Peggy wohnte in Vivalla. Die Wohnung war wie die ganze betagte Gang, die sich um ein paar Flaschen direkt importierten Wodkas versammelt hatte, sehr heruntergekommen. Bengan war nicht zu sehen. Peggy öffnete Kristoffer die Tür, und er bat sie, Ella zu holen, als er sie schon durch den Flur kommen sah und erkannte, dass sie große Schmerzen hatte.

»Das ist deine verdammte Schuld, dass ich nicht die schmerzstillenden Mittel bekomme, die ich brauche.«

»Wenn du im Krankenhaus geblieben wärst, hättest du sie bekommen.«

»Was willst du?« Sie sah ihn mit forschendem Blick und wachsender Sorge an. »Was ist los, Kristoffer?«

»Können wir in meinem Auto darüber sprechen? Ich will nicht, dass jemand anders zuhört.«

Ella sah sehnsüchtig zu dem Tisch, auf dem die Flaschen standen. »Warum?«

»Weil es um Vera geht.«

Da explodierte Ella förmlich. »Jetzt hör aber mal auf, verdammt noch mal! Hast du mal wieder eine Haarspange gefunden, oder was?«

»Nein, Ella. Es ist ernst.« Mehr musste er nicht sagen. Sie folgte ihm zum Wagen.

»Habt ihr sie gefunden?«, flüsterte sie, nachdem er die Beifahrertür geschlossen und sich auf den Fahrersitz gesetzt hatte. »Habt ihr Vera gefunden?«

Eigentlich hatte Kristoffer mit ihr nach Hause zu sich fahren und das Gespräch dort führen wollen, doch jetzt verlangte sie eine unmittelbare Antwort. »In Hampetorp ist eine Leiche angespült worden. Es könnte Vera sein.« Er schluckte ein paarmal, um die Stimme im Griff zu behalten. »Sie hatte Veras Haarfarbe.«

»Aber wenn du sie gesehen hast, dann musst du doch wissen, ob sie es war!«

Er schluckte wieder. Die schrecklichen Bilder bohrten sich ihm ins Bewusstsein. Das aufgedunsene Gesicht und die weißen und vom Morast fleckigen Arme. Der Bluterguss um den Hals. Er schob sie weg, um weitererzählen zu können. »Das war unmöglich, nachdem sie so lange im Wasser gelegen hatte. Der Körper war verändert.« Er schloss die Augen und sah vor sich, wie die Hand, nach der er gegriffen hatte, sich von dem Arm löste. Das konnte er Ella nicht erzählen. Sie sah aus, als wäre sie auf Entzug. Scheinbar hatten sie noch keine der Wodkaflaschen geöffnet. Ella schien der kalte Schweiß auf der Stirn zu stehen, und ihre Hände hatten schon, bevor er zu berichten begann, gezittert.

»Warum quälst du mich damit, bevor du es genau weißt?«

»Damit du es nicht aus dem Fernsehen erfährst oder von irgendjemand anders, der darüber redet. Oder von der Zeitung angerufen wirst, wenn du hilflos bei Peggy auf dem Fußboden liegst. Wir fahren nach Hause zu mir.«

Er war schon durch die Stadt und an der Behrn Arena vorbeigefahren, als Ella ausflippte.

»Halt sofort an! Lass mich raus! Ich will nichts mehr hören. Ich kann nicht mehr. Ich hasse dich, Kristoffer!« Sie schrie so, dass ihm das Blut in den Adern gefror, und fing an, ihn zu schlagen. Er versuchte, das Lenkrad fest im Griff zu behalten, fuhr aber trotzdem gegen die Straßenbegrenzung und stieg in die Eisen, als er Blech krachen hörte. Er stand an der Bordsteinkante.

»Du weißt nicht, ob es Vera ist. Aber du quälst mich damit. Ich hasse dich, hasse dich, hasse dich!« Ella schrie und schlug weiter. Er legte die Arme um sie und drückte sie an sich, während er versuchte, sie zu beruhigen. Sie war vollkommen hysterisch. Es gab keinen anderen Ausweg, als die psychiatrische Notaufnahme anzurufen.

Knapp drei Stunden später war er wieder zu Hause in seiner Wohnung in Tybble. Er warf die Kleider von sich, stellte sich unter die Dusche und ließ das heiße Wasser über seinen Körper rinnen. Jetzt vermochte er, die schrecklichen Bilder nicht mehr wegzuschieben. Vielleicht war Ellas Verhalten ja die normale Reaktion auf eine so schreckliche Situation. Er spürte, wie die Panik durch seinen ganzen Körper bis in den Kopf rauschte. Der Puls hämmerte in seinen Ohren, die zusätzlichen Schläge drückten auf den Brustkorb. Er atmete rasch und bekam doch keine Luft. Da hörte er das Telefon klingeln, band sich ein Handtuch um und ging ins Schlafzimmer, um ranzugehen. Es war Ingrid Johansson. Sie hatte von Börje gehört, was geschehen war.

»Wie geht es dir, Kristoffer?«

Da konnte er nicht mehr und begann zu weinen. Er versuchte zu sprechen, aber es ging nicht. Alles zusammen war einfach zu viel.

»Wenn du imstande sein willst, morgen hier das Team zu leiten, dann brauchst du jetzt jemanden, mit dem du reden kannst. Deine Therapiepraxis hat auch sonntags Sprechstunden. Ich habe mir erlaubt, dir eine Notsprechstunde in einer Praxis in der Fredsgatan zu buchen, und zwar jetzt sofort. An der Tür steht Berger. Du klingelst an der Gegensprechanlage.«

»Das schaffe ich nicht!«

»Du brauchst jetzt sofort Hilfe. Ich weiß, wie es um Ella steht, auch wenn du auf der Arbeit nicht darüber sprichst. Du kannst nicht alles in dich reinfressen, Kristoffer, für jeden von uns gibt es eine Grenze.« Ingrid war kompromisslos. »Du musst Hilfe annehmen.«

21

Denise hatte sich ein Bad eingelassen. Eigentlich hätte sie nur schnell duschen sollen, denn Albert wollte in nur einer Stunde wieder abreisen. Der Zug ging um 19:43 Uhr von Örebro nach Stockholm, und er hatte recht deutlich gemacht, dass er vorher noch ein bisschen nackte Haut fühlen wollte. Sie hörte seine Schritte draußen und wie die Türklinke heruntergedrückt wurde.

»Warum hast du abgeschlossen, wenn doch nur wir beide im Haus sind?«

Ja, warum? Und mit einem Mal wurde es ihr klar: Sie hatte Angst vor ihm. Seit er gestern überraschend aufgetaucht war, hatte sie ein ungutes Gefühl. Obwohl er noch nie seine Hand gegen sie erhoben hatte, fürchtete sie sich. Es gab da eine Wut unter der Oberfläche, die sie zunehmend spürte, den Willen, zu kontrollieren und zu dominieren. Es fühlte sich an, als könnte er jederzeit in die Luft gehen.

»Bloß aus alter Gewohnheit. Ich bin gleich fertig.«

Als sie Kinder waren, hatte Rasmus ständig demonstriert, wie unterlegen Albert in allem war. Und der hatte sich gefügt, um dabei sein zu dürfen. Doch es gab Augenblicke, in denen sie seinen Hass hatte aufflammen sehen; da war eine unterdrückte Wut, die sich gefährlich anfühlte. Einmal hatte er versucht, Rasmus vor ein Auto zu stoßen –

das hatte sie schon fast vergessen. Börje hatte es gesehen, und Albert war ausgeschimpft worden und durfte dann für den Rest des Wochenendes das Haus nicht mehr verlassen. Aber meist kümmerten sich Alberts Eltern nicht groß um ihn. So vergingen die Jugendjahre. Albert zog aus Hampetorp weg, aber genauso wie sie kam er zu Feiertagen und dergleichen wieder vorbei. Die Jahre flogen dahin. Albert lernte Maria kennen, und die beiden heirateten. Wie er wohl zu ihr gewesen war? Auch so kontrollierend?

Sie griff nach dem Handtuch und stieg aus der abblätternden Goldbadewanne. Der Spiegel war beschlagen, und sie wischte ihr Spiegelbild frei. Obwohl die Haare nass waren, sahen sie im Schein der Neonröhre doch hell, fast weiß aus. Ihr Gesicht war herzförmig, die Augen waren groß und ihre Farbe in dem Spiegelglas nicht zu bestimmen. Der Körper war gut trainiert und kräftig. Sie unternahm schnelle Spaziergänge mit dem Hund und hatte ihr Trainingsprogramm, das sie jeden Tag absolvierte. Doch Albert war einen Kopf größer als sie, und auch er war nicht nachlässig mit seinem Krafttraining. Zum Beispiel checkte er nur in Hotels ein, die einen Fitnessraum hatten, und er joggte. Körperlich war er ihr überlegen. Und selbst wenn er sie niemals geschlagen oder auch nur fester angefasst hatte, verschaffte ihm seine physische Stärke doch einen Vorteil.

»Kommst du?«

»Ja, ich bin gleich fertig.« Sie trocknete sich eilig ab, wickelte ein Handtuch wie einen Turban um die Haare und warf sich den Bademantel über. »Ich komme.« Sie versuchte, die Stimme fröhlich klingen zu lassen, schloss die Tür auf und öffnete.

Er stand direkt davor und packte sie mit wahnsinnigem Blick um die Schultern. »Hast du etwas zu erzählen?«

»Nein, was meinst du?« Tausend Gedanken fuhren ihr durch den Kopf. Was könnte sie getan haben?

»Wer ist Jenny?«

»Meine Freundin in Örebro.« Erst begriff sie gar nicht, warum er fragte, doch dann fiel ihr ein, dass sie ja die Nummer von Rasmus als »Jenny« gespeichert hatte.

»Deine Freundin schreibt sich Jennie, ohne y.«

»Hast du mein Handy kontrolliert? Und wen ich anrufe?«

»Dein Handy hat geklingelt, und ich bin rangegangen. Auf dem Display stand Jenny, aber das war keine Frauenstimme. Das war Rasmus Flodmark. Kannst du das erklären?«

»Natürlich. Jenny ist die Anima von Rasmus.« Das war wirklich superblöd formuliert. Sie versuchte zu lächeln und hoffte, dass er es als Witz nehmen würde.

»Was zum Teufel heißt Anima?« Albert war wütend, und es war idiotisch, ihm in dieser Situation ein Wort zu servieren, das er nicht kannte, so dass er wie ein unwissender Idiot dastand.

»Anima ist das Weibliche in der Seele des Mannes und Animus der männliche Geist in der Frau.«

»Das klingt intim. Was spielt ihr denn sonst noch für Spiele, bei denen ich nicht mitmachen darf?«

An dieser Stelle hätte sie sagen sollen, dass sie ihn liebte, und es ihm mit ihrem ganzen Wesen zeigen sollen, ihn umarmen, küssen und ihren Bademantel aufmachen, damit sie das kleine Schäferstündchen abhalten konnten. Aber die Worte kamen einfach nicht. Sie konnte das entsprechende

Gefühl nicht in sich spüren. »Hast du dich so gefühlt, als du klein warst? Dass wir gespielt haben und du nicht richtig dabei sein durftest?« Bilder schossen blitzartig durch ihren Kopf. Wie Albert wegen seiner Kleider gehänselt wurde, wegen des zugeklebten Auges, und weil er nicht so stark war wie Rasmus. Sie war dabei gewesen und hatte gesehen, wie gemein Rasmus sein konnte. Aber sie hatte geschwiegen und manchmal sogar gelacht.

»Natürlich ist es vorgekommen, dass ich mich ausgeschlossen gefühlt habe, aber das hier ist viel ernster, denn du trägst mein Kind in dir und hast gerade versprochen, dass wir zusammenleben werden, bis der Tod uns scheidet. Ist da was zwischen Rasmus und dir?«

Jetzt konnte sie ihm in die Augen sehen. »Nein, es ist nichts zwischen Rasmus und mir. Er hat angerufen, um mir zu erzählen, dass kurz vor dem Dimbobaden eine Frauenleiche angespült worden ist, und er fürchtete, es könnte Vera sein. Er brauchte einfach jemanden zum Reden und wollte, dass ich komme. Aber mir war schon klar, dass dir das nicht gefallen würde, also habe ich Nein gesagt.«

»Das hast du richtig eingeschätzt. Ich will nicht, dass du mit Rasmus allein bist.«

»Du engst mich ein!« Sie merkte, wie die Angst einem regelrechten Zorn Platz machte.

Er versuchte, sie zu beruhigen. »Ich mache mir Sorgen um dich. Ich kenne Rasmus, er ist ein elender Idiot. Du hast ja keine Ahnung, wie er sich Vera gegenüber verhalten hat. Es ist sehr verständlich, dass er ein schlechtes Gewissen hat und dass es Gefühle in ihm weckt, wenn ihre Leiche jetzt angespült worden ist.«

Denise trat einen Schritt zurück. »Was hat er mit Vera gemacht? Ich dachte, die beiden würden einander lieben. Es war doch schließlich ein Junggesellinnenabschied.«

Albert wurde blass, als würde er bereuen, was er eben gesagt hatte.

»Erzähl es mir. Wir wollten doch keine Geheimnisse voreinander haben, oder?« Denise merkte, wie er kleiner wurde, und ihre eigene Stärke wuchs. »Erzähl es mir!«

»Ich habe der Polizei nichts gesagt. Weil ich mich nicht getraut habe. Ich hätte mich verdächtig gemacht.«

»Aber als Vera verschwand, warst du doch hier vor dem Haus von Sven und Rita. Nicht zum Fest eingeladen. Du warst draußen. Was hast du da getan? Hast du gehofft, dass sie dich sehen und reinbitten würden?«

»Ja«, sagte er leise. »Ich habe sie durchs Fenster gesehen. Hörte die Musik. Rasmus hat mit Vera eng getanzt. Sie war, gelinde gesagt, nicht sonderlich nüchtern und torkelte, als er sie losließ. Er hielt sie mit einem Arm fest und legte die andere Hand an ihr Ohr und sagte etwas, das kein anderer hören sollte.« Albert verstummte und sah sie furchtsam und unsicher an.

»Und was ist dann passiert?«

»Vera stolperte raus und musste sich übergeben. Sie hat erzählt, was Rasmus zu ihr gesagt hat. Es war unzusammenhängend, aber ich habe es doch kapiert.«

»Und was hat sie erzählt?« Denise hielt den Atem an, während sie auf die Antwort wartete.

»Guter Gott, wenn ich sie nur festgehalten hätte. Ich habe doch nicht gedacht, dass sie sich ein Boot klauen und auf den See rausfahren würde. Weißt du, ich glaube, dass sie sterben wollte. Matilda hat versucht, sie einzuholen, als sie zum Hafen torkelte. Und ich stand einfach da und habe nichts getan. Kristoffer würde mich umbringen, wenn er wüsste, dass ich Vera und Matilda hätte retten können. Ich habe mich nicht getraut, was zu sagen, das tut mir so schrecklich leid, aber ich habe wirklich nicht gewagt, der Polizei das zu erzählen.«

Denise legte ihre Hände um Alberts Gesicht und verspürte in diesem Moment eine große Zärtlichkeit für ihn. »Was hat sie gesagt?«

»Vera hat erzählt, dass Rasmus sie an Sonny verkauft habe. Sonny würde Rasmus seine Schulden erlassen, wenn er mit der zukünftigen Braut Sex haben dürfte. Sie hatten Vera gemeinsam einen Drink nach dem anderen eingeflößt, um sie betrunken zu machen. Wahrscheinlich hoffte Rasmus, dass sie sich hinterher an nichts erinnern würde. Als sie protestierte, hat er ihr gedroht, aber ich habe nicht verstanden, wie diese Drohung aussah.«

»Das musst du der Polizei erzählen!«

Albert sank mit dem Rücken an der Wand zu Boden und schlug die Hände vors Gesicht. »Jetzt kann ich das doch nicht mehr tun! Es hat mich ja kein anderer gesehen. Niemand weiß, dass ich dort war, ich bin nach Hause gegangen. Am nächsten Morgen erfuhr ich dann, dass Vera die Party verlassen und ein Boot geklaut hatte und dass man Matilda, die dabei war, ertrunken aufgefunden hatte.«

»Du musst das Veras Vater erzählen!«

»Das kann ich nicht, außerdem würde es seine Trauer nur noch größer machen. Nichts würde davon besser werden. Ich habe nächtelang schlaflos gelegen und darüber nachgedacht. Was würde besser davon werden, wenn Bark erfuhr, dass seine Tochter zutiefst unglücklich war, als sie verschwand, und sich wahrscheinlich selbst ertränkte? Verzweifelt darüber, dass Rasmus, der Mann, den sie liebte, sie wie eine Hure verkauft hatte, um seine Schulden loszuwerden.«

»Wenn er überzeugt wäre, dass sie Selbstmord begangen hat, dann könnte er aufhören zu suchen. Seine Wanderungen und sein ständiges Fragen hätten ein Ende. Albert, du musst es ihm erzählen.«

»Nein, das tue ich nicht.«

»Kannst du es nicht Börje erzählen und ihn bitten, es Kristoffer weiterzusagen?«

»Nein. Papa würde mir nie verzeihen.«

»Wenn du mal einen Moment aufhörst darüber nachzudenken, welche Konsequenzen es für dich haben würde, kannst du dann verstehen, dass es für Kristoffer von entscheidender Bedeutung wäre?« Sie strich ihm über die Haare, obwohl sie ihn in diesem Moment für seine Schwäche verachtete.

»Du sagst niemandem etwas davon.« Albert rappelte sich schnell hoch, packte sie bei den Schultern und hielt sie in einem eisenharten Griff, während sein Blick abgrundtief wurde. »Das, was ich dir gerade erzählt habe, Denise, das bleibt unter uns. Ich bringe dich um, wenn du es weitersagst.«

22

Als Kristoffer den Bus zur Fredsgatan bestieg, um den Therapeuten zu treffen, den Ingrid für ihn organisiert hatte, stellte er fest, dass auf seiner Fahrkarte nur noch 22 Kronen waren. Das würde für diese Fahrt reichen, aber nicht wieder nach Hause. Als er den Code eingeben wollte, um seine Karte aufzuladen, erinnerte er sich nicht mehr an die Ziffernfolge. Wenn ihm diese nicht wieder einfiel, dann würde er die Kilometer zurück nach Tybble zu Fuß gehen müssen. Wenigstens war der Code nicht vollkommen verloren, denn er hatte ihn in einem Ordner notiert, der zu Hause in seinem Bücherregal stand. Aber es machte ihm doch Sorgen, dass er ihm entfallen war. Er hatte auch vergessen, den Herd auszuschalten, und das erst bemerkt, als er die Wohnung verlassen wollte und die Platte glühend rot leuchtete. Entglitt ihm das Dasein denn völlig?

Als Kristoffer die Fredsgatan entlanglief, ging es auf halb acht Uhr am Sonntagabend zu. Er nahm den Zettel mit der Adresse des Therapeuten heraus und kontrollierte sie, seit er den Bus verlassen hatte, bestimmt zum vierten Mal. Unmöglich, die Gedanken beisammenzuhalten, wenn sie doch die ganze Zeit bei Vera waren. Kristoffer suchte auf dem Schild an der Tür nach dem Namen. Berger. Ingrid hatte den Kontakt für ihn hergestellt, und er beabsichtigte, der Sache eine Chance zu geben. Nur eine.

Er hätte auf seine Reaktion vorbereitet gewesen sein müssen, nachdem er die Leiche im Wasser gefunden hatte. Noch während er bei Sonny war, fühlte er sich tatkräftig und ruhig. Doch danach hatte er sich selbst und seine Reaktionen nicht mehr wiedererkannt. Er war am Steuer eingeschlafen, was ihm noch nie zuvor passiert war. Es war, als würde das Gehirn sich einfach ausschalten, wenn es überlastet war, so als wäre eine Sicherung durchgeknallt. Als er nach Hause gekommen war, waren der Zorn und die Unruhe, die während der Suche der vergangenen fünf Jahre sein Motor gewesen waren, von einem lähmenden Weinen verdrängt worden. Er hatte versucht, sich zu fassen, doch es fiel ihm schwer, Dinge im Gedächtnis zu behalten. Lange Zeit war er auf der Treppe stehen geblieben, ohne zu wissen, warum. Und dann hatte das Weinen ihn wieder überwältigt.

Jedenfalls hieß der Therapeut Berger. Kristoffer hoffte, dass es ein Mann in seinem eigenen Alter oder älter war, nicht so ein junger Grünschnabel ohne Lebenserfahrung. Er erinnerte sich vage daran, dass Ingrid erzählt hatte, er habe eine Therapieausbildung, sei aber gleichzeitig Psychologe. Das sagte ihm nichts, und Ingrid hatte ihm erklärt, dass es sich um eine mindestens achtjährige Ausbildung handelte, dass aber trotzdem jeder, der wollte, sich Therapeut nennen dürfe. Ingrid selbst hatte mal einen Masseur gehabt, der sich intuitiver Therapeut genannt hatte und eine Mannsperson ohne jeden Respekt vor Intimgrenzen gewesen war. Der Masseur hatte einen Wochenendkurs absolviert und sich danach als ausgebildeter Therapeut gefühlt. Ingrid hingegen hatte damals erwogen, ihn bei der Polizei anzuzeigen. Aber Berger konnte jedenfalls die achtjährige Ausbildung und praktische Erfahrung mit menschlichem Elend vorweisen, und das klang beruhigend. Dann dürfte er genügend Jahre auf dem Buckel haben, um die schlimmsten Klischees abgelegt zu haben.

Kristoffer klingelte an der Gegensprechanlage, teilte sein Anliegen mit und wurde eingelassen. Die Praxis lag im dritten Stock. Das Treppenhaus war frisch gestrichen und sauber, und an der Tür zur Praxis hing ein herzförmiger Kranz aus roten Stoffblumen. Wie unglaublich blöd. Auf irgendeinen Flitter hatte er jedenfalls keine Lust. Er probierte die Tür, sie war nicht verschlossen, also ging er hinein und betrat ein kleines, aber helles Wartezimmer mit zwei roten Sesseln, einem Tisch mit einem roten Teelichthalter und einem Zeitungsständer an der Wand.

Da er wusste, dass er erwartet wurde, ließ er sich in einem Sessel nieder und versuchte, sich darauf zu konzentrieren, was er sagen wollte. Was konnte er eigentlich sagen? Am meisten quälte ihn doch die Ungewissheit. War es Vera, die sie gefunden hatten, oder Camilla oder eine völlig unbekannte Person? Und weder der Therapeut noch er konnte irgendetwas tun, um diesen Bescheid zu beschleunigen. Was tat er hier? Plötzlich fühlte es sich nur unangenehm und anstrengend an, das Geschehene in Worte fassen zu müssen.

Heute bei dem Notfalltermin würde der Fokus natürlich auf der Leiche, die sie im Wasser gefunden hatten, und Kristoffers Reaktionen darauf liegen. Danach würden sie über all das sprechen, weswegen Zimmermann ihn hierher geschickt hatte. Dass er an seinen heftigen Launen arbeiten musste und eine Art der Kommunikation mit seinen Kollegen finden sollte. In der Psychosprache hieß das sicher irgendwie anders. Psychologen unterlagen doch wohl der Schweigepflicht? Das, was hier abgehandelt wurde, durfte ja wohl nicht direkt an Regina Zimmermann weitergeleitet werden, hoffte er. Zimmermann wusste nicht, was Vera zugestoßen war, und die Verbindung zum Fall Camilla Hörlin durfte ihr nicht bekannt werden, denn dann würde sie ihm die Ermittlung wegnehmen.

In diesem Moment ging die Tür auf, und ein junger Mann mit rotgeweinten Augen kam heraus. Der Jüngling nickte ihm kurz zu und verschwand dann mit schlaksigen Bewegungen die Treppe hinunter. Kristoffer erhob sich. Jetzt müsste eigentlich er dran sein. Er holte tief Luft, sammelte sich und klopfte dann vorsichtig. Die Tür ging auf. Und da stand *sie*. Die Frau, die er am vorigen Wochenende im Freimaurerlokal gesehen und dann noch einmal ganz kurz im Supermarkt getroffen hatte. Es fiel ihm schwer, seine Wirklichkeiten zusammenzubringen.

»Sie!«, sagte er, und ihm wurde schwindelig. Das war schon ärgerlich, dass sie denselben Psychologen aufsuchte, und trotzdem war es wunderbar, sie wiederzusehen.

»Mia Berger.« Sie streckte ihm mit einem warmen Lächeln die Hand zum Gruß hin.

»Kristoffer Bark.« Er nahm ihre Hand, ohne irgendetwas zu verstehen. War Berger nicht ein Mann? Oder war Mia Berger die, wegen der er gekommen war? Er hatte einfach nur angenommen, dass es ein Mann sein müsste. Wenn er sich recht überlegte, hatte Ingrid gar nichts Konkretes dazu gesagt.

»Kommen Sie herein und setzen Sie sich.« Mia zeigte auf den Stuhl auf der anderen Seite des Schreibtischs und ließ sich dann gegenüber nieder. Die Schreibtischfläche war so gut wie leer. Lediglich ein Stapel Papiertaschentücher wies darauf hin, wie es an diesem Ort so zuging. Er war immer noch ganz benebelt.

»Wir haben uns gesehen. Im Freimaurerlokal. Ich kann das erklären …«, brachte er heraus.

»Darüber reden wir später. Sie sind zu einem Notfalltermin hier. Deshalb denke ich, wir sollten uns auf das konzentrieren, was heute Morgen passiert ist. Ingrid hat erzählt, dass Sie eine tote Frau im Hjälmaren gefunden haben. Können wir vielleicht dort anfangen, um die Zeit auf die beste Weise auszunutzen?«

Kristoffer kam sich blöd vor und ging zur Verteidigung über. »Und ich hatte gedacht, ich würde von meiner Kindheit und dem Töpfchen-Training erzählen dürfen, was ich als Überforderung empfunden habe.« Eigentlich wollte er gar nicht spöttisch sein und biss sich auf die Zunge.

»Ich glaube, das lassen wir mal so stehen, denn es scheint sich ja gegeben zu haben, oder?« Mia lächelte wieder sehr freundlich, und das ließ ihn runterkommen. Es war einfach unfassbar, dass er jetzt hier mit ihr saß. Er musste versuchen, sich zusammenzureißen und sein Bestes zu geben.

»Vor fünf Jahren ist meine Tochter verschwunden. Seither habe ich jede freie Stunde damit verbracht, am Hjälmaren entlangzuwandern und nach ihr zu suchen.«

»Könnte sie die Frau sein, die Sie im Wasser gesehen haben?«

»Ich weiß es nicht.« Da brach Kristoffer zusammen. Das Weinen überwältigte ihn vollkommen. Er wollte sachlich und ruhig berichten, doch die Worte kamen nur stoßweise, und manchmal blieben sie auch ganz aus. Sie reichte ihm ein Papiertaschentuch und dann noch eins, während er allmählich die Ereignisse des Tages hervorbrachte. »Ich bin Polizist und ermittele gerade in einem ähnlichen Fall. Camilla Hörlin ist genauso wie meine Tochter vor knapp zwei Jahren in der Nähe von Hampetorp verschwunden. Man befürchtet von beiden, dass sie ertrunken sind, hat aber die Leichen bisher nicht gefunden. Erst heute haben wir eine Frauenleiche im Wasser gefunden, die aber in einem solch schlechten Zustand war, dass wir nicht wissen, um wen es sich handelt, sondern die Antwort der DNA-Analyse abwarten müssen. Ich muss einfach weiter mit dieser Ermittlung von Camilla Hörlins Verschwinden arbeiten dürfen. Ich muss mich zusammenreißen. Camilla und meine Tochter sind sich sehr ähnlich. Waren sich ähnlich. Und es gibt noch eine Frau in Hampetorp, die mich an sie erinnert, Denise, alle zusammen sehen die drei wie Schwestern aus. Das klingt jetzt komisch, ich weiß, aber ich fürchte, dass Denise etwas zustoßen könnte. Ich weiß, das klingt kurios und verwirrt, aber das ist es nicht.«

Mia sah ihn ernst an. Sie verstand. »Was wir in diesem Raum sagen, das bleibt auch in diesem Raum. Ich werde hinterher Notizen machen, aber die unterliegen der Schweigepflicht, und ihre Chefin hat kein Recht, sie einzufordern.«

Es war eine Erleichterung, das zu hören, und deshalb sagte er, wie es war: »Ich habe aus egoistischen Gründen dafür gesorgt, den Camilla-Fall übernehmen zu können, weil ich Einsicht in das Material wollte, das mir vielleicht helfen kann herauszufinden, was meiner Tochter zugestoßen ist. Als wir eine neue Chefin bekamen, die nichts von meinem Hintergrund wusste, habe ich die Gelegenheit ergriffen und bekam den Fall.«

»Sie erweisen den Angehörigen von Camilla Hörlin einen Dienst, wenn Sie Ihr Bestes geben, um den Fall zu lösen. Ich bin überzeugt davon, dass Sie Ihr Bestes geben werden. Die Frage ist nur, was diese Ermittlung mit Ihnen machen wird. Unter Stress macht man Fehler. Es besteht die Gefahr, dass Sie sich selbst zu hart antreiben. Ein Kollege, der nicht dasselbe gefühlsmäßige Engagement zeigt, würde in gewissen Situationen klarer denken. Sind Sie da einer Meinung mit mir, Herr Bark?«

Kristoffer gefiel es, dass sie so geradeheraus war. »Ja, aber es gibt nun mal niemand anders.«

Mia dachte einen Moment nach. »Wen haben Sie in Ihrer Nähe, der Sie unterstützen könnte?«

»Börje, der Polizist, der die Ermittlung in Veras Fall geleitet hat. Er ist wohl der Einzige.« Kristoffer schämte sich, dass er nicht mehr Freunde aufzählen konnte. »Dann ist da noch mein Vater, aber er ist alt und gebrechlich. Meine Schwester war in der ersten Zeit eine Stütze, aber nicht einmal sie hat es noch länger ausgehalten. Wir haben nicht viel Kontakt, und dann habe ich noch einen Bruder, aber der lebt im Ausland.«

»Okay. Sie haben so viele Jahre lang im Krisenmodus gelebt und waren ganz darauf konzentriert, Vera zu finden. Nur wenige Freunde kommen damit klar, so lange Zeit abgewiesen zu werden. Wie steht es um Veras Mutter?«

»Mit Ella? Das wollen Sie nicht wissen.« Er merkte, wie dumm es klang, wenn er so redete. Alles kam falsch raus, obwohl er einen guten Eindruck machen wollte.

»Doch, das will ich.« Sie sah ihn an und lächelte so freundlich, dass alles Schwere einfach wegschmolz. Plötzlich merkte er, dass er ihr die Wahrheit sagen wollte.

»Als wir bei den Freimaurern waren, bekam ich einen Telefonanruf.« Er verstummte. Schaffte er es, das zu erzählen?

»Ich habe Ihnen angesehen, dass es etwas Wichtiges war. Sie haben Geld auf den Tisch gelegt, eilten davon und waren ungefähr eine Stunde lang weg. Als Sie wiederkamen, waren Sie in einem üblen Zustand. Auf Ihrem Hemd war Erbrochenes, und der Türsteher wollte Sie nicht reinlassen. Ich wollte ihm gerade sagen, dass Sie ein alkoholfreies Bier getrunken hatten, als Sie ihn gegen die Wand drückten. Ich glaube, dass Sie eine Erklärung dafür haben.«

»Meine Ex-Frau Ella ist Alkoholikerin. Ich habe dafür gesorgt, dass der Notarztwagen kam. Sie war bewusstlos.«

»Sie übernehmen viel Verantwortung für sie.«

»Wer sollte das sonst tun? Sie weigert sich, Hilfe anzunehmen.«

»Wie oft müssen Sie eingreifen?«

Kristoffer vermochte darauf nicht zu antworten, sondern schüttelte nur den Kopf. »Es ist unhaltbar, und ich werde morgen beim Sozialamt eine Anzeige einreichen, dass ich mir Sorgen mache. Sie muss einen Entzug machen, wenn sie überleben will. Das ist so traurig. Wenn sie Hilfe angenommen hätte, dann könnte sie vielleicht sogar weiter als Krankenschwester arbeiten.«

»Man kann nicht das Leben eines anderen Menschen leben. Ellas Lebensentscheidungen sind ihre eigenen, auch wenn sie destruktive Lösungen für ihre Probleme sucht.« Mias Stimme klang sanft. Sie suchte Zustimmung. »Wie denken Sie darüber?«

»Ich denke, dass sie untergeht, wenn wir nicht endlich herausfinden, was mit Vera passiert ist. Aber wenn sie wüsste, was da geschehen ist, dann könnte das ein Wendepunkt sein. Verstehen Sie, was ich meine? Ich glaube, es würde Ellas Leben retten, wenn sie erführe, was geschehen ist.«

»Ich kann mir denken, dass Sie nicht krankgeschrieben werden wollen. Aber nur damit Sie es wissen, ich arbeite hier mit einem Psychiater zusammen; wenn Sie Ruhe brauchen, dann sorge ich dafür.«

»Sie haben vollkommen recht, ich werde mich nicht krankschreiben lassen, solange ich noch eigenständig atmen kann. Nicht bevor ich weiß, was Vera und Camilla zugestoßen ist.«

»Dann hätte ich gern einen engeren Kontakt.« Mia Berger reichte ihm ihre Visitenkarte. »Am Dienstag um siebzehn Uhr will ich Sie wieder sehen.«

»Okay.«

Er trat in die Frühlingsnacht hinaus und ließ die Tränen laufen, ohne sich zu beherrschen. Ein stilles Weinen. Wie seltsam, dass er es gar nicht geschafft hatte, nervös zu werden, als er sie wiedersah. Wahrscheinlich gab es keinen Raum für ein so lächerlich kleines Gefühl, wenn so große Dinge passiert waren. Sie hieß Mia, und das fand er schön.

23

Am Montagvormittag saß Denise draußen in einem Café auf dem Stortorget in Örebro und trank zur Beruhigung einen Milchkaffee. Eben war sie bei der Hebamme gewesen. Sie hatte sich absichtlich diese Schwangerenberatung in Örebro gesucht, denn sie schätzte die gewisse Anonymität. In Odensbacken, wo eigentlich das nächstgelegene und für sie zuständige Ärztehaus lag, lief sie Gefahr, auf ihre Nachbarn zu treffen.

Die Begegnung mit der Hebamme war, gelinde gesagt, eine Katastrophe gewesen. Der Spruch von der Chemie zwischen zwei Menschen war ja so abgenutzt, aber mit manchen Leuten passte man einfach nicht zusammen. Hier ging es um Wertschätzung und Zuwendung. Die Hebamme, eine graue und säuerliche kleine Person, die schon längst in Rente sein sollte, hatte ihr, ehe Denise noch protestieren konnte, in vorwurfsvollem Ton einen Vortrag über Alkohol und Tabak und die daraus folgenden Gefahren für das Kind gehalten. Denise hatte sehr darauf geachtet, was sie aß und trank, und bei den wenigen Glas Wein, die sie zuletzt getrunken hatte, hatte sie noch nicht gewusst, dass sie schwanger war. Vielleicht brach sich da die eigene Sucht der Hebamme nach einer Zigarette Bahn, dachte sie feindselig. Binnen nur weniger Minuten jedenfalls hatte Denise sich in ihrer Rolle als werdende Mutter in Frage gestellt gefühlt.

Als die Hebamme nach dem Vater des Kindes gefragt hatte, war der Rollladen ganz runtergegangen. Sie wollte Alberts Namen nicht sagen. Alle Alarmglocken hatten geschrillt, und es fühlte sich unmöglich und gefährlich an, ihn dieser Person gegenüber zu nennen. Denise hatte keine Ahnung, warum sie so stark reagierte, doch sie hatte gesagt:

»Ich weiß nicht, wer der Vater ist.«

Hinterher wusste sie nicht mehr, warum sie gelogen hatte. Obwohl ... später, als sie sich beruhigt hatte, wurde es ihr schon klar, aber der Gedanke war so furchterregend, dass sie ihn erst einmal von sich weg wegschob. Wollte sie wirklich ein Kind mit Albert haben?

Nachdem sie sich, körperlich und seelisch erschüttert, in dem Café niedergelassen hatte, grübelte sie darüber nach, ob das, was Albert über Rasmus gesagt hatte, eine Lüge war. Es gab nur zwei Alternativen, entweder war es die Wahrheit, und dann war Rasmus der widerlichste Typ, den sie je gekannt hatte, oder Albert log, um Rasmus in einem schlechten Licht darzustellen. Sie wusste nicht, was sie glauben sollte. Warum hatte Albert der Polizei nichts gesagt? Er musste doch auch mehrmals befragt worden sein und hatte alle Gelegenheit der Welt gehabt, es seinem Vater zu erzählen. Vielleicht fürchtete Albert, selbst verdächtigt zu werden. Hatte er ein Verbrechen begangen? Diese Gedanken waren so erschreckend, dass sie Gefahr lief, in Panik zu geraten, wenn sie weiter darüber nachgrübelte. Was wusste sie schon von ihm? Er erzählte doch niemals von sich aus, was in seinem Innern vor sich ging.

Doch eins war sicher: Die Hebamme hatte etwas gegen sie. Die ganze kleine verkniffene Person strahlte Verachtung aus. Und das, obwohl sie sich noch nie begegnet waren. Oder konnte sich Denise in ihrem gestressten Zustand einfach nicht daran erinnern? Womöglich hatte die Hebamme sie mit jemand anders verwechselt. Oder könnte Albert im Vorhinein angerufen und mit ihr gesprochen haben – kannten die beiden einander vielleicht? Oder war der Grund für die Haltung der Hebamme, dass Denise nicht sagen wollte, wer der Vater war?

»Sie fassen mich nicht an!«, hatte Denise einfach so in den Raum gerufen.

Sie hatte befürchtet, dass die Hebamme verlangen würde, dass sie sich untenrum auszog und auf den gynäkologischen Behandlungsstuhl legte, um in ihr rumzustochern und fühlen zu können, wie weit die Schwangerschaft fortgeschritten war. Der kalte Schweiß war ihr wie Eiswasser aus den Achselhöhlen gelaufen. Das ging einfach gar nicht. Diese Frau würde nicht in ihrem Unterleib herumfuhrwerken. Sie würde nicht wie ein ausgenommenes Huhn mit gespreizten Beinen daliegen und untersucht und beurteilt werden. Die Hebamme war vor unterdrücktem Ärger rot angelaufen und hatte gesagt, dass sie wohl besser eine andere Beratungsstelle aufsuchte, wenn sie kein Vertrauen hatte.

Ja klar, das würde sie tun.

Die restlichen Informationen waren im Nebel versunken. Die Hebamme hatte was von einem Trimester-Screening, einem Ultraschall und einer Blutprobe geredet, und Denise hatte Ja gesagt. Albert hatte erwartet, dabei sein zu können, aber Denise wusste plötzlich nicht mehr, ob sie das noch wollte. Im Moment war sie ja nicht mal sicher, ob sie überhaupt noch ein Kind zusammen mit Albert haben wollte. Er hatte gedroht, sie umzubringen, wenn sie erzählte, was Vera ihm gesagt hatte. Meinte er das ernst? Dass er sie töten würde, wenn sie nicht tat, was er sagte, ihm nicht gehorchte? Wahrscheinlich. Sie würde dieses Kind mit ihrem Leben schützen. Aber wie kam sie denn auf solche Gedanken? Albert war eifersüchtig, und Eifersucht hatte eine Tendenz zu eskalieren. Waren sie und das kleine Wesen, das sie unter ihrem Herzen trug, wirklich in Gefahr? Möglich war es. Aber was, wenn sie sich das alles nur einbildete? Dann machte sie sich wirklich lächerlich.

Hinterher fiel ihr schwer zu sagen, wie das bei der Hebamme so hatte schiefgehen können. Die machte doch nur ihre Arbeit. Eigentlich gab es nur eine vernünftige Erklärung: Denise war unsicher, ob sie weiterhin mit Albert zusammenleben wollte. Noch war er unter ihrer Adresse nicht gemeldet. Sie konnte Schluss machen, wegziehen und behaupten, dass sie eine Abtreibung hätte vornehmen lassen. Aber das Kind würde ja trotzdem seines sein, und wenn er das herauskriegte ... Wie hatte es nur so weit kommen können? Ein paar kurze Monate lang war sie wirklich in ihn verliebt gewesen. Aber kaum war Rasmus aufgetaucht, hatte sich Alberts warmherzige und charmante Art verwandelt. Er war eifersüchtig und kontrollsüchtig geworden, und Denise wusste, dass sie so nicht leben konnte.

In diesem Augenblick klingelte das Handy. Zu ihrem Entsetzen erkannte sie auf dem Display, dass es Albert war. Sie hatte ihm gesagt, dass sie zur Hebamme gehen würde, und sicherlich hatte er alles über die GPS-Funktion verfolgt. Natürlich. Gab es vielleicht noch mehr Funktionen, die er eingerichtet hatte und von denen sie nichts wusste?

Konnte er sehen, wen sie anrief? Oder ihre Gedanken lesen?

»Ich wollte nur hören, wie es bei der Hebamme gelaufen ist.« Er klang eifrig und fröhlich.

»Gut. Das Kind wächst, wie es soll. Sie wollte sofort einen Ultraschall machen, um den voraussichtlichen Geburtstermin festzulegen.« Die Worte kamen einfach so, ohne dass Denise wusste, warum sie log. Sie wollte ihn beim Ultraschall und in der Schwangerenberatung nicht dabeihaben, sie wollte nicht, dass er mit denen dort redete oder dass er etwas mit dem Kind zu tun hatte. Am liebsten hätte sie ihn angeschrien, dass er sie in Ruhe lassen sollte.

»Oh nein! Ich wäre so gern dabei gewesen. Aber dann hast du ja ein Bild mit nach Hause bekommen. Das kriegt man immer. Hast du ein Bild vom Ultraschall bekommen?«

»Ja. Du kannst es anschauen, wenn du nach Hause kommst.«

»Ich kann es kaum erwarten. Wann ist der Termin? Wir haben nur am Dreikönigswochenende nicht verhütet. Ist es ein Junge oder ein Mädchen?«

»Der errechnete Geburtstermin ist der 28. September. Sie konnte nicht sagen, welches Geschlecht es hat, aber vielleicht wollte sie auch nicht«, log Denise und fühlte die Angst in der Brust wirbeln. Sie war es nicht gewohnt zu lügen. Die Hebamme hatte noch nicht mal den Kalender, mit dem man die Schwangerschaft berechnen konnte, rausholen können, ehe Denise schon weggerannt war, aber sie hatte sich selbst ausgerechnet, welches Datum es wohl werden würde.

Albert merkte nichts.

»Warum haben sie den Ultraschall so früh gemacht? Du bist doch erst in Woche dreizehn.«

»Weil ich mir Sorgen gemacht habe und Angst hatte, dass irgendwas nicht in Ordnung sein könnte«, fuhr sie fort und merkte, wie sie immer mehr aufs Glatteis geriet.

»Du musst dir keine Sorgen machen, alles ist, wie es sein sollte. Das erste Trimester der Schwangerschaft ist bald vorüber. Im mittleren Trimester wird dein Immunsystem schwächer, damit der Fötus nicht abgestoßen wird. Das habe ich heute Morgen in der Zeitung gelesen. Plötzlich fällt einem alles auf, was über Schwangerschaft geschrieben wird. Das bedeutet, dass du leichter eine Infektion bekommst. Du solltest Desinfektionsmittel für die Hände kaufen und Personen mit Infekten aus dem Weg gehen. Das ist wichtig! Und ich weiß ja, dass du richtig isst und so, aber denk dran, nur noch Biosachen zu kaufen.«

»Ich kaufe nur Biosachen, und ich trainiere.«

»Aber nicht zu viel, nur mäßig. Du darfst dich nicht zu sehr anstrengen und dir keine Sorgen machen, wie du es sonst gerne tust. Das ist nicht gut für das Kind«, fuhr er mit ruhiger Stimme fort.

»Ich bin nun mal jemand, der sich Sorgen macht, dafür kann ich nichts.« Plötzlich und unerwartet spürte sie, dass sie ihn vermisste, und wollte, dass er sie in seinem Arm wiegte und sie tröstete. Waren das die Hormonstürme, die einen so rätselhaft und unsicher machten?

»Du kannst mir alles erzählen, das weißt du. Wir sollten keine Geheimnisse voreinander haben.«

Als Denise eine Stunde später nach Hause kam, setzte sie sich mit ihrem Laptop an den Küchentisch und suchte nach Ultraschallbildern. Bald hatte sie eines gefunden, das einen Fötus in der dreizehnten Woche zeigte. Ein kleines schwarz-weißes Wesen mit großem Kopf, kleinen Ohren, Fingern und Zehen und einer verschlungenen Nabelschnur. Datum und Uhrzeit standen auf dem Bild sowie die Website, von der sie es geholt hatte. Aber das änderte sie per Photoshop, dann druckte sie es aus und heftete es mit Magneten an den Kühlschrank.

Wenn sie das jemanden in einem Film hätte tun sehen, dann hätte sie das total krank gefunden. Irgendwie verspürte sie eine Mischung aus Entsetzen und Spaß. Es war ein Protest. Sie wagte nicht, sich Albert offen zu widersetzen, aber sie hasste es, wie er sie überwachte. Was wäre wohl los, wenn sie ihm sagte, dass sie ihn verlassen wollte? Sie wagte nicht, sich das vorzustellen. Außerdem liebte sie ihn ja auch, wenn er zärtlich und ruhig und humorvoll war. Es war alles so kompliziert.

Denise holte ihr Handy aus der Jackentasche. Isabell hatte ein paar SMS geschrieben und mitgeteilt, dass sie sich melden solle. *Wann kann ich kommen und dich besuchen? Ostern hätte super gepasst, aber da konntest du ja nicht. Wie sieht es denn an den nächsten Wochenenden aus?* Die war von gestern Abend. Dann noch eine von heute Morgen um fünf nach acht: *Ich habe im Internet von der Frau gelesen, die am Dimbobaden angespült worden ist, und musste an Rasmus' Freundin Vera denken. Ist sie es? Oder könnte es Camilla sein? Ich finde das so schrecklich. Ich will nicht, dass du allein bist, und ich habe noch ein paar Tage Urlaub übrig. Wann kann ich kommen?*

Um 09:32 Uhr kam die nächste Nachricht. *Warum gehst du nicht ans Telefon? Ich habe versucht, dich anzurufen.*

Muss jetzt entscheiden, ob ich zu dir komme oder mit einer Freundin nach Rhodos reise. Würde am liebsten dich besuchen.

»Am liebsten würdest du nach Rhodos fahren«, dachte Denise laut, »aber weil ich deine kleine Schwester bin, fühlst du dich verpflichtet, nach mir zu schauen.« Denise hatte ihr absichtlich noch nicht geantwortet. Jetzt schrieb sie zurück, aber ohne von Albert zu erzählen.

Ich bin nicht einsam. Ich habe Gesellschaft um mich, und es geht mir gut. Grüß Rhodos.

In den letzten Tagen hatte die Übelkeit spürbar nachgelassen. Denise setzte Kaffee auf und machte sich ein Knäckebrot mit Käse und eingelegten Gurken. Manchmal verspürte sie etwas Unbehagen, wenn ihr der Geruch aus dem Kühlschrank entgegenschlug, aber ansonsten war es gut. Während sie ihre Zwischenmahlzeit aß, surfte sie über die Nachrichtenseiten. Die Zeitungen schrieben von der toten Frau, die am Dimbobaden angespült worden war, was ja nur ungefähr einen Kilometer entfernt war. Denise schauderte es. Das war schrecklich und machte ihr Angst. Kristoffer Bark und Börje waren auch auf dem Bild. Soweit stimmte also, was Rasmus erzählt hatte. Dort stand auch, dass ein 39-jähriger Mann aus der Gegend zum Verhör mitgenommen worden war. Das war wahrscheinlich Sonny Hörlin. Denise hätte am liebsten Rasmus angerufen und ihn gefragt, ob das, was Albert von dem Junggesellenabschied erzählt hatte, stimmte, doch sie traute sich nicht. Albert würde es als einen unverzeihlichen Betrug ansehen, wenn sie nach dem, was er ihr erzählt hatte, noch einmal Kontakt zu Rasmus aufnehmen würde.

24

Als Kristoffer Bark am frühen Montagmorgen zur Arbeit kam, hatte er sich bereits per Telefon mit Ali Kathami, dem Chef der forensischen Abteilung, verabredet. Sie setzten sich in eine Ecke der Kantine des Justizgebäudes, die nach einem Wettbewerb den passenden Namen *Das Gericht* erhalten hatte. Kristoffer drängte es, seine wichtigsten Fragen zu stellen, aber er wusste auch, wie Ali funktionierte. Der brauchte immer etwas Smalltalk, bevor er mit hochernsten Botschaften kam. Noch leitete Kristoffer die Ermittlung um Camilla Hörlins Verschwinden, doch Regina Zimmermann konnte ihn jeden Moment zu sich rufen und ihm mitteilen, dass er von dem Fall freigestellt und ein Staatsanwalt eingeschaltet worden sei.

Ali war um die sechzig und Anfang der Achtzigerjahre aus dem Iran eingewandert. Er trank seinen Kaffee schwarz und regte sich dabei über seine Arbeitssituation auf. »Man kommt nach Schweden, wohnt 35 Jahre lang hier, lernt die Sprache und glaubt, man würde sie verstehen. Und dann kriegt man einen südschwedischen Kollegen aus Rödeby zugeteilt. Versteht irgendjemand dessen Genuschel? Es wäre billiger, einen Sprachtherapeuten nach Rödeby zu schicken, als sich um die Probleme zu kümmern, die entstehen, wenn diese Leute aus ihrem Dorf auswandern und sich nirgendwo anders verständlich machen können.« Ali rückte seinen Schlips zurecht. Der Anzug saß tadellos, und die Haare waren zu einer Kurzhaarfrisur geschnitten, die nur ein paar stahlgraue Locken auf der Stirn übrigließ. Er war bekanntermaßen fähig und respektiert und beklagte sich nur äußerst selten.

»Aus Rödeby«, echote Kristoffer dämlich. Seine Gedanken kreisten verzweifelt um die Ermittlung. Ali musste es um etwas anderes gehen. Um ihm zu zeigen, dass er zugehört hatte, fasste er zusammen: »Ihr habt also einen neuen Typen in der Forensik, und der kommt aus Rödeby?«

»Ja, und ich soll ihn ausbilden. Es ist nicht so, dass er nicht wüsste, wovon er redet, bestimmt ist er studiert und fachlich bewandert. Das Problem ist, dass keiner versteht, was er sagt. Das hat vor Gericht keinen Bestand. Die müssen erst die Sprache lernen, ehe sie hierher in die Region Närke kommen.«

»Vielleicht könntet ihr ja Englisch miteinander sprechen«, schlug Kristoffer vor, um zum Wesentlichen zu kommen.

»Ich glaube nicht, dass das hilft. Der Dialekt sitzt auf eine erschreckende Art in seinem Hals. Das kann vererbt oder die Herkunft sein oder beides. Ich glaube nicht, dass die schnarrenden Geräusche klarer werden, wenn man sie auf Englisch oder in irgendeiner anderen Sprache ausspricht. Du wolltest mit mir reden?«

Kristoffer kam schnell zur Sache. »Die Leiche, die wir gestern am Dimbobaden gefunden haben, ist ja wahrscheinlich bereits in die Rechtsmedizin geschickt worden, oder? Hast du sie vorher noch ansehen und dir ein Bild machen können?« Die Frage war entscheidend. Kristoffer musste wissen, ob es Vera oder Camilla war, die sie gefunden hatten. In der vergangenen Nacht hatte er nicht lange am Stück geschlafen. Er war übernächtigt und zutiefst beunruhigt.

»Ich war heute früh bereits um sieben Uhr vor Ort. Ich konnte ja sowieso nicht mehr einschlafen, nachdem du mich um fünf Uhr angerufen hattest.« Ali runzelte die schwarzen Augenbrauen. »Was willst du wissen?«

»Was würdest du sagen, wie lange die Leiche im Wasser gelegen hat?«

Ali nahm die schwarz geränderte Brille ab und fuhr sich mit der Hand über die Augen, um deutlich zu machen, dass auch er nicht den Schlaf bekommen hatte, den er verdiente. »Schwer zu sagen. Ungefähr ein Jahr.«

»Nicht länger?« Kristoffer seufzte erleichtert. Auch wenn es schrecklich war, nicht zu wissen, was Vera zugestoßen war, wäre es noch schlimmer zu erfahren, dass sie tot war.

»Ich verstehe, dass du an deine Tochter denkst, die vor fünf Jahren verschwunden ist. Es tut mir zutiefst leid, es ist der schlimmste Albtraum für Eltern, wenn dem eigenen Kind so etwas zustößt.« Ali machte eine Pause und sprach dann weiter. »Nach fünf Jahren ist im Grunde nur noch das Skelett übrig. Wenn die Person die ganze Zeit im Wasser gelegen hat.«

»Ich verstehe.« Kristoffer war Ali dankbar, dass er keine Details über den Verrottungsprozess ausbreitete.

»Könnte die Leiche zwei Jahre lang im Wasser gelegen haben?«

»Ich weiß, worauf du hinauswillst. Das müssen wir noch sehen. Hängt davon ab, wie geschützt sie gelegen hat. Wenn man bedenkt, wie gründlich die Kollegen die Gegend abgesucht haben, dann ist es seltsam, dass sie die Leiche nicht früher gefunden haben. Der Hjälmaren ist nicht tief.«

»Konntest du erkennen, wie sie gekleidet war?« Kristoffer graute vor der Antwort, aber er musste die Frage trotzdem stellen. Die kommenden Vernehmungen würden danach ausgerichtet werden, wen sie gefunden hatten. Die Leiche, die in dem flachen Wasser gelegen hatte, war von verfaulten, mit Schlamm getränkten Fetzen bedeckt gewesen. Vera war bei ihrem Verschwinden in eine knöchellange weiße Tunika gekleidet gewesen, und Camilla Hörlin hatte, soweit die Zeugen es erinnerten, ein Mittsommerkleid mit zartem Blumenmuster und in den Ohren die Diamantohrringe getragen.

»Wir haben Reste von etwas gefunden, was nach grauer Jogginghose und einem schwarzen T-Shirt aussah. Schwarze Unterhose und ein schwarzer BH, Größe 70C, wie meine Kollegin mit dem richtigen Augenmaß geraten hat.« Ali sah Kristoffer prüfend an, um abzuchecken, wie viel Information er würde verkraften können. »Und dann waren da noch Reste von einem Jutesack.«

»Ja, mir ist es auch wie ein Sack vorgekommen. Könnte die Leiche darin gelegen haben?« Kristoffer versuchte, seinen Atem zu beruhigen. Der Druck über der Brust verursachte ihm leichten Schwindel. Durch die Nase einatmen, durch den Mund wieder aus.

»Genau, und wir haben noch etwas gefunden, was diese Annahme bestärkt. Wir haben Steine gefunden, die als Beschwerung gedient haben können. Das spricht für Mord.«

In Kristoffers Kopf kreisten die Gedanken. Die Frau, die sie gefunden hatten, war ermordet worden. Wie ein Katzenjunges in einem Jutesack ertränkt. Was war vorher mit ihr passiert? War sie vergewaltigt oder misshandelt worden?

Ali nahm an, dass die Leiche ungefähr ein Jahr lang im Wasser gelegen hatte, aber wo hatte sich Camilla vorher befunden? Und es könnte sogar Vera sein, die vier Jahre lang gefangen gehalten worden war, ehe man sie ertränkte. Oder war die Frau schon tot gewesen, als sie in den See geworfen wurde? Kristoffer musste sich beherrschen, um nicht laut loszubrüllen.

»Kristoffer, sag was. Dein Schweigen macht mir Angst«, mahnte Ali.

Weiter kamen sie nicht, denn ihr erstes informelles Treffen wurde von Regina Zimmermann unterbrochen. »Da bist du ja, Kristoffer! Wir müssen reden.«

Ali erhob sich, gab Zimmermann die Hand und zog dann höflich einen Stuhl für sie heran. »Leiste uns doch Gesellschaft.«

»Nein danke.« Sie wandte sich an Kristoffer. »In fünf Minuten in meinem Büro!«

»Dann mal viel Glück«, sagte Ali grimmig.

»Danke, sieht aus, als könnte ich es gebrauchen.«

Auf dem Weg zum Büro der Chefin dachte Kristoffer an Mia. Nach dem Gesprächstermin hatte er weiterhin in Gedanken mit ihr gesprochen: als er einschlafen wollte, als er in der Nacht mit schrecklichsten Albträumen aufgewacht, und als er am Morgen aufgestanden war. Auch jetzt fühlte er ihre Hand auf seinem Rücken. Ein wortloser Trost.

Regina Zimmermann hielt ihm die Tür auf und wartete, bis er sich gesetzt hatte, um sie dann wieder zu schließen. Sie selbst blieb stehen. Sie war nervös, das merkte er daran, wie sie ihren Daumennagel in den Zeigefinger presste, so dass es einen weißen Abdruck gab, an dem häufigen Blinzeln und der Tatsache, dass sie zu unruhig war, um sich zu setzen.

»Ich bin nicht gefährlich«, sagte er und bewahrte Haltung, obwohl es sich anfühlte, als müsste es ihn nach den Informationen, die er von Ali erhalten hatte, zerreißen.

»Ich auch nicht«, erwiderte sie und setzte sich ihm gegenüber. »Aber das hier ist nicht leicht.«

Er sah sie mit einem durchdringenden Blick an. »Dann möchte ich, dass du mir zuhörst, ehe du eine Entscheidung triffst.«

Regina nickte und schenkte ihm ihre ganze Aufmerksamkeit. Hinter dem neuen Brillengestell, das sie sich zugelegt hatte, sahen ihre blauen Augen noch blauer und größer aus als sonst. Er machte ihr ein aufrichtig gemeintes Kompliment dazu, was natürlich ein Fehler war, denn sie könnte es als Schmeichelei in einer Situation auffassen, in der sie absolut unbestechlich sein wollte. Doch sie ließ es mit gleichgültiger Miene passieren.

»Ich arbeite an der Ermittlung von Camilla Hörlins Verschwinden, und ich habe mich in das Material eingelesen. Ich habe sogar Kontakt zu Ulf aufgenommen, dem Kollegen, der den Fall betreut hat, bevor er zu den Akten gelegt wurde.«

»Und was spricht dafür, dass sie es ist?« Hinter Zimmermanns Frage lag mehr, als sie ausführte.

»Genau darüber haben Ali und ich eben gesprochen. Die Zeitspanne, in der die Leiche im Wasser gelegen hat, passt mit Camilla Hörlins Verschwinden überein.« An dieser Stelle hätte er der Ehrlichkeit halber etwas vager antworten müssen, doch die Situation erforderte ein klares Statement. »Seit du dich einverstanden erklärt hast, dass ich an dem Fall arbeite, hat sich nichts verändert. Die Leiche ist nicht einfach aufgetaucht. Ich habe sie gefunden, weil ich, ausgehend von der Windrichtung in der aktuellen Nacht und der Strömung im Wasser, danach gesucht habe. Das war kein Zufall, sondern solide Polizeiarbeit. Was macht dir Sorgen?«

»Die Medien, um ehrlich zu sein. Die werden Fragen nach deiner verschwundenen Tochter stellen. Du wirst einsehen, dass die Geschichte von Interesse ist, wenn du in einem ähnlichen Fall ermittelst. Außerdem hättest du mir sagen müssen, dass deine Tochter am Hjälmaren verschwunden ist. Ich bin neu hier, und ich wusste nicht, dass beide Frauen am selben Gewässer vermisst wurden. Das durfte ich dann erst von den Tratschtanten in der Kantine aufschnappen.«

»Von den Tratschtanten?«

»Die Tratschtanten beim Mittagessen. Reiner Zufall, dass ich es gehört habe. Alle dachten halt, ich wüsste es bereits. Das hat mir niemand erzählt. Mal ehrlich, Kristoffer, wirst du das hier durchstehen?«

»Ja.« Er hatte noch mehr zu sagen, aber ein kurzes und klares Ja war besser als eine Erklärung, die unsicher klingen könnte.

»Okay. Ihr arbeitet in der Gruppe weiter an dieser Sache. Ich sagte Gruppe, hast du gehört? Ich will eine funktionierende Zusammenarbeit sehen, und ich werde das Thema weiterverfolgen, wenn ich mit den Kollegen in der Führungskonferenz gesprochen habe. Und noch etwas: Sämtlicher Kontakt mit den Medien geht über mich. Du berichtest an mich. Ist das klar?«

»Absolut klar.«

25

Es erleichterte Kristoffer, dass er immer noch das Vertrauen der Chefin genoss, um weiter im Fall von Camilla Hörlins Verschwinden zu ermitteln. Einen schwindelerregenden Moment lang erwog er, Mia anzurufen und ihr davon zu erzählen, konnte sich aber glücklicherweise gerade noch beherrschen. Für sie war er ein Klient unter vielen. Während der vereinbarten Zeit hatte sie ihm auf professionelle Weise ihre ganze Aufmerksamkeit gewidmet. Doch hatten sie keinerlei Beziehung außerhalb des Therapieraums. Das war ihre Freizeit. Also rief er stattdessen Börje an, der in seinen Äußerungen allerdings immer zurückhaltend negativ war und deshalb nicht der ideale Ansprechpartner, wenn es darum ging, gute Nachrichten mit jemandem zu teilen.

»Das geht ja gar nicht«, brummte Börje in reinstem Närke-Dialekt.

»Wie meinst du das?«

»Es ist nicht in Ordnung, und du weißt das. Du wirst völlig auf den Hund kommen, Kristoffer, und das ist für die Ermittlung nicht gerade förderlich. Wenn ich das richtig verstehe, geht ihr davon aus, dass Camilla ermordet worden ist. Und jetzt wandern deine Gedanken zu Vera. Stimmt's?«

»Du, jetzt im Moment verspüre ich eine Ruhe, wie ich

sie lange nicht gehabt habe. Du kannst dir nicht vorstellen, wie viel Energie dabei draufgeht, wenn einem die Hände gebunden sind und man keinen Bewegungsspielraum verspürt und jegliches Vertrauen verloren hat.« Das mit der Ruhe war eine Lüge, aber genau so eine, wie Börje sie brauchte, um ihm zu vertrauen. Natürlich hatte der alte Polizeikollege recht – jede Minute grübelte Kristoffer darüber nach, was Vera zugestoßen sein könnte. Ihr Schicksal war mit dem von Camilla verbunden, davon war er fest überzeugt. Sie konnten nicht ausschließen, dass ein sadistischer Mörder die Frauen unter schrecklichsten Umständen gefangen gehalten hatte. Er musste herausfinden, was passiert war, sonst würde er den Verstand verlieren.

Nach dem Gespräch mit Börje ging Kristoffer in den Vernehmungsraum, den er für die Befragung mit Sonny Hörlin gebucht hatte, und kurz darauf wurde er auch schon von Beamten dorthin gebracht. Sonny begrüßte ihn mit höflichem Lächeln und einem Handschlag. Er hatte geduscht und machte heute einen völlig anderen Eindruck als beim letzten Verhör. Er ließ sich auf dem Stuhl nieder und warf den Kollegen einen feindseligen Blick zu, ehe sie den Raum verließen. Da hatte es offensichtlich einen Konflikt gegeben.

»Ich habe schon auf die Fragen zu meiner Pflanzenzucht geantwortet. Ich züchte Cannabis für medizinische Zwecke. Das habe ich Ihren Kollegen erklärt, aber die kapieren so eine einfache Sache nicht, obwohl es im Netz Hunderte von Artikeln darüber gibt. Cannabis ist nicht schlimmer als Alkohol.«

»Alkohol kann schlimm genug sein.« Kristoffer ging nicht auf Sonnys illegale Geschäfte ein. Er schaltete das

Aufnahmegerät ein und stellte die einleitenden Fragen, um dann zur Sache zu kommen. Es war unklar, wie viel Sonny über den Fund wusste, den sie am Tag zuvor gemacht hatten. Kristoffer hatte es ihm jedenfalls nicht erzählt. »Wir haben in der Nähe vom Dimbobaden eine tote Frau im Wasser gefunden.«

Sonnys überhebliche Haltung veränderte sich sofort. Er setzte sich gerade auf den Stuhl und riss die Augen auf. »Ist es Camilla? Habt ihr sie gefunden?«

»Wir wissen nicht mit Sicherheit, ob sie es ist. Doch es könnte sein. Deshalb möchte ich, dass wir über den Mittsommerabend vor knapp zwei Jahren sprechen, als sie verschwunden ist. Okay?«

Sonny hatte offensichtlich nichts von dem Leichenfund gewusst. Kristoffer sah, wie er verwirrt versuchte zu begreifen, was das bedeutete. »Die Frau, die Sie gefunden haben ... ist die ertrunken?« Er machte eine angeekelte Grimasse. »Ich will keine Bilder sehen. In Fernsehserien versuchen sie immer, die Verdächtigen mit widerlichen Bildern zu schockieren.«

»Wir können erst mit hundertprozentiger Sicherheit sagen, ob es Camilla ist, wenn wir die Ergebnisse der DNA-Analyse haben. Aus den Aussagen, die Sie zuvor schon gemacht haben, schließe ich, dass Sie an jenem Mittsommerabend auf einem Fest beim Campingplatz waren. Zeugen sagen, dass Sie sehr intim mit einer Frau aus Stockholm getanzt hätten und dann eine Zeitlang mit ihr verschwunden seien. Wo war Camilla, als Sie zurückkamen?«

Kristoffer musste all seine Beherrschung aufbieten, um die Vernehmung mit Sonny durchzuführen, ohne dem anderen an die Kehle zu gehen. Dieser Mann hatte Vera das Gitarrespielen beigebracht. Vera hatte ihn gemocht. Hatte er das ausgenutzt? Kristoffer verschränkte die Hände zu einem festen Griff. Wenn er Informationen von Sonny haben wollte, dann musste er sich zusammenreißen und klar denken. Wenn er sich nicht mehr beherrschen konnte, dann würde er das Verhör abbrechen und eine Pause einlegen müssen. Das hatte er sich selbst gelobt.

Sonny räusperte sich verlegen. »Camilla saß allein an einem Tisch. Sie kapierte, was mit mir und der Stockholmerin abging, und sie war sauer. Sagte, sie würde nach Hause gehen. Sie hatte sich Kaffee über die Kleidung gegossen.«

»Erinnern Sie sich, was sie an diesem Mittsommerabend anhatte?«

»Ein Kleid, geblümt, so ein altmodisches Flatterding mit verschiedenen Etagen und langem Rock. Ich kann mich daran erinnern, weil sie es immer auf allen Festen anhatte.«

»Haben Sie das Kleid noch, oder nicht?«

»Nein«, erwiderte er ohne Zögern. »Das hat der letzte Polizist vor zwei Jahren auch schon gefragt. Macht ihr von sowas keine Notizen? Sie hatte das geblümte Kleid an, als sie verschwand, und die Diamantohrringe meiner Mutter. Sie wusste, was ich getan hatte, und war sauer. Ich bin dann auch nach Hause. Dachte, es würde vorübergehen. Die Leute sind doch andauernd untreu. Es ist keine große Sache, hab ich gesagt. Aber sie hat nur geschwiegen und gepackt.«

»Was sagen Sie da? Wie gepackt?« Kristoffer war überrascht. Das war eine neue Information.

»Scheiße, vergessen Sie es.« Sonny lächelte ihn wieder an. »Ich quatsche nur blöd.«

»Was hat Camilla gepackt?« Kristoffer sah ihn durchdringend an. »Ich will die Wahrheit wissen. Was hat sie gepackt?«

»Eine Reisetasche, um mir halt irgendwie Angst zu machen.«

»In den früheren Vernehmungen haben Sie gesagt, sie sei depressiv gewesen, und Sie wären überzeugt, es sei Selbstmord gewesen. Jetzt sagen Sie, Camilla hätte eine Reisetasche gepackt. Wie passt das zusammen? Wenn sie gepackt hat, dann musste sie doch einen Grund für ihr Weggehen und ein Ziel haben. Man packt nicht, um an dem Ort, an dem man sich befindet, Selbstmord zu begehen, sondern man packt, um woandershin zu reisen.«

»Ich glaube, sie hat gepackt, um mich zu bestrafen. Ich sollte denken, dass sie mich verlassen wollte. Oder vielleicht wollte sie auch abhauen, hat es sich dann aber anders überlegt und ist stattdessen ins Wasser. Das hier ist krass anstrengend für mich. So verdammt anstrengend, kapieren Sie das?«

»Ja.« Die Antwort kam als dumpf knurrender Laut aus Kristoffers Kehle. »Und die Tasche, wo ist die jetzt?«

»Ich glaub, die hab ich in den Wohnwagen geschmissen, ehe der Polizist, Ulf hieß der, gekommen ist, um das Haus zu checken.«

Um Haaresbreite wäre Kristoffer auf ihn losgegangen. Er atmete tief durch und zwang sich, sitzen zu bleiben. »Verstehen Sie, wie ernst das hier ist? Wenn es sich bei der Toten um Camilla handelt und sich herausstellt, dass es Mord war, sind Sie schlecht dran. Also reißen Sie sich zusammen und beantworten Sie meine Fragen, so korrekt Sie können.« Kristoffer erhob die Stimme, und Sonny, der wieder in sich zusammengesunken war, setzte sich kerzengerade hin. »Wir machen eine Pause«, erklärte er.

Kristoffer nutzte die kurze Unterbrechung, um Börje anzurufen, der sich in Hampetorp befand. »Greif dir die Techniker vor Ort und sucht in dem Wohnwagen nach einer Reisetasche. Wenn ihr sie findet, bringt sie sofort hierher.«

Kristoffer trank im Stehen schnell einen Kaffee, ehe die Vernehmung von Sonny Hörlin weiterging.

»Camilla hat gepackt, und was passierte dann?«, fragte er, als er das Aufnahmegerät wieder eingeschaltet und Zeitpunkt und Anwesende genannt hatte.

»Ich kann mich nicht erinnern. Ich war besoffen und stoned und bin auf dem Sofa eingeschlafen. Als ich am Mittsommertag gegen Mittag aufgewacht bin, war sie weg. Ich dachte, sie würde wahrscheinlich bei irgendwelchen Nachbarn übernachten und dann zurückkommen, um die Tasche zu holen. Wahrscheinlich hatte sie vor, schon am Mittsommerabend abzuhauen, aber da fuhren bestimmt keine Busse mehr.«

»Haben Sie meinem Kollegen Ulf auch schon von der Tasche erzählt?«

»Nein. Ich habe ihm erzählt, dass Camilla schon eine ganze Weile mies drauf gewesen war. Sie redete nicht mehr mit mir und war sauer.«

»War sie so auch zu anderen oder nur zu Ihnen?«

»Nein, nur zu mir, und das, obwohl sie alles kriegte, worauf sie zeigte. Das Gewächshaus hab ich bezahlt und die Reise nach Thailand und das Sofa, das sie wollte. Ganz zu schweigen von den Ohrringen meiner Mutter.«

»Woher kam das Geld für diesen Luxus?«

»Ganz normale ehrbare Arbeit. Camilla hätte niemals akzeptiert, dass ich Drogen verkaufe.«

Kristoffer war ganz sicher, dass Sonny log. »Und worin bestand diese ehrbare Arbeit?«

»Ich verkaufe Kleider auf Märkten, und wenn die Volksparks mich belabern, dann gebe ich auch das eine oder andere Konzert. Da habe ich nämlich immer noch mein Publikum.«

Kristoffer überflog seine Fragen. Die Wut kochte in ihm, aber er musste sich konzentrieren. »Camilla hat als Krankenschwester gearbeitet. Hat ihr das gefallen?«

»Sie fand es sinnvoll, aber stressig, und das Gehalt war lächerlich niedrig. Genauso gut hätte sie mit mir auf den Märkten stehen können, dann hätte ich dem Finanzamt nicht so viel in den Rachen werfen müssen.«

»Hatte Camilla Zeiten, in denen sie richtig depressiv war, also zum Arzt ging, eine Diagnose bekam und Medikamente?«

»Nein, nicht dass ich wüsste. Aber am Ende hat sie mir nichts mehr erzählt. Natürlich kann sie mit irgendwelchen Ärzten, mit denen sie arbeitete, geredet haben.«

»Gab es außer Ihren Affären noch etwas, was sie deprimierte?«

»Was ist denn das für eine verdammte Frage?«

»Warum sagen Sie denn, dass sie deprimiert war und Ihrer Überzeugung nach Selbstmord begangen hat? Ich finde das nicht sonderlich glaubwürdig, wenn sie doch eine Reisetasche gepackt hat. Können Sie sich irgendwelche anderen Alternativen vorstellen?« Kristoffer erzählte nicht, dass die Frau, die sie gefunden hatten, in einem Sack mit Steinen ertränkt worden war.

»Dass es ein Unglück war. Vielleicht ist sie zum Schwimmen raus.«

»Oder …«

»Oder jemand hat sie getötet. An Mittsommer kommen die Ausländer hierher und so, jede Menge Leute, die wir nicht kennen. Von denen kann es einer gewesen sein, ein Sexverrückter. Man weiß ja, wie Ausländer so drauf sind. Das sind doch die Teufel, die unsere Frauen vergewaltigen.«

Auch wenn Ulfs Ermittlung offensichtliche Mängel aufwies, hatte Kristoffer doch einen gewissen Überblick, wer am Mittsommerabend in Hampetorp unterwegs gewesen war. »Haben Sie Camilla getötet?«

Sonny stand unter Druck. »Nein!«

»Hatte sie Feinde?«

»Nicht dass ich wüsste.«

»Kann bei der Arbeit etwas Ernstes vorgefallen sein?«

»Jedenfalls nichts, wovon sie erzählt hätte.«

»Gab es andere Problem, zum Beispiel Drogen?«

»Nein, nein, nein.«

»Sie müssen mir mehr geben, Sonny. Sie wissen mehr!«

Sonny sah gestresst aus. »Ich glaube, dass sie schwanger war.«

Es fühlte sich wie ein Schlag in den Solarplexus an, als Kristoffer die Parallele zu Vera zog, die auch vielleicht schwanger gewesen war. Seine Stimme wurde zu einem rauen Flüstern. »Warum glauben Sie das?«

»Weil ihr übel war und ihre Brüste größer wurden, und ich sie nicht anfassen durfte, weil es weh tat.«

»Aber wenn sie schwanger gewesen wäre, dann hätte sie Ihnen das doch wohl erzählt.«

»Vielleicht wollte sie das. Ich meine … vielleicht war ich ja nicht der Einzige, der fremdgegangen ist.«

»Erklären Sie das, bitte!«

»Wenn sie schwanger war, dann war es nicht mein Kind. Denn ich habe mich sterilisieren lassen.«

»Wusste Camilla davon?«

»Nein, denn dann hätte sie mich sofort verlassen. Sie wollte definitiv Kinder haben.«

»Und wenn sie definitiv Kinder haben wollte, wie können Sie dann auch nur für einen Moment geglaubt haben, dass sie Selbstmord begangen hätte? Haben Sie Camilla getötet?«

»Nein, verdammt noch mal. Nein!«

»Wir zwei werden uns noch weiter unterhalten. Es sieht nicht gut aus für Sie, das ist Ihnen ja wohl klar, oder?«

26

Als Kristoffer von dem Verhör kam, war Börje schon im Turmzimmer. Er war sofort zu Sonnys Wohnwagen gegangen und hatte unter einem kaputten Fahrrad und ein paar von Staub und Rattenkot bedeckten Säcken Zement Camillas Wochenendreisetasche gefunden und in einem Plastiksack mitgebracht.

»Ich muss gleich wieder los«, erklärte er. »Ich habe ein Gespräch mit Alice' Arzt. Sie haben Probleme, ihr Essen einzuflößen.«

Kristoffer sah Börje an und nickte bedächtig. »Ich verstehe, das ist hart. Ich rufe dich heute Abend an.«

»Du hast genug mit dem zu tun, was passiert ist. Die Ungewissheit. Ich kann verstehen, dass du an Vera denkst. Aber wir sollten nicht automatisch davon ausgehen, dass sie es ist. Hat Ali die Leiche schon angeschaut?«

»Nein, aber ich gehe jetzt gleich mit der Tasche hin.«

»Und Sonny ... wie lief das Verhör?«

Darauf sollte Kristoffer eigentlich nicht antworten. Börje war nicht mehr im Dienst, aber es fühlte sich irgendwie unpassend an, ihm nicht alles zu erzählen, obwohl er doch dabei gewesen war, als sie die Leiche fanden. »Meiner Meinung nach hat Sonny die ganze Zeit gewusst, dass Camilla sich nicht umgebracht hat. Er wollte nur, dass die Ermittlung zu den Akten gelegt wird, und dass sie so schnell wie möglich für tot erklärt wird, damit er Geld bekommt.«

»Könnte er sie getötet haben?«

»Darum wird es in der nächsten Runde gehen.«

Kristoffer brachte Börje raus und ging dann weiter in die Forensik. Es war alles nicht mehr so wie früher, als man noch einfach in die Technikabteilung reinspazieren und zusehen konnte, wie die Gegenstände analysiert wurden, um dann mit den Technikern zu reden. Nunmehr war die Technikabteilung in »Forensisches Dezernat« umbenannt worden und war besser abgesichert als Fort Knox. In einem verriegelten Raum gab es abschließbare Schränke, in denen man die Gegenstände platzierte, die dann von den Technikern dort abgeholt wurden, mit denen man selbst per Internet Kontakt aufnahm und Bestellungen aufgab. Alles, um die Gefahr einer Kontamination so gering wie möglich zu halten. Natürlich war es aus Kostengründen viel sinnvoller, nicht immer noch die DNA der Polizeikollegen analysieren und ausschließen zu müssen, aber vorher war alles einfach so verdammt viel netter gewesen.

Kristoffer rief Ali an und sagte ihm, dass er da war. Ali kam in den Flur hinaus. Diesmal ließ er den Smalltalk weg, und es war klar, dass er etwas Entscheidendes zu sagen hatte.

Der Kollege legte seine Hand auf Kristoffers Arm. »Wie groß war deine Tochter?«

Kristoffer hielt den Atem an, als er den eigentlichen Grund für die Frage begriff. »Einssiebzig.«

Ali lächelte ihn an, und seine Augen wurden seltsam feucht. »Die Frau, die ihr gefunden habt, ist einsdreiundsechzig, und das stimmt mit den Informationen überein, die ich über die Größe von Camilla Hörlin bekommen habe.«

Kristoffer räusperte sich und schluckte die Tränen hinunter. Er zitterte am ganzen Leib, und der kalte Schweiß brach ihm aus. Seine Stimme schwankte vor Rührung, als er antwortete. »Dann gehen wir bis auf Weiteres davon aus, dass es sich bei der Toten um Camilla handelt.«

»Auf jeden Fall kann es unmöglich deine Tochter sein.«

»Nein. Gott sei Dank.«

Kristoffer war bei Zimmermann gewesen und hatte ihr die Information überbracht, dass man aufgrund der Körpergröße des Opfers darauf schließen konnte, dass es Camilla Hörlin war, die sie gefunden hatten. Außerdem hatte er den Bericht über die jüngste Vernehmung mit Sonny abgegeben. Nun versammelte er die Truppe um sich.

Die Sonne brannte durch die Fensterreihe ins Turmzimmer. Er zog das Jackett aus und krempelte sich die Hemdsärmel hoch. Saras Platz war weiterhin leer, doch Alex und Henrik waren anwesend. Kristoffer fasste die Ergebnisse zusammen und brachte die beiden auf den neuesten Stand. Es erstaunte ihn selbst, dass er so distanziert agieren konnte.

»Ich wäre bei dem Verhör mit Sonny Hörlin gerne dabei gewesen«, sagte Alex und starrte ihn unter seiner schwarzen Haartolle hervor an. Er hatte die meiste Zeit, während Kristoffer gesprochen hatte, auf dem Tisch herumgetrommelt und mit den Füßen zu Musik gestampft, die es nur in seinem Kopf gab. Bestimmt gab es eine Diagnose für die Symptome, die Alex aufwies, galoppierende ADHS oder etwas in der Art, doch im Moment hatte Kristoffer keine Zeit, sich darüber Gedanken zu machen. »Wenn du mit in der Vernehmung sitzen willst, musst du still sein können. Schaffst du das?«

»Natürlich. Bin dabei. Glaubst du, es ist Mord?«, fragte Alex begeistert.

Kristoffer kniff die Lippen zusammen, schloss die Augen und schüttelte den Kopf über so viel mangelnde Fähigkeit, sich in die Situation einzufühlen, ehe er den Mund aufmachte. »Außerdem muss ich dir leider sagen, dass Ermittlungsarbeit eine sorgfältige Vorgehensweise und viel Geduld erfordert. Im Moment weiß ich nicht so recht, in welcher Weise du uns nützlich sein könntest. Was kannst du?«

»Ich bin ziemlich gut darin, alte Damen auf charmante Weise einzuwickeln, und verdammt gut im Schießen.«

»Okay. Das sind derzeit überflüssige Fähigkeiten. Such alles raus, was du über Sonny Hörlin findest, sowohl in unserem Register als auch in den sozialen Medien. Morgen will ich eine Zusammenfassung. Wenn du festsitzt, bitte Ingrid um Hilfe.«

Henrik hatte derweil schweigend dagesessen und nachdenklich ausgesehen. Jetzt teilte er ihnen seine Überlegungen mit. »Camilla Hörlin wollte also Kinder haben und war vermutlich schwanger. Das spricht, wie du schon sagst, gegen die These, dass es Selbstmord war. Stimmts? Könnte unser Kollege Ulf vielleicht so auf einen Selbstmord fixiert gewesen sein, dass er alle Puzzleteile, die er gefunden hat, mit Gewalt da reingedrückt hat, obwohl sie nicht passten?«

»Das ist möglich. Ulf war frisch verliebt und deshalb

mehr oder weniger blind und verrückt«, erwiderte Kristoffer. In gewisser Weise war es eine Erleichterung, dass die Kollegen nicht zu merken schienen, wie erschüttert Kristoffer von dem gestrigen Fund war, und dass seine Gedanken um die Möglichkeit gekreist hatten, dass es Vera sein könnte, dass sie gefangen gehalten und vier Jahre später ertränkt worden sein könnte. Doch diese Gedanken behielt er weiter für sich.

Henrik stürzte sich auf die Überlegung, ob Verliebtheit eine Gefahr für die Arbeit bedeutete. »Man müsste eigentlich den Dopamingehalt messen können, das ist ein einfaches kleines Molekül, das uns glücklich macht und das Bedürfnis nach Essen und Schlaf verringert. Noradrenalin macht die Hände feucht und lässt einen erröten.« Er räusperte sich. »Meine Frau ist Ärztin und Professorin. Wenn man weiß, was gemessen werden soll, dann könnte man einen Test entwickeln. Vielleicht sollte ich auf diese Geschäftsidee setzen und den Beruf wechseln.«

»Das klingt nach einer durch und durch guten Idee«, erwiderte Kristoffer trocken.

Henrik sah nachdenklich aus. »Weißt du, warum Ulf bei der Polizei aufhören musste? Es hatte irgendwas mit Sara zu tun, Ulf ist irgendwie in die Sache verwickelt. Sie haben zusammengearbeitet. Ich weiß aber nicht, was passiert ist.«

Kristoffer schüttelte den Kopf. Er hatte gerade dieselbe Frage stellen wollen. »Ulf arbeitet jedenfalls nicht mehr als Polizist. Es muss also was Ernstes gewesen sein.«

»Was sagt denn Ingrid? Die weiß doch alles, was sich hinter den Kulissen abspielt.«

»Nichts. Sie hält den Deckel drauf.«

»Welche Aufgaben hast du für mich?«, fragte Henrik nach einem Blick auf die Uhr.

»Du arbeitest an einem Zeitstrahl, angefangen bei Camilla Hörlins Verschwinden bis heute, und checkst die Alibis, die wir jetzt in den Befragungen reinbekommen, und machst einen Gegencheck mit den Daten, die wir aus den Vernehmungen haben, die Ulf 2016 durchgeführt hat. Sonny zum Beispiel hat überhaupt kein Alibi. Er sagt, er habe geschlafen und keinen anderen Zeugen als das Sandmännchen.«

»Und du?«, fragte Alex respektlos. »Was zum Teufel machst du?«

»Ich werde nach Odensbacken fahren, um mit Camillas Chefin zu sprechen, und du nützt uns am meisten hier am Computer.«

»Sollten wir nicht die Obduktion abwarten, ehe wir wieder anfangen, Leute zu befragen?«, erkundigte sich Henrik. »Ich meine, wenn die durch ist, wissen wir doch mehr.«

Kristoffer schoss hoch. »Wohl kaum. Diese Frau ist in einem Sack ertränkt worden wie eine kleine Katze, die jemand loswerden wollte. Das ist Mord. Wir werden sicher mehr Ressourcen bekommen. Aber jetzt zu Anfang zählt jede Minute. Wir dürfen keine Zeit verlieren.«

Auf dem Weg nach Odensbacken fiel Kristoffer ein, dass er Ella anrufen und ihr erzählen sollte, dass Vera unmöglich das Opfer sein konnte, doch dann forderte die Nachrichtensendung im Radio seine Aufmerksamkeit. Dort wurde über die Leiche gesprochen, die man im Hjälmaren gefunden hatte. Die Spekulationen um den Fund am Dimbobaden schossen ins Kraut, doch Neuigkeiten gab es nur wenige. Regina Zimmermann wurde interviewt. *Einer unserer erfahrensten Ermittler leitet die Untersuchung. Mehr kann ich im Moment nicht sagen.* Kristoffer fand, ihre Stimme klang angespannt.

Der Reporter hakte nach: *Ist es Camilla Hörlin oder Vera Bark, die sie gefunden haben?*

Regina klang noch angespannter. *Dazu kann ich im Moment nichts sagen.*

Ungeachtet ihres deutlichen Widerstands fragte der Reporter weiter. *Ist es denn vernünftig, Kristoffer Bark die Ermittlung leiten zu lassen, wenn es möglicherweise seine Tochter ist, die Sie im Hjälmaren gefunden haben? Ich glaube, dass unsere Hörer …*

Regina unterbrach ihn sogleich. *Es weist nichts darauf hin, dass es sich um Vera Bark handeln könnte. Unsere Wahl des Ermittlers steht so lange fest, bis es Gründe gibt, sie zu überdenken und eine neue Entscheidung zu treffen. Doch bis auf Weiteres leitet Kristoffer Bark die Ermittlung. Zumindest bis klar ist, welcher leitende Staatsanwalt der Voruntersuchung zugeteilt werden wird.*

Kristoffer musste an Sonny und das denken, was im Verhör herausgekommen war. Ziemlich viel deutete darauf hin, dass er ein Schwein war, aber das bedeutete nicht zwangsläufig, dass er seine Frau ertränkt hatte. Auf seinen Wanderungen bei der Suche nach Vera hatte Kristoffer bei drei Gelegenheiten mit Sonny gesprochen und erfahren, dass dieser auch auf dem Junggesellenabschied gewesen war. Doch war unklar, ob er die ganze Zeit dort gewesen war, denn seine Erinnerung war in vielen Punkten unzuverlässig.

Odensbacken, wo er Camilla Hörlins Chefin treffen sollte, um weitere Informationen zu bekommen, war eine kleine Gemeinde von ungefähr 1.400 Einwohnern. Es gab eine Schule, einen Supermarkt, eine Bibliothek und einen Schrottplatz oder, wie man es jetzt nannte, einen Auto-Recycling-Hof. Die Leiterin des Pflegeheims, Marika Borin, wohnte in einem weiß verputzten Haus mit üppigem Garten an der Landstraße 207, die den Ort durchkreuzte. Er hatte sie im Vorfeld angerufen, um sicher zu sein, dass sie zu Hause war.

Kristoffer klingelte und wurde eingelassen.

»Kommen Sie rein. Ich warte auf einen Handwerker, der eine gesprungene Kachel im Badezimmer reparieren soll. Er konnte nicht sagen, wann genau er kommen würde, weshalb ich den ganzen Tag freinehmen musste.« Marika seufzte ergeben. Ihr Blick war ebenso stahlgrau wie das Brillengestell, das sie trug. Sie schob die Brille in das kurzgeschnittene Haar hinauf und lächelte. Sie war klein und ihre Haltung kerzengerade. »Dann setze ich mal einen Kaffee auf, möchten Sie?«

»Gern.« Kristoffer ließ sich auf einem hohen und unbequemen Hocker an dem Bartresen nieder, der den Küchentisch darstellte, und sah sich um. »Ihre Küche sieht ja ganz frisch renoviert aus.«

»Ja, die Gelegenheit musste ich ergreifen. Mein Mann hat über seine Kontakte diesen pensionierten Handwerker aus Hampetorp engagieren können, der von allem etwas kann. Es ist gut, wenn es jemand ist, den man kennt, denn man will seine Hausschlüssel ja nicht jedem geben. Erst hat er mir einen echten Schrecken eingejagt. Er sieht ziemlich mürrisch aus, mit einem dicken buschigen Schnauzbart, und redet ziemlich ordinär, wenn er es auch nicht so meint.«

»Sven?«

»Ja, woher wissen Sie das?«

»Die Beschreibung passt: mürrisch mit Schnauzbart und ordinärem Gerede.« Kristoffer wollte gern zur Sache kommen. »Wie Sie sich denken können, bin ich hier, um ein paar Fragen über Camilla Hörlin zu stellen.«

Marika schaltete die Kaffeemaschine ein, stellte zwei Tassen und eine Schale Obst auf den Tisch und setzte sich ihm gegenüber. »Wenn ich versuche abzunehmen, darf ich keine Süßigkeiten im Haus haben. Nehmen Sie eine Banane, die schmeckt nicht so scheußlich zu Kaffee wie ein grüner Apfel.«

Kristoffer winkte ab. »Erzählen Sie mir von Camilla. Wie war sie als Krankenschwester?«

Die Antwort kam nach einer kleinen Bedenkzeit.

»Camilla war eine sehr beliebte, belesene, tüchtige und schnelle Krankenschwester. Entschuldigen Sie, dass ich in der Vergangenheitsform von ihr spreche, aber es ist jetzt schon bald zwei Jahre her, dass sie bei uns gearbeitet hat.«

Er bemerkte ein leichtes Zögern. »Gab es etwas, was nicht so gut war?«

Marika schenkte ihnen ein und nippte nachdenklich an dem heißen Kaffee. »Ich weiß nicht, wie ich das sagen soll … ich weiß nicht mal, ob es von Bedeutung ist … aber sie hatte so einen Hang zum Übernatürlichen. Wir werden als Pflegepersonal geschult, naturwissenschaftlich zu denken. Alles muss auf Beweise gegründet sein. Sie hingegen hat oft von dem gesprochen, was es auf der anderen Seite der Grenze geben könnte, und dass wir vielleicht ein Bewusstsein nach dem Tod haben und mit unseren Angehörigen Kontakt aufnehmen könnten. Solche Sachen.«

»Meinen Sie, dass sie über ihren eigenen Tod nachdachte?«

»Wenn ja, dann mit Neugier. Sie glaubte nicht, dass der Tod das Ende sei. Sie war phänomenal gut darin, Patienten und Angehörige in den letzten Phasen des Lebens zu trösten. Manchmal hatte ich das Gefühl, dass ich eigentlich eingreifen müsste, aber ich konnte mich nie entscheiden, warum oder wogegen. Sie war in keiner Kirche und betrieb auch keine Propaganda dafür, dass die Menschen sich einem bestimmten Glauben anschließen sollten. Aber es gab da so eine seltsame Zuversicht in allem, was sie sagte und tat.«

»Ja«, erwiderte er schlicht.

»Finden Sie das nicht komisch?«, fragte sie erstaunt.

Kristoffer entschied sich, auf diese Frage nicht direkt zu antworten. »Das mit den Verwandten scheint doch weit verbreitet zu sein, dass man Menschen, die gestorben sind, sieht, hört oder auf andere Weise wahrnimmt.«

»Wo Sie es so sagen ... ich hatte eine Katze, die ich nachts habe herumschleichen hören, nachdem sie gestorben war.«

»Eine Katze ist ja auch ein lebendiges Wesen. Aber vielleicht sollten wir uns nicht mehr in das vertiefen, was wir nicht verstehen können. Zurück zu Camilla: Könnte der Tod für sie so verlockend gewesen sein, dass sie sich umgebracht hat? Ich meine, hat sie ihn romantisiert?«

Marika riss die Augen auf, als wäre der Gedanke ganz neu und unpassend. »Nein, das kann ich mir nicht vorstellen. Sie war überhaupt nicht depressiv. Ich würde eher sagen, dass ihre Gedanken über den Tod ihr wie das Tor zu einer anderen Dimension den Mut gaben, Patienten in Todesangst zu begegnen. Und die Kraft, sich von ihrem widerlichen Typen zu lösen. Entschuldigen Sie, dass ich es so unverblümt sage, aber der war wirklich ein Schwein.«

»Hat sie mit Ihnen darüber gesprochen, dass sie Sonny verlassen wollte?«, fragte Kristoffer erstaunt.

»Sie hätte ihn schon vor Jahren verlassen sollen. Sie war einfach so jung, als die beiden zusammenkamen. So süß mit ihrem langen blonden Haar und den großen klaren Augen. Er wollte sie einfach nur haben, und offenbar war er schon damals ziemlich auf Alkohol fixiert. Camilla glaubte, ihre Liebe würde ihn verändern. Sonny war für viele Mädchen damals das große Idol. Ich verstehe ja nicht, warum ein Mann mit einer Gitarre immer eine solche Anziehungskraft ausstrahlt, aber offensichtlich konnte er charmant sein und Frauen für kurze Zeit seine ganze Aufmerksamkeit schenken und sie anbeten. Als sein Stern schon längst im Sinken begriffen war, vermochte er immer noch die eine oder andere einzufangen, obwohl ich das völlig unbegreiflich fand, nachdem ich seinen äußerlichen Charme einmal durchschaut hatte. Er war notorisch untreu, und alle wussten das. Camilla musste es auch begriffen haben. Ich gebe jedenfalls gern zu, dass ich es ihr mehr als einmal angedeutet habe.«

»Wenn sie mit Ihnen darüber gesprochen hat, Sonny zu verlassen, wie lange vor ihrem Verschwinden war das?«

»Einen Monat vorher vielleicht. Sie hatte Filme gefunden … mit pornografischem Inhalt. Er hatte sie ohne ihr Wissen im Schlafzimmer gefilmt und wollte die Filme ins Netz stellen, falls sie sich scheiden lassen sollte.«

Das waren völlig neue Informationen für Kristoffer. »Das klingt nach psychischer Gewalt. Wissen Sie, ob er sie auch körperlich misshandelte?«

»Nein, sie hat das verneint, aber ich dachte damals, es ist ja nur eine Frage der Zeit, wenn es ihm so wichtig war, Kontrolle über sie zu haben.«

»Sie haben aber keinen Kontakt zur Polizei aufgenommen und davon erzählt, als Ihnen klar wurde, dass Camilla verschwunden war?«

»Nein. Oder doch. Jemand von der Polizei namens Sara Bredow hatte versucht, mich zu erreichen, aber als ich zurückrief, erfuhr ich, dass sie nicht mehr im Dienst war.«

»Sara Bredow. Hat jemand Ihnen gegenüber erwähnt, warum sie aufgehört hatte zu arbeiten?«

»Nein, ich glaube nicht.« Marika fuhr sich mit der Hand durch die streichholzkurzen Haare und sprach weiter. »Ich habe Camilla geraten, Sonny zu verlassen. Und ich glaube, dass sie am Mittsommerwochenende in jenem Jahr beschlossen hatte, reinen Tisch zu machen. Ehrlich gesagt, ich glaube, sie wollte nicht gefunden werden, wenn sie ihn verließ. Es war ihr lieber, wenn er sie für tot halten und nicht nach ihr suchen würde. Seither hat ja niemand sie gesehen. Und jetzt ist da eine Frauenleiche am Dimbobaden angespült worden. Ist sie das?«

27

Denise harkte das Gras vom Vorjahr im Garten zusammen, während Saba einer Elster auflauerte. Die Abendsonne ergoss sich über den wild zugewachsenen Garten. Der Zaun hatte unter dem Sturm doch mehr gelitten, als angenommen. An manchen Stellen war das Holz sowieso schon verrottet und musste ausgewechselt und gestrichen werden. Als Denise sich der Grundstücksgrenze zu Sven und Rita näherte, machte sie eine Entdeckung. Der Pfahl, der die Grenze markierte, war einen halben Meter in ihren Garten hineinversetzt worden. Das war deutlich zu erkennen, denn obwohl das Loch mit Gras zugewuchert war, konnte man doch deutlich sehen, wo der Pfahl vorher gesessen hatte. Sie musste Sven darauf ansprechen, das war bestimmt ein Missverständnis. Wie seltsam.

Denise sammelte einen Haufen aus Gras und Blättern zusammen, den sie später zu dem Platz tragen würde, wo immer das Johannisfeuer stattfand. Wenn sie dafür den großen Korb nahm, wollte sie Saba nicht an der Leine dabeihaben, allerdings wagte sie auch nicht, den Hund frei herumlaufen zu lassen, denn wenn sie eine Fährte witterte, machte sich Saba gern zu eigenen Abenteuern auf. Denise beschloss, dass sie genug Gartenarbeit erledigt hatte, und ging ins Haus. Saba schnürte sogleich in die Küche, und nachdem sie ihre Jacke aufgehängt hatte, kam Denise hinterher. Sie füllte die Hundenäpfe mit Futter und Wasser. Da fiel ihr Blick auf das Bild vom Ultraschall. Würde Albert erkennen, dass es ein Fake war? Sie hatte sich einfach idiotisch verhalten und war nahe dran, die Kopie vom Kühlschrank zu reißen und wegzuwerfen, als das Telefon klingelte.

Auf dem Display stand Jenny, es war also Rasmus. Denise wäre gern rangegangen, unterließ es aber. Sie fürchtete, dass Albert sehen könnte, mit wem sie sprach. Er wusste viel mehr über IT, und sie war sich nicht sicher, was er alles kontrollieren konnte und was nicht. Also drückte sie das Gespräch weg, und im nächsten Moment rief Albert an, als wüsste er, dass sie eben einen Anruf von Rasmus bekommen hatte.

»Was machst du?«, fragte er kurz angebunden.

»Ich bin gerade reingekommen. Wo bist du?«

»In Helsinki. Morgen früh geht der Zug weiter nach Süden. Ich bin so wütend auf meinen Chef. Der kapiert einfach nicht, dass ich mir hier einen abarbeite. Jetzt hat er mir noch weitere Aufträge im Ausland aufgeladen, und ich weiß schon nicht, wie ich die schaffen soll, die ich bereits auf dem Tisch habe.« Alberts Stimme brach vor Zorn.

»Hart«, sagte sie und biss sich auf den Daumennagel.

»Das ist nicht nur hart, das ist unmöglich. Wenn du nicht wärst und das Kind, würde ich kündigen und drauf hoffen, etwas Neues zu finden.«

»Das würdest du sicher. Wir kommen schon klar.«

»Wie meinst du das jetzt?«, fragte er in eiskaltem Ton.

Mit einem Mal war sie nicht mehr sicher, was sie da eigentlich gemeint hatte. »Dass du mich nicht versorgen musst. Ich werde Elterngeld bekommen, und im schlimmsten Fall habe ich ja auch noch meinen Job.«

»Das klingt, als wolltest du mich ausschließen, wenn du das so sagst. DU kommst ohne mich klar. DU kriegst Elterngeld. Aber wo sind WIR denn gemeinsam in dem Ganzen?«, sagte er in weinerlichem Ton.

Hier hätte sie nun sagen sollen, was sie in ihrem tiefsten Innern dachte: »Es geht nicht mehr. Ich will nicht mehr.« Sein Kontrollbedürfnis machte ihr Angst. Wenn er nicht aufhörte, sie zu überwachen, würde es völlig unmöglich sein, so weiterzumachen wie bisher. Sie konnte das nicht für den Rest ihres Lebens ertragen. Doch sie sagte nichts von alldem, weil er schon zu Anfang des Gesprächs so sauer gewesen war.

»Warum bist du so still?«

»Ich weiß nicht, was für eine Antwort du erwartest.«

»Ich erwarte, dass du sagst, dass du mich liebst und wir für den Rest des Lebens zusammengehören.«

Sie wagte nicht, die Antwort hinauszuzögern. »Ich liebe dich, Albert, das weißt du.«

»Weiß ich das? Und was ist dann Rasmus für dich? Was habt ihr zwei eigentlich miteinander?«

Als das Gespräch beendet war, sank sie an den Küchentisch. Alberts Eifersucht war unerträglich. Sie wagte gar nicht daran zu denken, wie er reagieren würde, wenn sie ihm sagte, dass sie allein wohnen wollte. Wenn sie es näher betrachtete, war das ein verlockender Gedanke. Albert war sukzessive bei ihr eingezogen. Kiste um Kiste hatte er bei Börje geholt, wo alles eingelagert gewesen war, und sie hatte sich immer beengter gefühlt. Aber es war nicht nur so, dass er seine Sachen zu ihr brachte, sondern auch, dass sie schließlich vereinbart hatten zusammenzuleben. Von Anfang an war ihr seine Fürsorge ein bisschen zu viel gewesen. Sie hätte auf ihre inneren Alarmglocken hören und ihn nicht so schnell einziehen lassen sollen. Aber sie war doch so verliebt gewesen, und dann war da ja das Kind.

In den letzten Tagen, als Alberts Kontrollbedürfnis sie immer ärgerlicher gemacht hatte, war sie den Gedanken nicht mehr losgeworden, was wohl zwischen Albert und seiner vorigen Beziehung Maria Hansson gewesen war, die Denise niemals kennengelernt hatte.

Sie ging ins Gästezimmer, wo Albert vorübergehend die meisten seiner Kartons aufbewahrte. Da gab es einen mit der Aufschrift »Erinnerungen und Zeitungsausschnitte«. Bestimmt würde er wütend werden, wenn er merkte, dass sie in seinen privatesten Besitztümern herumwühlte, aber sie musste versuchen, mehr darüber zu erfahren, was passiert war. Nur so konnte sie ihm helfen, es hinter sich zu lassen, und das war nötig, wenn sie eine Chance haben wollten zusammenzuleben.

Vorsichtig knotete sie die Schnur auf, die um den Karton geschlungen war, und klappte den Deckel hoch. Alles hatte mit Maria zu tun. Die Heiratsurkunde, Fotos von ihrer Hochzeit, der Kaufvertrag von einem Haus in Hallsberg. So viele persönliche Dinge, von denen er ihr kaum oder gar nicht erzählt hatte. Das erschreckte sie.

Denise hielt inne. Im Netz musste es noch mehr Informationen geben. Aber sie wagte es nicht, Maria Hansson auf ihrem eigenen Computer zu googeln. Und da beschloss sie, Rasmus um Hilfe zu bitten und gleichzeitig herauszukriegen, ob all das Schlimme, was Albert über Rasmus erzählt hatte, stimmte. Dass er vorgehabt hatte, Vera an Sonny zu verkaufen. Stimmte das, oder log Albert? Wenn sie es genau überlegte, hatte er in ihrer Kindheit ziemlich viel gelogen, um besser dazustehen, während Rasmus ihm in allem überlegen gewesen war. Jeder lügt mal, benutzt Notlügen, wenn die Wahrheit aufgehübscht werden muss. Aber zu behaupten, Rasmus habe versucht, Vera zu verkaufen, das war keine kleine Lüge, sondern total krank. Sie musste die Wahrheit herausfinden. Wohin war nur der witzige und charmante Albert verschwunden, in den sie sich verliebt hatte? Der so selbstsicher gewesen war und wie ein Gott tanzte? Kaum war Rasmus aufgetaucht, hatte sich Albert zu einem nöligen und misstrauischen Langweiler entwickelt.

Damit Albert nicht sah, wohin sie ging, ließ sie das Handy auf dem Küchentisch liegen. Saba warf ihr nur einen müden Blick zu, als sie sich die Jacke wieder anzog. Genug Bewegung für heute, schien der Hund zu denken und gähnte.

Denise trat in die Abenddämmerung hinaus und schloss die Tür hinter sich ab. Im Küchenfenster der Nachbarn brannte Licht. Rita saß am Fenster und starrte hinaus. Denise konnte ihren Blick im Rücken spüren und ging schneller. Hedda hatte Rita nie leiden können, und eine Erinnerung aus ihrer Kindheit kam ihr: Rita war ungebeten ins Haus gekommen und hatte in Heddas Post geblättert, die auf dem Küchentisch lag. Sie hatte sogar einen Brief aus seinem Umschlag genommen, und Hedda hatte sie förmlich rausgeschmissen. Worum war es da eigentlich gegangen? Wonach hatte Rita gesucht, und was hatte sie geglaubt, dass in dem Brief stehen konnte?

Später mussten sie das alles jedoch überwunden haben, denn als Hedda sich den Oberschenkelhals gebrochen hatte, war es Rita, die für sie einkaufte. Musste Hedda sie ertragen, weil es keinen anderen gab, den man bitten konnte, oder waren sie wieder Freundinnen gewesen? Denise wusste es nicht.

Sie ging weiter Richtung Rasmus' Hütte. Damit Börje sie nicht vom Küchenfenster aus sehen und Albert Bericht erstatten konnte, machte sie einen langen Umweg am Seeufer entlang. Hinten konnte sie Svens Boot erkennen und sah, dass er dabei war, Netze auszulegen. Er war es damals gewesen, der seine Enkelin Matilda gefunden hatte, das war auch in der Nähe des Dimbobaden gewesen. Was konnte Sven vom See aus gesehen haben? Sie wusste nicht, was er der Polizei erzählt hatte, aber er musste schon gesehen haben, wie Vera und Matilda in jener Nacht rausfuhren. War er ihnen gefolgt?

Irgendetwas war seltsam mit Sven und seiner Frau. Sie hatten zwei erwachsene Kinder, einen Sohn und eine Tochter, die sie so gut wie nie besuchten. Die Tochter, die Mutter von Matilda, war im vorigen Sommer nur auf einen kurzen Besuch da gewesen. Doch den Sohn hatte sie noch nie gesehen. Sven und Rita sprachen Stockholmer Hochschwedisch, kamen also nicht aus der Gegend. Sie hatten das Nachbarhaus gekauft, als Denise gerade sechs Jahre alt gewesen war. Daran konnte sie sich genau erinnern, denn es war der erste Sommer nach Fredrikas Tod, den sie bei ihrer Oma verbrachten.

Denise versuchte, die unangenehmen Gedanken abzuschütteln, aber als sie an die Stelle kam, wo der verrückte Polizist gestanden und in den Sturm gebrüllt hatte, konnte sie die Unruhe nicht mehr bezwingen. In den Wellen, die an den Strand schwappten, und im raschelnden Schilfröhricht hörte sie seltsame Laute. Das Echo einer klagenden Stimme und leichte Schritte über den Sand, ohne dass Fußabdrücke zu sehen waren. Bildete sie sich das ein, oder war es Wirklichkeit? Sie lief schneller, rannte über ein verlassenes Grundstück mit einer Bruchbude und einer verfallenen Scheune. In einem der schwarzen Fenster blinkte etwas auf, als wäre da drin jemand mit einer Taschenlampe unterwegs und hätte sie dann eilig ausgeschaltet. Es war nur ein Augenblick. War das der Reflex einer anderen Lichtquelle, oder war da jemand? Die flüsternde, zischende Stimme verfolgte sie stoßweise im selben Takt, wie ihre Füße liefen. Sie eilte durch das glatte bleiche Gras, stolperte, schlug sich das Knie an einem Stein an und riss sich die Handflächen auf. Äste griffen nach ihrem langen hellen Haar, um sie im Schattenreich zurückzuhalten. Sie musste ins Licht hinaus, sonst würde sie losschreien. Warum hatte sie bloß den Hund nicht mitgenommen?

Kurz darauf war sie auf der Straße. Sie sah sich gründlich um, ehe sie, ganz außer Atem, auf die andere Seite ging und das Tor zu Rasmus' Garten öffnete. Nach einem weiteren Blick über die Schulter klingelte sie an der Tür. Die Schale mit dem Rattengift stand immer noch da, obwohl er versprochen hatte, sie wegzuräumen, und in dem weißen Pulver lag etwas, das aussah wie Käsestücke.

Er öffnete die Tür und wirkte nicht erstaunt. »Du bist gekommen.«

»Ja!« Sie schob sich an ihm vorbei, damit die Nachbarn sie nicht auf der Treppe stehen sahen. Wenn niemand sie beobachtet hatte, war sie jetzt in Sicherheit.

»Warum hast du meinen Anruf weggedrückt?«

»Du darfst mich nicht anrufen!«

Rasmus sah fragend aus. »Ich mache mir wirklich Sorgen um dich, Denise. Was ist denn los?«

Sie hatte keine Zeit zu verlieren. »Ich will wissen, wie man Suchbegriffe und Seiten im Netz löscht, damit nicht erkennbar ist, dass man sie angeschaut hat. Kannst du mir das zeigen?«

»Warum?«

»Zeig es mir einfach. Ich erkläre es später.« Wenn Denise Rasmus so ansah, konnte nichts von dem, was Albert gesagt hatte, wahr sein. Es würde sich superblöd anfühlen, ihn eine so kranke und unglaubliche Sache zu fragen, wie die, ob er versucht habe, Vera zu verkaufen.

»Okay!« Rasmus machte ihr Platz in der Diele, so dass sie ihre Jacke aufhängen konnte. Doch Denise stieg nur aus den Schuhen und behielt die Jacke an. Auf dem Wohnzimmertisch stand sein Laptop aufgeklappt. Sie setzten sich vor einem heruntergebrannten Feuer nebeneinander aufs Sofa. Ein aufgeklappter Pizzakarton mit ein paar abgenagten Rändern und eine leere Bierdose verrieten, was er zum Abendessen gehabt hatte.

»Möchtest du einen Tee?«

»Nein, keine Zeit. Hilf mir einfach!«

»Sieh mal hier. Das sind die letzten Seiten, auf denen ich gewesen bin.«

Denise beugte sich zum Bildschirm vor und sah eine lange Reihe von Links zu Spielseiten, Kasinos und Internetpokerseiten.

»Es reicht vielleicht nicht aus, die zu löschen«, fuhr er fort. »Wenn Albert einen Sender unter deine Tastatur gesetzt hat, dann kann er auf seinem Bildschirm sehen, welche Buchstaben und Zeichen du schreibst. Auf die Art werden zum Beispiel Bankcodes abgegriffen.«

»Okay. Das verstehe ich. Und wie sieht so ein Sender aus?«

Rasmus rief die Seite von einem kleinen schrägen Shop auf, der ein zweifelhaftes Sortiment aus allem Möglichen von Computerzubehör bis zu Bestandteilen von Sprengladungen bereithielt. »Der kleine Terroristenshop«, erklärte er grinsend. »So kann ein Sender aussehen.« Er warf ihr ein begeistertes Lächeln zu. »Weißt du noch, wie wir im Schlafzimmer von Alberts Eltern einen Sender platziert haben und sie dann abgehört haben? Erst war er einverstanden, aber dann war er total sauer, als ich sagte, dass sie Sex hätten. Albert war immer gekränkt und sauer und fühlte sich ständig ungerecht behandelt. Aber glaubst du wirklich, dass er sowas machen würde, kontrollieren, auf welche Seiten du gehst? Ich meine, ich kenne ihn doch, und er ist irgendwie nicht der Typ, der sowas wirklich durchzieht. Oder? Bei ihm war doch immer viel Gerede um nichts.«

Denise spürte den Drang, Albert zu verteidigen, obwohl das ja im Gegenzug bedeutete, dass sie ihn beschuldigte, hinter ihr her zu spionieren. »Du kanntest ihn, als ihr Kinder wart, und hast ihn nur ein paarmal getroffen, seit er hier weggezogen ist. Ich sage ja nicht, dass es einen Sender gibt, aber möglich ist es.«

»Wenn du was Bestimmtes suchst, kannst du auch meinen Computer benutzen.«

»Ja, ich will mehr über Alberts erste Ehefrau Maria Hansson wissen.«

Rasmus' Miene wurde ernst. »Sie war im Wald und erlitt einen Schlaganfall und ist gestorben. Sie war schwanger. Wir hatten beide extremes Pech, Albert und ich, findest du nicht?«

Denise biss sich auf die Unterlippe. »Denkst du oft an Vera?«

»Zu Anfang habe ich die ganze Zeit ununterbrochen an sie gedacht. Jetzt überkommt es mich ein paarmal am Tag, vor allem, wenn ich hier an den Orten bin, wo wir zusammen waren.«

»Fühlst du dich schuldig?«, fragte sie zögernd und dachte an das, was Albert über Rasmus erzählt hatte. Könnte irgendetwas davon wahr sein? Sie musste herausfinden, ob es stimmte, um zu erkennen, wie weit Albert in seiner Eifersucht zu gehen bereit war. Eine solche Sache von Rasmus zu denken fiel ihr schwer.

Rasmus schüttelt traurig seinen Kopf mit den dunklen Locken. »Fühlen nicht wir alle, die wir überleben, uns schuldig?« Er zuckte mit den Schultern über seine eigene Frage und erwartete keine Antwort. »Maria Hansson. So heißen ziemlich viele. Ich füge mal Hallsberg dazu. Dort haben sie doch gewohnt, oder?« Rasmus zeigte auf den Schirm. »Sieh mal, es gibt ihre Facebook-Seite noch. Ich erkenne sie. Wir sind uns mal ganz kurz unten beim Campingplatz begegnet, das war, kurz bevor sie die Scheidung von Albert eingereicht hat. Sie wusste, dass Albert und ich zusammen hier draußen aufgewachsen waren, und wollte mehr über ihn wissen. Wir haben ein Bier zusammen getrunken, und sie hat erzählt, sie könne seine Eifersucht nicht ertragen. Aber ich glaube, die Scheidung ist nicht mehr durchgegangen, bevor sie starb.«

Maria hatte sich scheiden lassen wollen? Das war neu für sie. Denise versuchte, ihr Erstaunen zu verbergen. »Hatte Albert denn einen Grund, eifersüchtig zu sein? Ich meine, wenn du und sie …«

»Überhaupt nicht. Wir haben uns nur ein einziges Mal gesehen.«

Denise starrte die Frau an, die Alberts Ehefrau gewesen war. Wie schön sie auf dem Foto aussah. Dieses perfekte Lächeln musste ihm den Atem geraubt haben, sie trug auf dem Bild ein Sommerkleid mit Spaghettiträgern, und ihre Haut war sonnengebräunt. Auf dem Kopf hatte sie einen großen Strohhut, und ihre Haarfarbe konnte man nicht erraten, aber die Augen waren von einem intensiven Blau.

28

Als Kristoffer in seine Wohnung in Tybble zurückkehrte, war es fast Mitternacht. Eben hatte er im Krankenhaus angerufen, um zu kontrollieren, ob Ella noch dort war. Jetzt fühlte er sich ruhiger. Außerdem hatte er am Nachmittag das Sozialamt angerufen, um eine Unterbringung für sie zu beantragen. Sie brauchte Hilfe, auch wenn es mit sich brachte, dass sie ihn als einen Betrüger und vielleicht sogar als ihren Feind ansehen würde. Doch wenn sie mit ihrer Sucht so weitermachte, würde sie nicht mehr lange leben.

Kristoffer sank erschöpft auf das Sofa im Wohnzimmer und betrachtete die Karte des Hjälmaren an der Wand. Am Abend zuvor hatte er, als er nach Hause kam, den Ort, an dem die tote Frau angespült worden war, mit einem Kreuz markiert und war dann, voll bekleidet, auf dem Sofa eingeschlafen. Er hatte unruhig geträumt und war schweißgebadet aufgewacht. Die Nadeln auf der Karte waren umplatziert gewesen. Er war sicher, dass sie nicht so saßen, wie er sie gesehen hatte, ehe er einschlief. Eine kleine Gruppe von Veras Nadeln war an den einen Rand versetzt worden und formte dort ein M oder vielleicht einen fliehenden Vogel. Doch er fürchtete sich davor, der Sache näher auf den Grund zu gehen. Er musste sich an der Wirklichkeit festklammern und sich an die Fakten halten.

Morgen müsste eigentlich das Obduktionsprotokoll kommen, da würde er im besten Fall wissen, was Camilla zugestoßen war.

Kristoffer holte den Messingleuchter aus der Küche, zündete die Kerze an und ließ seinen Gedanken freien Lauf. Eine Erinnerung daran, als Vera klein war, tauchte auf. Sie war zwei Monate alt gewesen, und der Kinderwageneinsatz hatte vorm offenen Kamin gestanden. Er war allein mit ihr zu Hause gewesen, und als sie eingeschlafen war, hatte er den Rasen mähen wollen. Doch war er nur ein paarmal mit dem Rasenmäher hin und her gefahren, als ihn eine starke Unruhe überkommen hatte, und er war hineingegangen, um nach seinem schlafenden Kind zu sehen. Aus irgendeinem Grund hatte er den Kinderwageneinsatz ins Schlafzimmer gestellt und die Tür geschlossen. Dann hatte er den Rasen fertig gemäht, und als er wieder hereinkam, war die Küche schwarz von Bienen gewesen. Ein Schwarm war mit seiner Königin durch den Schornstein ins Haus eingedrungen, und wenn er Vera nicht ins Schlafzimmer gestellt hätte, wäre das womöglich richtig übel ausgegangen.

Dasselbe Gefühl hatte er gehabt, als Vera den Blinddarmdurchbruch gehabt hatte. Er war beruflich und ohne Handynetz im Ausland gewesen, und als er sich endlich melden konnte, war Ella mit Vera im Krankenhaus gewesen. Veras ganze Kindheit über hatte es etwas wie einen unsichtbaren Nervenstrang zwischen ihnen gegeben, ein unerklärliches Gefühl für Gefahren. Manchmal war tatsächlich etwas passiert, andere Male war sie mit einem Schreck davongekommen.

Wenn du da bist und mich hören kannst, dann sollst du wissen, dass ich dich liebe. Ich werde nicht aufgeben.

Kristoffer wurde ruhig, wenn er so in die Kerzenflamme schaute, ohne sich zu konzentrieren. Im stillen Fluss der Gedanken atmete er ihre Gegenwart ein und seine Ängste aus. Er spürte, dass sie da war. Spürte die Liebe, die ihn umgab. So saß er lange still da, ehe er die Kerze ausblies.

Als Ali gesagt hatte, dass die Leiche nicht länger als ungefähr ein Jahr im Wasser gelegen hatte, war er zunächst sehr erleichtert gewesen. Doch nun kehrten die Überlegungen zurück, die ihm danach gekommen waren. Könnte Camilla gefangen gehalten und dann vor etwa einem Jahr ertränkt worden sein? War es möglich, dass Vera dasselbe geschehen war? Der Gedanke war weit hergeholt, doch alles, was er an wahrscheinlicheren Ideen gewälzt hatte, hatte ihn bisher nicht weitergebracht. Die Frau im See hatte keine Kette umgehabt. Vera trug immer Schmuck, meist die Halskette mit dem tropfenförmigen Bergkristall. Die fehlte in ihrem Schmuckkästchen.

Kristoffer stand auf und begann, auf und ab zu wandern. Er dachte an das, was Ali von dem Jutesack mit den Steinen zum Beschweren gesagt hatte. Hier hatten sie es nicht mit einem Unglück oder Selbstmord zu tun. Es war Mord. Jemand hatte eine Leiche versenkt oder einen lebendigen Menschen auf widerwärtige Weise ertränkt. Was hatte Camilla zuvor noch erlitten? War sie gefangen gehalten, misshandelt, vergewaltigt worden? Sonny hatte sie gefilmt. Steckte dahinter noch eine viel größere Sache? Die Pornoindustrie hat viele Lieferanten. War Sonny ein viel größerer sadistischer Teufel, als sie ahnten? Oder war es jemand anders, eine bekannte oder unbekannte Person, die Camilla gefangen gehalten hatte? Kristoffer schob die schrecklichen Bilder beiseite. Morgen nach der Obduktion würden sie hoffentlich noch mehr Fakten haben, auf die sie sich stützen konnten. Sie würden erfahren, ob sie schwanger gewesen war, und dann womöglich auch, wer der Vater des Kindes gewesen war. Er ließ die Gedanken an Camilla los – sie gehörten zum nächsten Tag.

Obwohl er so müde war, dass die Gedanken sich nicht mehr zusammenhalten ließen, trat er zum Zeitstrahl für Veras Verschwinden, den er auf die Rückseite einer Tapetenrolle gemalt und im Schlafzimmer aufgehängt hatte. Der dicke Strich verlief vom Mittwoch vor Veras Verschwinden zum darauffolgenden Mittwoch eine Woche später. Am dichtesten waren die Beobachtungen von dem Augenblick, als Vera das Fest verließ, bis zum Morgen danach, als Sven nicht weit vom Dimbobaden, wo sie auch Camillas Leiche gefunden hatten, die tote Matilda und das gekenterte Boot entdeckt hatte. Veras Haarspange hatte er selbst mehrere Kilometer davon entfernt gefunden.

Kristoffer holte die Tapetenrolle aus dem Schrank und schnitt ein weiteres, zwei Meter langes Stück ab, das er oberhalb von Veras Zeitstrahl befestigte. Hier würde er alle Fakten um Camillas Verschwinden notieren. Irgendwo gab es einen Zusammenhang.

Ein Laut ließ Kristoffer aufhorchen. In der Wohnung unter ihm schrie ein Baby. Er unterhielt sich immer kurz mit der alleinstehenden Mutter, die dort wohnte, wenn sie sich im Treppenhaus begegneten, und sie hatte ihm erzählt, dass das Kind unter Koliken leiden würde. Da er sowieso nicht schlafen konnte, erwog er kurz anzubieten, eine Runde mit dem Kinderwagen zu gehen. Doch dann sah er ein, was der nächste Tag von ihm verlangen würde, und nahm Abstand von der Idee.

Kristoffer fuhr seinen Laptop hoch und setzte sich damit ins Bett, um in der Facebook-Gruppe mit Veras Freunden zu kontrollieren, ob er eine Antwort auf seine Frage nach Veras Haarspange bekommen hatte. Als er die Frage am Osterwochenende gestellt hatte, war erst mal keine Antwort gekommen, doch jetzt waren zwei Kommentare da.

Matilda hat Vera die Frisur gemacht. Auf der Feier war Veras Schleier mit so einer Haarspange festgemacht. Und als sie weggerannt ist, hatte sie den Schleier auf dem Kopf.

Dass Vera Schleier und weiße Tunika getragen haben sollte, stimmte mit dem überein, was Kristoffer schon vorher herausgefunden hatte. Abgesehen davon, war er der festen Überzeugung, dass sie auch die Halskette mit dem Bergkristall getragen hatte. Die nächste Antwort kam von einem der Jungs.

Sowohl Vera als auch Matilda hatten so eine Spange. Ich war nämlich dabei, als sie die gekauft haben. Das war schon in der neunten Klasse oder so. Sie wollten mir nämlich auch eine kaufen, deshalb erinnere ich mich überhaupt daran. Die von Matilda ist kaputtgegangen. Sie hatte ihre auf dem Fest nicht im Haar. Hoffe, das hilft irgendwie weiter.

Kristoffer überflog noch die Nachrichten und kroch dann unter die Decke. Als er gerade einschlafen wollte, fiel ihm eine selbstgebrannte CD mit Sonny Hörlins Musik ein, die er früher mal in einer von Veras Umzugskisten gesehen hatte. Vera hatte MP3 gehört oder Musik gestreamt, aber keinen CD-Spieler besessen, deshalb hatte sie die CD sicher nicht angehört. Er seufzte tief und zog sich wieder an, nahm eine Taschenlampe und stieg auf den Dachboden hinauf, wo es einen zu seiner Wohnung gehörenden Abstellraum gab. Weil Vera so schlecht darin gewesen war, die Kisten zu beschriften, hatte er selbst von jedem Karton ein Inhaltsverzeichnis gemacht und sie nummeriert. Nun war der richtige nicht schwer zu finden. Er trug ihn hinunter und stellte ihn auf den Sofatisch, drehte die Deckenbeleuchtung so hell wie möglich und suchte aus einer Menge anderer Sachen die CD heraus. Er öffnete die Hülle und fuhr zurück, als er den Text auf der Innenseite sah. Hatte Vera die Hülle aufgehoben, weil ihr gefiel, was er da schrieb, oder um Beweise gegen ihn zu sammeln? Wie war es möglich, dass er das jetzt erst sah?

Genau wie meine Musik will ich in dich eindringen und dich ausfüllen. Du bist so sexy, Baby.

Kristoffer spürte die Wut mit einem Schlag kommen, und diesmal ohne die schwarzen Vorboten, die sonst dabei waren. Diesen Teufel könnte er auf der Stelle umbringen, ihn mit seinem Gitarrengurt strangulieren. Die Wut biss sich fest, schüttelte ihn, fuhr durch den Körper, bis er sich außerhalb befand. Er sah sich selbst vor der Kiste hocken, aber er vermochte seinen Körper nicht mehr zu steuern. Er konnte erst aufstehen, als die Dunkelheit in sein Bewusstsein einfiel.

29

»Das ist ja ekelhaft!«, hörte Kristoffer jemanden mit empörter Stimme rufen. Er sah in der Kantine des Gerichtszentrums von seinem Mittagessen auf und erkannte Ali. Der stand vor einem der Kühlschränke in dem Teil der Kantine, wo man mitgebrachte Lebensmittel aufwärmen konnte. Wer ihn gut kannte und die kleinen Anzeichen deuten konnte, der begriff, dass er sehr wütend war: die etwas ruckartigen Bewegungen und das Zucken der Augenlider. »Was zum Teufel ist das hier?«, fragte Ali mit leiser Stimme, fasste sich an den Schlips und zog eine Augenbraue in einem dunklen Bogen hoch.

Kristoffer stand auf, ging zum Chef des Forensischen Dezernats und schaute nach. In einer Plastikschale lag etwas, was wie ein verbranntes oder vertrocknetes Körperteil aussah, ein Darm oder vielleicht etwas noch Privateres. »Glaubst du, das ist im falschen Kühlschrank gelandet?«

»Es dürften ja wohl alle darüber informiert sein, wo sich der Kühlschrank der Techniker befindet, oder?«, fragte ein Kollege vom Dezernat für Wirtschaftsverbrechen, der auch mal sehen wollte, worum es ging. »Ich habe von einem Typen gehört, der in die Notaufnahme gekommen ist, weil er im Suff auf einer öffentlichen Toilette hingefallen ist und sich den Schwanz am scharfkantigen Metall des

Klopapierhalters abgeschnitten hat. Solche Unglücksfälle passieren wirklich.«

»Das erklärt aber nicht, warum der jetzt hier liegt. Der sieht verbrannt oder geräuchert aus. Hat es denn kürzlich einen Brand gegeben, wo jemand schwer verletzt worden oder gestorben ist?«, erkundigte sich Ali und sah in der wachsenden Runde von einem zum anderen. Er stellte sich leicht breitbeinig hin und presste die Handflächen aufeinander, wie er es zu tun pflegte, wenn er seine innere Ruhe finden wollte.

»Nein, kein Brand in den vergangenen vierundzwanzig Stunden«, erwiderte Kristoffer und beugte sich vor. »Aber in diesem Kühlschrank riecht es nach Rauch. Definitiv.«

»Was soll denn das? Ist das eine Drohung gegen das Rechtswesen? Hat sich jemand Unbefugtes Zutritt verschafft?« Ali holte Handschuhe aus seiner Jacketttasche und streifte sie über. Vorsichtig nahm er die Plastikschale heraus und schnüffelte daran.

Der Anblick des amputierten Körperteils verursachte Kristoffer Übelkeit. »Da hat jemand aber ganz schön viel Mühe auf sich genommen, wenn er den als Protest hier platziert hat«, gab er vorsichtig zu bedenken. »Schließlich kommt man nicht ohne Passierkarte herein.«

Ali lockerte den Schlipsknoten, den er in seiner Empörung festgezogen hatte. »Vielleicht eine Frau, die Männer hasst.«

»Oder ein Mann, der Männer hasst, und vielleicht insbesondere Polizisten. Was, wenn es ein verstümmelter Polizist ist«, sagte jemand. »Das ist schlimmer als ein Pferdekopf im Bett.«

Ali blieb bei seinem ursprünglichen Gedankengang.

»Oder jemand, der eine Frau sexuell schikaniert hat, die sich jetzt aufs Grässlichste rächt? Man fragt sich, wo wohl der Rest der Leiche versenkt worden ist, also, wenn die Person nicht doch noch lebt, versteht sich …«

»Es könnte eine Nachricht sein«, schlug Alex vor, der seinen Fensterplatz verlassen hatte und nun in die Runde trat. »Zum Beispiel von Ingrid. Es hat wieder jemand im Stehen gepinkelt.«

Kristoffers Fantasie war nicht in so dramatischen Bahnen unterwegs. »Haben wir irgendwelche neuen Mitarbeiter, denen nicht gründlich mitgeteilt worden ist, wo das Material für die technische Untersuchung platziert werden soll?« Er versetzte Alex einen freundschaftlichen Knuff, als sich der Kollege aus Rödeby vorbeidrängte.

»Was macht ihr mit meinem Mittagessen?«, fragte er.

»Dein Mittagessen?«, dolmetschte Ali, der am meisten Erfahrung mit dem Rotwelschen des Kollegen besaß. Es sah aus, als würde der Iraner sich jetzt übergeben. »Ihr habt wirklich seltsame Sitten in diesem Land. Ist da etwas in eurem Volksglauben, das mir bisher entgangen ist? Ich habe Anekdoten über die Wikinger gehört, sie sollen zur Potenzsteigerung Schafshoden verspeist haben, aber das hier isst man einfach nicht. Es ist unangenehm und geschmacklos gegenüber allen, die es mit ansehen müssen, auch wenn es eine typisch schwedische Tradition sein sollte.«

Rödeby sah beleidigt drein. »Das ist ein typisches südschwedisches Gericht. Geräucherter Aal ist eine Delikatesse.«

»Aale sind Aasfresser!« Alis Ekel kannte keine Grenzen, und als alle um ihn herum lachten, verletzte ihn das zutiefst. »Ebenso widerlich wie Krebse … auch die sind Aasfresser. Aber ihr haltet sie für eine Delikatesse und setzt euch lächerliche Hüte auf, blast in Lufttrüssel und singt Sauflieder. In zivilisierten Gesellschaften isst man keine Tiere, die Nekrophagen sind, keine Geier, Vielfraße oder Krähen. Das tut man einfach nicht!«

Henrik, der kurz zuvor die Treppe hinuntergekommen war, sah erstaunt aus. »Das spielt doch wohl keine Rolle. Der einzige Unterschied zwischen einem Aasfresser und einem, der kein Aas frisst, ist doch nur, dass der Aasfresser das Tier nicht eigenhändig getötet hat. Es war schon tot, als der Aasfresser reinbiss, und zwar *per definitionem*. So gesehen ist die nächste Frage ganz natürlich: Ist nicht alles, was man im Supermarkt kauft, tot? Hat jemand schon mal im Coop ein Huhn gejagt? Ein Grillhuhn ist ein totes Huhn. Ich bin der Meinung, dass der Begriff Aasfresser auf alle ausgedehnt werden sollte, die Fleisch essen, ohne das Tier selbst getötet zu haben.«

Zu diesem Zeitpunkt hatten Ali und Kristoffer schon den Appetit verloren und gingen gemeinsam in die Forensik.

»Camilla wird heute obduziert. Wegen des schlechten Zustands der Leiche wollen sie es so schnell wie möglich angehen. Ich hatte gehofft, sie würden es gestern noch schaffen.«

»Ist doch schon mal gut, dass sie es priorisieren.« Kristoffer versuchte, die Erinnerung an den aufgedunsenen Zustand der Leiche zu verdrängen. »Dann haben wir heute Abend oder morgen ein vorläufiges Protokoll?«

»Im besten Fall«, gab Ali zu bedenken. »Dann dauert es aber ein paar Tage, bis wir eine Antwort auf Blutproben und Stoffanalysen haben. Aber ich bin heute Vormittag mal Camilla Hörlins Reisetasche durchgegangen.«

Kurz darauf befand sich Kristoffer in Alis heiligen Hallen. Die Gegenstände, inklusive des Rattenkots, waren sorgfältig auf einem Stahltisch ausgebreitet. Die leere und von Ratten angefressene Reisetasche stand ganz außen.

»Die Tasche riecht, als hätte sie eine Weile in einem ungeheizten Schuppen gelegen«, sagte Ali.

Kristoffer nickte, er war ganz auf die Gegenstände konzentriert. »Ihr Pass und ihr Führerschein. Das Anstellungsschreiben vom Altersheim in Odensbacken und ihre Schulzeugnisse. Kreditkarte. Kopie des Grundbucheintrags für das Haus in Hampetorp.« Kristoffer sah eine Plastikmappe mit Fahrkarten. Eine Zugfahrkarte nach Stockholm und ein Flugticket nach Norwegen neben einem Anstellungsschreiben von einem Krankenhaus in Bergen, wo sie offensichtlich über eine Arbeitsvermittlung einen Job bekommen hatte.

»Wohl kaum Dinge, die man einpackt, wenn man sich ertränken will. Warum hat man die Tasche nicht gleich nach Camillas Verschwinden gefunden?«, fragte Ali nachdenklich. »Ist bei Sonny Hörlin denn keine Hausdurchsuchung vorgenommen worden?«

»Ulf hatte es etwas eilig, nach Skåne zu kommen. Nach den Notizen, die er verfasst hat und die dann später auch Grundlage für den endgültigen Bericht wurden, war Sonny besoffen und traurig und nicht in der Lage, irgendwelche Fragen zu beantworten. Und als er dann Fragen beantworten konnte, behauptete er hartnäckig, Camilla sei depressiv gewesen und hätte sich aufgrund ihrer unglücklichen Liebe – zu ihm – das Leben genommen.«

»Viele auf einen hässlichen Typen wie Sonny Hörlin verschwendete Jahre«, flocht Ali ein und betrachtete das Passfoto. »Camilla war wirklich eine schöne Frau, die jeden Mann hätte kriegen können.«

»Ja. Aber aus irgendeinem unerfindlichen Grund wollte sie Sonny haben.«

Die Vernehmung mit Sonny sollte nach dem Mittagessen wieder aufgenommen werden. Als Kristoffer Camillas Tasche inspiziert hatte, war eine Frage in den Vordergrund getreten: Wenn Sonny sie ertränkt und dann behauptet hätte, es wäre Selbstmord gewesen, wäre er dann nicht vorsichtiger gewesen? Warum hatte er dann nicht ihre Tasche ausgepackt und alle Dinge an den Platz gelegt, an dem sie sonst auch gewesen waren? Warum hatte er sie nur in den Wohnwagen geworfen? Denkbare Antwort: weil er unter Drogen stand und unfähig war, kluge Entscheidungen zu treffen.

Sonny war Abschaum, und zu wissen, was er auf die Innenseite der CD-Schachtel an Vera geschrieben hatte und dass er Camillas Chefin zufolge angeblich Camilla insgeheim in intimen Situationen gefilmt hatte, machte Kristoffer wahnsinnig wütend. Aber er musste sich unbedingt beherrschen, wenn er Leiter der Ermittlung bleiben wollte. Die unkontrollierten Ausbrüche, die er seit Veras Verschwinden immer öfter gehabt hatte, waren besorgniserregend. Sie waren so heftig und überwältigend, dass er stark bezweifelte, sie mit Hilfe eines Psychologen bekämpfen zu können. Er hatte die höchste Meinung über Mia Berger, und doch war er überzeugt, wenn er jemandem erzählte, was da wirklich mit ihm passierte, würde man ihn in die

Psychiatrie einweisen, ihn einsperren und den Schlüssel wegwerfen.

Mit entschlossenen Schritten marschierte Kristoffer zum Vernehmungsraum. Wenn Sonny besoffen und stoned in schlechtem Zustand war, dann war das gar nichts gegen den Zustand, in dem er sich befand, wenn er auf Entzug war. Ein wahrhaft trauriger Anblick. Die rotgeränderten Augen waren klein wie Fliegendreck und das Gesicht eine starre Maske des Leidens. Er saß mit um den Leib geschlungenen Armen im Vernehmungsraum und kratzte sich an den weißen Schienbeinen.

»Ein Bier musst du doch wohl besorgen können, Bark. Eins nur, dann rede ich.«

»Sie können eine Tasse Kaffee bekommen.« Kristoffer sah Alex an, der ihn so lange bequatscht hatte, bis er zum Verhör mitkommen durfte. »Kannst du mal eine Tasse Kaffee holen?«

»Ich?« Alex sah verletzt aus. Diese Aufgabe war offensichtlich weit unter seiner Würde.

»Der Reichspolizeichef ist verhindert, also kannst du es bitte erledigen, was meinst du?«

Alex knirschte mit den Zähnen und zog los. Kristoffer schaltete das Aufnahmegerät ein und gab Zeitpunkt und Anwesende an.

»Heute haben wir den zehnten April, es ist 14:04 Uhr. Anwesend sind Kristoffer Bark, Alex Molin und Sonny Hörlin.«

»Ich will was fragen«, sagte Sonny barsch. »Wann wird Camilla für tot erklärt? Ich meine, wenn sie es ist, die ihr gefunden habt, dann geht das ja von selbst. Dann kriege ich mein Geld. Aber wenn es nun nicht sie ist, die im See lag. Was zum Teufel macht man dann?«

Kristoffer war fassungslos angesichts dieser krassen Einstellung. Fast wäre er aufgefahren, doch er schluckte hinunter, was ihm auf der Zunge lag. »Wenn zwei Jahre um sind, können Angehörige das beantragen.«

»Ich will das Haus verkaufen und wegziehen. Aber ihr gehört die Hälfte. Hat man nicht das Recht auf einen Anwalt?«

»Was das Verschwinden von Camilla angeht, vernehme ich Sie nur als Zeuge. Verhaftet und verdächtigt sind Sie allein wegen Ihrer florierenden Cannabisplantage.«

»Das habe ich schon alles erklärt, aber die kapieren ja nicht. Ich meine, was, wenn ich jetzt zu Gefängnis verurteilt werde, und dann im Herbst nach der Wahl wird Cannabis legalisiert? Wie rechtssicher ist das System eigentlich?«

Kristoffer sah, dass Alex, der mit dem Kaffee zurückgekehrt war, im Begriff war, das zu kommentieren, und warf ihm einen strengen Blick zu. Er war hier, um zuzuhören und zu lernen, wie eine Vernehmung ablief. Es reichte schon, dass er Beine oder Hände nicht still halten konnte. Die Finger trommelten auf dem Oberschenkel und wechselten den Takt, der Oberschenkel hüpfte einen dritten Takt, und außerdem stieß er mit dem Mund Pufflaute aus, als wäre er ein Einmannorchester. Die Laute kamen zwar noch nicht in irritierender Lautstärke, doch bald würde Kristoffer ihn bitten müssen, den Raum zu verlassen.

»Wie gesagt, Ihre Cannabiszucht ist eine andere Geschichte. Wir sind hier, um über Camilla zu sprechen. Hat sie irgendwelche Drogen genommen?«

»Sie war langweilig.«

»Und das bedeutet?«

»Dass sie niemals einfach nur loslassen und Spaß haben konnte.«

»Vielleicht hat es ausgereicht, dass Sie losgelassen haben«, kommentierte Alex und fing sich einen zweiten warnenden Blick von Kristoffer ein.

»Wie viel Geld bekommen Sie, wenn Camilla für tot erklärt wird?« Kristoffer dachte an die Lebensversicherung und machte eine Notiz, dass sie mit dem Versicherungsunternehmen sprechen mussten. Das wäre einfacher, als sich abends in der Küche durch Ulfs Bündel loser Papiere zu arbeiten.

»Das Haus ist drei Millionen wert, wegen dem Seeblick. Wir haben zweieinhalb als Kredit. Jetzt muss ich den und die Heizung und die sonstigen Rechnungen alleine bezahlen. Sie hat eine Lebensversicherung über den Job und eine private. Insgesamt würden die Versicherungen 1,4 Millionen bringen. Steuerfrei.« Sonny fuhr zusammen, richtete sich auf und klimperte mit den Augen. »Ich habe sie nicht ertränkt, denn, wenn ich sie getötet hätte, dann hätte ich sie so hingelegt, dass sie sofort gefunden wird, damit ich das Haus gleich verkaufen kann und nicht auf mein Geld warten muss.«

»Schlau«, mischte sich Alex ein. »Verdammt schlau, aber vielleicht hast du nicht daran gedacht, weil du zugekifft warst. Wie hast du sie denn getötet, du elender Fixer? Hast du sie erschlagen und in einem Sack ertränkt?«

Das war die dritte und letzte Warnung, und Alex wurde auf den Flur rausgeschickt. Kristoffer packte seine Schultern und schob ihn mehr oder weniger aus dem Raum.

»Wir sehen uns im Turmzimmer, und da haben wir dann einiges zu besprechen.«

Kristoffer schlug die Tür mit einem Knall wieder zu. Da er auch nach weiteren Fragen nichts aus Sonny herauskriegte, gab er auf.

Missmutig und verärgert stieg er die Treppe zum Turmzimmer hinauf und hielt Alex erst einmal eine anständige Standpauke. Er war zu müde, um seine Worte abzuwägen. »Du scheinst ja überhaupt keine Ahnung von Verhörtechnik zu haben! Was habt ihr auf der Polizeihochschule eigentlich gemacht? Krimis im Fernsehen angeschaut? Halt dich fern von hier, ich will dich heute nicht mehr sehen. Oder morgen. Hau ab!«

»Heißt du eigentlich Bark, oder wirst du nur so genannt, als eine Art Kosename?«, fragte Alex, vollkommen ungerührt.

»Was?« Kristoffer war kurz davor, die Beherrschung zu verlieren. Er sog Luft durch die Nasenlöcher ein und verschränkte die Arme vor der Brust.

»Auf Englisch bedeutet bark nämlich bellen, also wie ein Hund. Oder wie du das eben gemacht hast. Bin einfach neugierig, wo das Bark herkommt.«

»Nimm deine Neugier und fahr zur Hölle! Ich habe gesagt, dass du mitkommen darfst, wenn du still dabeisitzt. Es gibt unendlich viel über Verhörtechnik, was du noch lernen musst. Zuerst einmal: Respekt. Wir wollen, dass er redet. Das tut er nicht, wenn du ihn beschimpfst. Und zweitens: keine Informationen unnötigerweise herausgeben. Wir haben niemandem erzählt, dass das Opfer in einem Sack mit Steinen versenkt worden ist. Auch wenn es sehr wahrscheinlich ist, wissen wir nicht einmal mit hundertprozentiger Sicherheit, dass es Camilla Hörlins Leiche ist, die wir gefunden haben. Die Tote war genauso groß wie Camilla, aber bevor wir nicht mehr über die DNA oder den Zahnstatus erfahren haben, können wir nicht ganz sicher sein.«

Alex setzte eifrig an, sich zu verteidigen. »Ich hatte ihn so weit. Sonny war kurz davor zu gestehen.«

»Nein, Alex. Er hat sich total verschlossen. Ich hatte Zeit investiert, ein Vertrauen aufzubauen, das du dann binnen weniger Sekunden zum Einsturz gebracht hast. Ich weiß echt nicht, was ich mit dir anfangen soll, verdammt noch mal.«

Alex zuckte mit den Schultern, wahrscheinlich wusste er es selbst nicht, und das schien ihm gar nicht zu gefallen. »Du wolltest, dass ich Sonny Hörlin checke. Der schlaue Fuchs hat weiter in ihre Lebensversicherung eingezahlt. Der hat schon kapiert, dass wir misstrauisch werden würden, wenn er damit direkt nach ihrem Verschwinden aufhört. Sonny ist auch in den sozialen Medien, also Facebook, Twitter, Insta. Meistens postet er irgendwelche Nonsens-Dinger, um billige Likes von seinen Fans zu kriegen. Das sind inzwischen nicht mehr so viele, aber der Typ flirtet völlig ungeniert mit Mädels im Teenageralter.«

»Was schreibt er denn?«

»Meist geht es darum, dass Cannabis legalisiert werden müsse. Aber interessant ist, mit wem er redet. Willst du eine Liste mit den Namen? Ich dachte, er hat vielleicht Kumpel, die Sachen für ihn erledigen. Möglicherweise hat er jemanden angeheuert, um sie umzubringen. Vielleicht gibt es einen, der in seiner Schuld steht.«

»Gut gedacht. Arbeite mit den Kollegen vom Drogendezernat zusammen und mach eine Liste, mit wem er am meisten redet und ob jemand besonders interessant ist.«

»Wie weit zurück?«

»Ab Januar 2013.«

Kristoffer hatte vorgehabt, Sonny mit den Schlafzimmerfilmen zu konfrontieren, die er aufgenommen hatte. Zwar wusste er davon nur vom Hörensagen, und Sonny würde das kaum zugeben, aber er wollte seine Reaktion sehen. Auch diesen Plan hatte Alex zunichtegemacht. Diesen Frischling hatte er zur Strafe für seine Sünden bekommen.

30

»Vergiss die Therapie heute Abend nicht. Du hast um 17 Uhr einen Termin bei Mia Berger«, sagte Ingrid und ließ sich so schnell an Kristoffers Schreibtisch nieder, dass der graue Pferdeschwanz nach vorn wippte. Sie warf kurz den Kopf in den Nacken, um ihn wieder nach hinten zu befördern, und lächelte ihn dann zuckersüß an. »Wie fandest du Mia? Sie ist wunderbar, oder?«

»Woher weißt du, wann ich da hinmuss?«

»Dein Kalender liegt offen auf deinem Tisch, und ich habe gesehen, dass da ›MB 17‹ drinsteht.«

»Deinem Röntgenblick entgeht aber auch gar nichts.«

»Nein, und ich habe auch gesehen, dass du einen Zahnarzttermin hattest. ZA 10.00. Den hast du heute Morgen verpasst. Du musst besser auf dich aufpassen, Kristoffer.«

»Den habe ich nicht verpasst, aber wenn ich arbeite, rutscht der Zahnarzt auf einen anderen Platz in der Schlange. Diese Neupriorisierung wird mich ein Ausfallhonorar kosten. Das kannst du gern bei Zimmermann erwähnen, damit sie kapiert, dass ich eine Gehaltserhöhung brauche.«

»Ich glaube, es ist nicht der richtige Zeitpunkt, um Regina damit zu belasten.« Ingrid sah aus, als wüsste sie ein Geheimnis. »Weck lieber keine schlafenden Hunde. Zieh nicht mehr Aufmerksamkeit auf dich als unbedingt nötig.

Momentan ist sie vollauf damit beschäftigt, die Fragen der Presse über Cannabis und die Sichtweise der Polizei hinsichtlich einer Legalisierung zu beantworten. Gestern war ein junger Reporter von einem der großen Zeitungsdrachen in der Hauptstadt da, der fand, es sei doch eine großartige Idee, das zu legalisieren, damit die Schwarzmarktakteure offen Steuern bezahlen können.«

»Na toll, warum verstaatlichen wir nicht den Verkauf und lassen den Überschuss in Pflege, Schule und Gesundheitsversorgung fließen? Wenn es überhaupt einen Überschuss gibt, nachdem man sich um diejenigen gekümmert hat, die wegen Cannabis in ein Lebenskoma fallen. Zugekiffte Eltern, die nicht auf ihre Kinder aufpassen können, junge Leute, die nicht mehr lernen können. Der Rausch ist schwer zu steuern und kann tagelang kommen und gehen. Willst du mit einem Piloten fliegen, der high ist, oder von einem Chirurgen operiert werden, der übers Wochenende Tüten geraucht hat?«

»Bei mir rennst du offene Türen ein, mir genügt Kaffeelikör als einzige Stimulation. Wo wolltest du denn gerade hineilen, als ich dich an die Therapiestunde erinnert habe?«

»Ich hätte die Therapie schon nicht verpasst, ich war gerade in Begriff, dort anzurufen und den Termin zu verschieben. Ich muss nach Hampetorp.«

»Kristoffer, wenn Regina erfährt, dass du nicht zu den vereinbarten Gesprächen gehst, dann verlierst du den Job. Weil sie die Rechnungen abzeichnet, weiß sie genau, ob du regelmäßig dreimal die Woche hingehst – mindestens. Was wolltest du in Hampetorp? Mit Sven reden?«

»Woher weißt du das denn?«

»Natürlich, weil ich Rita kenne. Wir singen zusammen

im Chor, und sie hat mir erzählt, dass du vorbeikommen wolltest. Sie hatte viele Fragen.«

»Da hoffe ich mal, dass du sie beantworten konntest.«

»Wusstest du, dass Camilla Hörlin in der häuslichen Altenpflege gearbeitet und sich auch um Svens Mutter gekümmert hat, bis die gestorben ist? Die alte Frau wohnte in einer Wohnung in Odensbacken, wohin sie übergesiedelt ist, um in der Nähe von Sven und Rita zu sein, nachdem die nach Hampetorp gezogen waren.«

»Nein, davon hatte ich keine Ahnung. Hast du noch mehr Informationen für mich?«

»Na ja, Rita war wohl nicht so begeistert wie Sven ...« Ingrid nahm die Brille ab und ließ sie an der Kette um ihren Hals baumeln. »Wie soll ich sagen? Sven hatte sich ein bisschen in Camilla verguckt, fand seine Frau. Es sei die Art gewesen, wie er sie anschaute und dass er seine Besuche bei der Mutter immer auf die Zeiten legte, wenn Camilla arbeitete. Die können einem echt leidtun. Die Enkelin verloren, und der Sohn sitzt im Gefängnis.«

Kristoffer, der nicht wirklich zugehört hatte, erhob sich. »Ich warte auf eine Antwort per Schneckenpost, um Camilla Hörlins Akte von der Hebammenzentrale zu kriegen. Aber da ist noch nichts gekommen.« Er ging zum Postfach. »Verdammt, was ist das denn? Mein Brief liegt ja noch hier. Es ist keine Post abgegangen und keine gekommen.«

»Check das mal mit dem Internen Service«, empfahl Ingrid. »Ich hab auch schon gemerkt, dass mit der Hauspost irgendwas nicht stimmt. Vielleicht ist da jemand krank.«

Kristoffer rief die zuständige Stelle an, und nach einem kurzen Gespräch stellte sich heraus, dass entschieden worden war, dass die Beamten selbst hinunter ins Postzimmer gehen sollten, um Briefe aufzugeben und abzuholen. »Ich habe keine Information darüber bekommen.«

»Ich auch nicht«, meinte Ingrid. »Wo ist überhaupt das Postzimmer?«

»Keine verdammte Ahnung!« Kristoffer war superwütend. »Uns fehlt es an Mitarbeitern, und wir sind mitten in einer Mordermittlung, für die wir Überstunden machen müssen. Und nur um ein paar Kronen beim Internen Service zu sparen, lässt man sämtliche Polizisten Topfschlagen spielen und das ganze Haus nach ihrer Post durchsuchen. Was für eine Idiotie!«

Zwanzig Minuten und ein Telefongespräch mit Zimmermann später, die auch nicht informiert worden war, stand fest, dass sich das Postzimmer in einem Raum im Erdgeschoss befand, der früher zur Staatsanwaltschaft gehört hatte.

Nachdem er seinen Brief im Postzimmer abgegeben hatte, nahm Kristoffer seinen Laptop mit und verließ das Büro. Auf dem Weg zur Therapiestunde mit Mia Berger buchte er die Befragung von Sven auf den nächsten Tag um, an dem er sowieso vorgehabt hatte, Rasmus aufzusuchen und ihn zu fragen, was er denn Ella so Geheimes erzählt hatte. Vielleicht würde er ihn morgen erwischen und ihm ein bisschen auf den Zahn fühlen können. Börje hatte gesagt, Rasmus habe eine Hütte in Hampetorp übernommen. Natürlich hatte Kristoffer ihn überprüft und wusste, dass er auch eine Einzimmerwohnung auf der Slottsgatan besaß, wo seine neu gegründete Personalvermittlung ihren Sitz hatte.

Während des kurzen Spaziergangs ließ er seine Gedanken wandern und stellte mit einem etwas peinlich berührten Lächeln fest, dass sie um Mia Berger kreisten. Eigentlich sah sie aus wie Juliette Binoche in *Chocolat.* In Gedanken hatte er ihr schon alles erzählt, was er niemandem sonst anvertrauen konnte. Bald würden sie über seine unkontrollierten Wutanfälle reden. Wenn er die Wahrheit sagte, wenn er ihr erzählte, dass er während der Anfälle sich selbst von außen betrachtete und seinen Körper nicht mehr steuern konnte, dann würde sie ihn für geisteskrank halten. War es so? Wurde er verrückt?

Er schüttelte das unangenehme Gefühl ab und nutzte die Gelegenheit, kurz bei Ella anzurufen, um ihr zu berichten, dass die Leiche, die man gefunden hatte, nicht die von Vera war. Er hätte ihr das gleich mitteilen sollen, hatte sich aber erst selbst in der Vorstellung zurechtfinden müssen.

Ella klang verschlafen, als sie endlich ans Telefon ging. »Was gibt es? Ich schlafe.«

»Hier ist Kristoffer. Wie geht es dir?«

»Mäßig, würde ich sagen. Ich bin zu Hause in meiner Wohnung. Jetzt werd nicht gleich wütend auf mich. Ich musste nach Hause. Da konnte ich nicht bleiben, denn die wissen nicht, was ich brauche. Du auch nicht. Du hast meine Tabletten mitgenommen und meinen Wein weggeschüttet! Und der Arzt, zu dem ich immer gehe, weigert sich, die Tür aufzumachen. Er hat seine Praxis geschlossen. Steckst du auch dahinter, Kristoffer?« Ella wartete die Antwort nicht ab. »Du begreifst einfach nicht, wie schlecht es mir geht. Ich kann so nicht leben. Die Gedanken an Vera tun so weh, ich muss sie auf Abstand halten. Ich bin nicht so wie du, Kristoffer. Ich schaffe das hier nicht. Ich muss …« Ellas Stimme schwand, und er hörte, dass sie weinte.

»Wir haben nicht Vera gefunden, sondern wahrscheinlich Camilla Hörlin. Es tut mir leid, ich weiß, dass ihr zusammengearbeitet habt und dass du sie sehr mochtest.«

»Camilla. Wie traurig.« Jetzt hörte er, wie nuschelig sie klang.

Kristoffer sammelte sich, um das Notwendige zu sagen. »Ich habe mit dem Sozialamt gesprochen und deine Betreuung beantragt. Du musst einen Entzug machen und dann in eine Klinik kommen, wo man dir hilft.« Jetzt war es gesagt. Nun wartete er nur noch auf die Explosion, und die kam.

»Du warst das also, der mir das Sozialamt auf den Hals geschickt hat? Ich hasse dich, Kristoffer! Ich hasse dich!«

»Nein, das tust du nicht. Du hasst dich selbst und findest, dass ich ein gutes Opfer bin, dem man dieses Gefühl aufdrücken kann. Waren sie schon da?«

»Sie haben angerufen, aber ich werde denen nicht die Tür aufmachen. Ich weigere mich! Und du bist ein verdammter Idiot, der mich nicht in Ruhe lassen kann.«

»Ich mache mir Sorgen um dich, Ella.«

»Fahr zum Teufel!«

Exakt um fünf Uhr betrat Kristoffer Mia Bergers Wartezimmer. Den ganzen Tag über hatte er so viel zu tun gehabt, und doch hatte der Gedanke daran, dass er sie treffen würde, wie ein Ziehen in der Magengrube gelegen. Jetzt war er richtig nervös. Er legte das Handy auf den Tisch und ließ sich im Wartezimmersessel nieder. Als sie sich voriges Mal gesehen hatten, war er nach dem Fund der toten Frau im See nicht er selbst gewesen. Da hatte er noch geglaubt, es sei Vera, doch Ali hatte ihn, was das anging, beruhigt. Dennoch schwebte er immer noch in Ungewissheit darüber, was seiner Tochter zugestoßen sein könnte, und all seine Gedanken diesbezüglich brannten wie Salz in einer offenen Wunde.

Die Tür ging auf, und Mia bat ihn hinein. Sie hatte ziegelroten Lippenstift aufgelegt und trug ein weißes Hemd, ein schwarzes Jackett und eine grau gemusterte Anzughose. Als sie ihn anlächelte, wurde ihm durch und durch warm.

»Wie haben Sie nach dem, was passiert ist, geschlafen?«, war ihre erste Frage.

Er berichtete, dass er nicht viel Zeit auf Schlaf verwandt habe. »Ich schlafe ein, werde aber nach ein paar Stunden wieder wach und stehe dann auf, um zu arbeiten.«

»Was sind das für Gedanken, die Sie haben, wenn Sie aufwachen?«

Auf diese Frage antwortete er nicht wahrheitsgetreu, dass er in seinen Gedanken mit ihr diskutierte, sondern entschied sich, etwas aus dem Arbeitszusammenhang zu sagen. »Mir ist dann oft etwas eingefallen, was mit der Ermittlung zu tun hat. Alles deutet darauf hin, dass es ein Mord war.«

»Ich vermute, dass Sie Ihre eigenen grundsätzlichen Bedürfnisse vergessen, wenn Sie von Ihrer Arbeit so aufgesogen werden, vor allem, wenn Sie glauben, dass es Sie einer Antwort auf die Frage, was Ihrer Tochter zugestoßen sein könnte, näher bringt.«

»Ja, ich möchte mich auf das hier konzentrieren«, antwortete er und wurde in die Tiefe ihrer schokoladenbraunen Augen hineingezogen.

»Um als Mensch zu funktionieren, braucht man Zeiten der Erholung. Sie wissen das, aber ich sage es trotzdem. Der Tag hat vierundzwanzig Stunden. Acht Stunden davon hat der Arbeitstag. Sieben bis acht Stunden brauchen Sie zum Schlafen. Um im Gleichgewicht zu bleiben, müssen Sie in Ihrer Freizeit andere Dinge tun als Verantwortung für Ihre Ex-Frau zu übernehmen, auch wenn das ein gutes Ansinnen von Ihnen ist und Sie es als notwendig begreifen, damit sie nicht untergeht. Wann haben Sie das letzte Mal etwas getan, das Ihnen Spaß gemacht hat?«

»Spaß?« Kristoffer schloss die Augen, um aus Mias Kraftfeld herauszukommen. Wenn sie ihn so ansah, konnte er keinen vernünftigen Gedanken fassen. »Das letzte Mal hatte ich Spaß, als meine Schwester zum 75. Geburtstag meines Vaters zu Hause war und wir in strömendem Regen mit einem Tandem zum Ånnabodasjön geradelt sind. Es ist zwei Jahre her, dass wir uns gesehen haben.«

»Unternehmen Sie etwas mit Ihren Arbeitskollegen oder anderen Freunden?«

»Nein, nicht seit Vera … ich schaffe es einfach nicht.«

»Sie werden es auch nicht schaffen, weiter so zu leben, wie Sie es jetzt tun. Jedenfalls nicht auf lange Sicht. Ich habe mit Ihrer Chefin gesprochen und ihre Version davon gehört, welche Probleme an Ihrem Arbeitsplatz entstanden sind. Sie hat mir erzählt, dass Sie Wutausbrüche haben und dass mehrere Ihrer Kollegen gesagt hätten, dass es schwer sei, mit Ihnen zusammenzuarbeiten. Dass Sie lieber alles selbst erledigen, als zu delegieren und im Team zu arbeiten. Was sagen Sie dazu? Stimmen Sie zu?«

»Ganz und gar!« Kristoffer schämte sich. »Das ist sicher absolut wahr. Aber in den meisten Fällen ist meine Wut berechtigt.« Er dachte an die Sache mit der Hauspost, sagte aber lieber nichts davon, denn das war in diesem Zusammenhang doch nur eine ärgerliche Bagatelle.

»Gut möglich. Aber man kann seinen Willen auf unterschiedliche Weise durchsetzen«, erwiderte sie lächelnd. »Wut ist eine außerordentliche Triebkraft, wenn sie richtig eingesetzt wird. Nehmen wir zum Beispiel den Türsteher im Freimaurerlokal. Der hat nur seine Arbeit gemacht und hatte keine Ahnung, dass Sie gerade das Leben Ihrer Ex-Frau gerettet hatten. Sie haben ihm Angst gemacht, als Sie ihn gegen die Wand drückten.«

»Er hat halt zu langsam reagiert«, verteidigte sich Kristoffer. »An dem Abend war alles zu viel.«

»Genau darauf möchte ich ja hinaus. Alles zusammengenommen ist zu viel, und Sie müssen eine bessere Methode finden, um Ihre Wut zu kanalisieren. Wenn Sie erschöpft sind, dann geht es schief. Sie müssen in Ihrer Freizeit etwas anderes tun, als nur zu arbeiten. Es scheint, als hätten Sie Ihr gesamtes soziales Leben aufgegeben und würden mit niemandem mehr Kontakt haben als mit Ihrem Vater, den Sie sporadisch treffen, einer Schwester, die Sie alle halbe Jahre mal anrufen, und einer Ex-Frau, die Ihnen die Energie absaugt. Sie müssen üben, Freizeit zu haben, und aktiv trainieren, sich zu entspannen.«

»In einer laufenden Mordermittlung?« Er meinte, sich verhört zu haben. Begriff sie nicht, was das bedeutete?

»Ja, damit Sie durchhalten. Als Aufgabe bis zu unserem nächsten Termin möchte ich, dass Sie einen Freund anrufen, den Sie lange nicht gesehen haben, und sich mit ihm verabreden.«

31

Als Denise am Dienstagnachmittag die Post holte, fand sie einen Brief vom Amt in Örebro. Sie riss ihn auf dem Weg ins Haus auf, und als sie ihn gelesen hatte, war sie heilfroh, dass er nicht wie der Brief von Isabell schon von jemand anders geöffnet worden war.

Sie wurde von der Schwangerenberatung zu einem Termin mit einer neuen Hebamme und zu einem Ultraschalltermin in der 14. Woche gebeten. Da würde auch eine Blutprobe entnommen werden, falls sie ein sogenanntes Trimester-Screening vornehmen lassen wollte. Zum Glück war Albert abgereist, er hätte es sehr übel aufgenommen, wenn er das hier gesehen hätte, denn schließlich hatte sie ihm ja gesagt, dass der Ultraschall bereits geschehen wäre. Als sie ins Haus kam, riss sie die Aufforderung in kleine Fetzen, die sie erst in den Müll werfen wollte, dann aber ging sie in den Keller, zündete den Holzofen an und warf die Papierschnipsel ins auflodernde Feuer.

Warum hatte sie nur gelogen und sich in diese Situation gebracht? Albert würde wahnsinnig werden, wenn er merkte, dass sie ihn reingelegt hatte. Nie im Leben würde er ihre Zweifel verstehen. Aber das war doch wirklich eine weitreichende Entscheidung. Wenn man mit jemandem ein Kind hat, dann ist man mit dieser Person für den Rest seines Lebens verbunden.

Denise war jetzt schon nicht sicher, ob sie es aushalten würde, mit ihm zusammenzuleben. Wenn sie sich trennten, dann würde er garantiert ein geteiltes Sorgerecht haben wollen. Ganz gleich wie herzzerreißend und schrecklich anstrengend das werden würde. Sie ahnte, dass Albert bei einem Sorgerechtsstreit zu jedem Mittel greifen und in ihrer Vergangenheit graben würde, um jeden kleinsten Makel zu finden. Er hatte die Gabe der Rede, die ihr abging. Noch konnte sie abtreiben lassen und ihm sagen, sie habe eine Fehlgeburt gehabt, und dann die Beziehung beenden. Aber sie wollte ja Kinder.

Denise zitterte vor Unbehagen. Es fühlte sich an, als würde sie von ihren widersprüchlichen Gefühlen zerrissen. Denn auf der einen Seite liebte sie ihn, und diese Stimme flüsterte, dass sie sich all das Böse nur einbildete. Albert konnte so liebevoll und fürsorglich sein. Er wollte dieses Kind wirklich und machte Pläne dafür. Am Wochenende war er zu Hause bei Börje gewesen und hatte auf dem Dachboden nach alten Babysachen gesucht. Eine Wiege, die neu gestrichen werden konnte, und eine Holzeisenbahn.

Denise ging in die Küche und setzte Tee auf. Saba kam angetrottet, stellte sich neben den Hundenapf und sah sie flehend an, bis sie die Dose mit Hundefutter aus dem Kühlschrank holte. Eigentlich hätte sich Saba gleich auf die Hühnchenstücke stürzen müssen, doch anstatt sich das Futter einzuverleiben, sah sie Denise weiter mit einem intelligenten, fast menschlichen Blick an.

»Ach, Saba, du bist klug.« Genauso hatte der Hund sie schon beobachtet, als sie ein kleines Stück Papier unter ihre Schreibtischschublade, in der sie Pässe und Zeugnisse und das kleine Notizbuch mit ihren Passwörtern aufbewahrte, gesteckt hatte. Sie hatte sehen wollen, ob Albert sie geöffnet hatte. Und das hatte er getan. Am Montagmorgen lag das Papierstück auf dem Fußboden. Es war nur wenige Millimeter klein, und trotzdem war die Entdeckung von großer Bedeutung. Alberts Kontrollbedürfnis war krankhaft, und wenn sie zusammenleben sollten, dann musste er damit aufhören. Sie hatte versucht, mit ihm darüber zu sprechen, aber er war völlig verständnislos gewesen. *Ich mache mir einfach Sorgen um dich und das Kleine.*

Denise ging die übrige Post durch. Eine Stromrechnung, der Rest war Werbung. Sie sah auf ihr Handy. Sie hatte eine SMS von Isabell. *Ich komme am Donnerstag. Du kannst mich um 17:48 vom Zug abholen. Kuss, Isabell. Schick mir eine Nachricht, damit ich weiß, dass das so okay ist.*

Heute war Dienstag. Wirklich kurzfristig. Denise nahm das Handy und antwortete per SMS. *Willkommen!*

Ohne es wirklich so zu meinen. Im Moment hatte sie wirklich keine Zeit für ihre Schwester. Aber Isabell würde in jedem Fall kommen, ganz gleich ob sie willkommen war oder nicht.

Denise machte sich mit Saba zur Abendrunde auf. Sie hatte Skizzenblock und Kamera in ihrer Tasche, um die Farben des Sonnenuntergangs einzufangen, wenn sie besonders zart waren. In einem Monat musste sie Skizzen vorweisen können, deshalb musste sie jetzt wirklich die Zeit nutzen und hart arbeiten. Die Tage vergingen gerade so schnell, und abends war sie so müde, dass sie nur noch ins Bett fiel.

Ihr schwebte ein Stoff vor, in dem die Farben wie beim

Aquarell ineinanderflossen. Ein Kleiderstoff aus Rohseide, der von Gelb in Rosa und Blau überging. Mit diesen Überlegungen war sie beschäftigt, als Rita ihr vom Fenster aus zuwinkte. Denise tat so, als würde sie nichts bemerken. Sie musste einfach in Ruhe arbeiten können. Doch schon hörte sie, wie hinter ihr Ritas Haustür aufging.

»Also, wenn du rausgehst, dann begleite ich dich gern. Gleich wird es dunkel, und da ist es doch sicherer zu zweit. Ich habe Albert versprochen, ein Auge auf dich zu haben.«

Denise blieb wie erstarrt stehen und schloss die Augen. Sie kochte vor Wut. Sollte Albert die Nachbarn gebeten haben, sie zu beaufsichtigen? Das war noch schlimmer, als sie dachte. »Was sagst du da? Was hat Albert gesagt?« Sie bemühte sich, freundlich zu klingen, damit Rita ihr auch die Wahrheit sagte.

»Albert ist ein fürsorglicher Mann, den hast du richtig gewählt. Er hat Sven und mich gebeten, da zu sein, falls du mal Hilfe brauchst. Er mag es nicht, dass du alleine bist.«

»Ich bin genau so alleine, wie ich es will, und außerdem habe ich Saba. Für meinen Job brauche ich Zeit für mich. Ich kriege nichts erledigt, wenn ich gestört werde.«

»Ich will nicht stören, nicht doch. Aber jetzt gehst du ja spazieren, habe ich gedacht. Das wird ein großartiger Sonnenuntergang werden.« Rita stiefelte los und hatte schnell aufgeholt. »Geh mal nicht so schnell, da komme ich nicht mit. Es ist wichtig, dass wir Frauen jetzt zusammenhalten, wo hier am See so schlimme Sachen passieren.« Rita sah zu Denises Gesicht hoch und rieb sich die kleine, runde Nase mit dem Handrücken, so als würde sie gleich niesen.

Denise fiel es schwer, ihren Ärger zu unterdrücken. »Was meinst du damit?«

»Ich habe Nachrichten gehört, und da haben sie von der Leiche berichtet, die am Dimbobaden angespült worden ist. Die Polizei hat Sonny mitgenommen. Wusstest du das? Aber ich glaube ja nicht, dass er in der Mittsommernacht imstande gewesen wäre, seine Frau zu ertränken. Börje hat ihn von seinem Küchenfenster aus gesehen, als er nach Hause ging, um den Grill anzuwerfen, und da war Sonny so sturzbetrunken, dass er zum Pinkeln auf die Veranda raustorkelte. Wenn er nicht Theater gespielt hat, versteht sich. Wenn du mich fragst, dann war es ein Ausländer. Es kommen so viele Ausländer hierher, und die haben den Krieg in sich. Der Krieg ist wie eine ansteckende Krankheit. Er gibt ihnen einen Grund, Frauen zu vergewaltigen. Wenn ich es mir recht überlege, solltest du vielleicht zu uns ziehen, ich meine, bis Albert nach Hause kommt. Er hat das übrigens auch vorgeschlagen.«

»Ich kann das Gerede über Ausländer nicht hören!« Denise merkte, dass ihre Grenze erreicht war. »Entschuldige mich bitte, Rita, aber ich möchte allein sein.«

Rita sah sie fassungslos an. »Ich verstehe, dass du empfindlich bist und dich gegen diese schwerwiegenden Neuigkeiten wehrst. Nach dem, was mit deiner Zwillingsschwester geschehen ist, kann ich das nachvollziehen. Ich meine es doch nur gut. Wie geht es dir und Albert eigentlich? Ich finde, er sieht gar nicht mehr froh aus. Vielleicht macht er sich Sorgen, jetzt, wo du schwanger bist. Er hat ja Maria verloren, als man gerade erkennen konnte, dass … Aber, Liebes, das wusstest du doch, oder?«

»Ja, aber ich will nicht darüber reden.«

Rita ignorierte ihren Einwurf. »Und dann ist die Arme gestorben. Ich habe auch schwere Zeiten durchstehen müssen. Wir Frauen müssen zusammenhalten. Warte! Ich kann nicht so schnell. Warum rennst du so?«

Als Denise nach Hause kam, war sie immer noch aufgebracht. Rita war so anstrengend, wenn sie ihre Sorgen mit der Außenwelt teilen musste. Sowohl Rita als auch Sven saßen im Nachbarhaus am Küchenfenster und starrten zu ihr hinüber. Sie konnte sehen, wie Rita auf sie zeigte und etwas sagte, und wie Sven den Kopf schüttelte. Denise wollte gar nicht wissen, was sie redeten, aber sie konnte es sich vorstellen.

Sie setzte sich vor den Computer und überspielte die Fotos, die sie mit der Kamera gemacht hatte, um sie auf dem größeren Bildschirm zu bearbeiten. Eigentlich sollte sie etwas essen, um den Blutzucker hochzukriegen, aber sie hatte keinen Hunger. Wie gewöhnlich blieb es bei einer Tasse Tee. Einige der Fotos, die sie gemacht hatte, waren richtig geglückt und würden gut zu verwenden sein. Die schmalen schwarzen Äste der Birke vor einem vielfarbigen Himmel waren ein Muster, das einzufangen ihr gelungen war, und mit dem sie weiterarbeiten konnte. Ein gestrickter Pullover in dieser Farbkombination würde richtig toll werden. Nach ein paar Stunden konzentrierter Arbeit hatte sie eine Skizze angefertigt, mit der sie zufrieden war.

Sie warf einen Blick aus dem Fenster. Jetzt war es dunkel. Sie dachte an Albert, und dass er nicht angerufen hatte. Warum wohl? In der letzten Zeit war immer er derjenige gewesen, der anrief, aber heute Abend blieb das Telefon still. Natürlich sollte sie ihn eigentlich anrufen und gute Nacht sagen, aber es widerstrebte ihr. Sie war einfach zu sauer auf ihn, weil er die Nachbarn gebeten hatte, sie zu überwachen. Das war nicht fürsorglich, das war krank. Und warum hatte er ihr nicht von Maria erzählt? Die entscheidenden und wichtigsten Ereignisse in seinem Leben waren mit seiner verstorbenen Frau verbunden, doch er hatte entschieden, sie nicht mit ihr zu teilen, während er gleichzeitig verlangte, dass sie offen war und keine Geheimnisse vor ihm hatte.

Denise ging ins Schlafzimmer und holte das Handy hervor, das sie sich von Rasmus hatte ausleihen dürfen, um insgeheim Maria Hansson zu googeln. Das war im Grunde auch nicht die feine Art, aber sie konnte einfach nicht anders, sie musste lesen, was Alberts verstorbene Frau geschrieben hatte, als sie noch lebte. Der letzte Post auf Facebook war aus Hampetorp. Eine Nahaufnahme einer lächelnden Maria. Denise erkannte Börjes Veranda. Im Hintergrund saß Alice und strickte an etwas sehr Kleinem und Verspieltem, das ihre ganze Konzentration beanspruchte: ein Babypullover.

Auf einem früheren Bild sah man Albert und Maria an einem gedeckten Tisch mit brennenden Kerzen sitzen. Maria lächelte, das blonde Haar war zum Bauernzopf aufgesteckt, und sie trug Perlenohrringe. Albert mit unergründlichem Gesichtsausdruck und dunklem Anzug. Denise zoomte das Bild heran und betrachtete Maria. Lag in diesem Lächeln nicht ein winziger Zweifel? Sie scrollte die Posts weiter durch. Ein paar Fotos von der Hochzeit waren auch dabei. Und dann … *Mittsommerabend 2012 auf dem Campingplatz*. Auf dem Bild konnte sie sehen, dass es eine große Festgesellschaft war, die auf dem Rasengelände unterhalb des Campingplatzes versammelt war. Sonny Hörlin stand auf der provisorischen Bühne, und unten im

Publikum sah man Vera Bark, die Tochter des Polizisten, in einem winzigen ärmellosen Kleid; sie streckte die Arme zu Sonny und rief etwas, oder vielleicht sang sie auch. Das war der Sommer, ehe Vera verschwand. Ganz offenkundig war sie ein Fan von Sonny gewesen. Hinter Vera stand Isabell. Dann musste sie selbst ja wohl auch in der Nähe gewesen sein. Auf dem Festplatz waren viele Leute gewesen, Albert und sie hatten nur ganz kurz miteinander gesprochen. Sie konnte sich nicht erinnern, ihn zusammen mit Maria gesehen zu haben.

Denise war müde, und die Gedanken kreisten in ihrem Kopf. Plötzlich war ihr fast übel. Obwohl es ja Rasmus' Handy war, löschte sie die Spuren ihrer Suche und stellte das Handy aus. Dann machte sie sich fertig und kroch ins Bett. Ihr Körper schmerzte vor Erschöpfung. Die Matratze nahm ihr Gewicht auf und ließ sie schweben. Als sie gerade dabei war einzuschlafen, hörte sie Saba dumpf knurren.

»Sei still!«

Saba sprang auf das Bett, so dass es schaukelte, hörte nicht auf zu knurren und starrte aus dem Fenster. Denise schlug die Augen auf und sah, dass sie vergessen hatte, die Jalousie herunterzuziehen. Dunkle Wolkenstreifen verbargen den Halbmond, ab und zu fiel ein Streifen Licht hindurch. Saba knurrte weiter, und Denise stand auf und ging barfuß über den kalten Fußboden zum Fenster. Da draußen stand jemand. Ein dunkler Schatten beim Apfelbaum. Jemand in einem weiten schwarzen Mantel beobachtete sie mit glimmenden Augen, ein eigentümlicher Blick, der sie, solange sie denken konnte, in Albträumen verfolgt hatte. Die Person war zu groß, um Rita zu sein, und zu schmal für Sven. Sie erkannte einen Spaten, der erhoben wurde und in den weichen Boden drang. Und ein wahnsinniger Gedanke kam ihr. *Jetzt bist du dran. Ich grabe dein Grab. Du entkommst mir nicht.*

32

Es war Mittwochmorgen, und Kristoffer Bark nahm die wackelige Treppe zum Turmzimmer. Regina Zimmermann hatte ihm in einer erneuten Mitteilung eingeschärft, dass sie ein Team seien und dass er die Verantwortung dafür trage, dass es funktionierte. Obwohl dies aus seiner Sicht eine ineffektive Art des Arbeitens war, musste er es doch akzeptieren. Wenn er die anderen nicht wie eine Fußfessel mit sich schleifen müsste, dann könnte er jetzt schon in Hampetorp sein und Sven und Rita Andersson befragen. Das hatte er schließlich schon am Abend zuvor tun wollen, aber da musste er ja seine Therapeutin treffen. Was im Grunde genommen ein reines Vergnügen gewesen war, auch wenn es ihn Arbeitszeit gekostet hatte.

Am frühen Morgen und noch zu Hause, hatte Kristoffer schon einen Anruf von Ali erhalten, der ihm sagen wollte, dass sie jetzt ganz sicher waren, dass es sich bei der Toten um Camilla Hörlin handelte. Der Zahnbefund bestätigte es. Die Obduktion war ein weiteres Mal verschoben worden, doch sie konnten damit rechnen, am nächsten Tag kurz vor Mittag einen Bericht zu erhalten.

Als Kristoffer oben angekommen war, sah er eine Nuckelflasche auf der Arbeitsfläche neben der Kaffeemaschine stehen, und aus dem Turmzimmer war Kinderlachen zu hören. Er trat ein, und der Anblick, der sich ihm bot, war alles andere als professionell. Da saß Henrik mit einem Baby auf dem Arm und machte prustende Laute auf dem nackten Bauch des Kindes, wobei das Kleine vor Lachen juchzte.

»Aha!«, sagte Kristoffer und wartete auf eine Erklärung.

»Du hast Zimmermann gesagt, ich wäre niemals hier, weil ich die ganze Zeit mit kranken Kindern zu Hause bin. Deshalb habe ich das heute mal so gelöst. Nisse hat heute Morgen gespuckt, wahrscheinlich diese Magen-Darm-Geschichte, die grade umgeht. Wenn ein Kind spuckt, darf es drei Tage nicht in die Tagesstätte. Da habe ich mir gedacht, die beste Lösung ist doch, wenn ich ein bisschen mit Nisse auf dem Schoß arbeite und hoffe, dass er niemanden von euch ansteckt.« Henrik lächelte, was er nur äußerst selten tat, und wischte mit dem Ärmel seines Jacketts etwas Brei vom Schreibtisch.

Alex saß weit entfernt am anderen Ende des Zimmers an dem Schreibtisch, der für Sara reserviert war, wenn sie denn jemals wiederkommen sollte. Neben ihm stand eine Flasche mit Desinfektionsmittel, das sonst Henrik immer auf seinem Tisch stehen hatte.

»Es hat eine angerufen, die Ella heißt«, sagte er und rieb seine Hände mit dem Mittel ein. »Sie hat gesagt, du bist ein Idiot und sollst in …«

»… der Hölle brennen«, ergänzte Henrik und sah, obwohl das kaum möglich war, noch erfreuter aus. »Was hast du heute für uns?«

»Ihr kümmert euch um die Papiere und Dokumentationen, die wir für die Verstärkung brauchen. Wir werden durch mehrere Ermittler entlastet, und Ingrid arbeitet von jetzt an Vollzeit für uns. Ich trommle heute die Kollegen zusammen, die uns helfen sollen, Leute vor Ort zu befragen. Okay? Der Zeitstrahl bis zu Camilla Hörlins Verschwinden, von dem wir vor einigen Tagen gesprochen haben, wo ist der?« Kristoffer tastete in seiner Jackentasche nach seinem Handy. Seltsam, dass Ella ihn im Büro anrief. Hatte er sein Handy ausgeschaltet?

»Ich dachte, es wäre nicht eilig«, sagte Henrik mit einem Blick zu der auf dem Fußboden stehenden Papierrolle, auf der der Zeitstrahl eingetragen werden sollte.

Kristoffer ließ den Gedanken an das Handy fallen. »Nicht eilig? Hast du sonst noch was zu tun?«

»Offensichtlich«, erwiderte Henrik und blies Nisse wieder auf den Bauch.

Kristoffer seufzte schwer. »Du sitzt also hier und hast elternfrei. Bezahlt da jetzt die Krankenversicherung oder die Polizeibehörde? Ich meine, wenn das hier auf Rechnung des Hauses geht, dann solltest du mal versuchen, das eine oder andere zu erledigen. Wenn ich zurückkomme, dann hängt da ein Zeitstrahl. Nimm als Ausgangspunkt die Ermittlung von damals, dann ergänzen wir die bloß. Ich fahre derweil nach Hampetorp und befrage Sven Andersson und Rasmus Flodmark.«

»Da will ich dabei sein!«, rief Alex. »Wenn ich hierbleibe, stecke ich mich noch an.«

»Nur wenn du die Klappe hältst und zuhörst. Du hast hier eine passive Rolle. Lass den Gunvald hier auf dem Revier.«

Kristoffer holte ein Glas Wasser und begoss die Weinranke, die er von seinem Vater bekommen hatte. Vorsichtig hob er sie aus der Vase. Schon jetzt hatte sie feine Wurzelfäden.

»Warum wolltest du Polizist werden?«, fragte Kristoffer, nachdem sie sich unten in der Garage einen Wagen geholt hatten, in dem sie nun an der Eisenbahn entlang zum Kreisverkehr beim Krankenhaus unterwegs waren.

»Weil es keine Gerechtigkeit gibt, wenn man nichts dafür tut«, sagte der junge Mann schlicht.

»Sehr erwachsen. Wie bist du zu dem Schluss gekommen?«

Alex sah ihn unter seiner Haartolle hindurch an und überlegte.

»Ich meine, hat das irgendein Held in einer Krimiserie im Fernsehen gesagt?«, fragte Kristoffer.

In Alex' Blick blitzte es auf, und er presste die Kiefer aufeinander. »Meine Mutter ist gestalkt und zusammengeschlagen worden, bis sie den Kerl angezeigt hat, der das getan hat. Die Polizisten, die kamen und uns retteten, waren Helden. Ihnen ist es zu verdanken, dass der Typ jetzt im Knast sitzt. Polizisten machen einen Unterschied.«

»Tut mir leid, ich wusste nicht ... Wie geht es ihr jetzt, also deiner Mutter?«

»Ist okay. Sie hat wieder ihren Mädchennamen angenommen, und ich werde auch den Namen wechseln, damit wir nicht so leicht zu finden sind. Und du solltest mal nicht so viel für selbstverständlich nehmen. Man wird ein besserer Polizist, wenn man sich nicht zu früh ein Urteil darüber bildet, wie die Leute sind.«

»Da hast du recht. Danke, dass du mich daran erinnerst.« Mit einem Mal fühlte sich Kristoffer alt und müde, und er schämte sich auch ein wenig. Zimmermann hatte die Truppe so zusammengesetzt, um ihn dazu zu bringen, mit seinen schwachen Seiten zu arbeiten. Das war deutlich. Und er hatte gedacht, ihm sei dieses Team zugeteilt worden, damit er ihnen zeigen konnte, wie der Hase läuft. Womöglich war aber das Ziel, dass er etwas von ihnen lernte. Die Frau Zimmermann war doch listiger, als man meinen mochte.

Das sonnige Wetter des vorangegangenen Tages war in einen eiskalten Regen übergegangen. Sie stiegen vor Sven Anderssons Gartentor aus dem Auto. Kristoffer wollte ihn noch mal wegen Camilla befragen. Die hatte seine Mutter gepflegt, und nach Meinung seiner Frau hatte sich Sven in sie verguckt. Kristoffer wollte gern wissen, wo sich Sven in der Mittsommernacht, als Camilla verschwand, befunden hatte. Eine Information, die aus Ulfs Dokumentation nicht zu entnehmen war.

Rita stand schon auf der Treppe und winkte sie herein. »Ein kleiner Kaffee wäre wohl nicht schlecht, oder?«

Sie wurden in ein Wohnzimmer geführt, das seit den Siebzigerjahren nicht neu eingerichtet worden war. Die Tapete mit den braunen Medaillons war abgenutzt, und die Sitzgruppe in olivgrünem Samtbezug war unbequem niedrig. Rita stellte eine Thermoskanne auf den Tisch und holte Becher und eine Schachtel mit gekauftem Gebäck von der Sorte, wie man sie palettenweise für ein paar Zehner in Billigmärkten finden kann. Weiter konnte man auf der Gourmetskala nicht von den Backwaren seiner Konditorei in Tybble entfernt sein. Doch Kristoffer wollte höflich sein und nahm zumindest einen. »Wo ist Sven?«

»Bei Heddas Enkelin Denise. Er hilft ihr bei ihrem Badezimmer. Er wird jeden Moment hier sein, ich habe ihn gleich angerufen, als ihr gekommen seid.«

»Gut!« Kristoffer sah erstaunt zu Alex, der Rita anlächelte und sie für Kekse lobte, die sie nicht gebacken hatte.

Rita hatte noch etwas auf dem Herzen, das war deutlich, denn nachdem sie den Kaffee eingeschenkt hatte, setzte sie sich nicht, sondern blieb mit der Kanne in der Hand vor ihnen stehen. »Meine Nachbarin Denise hat mich heute Nacht zu Tode erschreckt!«

»Denise Groth?«, fragte Kristoffer und wartete auf eine Fortsetzung.

»Genau. Hedda hat ja immer wieder zu Sven gesagt, unsere Grundstücksgrenze zu den Groths wäre nicht korrekt. Vor ein paar Tagen habe ich eine Karte von Börje bekommen und habe das Grundstück ausgemessen. Der eine Pfosten stand falsch. Am Abend dann habe ich meinen Sohn Melker rausgeschickt, damit er ihn ausgräbt und versetzt, und da kam sie, nur im Nachthemd, rausgeschossen. Denise. Die ist nicht ganz normal. Sie schrie und verhielt sich in jeder Hinsicht verrückt und versuchte, den Hund auf ihn zu hetzen. Ich habe Sven gesagt, dass er bloß nicht mehr da hingehen und ihr beim Badezimmer helfen soll. Aber er hört ja nicht auf mich.« Rita ließ sich, immer noch mit der Kanne in der Hand, schwer aufs Sofa fallen und sah Kristoffer, Zustimmung heischend, an. Als diese ausblieb, wiederholte sie: »Hedda war schon nicht ganz normal, und die Enkelin ist keinen Deut besser.«

»In welcher Weise?«, flocht Alex ein und lächelte neugierig.

»Sie bleibt nur für sich und will nichts mit anderen Leuten zu tun haben.«

Kristoffer unterdrückte ein Lachen, das zu einem schnaubenden Laut wurde und ihm einen Kekskrümel in den

Hals beförderte. »Vielleicht hat euer Sohn sie ja erschreckt, wenn er im Dunkeln draußen auf der Grundstücksgrenze gegraben hat.«

»Irgendwas sollte Melker schon tun, finde ich, wenn er hier zu Besuch ist. Dienstagsabends läuft immer eine Fernsehserie, die ich schaue, und da hatte ich erst Zeit für ihn, als die zu Ende war. Ah, da kommt Sven. Komm und setz dich. Wir sprechen über Denise.«

»Ah ja«, sagte der und wandte sich an Kristoffer. »Was kann ich diesmal für euch tun? Ich dachte, wir hätten alles schon einmal gedreht und gewendet.«

»Es geht um die Frau, die am Sonntag beim Dimbobaden angespült worden ist. Ihr habt vielleicht schon in den Nachrichten gehört, dass es Camilla Hörlin war.«

»Camilla ... hab ich mir gedacht«, sagte Sven jetzt mit ganz anderem Ernst. »Sie hat meine Mutter gegen Ende auf die allerbeste Weise gepflegt. Mama konnte in ihrem eigenen Zuhause bleiben und fühlte sich sicher und war froh, wenn Camilla da war.« Er sah traurig aus. »Dann war es also Camilla?«

»Ja, und meine Frage an euch lautet: Was habt ihr am Mittsommerabend vor zwei Jahren, als sie verschwand, getan?«

Sven zupfte an seinen zerzausten Koteletten und setzte sich etwas breitbeiniger hin, damit sein umfangreicher Bauch Platz fand. »Weißt du, seit sie verschwunden ist, habe ich jeden Tag an sie gedacht, und jetzt noch mehr, seit ihr am Sonntag die Leiche gefunden habt. Ich habe versucht, mich ganz genau an jenen Mittsommerabend zu erinnern. Aber mein Gedächtnis wird schlechter.« Svens Augen füllten sich mit Tränen. »Ich habe sie aufgefordert, und wir haben getanzt. Sonny hat mit dieser Stockholmerin getanzt.«

»Du hast dich lächerlich gemacht«, sagte Rita bissig.

»Ich habe Camilla auf die Wange geküsst, das war alles. Sie war so schön in ihrem geblümten Kleid und mit den hellen, offenen Haaren. Sie war genauso schön wie du in deiner Jugend, Rita«, sagte er träumerisch.

Alex biss sich auf die Unterlippe, um bloß nichts zu sagen.

Kristoffer wartete auf den Ausbruch, der dann auch kam.

»Du warst besoffen, Sven!« Rita beugte sich vor und bohrte ihren Blick in seinen.

»Nein, ich hatte nur einen Schnaps und ein Bier getrunken. Du warst sauer und wolltest, dass wir nach Hause gehen, obwohl nichts vorgefallen war. Dann hast du eine Flasche Birnenlikör in dich hineingeschüttet und bist vorm Fernseher eingeschlafen, und ich bin rüber zu Börje und habe mit ihm Netze ausgebracht. Börje kann das bezeugen. Wir haben die ganze Nacht auf seiner Veranda gesessen und darauf gewartet, dass die Sonne aufgeht, und dann sind wir wieder mit dem Boot raus und haben die Netze eingeholt.«

»Habt ihr Camilla danach noch mal gesehen?«

»Als ich den Festplatz verließ, saß sie allein an einem Tisch.«

Rita unterbrach. »Und Sonny, der hat sich andernorts vergnügt.«

»Hat Camilla an dem Mittsommerabend mit jemandem gesprochen?« Kristoffer sah sie einen nach dem anderen an.

Rita war es, die antwortete. »Sie saß mit den Groth-Mädchen zusammen. Ich hatte die noch nie zusammen gesehen. Camilla war ja auch nicht von hier. Aber als sie verschwand, hatte sie zumindest sieben, acht Jahre hier gewohnt. Und ich habe gesehen, wie sie mit Albert gesprochen hat. Börjes Junge war in dem Jahr über Mittsommer zu Hause. Das weiß ich sicher, weil er auch bei uns war. Er hat seinen Vater ungefähr einmal im Monat besucht. Ich glaube, Rasmus und er wollten Kanu fahren gehen. Ich weiß aber nicht, ob daraus was geworden ist. Weiß man schon, ob sie sich ertränkt hat oder ob es ein Unglück war?«

»Es war Mord!«, rief Alex und bekam von Kristoffer einen Tritt ans Schienbein.

»Noch wissen wir nichts sicher.«

»Aber es könnte Mord gewesen sein?«, sagte Rita mit aufgerissenen Augen. »Habe ich es nicht gesagt? Man ist hier draußen einfach nicht sicher. Nehmen Sie noch einen Keks, Alex.«

»Jetzt habe ich noch eine Sache, die nicht Camilla betrifft, sondern ganz privat ist. Bevor wir gehen, möchte ich, dass ihr euch einen Gegenstand anseht.« Kristoffer holte die Haarspange heraus, die er am Strand gefunden hatte. »Matildas Freunde sagen, sie und Vera hätten die gleiche Spange gehabt.«

Svens Blick wurde feucht, und er wischte sich eine Träne ab. »Wir haben so eine Haarspange, die kaputt war, in Matildas Jackentasche gefunden. Diese hier in deiner Hand muss die von Vera sein.« Sven sah Kristoffer durchdringend an. »Wo hast du die gefunden?«

33

»Okay, schon klar – ich hätte die Schnauze halten sollen«, sagte Alex. Sie hatten Sven und Rita verlassen, und starker Regen fiel aus grauen und tiefhängenden Wolken. Alex versuchte, Kristoffer zu beruhigen, indem er seine Hände zu einer ergebenen Geste ausstreckte. »Es passiert einfach. Die ganze Zeit. Ich habe eine schlechte Impulskontrolle. Aber manchmal ist das auch gut, also zum Beispiel wenn Denken und Handeln in derselben Sekunde passieren sollten. Du solltest mich als Hockeytorwart sehen. Wie schlimm war es, dass ich gesagt habe, es ist Mord?«

»Schlimm. Rita wird das nicht für sich behalten, und wir haben einen schlechteren Ausgangspunkt für weitere Befragungen, wenn der oder die, die was zu verbergen haben, auf der Hut sind.«

»Sorry. Aber ich musste einfach mit dir nach Hampetorp fahren, um mal ein bisschen rauszukommen. Begreifst du, wie das an einem zehrt, mit Henrik im Turmzimmer zu sitzen? Er hat Todesangst vor Ansteckung und allen möglichen Krankheiten. Mit fünf Kindern in der Tagesstätte sollte man von so einer Hypochondrie doch eigentlich geheilt sein, aber es scheint nur noch schlimmer zu werden. Würde man eine Zeitstudie machen, dann könnte man feststellen, dass sein halber Arbeitstag für Desinfektionsprozeduren draufgeht. Seine Kinder werden alle Allergiker werden, wenn sie nicht mit Bakterien zu tun haben dürfen, um ein normales Immunsystem zu entwickeln.« Obwohl Kristoffer ihm einen verärgerten Blick zuwarf, redete Alex immer weiter. »Und noch komischer ist, dass er mit einer Ärztin verheiratet ist. Die sollte ihm doch wohl sagen können, dass er aufhören soll rumzujaulen, oder? Oder es ist ein Teil ihres Paarungsspiels, dass er rumjammert und sie ihn dann gründlich untersucht und sagt, dass er okay ist. Fünf Kinder in fünf Jahren ist gute Arbeit.«

»Könntest du nur einen Moment still sein?« Kristoffer bereitete sich mental auf einen Überraschungsbesuch bei Rasmus vor, dem jungen Mann, der sein Schwiegersohn hätte werden sollen, wenn das Leben so gekommen wäre, wie Vera es geplant hatte.

»Du magst mich nicht.« Alex zog die Schultern hoch und ließ sie mit einem Seufzer wieder sinken und sah Kristoffer an. »Du findest, ich bin zu nichts nutze.«

»Verdammt noch mal! Ich muss dich ja nicht adoptieren, sondern wir sollen einfach nur zusammenarbeiten. Wir müssen uns nicht mögen.«

»Gut, denn ich finde, du bist langweilig«, entgegnete Alex und zog die Augenbrauen hinunter, so dass die Augen zu schmalen Schlitzen wurden.

»Das nehme ich mal als Kompliment. Gewöhnliche, ehrenhafte Ermittlerarbeit ist langweilig, und man muss sich dem anpassen. Unsere Aufgabe ist es, Fakten zu sammeln und Beweise zu finden, die vor Gericht Bestand haben.«

»Aber du glaubst schon, dass Camilla ermordet worden ist, oder?«

»Ja. Es deutet einiges darauf hin.«

»Dann habe ich doch die Wahrheit gesagt. Unser Ziel ist es, die Wahrheit zu Tage zu fördern. Ganz egal wer sie eigentlich sagt. Ich habe also nichts falsch gemacht.«

»Du hast dich taktisch unklug verhalten!«

Auf dem Weg zu Rasmus Flodmark waren sie an Börjes Haus vorbeigekommen, aber Kristoffer hatte sich nicht die Zeit genommen, kurz bei ihm zu klopfen. Das Sommerhaus, das Rasmus von seinen Eltern übernommen hatte, war eine Bruchbude. Vor der Tür stand ein alter Saab, der sowohl Dachträger als auch Anhängerkupplung hatte. Neben dem Schuppen lag umgedreht ein gelbes Kanu.

Es nieselte, und Kristoffer wollte gerade klingeln, als die Tür aufging und Rasmus in Maleroverall und Kappe auf die Treppe hinaustrat. Ella hatte immer gefunden, er sei ein Schwiegermuttertraum, und er sah wirklich immer noch gut aus. Sein Lächeln war gewinnend, doch er wirkte leicht distanziert und gab Kristoffer nur die Hand, anstatt ihn wie früher zu umarmen.

»Ich habe dich schon erwartet, Kristoffer. Die Buschtrommeln haben gemeldet, dass du in der Gegend bist. Eigentlich hatte ich schon gestern Abend mit dir gerechnet. Komm rein. Wir können uns in die Küche setzen, ich streiche gerade das Wohnzimmer. Danach kommt die Küche dran und dann vielleicht noch das Badezimmer, wenn Sven Zeit hat, mir zu helfen, obwohl so viele schöne Frauen ihn verlocken. Mit etwas Glück wird demnächst sein Sohn in der Firma mithelfen, sagt er.«

»Wie ich sehe, gibt es hier einiges zu tun.« Kristoffer setzte sich und sah sich um. Die rückenfeindlich niedrige Einbauküche, einst türkisfarben, war von Alter und

Schmutz dunkel geworden. Ein Holzofen und ein uralter elektrischer Herd standen Seite an Seite, die Spüle war buckelig und schief. Über dem Tisch hing ein versiffter Wandbehang in Braun und Beige, auf dem skifahrende Kinder abgebildet waren. Die zerfetzten Gardinen waren vom selben schmutzig braunen Farbton.

»Wollt ihr einen Kaffee?« Rasmus wartete die Antwort nicht ab. Mit dem Rücken zu ihnen gewandt, sagte er: »Es ist Camilla, die ihr gefunden habt, oder? Gibt es da wirklich noch mehr Fragen, die ihr stellen könntet? Ich denke, ich habe alles schon beantwortet.«

»Ich würde deine Aussage gern noch einmal aufnehmen, nur zu Informationszwecken. Du bist in keiner Weise verdächtig. Ich will es einfach noch einmal hören. Erzähl mir von dem Mittsommerabend, an dem sie verschwunden ist.« Kristoffer gab Alex ein Zeichen, dass er beim Verhör still sein sollte.

Rasmus holte ein süßes Brot, Butter und Salami und schenkte den Kaffee in kleine Porzellantassen mit blauen Leberblümchen darauf. Dann setzte er sich zu ihnen.

Er seufzte und sah bedrückt aus. »Das ist echt schwer für Sonny. Ich kenne ihn fast mein ganzes Leben lang, in den Sommern waren wir hier früher so eine Gang, Albert, die Groth-Schwestern und noch ein paar in unserem Alter, die alle aus der Stadt kamen. Später kam dann noch Matilda dazu, wenn sie bei ihren Großeltern zu Besuch war. Sie war sieben Jahre jünger und folgte uns wie ein kleiner Hund. Es war eine echte Erleichterung, als sie Vera mitbrachte, dann hatte sie wenigstens jemanden in ihrem eigenen Alter, mit dem sie rumziehen konnte. Die beiden haben doch Fußball zusammen gespielt, oder? Obwohl er viel älter war, hing Sonny auch manchmal mit uns rum. Jedenfalls bis er Camilla kennenlernte. Danach sahen wir ihn nur noch selten.«

»Erzähl vom letzten Mal, als du Camilla gesehen hast.«

»Das war am Mittsommerabend vor fast zwei Jahren. Camilla habe ich erst gesehen, als unten auf der Wiese beim Campingplatz getanzt wurde. Sonny war besoffen und benahm sich bescheuert, und sie tat mir richtig leid. Sie saß alleine da, während er mit einer anderen Frau auf der Tanzfläche rummachte.«

»Hast du mit Camilla gesprochen?«

»Ja, sie fragte, ob ich von jemandem wüsste, der in die Stadt wollte. Aber schließlich hatten alle getrunken, deswegen nahm ich das nicht an. Daraufhin hat sie überlegt zu trampen, aber davon habe ich ihr abgeraten. Du weißt schon, als Mädchen allein und so. Wenn sie es trotzdem gemacht hätte, dann würde sie womöglich noch leben. Ich kann einfach nicht aufhören, darüber nachzugrübeln, wie viel man sich in das Leben anderer einmischen und versuchen sollte, Dinge in Ordnung zu bringen.« Rasmus lächelte traurig.

»Um wie viel Uhr war das?« Kristoffer nahm Block und Stift aus seiner Tasche und machte eine Notiz.

»Dein Kollege hat damals alles aufgeschrieben, was ich gesagt habe. Es war spät, aber noch vor Mitternacht. Das weiß ich, weil Albert und ich dann noch zusammen mit dem Kanu nach Vinö gepaddelt sind und unter freiem Himmel übernachtet haben.«

»Hast du Camilla danach noch mal getroffen?«

»Nein, und ich hörte erst am Montagmorgen, dass sie verschwunden war, und das wunderte mich wirklich überhaupt nicht. Ich nahm an, dass sie einfach genug von Sonny hatte. Selbst war ich nur zu einem kurzen Besuch über das Feiertagswochenende hier. Irgendwie hat Mittsommer hier was Besonderes. Jedenfalls bin ich am Montag abgereist. Sven hat mich nach Örebro gebracht, von dort hab ich den Zug nach Stockholm und dann den Flug nach London genommen.«

»Erinnerst du dich, worüber ihr beim Paddeln gesprochen habt, Albert und du?«

»Das ist mal eine neue Frage«, sagte Rasmus lachend. Er sah wirklich gut aus, dachte Kristoffer. Kein Wunder, dass Vera seinem Charme erlegen war.

Alex fiel es offenbar langsam schwer, still zu sitzen, er stand auf und wanderte etwas planlos zwischen den Zimmern hin und her, ohne Kristoffers Verärgerung darüber wahrzunehmen.

»Erinnerst du dich an irgendetwas? Habt ihr über Camilla und Sonny gesprochen?«

»Die meiste Zeit haben wir wohl geschwiegen und die Stille genossen. Albert fand, Sonny sei ein Idiot. Er war empört darüber, wie er Camilla behandelte. Ich fand, er übertrieb, aber mehr haben wir auch nicht darüber geredet.«

»Wusstest du von Sonnys Cannabiszucht?«

Rasmus sah bedrückt aus und schluckte ein paarmal. »Sonny hatte richtig Geld. Er ging auf Märkte, und ein Teil von dem, was er einnahm, war wahrscheinlich Schwarzgeld. Ich glaube nicht, dass er die Cannabiszucht schon hatte, als Camilla noch hier wohnte. Das muss erst später dazugekommen sein.«

Als Alex einen Moment außer Hörweite war, nutzte

Kristoffer die Gelegenheit, seine dringendste Frage zu stellen. »Ella hat erzählt, du seist bei ihr gewesen. Worüber hast du mit ihr gesprochen?«

Rasmus starrte ihn erschrocken an. »Das war eine Sache zwischen ihr und mir. Sie hat mir versprochen …«

»Was war es, das ich nicht erfahren sollte, weil du Angst hattest, ich würde wütend werden?«

Rasmus sog Luft ein und stieß sie langsam mit einem pustenden Laut aus, während er versuchte, sich zu entscheiden. »Vera hat sich an dem Morgen, bevor sie verschwand, 50.000 Kronen von mir geliehen, für ein gebrauchtes Auto. Ich hatte mir wiederum das Geld in bar von Sonny geliehen, um es ihr geben zu können. Ich brauche jetzt wirklich Geld, Kristoffer. Ich habe lange gezögert, es anzusprechen, aber jetzt ist so viel Zeit vergangen.«

»Hat sie denn ein Auto gekauft?«

»Sie wollte es nach dem Osterwochenende von einem Typen kaufen, der das Geld in bar wollte.«

»Das heißt, es war alles in bar? War das Geld aus Sonnys Markteinnahmen?« Kristoffer hatte keine solche Summe auf Veras Kontoauszügen gesehen. Daran würde er sich erinnern.

»Bar in Fünfhundertern. Um das Geld zinslos ausleihen zu können, hatte ich Sonny den Winter über an Wochenenden und Abenden auf den Märkten geholfen, alles zusammenzuräumen und die Buchführung zu machen. Ich würde dich nicht darum bitten, wenn ich nicht in einer Krise wäre. Ella hatte kein Geld. Und es sind Schulden entstanden, die ich bezahlen muss.«

»Ich kann versuchen, das Geld zu besorgen«, sagte Kristoffer nach einem Zögern. Stimmte das, was Rasmus da sagte? Damals hatte Vera den Führerschein neu, aber er hatte sie nie von einem Auto sprechen hören. »Wo hat sie das Geld denn aufbewahrt?«

»Sie hatte es in ihrer kleinen schwarzen Schultertasche.«

Kristoffer wurde blass. »Und das sagst du jetzt?! Ich habe dich damals um alle Details gebeten, und jetzt kommt das?! Sie hatte 50.000 Kronen in ihrer Handtasche? In bar? Das muss ein ordentliches Bündel gewesen sein. Warum hast du das nicht erzählt?«

»Du warst so wütend. Damals habe ich mich nicht getraut, es zu sagen, und danach wurde es immer unmöglicher.«

»Hatte Vera die Tasche dabei, als sie das Fest verließ?«

»Das weiß ich nicht. Ich habe keine Ahnung. Als sie bei Ella war, haben sie ja diese Sache mit dem Stehlen der Braut gemacht, es könnte also sein, dass die Tasche dageblieben ist. Glaubst du, Ella könnte … könnte das Geld für etwas anderes gebraucht haben?« Rasmus lächelte traurig, und Kristoffer war klar, dass er wusste, wie schlimm es um Ella stand.

Als Kristoffer und Alex Rasmus verließen, hatte es aufgehört zu regnen. Ehe sie in die Stadt zurückfuhren, ging Kristoffer zum Ufer hinunter, während Alex im Wagen sitzen blieb und das Gespräch, das sie mit Rasmus geführt hatten, dokumentierte.

Kristoffer kehrte zu dem Strandabschnitt zurück, an dem er die Haarspange gefunden hatte, die Vera bei ihrem Verschwinden getragen hatte. Auf dem Weg dorthin dachte er über Rasmus nach. Es bestand die Möglichkeit, dass er log. Immerhin hatte er damals damit angegeben, dass er sein Studium mit Online-Poker finanzierte. Kristoffer war besorgt gewesen, weil er damals schon, vor fünf Jahren, um große Beträge spielte. War seine Spielleidenschaft vielleicht schlimmer geworden? Brauchte er deshalb Geld? Rasmus hatte etwas Aalglattes und Berechnendes an sich, und es war schwer einzuschätzen, ob er die Wahrheit sagte.

Kristoffer ging am Seeufer in die Hocke und legte die Hände auf den Sand. Als der Wind vom See her durchs Schilf brach, flüsterte es traurig im Gras. Er spürte Veras Gegenwart so deutlich, als würde sie gegen seine Wange atmen.

Ich gebe nicht auf, Vera, ich werde niemals aufgeben.

34

Kristoffer setzte Alex ab, gab das Auto in der Polizeigarage zurück und nahm den Bus nach Tybble.

Zu Hause angekommen, konnte er sein Handy nicht finden. Er setzte sich an den Schreibtisch und rief es vom Festnetztelefon aus an – einem roten, schlangenähnlichen Apparat Jahrgang 1957, »Kobra« genannt, den er auf Veras Drängen hin auf einem Flohmarkt gekauft hatte. In der Wohnung war kein Laut zu hören. Wann hatte er das Handy denn zuletzt gehabt? Das Letzte, was er mit Sicherheit wusste, war, dass er am Tag zuvor Ella damit auf dem Weg zum Therapiegespräch angerufen hatte. Vor dem Gespräch mit Mia Berger hatte er es dann auf lautlos gestellt. Kristoffer rief einen Kollegen im Büro an, um zu kontrollieren, ob er es dort vergessen hatte. Das war nicht der Fall. Um Mia Berger anzurufen, war es zu spät. Das würde er morgen zu einer vernünftigen Uhrzeit tun.

Er rief Ella an. Ausnahmsweise ging sie einmal sofort ran, und er sagte ohne Umschweife:

»Vera hatte eine kleine schwarze Handtasche, ist die bei dir geblieben, als sie zum Junggesellinnenabschied abgeholt worden ist?«

»Ja, die ist hier.«

»Warum hast du das nicht erzählt?«

»Ich dachte, das wäre nicht wichtig. Sie liegt in meinem Schrank.«

»War da was drin?«

»Nichts außer einem Spiegel und einem Lippenstift.«

»Bist du sicher?«

»Ja, vollkommen sicher.«

»Ella, das hier ist wichtig! Waren da fünfzigtausend in Fünfhundertern drin?«

»Ich hab's kapiert, aber da war kein Geld.«

»Hat sie mit dir darüber gesprochen, dass sie ein Auto kaufen wollte?«

»Nein. Ich glaube ja nicht, dass sie wirklich davon überzeugt war, ein eigenes Auto zu brauchen. Sie wollten schließlich in der Stadt wohnen, und Rasmus hatte doch ein Auto.«

Kristoffer beendete das Gespräch. Er ging in die Küche und öffnete aus alter Gewohnheit den Kühlschrank, um dann festzustellen, dass er keinen Hunger hatte. Planlos wanderte er in der Wohnung umher. Mia Berger hatte ihm eine Hausaufgabe gegeben, und er hatte ihr versprochen, einen Freund anzurufen, zu dem er in den letzten fünf Jahren den Kontakt verloren hatte. Am längsten hatte es Tor ausgehalten, sein Sandkastenfreund und Kumpel aus dem Militärdienst. Sie waren zusammen zum Pferderennen gegangen, hatten den Fußballclub von Örebro bejubelt oder waren ab und zu auf ein Bier in die Stadt gezogen. Das war simpel und unterhaltsam gewesen, aber nicht einmal das hatte er neben seinem fanatischen Kampf herauszufinden, was Vera geschehen war, noch geschafft. Tor hatte ungefähr ein Jahr lang zugehört und ihn unterstützt, aber auch respektiert, dass Kristoffer sich nicht treffen wollte, und im

Laufe der Jahre war die enge Freundschaft im Sande verlaufen. Tors Telefonnummer kannte er immer noch auswendig, und so rief er ihn jetzt mit schlechtem Gewissen an.

»Hallo Tor, hier ist Kristoffer.«

»Kristoffer. Lange her. Hab mich schon gefragt, wie es dir wohl geht.« Tors Stimme klang rau. War er betrunken?

»Wie geht es dir denn?«, fragte Kristoffer zurück, denn er hatte nicht vor, Tor heikle Dinge zu erzählen, wenn der nicht nüchtern war.

»Beschissen, Kristoffer. Beschissen! Kann ich vorbeikommen?«

»Natürlich! Was ist denn passiert?«

»Erzähl ich dann.«

Eine Viertelstunde später stand ein langer, dunkelhaariger und recht beleibter Tor mit einer Einkaufstasche voller Bier in der Diele. Das grau durchzogene, lockige Haar war mit dem Bart zusammengewachsen, und er sah mehr denn je aus wie der Prototyp eines Bergtrolls. Die dicht zusammenstehenden Augen waren rot geweint. »Hast du noch mehr im Haus, falls das hier nicht reicht?« Er ließ die Tasche mit einem beunruhigenden Klirren auf den Boden fallen.

»Komm und setz dich. Hast du was gegessen?«

»Das letzte Mal, dass ich in den letzten vierundzwanzig Stunden Essen aus der Nähe gesehen habe, war, als Kajsa einen Kartoffelauflauf nach mir geworfen hat, ganze Fäuste mit Kartoffelauflauf, weil sie mich hasst. Es herrscht Krieg, Kristoffer. Kajsa hasst mich.«

»Lass mich mal ganz vorsichtig raten, dass sie guten Grund dazu hat.« Kristoffer führte Tor in die Küche, schenkte ihm ein Glas Milch ein und fabrizierte aus den

Resten, die sich noch im Kühlschrank befanden, ein Bauernomelette. Es bestand kein Zweifel, dass Tor mehr getrunken hatte, als ihm guttat. Er hatte Schwierigkeiten, sich zu artikulieren, und benahm sich wie früher als Teenager, wenn er im Begriff war, ins Koma zu fallen. Wenn Kristoffer herausfinden wollte, wie schlimm alles wirklich war, dann musste er Tor ausnüchtern. Der hatte nämlich die Neigung, banale Ereignisse übermäßig zu dramatisieren, wenn er getrunken hatte.

»Verdammt, ist das gut! Du solltest bei der Polizei aufhören und Koch werden.«

»Danke.« Dieses Kompliment würde er sich nicht so sehr zu Herzen nehmen, denn es kam von einem Mann, für den gebratene Fleischwurst ein Wunder an Finesse war. Kristoffer goss noch einmal Milch nach, und Tor hielt das Glas gegen das Licht und betrachtete es.

»Das hier ist kein Bier.«

»Richtig geraten. Warum hasst Kajsa dich?«

»Weil ich das Baby im Bad vergessen habe. Also, eins von den Enkelkindern. Ich war mit Lisa und Vidar beim Schwimmunterricht, und die kleine Signe saß in der Babyschale, und ich habe sie im Umkleideraum vergessen. Das habe ich aber erst gemerkt, als ich zu Hause die Badeklamotten ausgepackt habe und Kajsa fragte, wo denn Signe sei. Scheiße, hatte ich es eilig!«

»Und wie ging es aus?«

»Jemand hatte sie an der Rezeption abgegeben, und da standen aufgeregte Menschen in einem Kreis und diskutierten, was man tun sollte. Die kleine Signe war ganz vergnügt. Aber Kajsa… uiuiui. Sie will sich scheiden lassen.«

»Und da fandest du, das beste Gegenargument, um zu

zeigen, wie verantwortungsbewusst du bist, ist, sich vollzusaufen? Wo sind die Enkelkinder jetzt?«

»Bei der Schwiegermutter meiner Tochter, die mich schon vor dieser Sache nicht leiden konnte. Kann ich heute Nacht hier schlafen, bis Kajsa sich wieder beruhigt hat? Sie hat mich ausgesperrt und meinen Schlüssel im Klo runtergespült, und wenn ich versuche, eine Scheibe einzuschlagen, wird sie das gegen mich verwenden.«

Kristoffer sah sich um. »Du kannst das Sofa nehmen, und dann musst du duschen und dich rasieren. Du stinkst. Wie lange habt ihr schon Krach?«

»Zwei Tage, glaub ich. Was soll ich bloß machen?« Tor schniefte und rieb sich die runde Kartoffelnase. »Ich liebe sie und die Kinder und die Enkelkinder. Wir müssen uns wieder versöhnen, sonst sterbe ich.« Und mit diesen Worten torkelte Tor zum Sofa und schlief wie ein Toter in seinen Kleidern ein.

Kristoffer blieb am Küchentisch sitzen. Da hatte er nur den Telefonhörer in die Hand genommen, und schon fühlte es sich an, als sei ein Wirbelsturm durch die Wohnung gezogen. Heute Abend wollte er eigentlich die Zeitstrahle durchgehen und die Arbeit für den nächsten Tag planen. Eine weitere Vernehmung mit Sonny Hörlin stand noch aus. Mia Bergers Ratschlag war nicht gut gewesen.

Doch ihn beschäftigte noch eine andere Sache. Sein guter alter Freund und Waffenträger Börje hatte möglicherweise nicht die Wahrheit gesagt. Schwer zu sagen, ob es bewusst oder unbewusst geschehen war. Börje hatte ausgesagt, am Mittsommerabend vor zwei Jahren, als Camilla verschwand, sei Albert zu Hause gewesen. Doch von Rasmus hatte er nun erfahren, dass sie mit dem Kanu rausgepaddelt waren und auf Vinö unter freiem Himmel übernachtet hätten, um am Mittsommertag zurückzukehren, was Rita bestätigt hatte. Und laut Rita waren auch Sven und Börje in der Nacht von Mittsommer mit dem Boot draußen gewesen. Hatte Börje in dieser Sache bei der ersten Vernehmung mit Ulf gelogen? Oder logen sie alle drei – Sven, Rita und Rasmus?

Kristoffer zündete die Kerzen im Messingleuchter an und holte Veras Haarspange aus der Aktentasche. Er strich mit dem Zeigefinger über die matten Plastikperlen und spürte das Weinen wie einen Krampf in den Eingeweiden.

Früh am nächsten Morgen erwachte Kristoffer von einem seltsamen Laut. Er kam aus der Dusche und erinnerte an Gesang, wenn auch an sehr falschen und unrhythmischen, aber es waren definitiv menschliche Töne. Es dauerte ein paar Augenblicke, ehe er sich erinnerte, dass er einen Gast hatte. Was sollte er machen, wenn Tor erwartete, hier Tage oder Wochen wohnen zu können? Kristoffer sah auf die Uhr. Er hatte verschlafen und musste jetzt eine schnelle Dusche nehmen und dann zur Arbeit fahren. Deshalb schoss er aus dem Bett und in die Diele und bollerte an die Badezimmertür. Tor öffnete und ließ ihn, lediglich mit einem winzig kleinen Stück Stoff in der Hand, mit dem er seine privatesten Teile bedeckte, ins Bad.

»Danke für gestern«, sagte er ernst. »Du bist ein echter Freund, Kristoffer. Entschuldige, dass ich nur von mir selbst geredet habe. Ich weiß, wie es dir geht, und schäme mich dafür, dass ich einfach nur rumgejammert habe.« Tor sah auf seine relative Nacktheit hinunter. »Ich habe kein Badehandtuch gefunden.«

»Wie geht es dir?«

»Wie ich es verdiene. Darf ich heute hierbleiben und nachdenken? Ich kann gerade nirgendwo anders hin. Und arbeiten kann ich auch nicht.«

»Na klar.« Kristoffer konnte jetzt nicht argumentieren. Er schloss die Badezimmertür hinter sich und fuhr zusammen. Im Waschbecken lag ein totes Tier mit schwarzem Pelz. Er pikte hinein, um zu sehen, ob es sich noch bewegte. »Verdaaammt, Tor! Du kannst die Barthaare nicht einfach im Waschbecken liegen lassen. Ich verstehe schon, warum du Kajsa wahnsinnig machst.«

Es kam keine Antwort. Stattdessen hörte Kristoffer die Türklingel. Waren das die Nachbarn? Hatte Tors lautes Heulen gestern Abend sie gestört? Kristoffer wickelte sich sein Badehandtuch um die Hüften und öffnete die Badezimmertür.

Draußen vor der Wohnungstür stand Mia Berger, und Tor hatte ihr mit nur dem kleinen Lappen vor sich geöffnet. Was tat sie denn hier? Was würde sie glauben, wenn er, selbst nur mit einem Handtuch bekleidet, dastand? Vielleicht, dass Tor und er gemeinsam geduscht hatten?

»Ihr Handy, Kristoffer. Sie haben es in der Praxis vergessen.« Mia Berger lächelte übers ganze Gesicht. »Einen schönen Tag. Bis bald.«

Es ist nicht, was Sie denken!, wollte er rufen, doch die Worte blieben ihm im Hals stecken. Er wandte sich an Tor. »Was zum Teufel hast du dir dabei gedacht, als du aufgemacht hast?«

»Dass sie hübsch ist, eine verdammt attraktive Frau. Habt ihr was miteinander, oder wie?«

Kristoffer hatte es eilig. Er suchte nach seiner Aktenmappe, die er – da war er ganz sicher – neben sein Bett gestellt hatte. Er fand sie auf dem Fußboden neben dem Sofa, auf dem Tor genächtigt hatte. Der gesamte Inhalt der Aktentasche war über den Fußboden verstreut.

»Was zum Teufel ist das hier, Tor? Hast du in meiner Tasche nach etwas gesucht?«

»Keine Ahnung. Glaube nicht.«

35

Denise stand vor dem Hauptbahnhof und wartete auf den Zug aus Stockholm. Isabell hatte ihr von unterwegs geschrieben, dass er pünktlich sei. Denise war sowohl erwartungsvoll als auch beunruhigt darüber, dass ihre große Schwester kommen würde. Schon im Vorhinein hatte sie versucht, die Dauer von Isabells Aufenthalt einzugrenzen, doch man beschränkte Isabell nicht. Zumindest nicht ungestraft. Denise hatte gesagt, sie sei unter Druck und müsse jede Minute arbeiten, um Ergebnisse vorweisen und ihren Job behalten zu können. Doch Isabell hörte so etwas nicht einmal, wenn man Klartext redete. Bei ihrem letzten Besuch war sie über eine Woche geblieben und hatte nicht ein einziges Mal angeboten, Essen zu kochen.

Doch am schlimmsten war es, wenn sie anfing, in den Sachen von Großmutter Hedda herumzuwühlen, obwohl sie überhaupt kein Recht dazu hatte. Denise hatte sie die ganze Zeit nicht aus den Augen gelassen, damit sie nicht irgendetwas mitgehen ließ.

Man konnte Isabells rote Baskenmütze auf den blonden Haaren schon von Weitem sehen. Sie war aufsehenerregend hübsch in ihrer maßgeschneiderten grauen Jacke und der gutsitzenden Jeans. Als sie aus der Unterführung kam, breitete sie die Arme zu einer Umarmung aus, die Augen glitzerten, und der Mund war ein großes Lächeln.

»Geliebte kleine Schwester, hast du ein bisschen zugelegt seit dem letzten Mal?«

»Möglich.« Denise öffnete den Kofferraum, damit Isabell ihre besorgniserregend große Reisetasche hineinwuchten konnte. Als sie im Auto saßen und die Innenstadt durchquert hatten, erzählte Denise, dass sie im dritten Monat schwanger war.

»Aber warum hast du denn nichts gesagt? Wie geht es dir? Wer ist der Vater?«

»Albert Hansson. Das hättest du nicht gedacht, oder?«

»Albert? Ist das wahr?« Isabell zerrte so heftig an Denises Arm, dass sie für einen Augenblick die Kontrolle über den Wagen verlor. »Wohnt ihr etwa zusammen?«

»Er ist bei mir eingezogen und will, dass wir heiraten.«

»Aber das wirst du ja wohl nicht tun, ohne einen Ehevertrag aufzusetzen. Das Haus ist mindestens drei Millionen wert. Wenn er dich nach einem halben Jahr verlässt, gehört die Hälfte ihm.«

»Das hast du schon mal gesagt. Ich höre, was du sagst, aber ich denke nicht so wie du. Entscheidend ist doch, dass die Hälfte des Kindes ihm gehört. Oder? Wenn das hier funktionieren soll, dann muss ich versuchen, ihm zu vertrauen und er mir.« Sie hörte selbst, wie theatralisch das klang.

»Du bist also schwanger! Ich dachte nicht, dass du überhaupt Kinder wolltest. Hast du dir das wirklich gut überlegt? Ich meine, wenn man Mamas Krankheit bedenkt, und was für Gene wir in der Verwandtschaft haben. Du bist nicht so stark. Schaffst du es wirklich, für noch jemanden zu sorgen? Du musst an dich denken, Denise.«

Denise warf ihrer Schwester einen hitzigen Blick zu.

»Ich habe vor, das Kind zu behalten. Du könntest mir auch gratulieren und dich für mich freuen.«

»Entschuldige. Und herzlichen Glückwunsch, ich mache mir nur Sorgen um dich. Du weißt warum. Von unserer Familie ist nicht mehr viel übrig. So viel Elend. Mama sitzt in einem Pflegeheim, weil sie sich kaputt gefixt hat, mein Vater hat sich den Kopf weggesoffen, deiner ist an Krebs gestorben, und Fredrika ...«

»Ich möchte nicht, dass du über Fredrika redest. Ich möchte nicht, dass du von schlimmen Dingen redest, die passiert sind. Das tut mir nicht gut.«

»Nein, und genau das meine ich. Du kannst schwierige oder traurige oder gefährliche Dinge nicht ertragen, ohne nervös zu werden. Es gibt eine Sache, über die müssen wir sprechen, aber das machen wir später.«

»Mach mir keine Angst.«

Isabell zog sie wieder am Arm. »Und dann finde ich, dass du Mama besuchen solltest, solange sie noch lebt. Sie hat nach dir gefragt, Denise.«

»Als ich das letzte Mal da war, hat sie widerliche Dinge gesagt. Ich glaube, ich will nicht noch mehr davon hören. Ich möchte sie so in Erinnerung behalten, wie sie war. Obwohl, nein, das will ich auch nicht.«

»Sie ist nicht immer gleich krank. Ich finde, du solltest ihr eine Chance geben. Seit die Medikamente besser eingestellt sind, ist sie ruhiger und klarer geworden. Einmal die Woche hat sie ein Therapiegespräch und findet das gut. Ich besuche sie alle vierzehn Tage.«

»Du bist Krankenschwester und gewohnt, Elend zu sehen. Ich will nicht darüber reden.« Denise wechselte das Thema. »Albert kommt morgen Abend nach Hause.«

»Kürzlich habe ich Rasmus auf dem Hauptbahnhof in Stockholm getroffen, hat er das erzählt? Ich hatte ihn ewig nicht mehr gesehen, ich glaube, das letzte Mal war am Mittsommerabend vor zwei Jahren. Aber damals habe ich gar nicht mit ihm geredet. Ich hatte ja ein Date in der Stadt, erinnerst du dich an Felix? Seine Eltern hatten uns zum Abendessen eingeladen, und deshalb habe ich das Fest verlassen und bin mit dem Bus hingefahren. Der war wirklich nicht mein Typ, viel zu langweilig.«

»Wer ist denn dein Typ?«, sagte Denise mit einem Lächeln.

»Jemand, der sich so einiges ausdenkt und ein bisschen gefährlich ist.« Isabell lachte laut, als wäre ihr etwas Lustiges eingefallen, doch teilte sie ihre Gedanken nicht mit ihrer Schwester. Denise nahm an, dass sie an jemanden aus der langen Reihe der ehemaligen Lover dachte.

Sie hielten in Odensbacken, um einzukaufen. Isabell wollte abgepacktes Rinderfilet, aber es gab nur frisches für fast 500 Kronen das Kilo.

»Du kannst dir das doch leisten. Hast du nicht auch eine Menge Geld geerbt? Weißt du, ich dachte wirklich, dass Hedda uns im Testament so bedenken würde, dass jede von uns gleich viel bekäme. Als wir Kinder waren, hat sie niemals einen Unterschied zwischen uns gemacht. Fühlt sich das nicht seltsam an, dass du alles geerbt hast?«

»Es war das Erbe meines Vaters. Du weißt, dass es mit rechten Dingen zuging«, verteidigte sich Denise. Sie hatten bisher jedes Mal darüber geredet, und es war ein heikles Thema. Von Odensbacken bis Hampetorp saßen sie schweigend da, und die Stimmung war gedrückt. Isabell war es immer ganz wichtig gewesen, die große Schwester zu sein, und sie nahm ihre Rolle sehr ernst. Doch je älter sie wurde, desto mehr begann sie, sich wie das Kind zu verhalten, dass sie niemals hatte sein dürfen.

»Ich finde, ich sollte ein Erinnerungsstück an Großmutter haben«, sagte Isabell, ehe sie aus dem Auto ausstieg. »Ich hätte gern einen von den blau-weißen Krügen, die im Keller neben dem Heizofen stehen. Ist das okay? Und dann ist da eine Halskette mit einem Medaillon, die ich so mochte, als wir klein waren, und das Silberbesteck.«

»Darf ich erst mal darüber nachdenken?«

Während Denise kochte, packte Isabell aus und kam dann in die Küche. »Ein bisschen Wein zum Kochen dürfen wir doch haben, oder?«

Ohne eine Antwort abzuwarten, entkorkte sie eine Flasche aus dem Weinregal, füllte zwei Gläser und gab das eine Denise. »Ein Glas darfst du doch wohl trinken. Hast du Rasmus denn schon getroffen?«

»Nur ganz kurz«, log Denise.

Isabell nahm einen großen Schluck Wein, sank auf den Stuhl am Küchentisch und schnappte sich eine Kirschtomate aus der Schale, die Denise eben hingestellt hatte. »Weißt du eigentlich, dass ich ein bisschen in ihn verliebt war? Ich dachte eigentlich, wir hätten da was am Laufen, als er plötzlich mit Vera zusammen war, sieben Jahre jünger und ein Schulmädchen. Rasmus hat dieses ›etwas Gefährliche‹, wovon ich vorhin gesprochen habe.«

Denise nippte am Wein. Isabell wollte ihr etwas Unangenehmes erzählen. Das erledigte man am besten gleich. »Worüber wolltest du reden, als wir im Auto saßen?«

»Setz dich.« Isabell griff nach ihrer Hand, und Denise setzte sich auf den Stuhl gegenüber. »Bist du bereit?«

»Ich weiß nicht. Sag es einfach.«

Isabell legte ihre Hände um Denises Gesicht. »John Andersson, der wegen des Mordes an Fredrika verurteilt worden ist, hat mich vor zwei Tagen angerufen.«

»Der sitzt doch wohl im Gefängnis!« Plötzlich meinte Denise, in Ohnmacht zu fallen.

»Er hat seine Strafe abgesessen und ist seit sechs Jahren auf freiem Fuß. Seit Fredrika ermordet wurde, sind 24 Jahre vergangen, und er ist nach 18 Jahren entlassen worden. Ich habe damals einen Brief dazu bekommen, aber ich wollte dich nicht beunruhigen, weil es dir nicht gut ging. Weißt du noch?«

»Was hat er gesagt?«, flüsterte Denise heiser und spürte, wie die Spannungskopfschmerzen, die sie auf der Fahrt schon bemerkt hatte, jetzt voll zuschlugen.

»Dass er unschuldig ist und ein neues Gerichtsverfahren und eine Entschädigung will. Ich bekam natürlich Angst und sagte, dass ich kein Geld hätte. Da sagte er, er wisse, dass du Hedda Groths Haus geerbt hättest.«

»Hat er sonst noch was gesagt? Klang er bedrohlich?«

»Sein Leben sei zerstört, sagte er. Er war verheiratet gewesen und hatte Kinder, die gerade in die Schule gekommen waren. Sie weigern sich immer noch, ihn zu sehen. Er hatte eine Arbeit, ist da aber jetzt nicht wieder genommen worden, und seine Frau hatte nach nur einem Jahr einen anderen Mann gefunden. Er ist verbittert. Das Schlimmste ist aber, dass wir nicht wissen, wie er heute aussieht. Ich erinnere mich nur an die Bilder aus der Zeitung damals. Er hat gesagt, er hätte einen neuen Namen.«

»Glaubst du, dass er das vielleicht war, der in das Pflegeheim eingebrochen ist, wo Mama wohnt? Die haben gesagt, es wäre jemand im Archiv gewesen, wo die alten Akten aufbewahrt werden, und die von Mama sei gestohlen worden. Aber wie könnte denn Mamas Akte ihn reinwaschen?«

36

Kristoffer Bark drückte die Türklinke zum Turmzimmer hinunter. Der Raum war abgeschlossen. Er hatte seinen Code eingegeben. Nichts passierte. War er absichtlich ausgesperrt worden? Hatten sie ihn aus der Ermittlung ausgeschlossen, ohne ihm Bescheid zu geben? Obwohl er sicher war, den Code gleich beim ersten Mal richtig eingetippt zu haben, probierte er es noch einmal.

Als nichts geschah, klopfte er an der Tür zu Ingrids Abstellkammer. Noch ehe er sein Anliegen vorbringen konnte, explodierte sie.

»Polizisten führen jedes Jahr eine Schießübung durch. Mit dem Recht, eine Waffe zu tragen, geht auch die Verantwortung einher, damit umgehen zu können. Bei der Übung kommt es darauf an, die Zielscheibe zu treffen. Wer das nicht schafft, dem wird seine Dienstwaffe weggenommen.«

»Ja«, bemerkte Kristoffer, ohne zu verstehen, worauf das hinauslaufen würde.

»Wie kann es möglich sein, dass diese zielsicheren Männer eine Toilette nicht treffen können? Ich würde gern beantragen, dass auf den Toiletten Überwachungskameras angebracht werden. Während ich auf die Genehmigung dafür warte, werde ich ein Rundschreiben verschicken, in dem ich um anständige Arbeitsbedingungen für die Hygienetechniker ersuche. Sollte eine Warnung nicht ausreichen, können womöglich auch mal Name und Bild der Täter auf dem allgemeinen Anschlagbrett landen. Ich werde diese Frage auch mit Zimmermann ansprechen. Könnte sein, dass in Zukunft auch über eine einmal im Jahr erforderliche Pinkelübung nachgedacht werden wird, in der die ordentliche Benutzung der Haustoiletten das Ziel ist. Im schlimmsten Fall wird die Dienstwaffe konfisziert.« Ingrid schien diese Idee zu gefallen, denn sie nickte mit solchem Nachdruck, dass die großen Ohrgehänge klirrten.

Alex, der inzwischen ebenfalls die Treppe hochgekommen war und sich neben Kristoffer gestellt hatte, warf ihm einen fragenden Blick zu, um zu erfahren, wie er die Botschaft, die doch deutlicher als Klartext war, wohl interpretieren sollte. Es sah ein bisschen so aus, als würde er gleich anfangen zu lachen, was, selbst wenn Ingrid einen scheinbar scherzhaften Ton angeschlagen hatte, ein schrecklicher Fehler gewesen wäre.

Kristoffer machte eine beschwichtigende Bewegung mit der Hand. An der falschen Stelle zu lachen und sich eine Feindschaft mit Ingrid einzuhandeln war die denkbar ungünstigste Ausgangslage für einen Polizeianwärter, der eine weitere Laufbahn in diesem Haus anstrebte. Deshalb vermied es Kristoffer, Ingrids Vorschlag zu kommentieren, wenn ihm auch klar war, dass sie damit bis ganz nach oben gehen würde, und kam zu seinem wirklichen Anliegen.

»Ich komme nicht ins Turmzimmer«, sagte er.

»Ich auch nicht.« Alex wedelte mit einem Zettel, auf dem er den Türcode aufgeschrieben hatte. »Hast du was davon gehört, dass sie den Code geändert haben?«

»Nein, aber möglicherweise ist die Batterie leer. Ich

habe ein kleines Notfall-Kit für den Batteriewechsel angelegt. Man sollte den Internen Service mit solchem Kleinkram nicht unnötig belästigen.« Ingrid holte einen kleinen Werkzeugkasten und nahm einen Schraubenzieher heraus. Wenige Minuten später hatte sie die Batterie gewechselt, und die Tür ging auf.

Henrik sah verschlafen von seinem Bildschirm auf.

»Hast du die ganze Zeit hier gesessen? Warum hast du nicht aufgemacht?«, fragte Kristoffer und versuchte, seinen Ärger zu unterdrücken.

Henrik sah bestürzt aus. »Ich habe gearbeitet. Ich habe nämlich die Stockholmerin Terese Jonasson ausfindig gemacht, mit der sich Sonny Hörlin bei dem Mittsommerfest auf dem Campingplatz von Hampetorp in den Büschen herumgetrieben hat. Sie war mit ein paar Freundinnen dort und hat bestätigt, dass sie und Sonny miteinander rumgemacht haben. Sie hat dann mit ihrer Gruppe den letzten Bus zurück nach Örebro genommen. Sie haben in einer Jugendherberge in der Stadt übernachtet und sind am nächsten Tag dann wieder nach Stockholm gefahren. Camilla war nicht in dem Bus. Sie hat gesehen, wie Sonny zur gleichen Zeit wie Camilla den Festplatz verlassen hat. Camilla trug ein geblümtes Kleid und hatte kleine glitzernde Ohrringe angelegt, wahrscheinlich Diamanten. Das hat sie bemerkt.«

»Gut, sonst noch was?«

»Ali hat dich sprechen wollen. Ungefähr vor einer Stunde.«

»Und das sagst du erst jetzt?« Kristoffer klemmte sich seinen Laptop unter den Arm, nahm die Wendeltreppe in drei Schritten und rief dann Ali an, während er den Flur zum alten Polizeirevier hinuntereilte. Wenige Minuten später drückte er auf die Klingel zum Forensischen Dezernat und wurde eingelassen.

»Die Obduktion von Camilla Hörlin ist abgeschlossen, und wir haben den Bericht. Ich dachte, du würdest heute Morgen schon dazu auf der Fußmatte stehen.« Ali zeigte auf einen der beiden Stühle vor seinem Bildschirm und rückte Schlips und Jackett zurecht, ehe er sich niederließ. »Setz dich. Hier gibt es einiges zu überdenken.«

»Sie ist ermordet worden.« Es war mehr eine Feststellung als eine Frage, die Kristoffer aussprach, während er die Bilder betrachtete, die Ali aufgerufen hatte. Eine Nahaufnahme von Kopf und Hals der Toten.

»Siehst du die Abdrücke am Hals?«

»Ja, die sind mir bereits am Strand aufgefallen. Ist Camilla erdrosselt worden?« Der dunkle Streifen war deutlich zu erkennen.

»Höchstwahrscheinlich. In der Lunge war kein Wasser, sie hat also, nachdem sie ins Wasser verfrachtet wurde, nicht mehr geatmet. Sie war bereits tot und ist folglich nicht ertrunken. Und sie hatte vergleichbare Abdrücke an den Handgelenken, war also wahrscheinlich gefesselt. Es wurden keine Plastikfasern gefunden, was mich vermuten lässt, dass sie mit einer Metallkette festgebunden war. Du hast ja die Reste eines Jutesacks in der Nähe der Leiche gesehen. Auf ihren Kleidern waren Fasern von dem Sack und auf dem, was vom Sack übrig war, Fragmente von ihrer Haut. Das deutet darauf hin, dass sie während des Verwesungsprozesses, als der Körper anfing, sich aufzulösen, in dem Sack gelegen hat. Die Reibung auf dem Seegrund hat den Sack irgendwann reißen lassen.«

»Ich hatte ihre Hand in meiner«, sagte Kristoffer und warf Ali einen Seitenblick zu, als er selbst hörte, wie blöd das klang. Doch Ali schien es nicht zu bemerken. »Als Camilla verschwand«, fuhr Kristoffer fort, »trug sie ein geblümtes Kleid. Aber du hast etwas von einem grauen Jogginganzug gesagt, oder?«

»Genau, die Kleidungsreste, die wir gefunden haben, sind grau und aus Sweatshirt-Material. Polyester, Elasthan und Baumwolle. Der Pullover hatte lange Ärmel und Kapuze, und die Hose ist aus demselben Material und von derselben Farbe wie der Pullover. Sie hat sich also umgezogen, ehe sie ermordet wurde.«

»Irgendwelche Drogen im Blut?«

»Diese Analysen werden noch ein paar Tage brauchen, genau wie die DNA-Analyse des Embryos, um herauszufinden, wer der Vater war.«

»Der Embryo! Dann stimmt also, was Sonny vermutet hat, sie war schwanger. Wie weit war sie?«

»Camilla Hörlin war in ihrer Schwangerschaft recht weit fortgeschritten, als sie starb.« Ali fuhr sich mit der Hand durch sein perfekt frisiertes Haar und seufzte tief. »Außer ihrem Mann hat niemand etwas erwähnt.«

»Ja. Da ist noch etwas, was der Gerichtsmediziner gesagt hat, als ich nach den ersten Analysen anrief, um ein paar Erklärungen einzuholen. Camilla Hörlin war ausgetrocknet, so als ob sie keine Flüssigkeit bekommen hätte.«

Kristoffer verspürte leichten Schwindel und schloss die Augen. Er wechselte das Thema, er durfte jetzt nicht daran denken, was Vera passiert sein könnte. Nicht jetzt. »Sonnys Computer, seid ihr den schon durchgegangen?«

»Ja, aber das ist ein bisschen schwierig, der ist nämlich

fast leer. Die Frage ist, ob er irgendwo eine externe Festplatte hat oder vielleicht alles auf USB zieht.«

Ali, der ein Mann der Ordnung war, erlaubte sich, empört zu sein.

»Wie kann ein Mensch in einem solch extremen Durcheinander leben? Bei dem zu Hause liegen überall Sachen herum, wie auf einer Müllhalde in den Zeiten vor der Müllsortierung! Ein Saustall, bei dessen Anblick jedes Schwein den Rüssel rümpfen würde.«

Kristoffer Bark beschloss, in der Mittagspause einen kleinen Spaziergang zu unternehmen und sich auf das kommende Verhör mit Sonny Hörlin zu konzentrieren. Er hatte keinen Hunger. Nach Alis Beschreibung von Camilla Hörlins Leiche im Zustand der Verwesung drehte sich ihm schon beim bloßen Gedanken, mit den anderen in der Kantine zu sitzen, der Magen um.

Die Sonne schien über der Stadt, als Kristoffer die Storgatan entlangging, um dann in die Fredsgatan abzubiegen. Es war, als entwickelten seine Füße ein Eigenleben, und erst als er den Blick zum Fenster von Mia Bergers Praxis hob, wurde ihm klar, welchen Streich ihm sein Unterbewusstsein gespielt hatte. Es war Mittagszeit. Mit etwas Glück würde sie zum Essen rausgehen. Und wie zufällig könnten sie dann im selben Restaurant essen, und … es genügte schon, wenn er sie einfach sehen könnte. Er meinte, ein Gesicht im Fenster zu erahnen, spürte die Nervosität aufsteigen und wandte schnell den Blick ab. Sie durfte nicht glauben, dass er sie verfolgte.

»Kristoffer!«, rief jemand hinter ihm. »Ich hab gehört, du sitzt jetzt im Turm.«

Er fühlte sich ertappt, weil er eben zu Mia Bergers Fenster hochgestarrt hatte, und drehte sich um. Es war Staatsanwältin Gaby Wide. Das kurze blonde Haar fing das Sonnenlicht ein. Sie trug einen aufgeknöpften schwarzen Mantel und darunter ein graues Kostüm mit weißem Hemd, das sie kräftiger als sonst aussehen ließ. Zwischen ihnen beiden herrschte ein angespanntes Verhältnis. Mit einer Arbeitskollegin Sex gehabt zu haben war idiotisch, aber mit einer Staatsanwältin Sex gehabt zu haben war schlicht eine Katastrophe. Sie schien die Situation falsch verstanden zu haben, erwartete eine Fortsetzung und überschritt immer wieder die Grenze, die er gern ziehen wollte. Ein Streicheln über die Wange, eine etwas zu lange Umarmung, eine Hand auf seinem Oberschenkel, wenn sie nebeneinandersaßen, wie zufällig, aber doch eine intime Geste. Er wünschte sich wirklich, das alles wäre nicht geschehen, und hatte sich selbst hoch und heilig gelobt, nie wieder Sex mit einer Arbeitskollegin zu haben.

»Ja, ich sitze jetzt im Turm«, erwiderte er, als sie direkt bei ihm stehen blieb und seinen Arm streichelte. Kristoffer konnte nicht umhin, zu Mias Fenster hinauf zu schielen und zu hoffen, dass sie nicht gesehen wurden.

»Von dort aus ist es nicht weit zu meinem Zimmer, wenn du mal ein bisschen Gesellschaft willst. Vielleicht könnten wir mal ein Bier zusammen trinken und Erinnerungen austauschen«, schlug sie vor, zwinkerte ihm zu und lachte.

»Es ist grad alles ziemlich viel«, entgegnete er und wollte einfach nur weg.

»Ja, das denke ich mir. Aber ich höre gerne zu, wenn du jemanden brauchst, um Ideen auszutauschen. Wir könnten doch mal zusammen zu Abend essen, was meinst du?«

»Vielleicht«, sagte er und bereute es sofort. »Muss los, hab's bisschen eilig.«

Gaby sah ihn an. Ihr Lächeln erlosch nicht. Sie erwartete mehr, und er konnte es ihr nicht geben. Im Grunde war Gaby vollkommen in Ordnung. Eine alleinerziehende Hockeymom mit drei wilden Jungs. Sie hielt viel aus und war schnell im Kopf. Aber er würde sich nie in sie verlieben können. Warum, das wusste er nicht, und er wollte ihr keine falschen Hoffnungen machen. Sie würden sich aussprechen müssen. Aber nicht jetzt.

Kristoffer eilte weiter zum Stora Holmen hinunter. Eine Runde um die Insel müsste er eigentlich schaffen, er musste sich einfach bewegen, um nachdenken zu können. Der Lilliput-Zug zuckelte mit fröhlichen Kindern an Bord vorbei, und im Gehege dahinter sah er ein paar Ziegen und ein Schwein. Links erhoben sich die hohen grauen Gebäude des Krankenhauses, und auf der rechten Seite konnte er den langsam grün werdenden Stadtpark und das Freiluftmuseum Wadköping mit seinen niedrigen roten Holzhäusern aus dem 15. und den späteren Jahrhunderten erkennen. Hier war er mit Vera gewesen und hatte in dem kleinen Krämerladen, wo man die Waren noch am Tresen kaufte, Karamellbonbons in einer Spitztüte erstanden. Und eine andere Erinnerung tauchte auf: Vera und er hatten das Ruderboot zum Stora Holmen hinüber genommen. Der junge Sommerpraktikant hatte das Boot zu schwer beladen, so dass die Reling nur so gerade über der Wasserlinie hing. Wenn nur einer sich auf die Seite gelehnt hätte, dann wäre das Boot mit seiner kostbaren Kinderfracht gekentert. Er hatte es zu spät bemerkt und bloß die Angst im Gesicht der Mutter von drei Kindern gelesen, die ihm gegenübersaß. Welches ihrer drei Kleinen würde sie wohl retten können, wenn das Boot unterging? Hinterher hatte er den rudernden Grünschnabel nach Strich und Faden ausgeschimpft.

Auf dem Spaziergang zurück hatte er Zeit, die Fragen für das Verhör von Sonny Hörlin vorzubereiten, der schon jetzt wegen seiner Zucht und dem Verkauf von Cannabis ziemlich tief im Schlamassel saß. Kristoffer musste an den Film denken, von dem Camillas Chefin gesprochen hatte. Sonny hatte ihn aufgenommen, als sie Sex hatten, und Camilla dann damit gedroht, dass er den Film ins Netz stellen würde. Hatte er Camilla gefangen gehalten, um sie zu demütigen und weitere Filme aufnehmen zu können?

37

Als Kristoffer Bark von seinem Spaziergang zurückkehrte, begegnete ihm eine bedeutend besser gelaunte Ingrid im Turmzimmer. »Zimmermann sucht dich.«

»Ist das ein gutes oder ein schlechtes Zeichen?«

»Keine Ahnung. Hast du was ausgefressen?« Sie grinste breit. »Vorhin habe ich Gaby getroffen. Sie hat angedeutet, ihr würdet auf ein Date gehen.«

»Das ist nicht wahr!«

»Aber interessant«, erwiderte Ingrid und sah ihn forschend an. »Was ist denn da zwischen Gaby und dir?«

»Nichts. Sie hat vorgeschlagen, dass wir doch zusammen ein Bier trinken gehen könnten, und ich hoffe, dass wir dabei mehr als nur zwei sein werden.« Kristoffer schaute auf die Uhr und machte sich zu Zimmermanns Büro auf. Die Tür stand offen.

»Du wolltest mich sprechen?«, sagte er und blieb auf der Schwelle zur Höhle der Löwin stehen. So wirkte der Raum zumindest auf ihn, wie ein gefährlicher Ort, an dem wichtige Entscheidungen getroffen wurden, und wo man seine Zunge hüten und sich vorsichtig bewegen musste, damit einem nicht die Ermittlung weggenommen wurde. Er bemühte sich, entspannt auszusehen, obwohl seine Muskeln sich schon in Verteidigungshaltung anspannten.

»Komm rein, Kristoffer. Ich habe dich gesucht. Heute Morgen habe ich auf deinem Handy angerufen, und da ging eine Frau ran, Mia Berger. Sie sagte, sie sei deine Therapeutin, du wärst aber nicht da. Stimmt das? Was soll die Geheimniskrämerei? Warum ist es immer so schwer, dich zu erreichen?« Regina Zimmermann winkte ihn mit Handbewegungen wie ein Verkehrspolizist in ihr Büro.

»Ich hatte mein Handy in ihrer Praxis vergessen. Aber es kommt auch vor, dass ich das Gerät ausschalte. Ich kann besser denken, wenn ich meine Ruhe habe. Außerdem habe ich gelesen, dass die Tatsache, dass wir ständig online und erreichbar sind, die Ursache für den ungeheuren Anstieg von Stress und seelischen Krankheiten in der Gegenwart ist.«

»Bei allem Respekt für deine seelische Gesundheit muss ich als deine Chefin doch mit dir sprechen können. Nun zur Sache. Der Fall Camilla Hörlin hat jetzt eine andere Priorität. Wir haben eine Leiche, und die Staatsanwältin, die die Voruntersuchung hinsichtlich Sonnys Drogenvergehen leitet, hat jetzt auch die Leitung deiner Ermittlung übernommen und arbeitet sich gerade in den Fall ein.«

»Und was ist meine Rolle in dem Ganzen?«, fragte er und spürte, wie der Boden unter ihm bebte.

»Du machst mit der Arbeit weiter, die du angefangen hast, aber Gaby Wide leitet die Voruntersuchung. Du gibst ihr, was du hast, und berichtest an sie.«

»Gaby?« Damit hatte er nicht gerechnet und hoffte, dass er sich mit seiner erstaunten Reaktion nicht verraten hatte.

»Was ist der nächste Schritt in der Ermittlung?«

»Auf dem Hintergrund der neuen Informationen, die

Ali heute Morgen präsentiert hat, werde ich Sonny noch einmal verhören.«

»Gut. Und vergiss nicht, sofort an Gaby zu berichten.«

Wenn das überhaupt möglich war, sah Sonny Hörlin noch heruntergekommener aus als das letzte Mal. Nach dem Gestank zu urteilen, hatte er sich geweigert zu duschen, und die Blicke, die zwischen ihm und den Wachleuten hin und her gingen, waren giftiger als der Biss einer Kreuzotter.

Kristoffer schaltete das Tonband ein. »Heute ist Donnerstag, der 12. April 2018, und es ist 13.12 Uhr. Zugegen sind Kristoffer Bark, Henrik Svensson und Sonny Hörlin.« Kristoffer lehnte sich zurück, um dem Gestank zu entkommen. »Ich möchte, dass wir noch einmal über das sprechen, was am Mittsommerabend 2016 geschehen ist. Was passierte, nachdem Sie und Camilla vom Fest nach Hause gekommen waren?«

»Was weiß ich. Ich bin versackt, hab ich doch schon gesagt.« Sonny schloss die Augen und kaute auf seinem Daumennagel.

»Was ist davor passiert? Zeugenaussagen bestätigen, dass Sie im Laufe des Abends Sex mit einer anderen Frau hatten. Wie reagierte Camilla darauf?«

»Es gab ein Riesengezeter. Darauf hab ich dann entsprechend geantwortet. Also hat sie nix mehr gesagt und eine Tasche gepackt. Hab ich doch schon erzählt. Was ist das Problem?«

»Dass sie ohne die Tasche verschwunden ist. Können Sie das erklären?«

Sonnys Blick war finster. »Ich habe sie ausgeschlossen.«

»Das haben Sie vorher noch nicht gesagt. Erklären Sie«, forderte Kristoffer ihn beherrscht auf.

»Das verdammte Luder wollte abhauen. Sie wollte mich verlassen und dann hinterher Geld von mir verlangen. Die Tasche war schwer. Sie hat sie stehenlassen, als sie losgegangen ist und nach jemand gesucht hat, der sie in die Stadt fahren könnte. Da hab ich abgeschlossen. Sie hatte ihren Hausschlüssel dabei, aber ich konnte von innen mit dem Sicherheitsschloss abschließen. Dann habe ich eine Flasche Wodka aufgemacht, und an mehr erinnere ich mich nicht.«

»Wann haben Sie wieder aufgeschlossen?«

»Am nächsten Tag so um Mittag rum. Ich dachte, ich hätte sie davon abgehalten abzuhauen. In der Tasche waren doch schließlich noch ihr Pass und das Geld und alles, dachte ich. Ist sie ermordet worden? Das ist doch sie, die ihr gefunden habt, oder? Ich habe sie nicht getötet. Das muss ein anderer Verrückter gewesen sein.« Sonny schlug die Hände vors Gesicht, aber es machte nicht den Eindruck, als würde er weinen.

»Warum haben Sie in den früheren Verhören gelogen?«

»Weil Ihr Kollege damals Suggestivfragen gestellt hat, und ich nicht anders konnte, als zuzustimmen.«

»Haben Sie noch zu einem anderen Haus Zugang außer zu dem, das Sie selber bewohnen? Eine Fischerhütte oder ein Schuppen? Wo lagern Sie die Waren, die Sie aus Thailand importieren?«

»Zu Hause. Andere Lagerräume habe ich nicht. Von der letzten Saison ist nicht mehr viel übrig. Eigentlich wäre ich jetzt auf Einkaufstour, aber ihr verdammten Typen habt mich ja hier eingesperrt.«

»Nicht völlig ohne Grund«, warf Henrik ein.

Kristoffer beugte sich vor und hielt Sonnys Blick fest. »Sie haben gefilmt, wie Sie und Camilla Sex hatten, und Sie haben gedroht, diesen Film ins Netz zu stellen, wenn sie weggehen würde.«

Sonny schwieg.

»Was haben Sie dazu zu sagen?« Kristoffer sah ihn unverwandt an, und Sonny senkte den Blick.

»Ja, ich habe es gefilmt. Sie war einverstanden damit. Was tut man nicht alles, um einer langen Beziehung im Leerlauf ein bisschen Prickeln zu verpassen.«

»Wo ist der Film?«

»Sie möchten ihn also gerne anschauen, hab ich's mir doch gedacht.« Sonny grinste hämisch. »Ich habe ihn gelöscht. Neue Frauen, neue Herausforderungen, ist doch so, oder?«

Kristoffer war mit seiner Beherrschung fast am Ende. Dieser Mann hatte Vera das Gitarrenspiel beigebracht. Er hatte dicht neben ihr gesessen, und wer weiß, was noch alles. Kristoffer hätte Sonny gern dazu befragt, aber nicht, solange das Tonband lief.

Nach dem Verhör mit Sonny ging Kristoffer zu einem weiteren Treffen mit Ali, der versucht hatte, die letzten Tage in Camillas Leben zu rekonstruieren.

»Wir wissen, dass Camilla bei ihrem Verschwinden schwanger war. Inzwischen haben wir mit ziemlicher Sicherheit den Todeszeitpunkt und auch den Stand der Schwangerschaft feststellen können«, begann Ali. »Als Camilla Hörlin am Mittsommerabend verschwand, war sie höchstens in der 14. Woche. Der Tod muss eingetreten sein, als sie in der 39. Woche war, also noch 25 Wochen später. Das bringt uns in die 50. Kalenderwoche des Jahres. Um den zweiten Advent und die Woche danach.«

»Im Dezember ist es den größten Teil des Tages dunkel«, überlegte Kristoffer laut.

»Die Berechnung stimmt damit überein, wie lange sie unserer Ansicht nach im Wasser gelegen hat, nämlich von Mitte Dezember 2016 bis jetzt am 12. April 2018 – ungefähr ein Jahr und vier Monate. Wenn man wüsste, wann der See zugefroren war, müsste man ein exakteres Datum berechnen können. Wenn sie auf dem Eis gelegen hätte, wäre sie höchstwahrscheinlich entdeckt worden. Nun ist sie aber in einem Sack mit Steinen versenkt worden. Ich hoffe, das hilft euch«, sagte Ali.

38

Denise schloss den Vitrinenschrank ab und ließ den Schlüssel diskret in ihre Hosentasche gleiten. Ihre Schwester vertiefte sich derweil in Heddas Fotoalbum. Seit Isabell ins Haus gekommen war, hatte sie überall herumgewühlt, hatte Heddas Sachen gedreht und gewendet und beurteilt. Auch wenn sie freundliche Dinge sagte, klang Verbitterung durch.

»Wie eine Prinzessin wohnst du hier. Und ein schönes neues Badezimmer wird es auch geben. Solch einen Luxus kann sich nicht jeder leisten«, sagte sie und beschrieb mit dem Weinglas in der unsicheren Hand eine wischende Bewegung.

»Ich bin wirklich froh und dankbar für alles hier, und ich arbeite hart, um das Geld für die Renovierung zusammenzubekommen.«

»Komm und setz dich, Denise.« Zwar sagte Isabell das mit sanfter Stimme, doch war es ein Befehl.

»Ich hole nur noch etwas Tee.« Denise kam mit zwei dampfenden Tassen zurück. Das war ein zaghafter Versuch, Isabell dazu zu bringen, weniger Wein zu trinken, denn das nahm meist kein gutes Ende. Denise setzte sich neben sie aufs Sofa und spürte, wie der Ärger sie überkam.

»Was für ein schönes Foto. Davon möchte ich gern eine

Vergrößerung. Hedda in der Hollywoodschaukel, wie sie Geschichten vorliest und wir drei Schwestern um sie herumkauern und zuhören. Dieses Foto muss am letzten Tag gemacht worden sein, bevor wir zurück nach Solna gefahren sind und das Schreckliche passierte. Die Leute haben dich und Fredrika nie richtig auseinanderhalten können. Dabei wart ihr so unterschiedlich. Jedenfalls im Innern. Fredrika bestimmte alles. Obwohl ihr noch ganz klein wart. Erst fünf Jahre. Ich musste mich danach um dich kümmern. Du warst so verstört.«

»Ich möchte nicht darüber reden.«

»Wenn man es mal genau überlegt, habe ich mich immer um dich und um Mama und um die ganze Welt gekümmert. Und weil ich schon mal dabei war, bin ich Krankenschwester geworden und kümmere mich seitdem fast gratis um andere.«

»Ja, aber jetzt komme ich ja allein klar«, warf Denise ein und versuchte, alle Erinnerungen auszublenden. Wie viel hatte Isabell getrunken? Die erste Flasche Rotwein war geleert, und davon hatte Denise nur einen Fingerbreit in ihrem Glas gehabt, um der Schwester Gesellschaft zu leisten. Isabell hatte die nächste Flasche bereits entkorkt und schon mindestens ein Glas davon getrunken.

»Ich war für dich da, wenn es dir schlecht ging. Wieder und wieder habe ich zugehört und unmögliche Situationen für dich geregelt. Mit Gott und allen Behörden der Welt gekämpft.«

»Ich bin dir dankbar dafür.«

»Weißt du, das genügt nicht. Ich übernehme sämtliche Verantwortung für Mama, und du besuchst sie nicht einmal. Wir sollten uns die Aufgaben gerecht teilen und wenn ... kannst du mir ein einziges Mal nennen, wo du gefragt hättest, wie es mir wohl geht?«

»Weiß nicht.« Denise spürte, wie ungerecht dieser Vorwurf war. Isabell gab einem keine Chance zu fragen, wie es ihr ging, denn sie war immer schneller. Stülpte einem ihre Wahrheit über. Bewarf Denise mit Worten, ohne zuzuhören. »Wie geht es dir denn so?«

»Das fragst du jetzt? Nicht gerade sonderlich spontan.« Isabell starrte sie an, während sie ihr Weinglas in einem Zug leerte. »Soll sich Albert jetzt um dich kümmern? Glaubst du, er schafft das?« Isabell schenkte sich in einer aggressiven Geste nach.

»Ich weiß nicht, ich glaube, du solltest jetzt nicht noch mehr trinken.«

»Ja, genau, denn bald ist es Zeit, dass ich mal wieder die Reste von dir einsammele, wenn du das nächste Mal zusammengebrochen bist. Und jetzt bist du schwanger. Wie hast du dir das denn vorgestellt? Was für eine Sorte Mutter wirst du wohl sein? So eine wie unsere, die immer die Augen verschlossen und niemals Verantwortung übernommen hat? Kannst du begreifen, wie sie dich und Fredrika nachts mit mir allein lassen konnte, während sie ausging und Typen gejagt hat? Ich war sieben Jahre alt, und ich sollte auf euch aufpassen. Wie kann man einem Kind eine solche Verantwortung aufbürden?« Isabell brach plötzlich in Tränen aus, jedoch ohne die Hände vors Gesicht zu nehmen.

Auch wenn sie eben noch so gemein gewesen war, tat Denise die Schwester doch mit einem Mal leid. Sie legte den Arm um sie, doch Isabell schüttelte ihn ab.

»Es gibt so viel, von dem du nichts weißt, Schwesterlein.

So vieles, was ich allein tragen musste. Wann gedenkst du, alt genug zu werden, dass du aushalten kannst, Dinge zu hören, die schwer zu verkraften sind?«

Denise schloss die Augen und kämpfte gegen die Tränen an. »Ich bin so wahnsinnig müde. Muss schlafen.« Sie stand auf und ging zum Badezimmer. Ihre Beine kribbelten, die Kopfhaut juckte, und die Arme waren schwer wie Blei.

»Es ist noch nicht mal neun Uhr, komm hör auf. Wir müssen doch einmal miteinander reden können, ohne dass du dich davonschleichst.«

Das Klingeln des Handys rettete Denise. Es war Albert, der gute Nacht sagen wollte.

»Ich habe Sehnsucht nach dir, komm bald nach Hause!«, sagte sie und meinte es auch.

Sie hörte an seiner Stimme, dass er lächelte. »Ich hab auch Sehnsucht nach dir, ich liebe dich. Liebst du mich auch?«

»Denise, komm mal!« Isabell stand am Fenster und spähte in die Dämmerung hinaus.

»Ich muss Schluss machen. Kuss.« Denise drückte das Gespräch weg und ging zu Isabell.

»Was macht die alte Hexe da an der Grundstücksgrenze?«

»Rita?« Denise sah, dass die Nachbarin mit einem Zollstock am Zaun stand.

»Ich habe dich vor denen gewarnt, und ich tue es noch einmal. Sprich nicht mit ihnen. Sie versuchen nur, sich an dich ranzumachen und dir irgendwelchen Mist zu erzählen. Ist das klar?«

»Sven und Rita? Wie meinst du das?« Denise wagte

nicht, ihr zu gestehen, dass sie Sven einen Hausschlüssel gegeben hatte, damit er das Badezimmer renovieren konnte.

»Sie stellen Fragen über Sachen, die sie nichts angehen. Lass sie nicht rein und rede nicht mit ihnen. Versprichst du mir das?«

Am Freitagmorgen erwachte Denise davon, dass es klang, also würde im Keller Porzellan zerschlagen. Sie warf sich den Morgenmantel um und eilte die Treppe hinunter. Da stand Isabell mit den Scherben eines blau-weißen Krugs in der Hand und mit einem Medaillon um den Hals.

»Der Krug muss schon Risse gehabt haben. Er hat kaum den Boden berührt, da habe ich ihn schon aufgefangen.«

»Ich habe nicht gesagt, dass du welche von den blau-weißen Krügen nehmen kannst, sondern dass ich darüber nachdenken würde. Wo hast du Heddas Medaillon her?«

»Aus einem Schmuckkasten, in dem mehr Schmuck liegt, als du brauchst. Das ist doch nur aus Silber. Wie kannst du nach allem, was ich für dich und Mama getan habe, so geizig sein?«

»Ich wollte einfach nur nachdenken dürfen, bevor ich mich entscheide. Alles, was du tust und willst, muss immer so schnell sein. Die ganze Zeit versuchst du, über mich zu bestimmen. Hör auf damit, ich komme allein klar.«

»Du bist ja wohl noch nie allein klargekommen. Und jetzt, wo du schwanger bist, bin auch wieder ich diejenige, die einspringen muss. Du hast gesagt, du hättest heute einen Termin bei der Spezialhebammensprechstunde. Um diese Behandlung zu bekommen, müssen sie dich als Risikoschwangerschaft eingestuft haben. Sag ihnen, dass du die Schwangerschaft abbrechen willst. Ich sage es, wie es ist. Du schaffst es nicht, dich um ein Kind zu kümmern. Bitte, Denise, das muss dir doch klar sein.«

Denise bekam kaum mehr Luft. Wie konnte Isabell so etwas nur sagen? Ein nie gekannter Zorn flammte in ihr auf. »Verschwinde von hier, Isabell! Ich will dich nie mehr sehen!«

Isabell lachte gellend und erschrocken. »Was ist denn mit dir los?«

»Verschwinde von hier und komm nie wieder!«

»Jetzt beruhig dich mal, und dann bestellen wir ein Taxi in die Stadt. Ich begleite dich zur Schwangerenberatung. Ich habe heute Nacht darüber nachgedacht, und es ist der einzige Ausweg.«

»Verschwinde aus meinem Leben!« Denise packte das Einzige, was gerade zur Hand war, und das war eine Axt, die neben dem Holzstapel lehnte. »Verlass mein Haus. In Kürze fährt ein Bus. Mit dem wirst du fahren.«

»Du bist doch nicht ganz dicht. Leg die Axt weg! Es wird mit dir genauso enden wie mit Mama. Sie werden dich einsperren, weil du für dich selbst und andere eine Gefahr bist.« Isabell begann zu weinen.

Denise ließ die Axt nicht los, obwohl ihre Hand zitterte. »Hau ab!«

Isabell bewegte den Mund, doch es kamen keine Worte heraus, und sie ging die Treppe hinauf.

Es war eine große Erleichterung zu sehen, wie der Bus von der Haltestelle abfuhr. Erst da brach Denise in Tränen aus, sie weinte vor Wut und Verlassenheit und Angst, wie es nun weitergehen würde, wenn Isabell böse auf sie war.

Eine Stunde später saß Denise im Wartezimmer der Hebammensprechstunde. Sie war zutiefst erschüttert und betrübt, denn sie liebte ihre große Schwester trotz allem. Isabell war nicht ganz gesund. Es war schwer festzumachen, wann genau die Schwester in ihrem Kontrollbedürfnis die Grenze zwischen Verantwortungsbewusstsein und fürsorglicher Belagerung überschritten hatte. Denise schloss die Augen und unterdrückte die Tränen.

»Denise Groth! Bitte schön.« Eine mannequinschlanke Hebamme mit fröhlich wippendem Pferdeschwanz rief sie auf. »Kommen Sie rein.«

Die Hebamme, die bei näherem Hinsehen sicher zehn Jahre älter war als Denise, bat sie, Platz zu nehmen. Ein warmherziges Lächeln lag auf ihrem Gesicht, und Denise spürte sofort ein starkes Vertrauen. Sie sprachen über die Schwangerschaft, und Denise erzählte, wie sehr sie sich darauf freute, Mutter zu werden, ohne von ihren zwischenzeitlichen Zweifeln zu berichten.

»Sie sind gekommen, um einen Trimester-Test und eine Ultraschalluntersuchung zu machen, und dann nehmen wir noch etwas Blut ab.«

»Ja, spannend.« Denise legte sich auf die Pritsche, zog die Hose ein Stück herunter und den Pullover hoch, so dass der Bauch frei war.

»Das ist jetzt vielleicht ein bisschen kalt. Ich versuche, das Kind zu finden. Können Sie den Bildschirm sehen? Da haben wir Ihre Blase, und da sehen Sie das kleine Butzelchen und die Nabelschnur. Das sieht sehr gut aus. Und was haben wir denn hier … ich denke, das ist eine kleine Überraschung. Es sind Zwillinge.«

»Zwillinge?« Denise konnte es nicht begreifen. »Wie können das Zwillinge sein?«, fragte sie verständnislos.

»Eineiige Zwillinge sind ein Scherz der Natur, ein Zufall. Zweieiige sind erblich. Haben Sie Zwillinge in der Verwandtschaft?«

»Ich bin … war selbst Zwilling. Aber eineiig.«

An den Rest des Gesprächs mit der Hebamme konnte sich Denise nicht erinnern. Zwillinge! Wie sollte das gehen? Wenn Isabell nun recht hatte und sie es nicht schaffen würde? Aber sie hatte ja Albert. Doch wie sollte sie ihm jetzt erklären, dass auf dem Ultraschallbild, das sie an den Kühlschrank geklebt hatte, nur ein Kind zu sehen war?

Auf dem Weg nach Hause dachte sie weiter an Albert. Und mit einem Mal ging ihr auf, wie ähnlich sich Isabell und Albert doch waren. Ein seltsames Muster. Konnte es sein, dass sie selbst unbewusst die Nähe zu Menschen suchte, die die Kontrolle übernahmen und alles bestimmten? Wenn sie ihre Beziehungen mal genau unter die Lupe nahm, sah es ganz danach aus. Um sich zu zerstreuen, schaltete sie das Radio an und hörte Musik.

Die Sonne schien über das Wasser und die Marina, als Denise das Auto parkte und zu Saba hineinging, die vom Warten auf den Spaziergang schon ganz ungestüm war. Für den Hund hatte es bisher nur eine schnelle Runde durch den Garten gegeben, nachdem Isabell am Morgen mit dem Bus verschwunden war.

Das herrliche Wetter ließ ihr Herz leichter werden. Der Gedanke an Zwillinge fühlte sich nicht mehr so fremd an. Sollte sie nicht Albert anrufen? Sie könnte sagen, Zwilling Nummer zwei habe sich hinter der Fruchtblase versteckt, und dass der Bauch im Hinblick auf die Schwangerschaftswoche umfangreich sei und die Hebamme deshalb eine weitere Kontrolle gemacht habe. Heute Abend würde er nach Hause kommen. Sie musste noch herausfinden, wann. Kaum hatte sie den Gedanken zu Ende gedacht, da vibrierte das Handy, das sie für den Besuch bei der Hebamme auf leise gestellt hatte, in der Tasche.

»Hallo, Liebling. Es ist zu spät, heute Abend noch loszufahren. Ich übernachte in Stockholm und starte da gleich mit Sonnenaufgang, dann bin ich gegen zehn Uhr morgen Vormittag bei dir. Okay?«

»Okay.« Es gab so viel zu sagen. Denise musste ihm von dem Streit mit Isabell und von dem Unfassbaren erzählen: dass sie Zwillinge haben würden. Aber das wollte sie nicht am Telefon tun.

»Was machst du? Warum bist du so still?«

»Ich bin mit Saba draußen unterwegs. Sie hat eine Spur aufgenommen, und ich komme kaum hinterher.«

»Du musste dem Hund zeigen, wer der Herr ist, Denise. Sonst übernimmt er das.« Albert redete weiter von seinem Job und der Möglichkeit einer Beförderung, und Denise hörte mit halbem Ohr zu und bemühte sich, an den richtigen Stellen zu brummen.

»Hörst du mir überhaupt zu? Wohin bist du unterwegs? Triffst du dich mit Rasmus?«

»Nein, jetzt hör aber auf. Das tue ich wirklich nicht.«

»Ich habe in einem Laden für Markenkleidung was Supersüßes für das Baby gekauft. Hugo Boss. Ein blauer Body mit Hosen. Das geht ja auch, wenn es ein Mädchen wird. Hast du auch schon nach Babykleidern geguckt?«

Als Denise nach Hause kam, nahm sie eine Leiter und kletterte auf den niedrigen Dachboden, um nach dem Karton mit Kinderkleidern zu suchen, den sie dort gesehen hatte. Hedda hatte alle Kartons mit schwarzem Filzstift auf Marmeladenetiketten beschriftet. Sie fand den verstaubten Karton und stieg damit die Leiter hinunter, stellte ihn auf den Küchentisch und knotete die Schnur auf. Zuoberst lagen zwei Prinzessinnenkleider, die Hedda für den Mittsommerabend, als Denise und Fredrika gerade vier Jahre alt geworden waren, gekauft hatte. Ein rosafarbenes und ein hellblaues mit Tüllunterröcken. Unter den Kleidern lagen Sachen für kleinere Kinder. Denise musste sich bis ganz unten durchwühlen, um etwas zu finden, was einem Neugeborenen passen würde. Zwei hellgelbe Strampelanzüge in derselben Größe. Hatte Hedda die selbst gemacht? Denise sortierte die Sachen aus, die noch verwendet werden konnten, und trug dann die Kiste wieder nach oben. Als sie ganz oben auf der Leiter stand, klopfte es an der Tür, und Sven trampelte herein.

»Hallöchen, wer zu Hause?«

»Wollen Sie jetzt arbeiten?«, fragte sie gestresst.

»Man muss die Tage nehmen, wie sie kommen.«

Denise wollte nichts lieber, als nach diesem turbulenten Tag allein zu sein, doch ihr fiel nicht ein, wie sie das sagen könnte. »Ich verstehe.«

Der Gedanke, mit Sven im Haus eingeschlossen zu sein, war nicht gerade verlockend. Deshalb zog sie sich Jacke und Stiefel an und startete mit einem erstaunten Hund zu einem neuerlichen Spaziergang. Wahrscheinlich sollte sie der Höflichkeit halber Börje besuchen, doch diese Idee verwarf sie. Mit Börje zu reden war schwierig, die Zusammentreffen verliefen oft in drückendem Schweigen, und Denise war nicht sonderlich gut in Konversation.

Saba zog und zerrte an der Leine, und Denise folgte ihr, und mit einem Mal standen sie auf dem kleinen, hinter Schilf versteckten Uferstreifen. Genau da, wo Kristoffer Bark gestanden und wie ein brüllender Löwe gegen den Sturm angeschrien hatte. Trotz der milden Abendsonne, die Sand und See in warme rote Töne tauchte, fühlte es sich unheimlich an.

Saba schaute sie an, und der Augenblick gefror zu Eis. Der Blick des Hundes war intensiv und aufmerksam. Bohrte sich in den ihren, als könne das Tier ihre Gedanken lesen. Und dann begann der Hund zu graben.

39

Am Freitagmorgen kam Kristoffer Bark hohläugig zur Arbeit. Eigentlich hätte er am Abend zuvor seine Ruhe gebraucht, um über die Zeitstrahle und die Karte nachzudenken, aber daraus war nichts geworden. Er hatte geglaubt, dass Tor auf wundersame Weise von selbst verschwunden sein würde, doch als Kristoffer von seinem Tagewerk nach Hause gekommen war, hatte sich Tor so richtig mit Bier, Chips und Takeaway auf dem Wohnzimmersofa eingerichtet, und der Fernseher lief mit voller Lautstärke. Außerdem hatte sein abrasierter Bart immer noch im Waschbecken gelegen. Das war eine unglaublich schlechte Idee gewesen, die Mia da gehabt hatte, und das würde er ihr auch bei nächster Gelegenheit sagen.

»Du bist nicht so bedauernswert, dass du nicht im Badezimmer hinter dir aufräumen könntest«, hatte er gesagt. Aber Tor hatte ihn erst ernst genommen, als Kristoffer den Fernseher ausgeschaltet hatte; und da war die düstere Wirklichkeit gewaltsam über ihn hereingebrochen, und Tor hatte bis in die frühen Morgenstunden geweint und über die bevorstehende Scheidung gejammert. Kristoffer hatte zugehört. Erst teilnahmsvoll, doch als Tor einen Bogen schlug und wieder von vorn anfing, schließlich mit wachsendem Ärger.

»Du musst halt mit ihr reden!«, hatte er geschimpft.

»Das versuche ich ja, aber sie will nicht.«

»Du musst. Hier kannst du nicht wohnen.«

Mit entsprechend schweren Schritten schleppte sich Kristoffer am Freitagmorgen die Wendeltreppe hoch.

»Du siehst aus wie ein Kater, der die ganze Nacht auf Freiersfüßen unterwegs war«, bemerkte Henrik schamlos. »Die Augen verdreht, die Zunge heraushängend, und man kann sich denken, dass Rücken und Ohren Kratzer und Risse haben.«

»Leider hatte ich nicht so viel Spaß«, antwortete Kristoffer tonlos und blätterte im Papierstapel auf seinem Schreibtisch, um zu sehen, was es Neues gab.

»Ich auch nicht.« Henrik sah, falls das möglich war, noch müder aus als er. »Von fünf möglichen Kindern haben zwei diese Nacht gespuckt. Cilla ist in London. Heute Morgen schwebte meine Mutter wie ein rettender Engel ein und hat sich um die Kinder gekümmert. Das nenne ich Mutterliebe. Wenn sie sich nicht ansteckt, werde ich den ganzen Tag arbeiten. Das ist doch mal eine Überraschung, oder?«

»Gut.« Kristoffer wandte sich an Alex. »Wie weit bist du gekommen? Hast du das Wetter im Dezember 2016 gecheckt? Wann ist der Hjälmaren zugefroren, wann kann Camilla Hörlins Leiche im Wasser versenkt worden sein?« Kristoffer bemerkte, dass Alex sich den Pony geschnitten hatte und man seine Augen sehen konnte. Der Blick war haselnussbraun und wach.

»Ich habe daran gearbeitet, bis ich über dem Computer eingeschlafen bin. Meine Mutter hat mich geweckt, da war es Viertel nach zwei. Kann ich die Überstunden später abbummeln?«

»Wohnst du noch zu Hause?«, fragte Henrik mit erschrockenem Blick. »Wenn meine in deinem Alter noch zu Hause wohnen, dann verkaufe ich das Haus und ziehe ins Ausland.«

»Ich wohne bei meiner Mutter, weil ich, als ich hierhergezogen bin, keine Wohnung finden konnte.«

Kristoffer unterbrach die beiden. »Wann ist der Hjälmaren zugefroren?«

»Das ist nicht so einfach, wie man glauben würde«, begann Alex. »Man kann auf verschiedenen Internetseiten nachsehen. Es ist leicht abzulesen, wie viel Minusgrade es von Tag zu Tag waren, aber das sagt nichts darüber aus, ob auf dem Hjälmaren Eis lag. Darüber habe ich keine Informationen finden können.«

»Es gibt doch solche Fünfjahrestagebücher – viele Leute notieren da drin so Sachen wie Wetter und Wind. Kennen wir jemanden, der sowas macht?«, fragte Henrik und kratzte sich mit einem Bleistift den Hinterkopf, während er sich auf dem Stuhl zurücklehnte.

»Gute Idee! Mein alter Kollege Börje macht das.« Eigentlich müsste Kristoffer mit Börje über die nicht zusammenpassenden Zeugenaussagen reden, aber das wollte er nicht am Telefon tun, und diese Sache hier war eilig. Also rief er ihn an, und Börje war auch gleich dran.

»Ich werde mal nachsehen. Ja, ich notiere solche Sachen. Moment mal.« Börjes Stimme verschwand, um kurz darauf zurückzukehren. Man hörte ihn blättern. »Dezember 2016. Da muss ich dich enttäuschen. Den ganzen Dezember über war das Wasser offen.«

»Trotzdem vielen Dank.« Kristoffer wollte eben das Gespräch beenden, als Börje weitersprach.

»Wie läuft es mit der Ermittlung, Kristoffer? Kann ich was tun?«

Kristoffer zögerte. Konnte er Börje bitten, ein wachsames Auge auf Denise zu haben? Sie war seiner eigenen Tochter und Camilla Hörlin so auffällig ähnlich, dass er nicht anders konnte, als sich Sorgen zu machen, dass sie dasselbe Schicksal erleiden könnte wie die beiden. Nur ein Bauchgefühl, für das er keine logische Erklärung hatte. Also sagte er nichts. Vielleicht würde er es unter vier Augen mit Börje ansprechen können, aber nicht wenn Alex und Henrik zuhörten. »Nein, im Moment gibt es nichts. Ich weiß, dass du dich meldest, wenn dir etwas auffällt.«

»Es gefällt mir nicht, dass Denise allein in Heddas Haus ist, wenn Albert weg ist«, begann Börje plötzlich, als könne er Kristoffers Gedanken lesen. »Ihre Schwester war da, ist aber vor Kurzem mit dem Bus weggefahren. Es sah aus, als hätten sie gestritten, keine Umarmung zum Abschied, und Denise wirkte wie eine Gewitterwolke. Es ist so traurig, wenn sie streiten. Denise wirkt so ängstlich, und ich habe noch nie gesehen, dass andere Freunde sie besucht hätten. Ich habe ihr angeboten, bei mir zu wohnen, aber das will sie nicht, und das verstehe ich ja auch. Sie will in ihrem eigenen Haus sein. Wenn Alice gesund wäre, dann lägen die Dinge vielleicht anders. Ich meine, mit einer anderen Frau im Haus und nicht nur einem langweiligen Alten.«

Kristoffer beendete das Gespräch und wandte sich an Henrik.

»Wir müssen die Medien um Hilfe bitten, um herauszufinden, wer im Dezember 2016 mit dem Boot auf dem Hjälmaren unterwegs war. Kannst du dich bitte darum kümmern, dass wir ein Hinweistelefon schalten? Und nimmst du bitte auch die Gespräche entgegen? Alex, du kümmerst dich um ein Register über alle, die in Hampetorp Boote besitzen. Es gibt einen Verein, der eine Mitgliederliste haben sollte. Dann ruf alle an und sammele Informationen darüber, wer möglicherweise im Dezember 2016 mit dem Boot draußen war.«

»Wahrscheinlich keiner.« Alex sah sauer aus. Schreibtischarbeit war nicht so richtig sein Ding. Er wollte, dass Dinge passierten.

»Frag sie, ob sie irgendwas beobachtet haben. Zu der Jahreszeit haben praktisch alle ihre Boote aus dem Wasser. Deshalb ist es ungewöhnlich, wenn jemand im Dezember draußen war, daran erinnert man sich. Ich selbst befrage noch einmal Sven Andersson. Der hat ein offenes Boot mit Außenborder und ist so gut wie bei jedem Wetter unterwegs.«

Kristoffer ging an die Wand zu Camilla Hörlins Zeitstrahl und machte eine Notiz, dann setzte er sich an seinen Schreibtisch und sah die Post etwas strukturierter durch. Die Weinranke stand in einer durchsichtigen Glasvase auf dem Fensterbrett. Die dünnen Wurzelfäden waren mehr und dichter geworden. *Das ist die Blaue Bergslagen – eine widerstandsfähige Sorte, die Kälte und widrige Umstände aushält*, hatte sein Vater gesagt.

Auf dem Weg nach Hampetorp rief Kristoffer Ella an.

»Wie geht es dir?«

»Ich bin zu Hause«, sagte sie mit rauer Stimme.

»Du hast getrunken.« Kristoffer war ungeheuer enttäuscht. Egal wie viel Mühe er darauf verwandte, sie zu einem Entzug zu bringen, schaffte sie es doch immer, sich wieder rauszuwinden. Der Anruf beim Sozialamt hatte nichts bewirkt.

»Klar habe ich getrunken, verdammt noch mal!« Ella lachte, und im Hintergrund hörte man Peggy einstimmen. »Ich habe dem Sozialamt freiwillig versprochen, einmal die Woche zu einem sogenannten motivierenden Gespräch zu gehen, dann können sie mich zu nichts anderem mehr zwingen. Aber jetzt habe ich keine Zeit, noch länger mit dir zu reden.« Klick – und sie hatte das Gespräch beendet.

Kristoffer war ebenso wütend wie frustriert. Eine Zusammenarbeit zwischen dem Gesundheitsdienst und dem Sozialamt war in Ellas Fall nicht existent. Ein Graben, in den sie jedes Mal wieder stürzte. Keine Brücke. Unter Aufsicht des Krankenhauses hatte man einen Plan gemacht, um Tramadol auszuschleichen. Harte Arbeit mit dem Risiko einer schweren Abstinenz und Krämpfen, bei denen auch eine Einweisung erforderlich werden konnte. Als es zu anstrengend wurde, sprang Ella ab und ließ sich entlassen. Als dann das Sozialamt eingeschaltet wurde, fing alles wieder von vorne an, mit sporadischen Motivationsgesprächen und niemandem, der die alleinige Verantwortung hatte. Niemand sah je das ganze Bild und die gesamte Krankengeschichte. Das Sozialamt hob von einem zum anderen Mal nicht einmal die Unterlagen auf. Wie lange würde er noch gezwungen sein, auf sie aufzupassen, damit sie nicht starb? Mia Berger hatte recht. Solange er die Verantwortung für Ella übernahm, tat sie das nicht selbst. Aber wie sollte er es wagen, sie sich selbst zu überlassen?

Ohne sich angekündigt zu haben, parkte Kristoffer vor dem Gartentor von Sven Andersson. Er klingelte und wurde von Rita eingelassen. Die sah fröhlich aus, mit rosigen Wangen, und wischte die Hände an der Schürze ab, ehe sie ihm die Hand gab.

»Wir haben unseren Sohn zu Besuch. Aber komm ruhig trotzdem rein.« Rita führte ihn in die Küche. Dort stand ein Mann von ungefähr fünfzig Jahren mit rasiertem Kopf und Tätowierungen auf allen sichtbaren Hautpartien außer dem Gesicht und hob die Hand zu einer schlaffen Begrüßung. »Das hier ist Melker. Wir sind so froh, dass er zu Besuch gekommen ist. Melker wird Sven mit der Firma helfen, und vielleicht übernimmt er sie auch, wenn Sven mal vollends in Rente geht. Einen tüchtigen und zuverlässigen Handwerker findet man nicht so schnell.«

»Danke, Rita, das genügt«, sagte Sven und warf seiner Frau einen verärgerten Blick zu. »Der Kommissar hat sicher ein Anliegen.«

»Ich würde gern noch einmal mit euch über Camilla Hörlin sprechen.«

»Ich habe alles gesagt, was ich weiß. Was könntest du da noch fragen?«, erwiderte Sven mit einem tiefen Seufzen.

»Du hast ja erzählt, dass du in der Mittsommernacht, als sie verschwand, mit Börje zusammen im Boot draußen warst und Netze ausgelegt hast. Zuvor warst du auf dem Festplatz gewesen, und nachdem ihr dann das Boot wieder festgemacht hattet, bist du nach Hause gegangen. Da war es nach ein Uhr. Dann hast du mit Börje auf der Veranda gesessen, und gegen vier Uhr habt ihr die Netze wieder eingeholt. Ist das korrekt?« Kristoffer wollte die Fakten noch einmal überprüfen, ehe er zu Börje ging und ihn mit dieser Aussage konfrontierte.

»Ja, so war es wohl. Ist ja jetzt auch schon eine Weile her.«

»Ich weiß, dass es eine Weile her ist. Aber ich habe noch eine andere Frage. Wir gehen einmal in den Winter desselben Jahres zurück, Dezember 2016. Ist dir im Dezember vor zwei Jahren jemand aufgefallen, der mit dem Boot draußen auf dem Hjälmaren gewesen wäre?«

»Nur ein Verrückter würde im Dezember rausfahren. Niemand, den ich kenne, würde es wagen, wenn das Wasser so zähfließend ist, dass man Gefahr läuft, sich Rumpf und Motor zu ruinieren und festzusitzen.«

Ritas Gesicht verriet, dass sie etwas sagen wollte. Kristoffer wandte ihr seine Aufmerksamkeit zu. »Und du? Hast du jemanden gesehen?«

»Das war seltsam, und ich habe viel darüber nachgedacht. Am zweiten Advent war ich bei meiner Schwester in Läppe. Wir haben so eine Tradition, dass wir uns jedes Jahr dort treffen. Als ich spät am Abend nach Hampetorp zurückfuhr, habe ich ein Kanu auf dem See gesehen. Verrückte, dachte ich. Ich bin langsamer gefahren, um besser zu sehen, denn es war so seltsam, dass jemand im Dezember mit einem Kanu rausfuhr, und es sah aus, als hätte die Person im Boot einen großen Sack dabei. Kannst du dich erinnern, Sven, dass ich dir das erzählt habe, als ich nach Hause kam?«

Kristoffer bemühte sich, mit keiner Miene zu verraten, wie wichtig diese Beobachtung war. »Was passierte mit dem Sack?«

»Weiß ich nicht. Ist ja eine Weile her. Ich bin weitergefahren. Es war unmöglich zu erkennen, wie die Person aussah. Es war zwar Mondschein, aber das Kanu war ein gutes Stück draußen.«

»Kannst du mir die Stelle auf einer Karte zeigen?«

»Es war am Dimbobaden.« Rita erbleichte und riss die Augen auf, als sie die Tragweite dessen begriff, was sie da gerade gesagt hatte.

40

Als Denise am Freitagabend vom Spaziergang zurückkehrte, war Sven immer noch da und arbeitete im Badezimmer. Er hatte einen jüngeren Mann mit rasiertem Schädel und Tätowierungen auf Armen und Hals dabei.

»Mein Sohn Melker. Wir arbeiten zusammen.« Sven machte einen Schritt zur Seite, damit Melker die Hand ausstrecken konnte. Die war kalt und feucht, und er packte ihre Hand so fest, dass es weh tat. »Hallo Denise.«

»Haben wir uns schon einmal gesehen?«, fragte sie. Sie konnte sich an nichts erinnern, aber seine Art wirkte vertraut.

»Vielleicht.« Melker sah sie mit forschendem Blick an.

»Entschuldigen Sie, ich kann mich nicht erinnern, wo und wann. Wie lange wird es heute gehen?«, fragte sie. Dieser Blick war so unbehaglich. Hatte sie den Mann schon einmal gesehen? Ein ungutes Gefühl machte sich in ihr breit. Wenn sie sich schon einmal gesehen hatten, dann war das jedenfalls nicht angenehm gewesen. Nicht nur dass sie Tätowierungen nicht leiden mochte, da war noch was anderes. Aber vielleicht sah er auch nur einem Schauspieler ähnlich, der einen Fiesling gespielt hatte. Es war ihr schon einmal passiert, dass sie jemanden nicht gemocht hatte und dann hinterher daraufgekommen war, in welchem Film er den Schurken gegeben hatte.

Sven warf einen Blick auf die Uhr. »Wir dachten eigentlich, heute mit den Vorarbeiten fertig zu werden, aber dann sind wir von Kristoffer Bark aufgehalten worden, du weißt schon, dieser verrückte Polizist, der nach seiner Tochter sucht. Den musst du auch schon mal gesehen haben. Er war wieder mal hier und hat Fragen gestellt, über Camilla Hörlin.« Sven schaute noch einmal auf die Uhr, zwirbelte dann seinen Bart so, dass die beiden Spitzen hochgedreht waren, und kämmte danach die Koteletten auf eine rituelle Weise mit den Fingern. »Wir werden noch eine knappe Stunde mit dem Badezimmer weitermachen müssen, wenn wir heute Abend das Wasser wieder aufdrehen wollen. Und das möchtest du doch sicher gern, oder?«

Denise nickte. Sie war müde. Am allerliebsten hätte sie heiß geduscht und wäre dann ins Bett gegangen. »Dann drehe ich noch eine Runde mit dem Hund«, sagte sie ergeben und rief Saba. Doch das Tier rührte sich nicht vom Fleck. »Ist es in Ordnung, wenn sie hier bei euch bleibt?«

»Guter Hund«, sagte Melker und strich Saba übers Fell. Die akzeptierte das Streicheln, ohne sich groß zu kümmern.

Denise füllte Futter und Wasser in die Hundenäpfe und zog dann wieder Jacke und Stiefel an, um zum dritten Mal am selben Tag rauszugehen. Das war so nervig. Hoffentlich würde die Arbeit schneller vorangehen, wenn sie jetzt zu zweit waren. Es war wirklich anstrengend, immer gestört zu werden, wenn sie Ruhe und Zeit zum Arbeiten brauchte.

Um nicht am Wasser entlanggehen zu müssen, wählte Denise diesmal einen anderen Weg. Das letzte Mal, als sie draußen gewesen waren, war Saba so anstrengend gewesen. Sie hatte gegraben und geknurrt und war dann ein

Stück zum alten Haus raufgelaufen. Denise hatte sie mit aller Kraft da wegzerren müssen, und das war schwer gewesen, obwohl sie ja gut im Training war.

Nun versuchte Denise, nicht an Isabell und den Streit am Morgen zu denken. Es tat so weh. Isabell war wie eine Mutter für sie gewesen, als ihre eigene Mutter sich nicht einmal mehr um sich selbst kümmern konnte. Ihre ganze Kindheit und Jugend lang war Isabell da gewesen und hatte sie beschützt, wenn die Mutter besoffene Männer mit nach Hause gebracht hatte. Dafür war Denise wirklich dankbar. Doch Isabell hatte sich verändert, es war, als könne sie nicht verkraften, nicht mehr gebraucht zu werden. Sie war wirklich gemein gewesen. Satz für Satz ging Denise durch, was Isabell an schlimmen Sachen gesagt hatte. Es war vollkommen berechtigt gewesen, sie aufzufordern, das Haus zu verlassen. Für allezeit. Nach ihren gemeinen Äußerungen gab es keinen Weg mehr zurück. Das war traurig. So schrecklich einsam und tragisch für sie beide. Lange Zeit war Isabell die wichtigste Person in Denises Leben gewesen, die Einzige, der sie sich anvertrauen konnte. Sie war zutiefst erschüttert, wenn sie daran dachte. Isabell wusste alles über sie und würde das ausnutzen können, wenn sie wollte.

Denise nahm den oberen Weg und kam an Börjes Haus vorbei. Der flimmernde Schein aus dem Wohnzimmerfenster verriet, dass der Fernseher lief. Mit etwas Glück würde er sie nicht sehen. Dann kam Sonny Hörlins Haus. Das Gelände war immer noch mit blau-weißem Band abgesperrt, aber ein Polizeiauto war nicht zu sehen. Bei Rasmus brannte Licht. Es wäre doch sehr viel netter, in die Wärme zu kommen, als hier draußen zu warten, bis die Handwerker fertig waren. Sie ging über das Grundstück und dann die Treppe zur Küche hinauf. Da stand immer noch die Schüssel mit Rattengift und Käsestücken neben der Treppe.

Denise klingelte, und Rasmus öffnete, froh überrascht. »Komm rein!« Er betrachtete sie eingehend, während sie die Jacke auszog und aus den Stiefeln stieg. »Ist was passiert?«

Denise versuchte, dagegen anzukämpfen, aber es ging nicht. Die Tränen kamen einfach. Rasmus nahm sie in den Arm und wiegte sie sanft. Wortlos. Aber seine Frage stand noch im Raum. »Ich habe mich mit meiner Schwester gestritten.«

»Höchste Zeit. Isabell hat immer über dich bestimmt.«

»Findest du?« Denise war aufrichtig erstaunt.

»Ja.« Rasmus wechselte das Thema. »Und wo ist Albert?«

»Er kommt morgen, und ich habe die Handwerker im Haus. Wenn du mir also einen Tee machen könntest, wäre ich sehr dankbar.«

Rasmus ging in die Küche und war kurz darauf mit einem Tablett mit Butter, Brot, Käse und zwei Tassen heißen Tees zurück. »Ich wollte grade essen.« Er setzte sich neben sie aufs Sofa und rutschte etwas näher heran, um den Arm um sie legen zu können. »Ich habe im Internet gesucht, aber nicht so viel über Maria gefunden. Die Zeit, in der sie getrennt waren, bis zu ihrem Tod war so kurz. Wenn man ihre Facebook-Einträge von früher liest, dann war es wohl so, dass sie fand, er sei überbeschützend und kontrollierend. Hältst du es aus, damit zu leben, Denise?« Rasmus legte den Arm enger um sie und küsste sie überraschend auf die Wange und dann auf den Mund. Das ging so schnell, dass sie nicht vernünftig reagieren konnte, aber ihr Körper antwortete sogleich. Sie hatten als Teenager so oft miteinander rumgemacht. Das hier war nur eine Wiederholung dessen, was früher gewesen war. Mit dem Unterschied, dass sie jetzt vergeben war.

»Vielleicht sollten wir das nicht …«

»Du bist so schön, das habe ich schon immer gefunden.« Seine Hand umfasste ihre Brust, die empfindlich war und spannte. »Deine Brüste sind fantastisch.« Wieder küsste er sie, und sie erwiderte seinen Kuss in dem Gefühl, als würde alles, was jetzt geschah, jemand anders passieren.

»Aber …«

»Schsch. Ich weiß, dass du das magst.« Er brachte sie mit einem Finger auf ihren Lippen zum Schweigen. Knöpfte ihre Bluse und ihren BH auf. Streichelte die Brüste mit der ganzen Hand und berührte vorsichtig die Brustwarzen, die sich aufrichteten. »Früher, wenn wir Flaschendrehen gespielt haben und ich dir geholfen habe, dich auszuziehen, da hast du das immer gewollt. Ich habe die anderen gebeten rauszugehen. Erinnerst du dich? Du konntest mich nicht sehen, du hattest keine Verantwortung für das, was passieren würde, denn deine Augen waren verbunden. Ich habe bestimmt, was du tun solltest, und deine Unterhose war im Schritt feucht, wenn ich außen den Stoff gestreichelt habe.« Seine Hand glitt über die Innenseite ihres Oberschenkels, drückte und streichelte. Er küsste sie und schob ihr gleichzeitig die Hose herunter. »Hier kann uns niemand stören. Niemand weiß, was wir tun. Du hast keine Verantwortung, die Verantwortung liegt bei mir. Du machst das auf meinen Befehl. Du magst es, wenn jemand anders bestimmt.«

Denise fühlte sich wie gelähmt. Das hier war schon viel zu weit gegangen, sie konnten genauso gut weitermachen. Rasmus streichelte sie weiter, während er sich die Hose auszog. Er legte sich aufs Sofa und hob sie an, so dass sie rittlings auf seinem Bauch saß. Durch die Lage aus feuchtem Stoff spürte sie sein hartes Glied und begann sich so zu bewegen, wie seine Hände sie führten. »Du bist so schön. Ich habe mich danach gesehnt.« Sie schloss die Augen. Ließ sich die Unterhose ausziehen. Sie sollte Nein sagen, aber das tat sie nicht. Wenn sie die Augen schloss, dann geschah es nicht, dann war sie ohne Schuld.

Es war fast zehn Uhr, als Denise nach Hause ging. Bei den Nachbarn war Licht, und Sven trat auf die Treppe. »Dein Hund ist abgehauen. Wir haben ihn gesucht, aber nirgends gefunden. Wo warst du? Melker hat nicht daran gedacht und die Tür offen gelassen, als er Bretter reingetragen hat. Tut mir leid. Aber wenn sie Hunger kriegt, wird sie schon nach Hause finden.«

»Saba!« Denise wusste, wohin der Hund gern lief: runter zu dem kleinen Uferstreifen hinter dem Schilf. Nicht ums Leben wollte sie in der Dunkelheit dorthin gehen und nach dem Hund suchen müssen, aber es blieb ihr nichts anderes übrig.

41

Denise nahm eine Taschenlampe mit und das Handy, das sie zuvor, als sie zu Rasmus rüberging, auf den Küchentisch gelegt hatte. An das, was da passiert war, versuchte sie nicht zu denken. Dann war es vielleicht nur eine Fantasievorstellung gewesen, und die Fantasie ist ja frei. Er hatte gesagt, er würde bestimmen, er würde die Verantwortung übernehmen, und sie hatte das Muster wiederholt, das sie ihr ganzes Leben lang verfolgt hatte, nämlich Autoritäten die Macht zu überlassen, weil sie nicht wagte, auf ihre eigenen Einschätzungen, was richtig und vernünftig war, zu vertrauen.

Draußen war es dunkel. Rita und Sven saßen am erleuchteten Küchenfenster und sahen ihr neugierig nach. Auch Melker, ihren Sohn, konnte sie erkennen. Jedes Mal, wenn sie sich begegnet waren, hatte er sie auf eine unangenehme und furchteinflößende Weise angestarrt. Und mit diesen Tätowierungen sah er richtig kriminell aus.

»Saba! Komm her!«, rief sie, als sie aufs Hafengelände kam. Doch der Hund war nicht zu sehen. »Saba!«

Denise ging am Toilettengebäude beim Fähranleger vorbei und dann zum Seeufer hinunter. Es war auflandiger Wind, der wie mit kalten Fingern durch die Kleider kroch. Das ständige Rauschen der Wellen an den Strand und das Rascheln des Schilfs überdeckten andere Geräusche. Wie

Schritte über den feuchten Sand. Wie flüsternde Atemzüge. Der Lichtkegel der Taschenlampe fing das hellrote Fell des Tieres ein. Saba hatte etwas in der Schnauze und knurrte dumpf. Denise hockte sich hin und redete ihr gut zu. Es glitzerte, als hätte der Hund einen Wassertropfen am Maul. »Lass es los, Saba!«

Der Hund gehorchte. Denise zog den Gegenstand heraus und hielt ihn ins Licht. Es war eine Goldkette mit einem Anhänger, ein eingefasster Stein, durchsichtig wie ein Wassertropfen, wahrscheinlich Bergkristall. Sie ließ die Kette in die Jackentasche gleiten. »Wo hast du die denn gefunden?« Sie leuchtete mit der Taschenlampe und erkannte die Grube im Sand. Reflexartig glättete sie die Stelle mit dem Fuß. »Jetzt gehen wir nach Hause!« Sie legte Saba die Leine an. Das Tier zerrte und wollte weiter hinauf zu dem verfallenen Haus. Denise versuchte gegenzuhalten, doch der Hund gab seltsame Würgegeräusche von sich, und sie wagte nicht weiter, so fest zu ziehen. Sie gingen noch ungefähr zwanzig Meter weiter. Der Schein der Taschenlampe wanderte über eine Holzschubkarre und einen zugewucherten Brunnendeckel im Boden. Denise ging in die Hocke und hielt den Kopf des Hundes in ihren Händen, um Blickkontakt zu haben. »Wir müssen nach Hause. Ich will hier nicht sein!«

Saba gab nach, und Denise war sehr erleichtert, nach Hause zu kommen und die Haustür verschließen zu können. Im selben Augenblick rief Albert an. »Du hast gar nicht angerufen, um gute Nacht zu sagen. Wo warst du?«

Denise errötete und war froh, dass er das nicht sehen konnte. Im Nachhinein konnte sie jetzt überhaupt nicht mehr begreifen, wie sie ihn nur mit Rasmus hatte betrügen können. In dem Augenblick, als es geschah, hatte es sich nicht falsch oder gefährlich angefühlt, doch jetzt verursachte es ihr Übelkeit vor Sorge. »Die Handwerker haben versehentlich Saba rausgelassen, und ich musste noch mal los, um sie zu suchen. Jetzt sind wir zu Hause.«

»Ich weiß. Was heißt denn ›die Handwerker‹? Sind da noch mehr außer Sven?«

»Sein Sohn Melker.«

»Das ist ja seltsam. Soweit ich weiß, hat er nur eine Tochter, und zwar die Mutter von Matilda. Wenn er auch einen Sohn hat, dann fragt man sich doch, was da passiert ist und ob sie zerstritten waren. Sven hat noch nie über einen Sohn gesprochen. Du passt doch auf? Hast du hinter dir abgeschlossen?«

»Ja, ich habe abgeschlossen. Sven und du, ihr seid die Einzigen die einen Schlüssel haben.«

»Der Gedanke, dass er den seinem Sohn leihen könnte, gefällt mir gar nicht. Den kennen wir doch nicht. Warte mal, jetzt, wo ich drüber nachdenke, meine ich, das Gerücht gehört zu haben, dass er einen Sohn hat, der im Gefängnis war.«

»Ich will ja auch nicht, dass sie unseren Schlüssel haben, aber wie soll es sonst gehen? Er muss doch reinkommen können, auch wenn ich nicht da bin.« Denise wurde ärgerlich, und das schlechte Gewissen verstärkte das Gefühl noch mehr. »Ich muss jetzt wirklich schlafen. Kuss und gute Nacht.«

»Wir sehen uns morgen. Ich bin so gegen elf da. Kuss und gute Nacht.«

Denise ging ins Badezimmer und putzte sich die Zähne. Saba schnürte hinterher, setzte sich und sah sie an. Ihr

Blick war seltsam, fast menschlich bewusst und intensiv. Dann spitzte Saba plötzlich die Ohren und knurrte leise. Etwas kratzte am Fenster, und Denise hielt die Zahnbürste still und horchte. Die Scheibe des Badezimmerfensters war aus Milchglas. Erleichtert sah sie die Silhouette eines Zweiges vom Apfelbaum, der davorstand. Der Baum stand viel zu nah am Haus und schabte am Fenster. Sie würde den Ast absägen müssen. Der Hund starrte sie wieder an, diesmal mit wildem Blick. Erneut knurrte er, und Denise beruhigte ihn. »Schsch, alles ist gut. Jetzt gehen wir schlafen.«

Denise machte sich fertig und kroch ins Bett. Sie schaltete das Licht aus. Saba kam nicht zur Ruhe, sondern drehte sich wieder und wieder herum, fuhr auf und knurrte, gab ein Bellen von sich.

»Jetzt bist du aber still!« Da hörte Denise ihr Handy klingeln. Das Signal war schwach und klang komisch, aber es klingelte. Hoffentlich war es nicht Rasmus. Sie hatte ihm eingeschärft, dass er auf keinen Fall anrufen durfte. Das Handy lag zum Aufladen auf dem Fensterbrett. Widerwillig stand Denise aus dem warmen Bett auf, schaltete die Lampe ein und ging ran, obwohl auf dem Display nichts zu sehen war. »Ja, hallo, hier Denise.«

Keine Antwort. Aber da war jemand. Jemand, der schwer atmete. Im Hintergrund hallte es wie aus einem Erdkeller oder einem tiefen Brunnen.

»Hallo! Mit wem spreche ich?«

Die Atemzüge wurden schneller, dann ein flüsterndes, dumpfes Lachen wie ein metallisches Echo.

»Sagen Sie etwas, sonst lege ich auf!«

Das Lachen verhallte, dann kam ein klickender Laut. Denise war vor Kälte und Angst wie erstarrt. Sollte sie

Albert anrufen? Aber was konnte der schon tun, wo er so weit weg war? Das würde ihn nur beunruhigen. Sie hatte schließlich Saba. Denise strich dem Hund übers Fell, und er leckte ihr die Hand. Obwohl sie Blickkontakt sonst meist vermied, sah Saba sie jetzt mit bohrendem Blick an. Denise suchte nach einem Stift und notierte die Nummer, von der sie angerufen worden war. Dann stand sie auf, kroch ins Bett und schlang Heddas schwere geblümte Decke um sich. Die weiße Spitzenbettwäsche, die sie zuvor aus dem Wäscheschrank genommen hatte, war hart gemangelt und steif. Der Kissenbezug schabte an der Wange. Die Äste des Apfelbaums peitschten weiterhin an die Fensterscheibe. Saba war jetzt still, und irgendwie gelang es Denise einzuschlafen.

Im Traum sah sie Fredrika. Eine Zwillingsseele in einem Zwillingskörper. Oder begegnete sie hier sich selbst? Eine erwachsene Frau mit blondem Haar. Die melierten Augen fingen die Farben der Umgebung wie Brunnen mit stillem Wasser ein. Hinter der vielfarbigen Iris war keine Seele. Nur zwei Spiegel. Kein eigener Wille. Kein eigenes Leben. »Du bist tot!«

»Es gibt keinen Tod. Ich bin bei dir.« Fredrika lächelte und sah aus, als hätte Denise etwas Spaßiges gesagt. »Eine Trennung gibt es nicht, das weißt du doch. Wir können nicht getrennt werden, müssen in derselben Mannschaft sein, auf derselben Seite der Grenze.«

»Wie meinst du das?«

»Vielleicht bist du ja auch tot. Oder glaubst du, du träumst?«

Denise wachte schweißgebadet auf. Gleichzeitig fror sie schrecklich und fühlte sich krank. Hatte sie Fieber? Fieberträume konnten so seltsam sein. Wie durstig sie war. Die Zunge fühlte sich wie ein Stück Holz im Mund an. Sie schaltete die Nachttischlampe ein und stolperte aus dem Bett. Stieg über Saba, die neben dem Bett ausgestreckt lag, und ging in die Küche. Da ließ sie den Hahn so lange laufen, bis das Wasser eiskalt war. Die Morgendämmerung hatte begonnen. Ein sanftes Licht lag dünn wie ein glitzerndes Spinnennetz über dem See.

Denise trank aus, füllte sich noch einmal nach und ging dann ins Schlafzimmer. Saba, die sonst beim kleinsten Laut wach wurde, rührte sich nicht. »Saba!« Denise streichelte ihr den Kopf, doch nichts geschah. Sie strich dem Tier über die Schnauze und sah, dass sich ihre Hand von Blut aus dem Maul des Hundes rot färbte. »Neiin! Neiin!«

Denise versuchte, vernünftig zu denken. Es war Samstagmorgen um sieben Uhr. Wie erreichte man um diese Uhrzeit an einem Wochenende einen Tierarzt? Sie suchte die Nummer zur Klinik in Odensbacken, wo sie schon mal mit Saba gewesen war. Ein Anrufbeantworter sprang an und rappelte Öffnungszeiten herunter. Sie versuchte es mit einer anderen Nummer zu einem Privattierarzt und hoffte, er würde Zeit haben, doch der war auf dem Weg zu einem anderen Patienten. In der Innenstadt von Örebro gab es eine Tierklinik mit Notfalldienst. Aber dorthin musste sie den Hund selbst bringen.

Denise brach in Tränen aus. Sollte sie Rasmus anrufen und ihn bitten, dass er ihr half, den Hund ins Auto zu heben? Nein, das konnte sie nicht tun, ohne gesehen zu werden. Albert würde es erfahren. Konnte sie Sven und seinen seltsamen Sohn wecken und um Hilfe bitten? Nein, sie musste es allein versuchen.

Denise holte das Auto und fuhr es so nah an die hintere Treppe wie möglich. Legte vorm Rücksitz eine Decke auf den Boden, ließ die Autotür offen stehen und ging ins Haus. Sie versuchte zu fühlen, ob der Hund atmete oder Puls hatte. Das war schwer festzustellen. Sie rollte Saba auf den Schlafzimmerteppich und zog sie damit bis zur Haustür. Das war der leichte Teil. Dann ging sie in die Hocke. Die vielen Trainingsstunden waren nicht vergeblich gewesen, sie war stärker, als sie dachte, und es gelang ihr, den Tierkörper auf den Arm zu nehmen. Schritt für Schritt brachte sie Saba die hintere Treppe hinunter und zum Auto. Als sie sich auf den Fahrersitz setzte, um in die Stadt zu fahren, zog es im Bauch. Ein dumpf mahlender Schmerz. Einen Moment lang hatte sie schlicht vergessen, dass sie schwanger war. Nun überkam sie die Angst und ließ ihre Hände am Lenkrad zittern.

Weniger als eine halbe Stunde später war sie in der Tierklinik. Man half ihr, Saba hineinzutragen, die sofort ins Behandlungszimmer kam. Während der Tierarzt den Hund untersuchte, ging Denise auf die Toilette. Sie musste plötzlich aufs Klo, hatte aber auch Angst, dass sie nach dem schweren Heben nun blutete. Die Schmerzen im Bauch waren etwas abgeklungen, aber sie fürchtete sich immer noch und zitterte am ganzen Leib. Zu ihrer Erleichterung waren auf dem Toilettenpapier keine Blutflecken zu sehen.

Sie setzte sich ins Wartezimmer. Nach kurzer Zeit ging die Tür auf, der Tierarzt kam und bat sie in den Behandlungsraum, wo Saba auf einer Edelstahlpritsche lag. »Es tut mir so leid.« Er machte eine Pause, damit sie sich mit dem Gedanken an das, was er jetzt sagen musste, vertraut machen konnte. »Ihre Hündin ist tot, und das war sie wohl auch schon ein paar Stunden. Die Todesursache sind innere Blutungen. Schwer zu sagen, ob sie überfahren worden ist oder vielleicht auch etwas Gerinnungshemmendes wie Rattengift gefressen hat.«

42

Kristoffer hatte Börje aufgesucht, aber der war entgegen seiner Ankündigung nicht zu Hause gewesen. Vielleicht hatte er zum Heim fahren müssen, weil irgendetwas mit Alice war. Als Kristoffer zum Polizeirevier zurückkehrte, ging es auf halb neun Uhr am Freitagabend. Gerade als er das Gebäude betrat, rief ihn, trotz der späten Stunde, der Cheftechniker Ali an.

»Bist du bereit für eine Besprechung der Probenergebnisse, die wir bei der Obduktion von Camilla Hörlin entnommen haben?«

»Natürlich!« Es dauerte ein paar Minuten, ehe Ali ihn in seine heiligen Hallen einließ. Sie setzten sich vor den Computer. Wenn Ali an einem Freitagabend so spät noch arbeitete, musste es wichtig sein. »Was hast du?«, fragte Kristoffer.

Ali sah ihn begeistert aus braunen Augen an. »Mal ganz von vorn. Es gibt keinerlei Hinweise, dass Camilla Drogen genommen hätte.«

»Nein, okay. Aber deshalb hast du nicht angerufen.«

»Korrekt! Ich bin nämlich erstaunt über das Ergebnis der DNA-Probe, die wir entnommen haben, um herauszufinden, wer der Vater des Kindes sein könnte, das Camilla Hörlin erwartete. Halt dich fest! Es gab einen indirekten Treffer auf unseren pensionierten Kollegen Börje, dessen

DNA zuvor entnommen worden war, um auszuschließen, dass er vielleicht den Fundort kontaminiert hat. Das Ergebnis der DNA-Probe hat gezeigt, dass es ein ihm Nahestehender war. Ein Sohn?«

»Was?« Kristoffer brauchte eine Weile, um das zu verarbeiten. »Soll Camilla Hörlin ein Kind von Albert erwartet haben?«

»Es sieht ganz so aus, wenn er nicht einen Bruder hat.«

»Nicht dass ich wüsste. Albert? Das ist jetzt wirklich unerwartet. Dann müssen wir sofort eine Speichelprobe von ihm nehmen, um das verifizieren zu können. Und ihn vernehmen.«

»Er steht nicht im Telefonbuch«, sagte Ali.

Kristoffer rief Börje an, der tatsächlich bei seiner Frau im Skebäcksgården war.

»Wie läuft es, Kristoffer?«

»Gut!« Er hatte keine Zeit für Smalltalk. »Ich brauche Alberts Handynummer.«

»Warum? Was ist passiert? Ich glaube kaum, dass du ihn heute Abend erreichst. Er ist unterwegs.«

»Ich kann nichts darüber sagen, worum es geht. Noch nicht. Wie kann ich ihn denn am schnellsten erreichen?«

»Denise hat gesagt, er wollte gegen elf Uhr morgen nach Hause kommen.«

»Gut, dann suche ich ihn dort auf. Bist du morgen Vormittag zu Hause?«

»Ja, wahrscheinlich.«

Früh am Samstagmorgen erwachte Kristoffer von Tors kraftvollem Schnarchen vom Wohnzimmersofa. Es klang, als würde ein Schlammbagger in einem Hafen über den

Steingrund schrappen. In dieser Morgenstunde empfand Kristoffer ungeteilte Sympathie für Tors Frau. Wenn sie ihn, obwohl er so schrecklich schnarchte, noch nicht mit einem Kissen erstickt hatte, dann war sie ein guter Mensch.

Kristoffer blieb im Bett liegen und ordnete seine Gedanken. Zuerst musste er an Alis Bericht denken, daran, dass Albert der Vater von Camillas ungeborenem Kind sein könnte. Dann an das, was Rita gesagt hatte, dass sie in der Zeit, als Camilla im See versenkt worden war, eine Person mit einem Sack in einem Kanu gesehen hatte. Wenn im Dezember 2016 jemand mit einem Kanu auf dem Autodach herumgefahren wäre, dann müsste das eigentlich aufgefallen sein. Er hatte Alex die Aufgabe zugeteilt, noch einmal alle Namen auf der Liste anzurufen, die sie schon kontaktiert hatten, aber diesmal die Frage zu stellen, ob jemand ein Kanu auf einem Auto oder draußen auf dem See gesehen hatte. Henrik hatte den ganzen vergangenen Tag keinen einzigen Anruf auf dem Hinweistelefon bekommen, und nach dem Mittagessen war er nach Hause gegangen, um seine Mutter abzulösen, die der Virus nun auch erwischt hatte. Also hatte Alex auch diese Aufgabe übernommen.

Ein Streifen Licht fand den Weg unter dem Rollo hindurch und flatterte über den grauen Plastikteppich. Kristoffer stand auf. Er zog den Morgenmantel an und kratzte sich die Bartstoppeln unter dem Kinn, während er das Schlachtfeld im Wohnzimmer begutachtete. Pizzakartons, Petflaschen, Red-Bull-Dosen, Kleider und Handtücher. Im Zentrum stand das Sofa, und darauf lag Tor auf dem Rücken mit offen stehendem Mund, so weit, dass man gut eine Topfpflanze hätte hineinstellen können. Kristoffer erwog das, während er ihn schüttelte und ein Stöhnen zur Antwort bekam. »Was zum Teufel soll das? Es ist Nacht!«

»Es ist gleich sieben Uhr. Heute fährst du nach Hause zu Kajsa und entschuldigst dich, weil du Signe im Schwimmbad vergessen hast. Vorher kaufst du einen großen Strauß roter Rosen, siehst ihr in die Augen, wenn du sie triffst, und sagst ihr, dass du sie liebst. Kapiert?«

»Ich trau mich nicht. Sie wird mir die Rosen ins Gesicht schleudern!« Tor fuhr sich mit den Händen durchs Haar, was ihm eine wilde Frisur bescherte. Nach dem Suff am Abend zuvor hätte sein Atem einen Drachen töten können.

»Oder auch nicht. You miss a hundred percent of the shots you never take. Wenn du passiv bleibst, verlierst du sie.«

»Ja, aber mit Würde.«

Kristoffer ließ den Blick über das Chaos im Wohnzimmer schweifen. »Tor, das hier ist nicht würdevoll. Ich setze jetzt Kaffee auf, und in der Zeit packst du deine Sachen. Den Schlüssel, bitte!«

»Bin ich obdachlos?«

»Lieber obdachlos als ratlos. Ich habe dir einen guten Rat gegeben, und wenn ich heute Nachmittag nach Hause komme, will ich dich nicht wie eine Schlingpflanze auf der Treppe hocken sehen. Aber vorher räumst du noch deinen abgeschnittenen Bart aus dem Waschbecken«, schob er verbissen hinterher.

»Den habe ich für sie abrasiert.«

»Gut, dann würde ich vorschlagen, dass sie heute mal dein schönes Gesicht anschauen darf.«

Eine knappe Stunde später war Kristoffer auf dem Weg

nach Hampetorp. Vor dem Verhör mit Albert um elf Uhr wollte er Börje besuchen und ihm eine Reihe Fragen stellen. Und zwar Auge in Auge, damit er die Reaktionen des alten Polizisten würde sehen können. Er war früh dran, es war noch nicht einmal acht Uhr. Kristoffer schickte Ella eine SMS, bekam aber keine Antwort. Das hatte er auch nicht erwartet. Aber Peggy war bei ihr, und die würde, wenn es wirklich übel aussah, wie immer Alarm schlagen.

Kristoffer ließ die Gedanken wandern und landete schnell bei Mia Berger. Er sehnte sich danach, sie mal wieder in Wirklichkeit und nicht nur im Traum zu treffen. Es hatte ihn eine erhebliche Willensanstrengung gekostet, nicht irgendwelche Nachforschungen über sie anzustrengen. Sie war seine Therapeutin und sein Schutzengel, und so sollte es auch bleiben. In einer Hinsicht zumindest. Gegen die erotischen Träume, die in seinem Unterbewusstsein abgelaufen waren, konnte er nichts ausrichten. Sie war so schön. Innerlich und äußerlich. Sie war so fantastisch, dass er niemals wagen würde, sich ihr mit seiner Sehnsucht zu nähern. Sie war ein Profi in Sachen Beziehungen, und sein Leben war so kaputt, wie es nur sein konnte. Was würde er ihr anderes bescheren als Enttäuschungen? Seine Wutanfälle, in denen er die Kontrolle verlor und Erinnerungslücken hatte, wiesen psychotische Züge auf, das war ihm klar. Wie sollte er jemandem davon erzählen können, ohne seinen Job zu verlieren?

Kristoffer parkte am Fähranleger, stieg aus dem Auto und sah sich um. Es war still und menschenleer. Albert würde er nicht vor elf Uhr sprechen können, und da fühlte es sich grausam an, Börje, der kein Morgenmensch war, an einem Samstagmorgen um Viertel nach acht zu wecken.

Deshalb ging er erst einmal ans Wasser zu dem Ort, wo er Veras Haarspange gefunden hatte. Mit einem Mal war die Frühlingswärme gekommen, und der Boden war weich geworden. An der Marina waren einige Bootsbesitzer schon voll im Gange mit den Vorarbeiten zum Einwassern. Die Vinö-Fähre konnte er wie einen gelben Punkt draußen auf dem Wasser, das von Sonnenreflexen glitzerte, erkennen. Er blieb am Ufer stehen.

Ein sanfter Wind zog übers Land und strich ihm zärtlich übers Gesicht. *Vera, wo bist du?* Klar und deutlich, als würde sie ihn berühren, spürte er ihre Gegenwart. Als er den Blick vom See zum Strand wandern ließ, sah er, dass dort jemand gegraben hatte. Krallenabdrücke waren zu sehen, vielleicht von einem Hund. An einer Stelle war der Sand feucht und dunkel. Kristoffer ging zum Auto zurück und holte seinen Spaten und begann ebenfalls zu graben. Er schichtete den Sand auf, um keinen Gegenstand darin zu übersehen. Schon bald musste er feststellen, dass da nichts war, was er mit Vera verknüpft hätte. Er schloss die Augen und versuchte, sich auf das zu konzentrieren, was er fühlte. Eine ärgerliche Anspannung. Eine Unruhe. Es gab da etwas, was er verstehen sollte. Vera, Camilla und Denise. War Denise in Gefahr, oder war das nur ein Hirngespinst?

Kristoffer ging noch ein Stück weiter rauf zu den verfallenen Gebäuden oberhalb des Ufers. Mit einem Mal war er unsicher. Hatte er diesen Ort auf einer seiner früheren Wanderungen näher untersucht? An einer Hauswand, deren Farbe schon seit langem abgeblättert war, lehnte eine alte Schubkarre. Ein wackeliger Gartentisch stand einsam unter einem Wildapfelbaum. Als er sich dem Haus näherte, stieß sein Fuß an einen überwucherten Brunnendeckel. Die

Tür zu einem der Schuppen war leicht angelehnt. Er ging hin und öffnete sie sehr vorsichtig, weil sie bedrohlich knarrte und aus den Angeln zu fallen drohte. Als die Augen sich ans Dunkel gewöhnt hatten, konnte er nur feststellen, dass dies ein Holzschuppen war, den irgendwann einmal jemand mit ordentlich gestapeltem Holz bestückt hatte. Er kehrte ins blendende Sonnenlicht zurück und schaute durch die Fenster des Wohnhauses, konnte aber nichts Interessantes entdecken. Der Eingang war verschlossen, und der rostige Schlüssel hing an einem Nagel neben der Tür. Das betrachtete er als Einladung, schloss auf und trat ein. Der Fußboden war mit Mäusedreck, Staub und Farbplacken bedeckt. Hier war ganz offensichtlich lange niemand mehr gewesen. Die Möblierung bestand aus einem Tisch, ein paar Holzstühlen und einem Gästebett älteren Modells mit einer Rosshaarmatratze. Die Tapeten waren mit großen feuchten Flecken bedeckt, und die äußere Schicht der Deckenvertäfelung war gerissen. Kristoffer ging durch alle Räume, in denen eine Leiche liegen könnte, fand aber nichts.

Als er eine Weile später den Hügel hinaufkam, saß Börje schon auf der Veranda. »Bist du wieder da? Soll ich dich am Ufer entlang begleiten?«

»Nein, heute nicht. Aber du könntest mich zu einem Kaffee einladen.« Kristoffer trat auf die Veranda und setzte sich, mit dem Gesicht der Sonne zugewandt, auf die Holzbank. »Das ist ja schön hier.«

Börje verschwand in der Küche und kam mit einem Kaffeetablett zurück. »Das sind gekaufte Zimtschnecken, mehr kann ich nicht bieten. Wie läuft die Ermittlung?«

»Geht voran.« Kristoffer zögerte kurz, doch dann entschied er sich, Klartext zu reden. »Was für eine Beziehung hatte Albert zu Camilla? Börje, ich will die Wahrheit wissen.«

Börjes Miene erstarrte. Dann entglitten ihm die Gesichtszüge, und er sah plötzlich sehr alt aus. »Du weißt es also … wie es war, oder? Albert hat Maria geheiratet, die hat Schluss gemacht, und wie du weißt, starb sie kurz darauf an einem Schlaganfall. Albert kam nach Hause nach Hampetorp. Camilla hat ihn getröstet, und … viel mehr weiß ich nicht.«

»Erzähl mir noch einmal, was am Mittsommerabend, als Camilla verschwand, geschehen ist. Ich will dir und deinem Jungen nichts in die Schuhe schieben, aber nichts wird besser davon, dass du schweigst und die Unwahrheit sagst.«

Börje sank betroffen in sich zusammen. »Es tut mir leid. Ich wusste nicht, was ich tun sollte. Ich habe Ulf gesagt, dass Albert in der Nacht zu Hause gewesen sei. Denn ich hatte gehört, wie Albert das zu ihm sagte, als sie im Nebenzimmer saßen, und ich hatte Angst, dass er etwas Schlimmes getan haben könnte. Ich habe das gesagt, um ihn zu schützen.«

»Doch es war nicht die Wahrheit«, sagte Kristoffer mehr als Feststellung denn als Frage.

»Nein. Rasmus und Albert sind in der Mittsommernacht mit dem Kanu rüber nach Vinö gepaddelt. Als wir hinterher miteinander gesprochen haben, erzählte Albert mir, dass Rasmus und er versucht hätten, mir ein Alibi zu geben – er meinte nämlich, ich wäre betrunken in die Stadt gefahren. Aber ich hatte Camilla nicht gefahren, sie ist einfach verschwunden. Eigentlich wollte ich das Ulf gleich erzählen, aber er war schwer zu erwischen. Und dann ist er weggezogen, und danach ist die Ermittlung zu den Akten gelegt worden, weil es keinen Verdacht auf äußerliche Gewalt gab und keine Leiche gefunden worden war.«

»Wann hast du Camilla das letzte Mal gesehen?«

»Gegen neun Uhr am Mittsommerabend. Sie versuchte, jemanden zu finden, der sie in die Stadt fahren würde, aber alle hatten ja schon was getrunken.«

43

Kristoffer wartete, bis Alberts Auto die Straße nach Hampetorp hinunterkam, und winkte ihn auf die Seite zum Parkplatz bei der Fähre. Albert hielt an und stieg aus. Kristoffer öffnete die Tür zu seinem tannengrünen Toyota Camry. »Steig ein und setz dich.«

Albert sah besorgt aus, als er sich auf dem Beifahrersitz niederließ. »Was ist los? Ich dachte, wir würden uns zu Hause bei uns treffen. Denise weiß, dass du kommst.«

»Ja, aber sie weiß nicht, worüber ich mit dir sprechen will.« Kristoffer holte weder Aufnahmegerät noch Notizblock raus.

»Werde ich wegen irgendetwas verdächtigt?« Albert sank in den Sitz.

»Nicht solange ich dich nur aus Informationsgründen befrage. Ich will die Wahrheit darüber wissen, was am Mittsommerabend geschah, als Camilla Hörlin verschwand.«

Albert antwortete mechanisch und sah Kristoffer dabei nicht an. »Nichts ist geschehen. Papa hatte meine Mutter vom Skebäcksgården geholt, und wir haben zusammen zu Abend gegessen. Der Fahrdienst brachte sie dann ein paar Stunden später wieder zurück. Ich ging zum Campingplatz runter, wo alle feierten. Kam gegen elf Uhr mit Rasmus zusammen zurück. Papa hatte ziemlich einen im Kahn, wir haben zusammengesessen und ein bisschen gebechert, wie man das an Mittsommer so macht.«

»Und dann?« Kristoffer wandte sich ihm zu und bohrte den Blick in seinen. »Zu Ulf, dem früheren Ermittler, hast du gesagt, du wärst zu Hause geblieben und hättest dich schlafen gelegt. Jetzt will ich die Wahrheit hören.«

Albert kapitulierte, ohne groß Widerstand zu leisten. »Hast du mit Papa gesprochen? Wir hätten unsere Aussagen im Nachhinein korrigieren sollen, aber daraus wurde nichts. Rasmus und ich sind nach Vinö gepaddelt. Ich dachte, Papa hätte Camilla in die Stadt gefahren, obwohl er betrunken war. Deshalb habe ich, als Ulf fragte, behauptet, er und ich wären zu Hause gewesen. Es hätte doch ziemlich übel ausgesehen, wenn ein Polizist in betrunkenem Zustand noch Auto gefahren wäre.«

»Das sieht übel aus, das kann man wohl sagen. Wem gehörte das Kanu?«

»Rasmus.«

»Wart ihr beide die ganze Mittsommernacht über auf Vinö zusammen?«

»Weiß nicht, um ehrlich zu sein. Ich habe wie ein Stein geschlafen, und als ich aufwachte, war er schon dabei, auf dem Spirituskocher Kaffee zu machen. Vielleicht war er noch mal mit dem Kanu draußen, vielleicht hat er geschlafen. Wir haben nicht darüber geredet. Ich weiß nicht einmal, warum ich mit ihm gefahren bin. Ich mag ihn nicht, mochte ihn noch nie. Aber wir haben gesagt, dass wir einen Strich unter die Vergangenheit ziehen würden. Er hat mich für all die Jahre des Mobbings um Entschuldigung gebeten. Es ist schwer, ihm zu widersprechen, und ich war besoffen und blöd im Kopf. Tut mir leid, er hätte dein Schwiegersohn werden sollen, aber das macht ihn nicht besser.«

Kristoffer hatte das Gefühl, dass es da noch mehr gab. »Das klingt, als hättest du noch mehr auf Lager, was ich wissen sollte. Raus damit, Albert. Es ist jetzt an der Zeit, die Wahrheit zu sagen und alles zu erzählen, was du weißt.« Kristoffer drehte sich zu ihm, legte ihm die Hände auf die Schultern und sah ihn eindringlich an.

Albert kämpfte mit sich. »Ja, aber es geht um deine Tochter.«

»Erzähl, was du weißt.« Kristoffer holte tief Luft, hielt dann den Atem an und wartete auf das, was kommen würde.

Albert sah zerknirscht aus. »Ich weiß nicht, ob du das hier hören willst – vielleicht macht es die Sache nur schlimmer, wenn ich es jetzt erzähle. Aber ich habe sehr viel über Veras Verschwinden nachgedacht. Mein Gott, das ist jetzt wirklich nicht leicht.« Albert seufzte laut. Er sah furchtsam aus. Er schielte dann stärker, und wenn er schluckte, bewegte sich der Adamsapfel an seinem mageren Hals.

»Sag es. Ob es wichtig ist, entscheide ich. Was hast du über Rasmus und Vera zu sagen?«

»Dass er vorhatte, sie an Sonny zu verkaufen. Sie wollten sie bis zur Bewusstlosigkeit betrunken machen, und dann sollte Sonny Sex mit ihr haben dürfen und dafür Rasmus seine Schulden erlassen. Und als Vera das begriff, ist sie von dem Junggesellinnenabschied abgehauen!«

Kristoffer bekam kaum mehr Luft. Er fühlte die Wut kommen, ballte die Fäuste, biss die Zähne zusammen und sagte lange nichts. »Woher weißt du das?«

»Vera hat es mir erzählt. Ich hatte keine Einladung zu

dem Fest bekommen, weil sie die nach Helsinki geschickt hatten, wo sie nie ankam. Also dachte ich, Rasmus hätte entweder vergessen, mich einzuladen, oder er wollte mich nicht dabeihaben. Ich stand vor Svens Haus, als sie rausstürmte und schrie und wütend war.«

»Und warum hast du mir das nicht erzählt?«, fragte Kristoffer mit abgrundtiefer Stimme und so leise er vermochte.

»Ich wusste nicht, ob du mir glauben würdest. Alle lieben Rasmus. Er ist der perfekte Schwiegermuttertraum, ihr schient das perfekte Team zu sein. Aber du ahnst nicht, wie er wirklich ist. Ich bin sicher, dass er das rundheraus leugnen wird, wenn du Rasmus fragst. Ich habe es bisher niemand anders als Denise erzählt.«

»Warum sagst du es mir jetzt? Warum nicht früher? Unzählige Male war ich bei euch zu Hause und habe mit deinem Vater gesprochen, und du hast mich den Strand entlangwandern sehen. Der kleinste Hinweis wäre überaus wertvoll gewesen, und du hast geschwiegen!«

»Du hast gewaltsame Launen, Bark! Da braucht man Mut. Ich erzähle es dir jetzt, weil ich mir Sorgen mache. Rasmus versucht, mir Denise wegzunehmen. Ich weiß, dass sie bei ihm ist, wenn ich weg bin. Der Mann hat kein Gewissen. Schau in seine blauen Augen, da ist nur Finsternis, sein Lächeln ist eine eingeübte Grimasse. Ich hasse ihn! Gott, wie ich ihn hasse, weil er allen Geld abknöpft, das er dann verspielt. Würd mich nicht wundern, wenn er euch gegenüber behauptet hätte, Vera sei ihm Geld schuldig gewesen.«

Kristoffer beherrschte sich und versuchte, an die Ermittlung zu denken, an der er arbeitete, doch sein erster Impuls war, aus dem Auto zu steigen und zu Rasmus zu gehen, ihn aus seinem Loch zu zerren und die Krähen seine Augen auspicken zu lassen. Diese Schlange hatte gesagt, Vera habe ihm Geld geschuldet, und Kristoffer war bereit gewesen, einen Kredit aufzunehmen, um ihm das zurückzuzahlen. Er blies seine Wangen auf und entließ die Luft durch halb geschlossene Lippen. »Was für ein Verhältnis hatte Rasmus zu Camilla?«

»Camilla mochte Rasmus nicht. Sie durchschaute ihn, sah, wie er seine Freunde ausnutzte und verbrauchte. Er fand sie sexy, doch sie ignorierte ihn, so gut es ging. Rasmus und Sonny machten gemeinsam Geschäfte, und Rasmus war zeitweise bei ihnen zu Hause, wenn er nicht gerade im Ausland arbeitete. Er half auf den Märkten und bei Auftritten, sie rauchten Gras, und Rasmus lieh sich Geld von Sonny, um online spielen zu können.«

»Und du? Was für eine Beziehung hattest du zu Camilla?«

»Ich mochte sie von Anfang an. Sie war klug und freundlich und fürsorglich. Sie hat mich getröstet, als Maria ...«

»Hattet ihr ein Verhältnis?«

Albert sah ihn mit aufgerissenen Augen an. »Du weißt davon, oder?«

»Ja. Sie war von dir schwanger. Wusstest du das?«

Albert erbleichte und schluckte mehrmals. Sein Blick irrte herum, als versuchte er, das Unfassbare zu begreifen. »Es ist einfach passiert. In dem Frühjahr bin ich mehrmals hergekommen. Ich war verzweifelt, und Camilla hat mich getröstet.«

»Wann würdest du sagen, ist Camilla schwanger geworden?«

Albert war ganz in seiner eigenen Geschichte gefangen und hörte die Frage nicht. »Sonny war nicht zu Hause. Es ist einfach passiert.«

»Wann war das?«

»Am Osterwochenende 2016. Sonny hatte einen Auftritt in Frövi.« Alberts Gesicht verzog sich zu einem Weinen. »Mein Gott, sie war von mir schwanger. Was ist dann passiert?«

»Wir wissen es nicht. Camilla ist nicht am Mittsommerabend gestorben, sondern ungefähr ein halbes Jahr später. In der Zwischenzeit muss sie irgendwo gewesen sein.« Kristoffer dachte an die Abdrücke einer Kette, die Camilla um den Hals und die Handgelenke gehabt hatte. Schaudernd versuchte er, den entsetzlichen Gedanken abzuschütteln, der ihn immer wieder heimsuchte, seit sie Camillas Leiche gefunden hatten. Könnte Vera vom selben Täter gefangen gehalten worden sein?

»Was meinst du damit?«

»Nachdem Sonny sie am Mittsommerabend ausgeschlossen hatte, muss sie jemandem begegnet sein, der sie dann gefangen gehalten hat.«

»Warum denn? Warum sollte jemand Camilla so etwas antun? Sie hatte keine Feinde. Sie war auch nicht reich, falls jemand sie hätte kidnappen wollen.« Albert dachte laut. »Ein Sexverrückter oder Sadist, oder was meinst du?«

»Weißt du etwas von den Sexfilmen, die Sonny aufgenommen hat?«

»Camilla hat erzählt, dass er Aufnahmen gemacht hat und dass er die benutzt hat, um sie zu erpressen, damit sie bleibt. Das habe ich von ihr in ein paar Halbsätzen gehört, und Rasmus hat es auch angedeutet.«

»Weißt du, wo Sonny diese Filme aufbewahrt hat?« Hörlins Computer war leer gewesen, aber sein Zuhause war ein ziemlicher Müllhaufen, und es würde die Techniker mehrere Wochen kosten, den ganzen Kram zu durchsuchen.

»Keine Ahnung. Vielleicht weiß Rasmus was darüber.« Albert schniefte, und Kristoffer holte eine Rolle Küchenpapier aus dem Handschuhfach und gab ihm ein Stück davon. Albert wischte sich die Augen und schnäuzte sich.

»Behalt für dich, worüber wir gesprochen haben«, sagte Kristoffer. »Ich werde Rasmus zum Verhör einbestellen. Fällt dir sonst noch was ein?«

»Svens Sohn ist nach Hause gekommen. Er heißt Melker, und Denise meint, er soll wohl die Firma übernehmen. Obwohl Sven und Rita seit über zwanzig Jahren hier wohnen, hat ihn noch niemand vorher gesehen.«

»Aha«, sagte Kristoffer. Er erinnerte sich, dass Ingrid gesagt hatte, die beiden hätten einen Sohn, der im Gefängnis war. Doch diese Information teilte er vorerst nicht mit Albert.

»Denise findet, sie sind irgendwie komisch. Ihre Großmutter hat sich richtig über die beiden geärgert, vor allem über Rita, weil sie so krass neugierig ist und sich in alles einmischt, was sie nichts angeht. Und dann musste ich noch an was anderes denken«, sagte Albert und seufzte tief. »Hast du schon mal überlegt, wie ähnlich sie sich waren, Camilla und Vera? Und Denise. Das blonde Haar, die Augen, die gerade Körperhaltung. Geradeso, als wären sie dieselbe Person, nur in unterschiedlichen Lebensaltern. Das klingt krank, ich weiß, aber ich habe Angst, dass Denise in Gefahr ist. Sie erwartet auch ein Kind, genau wie Camilla. War deine Tochter auch schwanger?«

»Ich glaube es, weiß es aber nicht.« Kristoffer hatte denselben Gedanken auch schon gehabt, und es berührte ihn zutiefst, dass Albert das jetzt so formulierte. »Es kommt mir unwahrscheinlich vor, dass sie sich bis zur Besinnungslosigkeit betrunken hätte, wenn sie doch glaubte, schwanger zu sein. Aber vielleicht dachte sie auch, einmal ist keinmal und schließlich ist Junggesellinnenabschied. Ich habe schon darüber nachgegrübelt.«

»Du musst was tun, Bark. Über Hampetorp hängt ein Fluch. Frauen verschwinden. Rita redet schon vom Wassergeist. Ich bin ja sonst nicht abergläubisch, aber an der ganzen Sache ist etwas Unerklärliches, und ich habe Angst, dass Denise das nächste Opfer wird.«

44

Kristoffer ging mit Albert nach Hause und wurde in die Küche geführt. Anders als Albert gesagt hatte, war Denise nicht zu Hause, und er war außer sich vor Sorge und rief sie an. Kristoffer konnte das ganze Gespräch mithören. Denise hatte versucht, Albert aus der Tierklinik anzurufen, aber er war nicht rangegangen. Sie war verzweifelt und mit den Nerven fertig. Sie musste entscheiden, ob sie den Hund selbst begraben wollten oder ob Saba eingeäschert werden sollte. Der Tierarzt hatte ihr geraten, nach Hause zu fahren und über die Sache nachzudenken, und Denise war seinem Rat gefolgt und saß jetzt im Auto auf dem Weg nach Hampetorp. Wenige Minuten später war ihr Auto unten auf der Straße zu sehen.

Albert ging ihr entgegen. »Meine Liebste! Komm rein.«

»Saba ist tot. Jemand hat meinen Hund vergiftet! Melker hat sie gestern versehentlich rausgelassen. Ich will ihn nicht in meiner Nähe haben. Er ist mir unangenehm!« Dann brach ihre Stimme, und Denise bekam keinen Ton mehr heraus. Albert hielt sie im Arm. Als sie sich etwas beruhigt hatte, bat Kristoffer, mit ihr allein sprechen zu dürfen.

»Ist das wirklich notwendig?«, fragte Albert in unerwartet hartem Ton. »Wir haben keine Geheimnisse voreinander.« Kristoffer überlegte, ob das wohl der normale

Schutzimpuls war, weil sie traurig war, oder ob Albert überreagierte.

»So läuft das aber nun mal ab«, sagte er schlicht. »Dein Vater ist Polizist, du weißt, wie es abläuft.« Kristoffer wandte sich an Denise. »Wo können wir ungestört reden?«

»Setzt euch in die Küche. Ich werde unter die Dusche gehen«, sagte Albert und ließ sie allein.

Denise kämpfte mit den Tränen und setzte sich auf den Küchenstuhl, den Kristoffer für sie herangezogen hatte. Er setzte sich ihr gegenüber. »Erzählen Sie, was passiert ist.«

»Meine geliebte Saba. Der Tierarzt hat gesagt, dass Saba etwas Gerinnungshemmendes gefressen hat, möglicherweise Rattengift. Und dass sie daran gestorben ist.«

»Und Sie glauben, jemand hat sie vergiftet.«

»Ja, aber ich weiß es ja nicht. Es geschehen komische Dinge, und es ist schwer auseinanderzuhalten, ob ich mir die einbilde oder ob sie wirklich passieren.«

»Was passiert denn? Können Sie mir davon erzählen?« Er sah, wie unsicher sie war, und sagte es deshalb mit seiner sanftesten Stimme.

»Nachts ist jemand draußen im Garten gewesen. Einmal habe ich Rita dabei erwischt, wie sie die Grundstücksgrenze verschoben hat. Aber es war nicht nur sie. Ich habe einen Brief von meiner großen Schwester Isabell bekommen, den hatte schon jemand geöffnet. Gestern Abend hat jemand angerufen und nur in den Hörer geatmet. Ich habe gefragt, wer da sei, aber es kam keine Antwort. Ich glaube, ich bin dabei, verrückt zu werden. Oder jemand versucht, mich verrückt zu machen. Wie in diesem Film mit Ingrid Bergman, *Das Haus der Lady Alquist*, wo ihr Mann sie dazu bringt zu glauben, sie würde den Verstand verlieren.«

»Die Person, die in den Hörer geatmet hat, war das ein Mann oder eine Frau? Manchmal hört man das an der Resonanz.«

»Ich glaube, dass es eine Frau war, aber ich bin überhaupt nicht sicher. Es kann auch ein Mann mit heller Stimme gewesen sein.« Denise strich das blonde Haar hinter die Ohren und rieb sich die Augen.

Kristoffer verspürte das Bedürfnis, ihr tröstend übers Haar zu streichen, unterließ es aber. »Sie denken, dass jemand den Hund vergiftet hat, aber er ist ja frei herumgelaufen. Könnte es ein Unglück gewesen sein? Gibt es jemanden, bei dem Sie gesehen haben, dass er Rattengift ausgelegt hat?«

»Rasmus. Aber der hat ja den Hund nicht rausgelassen, er konnte es also nicht wissen ... Ich meine, er kann es nicht absichtlich getan haben. Es ist nicht Rasmus, der versucht, mich wahnsinnig zu machen. Ich meine, er war es nicht, der mich angerufen hat. Seine Nummer habe ich im Handy. Ich habe versucht rauszufinden, wer mich angerufen hat, und habe die Nummer auf einem Zettel notiert. Das Komische ist nur, dass die Nummer aus der Anruferliste verschwunden ist.« Sie reichte Kristoffer den Zettel, und er schob ihn in die Jackentasche. Er war mit seinen Gedanken woanders. Was Albert erzählt hatte von Rasmus, der Vera an Sonny verkaufen wollte, ließ ihm keine Ruhe.

»Könnte Isabell angerufen haben?«

»Es war nicht ihre Stimme, und wir sprechen nicht miteinander, wir haben uns zerstritten.«

»Worum ging es bei Ihrem Streit?«

»Sie will über mich bestimmen. Mich zwingen zu tun, was sie will.«

»Das ist bei Geschwistern manchmal so.« Kristoffer versuchte, es von der humorvollen Seite zu nehmen, aber Denise biss nicht an. Sie sah unentschlossen aus, so als wollte sie von ihrer Angst erzählen, aber gleichzeitig keine privaten Dinge offenbaren.

»Meiner Schwester geht es nicht gut. Wir hatten eine harte Kindheit, und sie musste alle Schläge einstecken. Unsere Mutter war alleinerziehend, psychisch krank und nahm Drogen. Wir haben unterschiedliche Väter. Isabell war wie eine Mutter zu mir, aber sie hört nicht damit auf. Sie will, dass wir beide zusammenhalten und niemand anders reinlassen. Ich darf mich um niemand anderen scheren als nur um sie.«

»Niemanden wie Albert?«, fragte Kristoffer, als er zu begreifen begann, was Denise gemeint hatte.

»Wie jeden Freund, den ich gehabt habe. Isabell macht sie alle schlecht und sagt, dass sie es nicht mit mir aushalten werden. Nicht wenn sie mal kapieren würden, wer ich wirklich bin. Dass ich falsch sei und alles falsch mache.«

»Das klingt gemein.«

»Ich habe bis auf Weiteres den Kontakt zu ihr abgebrochen. Worüber wollten Sie mit mir sprechen, weswegen sind Sie hergekommen?«

»Es geht um Camilla Hörlin. Ich befrage alle in der Gegend über den Mittsommerabend 2016. Sie haben meinem Kollegen Ulf Gunnarsved damals berichtet, dass Sie mit auf dem Fest waren, aber frühzeitig nach Hause gingen, weil Sie die ganzen betrunkenen Leute nicht ertragen haben.«

»Damit komme ich nicht klar, also, Betrunkene zu sehen. Was natürlich mit meiner Kindheit zu tun hat.«

»Haben Sie Camilla an dem Mittsommerabend gesehen?«

Denise schloss die Augen und öffnete sie wieder. »Das ist jetzt fast zwei Jahre her, aber ich meine, mich zu erinnern, dass wir unten am Campingplatz am selben Tisch saßen. Isabell und ich und Camilla. Kurz bevor ich dann nach Hause ging.«

»Und Isabell … ist sie mit nach Hause gegangen?«

»Isabell wollte den letzten Bus in die Stadt nehmen. Ich kann mich nicht erinnern, wann der ging.«

»Wissen Sie noch, in welcher Stimmung Camilla war?«

»Sie war stiller als sonst, ich nahm an, sie war sauer auf Sonny. Ich weiß, dass ich noch dachte, sie hätte ihn schon längst verlassen sollen.«

»Was glauben Sie, warum sie so lange bei ihm geblieben ist?«

»Um ihn vor sich selbst zu retten. Sie war ein Pflegemensch durch und durch, genau wie meine Schwester Isabell – gewohnt, sich um andere zu kümmern. Sonny kann supercharmant sein, wenn es darauf ankommt. Fröhlich und witzig, und viele mögen seine Musik. Natürlich hat das noch besser funktioniert, als er jünger und hübscher war.« Denise sah aus dem Fenster, und wieder traten ihr die Tränen in die Augen. »Ich muss an Saba denken. Was, wenn jemand sie aus reiner Bosheit vergiftet hat? Der Tierarzt hat gesagt, ein Gerinnungshemmer, wie Rattengift. Er hat nicht gesagt, dass es Rattengift war.«

»Wenn Sie einverstanden sind, dann rufe ich den Tierarzt an und übernehme die Kosten für eine Analyse. Bis die abgeschlossen ist, darf der Hund nicht begraben werden.« Kristoffer gab ihr seine Karte. »Rufen Sie mich an, wenn Ihnen noch etwas einfällt oder wenn Sie Hilfe brauchen.«

Albert kam in einem kurzen dunkelblauen Bademantel aus der Dusche. »Na, wie siehts aus?«

Denise erzählte, dass sie den Hund untersuchen lassen sollten, und gab Kristoffer die Telefonnummer der Klinik.

»Mehr Fragen habe ich nicht«, sagte er und stand auf. Albert brachte ihn an die Tür.

»Ich habe gehört, dass ihr über Isabell gesprochen habt.«

»Ja?«, fragte Kristoffer, um mehr von ihm zu erfahren.

»Isabell ist in Ordnung. Es ist schade, dass sie sich gestritten haben, aber das wird vorübergehen. So ist es immer.« Er senkte die Stimme zu einem Flüstern. »Denise ist jetzt, wo sie schwanger ist, ein bisschen empfindlich. Du weißt schon, die Hormone.«

»Die erklären nicht alles.« Kristoffer gab ihm fest die Hand und verließ das Haus.

Kurz darauf stand er vor Sonny Hörlins Haus. Das Gelände war abgesperrt, und der Bus der Techniker war hinter dem blau-weißen Absperrband geparkt. Sie arbeiteten, obwohl Samstag war. Verwundert sah er, dass der oberste Techniker Ali selbst vor Ort war. Er hob die Hand zum Gruß. Der kleine, runde Immerdabei aus Rödeby stand neben ihm. Die beiden waren wirklich ein seltsames Paar. Abgesehen von dem schwer verständlichen Dialekt, hatten sie offenbar auch völlig unterschiedliche Ansichten zum Thema Gesundheit und Lebensstil. Ali achtete darauf, sich in Form zu halten, und interessierte sich sehr für Sport, während Rödeby wahrscheinlich kaum wusste, ob gerade

Olympische Spiele oder eine Weltmeisterschaft stattfanden. Kristoffer war das egal, doch Ali sah das ganz anders.

»Zieh dir Schutzkleidung an und komm her«, sagte er.

»Was hast du gefunden?«

»Noch einiges, abgesehen vom Cannabis.« Ali sah angeekelt aus. »Das hier ist ein Schweinestall. Rödeby hat eine externe Festplatte gefunden und ist die durchgegangen. Voll mit Pornos. Keine Kinderpornografie, aber auch keine fröhlichen Durchschnittsbürger-Pornos. Das durchgehende Thema ist Gewalt gegen und Erniedrigung von Frauen. Wir haben keine privaten Filme gefunden, auf denen das Opfer zu sehen wäre. Wer wird der glückliche Staatsanwalt sein?«

»Gaby.«

»Wenn sie das hier sieht, wird sie Sonny die Eier massakrieren.«

»Hoffen wir mal. Gibt es irgendeinen Ort, an dem Sonny Camilla in den Monaten zwischen Mittsommerabend bis Dezember, als sie in den See geworfen wurde, möglicherweise festgehalten haben könnte?« Kristoffer hatte bei seinem letzten Besuch nicht nachgesehen, ob es einen Keller gab. Sie hatten sich auf die Cannabiszucht im Erdgeschoss konzentriert und darauf, Sonny zum Verhör abzuholen. Danach hatten die Techniker übernommen.

»Das Haus hat einen Keller. Aber es deutet nichts darauf hin, dass da jemand gefangen gehalten worden wäre. Da liegt eine Menge Schrott herum, alles mit einer dicken Schicht Staub bedeckt. Natürlich sind überall Fingerabdrücke von Camilla, denn sie hat ja schließlich hier gewohnt. Es gibt auch noch eine Reihe Spuren von einer dritten Person, von der wir glauben, dass es die thailändische Frau ist, mit der Sonny bis vor Kurzem zusammengelebt hat.«

»Ich habe Henrik darauf angesetzt, sie zu finden«, sagte Kristoffer mehr, um sich selbst noch einmal daran zu erinnern. Henrik war am Freitag nach einem halben Tag nach Hause gegangen. Wenn er die Thailänderin, die Chan hieß, erreicht hätte, dann hätte er ja wohl Bescheid gesagt. Gab es vielleicht einen Grund dafür, dass sie Sonny ausgerechnet jetzt verlassen hatte? »Habt ihr etwas gefunden, das Chan gehörte und das uns verraten könnte, warum sie ihn sitzengelassen hat?«

»Ungefähr tausend Sachen. Wenn du das Filmmaterial siehst, dann verstehst du, was ich meine. Er ist ein sadistisches Schwein!«

»Hast du das Kanu gesehen? Sieh dir das noch mal besonders gründlich an. Eine Zeugin hat gesehen, wie im Dezember 2016 von einem Kanu aus ein Sack im See versenkt worden sein soll.«

»Ja, ich habe da so ein verrottetes Ding gesehen, das sicherlich Wasser zieht. Das kann auch zu dem Zeitpunkt schon kaum mehr seetauglich gewesen sein.«

Auf dem Weg in die Stadt grübelte Kristoffer darüber nach, wer Camilla ermordet haben könnte, wenn nicht Sonny der Täter war, was immer noch am wahrscheinlichsten erschien. Rasmus hatte die Möglichkeit gehabt, nachdem Albert eingeschlafen war. Nach Vinö zu paddeln dauerte ungefähr eine Stunde und dann eine Stunde zurück. Es war möglich, wenn auch nicht wahrscheinlich. Wo hätte er sie verstecken sollen, und was war das Motiv? Oder war es Sven? Er war ein bisschen in Camilla verliebt gewesen. Hatte er sich an sie rangemacht und war abgewiesen worden? Es war unwahrscheinlich, dass Sven in dem Fall Gewalt gebraucht hätte. Oder war es Rita, die so eifersüchtig war? Nein, ihr fehlte es an körperlicher Kraft. Albert? Ja, möglich, wenn er nicht wollte, dass die Sache mit dem Kind bekannt wurde. Unwahrscheinlich, er mochte sie schließlich. Aber wenn es keiner von denen war, dann blieb nur noch ein unbekannter Verrückter.

45

Denise erwachte früh am Sonntagmorgen und lauschte auf Sabas Jaulen an der Tür, bis ihr einfiel, dass es den Hund nicht mehr gab. Wie ein Faustschlag wurde sie von dieser Erkenntnis getroffen, und es fühlte sich gruselig und leer an. Albert schlief noch. Am Abend zuvor war er genauso liebevoll und fürsorglich gewesen wie in der ersten Zeit. Sie hatten miteinander geschlafen, und als er meinte, sie schliefe, war er weggeschlichen und hatte mit jemandem telefoniert.

Er hatte Wörter wie »instabil«, »hormonell« und »besorgt« gebraucht. Wahrscheinlich ging es dabei um sie. Dann hatte er von Saba gesprochen. Sie vermutete, dass er mit Börje telefoniert hatte, denn das Gespräch drehte sich weiterhin um die Ausstellung auf Vinö, bei der Alices Bilder gezeigt werden würden. Albert hatte Börje versprochen, dass sie kommen würden. Er hatte nicht gefragt, ob sie Lust hatte, sondern einfach bestimmt, dass sie hinfahren würden. Sie wollte dieses schreckliche Bild mit den Glasstücken darin nicht noch einmal sehen. Das die Seele spiegelte.

Nun schlug Denise die gemeinsame Decke auf ihrer Seite zurück und stand leise auf. Der Fußboden war kalt. Als sie in den Flur kam, sah sie, dass die Eingangstür nur angelehnt war. Albert hatte sie am Abend zuvor abgeschlossen, da war sie ganz sicher. Sie trat, nur im Nachthemd, auf die Veranda und sah sich um. An der Hausecke stand Melker. Sie fuhr zusammen. Er stand einfach nur da. Was wollte er eigentlich? Was stimmte mit ihm nicht?

»Sie werden ja wohl nicht an einem Sonntag arbeiten wollen, oder?«, fragte sie vorsichtig.

Er lächelte sie an, und seine Zähne sahen genauso aus wie die von Sven, spitz und so, als hätte sie ihm jemand völlig ungeordnet in den Mund geworfen. Sie bemerkte jetzt zum ersten Mal, dass er wie ein Raubtier aussah, mit messerscharfen Zähnen. Die Morgensonne beleuchtete seinen rasierten Schädel, der von Schweiß glänzte, und die tätowierten Oberarme schienen noch kräftiger als zuvor. »Das ist nötig, wenn wir hier irgendwann mal fertig werden sollen.«

»Haben Sie die Eingangstür aufgeschlossen?« Denise hatte Sven den Schlüssel überlassen, und es war nicht in Ordnung, wenn er ihn weitergab, nicht einmal, wenn es an seinen Sohn war.

Melker grub in seiner Hosentasche und holte ihn heraus. Ließ ihn am Schlüsselring aus grünem Plastik baumeln. »Kann sein, dass ich zu etwas ungewohnten Zeiten arbeiten muss.«

»Dann nehme ich den Schlüssel wieder. Ich arbeite ja von zu Hause aus und kann Ihnen aufmachen, wenn nötig.« Sie bereute es inzwischen sehr, den Schlüssel abgegeben zu haben.

»Ne, ich behalte den gern!« Melker hatte so ein gefährliches Glitzern in den Augen. Hatte sie diesen Blick schon einmal gesehen? Flirtete er hier auf eine seltsame Weise mit ihr?

»Okay«, sagte sie resigniert. Sie musste mit Albert über

das hier sprechen. Vielleicht konnte der später rübergehen und mit Sven über den Schlüssel reden.

»Sie haben doch wohl keine Angst vor mir, oder?«, fragte er und sah sie forschend an.

»Nein«, log sie und fühlte sich in ihrem dünnen Nachthemd verletzlich. Schnell drehte sie sich um und ging hinein. Schloss die Tür und sperrte sie als deutliches Signal ab. Wenn Melker reinkommen wollte, hatte er ja einen Schlüssel.

Als Albert aufwachte, schlug er die Decke zurück und zeigte ihr, dass er einen Ständer hatte, aber ihr war überhaupt nicht danach. Schließlich konnten Sven und Melker jeden Moment reinpoltern. Und sie hatte grade schon geduscht, sich angezogen und ein leichtes Make-up aufgelegt. Ein anderer Grund, dass sie keinen Sex wollte, war der Gedanke, der schon den ganzen Morgen in ihr rumorte und der sie immer mehr erschreckte. Am Abend hatte Albert erzählt, dass Camilla schwanger gewesen sei und dass er der Vater des Kindes gewesen war. Warum sagte er das erst jetzt? Sie hatte das Gefühl, als würde sich seither der Abgrund zwischen ihnen nur noch tiefer auftun. Wer war er eigentlich? Wozu war er noch imstande, und worüber log er noch? Doch im nächsten Moment musste sie sich mit einem Anflug von schlechtem Gewissen eingestehen, dass auch sie ja Geheimnisse hatte.

Sie frühstückten schweigend. Albert war sauer, weil sie ihn abgewiesen hatte. Während er schnell duschte, räumte Denise den Tisch ab. Dann spazierten sie gemeinsam zum Fähranleger, wo Börje schon auf sie wartete. Die Fahrt zur Insel dauerte 20 Minuten. Denise war zusammen mit

Hedda oft auf Vinö gewesen. Sie hatten den Kräuterladen besucht, sich Fahrräder ausgeliehen und waren auf die Nordseite der Insel zum Baden gefahren, und Hedda hatte auf dem Nachhauseweg Perennien und Kräuter gekauft. Die Insel war nicht groß, nur ungefähr zehn Quadratkilometer. Früher hatten die Dampfschiffe aus Stockholm hier Halt gemacht, um Krebse und Zander zu kaufen, aber das war, ehe die Krebspest die Gegend heimsuchte. Inzwischen war Vinö für seinen Zander, die Kartoffeln und die Gurken bekannt.

Die Ausstellung fand in einer Scheune nicht weit entfernt von dem gemütlichen Gasthaus statt. Als sie die Insel betraten, begrüßte sie ein Schild: *Frühjahrsmarkt mit Verkauf von Bildern, Kaffee und Waffeln.* Börje war guter Laune. »Wie schön, dass sie Alices Schaffen würdigen, obwohl sie so viele Jahre schon nicht mehr produktiv ist. Das ist rührend.«

»Aber Mama ist als Künstlerin einfach einzigartig. Soweit ich weiß, gibt es niemanden, der ihre Technik mit dem Spiegel anwendet. Und ich sage das nicht nur, weil sie meine Mutter ist. Sie hat auf alles, was sie gemacht hat, positive Reaktionen bekommen, vor allem die Reihe Bilder, die sie ›Die Seele‹ genannt hat. Ich höre sie immer noch über das Existenzielle nachdenken. Wir sind doch der Meinung, dass der Mensch eine Seele hat. Haben Tiere auch eine Seele? Hat der Rest der Natur eine?«

»Saba hat eine Seele.« Denise hatte am Morgen die leichten Schritte des Hundes hinter sich gehört und sich beobachtet gefühlt, obwohl das Tier tot war. »Ich glaube, dass alles Lebendige eine Seele hat. Wollte Alice nicht mit zur Ausstellung kommen?«

»Wenn sie gesund wäre, bestimmt, aber ich bin ganz sicher, dass sie nicht gewollt hätte, dass man sie in dem Zustand sieht, in dem sie jetzt ist, mit ihrem Alzheimer.« Börje klang traurig. »Ich glaube, sie könnte nicht einmal so lange sitzen, wie die Überfahrt dauert.«

Obwohl es noch nicht einmal elf Uhr an einem Sonntagvormittag war, hatten sich schon viele Menschen versammelt. Sie reihten sich in eine Schlange ein, bezahlten Eintritt und betraten die Ausstellungsräume. Obwohl die Scheune gut ausgeleuchtet war, brauchten die Augen doch einen Moment, um sich nach der blendenden Sonne draußen ans Dunkel zu gewöhnen. Auf den meisten der Werke war der See dargestellt. Fischerboote, Fischereiwerkzeug und Sonnenuntergänge. Eine Reihe aus drei Bildern, die Denise direkt ins Auge fielen, stellte Kartoffelblüten dar. So schön und alltagsnah in ihrer Einfachheit. Das würde einen schönen Blusenstoff abgeben, wenn man es mit etwas Einfarbigem in Grün oder Lavendel kombinierte.

»Wir haben eine Überraschung für dich«, sagte Börje. »Mach die Augen zu!«

»Muss ich? Wohin gehen wir?« Denise mochte Überraschungen nicht. Das Ganze fiel ihr schwer.

»Nur die Treppe rauf. Albert nimmt deine Hand.«

»Sag, was es ist.« Denise spürte, wie der Boden nach der Treppe wieder eben war.

»Jetzt darfst du gucken.« Albert legte den Arm um sie.

Denise öffnete die Augen und starrte sich selbst an. Und Fredrika, die Zwillingsschwester, die sie verloren hatte. Sie waren Kinder. Weiße Schmetterlinge tanzten um sie herum. Fredrika hatte einen Trauermantel in ihrer Hand gefangen. Das Bild war in Schwarzweiß mit Grautönen gehalten. Sie hatte das Gefühl, keine Luft mehr zu bekommen. Warum tat Albert ihr das an? Verstand er ihre bodenlose Trauer nicht?

»Du bekommst das Bild von Alice geschenkt«, verkündete Börje feierlich. »Ich habe sie gebeten, es mit zu dir nehmen zu dürfen, wenn die Ausstellung heute Abend schließt. Ist es nicht schön in all seinen herrlichen Sommerfarben? Zwei Mädchen auf einer Wiese. Ihr wart so niedlich, als ihr klein wart.«

»Welche Farben?« Denise begriff nicht, wovon er sprach. Das Bild war schwarzweiß. Sie konnte sich nicht erinnern, es je gesehen zu haben, aber dann wieder war sie auch als Kind nie bei Alice und Börje im Haus gewesen. Sie hatten immer draußen oder bei Rasmus gespielt.

»Wie Elfen in pastellfarbenen Kleidern. Bist du das in dem rosafarbenen oder in dem blauen?« Albert drückte etwas fester mit dem Arm, den er um ihre Schulter gelegt hatte.

»Danke. Gibt es hier eine Toilette?« Denise spürte, wie die Übelkeit ihren Körper überfiel. Als keiner von beiden ihr den Weg wies, schluckte sie hart und rannte die Treppe hinunter. Die Toilette war frei. Sie lief hinein und schloss hinter sich ab. Wusch sich das Gesicht mit kaltem Wasser, ohne sich darum zu scheren, dass die Schminke verlief. Da waren keine Farben. Versuchten die beiden, sie in den Wahnsinn zu treiben? Neben dem Bild mit den Zwillingen hatte sie noch Alices andere Gemälde gesehen. Das, was bei Börje im Flur gehangen und sie fast zu Tode erschreckt hatte, als das schreckliche Gesicht in dem Spiegel ihre eigenen Züge angenommen hatte. Wenn das hier ein Witz sein sollte, dann war das nicht komisch.

»Kommst du? Wir wollen Waffeln essen.« Alberts Stimme klang fröhlich, als er sie ermahnte. Hatte er denn gar nichts begriffen? Denise klappte den Toilettendeckel hinunter und setzte sich darauf. Die Tränen liefen. War es normal, so zu reagieren? Sie erwartete Zwillinge, und ihre eigene Zwillingsschwester war tot. Das genügte schon als Erinnerung, um sie furchtbar traurig zu machen. Hatte sie vielleicht Angst, dass den Kleinen in ihrem Bauch etwas zustoßen könnte? Sie wollte das Bild nicht haben, und noch weniger wollte sie, dass es bei ihr aufgehängt wurde, so dass sie gezwungen wäre, das oder irgendwas anderes Schreckliches, was Alice gemalt hatte, anzusehen. Zur Hölle mit allem, zur Hölle mit Albert und Alice und Börje!

Ein Klopfen an der Toilettentür ließ sie zusammenfahren. »Wie geht es?« Alberts Stimme klang jetzt ein bisschen ungeduldig. »Sollen wir uns schon mal in die Schlange stellen, ehe sie zu lang wird?«

»Mir ist schlecht«, brachte sie hervor, und das war die Wahrheit. Ihr war wirklich übel, und ein seltsamer Kopfschmerz hatte sich breitgemacht, seit sie den Hafen verlassen hatten. Eine migräneartige Qual, die schlimmer wurde, wenn sie Stress ausgesetzt war.

Während Albert und Börje Waffeln aßen, saß Denise mit einem Glas Wasser am Gartentisch. Immer wieder kamen Besucher vorbei und wollten Börje zu Alices Anteil an der Ausstellung gratulieren. Er genoss die Situation, das konnte man erkennen, und Albert ebenso. Sie sollte ihnen ein Stündchen in der Sonne gönnen, aber sie wollte nur nach Hause.

»Wann musst du den Zug nach Stockholm nehmen?« fragte sie Albert.

»Nicht vor heute Abend. Es reicht, wenn ich gegen fünf Uhr mit dem Auto fahre.« Er beugte sich vor und flüsterte ihr ins Ohr. »Hast du an was Bestimmtes gedacht? Etwas, wofür heute Morgen keine Zeit mehr war?«

»Möglich!« Keine Sekunde hatte sie daran gedacht, aber so bot sich ihr eine Chance, hier wegzukommen. »Ich möchte, dass du Sven bittest, den Hausschlüssel zurückzugeben. Auf mich hören die einfach nicht.«

»Vielleicht können wir uns vor Papa nach Hause stehlen. Er wird sicher gern bleiben wollen, bis sie schließen. Ich werde mit Sven sprechen.«

»Okay, dann verschwinden wir«, erwiderte sie mit einem Blick, der alles versprach, wenn er nur tat, was sie sagte.

Als Albert sich am frühen Sonntagabend auf die Reise machte, hatte sie ihm noch nicht erzählt, dass sie Zwillinge erwartete. Sie hatte einfach nicht gewusst, wie sie erklären sollte, warum das erste Ultraschallbild nur ein einsames kleines Menschlein zeigte. Es war einfacher gewesen, Sex zu haben und dann Schlaf vorzutäuschen, als die Wahrheit zu berichten. Als Albert nach dem Mittagsschlaf aufwachte, war es zu spät, um zu Sven rüberzugehen und den Schlüssel zu verlangen. Er musste schließlich den Zug nach Stockholm erwischen. Offensichtlich fand Albert die Sache mit dem Schlüssel nicht wichtig.

»Aber du hast es mir doch versprochen«, sagte sie ängstlich. »Ich will nicht hier allein sein, wenn ich nicht hinter mir abschließen kann.«

»Sowie ich Zeit habe, rufe ich Sven an.«

»Ich finde Melker unangenehm, und jemand hat meinen Hund getötet, und dann ruft wer an und atmet, und ich kann das alles nicht mehr ertragen.«

Denise brach in Tränen aus.

»Mein Kleines, komm her und lass dich trösten. Ich bin für dich da. Du kannst mich immer anrufen. Du brauchst mich, und ich liebe dich, und ich verspreche, dass dir nichts Böses passieren wird.« Durch den Tränenschleier sah sie etwas, was sie noch mehr verzweifeln ließ. Albert sah zufrieden aus, als würde er genießen, wenn sie klein und schwach war.

Eine halbe Stunde nach Alberts Abreise kam Börje mit einem großen braunen Paket.

»Wir hängen es einfach gleich auf! Albert meinte, es könnte über dem Sofa hängen.« Börje zog das braune Papier ab und lehnte das Bild im Flur gegen die Wand, während er losging, um im Schuppen Hammer und Haken zu holen.

Denise hätte am liebsten laut geschrien. *Das ist mein Haus! Ich will das verdammte Bild nicht sehen!* Doch die Worte kamen nicht, und ihr Körper fühlte sich furchtbar erstarrt an.

»So, mal schauen. Über dem Sofa sollte es sein. Wenn ich es hochhalte, dann kannst du sagen, ob es in der Mitte ist.« Er lächelte sie herzlich an, und als er das Bild hochhielt, sah sie Farben und die fröhlichen Kinder und die Wiesen, die er ihr beschrieben hatte. Auf demselben Bild, das für sie in der Ausstellung schwarzweiß gewesen war. Sie wollte gerade etwas dazu sagen, als es an der Tür klopfte. Gleich darauf wurde mit dem Schlüssel aufgeschlossen, und Rita steckte ihren Kopf herein. »Störe ich?«

Ja, ständig, hätte Denise am liebsten geantwortet, doch kein Ton kam über ihre Lippen.

»Ich hab noch mal an die Sache mit der Grundstücksgrenze gedacht. Sollen wir nicht mal dafür sorgen, dass es jetzt alles seine Richtigkeit hat? Wenn du einfach dieses Papier hier für die Vermessungsbehörde unterschreibst, dann kümmere ich mich um den Rest.«

»Warum hat denn Hedda das nicht unterschrieben, als ihr hierhergezogen seid?«, fragte Börje.

»Ich rede ja gar nicht mit dir, sondern mit dem Mädel. Du wirst das doch wohl in Ordnung bringen wollen, oder? Mit Hedda konnte man sowas überhaupt nicht besprechen. Sie hat sich ja schon geweigert, mich reinzulassen.«

»Gab es denn einen Grund dafür?«, erkundigte sich Börje.

»Sie war einfach völlig unmöglich!« Rita verschwand und knallte die Tür hinter sich zu.

»Weißt du, worum es bei dem Streit zwischen Rita und deiner Großmutter ging?«, fragte Börje. »War das nur die Sache mit der Grundstücksgrenze? Ich meine, Hedda war sonst doch zu niemandem unfreundlich.«

»Rita kann ein Nein nicht akzeptieren. Sie schleicht sich ins Haus und steht dann ganz plötzlich hinter mir und atmet. Sie macht mir Angst. Aber ihr Sohn noch mehr.«

46

Am Sonntag hatte Kristoffer seinen Vater in Garphyttan besucht. Um diese Jahreszeit gab es sonst immer schon Leberblümchen und Anemonen, doch dieses Jahr nicht, denn die erste Frühjahrswärme war zu schnell wieder vergangen. Sie waren eine Runde zum Nationalpark hinaufgefahren, doch für ihr traditionelles Picknick war es zu bedeckt und feuchtkalt gewesen, und außerdem hatte es zu regnen begonnen. Also waren sie nach Hause gefahren, und der Alte hatte im offenen Kamin ein Feuer gemacht. Als es aufgehört hatte zu regnen, hatten sie den Garten geharkt und das alte Laub verbrannt. Es fiel Kristoffer schwer, wirklich bei der Sache zu sein. Seine Gedanken wanderten zu Alberts Erzählungen über Rasmus, dass dieser vorgehabt habe, Vera an Sonny zu verkaufen, um seine Spielschulden loszuwerden. Kristoffer war schon die Idee gekommen, Rasmus damit zu konfrontieren, doch er begriff, welches Risiko das barg. Er war nicht sicher, ob es ihm gelingen würde, sich zu beherrschen und ihn danach nicht zusammenzuschlagen. Und was würde er tun, wenn Rasmus ganz einfach alles leugnete?

Jetzt war Kristoffer auf dem Weg zu Mia Berger und der für den Sonntag vereinbarten Therapiesitzung. Wahrscheinlich stank er nach Feuer. Roch sein Hemd nach Schweiß? Das würde dann der Rauchgeruch vielleicht überdecken, dachte er und ermahnte sich selbst, nicht so viel darüber nachzudenken, was Mia denken würde. Er war nur einer von vielen Patienten für sie, und wenn sie auch nur eine vage Ahnung von seinen dunklen Seiten hätte, dann würde sie ihn auf direktem Weg in die Psychiatrie schicken. Alles, was er von ihr verlangen konnte, war, in den Stunden, die sein Arbeitgeber bezahlte, damit er seine Impulskontrolle in den Griff bekam, ihre Gesellschaft genießen zu dürfen. Am besten hörte er so schnell wie möglich mit den Tagträumen auf.

Mia Berger kam ihm mit einem Lächeln entgegen, und aller Widerstand schmolz dahin. Dann fiel ihm die peinliche Situation vom Donnerstagmorgen wieder ein.

»Ich muss das erklären. Als Sie mit dem Handy zu mir gekommen sind und Tor nur mit einem Gästehandtuch vor seinen privatesten Teilen die Tür öffnete, das war nicht so, wie Sie denken!«

»Und was denke ich?«, fragte sie mit einem sanften Lachen.

»Scheißegal. Sie haben mir gesagt, ich soll einen Freund anrufen, und das ist so unglücklich ausgegangen, dass Tor bei mir eingezogen ist. Seine Frau hatte ihn wieder mal rausgeschmissen.«

»Hat es sich denn gut angefühlt, mal auf etwas anderes konzentriert zu sein?« Das Lächeln spielte immer noch um ihren Mund.

»Das war ein richtig schlechter Rat. Ich kriege ihn nicht mehr aus der Wohnung. Gestern Morgen habe ich ihn rausgeworfen, und als ich nach Hause kam, saß er auf der Treppe und heulte. Also habe ich die restliche Nacht darauf verwandt, ihn in dem Beschluss, nach Hause zu gehen, zu unterstützen, und heute Morgen haben wir die Prozedur noch einmal wiederholt. Ich weiß nicht, wie es heute gelaufen ist. Es reicht, wenn ich mich um Ella kümmern muss.«

»Was glauben Sie selbst, ist der Grund für Ihre Wutanfälle?«

»Ich weiß es nicht.«

»Könnte es sein, dass die Arbeit und das Private zusammengenommen zu viel ist, als Sie vernünftigerweise schaffen können? Gibt es eine Möglichkeit, den Stress und die Arbeitsbelastung zu verringern?«

»Nicht wenn ich weiter als Polizist arbeiten will.«

»Was würde passieren, wenn Sie nicht für Ella da wären?«

»Sie würde aus der Wohnung fliegen, obdachlos werden und vielleicht sterben.«

»Haben Sie schon mal vom Jellinek-Schema gehört?

»Wenn Jellinek Kriminologe ist, ja.«

»Nein, ein anderer Jellinek, der in den Fünfzigerjahren eine Studie durchgeführt hat, in der er dokumentierte, wie der Alkoholmissbrauch sich bei Alkoholikern entwickelte, ehe sie trocken wurden. Nach der Studie müssen sie erst einmal ganz unten ankommen, ehe sich alles wendet.«

»Wollen Sie sagen, dass ich co-abhängig bin?«

»Nein, Sie sind nicht co-abhängig, sondern ein Enabler. Sie unterstützen Ihre Ex-Frau finanziell und sind ihr Sicherheitsnetz, also kann sie weitermachen, denn Sie tragen ja die Verantwortung.«

»Und Sie meinen, ich sollte damit aufhören?«

»Denken Sie mal darüber nach, es auszuschleichen. Aber das ist keine leichte Entscheidung.«

»Meine Verantwortung ist, Vera zu finden! Das wird

der Wendepunkt für Ella. Ich weiß es. Sie muss überleben, bis ich Vera finde.« Er schluckte und sprach dann weiter. »Seit wir uns das letzte Mal gesehen haben, bin ich über niemanden in irgendeiner Form gewalttätig hergefallen, weder im Dienst noch in meiner Freizeit. Die Therapie wäre damit also erledigt. Ich bin geheilt.«

Mia Berger fing seinen Blick ein und hielt ihn fest. »Sie hat gerade erst begonnen, Kristoffer Bark. Ihr Arbeitgeber hat für zwanzig Therapiestunden bezahlt, die Sie besuchen müssen, um nicht Ihren Job zu verlieren. Wir können Armdrücken oder Fingerhakeln machen oder Blödsinn reden, oder aber Sie nutzen meine Kompetenz.« Sie machte eine Pause, um einen Kommentar seinerseits abzuwarten, doch er sagte nichts. »Erzählen Sie mir, woran Sie denken. Was ist jetzt im Moment wichtig? Gibt es etwas, bei dem ich mit dem Wissen und der Erfahrung, die ich besitze, helfen kann?«

In diesem Augenblick hätte er sie am liebsten geküsst. »Sie wollen mir also wirklich helfen? Umso besser. Es gibt eine Sache, über die ich nachgrübele.«

»Ich höre«, sagte sie mit einem milden Lächeln.

»Gestern habe ich Denise verhört, eine Frau in Hampetorp. Intuitiv habe ich Angst, dass ihr etwas zustoßen könnte. Das hat keine Logik, aber ich mache mir Sorgen. Können Sie das erklären?«

»Ich finde, wir sollten uns auf Sie konzentrieren und nicht auf Fälle, in denen Sie ermitteln.«

»Das ist das Einzige, was wichtig ist. Daran denke ich die ganze Zeit, und darüber will ich sprechen. Das ist doch besser als Armdrücken.« Er lächelte bitter. »Sie haben Schweigepflicht!«

Sie gab sich geschlagen. »Okay. Ich habe Schweigepflicht, und was wir reden, bleibt hier im Raum. Was glauben Sie denn, würde Denise bedrohen?«

»Sie sieht meiner Tochter und Camilla Hörlin, die ermordet wurde, sehr ähnlich. Es könnte ein Täter sein, der diesen Typ Frau wählt. Und jetzt rate ich mal: Sie finden, das hätte keine Substanz, und ich würde nur nach Zusammenhängen suchen, die nicht existieren, weil ich persönlich betroffen bin. Deshalb jetzt die Fakten: Denises Hund ist gestern durch Superwarfarine, also Rattengift, gestorben. Das hat mir der Tierarzt bestätigt. Denise bekommt Anrufe auf dem Handy, wo jemand atmet, sich aber nicht zu erkennen gibt.«

»Was glauben Sie, wer ihr Böses wollen könnte?«

»Wer würde drei jungen Frauen Böses wollen, lautet meine Frage. Camilla wurde ein halbes Jahr gefangen gehalten, ehe jemand sie erdrosselte, die Leiche in einen Jutesack quetschte und diesen dann in den See warf. Vera ist verschwunden, und Denise, die meiner Tochter so ähnlich sieht, dass einem das Herz stehenbleibt, ist Drohungen ausgesetzt, die aber doch so vage sind, dass sie nicht ausreichen, um ihr Polizeischutz zu verschaffen. Ich habe meinen alten Kollegen Börje gebeten, ein wachsames Auge auf sie zu halten. Vielleicht sollte ich sie bitten, mal zu verreisen.«

»Ich habe gehört, dass Sie eine Person festgenommen haben. Der Volksparkmusiker, wie er in den Medien genannt wird.«

»Ja, aber der Hund ist nach der Festnahme vergiftet worden.«

Sie sprachen über Kristoffers Ermittlung, und plötzlich

war die Zeit um, der nächste Patient wartete, und Mia beendete die Sitzung, obwohl er das Gefühl hatte, als hätten sie nur wenige Minuten geredet.

Als Kristoffer am Sonntagabend nach Hause kam, hing eine Tüte mit Bierflaschen und einem handgeschriebenen Zettel an der Türklinke. *Sie liebt mich, und ich bin glücklich. Danke für die Sofatherapie. Tor.*

Der Kühlschrank war leer. Kristoffer lief schnell runter in die Konditorei und kaufte drei süße Teilchen. Essen zu kochen war ausgeschlossen. Als er wieder zu Hause war, setzte er Kaffee auf und ging dann ins Internet, um zu sehen, was er über Denise finden konnte. Sehr bald landete er bei den Schlagzeilen über den Mord an der fünfjährigen Fredrika Groth. Denise hatte eine Zwillingsschwester gehabt, das hatte ihm Börje schon auf der letzten Wanderung um den See erzählt. Herauszufinden, was Denises Zwillingsschwester vor so langer Zeit zugestoßen war, hieß zwar, an der äußersten Peripherie zu suchen, aber Kristoffer wollte gründlich vorgehen.

Er las alles, was er finden konnte. Ein Mann war verurteilt worden. Die Umstände des Mordes, wie sie in den Medien beschrieben wurden, verursachten in Kristoffer ein sehr übles Gefühl. Nirgends wurde auch nur die Unfähigkeit der Mutter erwähnt, sich um ihre drei Mädchen zu kümmern, alles konzentrierte sich auf den Täter, der zunächst einmal nur »der 26-Jährige« genannt wurde. Ein Mann in geordneten Verhältnissen, mit Frau und Kindern. Keiner von den Alkoholikern aus dem Freundeskreis von Denises Mutter. Ein unbekannter Mann. John Andersson. Nicht vorbestraft.

Als die Mutter zusammen mit einer Freundin in den Wald gekommen war, hatte der Täter mit dem Seil in der Hand neben Fredrikas leblosem Körper gekauert. Das Seil war um den Hals des Mädchens geschlungen gewesen, und Isabell hatte auf ihn gezeigt. Hatte gesagt, er sei ein böser Mann, der Fredrika mit sich in die Büsche gelockt habe. In einer anderen Zeitung stand, er habe versucht, das Mädchen wiederzubeleben. Der Mann bekam lebenslänglich. Kristoffer murmelte dieses Wort vor sich hin und begriff, dass der Täter nun wieder aus dem Gefängnis raus sein musste. Er rechnete nach, und ihm wurde klar, dass John Andersson schon im Jahr vor Veras Verschwinden entlassen worden sein könnte.

47

Zu seinem Erstaunen fand Kristoffer am Montagmorgen, als er kurz vor acht Uhr zur Arbeit kam, Henrik im Turmzimmer vor. Der Kollege umklammerte einen riesigen Becher Kaffee mit beiden Händen und sah mit halb geschlossenen Augen zu ihm auf. Die Mundwinkel hingen herunter, und die Wangen schlabberten wie bei einem Bluthund. »Hier bei der Arbeit ist es so schön ruhig. Verdammt, haben wir eine Nacht gehabt. Aber heute ist meine Frau zu Hause. Als wir dachten, die Magen-Darm-Geschichte sei überstanden, fing Nisse wieder von vorn an und platzierte einen Haufen auf dem Küchenfußboden, und Meja hat heute Nacht eine Mittelohrentzündung gekriegt.« Er stellte den Becher auf den Tisch. »Womit soll ich heute anfangen?«

»Sonny Hörlin hat ja mit einer Frau aus Thailand zusammengelebt, die Chan heißt. Sie müsste unter derselben Adresse wie Sonny gemeldet gewesen sein. Hast du schon was rausfinden können dazu, wo sie jetzt ist? Wir müssen sie vernehmen. Dann habe ich Rasmus Flodmark zum Verhör einbestellt. Er hätte meine Tochter heiraten sollen, deshalb musst du das übernehmen, Henrik. Er wird nicht verdächtigt, wir hören ihn nur als Zeugen für den Mittsommerabend, an dem Camilla verschwunden ist. Er hat eine Reihe ergänzender Informationen. Wenn er einverstanden ist, setze ich mich nach nebenan zum Mithören. Muss man ja leider jetzt ansagen und seine Zustimmung einholen«, sagte Kristoffer laut. *Dann ist die Gefahr nicht so groß, dass ich ihn totschlage*, dachte er im Stillen. »Du hast den Kopfhörer drin, so dass ich während der Vernehmung mit dir sprechen kann. Wenn es größere Probleme gibt, unterbrechen wir und sprechen uns im Flur.«

»Und was für eine Strafarbeit hast du für mich?« Alex schlenderte herein, nahm den Kopfhörer ab und legte das Handy auf den Schreibtisch.

»Du rufst weiter alle Boots- und Hausbesitzer in der Gegend um Hampetorp an und fragst, ob jemand im Dezember ein Kanu auf dem See beobachtet hat.«

»Das ist ungefähr so, als würde man fragen, ob jemand im Juli den Weihnachtsmann gesehen hat.«

Kristoffer ignorierte den Witz, er war nicht in der Stimmung. »Sowie du auf irgendwas stößt, was relevant sein könnte, rufst du mich an. Rita hat das am Abend des 4. Dezember gegen 20 Uhr 45 beobachtet. Sie wollte nach Hause und eine Krimiserie sehen, die um 21 Uhr begann.«

»Ich habe am Freitag daran gearbeitet und tatsächlich das ganze Wochenende darauf verwandt, weil ich nämlich kein Privatleben habe«, erklärte Alex mit düsterer Miene.

»Wie, hast du nicht?«, erkundigte sich Henrik mit einem Funken Neugier.

»Doch, das habe ich.« Alex zeigte ein breites Grinsen. »Aber als ich mal angefangen hatte, konnte ich nicht mehr aufhören.«

Kristoffer warf ihm einen anerkennenden Blick zu. »Das ist die richtige Einstellung. Hast du was rausgekriegt?«

»Es war Mondschein. Zwei Zeugen in einem Saab meinen, damals ein Auto mit einem Kanu auf dem Dach gesehen zu haben. Ist es okay, wenn ich mir ein Auto nehme und nach Hampetorp abhaue, um noch mal mit denen zu reden? Es sind zwei ältere Damen. Sie waren auf dem Nachhauseweg von ihrem Nähkreis. Ich würde versuchen rauszukriegen, ob sie sich an sowas wie Farbe oder Automarke und vielleicht noch mehr erinnern. Okay?«

»Gut. Stell das Hinweistelefon auf dich um, damit du es dabei hast. Und Henrik, wir gehen vor der Vernehmung mit Rasmus noch mal die Fragen durch. Die Kollegen, die uns unterstützen sollen, kommen am Nachmittag, kannst du die einnorden?«

Auf dem Bildschirm im Zimmer neben dem Vernehmungsraum sah Kristoffer, wie Rasmus hereinkam und Platz nahm. Er trug gut sitzende Jeans, ein weißes T-Shirt und eine kurze schwarze Lederjacke. Das dunkel gelockte Haar war vorteilhaft frisch geschnitten und das Lächeln charmant. Es war nicht schwer nachzuvollziehen, warum Vera ihm verfallen war. Sie war so jung gewesen, hatte nicht verstanden, wie manipulativ und spielsüchtig er war. Vielleicht erkannte man auch solche Gefahren selbst als Erwachsener nicht, wenn man ausreichend verliebt war.

Henrik trug zur Feier des Tages ein abgewetztes braunes Kordjackett, ein zerknittertes Hemd und fleckige Chinos. Das graumelierte Haar hatte er zu einem Pferdeschwanz gebunden und begrüßte nun Rasmus mit den erforderlichen Formalitäten. »Es ist Montag, der 16. April 2018, um 08:12 Uhr. Zugegen sind Rasmus Flodmark und Henrik Larsson.«

»Wie Henke Larsson, der alte Stürmer?«, fragte Rasmus mit einem Lächeln.

»Vielleicht, wenn auch auf einer anderen Bühne als dem Fußballstadion«, entgegnete Henrik bedächtig. »Wir haben Sie gebeten zu kommen, um Sie über den Mittsommerabend 2016 zu befragen.«

In Rasmus' dunkelblauen Augen blitzte es. »Ich verstehe nicht, warum ich hierherkommen musste. Ich habe der Polizei auf alle Fragen geantwortet, als Camilla verschwand, und über mögliche Unklarheiten habe ich mit Kristoffer geredet. Mehr gibt es nicht zu sagen. Wir hätten das auch per Telefon oder bei einem Mittagessen erledigen können. Ich hatte Bewerbungsgespräche gebucht, habe einen Job zu machen.«

»Was arbeiten Sie denn?«, erkundigte sich Henrik höflich, obwohl er das schon wusste. Das gehörte zum lockeren Gespräch, um die zu vernehmende Person in entspannter Sicherheit zu wiegen. Kristoffer hatte ihn darauf hingewiesen, dass dies eine gute Strategie wäre, denn normalerweise konnte Henrik ziemlich hölzern sein. Jetzt kam es darauf an, Kontakt herzustellen. Rasmus liebte es, sich selbst als erfolgreich darzustellen.

»Ich bin Headhunter für Personen in Topjobs. Ich habe eine eigene Firma für Personalvermittlung mit gutem Ruf. Mein Büro liegt gegenüber vom Schloss.«

»Dann war es ja nicht so weit für Sie hierherzukommen. Ich hoffe, es ist Ihnen gelungen, die Gespräche zu verlegen.«

Als Kristoffer das hörte, wies er Henrik über den Kopfhörer an, nicht weiter darauf einzugehen. Jetzt war es genug mit dem Smalltalk.

»Camilla Hörlin ist ermordet worden«, fuhr Henrik fort. »Sie sind einer der Letzten, die sie lebendig gesehen haben. Wenn wir jetzt mal zum Mittsommerabend 2016 zurückkehren könnten.«

»So lange, wie das her ist, erinnere ich mich vielleicht nicht richtig.«

»Dann kann ich Ihnen vorlesen, was Sie in dem letzten Verhör ausgesagt haben, das Sie mit Ulf Gunnarsved geführt haben.« Henrik zog einen Ausdruck hervor. »Hier sagen Sie, dass Sie mit Albert Hansson zusammen gewesen seien. Sie waren unten auf dem Campingplatz, wo das Fest stattfand, und dann sind Sie nach Hause zu Börje Hansson gegangen, und Sie haben auf dem Sofa geschlafen. Ist das korrekt?«

Rasmus legte denselben Blick auf, wie als er mit ihm und Vera Poker gespielt hatte, stellte Kristoffer fest. Etwas in Henriks Miene schien verraten zu haben, dass der mit einem Trumpf auf der Hand dasaß. »Das ist ein Missverständnis.«

»Okay, wie war es dann?«

»Börje dachte vielleicht, ich hätte bei ihnen übernachtet, aber Albert und ich wollten noch mal raus. Wir haben den Gaskocher und ein paar Dinge eingepackt, haben mein Kanu genommen und sind nach Vinö rübergepaddelt, wo wir am Nordufer unter freiem Himmel übernachtet haben. Es hat fast eine Stunde gedauert, dorthin zu paddeln.«

»Warum haben Sie im ersten Verhör nicht gesagt, wie es wirklich war?«

Rasmus lachte kurz auf. »Albert war es, der seinem Vater, dem Polizisten, nicht sagen wollte, wie es wirklich war. Wir konnten doch nicht bei ihm zu Hause sitzen und rauchen, also sind wir raus.«

»Mit Rauchen meinen Sie Cannabis?«

»Nein, Schokozigaretten.«

»Darf ich das als ein ›Ja‹ interpretieren?«, Henriks Stimme war knochentrocken. Er mochte es nicht, wenn während einer Vernehmung Witze gemacht wurden.

»Ja. Wir haben eine Friedenspfeife geraucht. Albert kann nachtragend und schwierig sein, aber ein bisschen Gras macht ihn gelassen.«

»Worum ging es in dem Konflikt?« Henrik warf einen Blick in die Kamera und konzentrierte sich dann auf Rasmus. Das hier war etwas Neues.

»Ich hatte Sonny gegenüber zufällig angedeutet, dass Albert und Camilla was am Laufen hatten.«

»Und mit ›was am Laufen‹ meinen Sie?«

»Dass sie ohne Kleider zusammen waren. Sonny war ja die ganze Zeit untreu, und vielleicht wollte Camilla sich rächen, was weiß ich. Für Albert war das eine große Sache. Er war wirklich verliebt in sie.«

»Warum haben Sie das Sonny erzählt?«

»Wollte nett sein.« Rasmus' Blick flackerte ein klein wenig.

Setz ihn unter Druck. Kristoffer kommunizierte über den Kopfhörer mit Henrik.

»Warum? Wie ist Ihr Verhältnis zu Sonny Hörlin?«

»Wie meinen Sie das? Er ist ein Kumpel.«

»Woher bekamen Sie das Gras? Von Sonnys Cannabiszucht müssen Sie ja wohl gewusst haben.«

»Ich kriegte ein bisschen was zum Hausgebrauch.«

Frag ihn, wie viel Geld er Sonny schuldete. Kristoffer dachte dabei an Alberts Aussage, dass Rasmus versucht habe, Vera zu verkaufen, um seine Schulden loszuwerden. Er wollte Veras Namen nicht auf dem Band haben. Er musste sie raushalten, sonst riskierte er, aus der Ermittlung ausgeschlossen zu werden.

»Sie hatten, oder vielleicht sollten wir sagen, haben, große Schulden bei Sonny. War das, weil Sie Drogen von ihm gekauft haben?«

»Wer hat das denn gesagt? Albert oder Sonny? Sonny natürlich. Dieser Arsch!« Das lächelnde Gesicht von Rasmus verzerrte sich plötzlich, die Augen wurden schmal vor Wut.

»Wie viel sind Sie ihm schuldig?«

»Eine Menge. Ich will nichts mehr mit ihm zu tun haben. Ich halte mich an das Gesetz und will mich auf meine Firma konzentrieren. Sowie ich damit etwas verdiene, werde ich ihm alles zurückzahlen.«

Er hat 2,1 Millionen Schulden. Das hatte Kristoffer nach dem Gespräch mit Albert kontrolliert.

»Sie haben 2,1 Millionen Schulden. Wofür haben Sie sich das Geld geliehen?«

Rasmus war bleich und ernst geworden. Wenn es um die Wahrheit ging, hatte er kein besseres Pokerface als das zu bieten. »Firmeninvestitionen.«

Kristoffer sagte über den Kopfhörer: *Frag ihn nach Spielschulden.*

»Wir haben Hinweise darauf, dass es sich um Spielschulden handelt. Sie können also einfach die Wahrheit sagen. Womit verspielen Sie Ihr Geld?«

Rasmus antwortete widerwillig. »Ich bin beim Online-Casino ein bisschen ins Hintertreffen geraten.«

»Wie hat Sonny auf die Information reagiert, dass Camilla ihn betrogen hat?«

Rasmus sah aus, als hätte er komplett kapituliert. »Ich

habe es ihm an dem Abend erzählt, bevor wir zu Börje rüber sind. Da war Sonny schon ziemlich betrunken. Er wurde wütend. Ich hätte nicht gedacht, dass es ihn so anfassen würde. Ich meine, schließlich hat er sich selbst alles ganz easy rausgenommen.«

Frag ihn geradeheraus, ob Sonny wollte, dass sie stirbt. Kristoffer erkannte ein mögliches Motiv. Hatte Sonny vielleicht Rasmus gebeten, sie beiseitezuschaffen?

Henrik hörte zu und stellte dann die Frage.

Rasmus sah aus, als würde er ihn Ohnmacht fallen. Seine Haut wurde, wenn das überhaupt möglich war, noch grauer und bleicher. »Er sagte, er würde sie umbringen.«

Kristoffer Bark ging mit entschlossenen Schritten zum Zimmer von Gaby Wide. Die rote Lampe leuchtete, aber er ignorierte sie und ging hinein. Gaby hatte Besuch. Ali saß ihr gegenüber.

»Komm rein, Bark«, sagte Ali, »ich wollte gerade gehen.« Er nickte Gaby zu, als hätten sie sich über etwas geeinigt, und stand auf.

Kristoffer machte eine abweisende Bewegung mit den Händen, um zu zeigen, dass er nicht stören wollte. »Nein, kein Problem. Ich wollte nur die Genehmigung für eine Hausdurchsuchung bei Rasmus Flodmark einholen und die Möglichkeit, ihn hierzubehalten, während die stattfindet. Sehr wahrscheinlich hat er mit Sonny Hörlin zusammengearbeitet, und möglicherweise hat er in seinem Haus in Hampetorp oder seiner Einzimmerwohnung in der Stadt ein Lager mit Cannabis zum Vertrieb.«

»Genau darüber reden wir gerade«, sagte Gaby. »Ali hat eben diese Frage aufgegriffen, und ich habe Ja gesagt.

Aber du hältst dich da raus, Bark, denn da besteht die Gefahr der Befangenheit. Er hätte dein Schwiegersohn werden sollen. Du hältst dich zurück, und wir kümmern uns um Rasmus Flodmark. Ist das klar?«

48

Als Denise von dem seltsamen Klingeln des Handys erwachte, war es draußen immer noch dunkel. Ihr Körper fühlte sich bleischwer an, die Lippen waren rau und aufgesprungen. Sie fuhr mit der Zunge darüber und verspürte den Geschmack von Blut. Wahrscheinlich hatte sie darauf gebissen. Ohne die Nachttischlampe einzuschalten, griff sie nach dem Handy und nahm das nächtliche Gespräch an.

Denise, ich weiß, dass du da bist. Eine flüsternde Stimme mit vibrierendem Echo schlich sich in ihr Ohr.

»Mit wem spreche ich?«

Das weißt du. Ich bin es. Fredrika.

»Aber Fredrika ist doch tot. Wer ist da?«

Es gibt keinen Tod. Ich bin hier. Es gibt einen dünnen Stoff zwischen deiner Welt und meiner, ganz leicht zu durchschreiten. Wenn du willst.

»Was soll das heißen?«

Du weißt es doch. In der Nachttischschublade hast du Tabletten. Nimm sie und folge mir auf die andere Seite. Nimm sie alle auf einmal. Du hast den Gedanken schon mal gedacht, und du kannst ihn wieder denken, nicht wahr? Es wäre eine Erleichterung, nicht mehr leben, nicht mehr kämpfen zu müssen.

»Ich will nicht sterben!«

Vielleicht bist du ja schon tot.

»Nein!« Denise kniff sich fest in die Wange, ließ die Hand dann heruntergleiten und fühlte den Puls an ihrem Hals.

Oder trägst den Tod in dir.

Erschrocken legte sie die Hand auf ihren Bauch. »Ich erwarte ein Kind.«

Fredrika lachte dumpf. *Du erwartest uns. Wir werden geboren, und wir sterben gemeinsam, wieder und wieder. Das Leben ist ein Kreislauf aus Geburt und Tod. Alles, was geschieht, ist schon einmal geschehen. Wir erinnern es nur nicht.*

»Hör auf! Wer bist du? Was willst du von mir?«

Denise schaltete die Lampe ein, sah auf das Display. Es war schwarz. Sie kontrollierte die Anruferliste. Es war dieselbe Nummer wie schon zuvor. Sie stürzte aus dem Bett, schaltete alle Lampen auf dem Weg ins Wohnzimmer an. Da blieb sie, wie vom Donner gerührt, stehen und starrte auf das Bild von Alice. Es hing schief, als hätte jemand dagegen geschlagen. Die Farben waren wieder grau, und die beiden kleinen Mädchen, die auf der Wiese getanzt hatten, lagen tot auf der Erde.

»Bist du das, Fredrika? Verschwinde aus meinem Leben! Es gibt dich nicht. Du lebst nicht mehr!« Denise schrie vor Entsetzen. War es Fredrika oder war es jemand anders? Jemand, der ihr Böses wollte, der wollte, dass sie meinte, verrückt zu werden. Sie musste hier weg. In großer Eile zog sie sich an. Die Autoschlüssel. Was hatte sie mit denen gemacht? In der Hosentasche waren sie nicht, auch nicht in der Jacke oder der Handtasche. Sie war sicher, sie zuletzt in die Jackentasche geschoben zu haben. Hatte jemand ihre Autoschlüssel geklaut?

Wieder sah sie das Bild an und merkte, wie mit einer befreienden Kraft die Wut in ihr aufstieg. Sie stolperte in die Küche, griff das Vorlegemesser, das im Abtropfkorb lag, kehrte mit entschlossenen Schritten ins Wohnzimmer zurück und fuhr mit dem Messer durch die Leinwand. Zog lange Schnitte durch das Bild, bis die Leinwand sich aus dem Rahmen löste. Dann ging sie in die Dunkelheit hinaus, um auf den ersten Bus in die Stadt zu warten. Da Sven immer noch den Hausschlüssel hatte, schien es sinnlos, die Tür abzuschließen – offensichtlich war jemand in ihr Haus eingedrungen und hatte das Bild wieder ausgetauscht.

In Örebro angekommen, wartete Denise in einem Café, wo ein zeitiges Frühstück serviert wurde. Das Café lag in der Nähe der Polizei, und sie hatte die Visitenkarte, die sie von dem durchgeknallten Polizisten bekommen hatte, vor sich auf den Tisch gelegt. Kriminalinspektor Kristoffer Bark. Doch sie konnte sich nicht durchringen, ihn anzurufen. Was sollte sie ihm denn sagen? *Meine tote Schwester hat angerufen und gesagt, ich soll mich umbringen, also habe ich ein Messer geholt und das Bild zerschnitten, das ich von meinem zukünftigen Schwiegervater bekommen habe.* Eine solche Erklärung würde sie direkt in die psychiatrische Notfallambulanz bringen. Im besten Fall könnte er denken, dass sie das geträumt hätte. Aber das hatte sie nicht.

Denise holte noch einmal das Handy heraus, um nachzusehen, ob das Gespräch noch in der Anruferliste zu sehen war. Sie starrte aufs Display und bekam kaum Luft. Der Anruf von Fredrika war nicht mehr da. Er war gelöscht, ganz genauso wie der vorige. Konnte Albert das Handy aus der Entfernung steuern und Anrufe löschen? Obwohl sie das nicht wusste, empörte sie schon allein der Gedanke. Albert kontrollierte sie auf eine kranke Weise. Und der nächste Gedanke, der ihr kam, war so absurd, dass sie ihn erst verdrängte, aber dann machte er ihr Angst. Camilla, die sein Kind erwartet hatte, war tot. Maria, die auch sein Kind erwartet hatte, war tot. Plötzlich wusste sie mit Sicherheit, dass sie seine Kinder nicht zur Welt bringen konnte. Sie hatte schon mehrmals darüber nachgedacht, aber jetzt sah sie ein, dass es unmöglich war, sich für den Rest ihres Lebens an ihn zu binden. Nein, sie konnte seine Kinder nicht zur Welt bringen. Das war vollkommen klar.

49

Kristoffer kehrte von der Vernehmung mit Rasmus ins Turmzimmer zurück. Es würde demnächst noch mehrere Verhöre sowohl mit ihm als auch mit Sonny geben. Die Staatsanwaltschaft in Person von Gaby Wide war informiert worden. In diesem Gespräch hatte sich Kristoffer bewusst formell verhalten. Sonny saß nun wegen Mordverdachts und wegen Verstoßes gegen das Betäubungsmittelgesetz in Untersuchungshaft. Es würde ein Gerichtsverfahren geben, und bis dahin mussten Kristoffer und seine Gruppe alle Zeit darauf verwenden, die Beweisführung zu stärken.

Henrik hatte einen Zettel mit der Telefonnummer von Sonny Hörlins thailändischer Freundin, die ihn kürzlich verlassen hatte, auf Kristoffers Tisch gelegt. Er rief sie an. Chan ging sofort ran und erklärte, dass sie sich in Örebro befände, um sich von ihren Freunden zu verabschieden. Zwei Tage später würde sie wieder zurück nach Thailand reisen.

»Ich habe nichts mit Sonnys Geschäften zu tun. Soll er im Gefängnis verrotten! Das Einzige, was ich von dem Idioten bekommen habe, war das Handy, und das habe ich dort gelassen.«

»Wie ist denn der Kollege Henrik an Ihre Nummer gekommen?«, fragte Kristoffer erstaunt.

»Die da bei euch arbeitet, obwohl sie keine Polizistin ist, Ingrid, kennt die Mutter von meiner Freundin. Ingrid hat ausrichten lassen, dass ich mich bei der Polizei melden soll. Sie hat gesagt, dass ich mit Ihnen reden soll, aber weil Sie beschäftigt waren, bin ich mit Henrik verbunden worden.«

»Ingrid ist einfach unglaublich! Es ist, wie sie sagt, Chan, Sie müssen hierherkommen. Wo sind Sie jetzt grade?«

»Vor dem Reisezentrum am Bahnhof. Wenn Sie das sind, der da im Turm am Fenster steht, dann kann ich Sie sehen.«

Kristoffer schaute nach unten und sah eine schlanke, dunkelhaarige Frau in rosafarbener Jacke auf der Treppe des Bahnhofs. Er winkte vorsichtig, und sie winkte zurück.

Eine Viertelstunde später saßen sie in einem fensterlosen Vernehmungsraum. Alex war aus Hampetorp zurückgekehrt. Er schaltete das Aufnahmegerät ein und setzte sich schweigend neben Kristoffer, der die üblichen Informationen auf Band sprach.

»Ich würde Ihnen gern ein paar Fragen zu Camilla Hörlin stellen. Hinterher können Sie mit einem Kollegen sprechen, da geht es dann um Sonnys Drogenvergehen.«

»Ich habe Camilla nie kennengelernt.« Chan strich sich eine lange dunkle Haarsträhne aus ihrem hübschen Gesicht. Der Mund war erdbeerrot, die Augen glitzerten braun. Kristoffer fragte sich, wie so ein Schwein wie Sonny immer wieder bei so schönen Frauen landete.

»Aber Sie haben von ihr gehört.«

»Ja, Sonny hasste sie, weil sie ihn verlassen hatte.«

»Haben Sie den Eindruck, dass er ihr körperliche Gewalt angetan hat?«

»Er hat gesagt, sie hätte den Tod verdient. Zu Anfang habe ich das nicht wörtlich genommen, sondern dachte, er sagt das nur, weil er verletzt war. Erst als ich unsere Beziehung dann in Frage gestellt habe, dachte ich, dass er vielleicht doch wirklich gemeint hat, was er da sagte.«

»Was ist geschehen?«

»Er hat mich geschlagen. Mehrmals. Keine Ohrfeigen, nichts, was man sieht, sondern feste Schläge in den Bauch. Als ich meine Sachen gepackt habe, um ihn zu verlassen, hat er gesagt, er hätte mich gefilmt. Er würde den Film in den sozialen Medien posten und eine Kopie an meine Familie, meine Freunde und meinen Arbeitgeber schicken. Ich habe einen Job in Thailand als Verantwortliche für Kindergeburtstage in einem Hotel bekommen. Wenn die das sehen, dann bin ich den Job los.«

»Wir haben seinen Computer durchsucht und keine Dateien mit solchem Material gefunden.«

»Das war auf einem USB, den er um den Hals getragen hat. Ich habe ihn genommen, als er schlief.«

»Haben Sie ihn noch?«

Sie sah ihn an, und ihre Augen wurden zu schmalen Strichen, so als ob sie sich gerade etwas Schlimmes ausdenken würde. »Ich habe ihn zerstört. Mit einem Stein kaputtgeschlagen und die Stücke durch das Gitter vom Abfluss … wie heißt das noch, in der Straße geworfen. Können Sie das Aufnahmegerät ausschalten und ihn da bitten rauszugehen?« Sie zeigte auf Alex.

Kristoffer schaltete die Aufnahme aus und nickte Alex kurz zu. Dieser verließ den Raum.

»Was möchten Sie erzählen?«, fragte er mit freundlicher Ruhe.

»Etwas Privates. Privat für Sie, Kristoffer Bark. Vielleicht möchten Sie nicht, dass andere das hören. Ich weiß, wer Sie sind, und ich habe Ihre Tochter Vera auf Sonnys Filmen wiedererkannt. Er hat sie im Sommer, bevor sie verschwand, heimlich am Strand gefilmt, und als sie sich zu Hause bei Matildas Großeltern umgezogen hat, bei Sven und Rita, da hat er sie heimlich durchs Schlafzimmerfenster gefilmt. Die Filme hat er mir gezeigt und damit angegeben. Er sagte, Rasmus habe Vera auf dem Junggesellinnenabschied damit gedroht, dass Sonny die Filme in den sozialen Medien posten würde, wenn sie nicht mit Sonny Sex haben würde.«

»Und das hat er Ihnen einfach so erzählt?«

»Das war, als er zugedröhnt war und dumm und in Plauderlaune. Ich nehme mal an, dass er auch filmen wollte, wenn Vera und er ...« Sie wollte den Satz offenbar unvollendet lassen. »Als er das erzählte, habe ich beschlossen, ihn zu verlassen.«

»Glauben Sie, dass er Vera getötet hat?« Kristoffer konnte kaum atmen, während er auf die Antwort wartete. Veras Freunde hatten berichtet, dass Sonny auch auf dem Junggesellenabschied gewesen war. Er war bis zum Morgen da gewesen, als klar wurde, dass Vera weg war, und alle rausgegangen waren, um zu suchen. Aber in der menschlichen Erinnerung gibt es immer Lücken. Keiner von ihnen hätte einen Eid darauf schwören wollen, dass er nicht auch mal kurz weg gewesen wäre. Und der Alkohol war an dem Abend in Strömen geflossen.

»Ihre Tochter ist, lange, bevor Sonny und ich uns kennenlernten, verschwunden. Aber ich weiß, dass Sonny, wenn er nicht gerade unter Drogen steht, zu schlau ist, um sich selbst die Hände schmutzig zu machen. Er ist unglaublich geschickt darin, andere, wie zum Beispiel Rasmus, dazu zu bringen zu tun, was er will. Ich habe auch über eine andere Person nachgedacht, die am Tag, bevor ich gegangen bin, bei uns zu Hause war. Sonny hat mir nicht gesagt, wie er hieß.«

»Können Sie ihn beschreiben?«

»Rasierter Kopf, tätowiert und durchtrainiert. Er starrt einen an. Geht etwas vornübergebeugt.«

»Melker?«

»Seinen Namen kenne ich nicht, aber seine Eltern wohnen neben Denise. Der, den Sie Melker nennen, war vor einer Woche bei uns. Er wollte mit Sonny reden. Ich war im Nebenzimmer.«

»Worüber haben sie gesprochen?«

»Über die Renovierung von Sonnys Badezimmer.«

Nachdem Chan den Vernehmungsraum verlassen hatte, war aller Sauerstoff weg. Dieser verdammte Rasmus! So ein Schwein, Vera hatte ihn immerhin so geliebt, dass sie ihr Leben mit ihm teilen wollte! Kristoffer sog die Luft durch seine geweiteten Nasenlöcher ein, während er vor Zorn bebte. Er war immer fester überzeugt davon, dass derselbe Täter für Camillas Tod und Veras Verschwinden verantwortlich war, und es wurde immer klarer, dass Denise Groth in Gefahr war. Es könnte Rasmus sein, aber er durfte sich jetzt nicht von seiner Wut so blockieren lassen, dass er keine anderen Möglichkeiten in Betracht zog. Ingrid hatte gesagt, Melker habe im Gefängnis gesessen. Warum? Hatte Sonny Kontakt zu ihm aufgenommen, um Drogen zu verkaufen, oder worum ging es hier? Könnte er den Auftrag bekommen haben, Camilla zu töten? Andersson … Andersson hieß er mit Nachnamen, und plötzlich klingelte etwas. Es könnte ein Zufall sein, aber solche Zufälle mussten immer überprüft werden.

»Alex, komm mal her«, sagte Kristoffer, als er sich an seinem Schreibtisch im Turmzimmer niedergelassen hatte.

»Okay, du wolltest wissen, ob ich bei der Befragung in Hampetorp etwas über das Kanu rausgefunden habe, von dem aus Camilla in den See geworfen worden sein könnte. Die beiden Damen haben an dem Abend ein helles Auto mit einem Kanu auf dem Dach gesehen.«

»Das bestätigt Ritas Beobachtung. Ich möchte, dass du nach John Andersson suchst.«

»Das dürfte einer der häufigsten Namen in Schweden sein. Hast du sonst noch was über ihn?«

»Er war in Solna gemeldet und ist 1994 wegen Mordes an einem fünfjährigen Mädchen, Fredrika Groth, verurteilt worden. Ich will alles wissen, was man über ihn rauskriegen kann. Ich nehme die üblichen Suchmaschinen, Personenregister und Strafregister, und du checkst Medien und soziale Medien – alles, wovon du dir die besten Resultate erhoffst.«

»Ich bin noch nicht fertig mit …«

»Leg alles andere beiseite und lass dir von Ingrid helfen.«

Kristoffer setzte eine Kanne Kaffee auf und nahm sich eine Tüte mit vergessenen Röstbroten, die vermutlich seit Ewigkeiten in der Teeküche stand. Das Gehirn brauchte etwas, um zu funktionieren. Ingrid hatte erwähnt, dass Sven und Rita einen Sohn hätten, der im Gefängnis war. Warum hatte er nur nicht besser zugehört? Weil sie die ganze Zeit

Sachen über Leute erzählte und man nicht unterscheiden konnte, was wichtig und was unerheblich war.

Kristoffer begann mit dem Melderegister. Sven und Rita hatten einen Sohn. John Melker Andersson. Da war er! Er sah die Personennummer an. Fünfzig Jahre alt, rechnete er schnell aus. Gemeldet unter der Adresse der Eltern in Hampetorp. Zuvor in Solna. Kristoffer gab ihn im Strafregister ein und hatte einen Treffer. John Melker Andersson war zwischen 1994 und 2012 in der Strafanstalt Kumla inhaftiert gewesen. Achtzehn Jahre hatte er wegen Mordes an einem fünfjährigen Mädchen gesessen. Fredrika Groth.

Kristoffers Mund war vollkommen trocken. Wo war Denise jetzt? Wusste sie, dass der Mann, den sie als unangenehm empfand, der Mörder ihrer Schwester war? Woran erinnerte sie sich noch aus der Zeit, als sie fünf Jahre alt gewesen war? Was könnte sie gesehen haben? Und wo war Denise? Er suchte ihre Handynummer heraus und rief sie an. Doch das Telefon schien ausgeschaltet zu sein. Er wandte sich an Alex: »Hast du was gefunden?«

»Ja. Die Zeitungen haben über den Mord an einem fünfjährigen Mädchen in Solna geschrieben. Isabell, die große Schwester des Mädchens, hat den Mörder identifiziert. In den Zeitungen wird er nur ›der 26-Jährige‹ genannt. Das ist er, Melker. Aber damals hat er sich John genannt. Das Motiv soll sexuell orientiert gewesen sein, auch wenn man keine Beweise dafür gefunden hat. Das Kleid des Mädchens war zerrissen. Er sagt, er habe es aufgerissen, um eine Herzmassage durchzuführen. Sie war mit ihrem eigenen Springseil erdrosselt worden.«

50

Es war kurz vor zehn Uhr, als Denise bezahlte und das Café verließ. Sie ging die Järnvägsgatan Richtung Krankenhaus hinunter, durch das Foyer und ins Gebäude, wo sich die Spezialhebammenpraxis befand. Sie musste jetzt sofort mit einer Hebamme sprechen. Die Tränen liefen ihr das Gesicht herunter, und alles um sie herum verschwamm. Nebelfiguren in blauen Hemden und weißen Kitteln glitten vorbei. Ein Mann mit verzerrten Gesichtszügen und einem Verband um den Kopf stieß sie an, und sie bat um Entschuldigung. Zwei weißgekleidete blonde Frauen lachten so, dass die Pferdeschwänze wippten und die Münder zu grotesken schwarzen Löchern wurden. Das Echo verfolgte sie, als sie über den Hof zwischen den Gebäuden ging und dann den Fahrstuhl in den vierten Stock nahm.

Im Wartezimmer saßen vier Frauen im gleichen Alter wie sie selbst. Eine strickte an einem rosafarbenen Babypullover, eine andere las die abgenutzte Ausgabe einer Elternzeitschrift. Die beiden anderen starrten sie an. Ihre Pupillen waren in dem scharfen Licht der Neonröhren klein wie Stecknadelköpfe. Denise ging zum Empfangstresen, wo eine Frau mittleren Alters mit großgelocktem grauem Haar und einer Brille mit rotem Gestell saß.

»Ich muss mit einer Hebamme sprechen!«

»Haben Sie einen Termin?« Die Frau auf der anderen

Seite der Glasscheibe lächelte sanft und mütterlich. »Oder einen Ausweis?«

»Es ist akut! Ich habe keinen Ausweis.«

»Ihr Name?«

»Denise Groth. Ich muss jetzt gleich mit der Hebamme sprechen, sofort. Mir ist versprochen worden, dass ich gleich kommen kann! Der Name der Hebamme muss in meiner Akte stehen.«

Die Frau wandte den Blick auf den Bildschirm, und die Tastatur klapperte. »Fredrika Groth? Heißen Sie Fredrika?«

»Nein. Denise.«

»Sie haben Denise Groth als nächste Angehörige angegeben, ist das korrekt?« Die Rezeptionistin sah sie mit einer Miene an, als handele es sich um ein Quiz, in dem man damit rechnete, dass sie falsch antworten würde.

»Auf keinen Fall. Ich bin Denise! Wollen Sie mich auf den Arm nehmen?«

»Nein, dann brauche ich den Namen und die Kontaktinformationen der nächsten Angehörigen.«

»Isabell Groth.« Denise spulte Handynummer und Festnetznummer von Isabell herunter. »Ich muss mit einer Hebamme sprechen. Es kann nicht warten!« Sie erblickte eine Frau im Flur. Das konnte nur eine Hebamme sein. »Helfen Sie mir, Hilfe …!«

»Bluten Sie stark?«, fragte die Frau in dem Glaskasten. »Wenn es schlimm ist, dann hätten Sie in die Notaufnahme fahren sollen.«

Denise nickte. Vielleicht bedeutete es die Eintrittskarte, die sie brauchte, wenn sie behauptete, dass sie bluten würde.

»Einen Moment bitte, ich sehe, was ich tun kann.« Die Rezeptionistin verschwand, während Denise ungeduldig wartete.

»Kommen Sie mit mir«, sagte die Frau, als sie wiederkam.

Sie gingen den Flur entlang, und die Frau mit der roten Brille öffnete eine Tür. »Gehen Sie hier hinein und warten Sie, es kommt gleich eine Hebamme zu Ihnen.«

Denise setzte sich auf einen Stuhl am Schreibtisch gegenüber dem Platz, der für die Krankenschwester vorgesehen war, und brach erneut in Tränen aus. Sie musste das Leben, das sie in ihrem Bauch trug, loswerden. Alberts böse Nachkommen. Seine tödlichen Spermien. Jetzt sofort, ehe sie selbst davon getötet wurde. Von innen aufgefressen. Sie trug den Tod in sich. Das war ihr jetzt klar. In dem Moment, in dem sie die Zwillinge gebar, würde sie selbst sterben. Und alles würde wieder von vorn beginnen mit einer neuen Fredrika und einer neuen Denise – im Bösen gezeugt und im Betrug geboren. Gemeinsam würde ihre Kraft stärker sein, als dass irgendjemand sich dem entgegenstemmen könnte. Und sie würden neue Opfer über die Grenze ziehen.

Denise schauderte es am ganzen Leib. Diese Gedanken waren verwirrend, schlicht wahnsinnig. Sie erkannte sich selbst nicht wieder. Die Kopfschmerzen, die wie ein Druck über den Schläfen gelegen hatten, explodierten, und sie schwankte auf ihrem Stuhl. Das Zimmer drehte sich. War sie vergiftet worden, so wie ihr Hund? Saba war tot, und sie selbst vermochte kaum zu atmen. Hatte Albert das Essen oder ein Getränk vergiftet, oder war es Börje gewesen? Je mehr sie darüber nachdachte, desto verwirrender wurde es.

Die Tür ging auf. Und da stand die Hebamme, die sie das erste Mal getroffen hatte. Dieses knochentrockene Wesen mit dem bösen Blick, von dem sich untersuchen zu lassen sie sich geweigert hatte. Annika hieß sie. Der Mund war, im Kontrast zu ihrer grauen Erscheinung, rot von Lippenstift. Oder war es Blut? Wie sie da so stand, wuchs sie, bis sie die ganze Türöffnung ausfüllte, den einzigen Ausweg für Denise. Was machte die hier? War sie überhaupt real?

Denise spürte die Panik kommen. Sie stürzte auf die Hebamme zu und rannte sie einfach um, so dass die Frau auf den Rücken fiel. Der Weg war frei. Denise stolperte zum Wartezimmer und aus der Praxis hinaus. Über einer kleinen Sitzgruppe hing ein Bild mit toten Vögeln. Noch eines von Alices Bildern, das sie erschrecken sollte. Ein Fahrstuhl war leer. Als hätte er auf sie gewartet. Sie ging hinein, drückte auf einen Knopf und fiel tief in den Schacht unter der Erde. Als die Tür sich wieder öffnete, war sie unten im Verbindungssystem. Ein Wirrwarr aus Gängen unter den einzelnen Gebäuden des Krankenhauses. Sie hielt einen Mann im weißen Kittel auf.

»Helfen Sie mir, ich bin vergiftet worden! Ich muss in die Notaufnahme!«

Der Mann zeigte in eine Richtung, und Denise stolperte den Gang hinunter. Von einem Rollcontainer mit Wäsche und einem Zug aus Essenswagen schlugen ihr die Krankenhausgerüche entgegen. Dann kreuzte ein Leichentransport mit einem grauen Tuch über der Bahre ihren Weg. Sie musste zur Notaufnahme. Es gab Schilder, doch sie war zu gestresst, um begreifen zu können, was sie da las. Jemand hatte sie vergiftet, genau wie den Hund. Plötzlich musste

Denise extrem dringend pinkeln. Sie rannte den Flur entlang. Ein Weißkittel auf einem Roller kam ihr in den Weg und schrie sie an, Platz zu machen. Sie warf sich zur Seite und erkannte ihr bleiches, gejagtes Gesicht, das sich bläulich grau und gespensterhaft mit verzerrten Proportionen in Edelstahl spiegelte. Noch ein Wagen. Sie wurde fast überfahren. Wie kam sie nur aus dieser Unterwelt wieder heraus? Weiter vorn war eine Treppe, dort flutete Licht. Richtiges Licht, nicht die eiskalte Neonbeleuchtung. Grüne Pflanzen und ein Dach aus Glas begrüßten sie auf der nächsten Ebene, und sie begriff, dass sie den Aufgang zur Notaufnahme verpasst hatte und sich nun im Mittelgebäude befand, wo es eine Cafeteria, einen Informationstresen und Toiletten gab. Wenn kein Unglück geschehen sollte, musste sie bald eine Toilette finden. Direkt gegenüber der Information fand sie das Schild, das sie suchte. Die Damentoilette war leer. Sie ging in eine Zelle, schloss ab, sank auf den Sitz und ließ es laufen. Wenn sie sich nur erleichterte, würde sie auch wieder denken können. Sie musste zur Notaufnahme. Was sollte sie nur sagen, damit man ihr dort glaubte? Sie ging alles durch, was sie sagen würde.

Warum glauben Sie, vergiftet worden zu sein?

Weil mein Hund vergiftet wurde und ich Symptome habe.

Welche Symptome?

Ich weiß nicht. Helfen Sie mir einfach, helfen Sie mir, bevor ich sterbe.

Denise spülte, wusch sich die Hände, öffnete die Tür und starrte auf die Erscheinung, die ihr den Weg versperrte.

»Isabell! Was machst du hier?«

»Albert ist gestern zu mir nach Solna gekommen, um zu reden. Er hat gesagt, es ginge dir nicht gut.«

»Er ist nach Finnland gefahren.« Denise war sicher, dass er das gesagt hatte.

»Nein, er ist nicht nach Finnland gefahren, er hat mich bei der Arbeit abgeholt und bat mich, ein Beruhigungsmittel zu besorgen. Er hat deine Hebamme angerufen, um zu erfahren, wie es um dich steht. Heute Nacht hat Sven auf dich aufgepasst. Er hat ja einen Schlüssel. Wir machen uns Sorgen. Komm mit uns nach Hause. Wir ziehen keinen Außenstehenden in das hier rein. Wir fahren einfach nach Hause.«

»Lass mich los, du tust mir weh!« Erst jetzt erkannte Denise, dass Albert auch dabei war. Er hatte einen Rollstuhl, in den die beiden sie hineinzwangen. In Isabells Hand blitzte etwas auf, eine Spritze mit Kanüle. Denise versuchte zu schreien, aber Albert hielt ihr den Mund zu und drückte sie in den Stuhl, während Isabell eine Ader in ihrer Armbeuge fand. Dann kam die Schwere in Gedanken und Körper … und dann der Schlaf.

51

Kristoffer Bark hatte eben einen Anruf von Ali bekommen. Im Keller von Rasmus Flodmarks Hütte hatte man ein großes Lager Cannabis gefunden. Dazu in seinem Rechner eine ausführliche Dokumentation, Buchführung über Eingang und Ausgang in einem Umfang, der sowohl ihm wie auch Sonny mehrere Jahre Gefängnis bescheren würde.

Kristoffer sah verärgert von seinem Bildschirm auf, als Ingrid Johansson anfing, die Papiere auf seinem Schreibtisch zusammenzuschieben, um es den Reinigungskräften möglich zu machen, Staub zu wischen. Das gehörte nicht zu ihrer Stellenbeschreibung, doch das war ihr einfach egal.

»Ich mach das schon selbst.«

»Offensichtlich nicht«, erwiderte sie bissig.

»Da ist eine Ordnung in meinem Chaos.«

»Wenn du so sitzt und über dem Computer hängst, dann kriegst du einen Geierhals und Schmerzen. Soll ich deine Schultern massieren?«

Er starrte sie entsetzt an. »Auf keinen Fall.«

»Warum denn nicht? Ich bin Masseurin, und du ruinierst dir gerade deinen Nacken mit dieser unergonomischen Sitzhaltung. Jetzt streck dich mal aus, Mann, und atme!«

Alex prustete in dem Versuch, sich einen Riesenlacher zu verkneifen. Kristoffer warf ihm einen bösen Blick zu.

»Danke für die Information. Darf ich jetzt in Ruhe arbeiten?«

Ingrid stellte sich hinter seinen Rücken. »Was machst du denn da?«, fragte sie neugierig.

»Ich versuche, Melker Andersson zu erwischen. Alex hat seine Handynummer rausgekriegt, aber das Telefon ist ausgeschaltet.«

»Hast du mal bei seiner Mutter Rita gefragt?«, erkundigte sich Ingrid.

»Sie weiß nicht, wo er ist. Ich habe sie gebeten, ihm Bescheid zu geben, sowie er auftaucht.«

»Dann sollte ich vielleicht mal mit Rita sprechen. Wir kennen uns schließlich.« Ohne zu zögern, holte Ingrid ihr Handy aus der Schürzentasche und rief an. Nach einer Weile des Plauderns über den Preis von neuen Kartoffeln, was Kristoffer fast vor unterdrücktem Ärger platzen ließ, kam sie zur Sache. »Wo ist denn dein Junge heute?«

Er ist mit Sven bei einem Auftrag in Odensbacken.

Ingrid nickte Bark zu. »Ach, bei der Pflegeleiterin vom Altersheim in Odensbacken? Ich habe mit Marika Borin im Laden gearbeitet. Sie scheint ja wirklich superglücklich mit ihrem neuen Badezimmer.«

Ingrid beendete das Gespräch mit einem triumphierenden Lächeln. »Schon klar, dass sie der Polizei nicht erzählt, dass Melker und der Alte auf Schwarzarbeit sind.«

»Nein, schon klar.«

»Manchmal frage ich mich, ob es nicht richtiger wäre, wenn ich die Ermittlung leiten und dann auch für die Arbeit bezahlt würde, die ich tatsächlich mache.«

»Es wäre sehr schade, dich so einzuschränken, wo du doch eine Virtuosin des Multitasking bist. Ich meine, jetzt kannst du sowohl für die Arbeitsbedingungen des Reinigungspersonals in den Krieg ziehen als auch dich in die Polizeiarbeit einmischen.«

»Ein einfaches Danke würde genügen.« Ingrid warf ihm einen überlegenen Blick zu. »Und denk an deine Haltung, Kristoffer.«

»Worauf warten wir?« Alex loggte sich aus und stand bereit, mit nach Odensbacken zu fahren.

Alex' Rostlaube stand vor der Bowlinghalle, und er schlug vor, dass sie doch die Karre nehmen sollten, anstatt einen Wagen aus der Polizeigarage zu ordern. »Das geht schneller!«

»Wenn wir überhaupt ankommen und nicht von unseren Kollegen auf halber Strecke angehalten werden, weil die Windschutzscheibe gesprungen und das eine Rücklicht kaputt ist«, murmelte Kristoffer, als er den Zustand der Klapperkiste bemerkte.

»Kein Problem. Die alte Betty ist sicher!«, sagte Alex mit einem Zwinkern.

Als sie zwanzig Minuten später in Odensbacken auf der Straße geparkt hatten, entstieg Kristoffer leicht reisekrank dem Auto und atmete ein paarmal tief die frische Frühlingsluft ein. Sie waren ganz in der Nähe des Hauses von Camillas Arbeitgeberin Marika Borin, die Kristoffer zuvor schon besucht hatte. »Mal ganz unter uns, Alex, eine kleine Frage: Hast du den Führerschein auf Automatik gemacht?«

»Was?« Alex hatte nicht richtig zugehört. Den ganzen Weg von der Stadt hierher hatte Kristoffer über seinen Fahrstil gebruddelt.

»Du hast einen Schaltwagen, und es fühlt sich an, als würdest du die Gänge rein zufällig reinknallen. Hörst du nicht, wie du dein Auto quälst? Merkst du nicht, wie es ruckelt?«

»Das ist das ganz normale Motorengeräusch bei diesem Modell«, entgegnete Alex unbeschwert. »Betty sieht vielleicht ein bisschen klapprig aus, aber der Motor ist stark, und beim Getriebe kann man immer hier und da die Gänge wechseln, um sie in Schuss zu halten.«

Kristoffer kniff die Augen zusammen und schüttelte den Kopf. »Ist das Ding denn überhaupt durch den TÜV gekommen?«

»Ja, irgendwie schon. Die Batterie hatte sich entladen, deshalb haben sie den Wagen nicht in Gang gekriegt. Ich muss noch mal kommen, haben sie gesagt.«

Vor dem Zaun stand Svens Volvo. Neben dem Gartenweg, der zum Hauseingang führte, lag haufenweise Bauschutt. Als sie halb beim Haus waren, sahen sie Sven und Melker an einem Gartentisch in der Fliederlaube sitzen und Pizza essen.

Melker sprang eilig auf. Er sah erschrocken aus und warf seinem Vater einen fragenden Blick zu.

»Hallöchen«, sagte Sven und bedeutete ihnen, dass sie sich doch setzen sollten.

Kristoffer wollte seine Zeit nicht mit Plaudereien verschwenden. »Mal gleich zur Sache. Ich möchte mit Melker sprechen.«

Mit einem Mal wurde Sven sehr ernst. »Ich habe schon drauf gewartet, dass du rauskriegst, wer er ist. Zum Glück haben wir den häufigsten Nachnamen Schwedens, aber ein verurteilter Mann ist immer eine Gefahr, oder? Auch wenn die Gefängnisstrafe abgesessen ist, wird er doch niemals mit demselben Maß gemessen werden wie andere. Kaum kommt heraus, dass er im Gefängnis gesessen hat, kriegt er keinen Job mehr und muss wieder umziehen.«

»Ich will nur ein paar Fragen stellen. Das ist alles. Melker, können Sie bitte mit zum Auto kommen, damit wir ungestört sprechen können?«

»Ich bin unschuldig!« Melkers Miene verschloss sich im Protest. Er schlang die Arme um seinen Körper und setzte sich abwartend wieder auf die Gartenbank.

»Ich kann reingehen und euch hier in Ruhe lassen, wenn ihr wollt«, sagte Sven und stützte sich schwer auf den Tisch, um aufzustehen.

»Ich habe nichts mit Marika Borins Badezimmer zu tun. Ich war nur hier, um mit meinem Vater zu reden.«

»Das bezweifle ich auch gar nicht«, erwiderte Kristoffer ruhig. »Im Moment interessiert mich Schwarzarbeit gar nicht. Ich will über ganz andere Sachen reden. Sie sind 1994 für den Mord an einem fünfjährigen Mädchen, Fredrika Groth, verurteilt worden.«

Jetzt sank Melker noch mehr in sich zusammen und sah verzweifelt aus. »Ich war unschuldig. Ich hab es nicht getan. Wie oft werde ich das noch sagen müssen, bis es mir mal jemand glaubt?«

»Ich höre. Wir haben es nicht eilig. Was ist passiert?«

Melker seufzte schwer. Seine Stimme klang rau und unsicher. »Ich war auf dem Weg zur Arbeit. Zu einem Topjob als IT-Berater in einer renommierten Firma in Solna. Die hatten mich per Headhunter gefunden. Damals wohnte ich zusammen mit meiner Frau und unserer Tochter in einer Doppelhaushälfte bei einem Waldstück. Meine Eltern wohnten nebenan. Morgens nahm ich immer die Strecke durch den Wald zur Bushaltestelle. Es war ein bisschen weiter zu laufen, aber der schönere Weg. Ich weiß noch, an dem Morgen war ich glücklich. Meine Frau hatte mir am Abend zuvor erzählt, dass sie schwanger war und unser zweites Kind erwartete. Ein Sohn, den ich in seiner Kindheit und Jugend kaum gesehen habe, und dann auch niemals ohne Bewachung. Dasselbe gilt in den achtzehn Jahren, in denen ich einsaß, für meine Tochter. Wir sind Fremde füreinander. Meine Eltern haben ihre Enkelkinder auch nicht sehen dürfen. An jenem Aprilmorgen ist mir alles genommen worden.« Melker holte tief Luft. »In einem Gebüsch neben dem Weg sah ich ein Bündel liegen. Es war ein kleines Mädchen.«

»Fredrika Groth«, warf Alex ein.

»Ich hob sie auf den Weg. Der Körper wirkte leblos. Ich riss ihre Kleidung auf, um an sie ranzukommen. Um den Hals saß fest gebunden ein Springseil. Ich löste es. Der Körper war kühl, aber nicht kalt. Sie atmete nicht. Einen Puls konnte ich nicht fühlen. Ich versuchte, sie zu beatmen. Immer wieder rief ich um Hilfe, und plötzlich standen zwei andere Mädchen auf dem Weg. Beide mit blonden Haaren und Kleidchen an. Auch sie schrien. Dann kamen zwei Frauen angelaufen. Dann noch mehr Leute. Bald war ich umringt. Ein Krankenwagen kam und ein Polizeiauto. Ich wurde zum Verhör mit aufs Revier genommen. Die ältere der beiden Schwestern, Isabell, hatte mich beschuldigt. Sie hatte gesagt, ich hätte ihre kleine Schwester erdrosselt und sie geküsst. Vielleicht sah es so aus, als ich versuchte, sie zu beatmen. Aber ich war unschuldig.«

»Und dann haben Sie achtzehn Jahre in der Strafanstalt Kumla verbracht und wurden 2012 entlassen. Was haben Sie dann getan?«

»Ich habe versucht, mir eine Wohnung in der Nähe meiner Kinder zu suchen. Das war nicht leicht, glauben Sie mir. Dann habe ich versucht, irgendeine Arbeit zu finden, und bekam ein paar einzelne Aushilfsjobs als Putzmann und in Gaststätten. Ich wollte nicht schwarzarbeiten. Aber mit achtzehn leeren Seiten im Lebenslauf ist es schier unmöglich, einen Job zu finden. Ich bin viel rumgezogen.«

Kristoffer musste einfach wissen, ob er in Hampetorp gewesen war, als Vera verschwand. »Sie sind also 2012 entlassen worden. Erinnern Sie sich, wo Sie über Ostern 2013 waren?«

»In Hampetorp bei meinen Eltern. Als ich ins Gefängnis musste, sind sie und meine Großmutter hierhergezogen. Meine Eltern haben sich neben Hedda niedergelassen, um herauszufinden, ob sie vielleicht wusste, was wirklich passiert war. Hedda ahnte nicht, dass sie meine Eltern waren. Aber sie haben mir zum Glück geglaubt. Sie wussten, dass ich unschuldig war.«

Kristoffer versuchte, sich nicht anmerken zu lassen, wie sehr ihn diese Information beeindruckte. Melker war also in Hampetorp gewesen, als Vera verschwand. Er wollte es noch deutlicher wissen. »Sind Sie dann nach Ostern 2013 in Hampetorp geblieben?«

»Nein, nachdem Ihre Tochter verschwunden und meine Nichte ertrunken war, wagte ich das nicht. Es würde doch so einfach sein, jemanden zu verdächtigen, der bereits im Gefängnis gesessen hatte, oder? Niemand wusste, wer ich war oder auch nur, dass ich dort gewesen war. Niemand merkte, als ich den Ort wieder verließ. Danach habe ich einen Job als Tellerwäscher in Oslo angenommen und bin über drei Jahre nicht mehr nach Hause gekommen.«

»Wo befanden Sie sich am Mittsommerabend vor zwei Jahren?«

»Das sieht wirklich aus wie ein Fluch, oder? In dem Jahr bin ich an Mittsommer nach Hause gefahren und habe bei meinen Eltern gewohnt. Ich habe kein Alibi für gar nichts. Nach dem Wochenende bin ich wieder nach Oslo zurückgekehrt.«

»Und jetzt sind Sie wiedergekommen.«

»Vielleicht wäre es am besten, wenn Sie mich einlochen, damit ich meine Unschuld beweisen kann, wenn noch mal jemand verschwindet oder ermordet wird, solange ich hier bin.« Melkers Stimme troff von Ironie, um dann in Verzweiflung zu verfallen: »Ich bin unschuldig. Mein Leben ist zerstört! Das Mädchen, das mich beschuldigt hat, Isabell, sie hat gelogen. Ihre kleine Schwester war bereits tot, als ich sie im Gebüsch fand. Alles ist ein schreckliches Missverständnis. Jemand anders hat das Mädchen umgebracht. Jemand, der dort war, ehe ich kam. Sie müssen mir glauben. Ich habe meine Frau geliebt und mich niemals für kleine Mädchen interessiert. Die Polizei hat meinen Computer, mein Handy und meinen Rechner im Büro durchsucht, aber keine Kinderpornografie gefunden. Ich habe es nicht getan. Aber nach achtzehn Jahren im Gefängnis könnte ich den umbringen, dem es gelungen ist, damit davonzukommen.« Melker fuhr sich mit der Hand über den kahlen Schädel. »Ich will gleich eine Sache gestehen, damit Sie verstehen, wie sehr mir daran gelegen ist, mich reinzuwaschen. Das bin ich, von dem sic da in den Nachrichten gesprochen haben. Ich bin der falsche Arzt, der ins Archiv der psychogeriatrischen Abteilung in Solna eingedrungen ist. Ich habe mir Vanja Groths Akte genommen und sie gelesen, in der Hoffnung, etwas zu finden, was mich von dem Verdacht befreit. Und ich hatte auch Gelegenheit, kurz mit ihr zu sprechen. Sie weiß, dass ich es nicht war. Und ich bin überzeugt, dass sie weiß, wer Fredrika getötet hat.«

»Was konnten Sie der Akte entnehmen?«

»Aus der Papierakte nicht viel. Aber ich war im Arztzimmer, wo ich den Kittel gestohlen habe. Da stand ein Computer, und ich hatte Glück, er war noch eingeloggt. Ich habe etwas ausgedruckt, und als ich nach Hause kam, konnte ich lesen, dass sie Medikamente bekommen hat, die besser funktionieren, dass sie eine Therapie macht und von schweren Schuldgefühlen geplagt wird, die mit dem Mord an Fredrika zu tun haben. Dort stand schwarz auf weiß, dass sie Schuld empfinden würde, nicht nur, weil sie eine schlechte Mutter war, sondern vor allem, weil sie nicht die Wahrheit gesagt hatte. Helfen Sie mir. Auf Sie wird man hören. Ich bin unschuldig.«

In diesem Augenblick spürte Kristoffer, dass er Melker glaubte. Da waren keine Ausflüchte, kein Sichverteidigen, sondern nur eine aufrichtige Verzweiflung.

52

Kristoffer und Alex verließen die Laube und gingen zum Auto. Melker saß noch am Tisch mit der Pizza, die jetzt kalt geworden war. Er hielt die Hände über seinen kahlen Kopf und hatte die Augen geschlossen. Sven kam zu ihm hinaus, setzte sich neben ihn und legte den Arm um ihn. Sie konnten nicht hören, was er zu seinem Sohn sagte, doch der Tonfall, der sie mit dem Wind erreichte, klang tröstend.

»Sollen wir nach Hampetorp fahren und mit Denise reden?«, fragte Alex.

»Ich werde sie anrufen. Ich habe so ein Gefühl, dass das nicht warten kann. Die ganze Zeit schon verfolgt mich die schreckliche Ahnung, dass sie das nächste Opfer werden könnte.«

»Aber du hast keine Belege dafür, oder? Nicht mehr, als dass ihr Hund tot ist und sie anonyme Anrufe bekommen hat. Etwas vage, oder?«

»Ich mache mir Sorgen um Denises Sicherheit, und ich habe ihr meine Nummer gegeben und gesagt, dass sie jederzeit anrufen kann, falls ihr etwas geschehen sollte oder ihr etwas einfällt, was wir wissen müssten.« Kristoffer konnte nicht länger warten. Er nahm das Handy, um Denise anzurufen, und zu seinem Erstaunen ging Albert ran. Der sollte doch diese Woche eigentlich in Finnland sein.

»Denise ruht sich gerade aus. Die Schwangerschaft zehrt an den Kräften, vor allem, wenn man Zwillinge erwartet. Ich habe diese Woche Urlaub genommen, um mich um sie zu kümmern, und Isabell ist auch hier.«

»Gut, dann weiß ich Bescheid. Sag ihr, dass ich angerufen habe.«

»Mach ich«, sagte Albert, doch seine Stimme klang skeptisch, als er auflegte.

»Was machen wir jetzt? Soll ich den Busfahrplan für dich checken, oder kannst du dir vorstellen, mit diesem Schrotthaufen zurück in die Stadt zu fahren?« Alex zeigte auf sein Auto. »Der nächste Bus geht in zwei Stunden.« Er warf die schwarze Haartolle nach hinten und grinste breit.

»Sieh mal nach, wann der nächste Zug nach Stockholm geht, während ich zu unser beider Sicherheit dein Auto nach Hause fahre. Das ist ein Befehl.«

Alex öffnete die Autotür ohne Schlüssel. »Das muss man nicht abschließen. Niemand macht sich die Mühe, ein solches Auto zu klauen. Das ist noch einer der Vorteile.« Er ließ sich auf dem Beifahrersitz nieder. »Unser Zug geht in 37 Minuten. Das Ticket können wir hier im Kiosk kaufen.«

»Wir? Ich habe nichts von Wir gesagt. Du hast für heute Feierabend. Das hier ist eine private Reise, die ich gegenüber Gaby nicht erklären möchte, jedenfalls noch nicht jetzt. Sie wäre sicher der Ansicht, dass wir Melker einlochen sollten.«

»Ich glaube, du willst Denises Mutter besuchen und sie fragen, was damals passiert ist. Oder? Ich will mitkommen, und außerdem habe ich mich während des Verhörs mit Melker ausnehmend gut benommen. Glaubst du, dass er unschuldig ist?« Alex reichte ihm den Zündschlüssel.

Kristoffer zögerte, steckte den Schlüssel ins Zündschloss, drehte ihn herum und gab in der Hoffnung auf eine positive Antwort des Motors ordentlich Gas. Der brummte wie eine dicke Hummel und erstarb. Beim dritten Versuch sprang er an. »Du musst die Batterie laden oder ganz einfach eine neue kaufen! Um deine Frage zu beantworten: Melkers Eltern sind nach Hampetorp gezogen, um die Wahrheit herauszubekommen. Sie glauben, dass er unschuldig ist. Das lässt mich zweifeln. Weil er in Hampetorp war, als Camilla ermordet wurde, liegt nahe zu vermuten, dass er es war. Aber ich sehe kein Motiv. Siehst du eins? Sven und Rita haben in der früheren Ermittlung verschwiegen, dass Melker da war, damit er nicht verdächtigt und neuerlich verhört werden würde.«

Alex beschäftigte derselbe Gedankengang. »Stell dir nur vor, was die Medien daraus machen würden, dass der Kindermörder am selben Ort war, als Camilla verschwand und als deine Tochter vom Fest abhaute.«

»Ja. Wenn Melker unschuldig ist, dann möchte ich, dass wir ihn aus der Ermittlung des Mordes an Camilla rausnehmen, damit wir uns auf Sonny und Rasmus konzentrieren können. Sonst besteht die Gefahr, dass sich das komplette Rampenlicht auf Melker richtet, der schon einmal verurteilt worden ist. Im Moment haben wir Sonny. Ich will die Wahrheit wissen. Fredrika kann natürlich von einem unbekannten Verrückten ermordet worden sein. Aber warum fühlt Denises Mutter sich schuldig, nicht die Wahrheit gesagt zu haben?«

»Was glaubst du, wird sie über Melker und den Mord an ihrer Tochter sagen können oder wollen?«

»Wenn sie sagt, dass er unschuldig ist, dann nimmt alles

eine andere Wendung. Den Hauptverdächtigen am Mord an Camilla haben wir festgenommen. Melker hatte die Gelegenheit, aber ich sehe, wie schon gesagt, kein Motiv. Pädophile fallen nicht über erwachsene Frauen her. Warum sollte er Camilla gefangen halten?«

»Oder Vera?« Alex sah ihn mit intensivem Blick von der Seite an. »Es geht nicht nur um Camilla, nicht wahr? Es geht darum, dass deiner Tochter Vera dasselbe zugestoßen sein kann.«

»Ja, so ist es.«

»Da bin ich ganz bei dir, obwohl wir hier natürlich nicht gerade der Forderung der Staatsanwaltschaft folgen, Beweise gegen Sonny zu finden.«

»Korrekt. Wir suchen breiter.« Kristoffer zeigte ihm ein trauriges Lächeln. »Wenn Denises Mutter den Mörder schützt, dann wird sie wahrscheinlich wissen, wer es ist.«

Alex fuhr fort: »Was hältst du denn von Sven? Er mag junge Frauen. Als Camilla am Mittsommerabend verschwand, war er mit dem Boot draußen, und ebenso, als deine Tochter ihren Junggesellinnenabschied verließ und auf den See hinausfuhr.«

»Er hätte niemanden überwältigen und gefangen halten können. Sein Übergewicht und seine träge Denkart sprechen dagegen, und außerdem lässt Rita ihn nicht aus den Augen. Wo sollte er Camilla gefangen gehalten haben? Ich glaube nicht, dass er es war.«

»Und Albert?«

»Nein, den kenne ich schon, seit er ein kleiner Junge war und Börje und ich zusammengearbeitet haben. Er hat Camilla geliebt und war immer nett zu Vera.«

»Aber seine Frau Maria ist an einem Schlaganfall gestorben«, führte Alex an. »Was, wenn er sie ermordet hat? Ich weiß, ich spiele jetzt ein bisschen Teufels Advokat. Nichts ist heilig.«

»Okay.« Kristoffer konnte sich ein Lächeln nicht verkneifen, während er darüber nachdachte, aus welchem Film Alex wohl diese Replik entliehen hatte. »Die Ärzte hatten da gar keinen Zweifel, Maria litt unter einem ererbten Defekt an einem Blutgefäß im Gehirn.«

»Könnte Börje schuldig sein?«, sagte Alex so unerwartet und mit solchem Enthusiasmus, dass Kristoffer aufbrauste.

»Jetzt ist aber mal Schluss mit den Spekulationen des Anwärters.«

Sie parkten die Rostlaube und gingen zum Bahnhof, wo der Zug nach Stockholm auf Gleis 3 einfuhr. Zwei Stunden später nahmen sie die S-Bahn vom Stockholmer Hauptbahnhof nach Solna. Der dunkle Himmel wurde von Straßenlaternen erleuchtet, als sie vor dem Bahnhof ein Taxi nahmen. Im Laufe der Reise hatten Kristoffer zunehmend Zweifel an seiner Entscheidung, Denises Mutter aufzusuchen, beschlichen. Nach dem Gespräch mit Melker war er sehr betroffen gewesen und überzeugt, dass hier ein Unschuldiger verurteilt worden war. Jetzt begann er zu zweifeln. Sollte er wirklich seine kostbare Zeit auf das hier verwenden, anstatt Denise zu bewachen und weitere Beweise gegen Sonny und Rasmus zu finden? Er war skeptisch, doch hatte ihn sein Gefühl hierhergeführt.

Das private Pflegeheim mit psychogeriatrischer Ausrichtung lag am Råstasjön in Solna. Ein langgezogenes gelbes Ziegelsteingebäude mit geschlossenen Abteilungen. Kristoffer und Alex gingen durch den Haupteingang und wurden eingelassen, nachdem sie ihre Ausweise gezeigt hatten. Ein Pfleger bat sie herein.

»Um diese Uhrzeit lassen wir eigentlich niemanden mehr ins Haus. Die Besuchszeit ist von zehn bis neunzehn Uhr. Zu Ihrer Information: Es ist bereits nach zweiundzwanzig Uhr. Wir lassen gewöhnlich niemanden nach neunzehn Uhr ins Haus. Aber Sie sind von der Polizei, und da gelten andere Regeln, und Sie haben Glück: Vanja Groth ist ein Nachtmensch.«

Kristoffer fand, der lange Monolog reichte für eine Diagnose aus. »Uns ist durchaus bewusst, dass es spät ist, und wir sind dankbar für Ihre Bereitschaft zur Zusammenarbeit«, sagte er und schlug denselben formellen Ton an.

»Ich bin zur Zusammenarbeit bereit, weil die Regeln es mit sich bringen. Ich denke, Sie haben gute Möglichkeiten, Kontakt zu Vanja zu bekommen. Es kommen ständig neue und bessere Medikamente heraus, die genau die Symptome behandeln, unter denen die Patientin leidet, ohne allzu schwere Nebenwirkungen zu haben. Ihr neuer Arzt hat ihre Medikamente ausgetauscht und alles von der Liste entfernt, was sie nicht unbedingt braucht. Sie ist klarer geworden, und die kognitiven Funktionen haben sich, trotz der von Alkohol und anderen Drogen verursachten Schäden, verbessert«, zählte er mit eintöniger Stimme auf.

Sie wurden in einen Raum geführt, in dem eine magere ältere Dame mit rattengrauem strähnigem Haar in einem Sessel saß und mit leerem Blick aus dem Fenster starrte.

Kristoffer stellte sich und Alex vor, und der Pfleger verließ den Raum.

Vanja Groth schien sie nicht zu bemerken. Kristoffer

zog einen Stuhl heran und setzte sich neben sie. Alex hielt sich im Hintergrund und nahm das Gespräch auf Band auf.

»Ich wollte Sie nach Fredrika fragen. Ich weiß, dass es lange her ist, und sicher ist es schmerzhaft, das alles wieder aufzureißen.«

Sie nickte kurz und zeigte das Lächeln einer Kettenraucherin mit langen, nackten Zahnhälsen und einer faltigen und lederartigen Oberlippe. »Fredrika.«

»Ich möchte, dass Sie uns erzählen, was Fredrika zugestoßen ist. Ich will die Wahrheit wissen.«

»Das kann ich nicht.« Sie sah ihn an, und ihre Augen füllten sich mit Tränen.

»Warum?«

»Ich habe drei wunderbare Mädchen bekommen, und ich habe ihr Leben zerstört«, sagte sie verbittert.

»Sie waren krank, und Sie haben angefangen, sich selbst zu medikamentieren, Sie haben sich selbst Drogen besorgt«, sagte er, um zum Wesentlichen zu kommen, ehe Vanja müde wurde.

»Alles lief falsch. Es ist meine Schuld, dass es passiert ist. Man hätte mir das Sorgerecht für die Kinder wegnehmen sollen. Das Jugendamt war eingeschaltet. Sie hätten sehen und begreifen müssen, dass es den Kindern schlecht ging. Ich hasse mich selbst dafür, und ich bereue alles, aber ich kann die Zeit nicht zurückdrehen. Oder?« Sie sah ihn mit wässrigen hellblauen Augen an, und er dachte für einen Moment an Ella und verspürte einen plötzlichen Impuls der Sympathie.

»Sie können immer noch etwas ändern, indem Sie sich erinnern. Erzählen Sie mir die Wahrheit, und tun Sie das Richtige.«

»Wie meinen Sie das?«

»Haben Sie je das Urteil angezweifelt und gedacht, dass John Melker Andersson, der achtzehn Jahre Gefängnis bekam, unschuldig sein könnte?«

»Ich will nicht über das Gerichtsverfahren sprechen. Das war schrecklich! Ich will nicht darüber sprechen.«

»Vanja, wenn es nicht wichtig wäre, dann wäre ich nicht von Örebro hierhergefahren, um Sie mit Fragen zu quälen.« Kristoffer griff nach ihrer mageren, klauenartigen Hand. Die Altersflecken auf dem Handrücken waren so großflächig, dass die Haut an einen verrottenden Apfel erinnerte. Dann beugte er sich vor und flüsterte flehend: »Ich habe ein Mädchen, das Vera heißt. Mein einziges Kind. Sie ist verschwunden. Ich weiß nicht, ob sie lebt oder tot ist. Sie können mir helfen. Jeder Hinweis ist wichtig. Glauben Sie, dass John Melker Andersson ein Mörder ist, oder war er unschuldig?«

Vanjas Blick blieb an seinem hängen und wurde intensiver. Der Mund spuckte die Worte aus. »Glauben Sie, es hätte mich nicht all die Jahre gequält? Meine Scham war mein Gefängnis. Ich hätte nach den Kindern sehen sollen. Ich hätte sie beschützen sollen. Die Last, die Isabell im Alter von sieben Jahren aufgebürdet wurde, sollte kein Kind tragen müssen. Sie musste eine viel zu große Verantwortung übernehmen.«

»Was ist passiert?«

Vanja begann zu weinen. Dicke Tränen rollten ihre schrumpeligen Wangen hinunter. »Ich habe gelogen, und meine Lüge ist unverzeihlich. Melker hat versucht, mein Mädchen zu retten.«

»Und wer hat Fredrika dann getötet?«

»Das werde ich niemals sagen. Und selbst wenn Sie ein Messer in mich rammen sollten, wird es doch das Geheimnis meines Lebens bleiben.«

Kristoffer versuchte es noch eine Weile ohne Erfolg. Er merkte, wie erschöpft sie war. Der Pfleger kam und sagte, es sei an der Zeit für Vanja, schlafen zu gehen. »Lange Besuche schafft sie nicht mehr. Sie müssen jetzt gehen!« Er begleitete sie den Flur hinunter zum Ausgang.

»Bekommt sie noch von anderen Besuch?«, fragte Kristoffer den Pfleger.

»Von ihrer Tochter Isabell und einer Bekannten namens Rita Andersson. Vanja hat aber gebeten, keine weiteren Besuche von ihr zu bekommen.«

»Und Denise besucht sie nicht?«

»Wer ist das?«, fragte der Pfleger und blieb an der Eingangstür stehen, bereit, sie rauszulassen.

»Isabells Schwester.«

»Die jüngere Schwester? Nein, niemals. Zu Vanjas großem Bedauern kommt sie niemals zu Besuch.«

»Wir werden noch einmal von uns hören lassen«, sagte Kristoffer. »Und wenn Vanja mehr erzählen möchte, kann sie uns zu jeder Uhrzeit anrufen. Manchmal ist es eine Erleichterung, die Wahrheit sagen zu dürfen. Die ganze Wahrheit.« Kristoffer reichte ihm seine Visitenkarte.

53

Als Denise aufwachte, lag sie in ihrem eigenen Bett zu Hause in Hampetorp. Sie horchte auf Geräusche und hörte Alberts Stimme. »Was sollen wir mit ihr machen? Sie braucht doch Hilfe.«

Isabells Stimme kam hart wie ein Peitschenknall. »Wir kommen alleine klar. Das war schon immer so.«

Es wurde still.

Denise versuchte zu begreifen, was passiert war. Isabell und Albert hatten sie betäubt und mit nach Hause genommen. Steckten die beiden unter einer Decke? Isabell und Albert – wollten sie sich des Hauses bemächtigen, das sie von Großmutter Hedda geerbt hatte? Albert hatte gewollt, dass sie heiraten. Isabell hatte gefunden, dass sie das Erbe teilen sollten. Ging es hier um das Haus? Ansonsten besaß sie ja nichts von Wert.

Ganz leise stand sie auf und versuchte, die Türklinke herunterzudrücken. Die Tür war abgeschlossen. Sie ging zum Fenster und ließ das Rollo mit einem Knall nach oben sausen. Das Fenster war mit Brettern vernagelt. Wann hatten sie das Haus in ein Gefängnis verwandelt? Sie musste sehr tief geschlafen haben, so dass sie nicht aufgewacht war, als sie gebohrt und die Bretter angeschraubt oder genagelt hatten. Sowas geschah nicht lautlos. Das Fenster ging nach außen auf. Sie konnte es nicht öffnen. Sie schaute sich nach etwas um, womit sie das Glas zerschlagen könnte, um dann aufs Fensterbrett zu klettern und zu versuchen, die Bretter loszutreten.

Es klopfte an der Tür. Als ob sie ihnen die Tür aufmachen könnte, wo sie doch eingeschlossen worden war. Denise kroch wieder ins Bett und tat so, als würde sie schlafen. Sie hörte, wie der Schlüssel im Schloss herumgedreht wurde.

»Denise, bist du wach?« Isabells Stimme. »Ich habe dir ein bisschen Frühstück gebracht.«

Denise schlug die Augen auf. Neben Isabell stand Albert mit einem Tablett. Sie setzte sich auf, und er stellte es ihr auf den Schoß. Auf dem Tablett standen ein Plastikbecher mit Kaffee, dazu ein Teller mit zwei Knäckebroten mit Käse und einer halben Apfelsine. Wenn sie erschöpft wirkte und ihnen gehorchte und keinen Widerstand leistete, dann würde sich vielleicht eine Möglichkeit zur Flucht ergeben. Wenn sie so tat, als hätte sie vergessen, dass die beiden sie betäubt hatten, dann würden sich die widerlichen Schweine in Sicherheit wiegen. »Danke, dass ihr euch um mich gekümmert habt. Es ging mir nicht sonderlich gut. Ich muss in Ohnmacht gefallen sein. Ich fühle mich immer noch wie zerschlagen.«

Isabell strich ihr über die Stirn. »Das wird sicher besser, wenn du ein wenig gegessen hast. Du hast fast einen ganzen Tag lang geschlafen. Ich bin für dich da, mein Schwesterchen. Ich war immer für dich da.«

»Ich weiß«, sagte Denise und versuchte ein Lächeln, obwohl sie die beiden am liebsten angespuckt hätte. »Du hast dich immer um mich gekümmert. Ich weiß nicht, was ich ohne dich getan hätte.«

»Trink jetzt mal deinen Kaffee, solange er heiß ist«, sagte Albert, setzte sich auf den Bettrand und hielt ihr den Becher an die Lippen. Sie schluckte fügsam und versuchte nachzuspüren, ob ein bitterer Geschmack dabei war.

»Ich habe deine Medizin hier«, sagte Isabell. »Es sieht nicht so aus, als hättest du die in den letzten Monaten genommen.«

»Danke.« Denise schenkte ihr noch ein Lächeln, griff nach den Tabletten, schob sie unter die Zunge und trank den Kaffee aus. »Ich glaube, ich muss noch ein bisschen schlafen. Ich esse etwas, wenn ich aufwache.«

»Möchtest du, dass ich hier bei dir sitze?«, fragte Albert und strich ihr über die Wange.

»Nein, ich will einfach nur schlafen.« Sie schloss die Augen und hoffte, dass sie gehen würden, ehe sich die Tabletten auflösten.

Sie spürte, wie das Bett schaukelte, als Albert sich erhob. Dann hörte sie ihre Schritte und wartete auf das metallische Geräusch, wenn der Schlüssel im Schloss umgedreht würde. Wartete. Doch nichts war zu hören. Hatten sie vergessen abzuschließen, oder hielten sie es nicht mehr für notwendig, da sie nun die Tabletten genommen hatte? Denise spuckte sie in ihre Hand und versteckte sie unter der Matratze. Wartete.

Sie hörte, wie die beiden in der Küche mit dem Geschirr klapperten. Lautlos glitt Denise aus dem Bett. Ging auf Zehenspitzen durchs Zimmer und drückte vorsichtig die Klinke herunter. Die Tür war unverschlossen. Sie schlich in den Flur. Von dort aus konnte sie ins Wohnzimmer mit dem kaputten Bild schauen. Das Vorlegemesser lag immer noch direkt neben dem Sofa auf dem Fußboden. Wahrscheinlich war es ihnen deshalb nicht aufgefallen. Wenn sie es unbemerkt dorthin schaffen würde, dann hätte sie etwas zu ihrer Verteidigung.

»Sie erwartet Zwillinge«, sagte Albert plötzlich. Die Stimme kam aus der Küche. »Das hat die Hebamme erzählt. Wusstest du das?«

»Nein, das darf nicht wahr sein. Das schafft sie nie.«

»Das Bild von einem Ultraschall, das hier auf dem Kühlschrank klebt, ist ein Fake. Da ist nur ein Kind drauf, und das Datum stimmt nicht. Sie hat nur einen Ultraschall machen lassen, und dieser Zettel hier zeigt das Kind von jemand anders. Sie hat mich belogen, und ich weiß nicht warum.«

»Sie belügt genauso sich selbst. Es geht ihr nicht gut, Albert. Sie ist schwer krank, immer wieder psychotisch, und sie würde ohne mich nicht klarkommen. Jedes Mal bin ich es, die sich um alles kümmern und alles in Ordnung bringen muss.«

Unendlich langsam schlich Denise auf das Messer am Fußboden zu. Aus Erfahrung wusste sie, welche Holzdielen am schlimmsten knarrten. Mit dem Messer fest im Griff, kehrte sie in ihr Zimmer zurück.

54

Sie hatten den letzten Zug zurück nach Örebro verpasst, und Alex weigerte sich, Geld für ein Hotelzimmer auszugeben, wenn man doch gratis unter freiem Himmel schlafen konnte. Hinterher fragte sich Kristoffer, wie er nur darauf hatte eingehen können. Nach einer Nacht, die sie – jeder auf seiner Bank – unter den blühenden Kirschbäumen im Kungsträdgården verbracht hatten, nahmen Kristoffer und Alex den ersten Zug nach Hause. Viel Schlaf hatte keiner von ihnen gekriegt. Die Nacht war mild gewesen, aber die Parkbank hart, wie Kristoffer daran feststellen konnte, dass Nacken und Schultern schlimmer schmerzten als gewöhnlich. Er hatte Angst gehabt, die Kollegen vom Ordnungsamt in Stockholm würden sie womöglich um ihre Ausweise bitten, weil sie meinten, es mit illegalen Einwanderern zu tun zu haben. Das wäre doch eine nützliche Erfahrung, auch wenn sie nur für eine Nacht obdachlos wären, hatte Alex, der unbedingt draußen unter den Kirschbäumen schlafen wollte, ihm entgegengehalten.

»Weißt du übrigens, dass du mich heute Nacht zu Tode erschreckt hast?«, sagte er und schaute Kristoffer mit einem schiefen Lächeln an. »Du bist plötzlich aufgestanden, und im Schein der Straßenlaterne konnte ich sehen, dass dein Blick total leer war. Dann hast du angefangen, in deiner Aktentasche herumzuwühlen. Du hast alles rausgeholt, dann wieder reingetan und dann wieder von vorne angefangen. Als ich dich gefragt habe, was du da eigentlich machst, hast du nicht geantwortet. Das Ganze hast du ungefähr zwanzig Minuten lang betrieben, dann hast du vier Runden um die Bank gedreht und dich wieder hingelegt. Ich habe wirklich versucht, Kontakt zu dir zu kriegen, aber du warst vollkommen weg. Hast du irgendwas genommen? Oder bist du ein Schlafwandler, Bark?«

Kristoffer fühlte sich total ertappt. »Ich habe keine Ahnung. Aber ich habe immer mal bemerkt, dass nachts Sachen umgeräumt worden sind.« Und er hatte gedacht, dass jemand mit einem Schlüssel reingekommen wäre oder dass es Vera gewesen sei, und jetzt fühlte es sich fast ein bisschen leer und traurig an, dass sie es offenbar nicht war.

»Vielleicht solltest du dich deshalb in Behandlung begeben, Bark.«

»Das ist ja wohl nichts, weswegen man sich in Behandlung begibt, oder?«

»Also, ich würde mich nicht trauen, mir mit dir ein Hotelzimmer zu teilen. Da kann ja alles Mögliche passieren, wenn du im Schlaf rumwanderst.«

»Irgendwo habe ich mal gelesen, dass Schlafwandler nichts tun, was sie nicht wollen.«

»Das heißt, wenn du mir eine fette Ohrfeige versetzen wolltest, dann wäre das Schlafwandeln eine hervorragende Entschuldigung dafür?«

»Womöglich. Ich will nicht, dass du mit jemandem darüber sprichst.«

»Natürlich nicht, denn dann könnten die Leute ja glauben, wir würden immer zusammen schlafen, und du bist irgendwie nicht so richtig mein Typ. Ich mag blonde

Mädchen. Aber vielleicht sollte ich das jetzt gerade nicht sagen.«

Alex schlief sofort ein, kaum dass sie im Zug nach Örebro saßen. Kristoffer hingegen war hellwach. Schlafwandelte er wirklich? Ihm fiel ein, dass er Tor beschuldigt hatte, seine Aktentasche auf dem Fußboden ausgeleert zu haben. Wenn er das nun selbst getan hatte, als er im Schlaf herumwanderte? Zu Zeiten, in denen ihm alles zu viel geworden war und er erschöpft gewesen war, war es öfter geschehen, dass Sachen plötzlich woanders lagen.

Das hatte mit Veras Verschwinden angefangen. Weder Vera noch Ella hatten während der Zeit, in der sie zusammengelebt hatten, jemals erzählt, dass er schlafwandeln oder sich seltsam benehmen würde. Er selbst hatte mit der Zeit das Übernatürliche akzeptiert und meinte, Vera würde die Dinge verräumen. Und nun war er es selbst. Er musste herausfinden, warum man schlafwandelte und was man dagegen tun konnte, ohne noch jemand Weiteren in die Problematik einzuweihen. Es reichte schon, dass Alex es wusste. Kristoffer hoffte, dass er die Klappe halten würde, aber sicher sein konnte man da nicht.

Wenn Alex tratschen würde, könnte Kristoffer natürlich immer sagen, es wäre ein Scherz gewesen und er sei herumgegeistert, um Alex zu erschrecken. Hauptsache, es drang nicht zu Mia Berger durch, denn dann würde sie ihn womöglich an irgendeinen Experten weiterleiten, und dann würde er sie nicht mehr sehen können. Während der restlichen Reise grübelte er über das nach, was geschehen war, und die Puzzleteile fielen an ihren Platz. Es gab keine andere vernünftige Erklärung, als dass er schlafwandelte. Gehörten die Wutanfälle und das Gefühl, sich außerhalb seines Körpers zu befinden und ihn nicht steuern zu können, auch dazu? Er hatte nicht die geringste Ahnung.

»Darf man nach Hause fahren und ein paar Stunden schlafen?«, fragte Alex vorsichtig, als er wieder wach war und sie sich Arboga näherten, von wo aus es nur noch zwanzig Minuten bis Örebro waren.

»Mach das, ich muss weiter nach Hampetorp.« Kristoffer musste Isabell Groth befragen und die Informationen überprüfen, die er von ihrer Mutter erhalten hatte. Erst hatte er vorgehabt, vorher anzurufen und eine Zeit auszumachen, doch dann kam es ihm strategisch günstiger vor, unangekündigt aufzutauchen.

»Ich muss dich was fragen«, sagte Alex, den offensichtlich etwas beschäftigte, über das er nachgedacht hatte.

»Ja, was denn?«

»Wenn du schlafwandelst, hast du dann auch Albträume?«

»Manchmal.«

»Also, wenn du jetzt träumen solltest, dass jemand dich töten will und du dein Leben verteidigen musst. Würdest du dann jemanden töten können?«

»Nur Polizeianwärter, die sich in der Schlange vor Nachtclubs vordrängeln und dafür ihre Polizeimarke zücken. Denk nicht mehr darüber nach. Es ist manchmal so, wenn ich viel um die Ohren habe.« Der Gedanke war schwindelerregend. Würde er jemanden töten können, wenn er im Schlaf herumwanderte? Er wollte wirklich nicht über das Unerklärliche und Erschreckende sprechen, was im Dämmerland geschah, wo er die Kontrolle verlor.

Als der Zug den Bahnhof von Arboga verließ, fiel Kristoffer ein, dass er schon um acht Uhr einen Termin bei Mia

Berger hatte. Das war aus zweierlei Gründen eine Katastrophe: Er musste nach Hampetorp, und er roch nach der Nacht als Obdachloser nicht sonderlich gut. Also begab er sich auf die enge Zugtoilette, wusch sich, so gut es ging, mit nassen Papierhandtüchern und fuhr sich in Ermangelung eines Kamms mit den Fingern durch die Haare. Wie hatte er nur Mia vergessen können? Wenn er versuchte, den Termin abzusagen, dann würde er sofort Zimmermann im Nacken haben und mit augenblicklicher Wirkung von der Ermittlung ausgeschlossen werden. Es sei denn, er ließe sich krankschreiben. Aber das hatte sie schon mit dem ärztlichen Attest vom ersten Tag verhindert. Man konnte über Zimmermann sagen, was man wollte, aber sie war wirklich Juristin bis in die Fingerspitzen. Aus ihren Verabredungen schlängelte man sich nicht mal mit Schuhanzieher und Kettenöl heraus.

Mia Berger öffnete in weißer Bluse, einem breiten schwarzen Gürtel um die Taille und einem dunkelroten Faltenrock frisch wie eine Hagebuttenblüte die Tür zu ihrem Zimmer. Kristoffers Kleider sahen aus, als hätte er darin geschlafen, was ja auch der Wirklichkeit entsprach. Er versuchte, das karierte Baumwollhemd ein wenig zu glätten, ehe er sich an ihren Tisch setzte.

»Herzlich willkommen«, sagte sie mit dem gewohnten warmen Lächeln. »Das letzte Mal haben wir ja von Ihrem Netzwerk gesprochen, Ihren engen Beziehungen.«

»Das ist ein sehr grobmaschiges Netz, in dem nur noch wenige hängen bleiben, wenn es mal richtig stürmt.«

Mia schien seine Formulierung zu mögen und lächelte. »Bildlich gesprochen, sind Sie aber ja die Spinne, finden

Sie nicht auch? Sie sind es, der sich um Ella kümmert, der Vera allein großgezogen hat, als Ella wegen ihres Alkoholismus keine gute Mutter sein konnte. Erkennen Sie das Muster? Wie ist Ihre Beziehung zu Ihrem Freund Tor?«

Kristoffer dachte an Isabell, die sich um ihre kleinen Schwestern gekümmert hatte, wenn Vanja in die Kneipe ging und finstere Typen traf. Er unterbrach den Gedankengang, weil er merkte, dass Mia auf eine Antwort wartete. Er war hier, um über sein Privatleben zu sprechen, und musste das erledigen, um schnellstmöglich raus nach Hampetorp fahren zu können. Vielleicht würde Mia ihn noch etwas mehr mögen, wenn ihm mehr Situationen einfielen, in denen er ein guter und verantwortungsbewusster Mensch ohne Wutausbrüche gewesen war.

»Ich bin vom Gymnasium abgegangen und habe meine Mutter gepflegt, bis sie an Krebs starb. Sie wollte zu Hause sein, von ihren Liebsten umgeben, und nicht von fremden Menschen gepflegt werden.«

»Gab es niemand anders, der Ihnen half?«

»Ich bin der Älteste von uns Geschwistern. Mein Vater hatte seine Arbeit. Er konnte nicht richtig begreifen, dass Mutter nur noch wenig Zeit zu leben hatte, sondern hat wie immer weitergearbeitet. Oder vielleicht noch mehr.«

»Aber Sie hätten um Hilfe bitten können, Sie hätten verlangen können, dass Sie die Verantwortung teilen. Könnte es ein Muster sein, dass Sie lieber alles allein erledigen, als um Hilfe zu bitten?« Mias Gesicht war immer noch freundlich und der Blick forschend.

Dumm wie er war, hatte Kristoffer erwartet, gelobt zu werden. Wird man je von seinem Therapeuten gelobt, oder schicken die nur auf Fehlersuche getrimmte Missiles aus?

Sie stellte ihn in Frage. »Ja, ich erledige Dinge lieber selbst. Weil es am schnellsten geht und letztendlich am besten wird.« Er zog eine Grimasse, jetzt würde sie bestimmt denken, er sei übergeschnappt. Aber Diskussionen und Konsensverhandlungen verlangsamten die Arbeit. Das war seine feste Überzeugung seit der Gruppenarbeit in der Schule mit Schmarotzern, die nur auf dem Trittbrett mitfuhren.

»Und sehr einsam wird es auch …«

»Ich habe Tor angerufen, weil Sie gesagt haben, dass ich das tun soll, und schon hatte ich noch ein Problem am Hals. Er brauchte Unterstützung und Hilfe. Wenn er Ihr Patient wäre, bräuchten Sie jetzt einen eigenen Therapeuten, bei dem Sie sich ausheulen könnten.«

»Haben Sie jemanden, bei dem Sie sich ausheulen können?«, konterte sie blitzschnell.

Er hätte sich am liebsten die Zunge abgebissen, weil er ihr diese Vorlage geliefert hatte. »Ich brauche niemanden, denn ich habe ein selbsttröstendes System.« Darüber hatte er vor langer Zeit mal in irgendeiner psychologischen Fragekolumne gelesen und fand, dass es gut klang.

»Wie trösten Sie sich selbst?«

Er lachte, peinlich berührt. Das genauer auszubreiten hatte er keine Lust. »Können wir nicht einfach über meine Arbeit reden? Ich kann an nichts anderes denken als an das, was ich tue. Zumindest im Moment. Ich befinde mich in einer Mordermittlung. Es fühlt sich an, als würden wir Zeit auf Unwesentlichkeiten verschwenden. Ich verspreche, schonungslos alles über mich selbst zu berichten, wenn nur erst diese Ermittlung vorbei ist.«

»Okay, dann reden wir über die Ermittlung. Sie ermitteln im Fall Camilla Hörlin. Aber es gibt eine Person namens

Denise, um die Sie sich Sorgen machen. Sie hatte eine Zwillingsschwester, die im Alter von fünf Jahren ermordet wurde. Die Mutter war drogenabhängig und die Väter zufällige Kontakte?«

Kristoffer bestätigte die Zusammenfassung mit einem Nicken. »Der Mann, der wegen Mordes an Denises Zwillingsschwester verurteilt worden ist, hat sich in Hampetorp befunden, als Camilla verschwand, ebenso wie an dem Abend, als Vera auf den See hinausfuhr und nie wiederkehrte. Ich glaube, das alles hängt zusammen, aber ich verstehe noch nicht wie. Mehr habe ich nicht zu bieten. Es ist nur ein Gefühl.«

»Das Gehirn versucht immer, Muster und Zusammenhänge zu finden«, sagte Mia, ohne seinen Blick loszulassen.

»Sie meinen, auch da, wo es keine gibt?«

»Möglich.«

Kristoffer fuhr fort. »Die Wahrheit ist komplizierter, als ich anfangs dachte. Denise wird bedroht. Sie wohnt in Hampetorp, wo meine Tochter verschwand und wo Camilla Hörlin ermordet wurde. Im Moment sind ihre Schwester und ihr Freund bei ihr, sie ist also einigermaßen sicher.«

Das Lächeln in Mias Gesicht erlosch, und die großen braunen Augen sahen ihn ernst an. »Ich habe darüber nachgedacht, seit wir das letzte Mal miteinander gesprochen haben, und deshalb teile ich Ihre Auffassung, dass Denise in Sicherheit ist, möglicherweise nicht. Wenn die gesamte Identität und Existenzberechtigung der größeren Schwester davon abhängt, von Denise gebraucht zu werden, dann muss Denise sich schwach zeigen und hilfsbedürftig sein, um ins Bild zu passen. Da kann die große

Schwester versuchen, Denise zu erschrecken oder sie krank zu machen, und wenn es richtig schlimm wird und aus dem Ruder läuft, dann könnte ihr Leben in Gefahr sein. Aber da kann ich mich natürlich täuschen.«

»Isabell ist Krankenschwester und sehr dominant, und das ist schon früh so gewesen. Daran muss nichts falsch oder krank sein, denn es ist nicht unwahrscheinlich, dass die Kinder Übergriffen ausgesetzt waren. Vielleicht hat die große Schwester sogar ihre kleinen Geschwister vor den Männern geschützt, indem sie selbst Dinge getan hat, die sie nicht wollte.« Er verstummte und sah, dass Mia ihn verstand.

Sie hakte in die Argumentation ein: »Die große Schwester Isabell hat auf ihre kleinen Schwestern aufgepasst. Sie wusste, dass ihnen nichts passieren durfte. Vielleicht wusste sie, dass sie Schläge bekommen oder dass die kleine Familie aufgeteilt werden würde, wenn sie ihre Aufgabe nicht gut erledigte. Sie spielten mit dem Springseil. Vielleicht musste sie die Zwillinge kurz allein lassen, auf die Toilette gehen, etwas zu essen finden ... Ich spinne einfach mal ins Blaue. Könnte sie die Kleinen festgebunden und das Seil zu fest um Fredrikas Hals gezogen haben?«

»Ich habe auch schon sowas gedacht, dass es ein Unfall gewesen sein könnte. Vor allem, nachdem ich mit der Mutter der Schwestern Groth gesprochen habe. Sie weigert sich zu sagen, wer es war, was darauf hindeutet, dass sie es weiß, aber schweigen will. Was auch immer passiert ist, muss es doch die größte Katastrophe in Isabells Leben gewesen sein.«

»Möglicherweise hat sie das Ereignis verdrängt, weil es unerträglich war.«

»Wenn ich Sie recht verstehe, dann glauben Sie auch, dass Isabell schuldig sein könnte?«

»Ja, aber ich sehe keine Verbindung zum Mord an Camilla und dem Verschwinden Ihrer Tochter.«

»Wir übersehen irgendetwas ... Ich habe das dringende Gefühl, dass es einen gemeinsamen Nenner gibt.«

»Sie sind ein erfahrener Polizist, das, was Sie Gefühl oder Intuition nennen, können auch Fakten sein, die noch nicht an die Oberfläche Ihres Bewusstseins aufgestiegen sind.« Mia sah nachdenklich aus. »Ich versuche, den Gedankengang weiterzuentwickeln. Wenn alle über die echte Wahrheit geschwiegen haben und ein unschuldiger Mann wegen Mordes verurteilt wurde ... Da gibt es plötzlich eine Unterscheidung zwischen Gedanken und Gefühlen – zwischen Bewusstsein und Erinnerungen. Die Wirklichkeit stimmt nicht, und Isabell braucht Unterstützung von anderen, weil sie ihren Erinnerungsbildern nicht vertraut. Die Katastrophe befindet sich wie Granatsplitter noch im Bewusstsein des Kindes. So etwas kann unerwartete und schreckliche Konsequenzen haben. Wahrscheinlich hat Isabell eine Geschichte der Depression, unter Umständen mit psychotischen Einschlägen. Im besten Fall nimmt sie Medikamente und macht eine Therapie.« Mias Augen wurden größer. »Sie haben vollkommen recht, Kristoffer. Sie sollten nicht hier sein. Ich glaube, Sie sollten umgehend nach Hampetorp fahren. Denise kann in echter Gefahr sein.«

55

Auf dem Weg nach Hampetorp spürte Kristoffer die Unruhe an seinem Körper zerren. Seine Hände hielten das Lenkrad krampfhaft umklammert, und der Fuß drückte das Gaspedal durch. Die flache Ackerlandschaft schien unendlich. Eigentlich hatte er sofort nach dem Gespräch mit Mia Berger losfahren wollen, aber Zimmermann hatte darauf bestanden, dass er bei einem Treffen mit der Staatsanwältin zugegen war. Gaby hatte eine Zusammenfassung der Informationen von ihm verlangt. Diese absolvierte er in wenigen Minuten.

Dann kam der Rückschlag. Es war entschieden worden, dass er von der Ermittlung ausgeschlossen würde. Gaby tat es leid. Sie wusste, dass er gründliche Arbeit geleistet hatte, wenngleich es ihr völlig unbegreiflich war, dass er überhaupt die Ermittlung im Mord an Camilla Hörlin hatte leiten dürfen, wo doch seine eigene Tochter vom selben Ort verschwunden war und die Gefahr bestand, dass sie Opfer desselben Täters geworden war. Bei allem Respekt könne sie ihn doch nicht weitermachen lassen.

»Isabell Groth«, sagte er abschließend. »Ich glaube, dass Isabell Groth ihre kleine Schwester getötet hat. Aber ich kann es nicht beweisen. Es könnte sein, dass ihre andere Schwester, Denise, in Gefahr ist. Ich muss jetzt nach Hampetorp rausfahren, und ich will Verstärkung.«

»Wir entscheiden darüber, wenn ich mich in das Material eingelesen habe«, sagte Gaby.

»Ich nehme für den Rest des Tages frei.« Er war wahnsinnig enttäuscht über sie, weil sie so stur war, und hatte den Raum verlassen. Doch das gab ihm auch die Möglichkeit, seiner Überzeugung zu folgen. Nichts konnte ihn daran hindern, nach Hampetorp zu fahren, wenn Denise in Lebensgefahr war. Was er in seiner Freizeit machte, ging die anderen nichts an.

Auf der Fahrt dachte Kristoffer an das Gespräch, das er mit Denises Mutter im Pflegeheim geführt hatte. Die Kinder hatten bei ihr gelebt, obwohl bekannt war, dass sie drogen- und alkoholabhängig war. Wie hatte ihr Leben wohl ausgesehen? Und er musste an seine eigene Tochter denken. Vera. Was wäre wohl geschehen, wenn sie allein mit Ella geblieben wäre? Kristoffer hatte die Ehe so lange aufrechterhalten, bis Vera zwölf Jahre alt gewesen war, weil Ella sonst das Sorgerecht verlangt hätte. Und ein Gerichtsverfahren, in dem die Eltern sich gegenseitig mit Schmutz bewarfen, um das Sorgerecht zu bekommen, gehörte mit zum Widerwärtigsten, was es gab. Kristoffer war alles andere als sicher gewesen, dass Ella sich, wenn sie unter Druck stand, an die Wahrheit gehalten hätte. Von der Mutterrolle entthront zu werden hätte sie gekränkt und ungerecht gemacht. Schon allein die Einigung auf ein geteiltes Sorgerecht wäre furchtbar gewesen. Er hätte niemals gewagt, Vera mit Ella allein zu lassen. Also hatte er die Gefahren abgewogen und beschlossen zu bleiben, bis Vera groß genug war, um zu entscheiden, dass sie bei ihm wohnen wollte und sich weigern konnte, Ella zu treffen, wenn die getrunken hatte.

Hatte Vera trotzdem Schaden genommen? Was hatte sie bewogen, Rasmus auszuwählen? War sie seinem äußerlichen Charme verfallen oder hatte sie geglaubt, Liebe und Respekt nicht zu verdienen? Kristoffer ging mit sich selbst ins Gericht. Wie viel Respekt hatte er Ella während Veras Kindheit erwiesen? Anstelle von Liebe und Wärme hatte ein Wettkampf getobt, in dem es darum ging, die Fehler und Defizite des anderen zu entdecken, und Vera hatte zugehört und gesehen, wie sie mit Worten oder auch mit eiskaltem Schweigen versucht hatten, einander Schaden zuzufügen.

Kristoffer fuhr unzulässig schnell durch Odensbacken, während er seinen alten Kollegen Börje anrief. All die Jahre hatte Börje ihn bei der Suche nach Vera unterstützt. Irgendwo in seinem Innern begriff Kristoffer, dass Vera kaum mehr am Leben sein konnte. Und wenn er womöglich der Person gegenüberstehen würde, die sie getötet hatte, dann wollte er nicht allein sein. Börje würde ihn verstehen und zurückhalten. Könnte es sein, dass Isabell Groth sowohl Vera als auch Camilla getötet hatte? Mia Berger meinte, es bestünde die Gefahr, dass das Trauma sich wiederholte. Dass Platzhalter für Fredrika zu ihren weiteren Opfern werden würden. Wenn Isabell unglücklicherweise versehentlich ihre kleine Schwester mit einem Springseil erdrosselt hatte und alle im Umfeld die Wahrheit verschwiegen hatten, dann könnte das schicksalhafte Konsequenzen haben. Wenn Mia recht hatte, dann war Isabell gefährlich. Kristoffer wollte schon auflegen, weil Börje nicht ranging, doch dann hörte er plötzlich die Stimme seines alten Kollegen.

»Börje.«

»Weißt du, ob Albert und Isabel immer noch bei Denise in Heddas Haus sind?«

»Ja, ich glaube schon. Albert hat gestern Abend angerufen und erzählt, dass es Denise überhaupt nicht gut geht. Er hat deshalb seine Finnlandreise für diese Woche abgesagt, obwohl Isabell auch da ist. Wo bist du?«

»Ich bin unterwegs. Warte vor der Tür auf mich.«

Auf dem See waren Schaumkronen zu sehen, als er in Hampetorp ankam. Der Wind drückte gegen die Autotür, als wolle er Kristoffer daran hindern auszusteigen. Börje wartete schon auf dem Parkplatz, und sie gingen gemeinsam zu Heddas Haus. Kämpften gegen den Wind an. Börje war aufgeregt.

»Denise ist nicht sie selbst. Ich habe ihr ein Gemälde von Alice geschenkt, und Albert sagt, dass sie es kaputtgeschnitten hat.« Börje musste sich beeilen, um Schritt zu halten. »Und als ihre Schwester letztes Mal zu Besuch war, hat sie sie mit einer Axt aus dem Haus gejagt, nur weil Isabell gesagt hat, sie hätte gern ein Erinnerungsstück an Hedda. Albert und Isabell dürften beide noch da sein, und ich bin sehr besorgt. Sie sollten psychiatrische Hilfe suchen.«

In diesem Augenblick rief Henrik an. Widerwillig nahm Kristoffer das Gespräch entgegen. »Ich sitze hier alleine im Turmzimmer, wo seid ihr alle?«

»Alex kommt heute Nachmittag, und ich bin in Hampetorp. Ich werde nicht länger bei der Ermittlung dabei sein. Wusstest du das?«

»Ich habe damit gerechnet. Du, ich habe die Nummer überprüft, von der Denise Groth die seltsamen Anrufe bekommen hat. Die sie selbst notiert und dir gegeben hat. Eine solche Nummer existiert nicht. Sind dir die Zahlen nicht aufgefallen? Da steht keine Null am Anfang.«

»Was meinst du? Nein, sie hat die Nummer auf einen Zettel geschrieben, den habe ich nur zusammengefaltet und dann auf deinen Schreibtisch gelegt.«

»Es ist die Personennummer einer verstorbenen Person. Keine Telefonnummer. Die Nummer gehörte Fredrika Groth.«

56

Denise hatte geduscht. Gleich würden sie essen. Isabell hatte ihnen ein Abendessen gekocht. Lammsteak mit Pfefferminzsoße, genau wie Hedda es immer gemacht hatte, und zum Nachtisch würde es Zitronencreme mit Passionsfrucht geben. Dazu Wein. Aber Denise hatte nicht vor, auch nur einen Schluck davon zu nehmen, für den Fall, dass sie etwas in ihr Glas getan hatten, was mit Medikamenten oder Gift präpariert wäre. Sie würde ausschließlich Wasser aus dem Wasserhahn trinken. Sie wurde hier gefangen gehalten, und die hatten vor, sie zu töten. Es musste einen Weg geben zu fliehen. Das Fenster im Schlafzimmer, in dem sie aufgewacht war, war schließlich kreuz und quer mit Brettern zugenagelt, so dass sie es nicht öffnen konnte.

Jetzt stand sie gerade in Unterhose und BH vor dem Spiegel. Sie kämmte ihre langen Haare und steckte sie zu einem eleganten Knoten auf, in dem sich viele Jahre Übung zeigten. Auf keinen Fall durften sie bemerken, wie viel Angst sie hatte. Als die Haare perfekt waren, öffnete sie ihr Schmuckkästchen und nahm die Kette mit dem tropfenförmigen Bergkristall heraus, der so schön im Mondschein geglitzert hatte, ehe Fredrika ihn vor fünf Jahren verloren hatte, als sie aus dem See gestiegen war. Denise befestigte die Kette um ihren Hals und musste daran denken, wie unruhig Saba an dem Abend gewesen war. Sie hatte nicht schlafen können, weil in dem Haus nebenan, wo der Junggesellinnenabschied für Vera stattfand, so ein Krach war. Brüllen und Krakeelen und Musik. Saba reagierte empfindlich auf laute Geräusche. Denise war mit dem Hund zu einem Spaziergang aufgebrochen, von dem sie erst zurückkehren wollte, wenn das Tier sich beruhigt hatte. Sie hatten den oberen Weg zum Naturreservat und dem kleinen Sandstrand genommen, der von Schilf und Büschen verborgen war. Da hatte sie gestanden und an ihre Schwester gedacht. Hatte so intensiv an Fredrika gedacht, dass sie Wirklichkeit geworden war und sich vor ihr materialisiert hatte. Bis zur Taille im Wasser stehend, hatte ihre Zwillingsschwester die Hand ausgestreckt und um Hilfe gebeten, um aus dem dunklen Wasser zu kommen.

»Fredrika, bist du das?«, hatte Denise gefragt.

Hilf mir, Hilfe! Ich ertrinke. Ich erfriere.

Fredrikas Haare waren vom Seewasser braun geworden, aber obwohl so viele Jahre seit ihrer Kindheit vergangen waren, hatte Denise sie gleich erkannt. In ihrer Seele wusste sie sofort, dass es Fredrika war. Denise hatte Saba die Leine abgenommen, damit der Hund nicht mit der Schnur am Hals wegrannte und irgendwo hängen blieb. Dann war sie ins eiskalte Wasser gestiegen. Fredrika hatte ihre Handgelenke gepackt. Wild und wahnsinnig hatte sie versucht, sie mit sich hinaus und in die Tiefe zu zerren, sie über die Grenze zu ziehen. Denise war außer sich vor Angst gewesen. Sie hatte alle ihre Kräfte zusammengenommen, hatte dagegengehalten und es geschafft, näher ans Land zu kommen. Schritt für Schritt auf dem matschigen Boden, in den sie immer tiefer einsank. Fredrika hatte ihre Taille umklammert, war wieder abgerutscht und hatte dann ihr Bein gepackt, so dass sie der Länge nach ins Wasser fiel. Fredrika hatte sie mit dem Gewicht ihres Körpers nach unten gedrückt. Denise wäre ertrunken, wenn sie es nicht geschafft hätte, die Leine um Fredrikas Hals zu schlingen und sie so lange zuzuziehen, bis ihre Schwester still und ruhig geworden war. Da war ihr klar geworden, dass Fredrika sie wieder verlassen hatte. Den Körper hatte sie sich von einer jungen Frau namens Vera geliehen. Von ihr hatte Fredrika Besitz ergriffen, damit sie in der materiellen Welt sein konnte. Es war leicht gewesen, den schlaffen Körper durchs Wasser zu ziehen, hingegen viel schwerer, ihn zum Brunnen zu schleifen. Das hätte sie fast nicht geschafft, obwohl sie die Holzschubkarre zu Hilfe nahm, die an der Hauswand lehnte. Den Brunnendeckel aus Stein hatte sie mit einem Brecheisen aufstemmen müssen, das sie nebenan im Schuppen gefunden hatte. Der Deckel war so schwer gewesen, dass er ihr fast auf die Finger fiel, als sie den Körper endlich in den tiefen Brunnen geschoben hatte. Es hatte angefangen zu regnen, und die Spuren waren weggespült worden.

Auf dem Weg nach Hause hatte sie sich mit Saba den Leuten angeschlossen, die nach Vera gesucht hatten, die von ihrem Junggesellinnenabschied verschwunden war. Denise hatte sie wissen lassen, dass sie das Schilfdickicht bereits durchsucht habe. Veras Vater, der durchgeknallte Polizist, der niemals aufgehört hatte, nach seiner Tochter zu suchen, hatte ihr besonders gedankt. Seither hatte sie jedes Mal, wenn sie ihn sah, Kopfschmerzen bekommen. Kristoffer Bark war von einer gefährlichen Entschlossenheit, aber er war verwirrt. Die Fragen, die er stellte, waren unmöglich zu beantworten, denn er begriff die Wirklichkeit nicht, wie sie war, dass nämlich Fredrika Veras Erscheinung angenommen hatte, um Denise zu sich zu locken. Er würde das nie begreifen.

Denise lächelte unsicher ihr Spiegelbild an, als sie die Diamantohrringe anlegte, die sie vor zwei Jahren am Mittsommerabend von Fredrika als Geschenk bekommen hatte, als die erneut zurückgekehrt war und sich Camilla genannt hatte. Geliebte Fredrika! Denise war so froh gewesen, sie wiederzusehen. Die andern hatten sie reingelegt und gesagt, dass es Fredrika nicht mehr gäbe, doch in ihrem Herzen hatte Denise die ganze Zeit gewusst, dass das nicht stimmte. Fredrika war über mehrere Monate in Camillas Körper bei ihr geblieben, im Keller versteckt. Sonny hätte sie ausgeschlossen, sagte sie. Er hätte sie geschlagen. Aber Denise war schon klar, dass es nur Fredrika war, die sich einen Spaß erlaubte. Denise hatte sie verstecken müssen, weil böse Menschen nach Camilla suchten. Wie hätten die auch begreifen sollen, dass Camilla nicht mehr in ihrem Körper war, weil Fredrika ihn in Besitz genommen hatte. Denise hatte gute Miene gemacht, und als die Polizei kam und nach Camilla fragte, hatte sie gesagt, sie wüsste nichts. Aber als Fredrika dann selbst anfing, sich Camilla Hörlin zu nennen und wegwollte, da hatte Denise sie mit einer Kette um den Hals festgebunden. Aber das Böse war in Fredrika drin gewesen, und ihr Bauch war wie eine Beule gewachsen. Denise hatte es nicht ertragen, das zu sehen und ihre Lügen anzuhören. Deshalb hatte sie die dicke Eisentür zum Keller verschlossen und über einen Monat lang nicht geöffnet. Da war es schon lange still geworden. Als sie hinunterkam und die Augen sich ans Dunkel gewöhnt hatten, musste sie entsetzt feststellen, dass Fredrika abgehauen war. Nur der Körper, den sie benutzt hatte, hing noch in der Kette wie eine leere Schale ohne Leben. Da hatte Denise erneut erkannt, dass Fredrika die Fähigkeit besaß, die Grenzen zwischen Leben und Tod zu übertreten. Sich eines menschlichen Körpers zu bemächtigen und ihn dann aufzugeben. Vielleicht wusste sie auch, wie sie andere mit über die Grenze nehmen konnte. Im Totenreich musste es einsam für Fredrika sein – genauso einsam, wie es für Denise auf dieser Seite der Grenze war. Den toten Körper hatte sie in einen Jutesack gestopft und in einer Dezembernacht in den See geworfen.

Denise ergriff das Vorlegemesser und prüfte die scharfe Klinge. Dann legte sie es wieder unter die Matratze zurück, während sie ihre Kleider aussuchte. Ein kurzes schwarzes Kleid und hohe Stiefel, in deren Schaft sie das Messer verstecken konnte. Sie durften es ihr nicht wegnehmen. Noch jedes Mal, wenn Denise Kontakt mit Fredrika gehabt hatte, war sie von Isabell ins Krankenhaus genötigt worden. Nur weil Isabell nicht ins Verborgene schauen konnte, hieß das nicht, dass die andere Seite der Grenze Einbildung war oder ein Symptom dafür, dass Denise verrückt geworden war. Es gab Fredrika. Zweimal hatte sie sich sogar berühren lassen, ohne dass sie verschwand. Das Problem war nur, dass sie unterschiedliche Dinge wollten – genau wie damals, als sie klein waren und Fredrika Springseil springen wollte, obwohl Denise wollte, dass sie beide Pferde waren. Damals, als sie klein gewesen waren, hatte Denise ein einziges Mal Fredrika getrotzt und sie gezwungen, das Springseil um den Hals zu legen, damit sie ihre Schritte lenken könnte. Sie hatte es ganz, ganz fest gezogen, bis Fredrika sich entschied, ihren Körper zu verlassen. Das war ihre eigene Entscheidung gewesen. Der leblose Körper blieb da im Gebüsch liegen, bis der Mann mit dem Anzug kam und sie hochhob. Die Erwachsenen hatten geweint und ihr erklärt, dass Fredrika tot sei. Wie sie sich täuschten. Es gab keinen Tod, nur eine andere Dimension des Lebens. Genauso war es immer noch. Sie wollten unterschiedliche Dinge. Fredrika wollte, dass sie in die nächste Dimension gingen, während Denise im Leben bleiben wollte – zumindest noch ein wenig. Das Schattenreich machte ihr Angst. Die Zwillinge, die sie in ihrem Bauch trug, waren ihr aus dem Totenreich eingepflanzt worden. Wenn sie zur Welt kommen durften, dann würden sie alles und alle mit sich ziehen, so stark war ihre Kraft. Deshalb mussten sie jetzt entfernt werden, solange sie noch klein und verletzlich waren. Die Hebamme gehörte zur Feindesseite, sie steckte mit Isabell und Albert unter einer Decke. Die Ungeborenen musste sie eigenmächtig loswerden.

Denise begegnete ihrem eigenen Blick im Spiegel. Berührte die Diamantohrringe und die Halskette mit dem Bergkristall. Fredrika war bei ihr, jetzt gerade waren sie eins, und alles war, wie es sein sollte, und bald wäre es Zeit für eine Festmahlzeit. Denise ging in die Küche. Isabell hatte den Tisch mit gefalteten weißen Servietten gedeckt. Was hatten sie mit ihr vor? War ihr Plan, dass sie heute Abend sterben sollte?

»Wie geht es dir denn jetzt, Denise?« Isabell sah ernst aus, als sie das sagte, und hob den Deckel des Bräters ein wenig an, um den Duft des Gerichtes einzuatmen.

»Super. Es ist gut, was zu essen«, sagte Denise tonlos. Aber sie war auf der Hut.

»Wie schön du dich gemacht hast!« Albert war plötzlich hinter ihrem Rücken aufgetaucht, ohne dass sie es gemerkt hatte. Wie hinterhältig und berechnend von ihm, ihr zu schmeicheln. Sie wollten ihr Haus haben, aber das würden sie nicht bekommen. Hedda hatte sie zu ihrer Erbin auserwählt, indem sie Isabell in keines ihrer Testamente aufgenommen hatte. Denise war es, die hier die Bedingungen diktierte. Nach dieser Abschiedsmahlzeit würden sie aus ihrem Haus verschwinden. Sie wusste nur noch nicht, wie sie das bewerkstelligen sollte. Aber klar war: Sie wollte die nicht hier haben. Die bestimmten nicht über sie. Die versuchten, sie zu erschrecken, damit sie gehorsam war, sagten, sie wäre krank, aber wenn sie sich in diese Rolle nicht fügte, dann würde sie getötet werden.

Sie setzten sich. Isabell stellte den Bräter mit dem Lammsteak und eine Schüssel mit Kartoffeln auf den Tisch. Die Pfefferminzsoße stand schon in einer blau-weißen Schale bereit. Nachdem Isabell die Kerzen in Heddas Silberleuchtern angezündet hatte, stand Albert auf und schaltete das Deckenlicht aus. Denise spiegelte sich in den glänzenden, gerundeten Formen der Leuchter, wo ihr Gesicht verzerrte Proportionen annahm. Große Augen, eine riesige Nase und ein großer Mund, und der Rest des Oberkörpers verschwand im Hintergrund und ließ ihr Gesicht grotesk wirken, genau wie damals, als sie sich selbst in Alices Spiegelgemälde gesehen hatte.

»Bitte schön, Denise.« Isabells Lächeln wuchs immer breiter, bis die Mundwinkel aufsprangen und zu bluten begannen. Ihre Augäpfel schienen auch größer geworden zu sein, und Denise starrte sie an und folgte ihrer Hand, als sie ihr das Gericht präsentierte. Zwei kleine tote Sperlinge mit zerzausten Federn lagen auf dem Grund des Bräters. Das war ein Zeichen. Sie hatten wirklich vor, sie wahnsinnig zu machen und dann zu töten. Denise starrte unverwandt auf Isabells Gesicht. Es verwandelte sich schrittweise und nahm die Gesichtszüge von Fredrika an. Das Gesicht wurde schmaler. Die Augen sprühten wie Wunderkerzen in allen Farben des Regenbogens, als sie ihre Kehle öffnete und lachte. Denise sprang auf, um wegzulaufen, aber Isabell drückte sie wieder auf den Stuhl hinunter. Da nahm Denise das Messer, das auf dem Tisch lag, und hieb ihr in die Hand. »Hör auf, Fredrika!«

»Was tust du denn da?« Albert riss vor Entsetzen die Augen auf. »Bist du völlig von Sinnen?« Er packte ihre rechte Hand und hielt sie fest, bis sie den Schaft des Messers losließ, griff dann selbst nach dem Messer und zog es aus Isabells Hand. Sie blutete stark. Alle Farbe wich aus Isabells Gesicht, und es nahm einen grauweißen Ton an. Sie schwankte. Denise wollte wieder aufstehen, aber Albert packte ihre Arme fest und sagte: »Sitz still und verhalte dich ruhig, während ich um Hilfe rufe.«

Aber Denise setzte sich nicht. »Erkennst du nicht, dass sie Fredrika ist, die ihren Teil des Erbes haben will? Isabell ist nicht hier. Fredrika hat sie mit sich auf die andere Seite genommen. Das ist, was sie will. Lass mich los!« Denise zog das Vorlegemesser, das sie im Stiefelschaft versteckt hatte, heraus und ließ Sabas wütenden Geist in ihrer Kehle knurren, als sie Albert angriff. Die würden sie töten, aber das gelang ihnen nur, wenn sie nicht selbst zuerst tötete.

57

Kristoffer stand vor Heddas Hütte. Nun hatte er den Wind wie eine stützende Hand im Rücken. Drinnen war es dunkel. Er drückte die Klinke der Eingangstür hinunter. Die Tür war abgeschlossen. Er klopfte, doch niemand öffnete. Henriks Nachricht von dem Zettel mit der Personennummer hatte ihm die Augen geöffnet. Denise war es, die ihre Zwillingsschwester getötet hatte. Denise war die Mörderin!

»Sie sind zu Hause«, sagte Börje, »ich weiß, dass sie zu Hause sind. Albert ist da drinnen mit ihr, und er weiß von nichts.«

Ein grauer Schatten bewegte sich schnell durch das Zimmer. Kristoffer rannte ums Haus herum, griff sich ein Holzscheit, schlug das Küchenfenster ein und kletterte hindurch. Er schnitt sich an den Glasscherben in die Hand, aber er ignorierte den Schmerz.

Albert und Isabell waren nicht zu sehen. Hinter seinem Rücken nahm er eine Bewegung wahr und fuhr herum. Da stand Denise. Sie trug ein schönes schwarzes Kleid und lächelte ihn freundlich an. Er hatte sich getäuscht. Doch dann öffnete sie den Mund, und er begriff, wie schlimm es war.

»Ich wollte Pferdchen spielen, aber Fredrika wollte Springseil spielen. Wir wollten nicht dasselbe Spiel spielen. Sie wollte bestimmen.«

Kristoffer schaute in Denises dunkle, glänzende Augen.

»Ist das Veras Halskette, die Sie da tragen?«, fragte er und schluckte.

»Die habe ich von Fredrika bekommen, und die Ohrringe genauso.«

»Ich verstehe«, sagte er und trat einen Schritt zurück, als er das lange, scharfe Messer in ihrer Hand sah.

»Nein, Sie verstehen gar nichts.« Ihre Miene war verzerrt und ihre Stimme die eines Kindes. »Wir müssen zusammen sein, dieselben Spiele spielen. Nicht verschiedene. Fredrika wollte was anderes spielen.«

Kristoffer glaubte schon, sie würde ihn mit dem Messer attackieren, doch sie überrumpelte ihn, indem sie die lange, scharfe Schneide gegen ihren eigenen Bauch richtete. Er warf sich nach vorn und versuchte, die Bewegung aufzuhalten, hielt dagegen und schrie mit voller Kraft nach Börje. Noch ehe der Kollege hereinklettern konnte, war es Kristoffer gelungen, ihr das Messer zu entwinden. Er packte sie bei den Schultern. »Wo sind Isabell und Albert?«

Ein unzusammenhängender Wortfluss kam über ihre Lippen, als Kristoffer sie auf einen Küchenstuhl drückte. »Sie wollten mich töten. Ich war gezwungen, mich zu verteidigen.«

Jetzt kam Börje herein. »Albert! Wo ist Albert?«

Kristoffer kümmerte sich um Denise, die jetzt fast apathisch wirkte. Ein Geräusch aus dem Wohnzimmer ließ Börje hineilen. Kristoffer konnte sie sehen. Albert lag auf dem Boden, und Isabel stand über ihn gebeugt und presste die Hände auf seinen Bauch.

»Wie schlimm ist es?«, fragte Börje.

»Schlimm. Rufen Sie 112!«

Der Beamte in der Notrufzentrale wollte Informationen. Börje kniete vor Albert. »Zwei Verletzte. Ein Mann mit Stichverletzungen im Bauch. Er atmet, Puls ist schwach, aber regelmäßig.« Börje öffnete Alberts Hemd und sah das Blut zwischen Isabells Fingern hindurchsickern. »Einen Krankenwagen, sofort!«

»Er ist schon auf dem Weg, während wir reden. Wie steht es um die andere Person?«

»Sie ist an der Hand verletzt, und ein Arm blutet.«

Isabell bestätigte das. »Ich bin wahrscheinlich vor Schmerzen in Ohnmacht gefallen. Sie müssen Albert zuerst helfen.«

Als das Gespräch beendet war, wandte sich Kristoffer an Isabell.

»Was ist passiert?«

Isabell kam in die Küche. Sie weinte und berichtete zwischen Schniefen und Schluchzern. »Wir hätten sie nicht mit nach Hause nehmen sollen. Nicht diesmal. Mit jeder psychotischen Episode ist es schlimmer geworden. Sie hat sie getötet. Sie sagt, sie hätte Vera und Camilla getötet. Ich wusste das nicht, glauben Sie mir, ich wusste es nicht. Wieder und wieder habe ich versucht, sie in die Psychiatrie einweisen zu lassen, aber jedes Mal mussten wir wieder nach Hause fahren. Zu wenig freie Plätze, zu wenig Personal. Es genügte, dass sie im Gespräch mit den Ärzten einen ganz normalen Eindruck vermittelte, und schon waren wir wieder auf der Straße, weil jemand anderes den Platz dringender benötigte. Am Ende habe ich aufgegeben und versucht, es selbst ohne Hilfe von außen zu lösen.« Isabell rang nach Luft, sie zitterte vor Kälte und fuhr fort: »Wenn ich nur besser auf meine kleinen Schwestern aufgepasst hätte ... dann würde Fredrika noch leben, und nichts wäre passiert.«

Kristoffer legte ihr sein Jackett um die Schultern, weil sie so fror. Stand sie unter Schock? »Das war doch nicht Ihre Schuld!«

»Ich bin schuld. Alles ist meine Schuld«, jammerte sie.

»Nein, Isabell – nichts ist Ihre Schuld. Sie waren ein Kind, und die Erwachsenen und die Gesellschaft hätten die Verantwortung übernehmen müssen. Sie waren sieben Jahre alt. Nichts von alldem ist Ihre Schuld.«

»Aber Melker war unschuldig. Ich hätte das sagen sollen. Ich hatte so ein schrecklich schlechtes Gewissen. Mama meinte, wir müssten schweigen und zusammenhalten, sonst würden die vom Jugendamt kommen und uns mitnehmen. Später, als Melker entlassen wurde, hat er mich angerufen. Er sagte, er wollte Rehabilitation, er würde beweisen, dass er unschuldig war. Ich hatte solche Angst. Mein ganzes Leben lang hatte ich Angst.«

Als die beiden Verletzten vom Krankenwagen abgeholt worden waren, ging Kristoffer in die Küche zu Börje und Denise. Zu der Frau, die in ihrem Wahnsinn seine Tochter getötet hatte. In dem Moment hätte er sie mit bloßen Händen erdrosseln können, aber sie war krank und brauchte Hilfe. Er versuchte, das Kind zu sehen, das sie in ihrem tiefsten Innern war, ein seelisch schwer verletztes Kind in einem erwachsenen Körper. Er musste erfahren, was sie mit Vera getan hatte. »Können Sie mir zeigen, wo Veras Leiche liegt?«

»Da ist nur noch die Hülle.« Denise hob ihr Gesicht und sah ihn mit einem schlauen Lächeln an. »Sie wissen es doch, schließlich waren Sie da. Sie waren oft dort, Kristoffer Bark. Sie haben im Sand gegraben, dort, wo Sie die Haarspange gefunden haben, da ist sie an Land gekrochen, aber jetzt ist sie nicht mehr dort.«

»Was ist passiert?«, knurrte er dumpf.

»Ich habe sie mit Sabas Leine erdrosselt, das musste ich tun, damit sie mich nicht mit sich über die Grenze zog. Veras Körper ist im Brunnen. Sie war so schwer, ich habe sie mit einer Schubkarre dahin transportiert. Haben Sie gehört, dass sie nach Ihnen gerufen hat, dass sie Ihren Namen in den Wind gerufen hat? Haben Sie deshalb zurückgerufen?«

Kristoffer kniff die Augen zusammen. Die Wut kochte in seinem Blut. Er spürte Börjes Hand auf seiner Schulter. Die Berührung machte ihn ruhiger. Es war eine schier übermenschliche Willensanstrengung, doch er beherrschte sich und blieb, bis die Kollegen kamen und übernahmen. Dann rannte er mit zusammengeschnürter Kehle und einem Herzen, das wie ein Presslufthammer in der Brust dröhnte, aus dem Haus und zum Seeufer. Warum, warum zum Teufel ausgerechnet Vera! Warum mein geliebtes Kind? Warum hatte sie nicht leben dürfen, wo sie es doch geschafft hatte, selbst an Land zu kommen?

Kristoffer lief weiter zum Strand hinter dem Fähranleger, dann über das zugewucherte Gelände und fand den Brunnen. Er riss Gras und Moos weg und versuchte mit bloßen Händen, den schweren Deckel hochzuheben. In seiner Wut versuchte er, die Kanten aufzustemmen, bekam sie aber nicht zu fassen. Er rannte zum Auto und holte Schraubenzieher und Taschenlampe. Als er erst den Rand auf einer Seite einen Zentimeter angehoben hatte, ging es besser.

Ohne Probleme schob er den Deckel beiseite und leuchtete mit der Taschenlampe in die Tiefe. Da unten im Wasser war etwas, ein helles Stück Stoff. Sein erster Impuls war, sich eine Leiter zu besorgen und hinunterzuklettern, aber die Öffnung war zu schmal. Wieder fühlte er eine Hand auf seiner Schulter und drehte sich um. Es war Ali.

»Es tut mir so leid für dich, Kristoffer.« Die freundlichen braunen Augen des Iraners waren voller Tränen.

»Wir haben mit Hunden gesucht, warum haben die keine Witterung aufnehmen können?«

»Es hat doch geregnet, als Vera verschwunden ist, oder? Sie ist im Wasser ermordet und dann in diesen Brunnen geworfen worden, der voller Wasser ist. Ich übernehme ab hier. Du musst mit Veras Mutter sprechen. Du musst die versammeln, die trauern.«

58

Eine Stunde später stand Kristoffer vor Ellas Tür in Solhaga. Er klingelte und hoffte, dass sie nüchtern genug sein würde, um zu verstehen, was er ihr berichten musste.

Die Tür ging auf. Und da stand sie in ihrem verwaschenen Morgenmantel. Das blondierte Haar war zu einem Pferdeschwanz gebunden und der Blick klar. In diesem Moment konnte er in ihr die junge Frau erkennen, die sie gewesen war, als er sich in sie verliebt hatte.

»Hallo Kristoffer, du hier?«

»Können wir uns setzen?« Er ging vorweg, schob Zeitschriften und Kleidungsstücke beiseite und ließ sich aufs Wohnzimmersofa sinken.

Ella folgte ihm widerstrebend und setzte sich mit etwas Abstand neben ihn. »Was ist los, Kristoffer? Du bist ja ganz blass.« Ihre Hand berührte seine Wange.

»Wir haben Vera gefunden.« Er hörte sich selbst die schreckliche Geschichte erzählen. Ella unterbrach ihn nicht ein einziges Mal. Als er geendet hatte, sah er, dass sie weinte. Ein stilles, ernstes Weinen, so anders als die hysterischen Anfälle, die sie zuvor immer gehabt hatte. Er wischte ihr die Tränen mit dem Handrücken ab. Rückte näher und umarmte sie. Vernahm den Geruch von Schweiß und fettigen Haaren, Restalkohol und Zigaretten, und er empfand eine Zärtlichkeit für sie, die er sich lange nicht erlaubt hatte. »Jetzt wissen wir, was geschehen ist. Was machen wir jetzt?«

Ella verkroch sich tiefer in seiner Umarmung. »Ich weiß es nicht. Halt mich einfach fest, sonst gehe ich kaputt.«

Später am Abend besuchte er Albert im Krankenhaus. Seine Verletzungen waren ernst, aber nicht lebensbedrohlich. Nach der Operation war er auf die Intensivstation verlegt worden. Börje hatte am Telefon erzählt, Albert habe nach ihm gefragt.

Kristoffer klingelte an der Stationstür und wurde von einer Krankenschwester eingelassen. »Albert ist sehr mitgenommen, Sie sollten nur ganz kurz bleiben.« Sie zeigte ihm den Weg. Börje, der neben Alberts Bett gesessen hatte, stand auf und kam ihm entgegen. Sie umarmten einander kurz, und dann wandte sich Kristoffer Albert zu, traute sich aber nicht, ihn anzufassen. Über seinem Bett hing ein Tropf, und er war an mehrere Schläuche angeschlossen. Er sah sehr bleich und mitgenommen aus. Der Schweiß lag ihm wie eine glänzende Schicht über dem Gesicht, und das dunkle Haar klebte an der Stirn.

Albert streckte ihm die Hand entgegen, und Kristoffer nahm sie. »Ich wollte mich bedanken. Danke, dass du gekommen bist und dass du nie aufgegeben hast. Wenn du nicht wärst, würde ich jetzt vielleicht nicht mehr leben.«

Kristoffer fühlte den Kloß im Hals wachsen. Er bekam kein Wort heraus, und Albert redete weiter. »Ich denke an Denise. Ich habe sie so geliebt. Ich glaube, ich liebe sie immer noch. Isabell war hier. Sie hat erzählt, dass Denise die Kinder nicht behalten will. Wahrscheinlich sollte ich über diese Entscheidung erleichtert sein, oder? Aber das bin ich nicht. Ich hatte mich so darauf gefreut, dass wir eine Familie werden würden. Jetzt habe ich Denise ausrichten lassen, dass ich bereit bin, mich um die Kinder zu kümmern, falls sie es sich anders überlegt. Oder ist das vielleicht dumm von mir?«

»Vielleicht wird es gut. Wer kann schon in die Zukunft schauen?« Kristoffer hatte keine Antwort darauf. Er blieb noch eine halbe Stunde, dann verabschiedete er sich und fuhr nach Hause.

Als er die Tür aufschloss und die Wohnung betrat, ließ er die Tränen kommen. Tränen des Zorns und der Einsamkeit in einer Mischung, die er nicht steuern konnte. Er ging in die Küche. Nahm ein Streichholz und zündete Veras Kerze an. Konzentrierte sich auf die flackernde Flamme, während ihm die Tränen die Wangen hinunterliefen. »Jetzt weiß ich, Vera, jetzt weiß ich, was dir zugestoßen ist.«

Und plötzlich fühlte er ihre Gegenwart so stark und so liebevoll, als würde ihr Wesen den Raum und gleichzeitig seine Sinne erfüllen, und in seinem Innern hörte er ihre Stimme. *Ich bin bei dir, Papa. Ich bin immer bei dir.*

59

Der Frühsommer war mit Traubenkirschen und Flieder gekommen und dann in einen trockenen, warmen Sommer übergegangen. Kristoffer hatte die Weinranke, die er von seinem Vater bekommen hatte, in einen Topf eingepflanzt. Von ihrem Platz auf dem Fensterbrett des Turmzimmers aus hatte sie begonnen, lange grüne Tentakel auszuschicken, um sich einen Platz zu suchen, an dem man richtig Wurzeln schlagen konnte. *Wenn sie richtige Wurzeln hat, dann finde ich, du solltest sie an einem Ort einpflanzen, an dem du leben möchtest,* hatte sein Vater gesagt, als er ihm im Frühjahr die Ranke gegeben hatte.

Vom Turmzimmer aus konnte Kristoffer die sommerlich gekleideten Menschen unten am Bahnhof beobachten. Wohin waren sie unterwegs? Wie lebten sie ihre Leben? Er selbst hatte keine Pläne, wie er leben und wohnen wollte. Er hatte die Ermittlung abgegeben, und Gaby Wide bereitete nun das Gerichtsverfahren gegen Denise Groth vor. Der Ausgang war vorherbestimmt, mit größter Wahrscheinlichkeit würde sie in die geschlossene forensische Psychiatrie kommen. Auch Rasmus und Sonny würden einer Strafe wegen Drogenhandels nicht entgehen, und Chan war bereit, über die psychische und physische Gewalt, die Sonny ihr gegenüber ausgeübt hatte, auszusagen. Kristoffer kämpfte gegen die Bitterkeit an. Er konnte nicht garantieren, was passieren würde, wenn er Rasmus oder Sonny noch einmal träfe. Die Racheszenen, die er sich in seiner Fantasie ausgemalt hatte, waren eine schlimmer als die andere, bis er eines Tages begriff, dass dieses ewige Grübeln nur ihm selbst schadete.

Rastlos zwirbelte er ein Weinblatt zwischen den Fingern. Die Blaue Bergslagen, die widerstandsfähige Traube, die auch mal scharfen Wind und Minusgrade aushielt. Die blaue Farbe stand für die Uniform der Polizei, hatte sein alter Vater gesagt. Es schien, als würde sich die Ranke im Turmzimmer wohlfühlen. Aber sein Vater hatte sich sicherlich nicht vorgestellt, dass er dort wohnen sollte.

Die Zusammenarbeit mit Henrik und Alex hatte sich positiv zu etwas entwickelt, was man einen akzeptablen Alltag nennen konnte, und Kristoffer hatte nach wie vor die Gruppenleitung bei der Ermittlung in einem weiteren Fall, der aus Mangel an Beweisen eingestellt worden war.

Wenn seine Therapie abgeschlossen war, dann würde er vielleicht zu seiner früheren Arbeit im Morddezernat zurückkehren können. Ein schwieriges Dilemma. Er wollte zurück, aber er wollte auf keinen Fall auf die Treffen mit Mia Berger verzichten. Wenn er geheilt war, dann würden die Sitzungen ein Ende haben. Und wenn er ihr gestand, was er wirklich fühlte, dann würde sie gezwungen sein, ihn an einen anderen Therapeuten abzugeben. Er wusste nicht, was sie für ihn empfand. Manchmal meinte er, etwas zu ahnen, aber das konnte genauso gut Wunschdenken sein. Sie war ein freundlicher Mensch, vielleicht gleichermaßen nett zu allen.

Am Abend zuvor hatte er Mia zu einer letzten Therapiesitzung vor den Ferien getroffen. Zunächst einmal hatte er ihr positive Neuigkeiten mitteilen können. Er hatte erzählt, dass Ella nach ein paar Tagen des Entzugs und weiteren vier Wochen in der Tagesklinik als motiviert genug betrachtet wurde, einen Platz in einer anderen psychiatrischen Einrichtung zu bekommen. Aber Mia hatte ihn so nicht davonkommen lassen.

»Um Ihr eigenes Handeln zu verstehen, müssen Sie selber wissen, was Sie denken. Es ist eine schöne Eigenschaft, sich um andere zu kümmern und Verantwortung für sie zu übernehmen, wenn das erforderlich ist. Jetzt ist es an der Zeit, darüber nachzudenken, was Sie selbst brauchen.«

Da hatte er aufgesehen und in ihre freundlichen braunen Augen geschaut und für einen Moment die Kontrolle verloren.

»Ich will richtig lieben und geliebt werden. Ein einfaches Leben mit einer warmherzigen und klugen Frau und einigen engen Freunden. Ich will eine Hütte an einem See haben, wo ich angeln und ein bisschen in der Erde kratzen und meine Weinranke einpflanzen kann.«

Da hatte er gesehen, wie das Lächeln in ihrem Gesicht so breit wurde, dass er die Grübchen sehen konnte. »Und wo finden Sie eine solche Frau?«

Im Freimaurer-Restaurant. Es hätte nicht viel gefehlt, und er hätte das gesagt. Aber da die Worte nicht über seine Lippen kamen, ahnte er ein leicht freches Glitzern in ihren Augen, das da vorher nicht gewesen war. Die Zukunft würde zeigen müssen, wie er das einordnen sollte.

»Jetzt wissen Sie, was Vera zugestoßen ist«, hatte sie kurz vor Ende der Stunde gesagt.

»Es war ein sehr grausamer Moment, als wir die Leiche im Brunnen fanden. Aber jetzt habe ich die Möglichkeit,

Zeit und Kraft auf das Leben zu verwenden, das ich noch vor mir habe.« Und dann hatte er mit einem formellen Handschlag ihre Praxis verlassen.

Jetzt stand Kristoffer noch immer am Fenster und wollte sich gerade umdrehen und das Turmzimmer verlassen, als Alex ihm auf die Schulter tippte. »Kommst du heute Abend zum Lasagne-Essen auf mein Einweihungsfest?« Er warf die Haartolle nach hinten, die wieder lang gewachsen war. »Mamas Lasagne ist weltberühmt, und diesmal ist sie bestimmt besonders gut, weil sie feiern will, dass ich von zu Hause ausziehe.«

»Das kann ich mir denken«, erwiderte Kristoffer mit gespielter Griesgrämigkeit.

»Und, kommst du?«

»Wen hast du außer mir denn noch eingeladen?«

»Ein paar Freunde und dich und Henrik und Ingrid, denn mit der sollte man sich ja wohl gut stellen.«

Zwei Stunden später stand Kristoffer mit einer Flasche Sekt in der Hand vor Alex' neuer Wohnung. Er klingelte unten an der Haustür und wurde eingelassen. Henrik hatte auch versprochen zu kommen, eine Voraussetzung dafür, dass Kristoffer überhaupt zugesagt hatte. Er wollte nicht der Bespaßer auf einem Kinderfest sein.

Er stieg die zwei Treppen hinauf und klingelte noch einmal. Die Tür ging auf, und Alex umarmte ihn auf eine Weise, die ihm fast ein bisschen peinlich war. Kristoffer überreichte die Flasche und schaute sich in der nett möblierten Zweizimmerwohnung um. Aus der Küche duftete es verführerisch. Er stellte sich in die Tür und traute seinen

Augen nicht. In der Küche stand Ingrid mit einem Glas in der Hand und plauderte mit Mia Berger. War sie auch eingeladen? Er begriff gar nichts. Es war wirklich überraschend, sie hier zu sehen.

Alex legte die Hand auf seine Schulter und schob ihn mehr oder weniger in die Küche. »Das hier ist Kristoffer, mein Chef, von dem ich so viel erzählt habe. Und Kristoffer, das hier ist meine Mutter Mia.«

Kristoffer war fassungslos, fing sich aber schnell. »Und was hast du alles über mich erzählt, Alex?«, fragte er und hatte plötzlich das Gefühl, ein Glas Sekt zu brauchen, was ihm Mia lächelnd reichte.

»Dass Sie hart zu den Harten sind, wie das Phantom gesagt haben würde.« Mia lachte und zwinkerte Kristoffer fast unmerklich zu. »Ich habe meine Formen mit Lasagne abgegeben und wollte gerade in meine Praxis verschwinden. Heute habe ich die letzten Patienten, bevor ich in Urlaub gehe.«

Kristoffer ging mit ihr in den Flur hinaus. Er meinte, am ganzen Leib zu zittern, nachdem er jetzt wusste, dass sie Alex' Mutter war. Wie war das möglich? Sie hatten doch nicht denselben Nachnamen. Genau – sie hatte ihren Nachnamen geändert, und Alex hatte das auch vor, so war es.

»Wann sehen wir uns wieder?«, fragte er etwas lahm, als sie sich ihm zuwandte.

»Sie haben nach der Sommerpause noch ein paar Therapiestunden übrig. Und da reden wir über Sie.«

»Und was erfahre ich von Ihnen?« Plötzlich erinnerte sich Kristoffer an das, was Alex gesagt hatte. Dass seine Mutter, also Mia, von einem Mann gestalkt worden war, der jetzt im Gefängnis saß. Wie wenig hatte er doch von ihrem Leben gewusst, und jetzt überkam ihn eine Erkenntnis nach der anderen.

»Was wollen Sie denn wissen?« Sie lächelte ihn an, und er war ein wenig aufgeregt, weil sie seine Frage nicht einfach abgewiesen hatte.

»Mögen Sie Sushi oder Indisch oder vielleicht normale Hausmannskost?«

»Falls das heißen soll, dass Sie mich irgendwann zum Mittagessen einladen wollen, dann darf das erst nach abgeschlossener Therapie stattfinden«, sagte sie mit einem Lachen. »Ich darf nicht privat mit meinen Patienten verkehren.«

»Ich verstehe. Entschuldigen Sie. Aber heißt das, dass Sie, wenn ich kein Patient wäre, also mal so ganz hypothetisch, Ja gesagt hätten?« Er biss sich auf die Lippen, jetzt war er zu weit gegangen. Er durfte das alles nicht gefährden.

Sie sah ihn nachdenklich an. »Ohne allzu persönlich zu werden, Kristoffer Bark: Es ist leicht, Sie zu mögen.« Mehr sagte sie nicht, sondern eilte an ihm vorbei die Treppen hinunter und auf die Straße hinaus. Er sah noch, wie die Sonne ihr kastanienbraunes Haar einfing, ehe sie im Schatten auf der anderen Straßenseite verschwand.

Am nächsten Tag war Kristoffer früh bei der Arbeit. Er sah sich im Turmzimmer um. Saras Platz am Schreibtisch in der Ecke war immer noch leer, weiterhin wusste niemand, ob und wann sie zurückkommen würde. Was war zwischen ihr und Ulf Gunnarsved passiert? Es musste etwas Ernstes gewesen sein, wenn er jetzt bei einem Security-Dienst arbeitete und nicht mehr bei der Polizei. Während der intensiven Ermittlungsarbeit hatte er nicht viel an sie denken können, obwohl sie ein Mitglied der Gruppe war, für das er Verantwortung hatte. Jetzt wollte er aus einer Eingebung heraus bei ihr anrufen, um zu fragen, wie es ihr ging. Er fand ihre Nummer, holte tief Luft und wählte. Nach sieben langen Klingeltönen antwortete eine verschreckte Frauenstimme.

»Ich sehe, dass du von einer verborgenen Nummer aus anrufst. Wer du auch bist, lass mich und meine Familie in Ruhe, du Schwein! Du darfst mich nicht zerstören!«

»Hallo!« Das Gespräch wurde weggedrückt. Kristoffer Bark war völlig fertig. Er musste herausfinden, was mit Sara geschehen war, und marschierte entschlossen zu Ingrids Zimmer, um ihr die Wahrheit zu entlocken.